KB272848

The Making of
Prince of Persia — Jordan Mechner

Journals 1985-1993

페르시아의 왕자 개발일지

조던 메크너의 기록 1985~1993년

The Making of Prince of Persia
Journals 1985 - 1993

Jordan Mechner

저자에 대하여

작가, 게임 개발자, 시나리오 작가, 그래픽 노블 작가인 조던 메크너는 「카라테카」, 「페르시아의 왕자」, 「라스트 익스프레스」를 만들었습니다.

그는 게임 디자이너 및 시나리오 작가로서 Ubisoft 및 디즈니Disney와 협력하여 2003년(게임)과 2010년(영화)에 「페르시아의 왕자」를 글로벌 프랜차이즈로 다시 출시했습니다.

조던의 저서로는 뉴욕타임스 베스트셀러이자 아이즈너상 후보에 오른 그래픽 노블 〈템플러〉, 1980년대의 게임 개발 과정을 정리한 〈카라테카 개발일지〉와 〈페르시아의 왕자 개발일지〉 및, 최근에 프랑스에서 출간한 스케치북 일지 〈2년Year 2〉이 있습니다.

jordanmechner.com

추천사

　마스터피스라고 불릴 만한 게임을 어떻게 만드는 것인지 궁금하시다면 잘 찾으셨습니다. 바로 이 책이 마스터피스를 만드는 과정의 생생한 소개입니다. 「페르시아의 왕자」는 현 세대의 게임 콘솔로도 여러 번 후속작이 출시되었고 영화로도 만들어진 적이 있기 때문에 많은 분들이 어느 정도는 이름을 알고 있는 게임입니다. 그렇지만 이 게임이 세상에 등장한 그때는 말입니다, 게임 세상을 완전히 바꿔 놓았습니다! 진정 마스터피스에 어울리는 게임이었지요. 세상에 없던 새로운 게임이 등장했는데 그 게임이 어느 면으로도 흠잡을 곳 없이 완벽했으니까 말이죠. 우리는 게임 속 캐릭터와 하나가 되는 경험을 하고, 감정적으로도 강하게 연결되는 느낌을 받습니다. 이런 묘한 체험은 「페르시아의 왕자」 이전에는 존재하지 않았습니다. 이 개발일지는 이 위대한 게임의 탄생을 1인칭 현재 시점으로 볼 수 있게 해 줍니다.

「페르시아의 왕자」는 애플Ⅱ 컴퓨터의 시대가 저물어 갈 때 세상에 등장한 게임입니다. 애플Ⅱ의 시대가 저물면서 혼자서 게임을 다 만들던 시대도 급속히 저물어 가지요. 「페르시아의 왕자」는 혼자서 게임을 만들던 시대의 마지막 명작이라고 할 수 있습니다. 이 일지를 보면 「페르시아의 왕자」도 많은 사람들의 조력 속에 완성되었다는 것을 알 수 있습니다만, 그래픽부터 프로그래밍, 게임디자인, 음악(아버지와 함께), 심지어 패키지와 홍보 문구까지 조던 메크너의 손이 닿지 않은 곳이 없습니다. 수백 명의 사람이 게임을 만들게 된 지금 이 시절의 개발 이야기는 마치 판타지나 무협지 같이 느껴지기도 합니다. 그렇지만 그런 시절의 이야기이기 때문에 우리는 한 사람의 일지에서 게임 개발의 모든 면을 볼 수 있는 호사를 누릴 수 있는 것이기도 합니다.

그러나 이 일지의 시점 안에서도 세상이 실시간으로 바뀝니다. 「페르시아의 왕자」는 IBM-PC나 맥Mac뿐 아니라 패미콤이나 게임보이 같은 게임기로도 출시됩니다. 「페르시아의 왕자 2」의 개발은 1편보다 더 현대적인 게임 개발에 가까워집니다. 많은 사람들이 협력해서 혼자서 만들 수 없었던 것들을 만들어내게 되지요. 일지의 중반 이후부터는 많은 일들이 조던 메크너의 손을 떠나 이루어지는 모습들을 보게 될 것입니다. 게임 산업이 중세를 지나 현대로 넘어가는 시점이랄까요? 「페르시아의 왕자」가 지난 시대의 마지막 걸작이면서, 새 시대의 여명을 밝힌 게임이 되는 순간입니다.

　이 개발일지는 한 개인의 열정과 노력이 어떻게 시대를 초월하는 명작을 탄생시킬 수 있는지, 그리고 게임 산업의 변화와 함께 개인의 역할이 어떻게 변화하는지를 생생하게 보여 주는 기록이라고 할 수 있습니다. 게임 개발에 관심 있는 사람뿐만 아니라, 창작의 과정과 시대의 변화에 대한 통찰을 얻고 싶은 모든 이에게 강력히 추천합니다.

데브캣 대표이사 **김동건** 나크
2025년 6월.

6 May 1985 – 14 August 1985

13

서문

제가 일기를 쓰기 시작한 것은 대학교를 다니던 무렵부터였고, 그 후에도 몇 년 동안은 이 습관을 꾸준히 유지했습니다. 그 몇 년 사이에, 저는 제 첫 게임들이었던 「카라테카」와 「페르시아의 왕자」를 애플Ⅱ 컴퓨터로 개발하였습니다.

제가 만든 '왕자'는 이 게임을 시작으로 최신 비디오 게임 시리즈의 주인공, 레고 미니피규어, 심지어는 여름 블록버스터 영화의 주연 배우인 제이크 질렌할로 변신을 거듭해 왔습니다. 하지만 1985년의 시점에서, 왕자는 단지 노란 메모장 안에 그려진 낙서일 뿐이었죠. 그 시절 썼던 일기 속에, 저는 왕자를 세상에 내놓기 위해 겪었던 산고를 기록해 두었습니다.

20년이 지나 그 기록들을 다시 펼쳐 보면서, 머릿속 아이디어로만 존재하던 왕자를 현실로 만들어 내는 동안 겪었던 창작의 고뇌와 기술적 고민, 그리고 개인적 갈등이 다른 이들에게 도움이 될 수도 있겠다고 생각했습니다. 그래서 제 웹사이트인

jordanmechner.com에, "과거에서 온 개발일지"라는 이름으로 당시의 일기를 매일 올리기 시작했습니다.

블로그에서의 연재가 끝난 후, 저는 글을 간추려 통합해 한 권의 책으로 출판했습니다. 이 오래된 일기는 고전 게임 팬들과 게임 개발자들뿐만 아니라, 일기가 쓰여졌던 1985년 당시엔 태어나지도 않았을 다양한 분야의 작가·예술가·크리에이터들에게까지도 공감을 주었던 것 같아요.

이 책은 회고록이 아닙니다. 게임을 만들던 당시의 제가 현재형으로 썼던 일기죠. 옛날에 쓴 일기를 이제 와서 가필한답시고 '수정'하는 것은 좀 반칙이긴 하겠습니다만, 이번 30주년 기념 하드커버판의 경우 저와 출판사 쪽에서 약간의 주석을 달아 주면, 독자들이 '이 시점에 조던이 이런 말을 하는 이유와 배경'을 이해하는 데 도움이 되겠다 싶었습니다. 그래서, 새로 출간하면서 가필한 부분은 다른 색 잉크를 써보기로 했습니다. 가필하는 김에 그림도 좀 넣어 보고요.

이 작업 덕분에, 저는 수십 년간 꺼내지도 않았던 80년대의 제 노트, 스케치, 작업용 플로피 디스크 등이 잔뜩 담겨 있는 더 스트롱 국

어느 페이지에서든 푸른색 부분이 보이신다면, 그건 2019년의 조던 메크너가 추가한 부분입니다.

립 놀이 박물관The Strong Museum of Play의 디지털 아카이브를 뒤지면서 일기에 언급된 정보를 보완해 줄 이미지를 찾느라 즐거운 시간을 보냈습니다.

이 지면을 빌어, 더 스트롱 박물관 국제 전자게임 역사 센터(ICHEG; International Center for the History of Electronic Games)의 줄리아 노바코비치와 앤드류 보먼과 존-폴 다이슨 씨, 인터넷 아카이브Internet Archive의 제이슨 스캇 씨, 웹사이트 관리자인 브라이언 셀레스 씨, 스트라이프 출판사의 올리비아 체노프와 브라이아나 울프슨 씨, 특히 이질적인 시각 요소와 서로 다른 두 내러티브를 일관된 주제로 우아하게 엮어 내 주신 북디자이너 타일러 톰슨 씨에게 감사를 드리고자 합니다.

이 개발일지에도 쓰여 있는 얘기입니다만, 얼핏 단 한 사람이 만든 것처럼 보이는 게임조차도, 실은 친구와 가족이 엮이면서 시작되고, 프로젝트가 진행되면서 계속 확장되어, 결국 수많은 사람들의 지원을 받게 되는 공동 작업입니다.

「페르시아의 왕자」가 지금까지도 세상에 기억되는 것은, 이제까지 게임·책·영화 등의 제작에 참여해 주신 브로더번드Broderbund, 유비소프트Ubisoft, 디즈니 사의 팀 여러분을 포함한 전 세계 수많은 개발자 분들, 그리고 이 작품의 팬들 및 고전 게임 매니아들께서 아낌없는 재능과 헌신으로, 이 게임을 내놓던 1989년 당시의 제가 상상조차 하지 못했던 지점까지 횃불을 손에 손으로 전달하며 달려와 주신 덕분입니다.

이 책 말미의 부록에 그들의 작품 중 일부를 실었습니다. 애플II의 화면에서 실제 세상으로 뛰쳐나온 이후 30년에 걸쳐,

이 픽셀덩이 왕자가 겪은 온갖 모험을 다소나마 엿볼 수 있을 것입니다.

　다음 페이지부터는 스무 살 당시의 제게로 펜을 넘기도록 하겠습니다. 이 녀석이 하는 말 중엔, 가끔 지금의 제 얼굴을 화끈거리게 만드는 게 있단 말이죠. 저도 푸른색 펜을 들고 독자 여러분을 따라가다, 페이지의 여백에서 종종 만나 뵙겠습니다.

조던 메크너

2019년 9월,
프랑스 몽펠리에Montpellier에서

목차

파트 1: 애플 II

Part 1: Apple II

SAFETY FILM 5063
KODAK

MON 6 MAY (1985)

Picked up my Mac from Technical Services; they'd run it for a few hours without crashing, so they just packed it back up again. On the way back I bought a surge suppressor at the Coop. Hope that takes care of the problem.

Wrote my two-page Psych paper. Now there's just one lone Music exam between me and the rest of my life. I practiced by trying to transcribe the beginning of Raiders. It's hard, even with Music Shop to test my work out on.

I accidentally deleted fifteen pages or so of Threat, by an unfortunate coincidence the very fifteen pages or so I wanted to keep. Oh, well—I'll start over from scratch tomorrow. Look at the work I've done on it until now as practice, both in how to write and how to work. From now on, I hope, I'll be more efficient, and what I write will be better than it has been.

Got my Diner's Club Card. One more card and I'll be a fully fledged human being, able to ~~use~~ pay for things with personal checks and everything.

Dad called. Billboard's top-ranked program for this week is, indeed, Karateka. That's Step Two in my convincing myself of this, ~~Each~~ Step Three will be when I see it for myself.

Some days, ~~even~~, when journal-writing time rolls around, the whole day seems to be a unit; to have

난 정말로 새로운 게임을
만들고 싶은 걸까?

▲ 예일 대 캠퍼스

1985년 5월 6일

[**뉴헤이븐**New Haven] 컴퓨터 수리점에서 내 맥Mac을 찾아왔다. 그쪽에선 별문제 없이 잘 돌아가서 다시 포장만 해 두었단다. 돌아오는 길에 교내 매점에서 과전류 보호용 멀티탭을 샀다. 이걸로 문제가 해결되길.

두 장짜리 심리학 수업 과제를 작성했다. 이제 나하고 나머지 내 인생 사이에는 음악 시험 하나만 남았다. 연습삼아 〈레이더스Raiders〉 테마곡의 앞부분을 채보해 봤다. 쉽지 않았다. 채보한 내용을 '뮤직 샵'[1] 안에 옮겨 연주해 보기까지 했지만 말이다.

아버지께서 전화하셨다. 이번 주 **빌보드**[2] 정상에 오른 프로그램이, 정말로, 「카라테카」라는 소식을 전해 주셨다. 아직도 믿

---

1 Music Shop: Opcode Systems에서 개발한 맥용 음악 편집 프로그램. MIDI 트랙을 피아노 롤이나 악보로 바꾸어 주고, 편집 및 재생 기능도 제공한다.

기 어렵다. 내 눈으로 직접 보기 전까지는.

브로더번드가 제 첫 게임인 카라테카를 발매한 시점은, 제가 대학교 졸업을 앞둔 해의 12월이었습니다. 판매량은 처음엔 그다지였지만, 봄이 되자 급상승했어요.

▲ 브로더번드의 「카라테카」 광고

1985년 5월 7일

끝났다.

예일Yale 대와는 이제 안녕이다.

음악 시험이 꽤 어려웠지만 (채보를 망쳤다.) 그래도 뭐, 할 만큼 했다. 아마 B를 받을지도 모르겠다. 시험을 끝낸 후 드와이

2 Billboard: 미국의 음악 잡지. 당시에는 컴퓨터 소프트웨어 판매량 차트가 별도로 나왔다. 「카라테카」는 1985년 4월호의 best-selling game 1위를 기록했다(코모도어 64, 아타리 VCS, NES, 게임보이 합계). 총합 판매량은 50만 장 이상으로, 당시의 북미 게임 시장이 지금의 10%에도 못 미쳤음을 감안하면 엄청난 수량이라는 것이 조던 메크너의 언급. http://jordanmechner.com/karateka/를 참조.

트, 톰과 목소리를 낮추고 이야기를 나눴다. 아직 시험을 마치지 않은 이들도 많았으니까. 녀석들은 내년에 뭘 하며 지낼 거냐고 물었다.

"컴퓨터 게임을 개발할 거야." 나는 조용히 대답했다.

빌보드 지를 샀다. 「카라테카」가 정말 1위였다. 내가 마돈나와 나란히 서다니. 세상에.

	THIS WEEK	LAST WEEK	WKS. ON CHART	TITLE
				Compiled from
1	7	7		KARATEKA
2	2	69		FLIGHT SIMULATOR II
3	1	20		THE HITCHHIKER'S GU THE GALAXY
4	6	77		FLIGHT SIMULATOR
5	3	39		SARGON III
6	12	26		KING'S QUEST
7	8	83		EXODUS:ULTIMA III

▲ 빌보드에서 「카라테카」가 1위였을 때

1985년 5월 10일

휘슬러스Whistler's에서 빌 홀트와 저녁 식사를 하며, 브로더번드[3] 사람들이 요새 어떻게 지내는지를 들었다. 여름 계획을 세웠냐고 묻는 그에게, 새로운 게임 개발을 생각하고 있다고 대답했다. 그는 내가 돌아오면 게리가 무척 좋아할 거라고 말해주었다.

그래서 7월 중순 즈음 그 쪽으로 날아가, 잠시 동안 누군가의 집에 얹혀살면서 새 프로젝트를 시작할 수 있을지 파악해

브로더번드 소프트웨어는 1980년 더그&게리 칼스턴 형제와 여동생인 캐시가 가업 형태로 시작한 회사였습니다.

[3] Broderbund Software: 80년대 북미 소프트 업계에서 가장 영향력이 큰 업체 중 하나였으며 많은 개인 개발자들의 게임 및 업무용 소프트웨어의 판권을 사들여 판매해 왔다. 조던 메크너도 「카라테카」와 「페르시아의 왕자」 1·2편의 판매 계약을 통해 브로더번드와 깊은 관계를 맺고 있었다.

보자는 계획을 짜보았다. 월요일에는 게리에게 전화로 알려 줘야겠다.

주의: 편지 말고 **전화**로, 에드 말고 **게리**에게. 에드에게 편지를 보내면 답신이 없다. 너무 바쁜 사람이니까. 어차피 그쪽 사람들은 편지라는 수단을 그다지 애용하지 않는 것 같으니.

빌 역시, 에드 말고 게리에게 비용을 요청하라고 충고했다. "만약에 자네 아버님께서 자네와 인연을 끊는다손 쳐도, 아마 게리가 자네를 입양해 주지 않겠나." 마린Marin으로 다시 돌아간다고 생각하니 가슴이 설레인다.

점심은 제프 클리만과 함께 먹었다. 식사 후 집으로 놀러 온 그에게 영화 〈현기증Vertigo〉의 배경 음악을 녹음해 주었다. 이번 여름 LA에 가게 되면 다시 만나기로 했다. 당일 아침에는 조깅하면서 마이크 살츠만과 이브 메어몬트도 마주쳤다.

1985년 5월 14일

조깅 후 우체국에 들렀는데, 거의 두 달이나 기다렸던 에드로부터의 답장이 와 있었다. 편지를 받고 이렇게 기쁠 줄은 나도 몰랐다.

내용은 길지 않았으나(기본적으로,

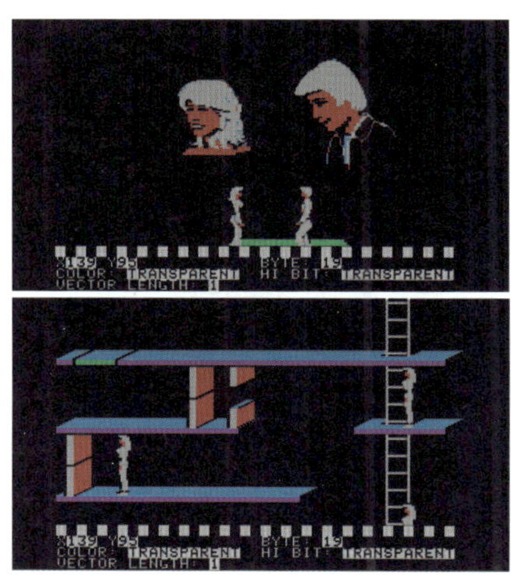

이 당시, 제 Apple II용 그림 제작 툴이었던 DRAX로 신작 게임의 가상 화면을 아래와 같이 대강 그려봤습니다.

그저 "알았어, 오라고."라는 식이었으니까), 덕분에 마음 한구석에 지금까지 지고 있었을지 모르는 무거운 짐을 내려놓은 듯하다. 7월에는 **정말** 그쪽에 간다. 그날이 하루 빨리 오기를.

여비를 누가 지불할 것인지는 아직 확정되지 않았는데, 내 생각엔 아마도 브로더번드가 비행기 티켓 값 정도는 내줄 것 같다. 만약 아니라고 해도, (이건 그쪽에 말해선 안 되지만) 무조건 갈 작정이다.

아버지께서는 브로더번드와의 향후 협상에 대해 유용한 조언을 해주셨다. 내 입장은 이래야 한다. 선금이나 월급, 개발 완료 후 발매 보장 같은 건 필요 없다. 모든 리스크는 내가 떠안는다. 그 대신 내가 받을 수 있는 가장 높은 수준의 로열티를 요구한다. 그리고 계약 협상에 대한 압박감은 그들이 느껴야 한다. 내가 아니라.

1985년 5월 17일

네이플스Naples에서 드와이트 앤드루스와 아침을 먹으며 컴퓨터 음악에 대한 이야기를 나누었다.

기분 좋은 깜짝 소식. 「카라테카」의 첫 로열티로 2,117달러짜리 수표가 날아왔다. 4월에만 2,000장이 팔렸다. 선금은 이제 다 받은 셈이다.

1985년 5월 24일

졸업식 연설은 꽤 좋았다. 배움 그 자체를 위한 배움과 교양 교육에 대한 지아마티Giamatti 총장의 연설은 언제 몇 번을 들어도 항상 가슴을 찡하게 울린다.

졸업 기념 행사에서는 졸업생 두 명으로 구성된 스탠드업 코미디 팀이 무척 재밌는 공연을 선보였고, 폴 상거스Paul Tsongas 상원의원은 멋진 연설을 해 주셨다. '성공하는 인생을 위해 노력하면서도 폭넓은 관점을 유지하며 살아야 한다. 물질적인 이득은 공허할 뿐이다. 죽을 때 "더 많이 일했어야 했다"라고 후회하는 사람은 세상에 아무도 없다.'는 것이 연설의 요지였다.

금요일 날씨는 32도를 넘는 무더위였는데, 바보 같이 무거운 검정 가운 안에 재킷과 넥타이까지 차려입고 있었다. 정말이지, 땀이 비 오듯 났다. 올드 캠퍼스로 향하는 행진이 큰일이었다. 구불구불 돌아가는 루트인 데다, 도중에 위치한 뉴헤이븐 그린New Haven Green에서는 밴드와 총장의 그룹 퍼레이드가 지나가길 기다려야 했으니까 말이다. 지아마티가 지나갈 땐 우리 모두 모자를 벗어 인사했다. 워드와 래리, 그리고 도미니크는 휘파람으로 엘가Elgar와 수자Sousa의 행진곡을 흥얼거리며 지루함을 견뎠다. 래리는 혼자만 양산을 챙겨 온 덕을 톡톡히 봤다.

부모님들은 우리가 지나갈 때마다 사진을 연달아 찍었다. 우리는 웃고 포즈를 취하며 계속 이동했다. 이 모든 게 비현실적으로 느껴졌다. 평소와 다른 길을 걸어 평소엔 잠겨있던 문을 통해 들어서니, 의자에 빽빽이 앉아 있는 사람들로 가득 찬 올드 캠퍼스는 마치 한 번도 와 본 적이 없던 곳 같았다.

졸업생들이 자리에 앉자, 졸업식은 순식간에 진행되었다. 찬송가, 기도, 그런 절차들이 지나가자 어느새 '머릿수로' 천 얼마에 이르는 인원의 사람들이 '학장이 임명하는 바에 따라' 학위를 수여받고 졸업생이 되어 있었다. 나의 대학 시절은 그렇게 끝났다.

▲ 예일 대 캠퍼스의 원경

1985년 6월 4일

[뉴욕New York] 오늘로 만 스물한 살이 되었다.

어브 바우어[4]가 방문해, 잠깐 동안 잡담을 나눌 수 있었다. 그는 내게 주목받는 인재가 된 것을 축하한다며, 지금 작업하고 있는 게 있냐고 물었다. 영화 각본을 쓰고 있다고 대답했다.

"이쪽이 쉬운 길은 아니지." 그가 말했다. 그러더니, "선물을 하나 주려고 하는데 말이야."라며 제임스 에이지James Agee의 책 〈영화에 대하여On Film〉 1·2권을 추천해 주었다. 난 그에게 크게 감사를 표했다. 아무래도 책은 내 돈으로 사야 하는 것 같지만.

(라과디아LaGuardia 공항에서 호주로 떠나는) 아비바를 배웅한 뒤에, 〈쥘과 짐[5]〉을 보러 갔다.

사촌 아비바 지글러Aviva Ziegler는 호주 시드니에 사는 친척입니다. 자기(즉 우리) 가족의 유럽-유대계 뿌리를 주제로 다룬 다큐멘터리 영화도 만든 적이 있는데, 호주 TV를 통해 방영되었습니다.

1985년 6월 5일

춥고 이슬비 내리는 날. 기분도 부루퉁하다. 아마도 불투명한 내 미래로 머리가 혼란스럽기 때문이리라. 브로더번드의 케이가 전화로 데인네 집에 묵어도 좋다고 했다. 로스앤젤레스와 샌프란시스코로 갈 7월 5일자 비행기 티켓 예약도 끝냈다. 즉 모든 준비가 끝났다. 단 하나만 빼놓고…….

난 정말로 새로운 게임을 만들고 싶은 걸까? 게임을 개발하면서 동시에 영화 시나리오를 쓴다는 게 가능할까? 언젠가 시나리오를 쓸 수는 있는 걸까?

지난 여름의 기억을 떠올리며 영화에 대한 의욕을 일으키기 위해 〈그렘린the Gremlins〉의 사운드트랙을 감상했다. 효과가 있었다. 내일은 뭔가 쓸 수 있을 것 같다.

「카라테카」의 코모도어[6] 버전이 출시된 것 같다. 밀봉 포장된 제품 패키지 하나가 우편으로 도착한 걸 보니.

---

4 Irv Bauer: 극작가, 프로듀서. NYU Tisch School of Arts에서 학생들을 지도하기도 하였다.

5 Jules and Jim: 프랑소와 트뤼포(Francois Truffaut) 감독의 1962년 작 프랑스 영화.

6 Commodore64: 1982년 1월 코모도어 인터내셔널 사에 의해 북미 발매된 8비트 PC로, 애플 II 계열과 함께 80년대 북미 홈 컴퓨터 시장을 양분했던 인기 기종이다. 애플 II 에 비해 저렴한 가격과 상대적으로 뛰어난 그래픽 표현 능력으로 1500만 대 이상의 보급을 달성했으며, 당시 북미의 8비트 PC 중에서 애플 II 를 뛰어넘어 사실상 점유율 1위를 달성하는 성공을 기록했다. 따라서 코모도어 64를 기반으로 많은 PC 게임들이 발매되었고, 「카라테카」 역시 애플 II 용으로 처음 개발되었지만 브로더번드가 이를 코모도어 64용으로 이식하여 발매하였다.

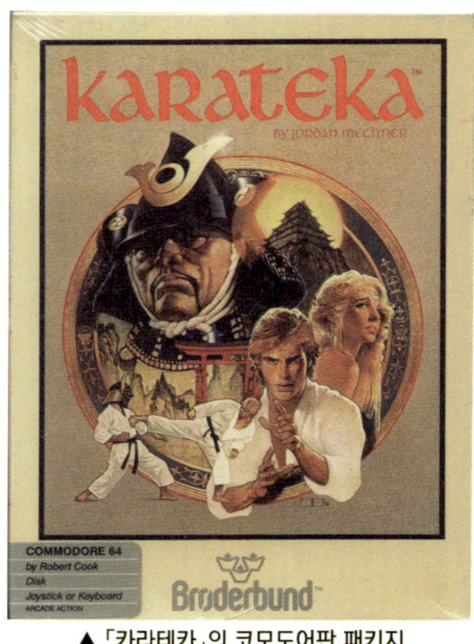

▲ 「카라테카」의 코모도어판 패키지

1985년 6월 15일

크리스 콜럼버스는 행복한 사나이다. 스티븐 스필버그의 인정을 받아 재밌는 영화를 척척 만들어 내고 있으니. 〈그렘린〉은 최고였고, 〈구니스Goonies〉도 아주 괜찮았다.

두 주 후에 샌 라파엘San Rafael로 떠나는 게 너무 다행스럽다. 이대로라면 살짝 미쳐버릴 거 같으니까. 여기에서 내 사회생활은 제로에 가깝다. 그저 빈둥거리는 멍청이가 되어 가고 있다.

한 자리에 꼼짝 않고 앉아 비디오 게임을 만들기 시작해서 그다음 해에나 작업을 마치고 일어설 수 있는 그런 생활이 못 견디게 좋다거나 하지는 않지만, 마린에서 지내면서 브로더번드에서 근무하는 것도 **해볼 만할** 것 같다. 새로운 사람들도 만나고, 내 집과 내 차도 갖고. 여행도 하고. 그래, 결심했다.

▲ 마린 소재 브로더번드 사의 안내 브로셔 일부

1985년 7월 4일

[L.A.] 헌팅턴 비치에 있는 로버트 쿡의 집에서 지내고 있다. 어젯밤에는 그의 가족을 포함하여 오백 명에 가까운 사람들과 함께 해변에서 파티를 했다. 우리는 컴퓨터 게임과 영화, 그리고 우리의 장래에 대해 이야기를 나누었다.

오늘은 웨스트우드로 차를 몰고 나가 〈세인트 엘모어의 열정St. Elmo's Fire〉을 봤다. 내 나이 또래, 그러니까 이제 갓 대학을 졸업한 사람들을 소재로 한 영화를 본 것은 처음이었다. 보통 이런 영화에서 주인공은 고등학교를 막 졸업했거나 대학 신입생이라는 설정이니까. 지난 5년 동안 계속 열일곱 살 인물들을 연기했던 이들이 드디어 자기 나이를 연기하는 모습은 꽤나 신선한 풍경이었다.

「카라테카」는 빌보드 베스트셀러 목록 2위가 되었다.

1985년 7월 5일

로버트는 새로운 게임을 만든다는 얘기에 매우 신이 나 있다. 내가 옆에 있으니 더 그런 것 같기도 하다. 정작 나 자신은 새 게임을 개발한다는 데에 심각한 회의를 느끼고 있는데.

브로더번드를 통해 발매된 로버트 쿡의 첫 게임인 "검볼(Gumball)"은 그가 17세 때 만든 작품이었죠. "카라테카"의 아타리와 코모도어64판 이식을 맡아 준 친구이기도 해요. 나중엔 "라스트 익스프레스"를 저와 함께 만들기도 했죠.

2017년, 로버트는 베다 루빈카-쿡Veda Hlubinka-cook이 되었어요. '그녀'가 된 이후 어쩨 예전보다 더 똑똑하고 유쾌하고 멋지게 변한 것 같다니까요. 우린 35년째 절친으로 지내고 있어요.

그렇지만 만약 집에 계속 남아 있었다면 아마 머리가 돌아 버렸겠지. 지금 내게 필요한 건 어딘가 있을 장소, 친구, 그리고 일거리. 마린으로 가서 브로더번드의 새 게임을 만들겠다고만 하면 이 모든 걸 얻을 수 있다.

하지만 이쪽을 선택하면 영화 각본을 쓸 시간이 부족해진다. 게임 하나를 새로 만들 시간이면, 각본을 세 개는 쓸 수 있다. 그리고… 게임 산업은 가라앉고 있다. 「카라테카」로 내가 벌었던 돈은 이것저것 다 합해도 고작 7만 5천 달러였다. 차트 1위에 올라간 게임인데도. 새로 만들 게임이 이렇게 성공하리라는 보장은 없다. 컴퓨터 게임이라는 시장 자체가 앞으로 몇 년 후에도 계속 **존재할** 거라는 보장도.

1985년 7월 10일

[샌 라파엘] 브로더번드의 사무실로 걸어가 모두를 다시 만나니 무척 즐거웠다. 진 포트우드와 점심을 먹고 그의 사무실에서 로런 엘리엇, 게리 칼스턴과 둘러앉아 몇 시간 동안 내 새로운 게임에 대한 아이디어를 이야기했다. 데이비드 스나이더가 아미가[7]를 보여 주었고 (대단했다!) 크리스 조첨슨은 맥

진 포트우드와 로런 엘리엇은 당시 브로더번드의 정규직 디자이너였어요. 「카라테카」 당시 절 많이 도와줬고, 이후 데인 비검Dane Bigham과 함께 「카멘 샌디에고」 시리즈의 첫 작품을 제작했죠.

7 Amiga: 1985년 코모도어 사가 북미에 첫 출시한 고급형 16비트 PC. 뛰어난 컴퓨터 그래픽 및 비디오·오디오 편집 기능으로 영상·음악 제작자나 CG 전문가에게 큰 인기를 얻어, 일반 업무보다는 대중문화 크리에이터에 특화된 워크스테이션으로 자리매김했다. 특히 유럽에서 넓은 팬층을 확보해, 아미가를 기반으로 수많은 인기 게임이 탄생했다. 메크너가 이 PC를 본 시점에서는, 따끈따끈한 최신 기종이었던 셈이다.

8 Print Shop: 지금까지도 버전 업그레이드가 되고 있는 브로더번드의 프린팅 유틸리티.

용 '프린트 샵'[8]을 보여 주었다. 브로더번드의 사업은 순조로워 보였다. 프린트 샵도 **날개 돋친 듯** 팔리고 있다. 여기로 와서 새 게임을 만들자는 쪽으로 마음이 굳어 가고 있다.

일단 첫 번째 영화 각본을 완성하고 나서의 얘기지만.

1985년 7월 16일

<u>대니 골린</u>Danny Gorlin이 나를 집에 초대해, 이제는 2배 고해상도[9]로 바뀐 「에어하트 Airheart」를 보여 주며 의견을 물었다.

게임엔 예전에 봤을 때와 똑같은 문제 가 있었다. 작고 세밀하게 표현된 물체들과 는 대조적인 시커먼 배경이 신경 쓰였다. 마치 아름다운 우주를 보는 듯한 경외감이 **느껴져야** 할 텐데. 사람들에게서 "애플II로 이런 표현이 가능하다니, 믿을 수가 없군." 같은 반응을 끌어낼 정도로. 하지만 사실, 지금 상태로는 그다지 인상적이지 않았다.

대니에겐 이렇게 말해 주었다. "지금까지는 프로그래밍이든 표현법이든, 어려운 길을 정직하게 걸어 왔잖아요. 이제는 좀 가 벼운 효과들도 넣고 그래야 사람들이 힘들게 구현한 것들을 알 아봐 주지 않을까 싶네요." 그러면서 몇 가지 방안들을 제안했

대니의 첫 작품은 「차플리 프터Choplifter」였는데, 이 게임으로 부자가 됐어요. 게임 디자이너로서의 제 첫 우상 중 하나였죠. 겸손하 고도 무던한 성품이셨지만, 그럼에도 그분 곁에 있으면 저도 덩달아 스타가 된 기 분이었어요.

9 **Double Hi-Res**: 애플Ⅱ+까지는 고해상도(Hi-res)로 불리는 280×192 해상도에 6색 모드가 최대 그래픽 성능이었다. 79년에 처음 발매되었던 이 기종이 당시까지만 해도 애플 시리즈의 표준이었기에, 80년대에 들어서도 많 은 애플 게임 개발자들은 성능의 제약을 느껴야만 했다. 하지만 83년 출시된 상위 기종인 애플Ⅱe는 화면의 가로 해상 도가 이 2배에 해당하는 2배 고해상도(Double Hi-res)란 이름의 560×192 15색 모드를 사용할 수 있었다. 이것 이 「페르시아의 왕자」의 첫 버전이 애플Ⅱ 게임이지만 애플Ⅱe부터 구동 가능하게 된 이유다.

다. 그는 잠자코 듣고 있었지만, 속으로는 게임이 거의 마무리 단계에 도달한 것이길, 한 달 내에 개발을 완료할 수 있길 간절히 원하고 있다는 걸 알 수 있었다.

대니는 이 게임에 많은 시간과 돈을 쏟아부었다. 솔직히 걱정된다. 기술적으로만 보면 틀림없이 뛰어난 작품이다. 하지만 그가 이렇게 훌륭한 프로그래밍으로 표현하고자 하는 우주가 너무도 이질적인 모습이라, 사람들이 놀라워하지 않을 것 같다는 게 문제다. 진 포트우드가 '새로운 게임을 추구하는 데 따르는 대가'라고 표현한, 그런 상황에 처한 것이다.

1982년 7월 17일

오전에 진과 함께 새로운 게임에 대한 설정을 생각해 냈다. 알리바바Ali Baba, 신밧드Sinbad. 다양하게 활용할 수 있고, 친숙하며, 시각적으로 독특하고, (적어도 비디오 게임 분야에서는) 아직은 지겹도록 써먹지 않은 소재이니까.

로버트, 토미, 스티브와 함께 아카풀코Acapulco에서 저녁을 먹었다. 웨이트리스는 내가 스물한 살이라는 걸 믿어 주지 않았다. 내 뉴욕 주 임시 운전면허증에 사진이 없었기 때문이었다. "이게 본인 것이라는 걸 어떻게 믿죠?"라길래, 결국 스티브가 마가리타를 주문하고는 테이블 너머 내 자리로 넘겨 주었다. 그런데 세 모금 정도 마셨을 때 매니저가 다가와 짧게 "감사합니다." 라며 마가리타 잔을 치워 버렸다. 매니저는 그러고도 열이 받았는지, 나중에 우리가 앉은 테이블로 다시 돌아와 일장연설을 늘어놓았다.

내가 어이없는 건, 그 마가리타 값도 계산서에 포함되어 있었다는 점이다.

1985년 7월 18일

공항에 데려다 주는 길에, 토미가 갑자기 말했다.

"난 네가 각본가의 길을 가야 한다고 생각해. 계속 도전해 봐."

놀라서 그 이유를 물어보았다. 그녀는 브로더번드가 따뜻하고 친근한 분위기의 일터인 것은 분명하지만, 프로그래머들에게 그건 그리 중요한 게 아니라고 했다. 크리스나 데이비드처럼 연배가 있는 프로그래머들은 슬슬 걱정하기 시작한다는데, 가진 재주라고는 프로그래밍 밖에 없지만 젊은 친구들이 치고 올라오기 때문이란다.

토미 피어스Tomi Pierce는 더그 칼스턴의 도움을 받아, 1984년 스티브 패트릭Steve Patrick과 함께 교육용 소프트웨어를 제작하는 스타트업 회사인 센세이Sensei를 공동 설립했어요. 첫 발매작은 "지리Geometry"였죠.

일자리를 구하기 시작할 나이의 젊은 프로그래머들은 더 낮은 임금에 더 열심히 일하려고 할 것이고, 아직 여자친구나 가족도 없을 테니 일에만 매달릴 수 있다. 게다가 컴퓨터 게임 시장이 언제까지 존재할 수 있을지, 당장 내년에 또 어떻게 변할지는 그 누구도 알지 못한다.

난 그런 식으로 생각해 본 적이 한 번도 없었다.

1985년 8월 28일

[채퍼콰 Chappaqua**]** 여느 비 내리는 늦여름 날. 11시 반 즈음 일어나서 시내에 어머니를 모시고 다녀왔다.

브로더번드의 에드 번스타인Ed Bernstein에게 보낼 편지를 마무리했다. 새 게임에 쓸 줄거리를 만들어 보내 주어야 했는데, 그냥 머릿속에 생각나는 걸 그대로 적었다. 그러곤 봉투를 봉하고 편지를 보내 버렸다.

그러자 신기한 일이 일어났다. 머릿속에 캐릭터들의 영상이 떠오르기 시작했던 것이다. 술탄, 공주, 그리고 소년. 마치 디즈니 영화와도 같은 장면들이 마음속에서 보였다. 그걸 토대로 해서 시나리오를 작성했는데, 한 시간 동안 상당한 분량을 써낼 수 있었다. 내용도 꽤 괜찮았다, 적어도 내 생각에는. 「카라테카」와 적당히 비슷하면서도 더 그럴 듯하고 더 복잡하며, 이게 제일 중요한데 더 유머러스했다. 진도 분명 좋아할 것이다. 배경 스토리를 일러스트와 함께 만화책처럼 만들어 게임과 동시에 출판할 수도 있을 것 같다.

최근에는 밤마다 고민에 시달려왔다. "난 과연 새로운 컴퓨터 게임을 만들 준비가 되어 있을까? 이게 정말 내가 원하는 일일까? **해낼 수는 있을까?** 내 머릿속의 프로그래밍 감각이 이미 퇴화해 버렸다면 어쩌지? 게임이 실패해서 창피를 당하진 않을까? 영화 각본 쪽으로 아예 전직해야 하는 건 아닐까?"

오늘 일로 기분이 좀 나아졌다.

1985년 8월 30일

　게임 쪽으로 괜찮았던 또 하루. (영화 각본? 그게 어쨌다고?) 당장 밖으로 나가 비디오카메라, 비디오 플레이어, 디지타이저를 사다가 일에 착수하고 싶을 정도까지 진척되었다.

　페덱스로 아타리Atari용 「카라테카」의 개발 중인 버전이 배달되었다. 그래픽은 괜찮은데 사운드가 엉망이었다. 아버지와 함께 하루 종일 음악을 고쳤다. 나쁘지 않은 정도까지는 만들 수 있었지만, 코모도어판 수준에는 한참 모자란다.

　새로운 게임에 대한 생각으로 들뜨기 시작했다는 것이 이루 말할 수 없이 행복하다. 미래에 대한 즐거움과 자신감이 차오르는 느낌이다.

　그런데 생각해 보면, 내 **기분**이 좋다고 꼭 내가 만드는 **게임**이 좋아지는 건 아닐지도 모른다. 어쩌면 최고의 작품은 컴컴한 절망 속에서 탄생하는 것일 수도 있다. 아닐 수도 있고.

아버지는 스타인웨이의 그랜드 피아노로 「카라테카」의 음악을 만드셨고, 저는 이를 컴퓨터 언어로 변환했죠. 아버지는 교육심리학자 겸 기업가이자 진지한 아마추어 클래식 피아니스트셨어요. 이 음악이 아버지의 첫 작곡이셨죠.

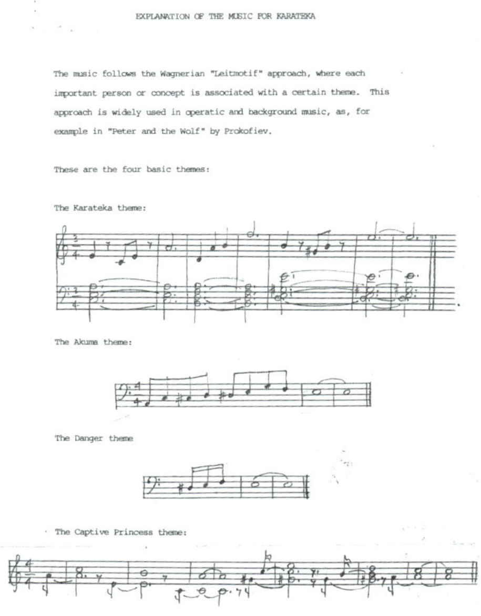

▲ 아버지가 작곡한 「카라테카」의 악보

1985년 9월 24일

운전면허 시험에 합격했다. 비록 평행 주차를 하면서 연석에 부딪치고, 백미러 체크를 까먹고, 파란불에서 정지하고, 키를 시동 위치에서 못 풀어서 헤맸지만 말이다. 그래도 이제 내 손에 면허증이 있다. 좀 무서운 일 같지 않은가?

에드로부터 답장이 왔다. 새 게임에 대한 기대가 크다며, "가능한 한 빨리" 계약을 논의하기 위해 항공편을 제공하겠다고 한다. 정말 멋지지 않나?! (미안해요. 어머니, 아버지……. 저녁은 같이 하지 못할 거 같네요. 주말에 캘리포니아로 날아가야 하거든요. 사업이죠, 뭐. 일이라는 게 다 그렇다는 거, 잘 아시잖아요.)

⚜ **Brøderbund Softwa**

September 18, 1985

Jordan Mechner
85 Haights Cross Road
Chappaqua, NY 10514

Dear Jordan:

Thanks for your letter, and for detailing your discussions with game. We're talking all the right ingredients. Persian intrigue traps! Graphics and animation equal to or surpassing Karateka happy.

Gene is as eager to get going on it as it seems you are. I'd lov for an arrangement similar to the one you suggest, with our wo beginning in return for our having the right, of course, to publi

I appreciate your willingness to assume much of the risk of dev the "hits" nature of the entertainment software business make predict, at the outset, how well a single title will do. And, ala our most successful designer's first product has never been a g

No one so far has had two major hits. It's not that I don't thin change all that. But it's hard for me to make financial plans ba

▲ 브로더번드의 에드로부터 온 답장

1985년 9월 25일

다이너스 클럽Diners Club 카드로 긁은 비디오 플레이어와 비디오 카메라가 도착했다. 내 것도 아니고 내 돈으로는 살 수도 없는 2,500달러어치 장비를 가진다는 건 무서운 일이다. 동생인 데이비드와 나는 (주로 데이비드가) 카메라를 가지고 이것저것 해 보면서 하루를 보냈다. 정말 제 동생인 데이비드(당시 15살)가 공짜로 모션캡처를 해준 셈이었어요. 프로 바둑 선수로 진지하게 진로를 결정하기 딱 직전이었죠.

멋진 기기임에는 틀림이 없으나, 혹시 내 손에 있는 동안 어떻게 될까 봐 조마조마하기도 하다.

잠깐 쓰고 반품하자니 양심의 가책을 느낀다.

1985년 10월 2일

어젯밤에는 새로운 게임에 대한 걱정으로 잠을 이루지 못했다. 지금부터 만들어 넣어야 할 그 많은 **세부적인 요소들**… 그게 너무 벅찬 일처럼 느껴진다. 「카라테카」때는 어떻게 했더라? 기억나지 않는다. 다시 잘할 수 있을지 확신이 없다.

이런 불안감이 여전히 마음 한편에 숨어 있다가, 때때로 말을 걸곤 한다. "조던! 뭐 하는 거야? 넌 지금 인생을 거꾸로 가고 있어. 영화 제작자가 되고 싶어 했잖아. 이제는 앞으로 나아가야 할 때야! '애플 컴퓨터의 게임'이 네 인생에서 차지해야 할 시간은 이미 작년에 정점을 찍었지. 업계가 죽어 가는 타이밍에 발을 들여 놓은 셈인 데다, 너 스스로도 조만간 게임에 흥미를 잃고 말거야. 그런데도 '딱 한 게임만 더' 만들겠다고……? 왜? 소심하니까! 속박에서 벗어나는 게 두려우니까! 넌 1년이나 낭비하고 말거야! 할리우드에 도전할 기회는 **지금뿐**이라고!"

"시끄러워." 내 한마디에, 불안감은 잠시 웅얼거리며 서성이다가 이내 캄캄한 굴 속으로 사라진다.

1985년 10월 17일

이번 주말에는 데이비드와 촬영을 해야 한다. 다음 주 화요일에 카메라를 반납해야 하니까. 데이비드를 모델로 쓰는 데는 약간의 문제가 있다. 어떤 부분을 추가로 촬영해야 할지 파악될 무렵엔 우리가 3,000마일쯤 떨어져 있을 것이라는 점이다(그리고 데이비드의 키가 몇 인치 더 자랄 것이라는 점도).

에드 번스타인이 전화했다. "아마도 내가 협상안을 제시해야 할 거 같다는 생각이 드는데, 자네 쪽에서 역제안을 하는 건 어떻겠나?"

원 제안도 내놓지 않고서 어떻게 역제안을 받겠다는 건지는 모르겠지만, 난 이렇게 말했다. "선금 없음, 월급 없음, 로열티는 20%. 이게 제가 바라는 조건입니다."

그는 곧바로 대답했다. "내가 바라는 조건은 선금 없음, 월급 없음, 로열티 15%라네."

내가 좋아하는 사람과의 협상이란 썩 내키는 일이 아니다. 좋게 해결하고 싶은 충동과, 상대방이 나를 욕심쟁이로 보게 하고 싶지 않은 마음 때문이다. 반면에 가능한 한 많은 돈을 받고 싶은 마음도 있다.

오늘 아침엔 햇살이 비치는 곳에 앉아 〈나의 산에서 My Side of the Mountain〉를 다시 읽었다. 내 삶이 얼마나 자연과 동떨어져 있는가를 생각해 볼 수 있었다. 컴퓨터 화면을 종일 노려보는 일상. 패스트푸드와 형광등을 벗 삼는 생활. 난 이제 스물한 살인데, 초롱초롱해야 할 내 눈은 붉게 충혈되어 있다.

지금 읽어도 여전히 훌륭한 성장소설이죠. 작가인 진 크레이그헤드 조지 Jean Craighead George는 아직도 채퍼콰에 살고 있어요.

방랑에 대한 열정은 아직 내 안에 있다. 죽지 않았다. 고마워요, 진 조지.[10]

1985년 10월 20일

리더스 다이제스트 주차장에서, 데이비드가 달리고 뛰는 모습을 비디오 카메라로 촬영했다. 이 정도면 개발을 시작하기엔 충분할 듯.

10 Jean George: 동물과 자연을 소재로 한 작품들을 많이 쓴 여류 작가. 대표작으로 〈나의 산에서〉 시리즈와 〈줄리와 늑대〉가 있다.

▲ 데이비드의 동작을 찍은 비디오 영상

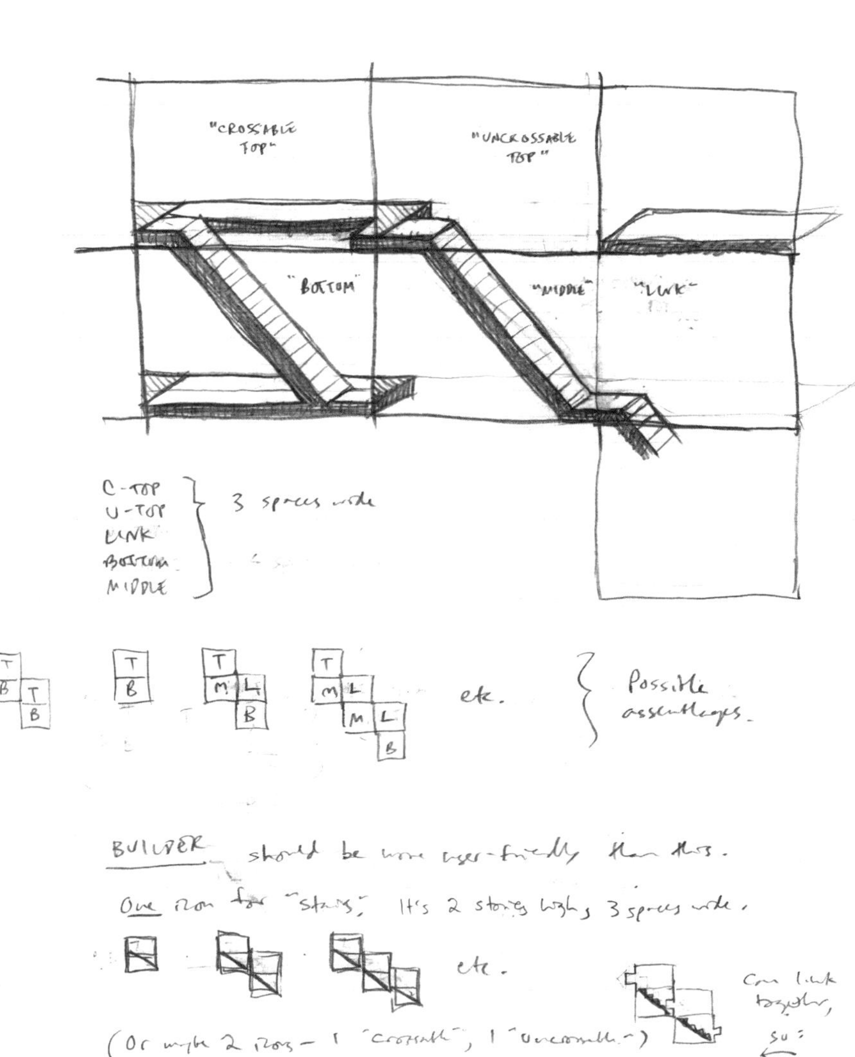

▲ 스테이지 구성 관련 아이디어 스케치

협상

1985년 10월 23일

에드는 15% 이상으로 올릴 생각은 없다고 했고, 나는 그 조건에 수긍했다. 계약서 초안을 잡아 보내 주기로 했다.

1986년 3월 13일

떠나야 한다. 이건 반토막짜리 삶도 아니다. 마치 가택연금 상태로 사는 것 같다. 캘리포니아로 떠나는 건 이제 더 이상 커리어를 위한 선택 따위가 아니라, 나에게 남은 마지막 비상구다.

1986년 3월 20일

브로더번드와의 협상은 짜증스러울 정도로 오랫동안 지연되고 있다. 덕분에 '브로더번드 가족'의 일부가 된다는 것에 남아 있던 일말의 감상적인 느낌도 말끔히 정리되었다. 더그와 게리는 좋은 사람들이지만, 브로더번드도 결국 기업일 뿐이다. 내가 지금 실제로 상대하고 있는 사람들에게 이건 그저 비즈니스에 불과하다.

어머니께서 벤처Venture 잡지에 나온 기사를 보여 주셨다. 일렉트로닉 아츠_{Electronic Arts} 사가 티머시 리어리_{Timothy Leary}와 신작 게임 개발 계약을 체결하면서 선금으로 10만 달러를 지불했다는 내용[11]이었다.

난 왜 아직도 브로더번드와만 상대하고 있는 걸까?

1986년 3월 28일

빌 맥도나휴_{Bill McDonagh}가 전화로, 「카라테카」가 일본에서 발매된 지 한 달 만에 25만 장이나 팔렸다고 알려주었다.

▲ 일본 패미컴판 「카라테카」 패키지

1986년 4월 15일

브로더번드로부터 새로운 계약서 초안이 왔다. 여전히 선금은 없다는 조건이었지만, 그래도 이 정도면 사인해도 될 것 같다.

1982년 4월 29일

디지타이저[12]가 도착했다. 잠깐 써보니 지난 10월에 찍은 테

---

11 EA는 저명한 심리학자이자 작가인 티머시 리어리의 박사 논문을 바탕으로 1985년 「Timothy Leary's Mind Mirror」라는 시뮬레이션 게임을 출시했는데, 여기 언급된 EA와의 다음 작품은 출시 기록이 남아 있지 않다. 그의 이론에 바탕을 둔 좀 더 유명한 게임으로는 인터플레이의 「뉴로맨서(Neuromancer)」가 있다.

12 Digitizer.: 아날로그 필름이나 카세트테이프, 그림·사진 등을 PC에서 쓸 수 있는 디지털 데이터로 변환해 주는 기기다. 여기서 말하는 기기는, 지금의 개념으로 말하면 필름 스캐너.

이프들이 쓸모없어졌음을 바로 알 수 있었다.

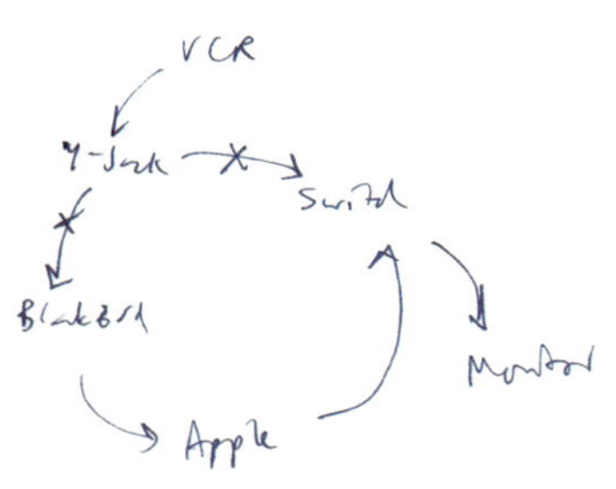

▲ 당시 디지타이저에 의한
그래픽 작업 과정의 기록 메모

디지타이저는 기본적으로 명암, 두 가지 상태만 인식한다. 바로 검은색과 흰색. 데이비드의 팔과 얼굴과 다리가 흰색으로 보이도록 밝기를 올린 상태에서도 배경은 검은색으로 인식될 정도로 명암이 뚜렷해야 한다. 여기에 더해, 축소나 확대가 불가능했다.

만약 데이비드의 몸을 희게 칠하고 하얀 터번을 쓰게 한 다음, 검은 벽을 배경으로 찍어 보면 어떨까?

여전히 불가능한 일은 아니라는 생각에는 변함이 없다. 핵심은 프레임을 지나치게 줄이지 않는 것이다. 캐릭터가 작고 지저분해서 엉망으로 보일지도 모르지만……. 내가 확신하는 것은, 이 캐릭터가 초당 15프레임으로 연속적인 움직임을 만들기 시작하면 마치 살아 움직이는 듯한 환각이 만들어질 것이며, 지금까지 애플 II의 화면에서 볼 수 있던 그 어떤 것보다도 놀라우리라는 점이다.

이 작은 친구는 랄프 박시Ralph Bakshi의 로토스코프[13] 작품처럼 조금 지글거리거나 깜빡일 수도 있겠지만… 살아 있을 것이다. 이 녀석은 내가 애플 그래픽으로 만들어 줄 정적인 페르시아 풍 세계에서, 작게 일렁이는 횃불처럼 넘치는 생기로 달리고 뛰게 되리라.

[13] Rotoscope: 실사를 비디오나 사진으로 먼저 촬영하여, 애니메이터가 이 컷을 프레임 단위로 따다 손으로 덧입혀 그리는 방식으로 영상화하는 애니메이션 제작 기법. 실제 인간이 움직이는 듯한 생동감 넘치는 영상을 얻을 수 있다.

1982년 4월 30일

하루 종일 <u>DRAY를 깔고 지우고, 저장하고 불러들이는 작업을 반복했</u>다. 며칠 더 씨름하면, 그동안 DRAX로 했던 작업들을 모두 대체할 수 있을 것 같다.

「카라테카」를 만들 때 이 프로그램이 있었다면 좋았을 텐데. 지금 당장은 일이 많아졌지만, 나중에 프레임들을 다 잘라서 순서대로 붙일 때는 지금의 노력이 보상받을 수 있겠지.

1986년 5월 17일

게임 제작에 쓸 만한 최적의 디지타이징 방법 절차는, 영상을 슈퍼 8mm 필름[14]으로 찍어 모비올라[15]에 건 뒤, 이 스크린을 다시 비디오카메라로 담아 바로 디지타이저로 보내는 수순이라고 생각한다. 결과적으로 더 깨끗한 화면이 나오고, 정지 화면의 노이즈를 제거할 수도 있기 때문이다. 또한 줌 인·아웃 기능으로 영상의

```
1590 HIRES     .EQ $6900
1600 CLS       .EQ HIRES
1610 LAY       .EQ HIRES+3
1620 ;
1630 TEXT      .EQ $6C00
1640 HOME      .EQ TEXT
1650 PRBYTE    .EQ TEXT+3
1660 PRLINE    .EQ TEXT+6
1670 PRCHAR    .EQ TEXT+9
1680 SETLINE   .EQ TEXT+12
1690 ;
1700 ZEROBUF   .EQ $0F00
1710 IMADRL    .EQ $8000
1720 IMADRH    .EQ $8100
1730 TABSTART  .EQ $8200
1740 ;
1750 *---------------------------
1760 ;
1770           .OR $4000
1780 ;
1790           JMP START
1800 ;
1810 AMASKS .HS 808183878F9FBF
1820 ;
1830 BMASKS .HS FFFEFCF8F0E0C0
1840 ;
1850 SHIFTL .HS 008000080008000
1860 CARRYL .hs 800080008000 80
1870 ;
1880 SHIFTH .HS 61616262636364
1890 CARRYH .HS 64656566666767
1900 ;
1910 POINT  .HS 8182848890A0C0
1920 ;
1930 BUFFER .HS 0008
1940 ;
1950 ;          -1 = transparent
1960 ; COLORS:  0 = black2
1970 ;          1 = red
1980 ;          2 = blue
1990 ;          3 = white2
2000 ;
2010 ODDS   .HS 80D5AAFF
2020 EVENS  .HS 80AAD5FF
2030 ;
2040 *---------------------------
```

▲ DRAY 소스 코드의 일부.

그 당시엔 게임을 만들려면 일단 게임을 만들기 위한 개발 툴부터 직접 프로그램을 짜야만 했어요. DRAY는 제가 개발한 픽셀 에디터인데, 말하자면 원시적인 애플 II용 포토샵이랄까요? 최초 버전의 이름은 DRAW였는데, 고교생 때 만든 툴이었죠. 점점 발전하면서 DRAW1, DRAW2 식으로 이름이 바뀌다가, 대형 업데이트를 하면서 마지막 글자의 숫자 대신 알파벳을 하나씩 올리기로 했어요. 즉 이전 버전인 DRAX를 완전히 새로 개선한 신버전이 DRAY였던 거죠.

---

14 Super 8mm film.: 'Super 8'이란 애칭으로 알려져 있는, 1965년 발표된 코닥의 개인 영화 촬영용 필름 규격. 주로 아마추어 영화나 독립영화의 촬영, 영화학도들의 연습 등의 용도로, 가정용 비디오카메라와 함께 널리 사용되었다.

15 Moviola: 영화 필름 편집용 영사 장치를 가리키는 상표명이다.

크기를 조절할 수도 있다.

문제는, 슈퍼 8mm 필름을 현상하려면 번잡스러운 과정을 거쳐야 한다는 점이다. 그리고 비디오 카메라 외에 무비 카메라까지 있어야 한다는 점도.

그렇다면 이렇게 하자. 일단 비디오 카메라를 사서 가능한 한 최선의 영상을 찍어 (노이즈를 감수하고) 디지타이징할 것. 이 데이터를 일단 임시로 게임에 넣어 두고 나머지 부분의 프로그래밍을 계속할 것. 그러다가 나중에 내가 원하는 것이 무엇인지가 좀 더 명확해지면, 그때 실제로 사용할 영상을 슈퍼 8mm로 다시 찍으면 된다.

1986년 7월 7일

브로더번드의 에드 바다소브Ed Badasov에게서 전화가 왔다.

"자네가 여기로 오고 싶어 한다고 알고 있는데." 그가 말했다.

"게임 개발이 대략 1년 정도 걸릴 겁니다. 그래서 베이 에리어Bay Area로 옮기고 싶어요. 아파트를 구할 때까지 몇 주 동안 같이 지낼 사람을 찾을 수 있다면 큰 도움이 되겠습니다."라고 설명했다.

그는 새로운 프로젝트가 「카라테카」의 속편이냐고 물었다. 내가 아니라고 말하자 그의 관심이 식는 것이 뚜렷하게 느껴졌다. 마치 스튜디오 임원과 이야기하는 것 같은 느낌이었다.

1986년 7월 25일

'아라비안나이트 같은 게임'이라는 모호한 아이디어 하나만

디즈니의 〈알라딘〉이 나오기 6년 전이었죠.

달랑 부여잡고 3,000마일이나 떨어진 곳으로 떠난다는 건, 두렵기도 하지만 동시에 흥미진진하다.

▲ 「페르시아의 왕자」 아이디어 스케치들

1986년 7월 31일

　PC판 「카라테카」의 '최종' 개발 버전을 살펴보았다. 그다지 나쁘진 않았다. 전반적으로 느리고, 디스크도 너무 자주 읽고, 자잘한 그래픽이 제법 깨진다는 점만 빼고 말이다. 그래서 비교해 보려고 애플II판을 켜 보았는데… 너무 부드럽고 매끄러워서 울고 싶어졌다.

▲ 애플II 버전 「카라테카」

　PC판은 당초 의도했던 결과의 50% 정도 수준인 듯하다. 이식을 진행한 이들에게 뭘 더 고치라고 말하기도 쉽지 않다……

애플Ⅱ판의 수없이 많은 디테일을 제대로 옮겨 놓지 않았다. 이러한 작은 디테일들 때문에, 내가 애플판을 만들 때는 2년이라는 시간이 걸렸던 것이다. 아마도 이들이 뽑아낼 수 있는 수준은 현재 버전 정도가 최선일지도 모르겠다.

신기하게도, 이걸 보고 있자니 새로운 게임의 개발에 더 강한 의욕이 생긴다. 새삼 깨달은 것이다. 내가 왜 이 분야에 재능이 있는지를. 나는 할 수 있지만 다른 이들이 못 하는, 혹은 하려 하지 않는 것이 무엇인지를.

1986년 8월 1일

▲ 「카라테카Ⅱ」 아이디어 스케치

에드가, 누군가가 그린 「카라테카Ⅱ」용 아이디어 스케치들을 보내 왔다. 아마도 진의 작업물인 것 같다. 처음에는 별 의욕이 없었는데, 일이 잘 풀릴 수 있는 방법이 떠올랐다.

만약 내가 줄거리를 만들고 스케치를 그리고 진과 함께 브레인스토밍 회의에 참여하는 등 게임 디자인에 적극적으로 참여하면서, 그동안 프로그래밍 작업을 스티브 오머트Steve Ohmert에게 맡길 수 있다면, 어떨까. 그 프로젝트의 개발에 일정 수준의 영향력을 끼치는 동시에, 내가 관여하지 않았을 때보다 좀 더 높은 로열티를 요구할 수 있는 명분도 확보하게 된다.

이건 말이 된다. 저쪽은 내 제안을 쉽게 거절할 수 없겠지. 「카라테카」의 저작권은 내게 있으니, 내가 동의하지 않는다면 속편을 만들 수도 없으니까.

1986년 8월 2일

에드 바다소브에게 「카라테카Ⅱ」의 디자인에 참여하고 싶다고 말했다. 그는 대답하길, "이미 디자이너라면 두 명이나 있네. 진과 로런 말이야. 세 명까지는 필요치 않아. 결국 디자인이라는 건, 기본적으로 누구나 할 수 있는 거잖아."

그러면서 로열티는 1편의 1/5에 불과한 3%를 제안했다. 이마저도 그들이 나에게 큰 호의로 주는 일종의 선물이라고 생각하는 듯했다.

그는 한 술 더 떠, 「카라테카Ⅱ」를 다른 이름으로 발매해서 내게 한푼도 주지 않을 수도 있다고까지 말했다. 그래도 어차피 사람들 사이에 「카라테카」의 비공식 속편이라는 소문이 퍼질 테니까, 내게 줄 로열티 없이도 「카라테카」의 후광을 충분히 입을 수 있다고 말이다.

이런 말을 끝까지 들으면서도 폭발하지 않았던 내 자신이 자랑스럽다.

아버지는 「카라테카」 때와 마찬가지로 15%를 고수하라고 충고하셨다. 난 더그 스미스Doug Smith가 「챔피언십 로드 러너Championship Lode Runner」개발 시에 받았던 10% 정도면 만족하겠지만, 아마도 저쪽에서는 그 정도마저도 주지 않을 것 같다.

1986년 9월 3일

이제 공식적으로 결정됐다. 캘리포니아로 떠난다. 비행기 티켓을 비롯한 모든 게 준비되었다.

에드가 말했다. "실은 말일세, 난 자네가 오늘 온다고 알고 있었지."

내 인생이 이제 변하려 한다.

▲ 조던 메크너의 작가 협회 등록증

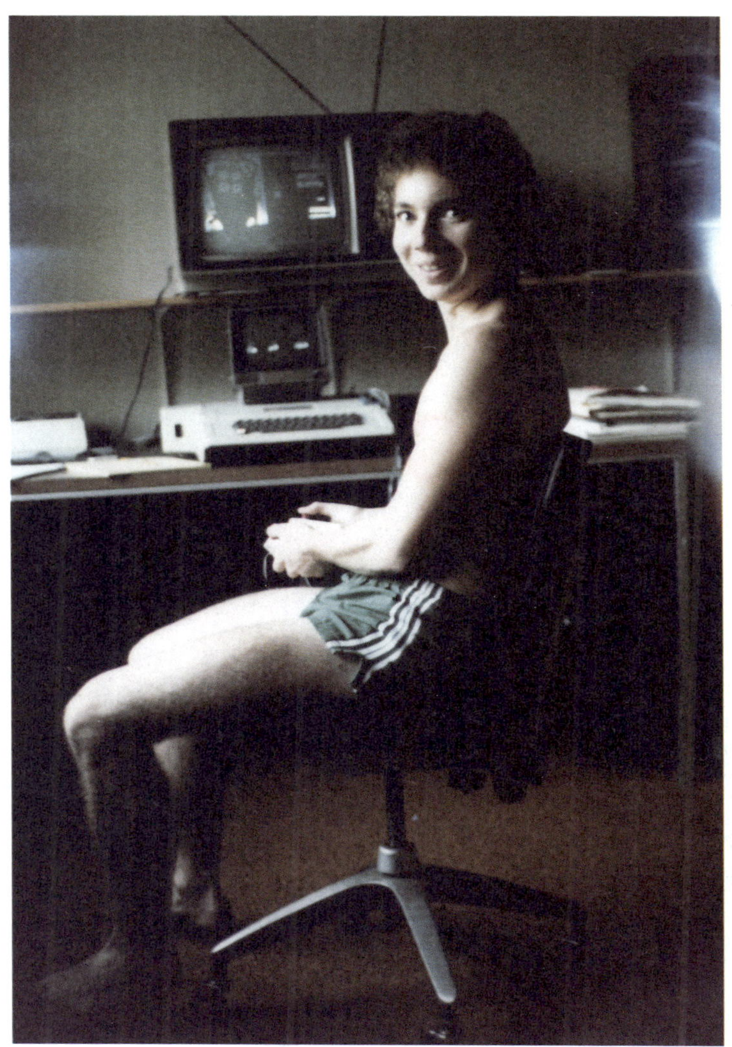

▲ 예일 대학 졸업 후 집에서 찍은 사진

캘리포니아

1986년 9월 10일

[샌프란시스코] "피자 배달원인 줄 알았지 뭐야." 베이커 스트리트 아파트의 가파른 계단을 짐 가방 두 개과 함께 올라 문 앞에 도착한 나를 보고, 토미가 문을 열면서 건넨 첫 인사. 지금은 새 안락의자에 기대어 앉아, 새 CD 플레이어로 마우리치오 폴리니가 연주하는 쇼팽의 전주곡을 듣는 사치를 누리고 있다. 창문 너머로 보이는 샌프란시스코 베이의 풍경은 언제 보아도 너무 아름다워 속이 먹먹해진다.

내가 겁먹고 있다고 썼던가? 토미가 운전하는 차에 타고 회사로 향하는 길, 그렇게 도착한 브로더번드 주차장. 이 모든 게 떨리는 경험이었다.

이제 첫날은 지났고, 그렇게 떨 필요가 전혀 없었다는 게 분명해졌다. 난 이제 두렵지 않다. 대신 공포에 질렸다. 아니, 사실은 두려워 미칠 지경이다.

차를 빌리고, 운전을 해야 한다. '프리웨이'라는 이름의 정신나간 12차선 경주로 같은 고속도로에서 말이다. 아파트도 찾아 빌려야 하고, **이사**도 해야 한다. 차도 **사야** 하고, 보험도 들어야 한다. 어느 것이나 살면서 해본 적 **없는** 일뿐인데… 이제부터 한꺼번에 다 해야 한다.

여기에 더해(라기보다는 원래 목적이었던), 컴퓨터 게임도 만들어야 한다.

재미있을 것 같다.

1986년 9월 11일

대니 골린을 만났다. 그는 세상의 모든 개발 시스템을 능가하는 개발 시스템을 구축하는 데 돈을 퍼부었다. 「에어하트」의 최종 버전을 봤다. 꽤 멋진 특수 효과들이 추가되었고, 재미는 하나도 없었다.

대니는 개발 시스템 구축에 거금을 쓰는 것을 현명한 일이라고 생각한다. 그가 옳을지도 모른다. 하지만 최고의 애플 게임들은 디스크 드라이브가 두 개 달린 평범한 애플II로 개발되었다. 루카스필름[16]은 많은 돈을 들여 「프랙탤러스 구출 Rescue on Fractalus」이나 「볼블레이저 Ballblazer」를 개발했지만, 그렇다고 딱히 경쟁작들에 비해 뛰어나거나 차별화 된 작품은 아니었다. 진정한 혁신은 「래스터 블래스터 Raster Blaster」, 「차플리프터 Choplifter」, 그리고 (에라 모르겠다) 「카라테카」처럼 특별한 외부의 도움 없이 프로그래머 한 명이 만든 작품들이 이루어낸 거다.

어쩌면 대니가 21세기의 게임 디자인을 선도하고 있는 것일

---

[16] Lucasfilm Games.: 1982년 조지 루카스가 영화사 루카스필름의 비디오 게임 개발 부문으로 창립한 회사로, 훗날 그래픽 어드벤처와 플라이트 시뮬레이션 게임으로 크게 유명해지지만 이 일기가 쓰여진 시점에서는 대형 영화사의 게임 산업 진출 정도로 치부되어, 대자본을 바탕으로 한 기술 지향의 아케이드 게임들을 주로 내놓고 있었다. 1990년 자회사인 루카스아츠 엔터테인먼트(LucasArts Entertainment Company)로 분리되면서, 국내에도 「원숭이 섬의 비밀」 등으로 본격적으로 알려지게 된다.

지도 모른다. 그저 돈을 하늘에 뿌리고 있는 것일 수도 있고.

난 애플 II를 고수하련다.

1986년 9월 11일

진, 로렌, 에드 바다소브를 만나 내 '바그다드'의 아이디어들을 보여 주었다. (에드 B.가 「페르시아의 왕자」라는 가칭을 생각해 냈다.) 줄거리는 큰 인상을 주지 못한 것 같지만, 그 안에 잠재된 가능성은 발견한 듯하다.

사실 그들이 어떻게 생각하는지는 중요치 않다. 이걸 만들어야 하는 사람은 바로 나니까. 하지만 이 사람들을 열광하게 만들 수 있다면 분명 나쁠 게 없다. 몇 달 후에는 다들 깜짝 놀랄 무언가를 보여 줄 수 있을 것이다.

이 게임을 만들어 나가는 게 두근거리기 시작했다. 조금씩.

1986년 9월 12일

스티브 패트릭Steve Patrick과 아파트를 보러 다녔다. 그 중 한 집에는 핑크색 카펫, 먼지 수북한 샹들리에, 그리고 어린 녀석에게 세를 내주기 꺼리는 연로하신 여주인이 있었다. "젊은 애들은 너무 시끄러워. 친구들을 불러 재우기도 하니까 말이지." 내가 말했다. "저는 아니에요. 방금 뉴욕 발 비행기에서 내렸는걸요. 여기엔 친구가 아무도 없어요."

"뭐, 곧 생기겠지." 그녀는 마치 〈제국의 역습〉에서 요다가 예언하는 듯이 음산한 어조로 말했다. "생길 거라고."

스티브와 토미는 자기네 집에서 함께 지내도 좋다고 말해 주었다. 자기들이 쫓아내기 전까지는.

더그도 조언해 주었다. "마리나 지역Marina district을 알아보는 게 좋을 거 같은데. 거기는… (잠시 멈추더니)… 여피족들이 많지."

1986년 9월 18일

밀 밸리Mill Valley에 있는 집을 보러 갔다. 삼나무 숲 속 구불구불하고 그늘진 길가에 있는 집이었다. 내가 초인종을 울리자, 나온 여주인이 내 주위를 둘러보고 말했다. "어머니는 어디 계시니?"

집주인은 15분간 집을 보여 주었지만, 내가 진지하게 집을 보러 다닌다는 사실은 끝까지 믿지 않았던 것 같다.

1986년 9월 23일

오늘은 대부분의 시간을 VHS 테이프에 있는 영상을 컴퓨터로 옮기는 문제와 씨름하느라 보냈다. (일단 지금은) 프레임을 하나하나 일반 35mm 카메라로 찍어서 현상한 후에, (필요할 경우 후처리한 다음) 현상된 사진을 일반 소니 비디오카메라로 디지타이즈하는 방법으로 가기로 했다. 손이 많

▲ VHS로 찍은 달리기 동작 영상

원래 애플Ⅱ에는 비디오 영상 입력을 받는 기능이 없지만, 컴퓨테크CompuTech라는 영국 회사가 정지 영상 이미지를 프레임 단위로 입력받아 디지타이즈하는 주변기기를 제작해 판매했어요. 그걸 구입해 사용했죠.

이 가는 방식이지만, 현재로서는 이게 최선인 것 같다.

1986년 9월 25일

▲마이브리지의 '움직이는 말' 사진

또 하루 충실하게 일한 날. 오늘은 7시까지 남아 DRAY를 거의 마무리했다. 실험 삼아 마이브리지[17]의 책 한 페이지를 디지타이즈해 보았다. 내가 원하는 대로는 되는 듯하다. 하루 더 작업하면 좀 더 나아질 수도 있겠다. 사실, 한 달 정도는 이 작업에만 매달릴 수도 있을 것 같다. 다른 할 일이 많지만 않으면.

1986년 9월 26일

에드 번스타인이 오후에, 그가 주재하는 마지막 P.D. 미팅을 소집했다. 그가 아직 걸음마 단계인 브로더번드의 보드게임 부총괄로 자리를 옮기기로 한 것이다. P.D. 총괄 대행은 **더그 본인**이 맡기로 했다. 더 원활한 의사소통을 위해 더그는 내가 앉던 자리로 옮기기로 했고, 덕분에 내가 에드의 사무실로 들어가게 되었다. 인생이란 참 알 수 없다.

P.D. 직원들이 에드에게 송별 파티를 열어 주었다. 스티브는 "구관이 명관인데 말이야."라고 말했다.

점심 때 더그가 말했다.

17 Edward Muybridge: 영국의 사진 작가로, 동물과 인간의 연속사진 등을 통해 사진에 시간을 더해 연속되는 움직임이 가능하다는 모티브를 개발한 것으로 유명하다.

"자네는 사업가 기질이 강한 것 같군."

난 그 말에 놀라, 아마도 아버지에게서 물려받은 거 같다는 식으로 얼버무렸다.

여기 온 건 정말 잘한 선택이었다. 채퍼콰에서의 내 삶은 단조롭고 무료했다. 지금 나는 바쁘게 돌아가는 현장 한가운데에 있다. 멋지다.

1986년 9월 27일

차를 샀다.

1986년 9월 28일

아파트를 빌렸다.

1986년 9월 29일

오늘 에드의 사무실로 짐을 옮겼다. 당연히 일시적인 이동이다. 조만간 P.D.의 수장으로 누군가가 고용될 것이고, 그럼 나는 도로 빌딩 어딘가로 쫓겨날 것이다. 하지만 그 전까진, 이 멋진 사무실이 내 것이다.

널찍한 공간, 손님을 위한 안락의자, 내 전화, 닫을 수 있는 문도 물론 좋지만, 이 사무실에는 무엇보다 중요한 것, 바로 **장비들**이 있다. 프린터, 앰버 모노크롬 모니터, 애플IIc. 실제로 애플II가 두 대 놓인 책상을 대면하고 남은 한 대를 어떻게 써야 할지 고민하기 전까지는 몰랐지만, 완벽하다. 이제 메모리에서 소스코드를 날리지 않고서도 프로그램을 돌릴 수 있게 된 것이다.

이건…(꿀꺽)… 개발 시스템이니까.

1986년 10월 14일

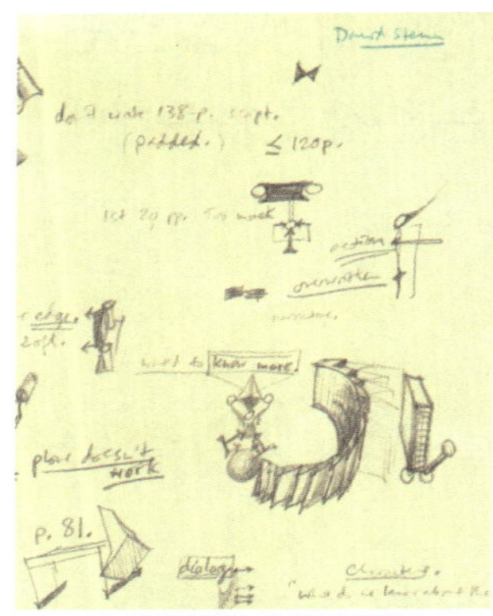

▲ 데이비드 스텐의 메모

데이비드 스텐[18]이 내가 쓴 각본을 읽어 주었다. 글에 장래성이 보이지만, 팔리는 물건이 되려면 적어도 한 번은 고쳐 써야겠다고 말했다. 아마도 내 실망감을 감지한 듯, 그는 이렇게 덧붙였다. "이봐, 첫 각본치고는 훌륭해. 정말이야. 내 첫 각본은 아무에게도 보여 주고 싶지 않을 정도였어. 네게는 분명 재능이 있어. 장래를 걸어볼 만한 재능이 말이야."

데이비드 스텐과 브루스 코언Bruce Cohen은, 저와 대학 재학 당시 제 룸메이트였던 벤이 졸업한 이후에도 예일 대의 영화 동호회를 이끌고 있었어요. 둘 다 나중에는 할리우드로 진출했죠.

그는 오히려 내가 보냈던 「카라테카」의 리뷰들에 더 큰 인상을 받았다. "너에게 잘 맞는 업계에 있는 것 같은데, 굳이 이 쪽으로 오려는 이유가 뭐지?"

▲ 「카라테카」 리뷰 기사

1986년 10월 15일

홀 어스[19]를 통해 카메라를 구입했다. 생각보다 비싸서, 렌즈 포함 250달러였다. 하지만 성능은 좋은 카메라이므로, 게임 개발이 끝난 후에 다른 용도로도 쓸 수 있을 것 같다.

(데이비드가 돌아서는 장면으로) 첫 번째 필름 한 통을 다 찍고 동네 사진관에서 현상했다. 이런 식으로 작업하면 될 것 같다. 진짜 문제는 스냅 사진 무더기를 280×192 해상도의 애플 화면으로 옮겨 내는 것, 그리고 그 과정에서 손실될 수밖에 없는 디테일이 될 것이다. 2배 고해상도로 확 넘어가 버리고 싶어질 정도다.

1986년 10월 19일

네 통의 필름을 더 찍었다. 데이비드가 리더스 다이제스트 주차장에서 달리고 뛰는 장면들. 내일이면 그게 벌써 1년 전이다. 빨갛고 노란 나뭇잎들……. 맙소사, 향수병에 걸렸군.

1986년 10월 21일

오늘 처음으로 게임 코드를 몇 줄 작성했다(고해상도 루틴은 제외하고). 이제 시작이다.

19 Whole Eatrh Catalog: 스티브 잡스가 2005년 스탠포드 대학 졸업 연설에서 '당시의 젊은이들에게는 구글과 같은 존재였다'고 언급한 바 있는 다양한 최신 제품들이 소개된 통신 판매 카탈로그. 그가 당시 연설에서 인용한 'Stay hungry, Stay foolish.'도 이 카탈로그의 1974년판 뒤표지에 나온 말이다.

1986년 10월 23일

사무실 모두가 러시아에서 IBM-PC용으로 개발한 「테트리스Tetris」에 빠져들어 있다. 「벽돌깨기Breakout」수준의 명작이다. 하지만 브로더번드는 퍼블리싱을 해볼 생각이 없는 것 같다. 이 악당들.

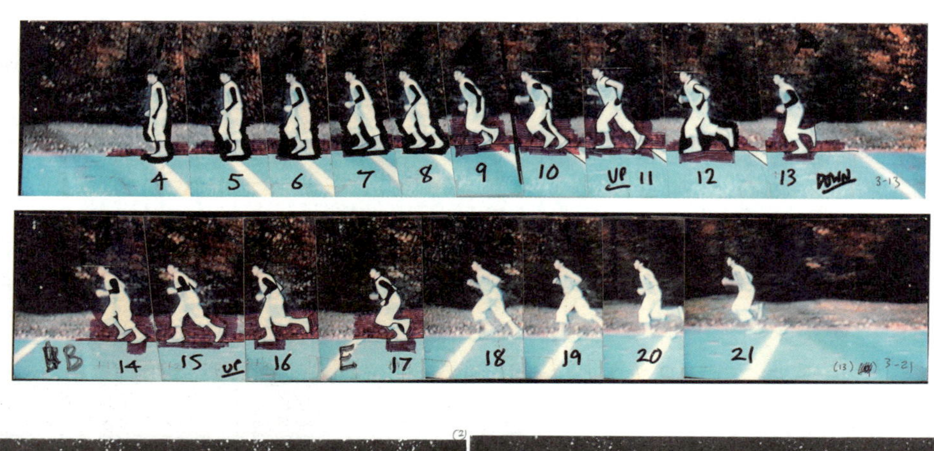

▲ 달리기 동작의 로토스코핑 제작

1986년 10월 25일

어제 달리기 애니메이션을 구현했다. 다음에는 점프를… 그 다음에는 멈추는 동작을… 그 다음에는 '멈춘 자세에서 점프'를…… 오, 생각만으로도 멋지다!

▲ 도움닫기 점프 동작의 로토스코핑 제작 과정

어제는 일과 관련된 자료들을 집에 들고 오려는 마음을 자제했다……. 그리고 오늘은 사무실에 나가고 싶은 마음을 억누르고 있다. 생활에는 균형이 필요하다.

1986년 10월 31일

에드는 조이스틱으로 조작할 수 있을 정도로까지 구현된 달리기와 점프 애니메이션을 보고 무척 흥분했다. 토미도 마찬가지. 로런과 더그, 그리고 게리는 겉으로는 아무렇지 않은 척 했지만, 속으로는 무척 놀랐으리라.

디지타이징 직후의 러프한 초안은 무척 마음에 들지만, 이걸 다듬어서 캐릭터로 만드는 과정에서 자연스러움과 현실감을 유지시키는 데 어려움을 겪고 있다. 앞으로도 이 부분이 난관일 것 같다.

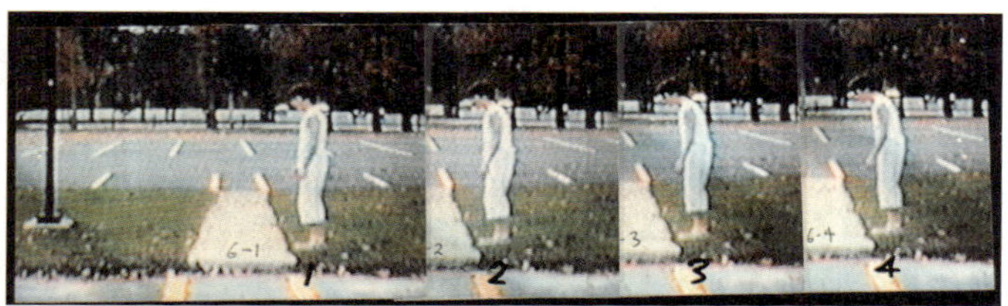

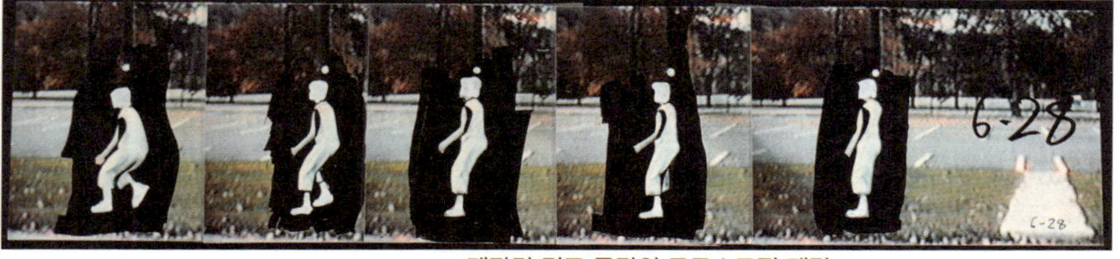

▲ 제자리 점프 동작의 로토스코핑 제작

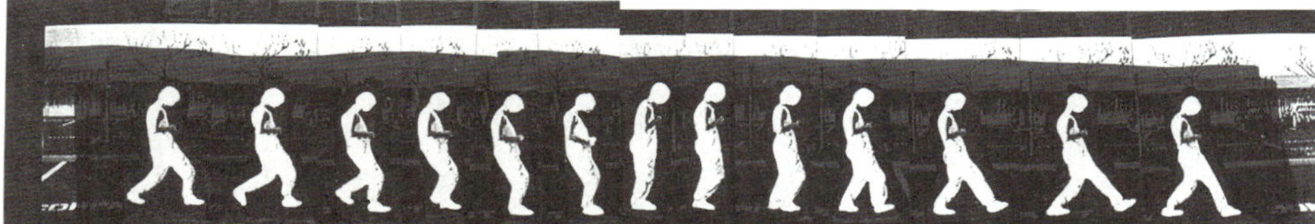

▲ 한 걸음 살짝 내딛는 동작의 로토스코핑 제작

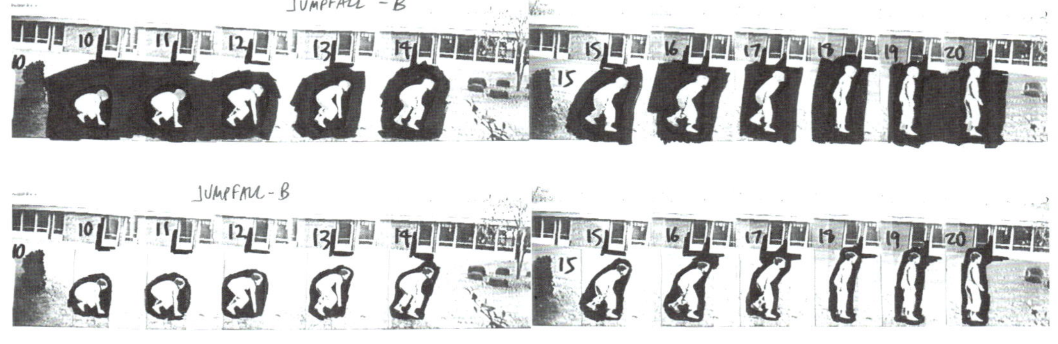

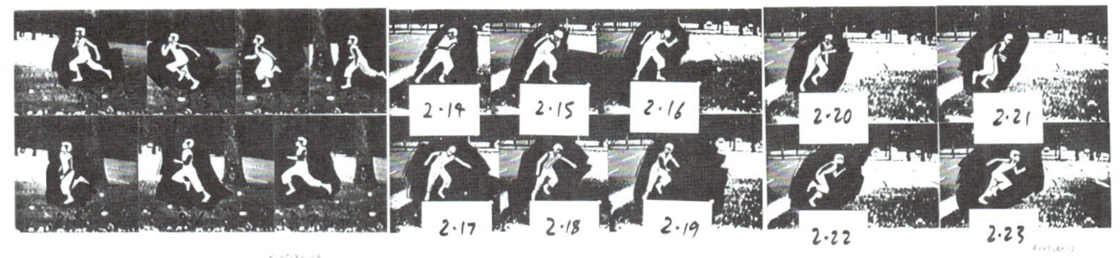

▲ 달리는 중에 방향 전환 등의 여러 동작들 로토스코핑 제작 과정

에드와 스티브를 제치고, 내가 「테트리스」 최고 득점 순위 1등을 기록했다.

메츠The Mets는 월드 시리즈에서 우승했다.

1986년 11월 9일

아, 뉴욕이 몹시 그립다.

5번가 거리……. 크리스마스 쇼핑을 즐기는 사람들……. 쇼핑

백과 아이들에 둘러싸인 모피 코트의 부잣집 사모님들……. 바삭하고 차가운 가을 공기……. 구운 프레첼pretzels 냄새……. 성 베드로 대성당……. 양모 손가락장갑을 끼고 입김을 뿜으며 양철북을 치는 사람들…….

창문 너머로 샌프란시스코 하늘 아래 하얀 색 돛들이 점점이 뿌려진 바다가 보인다. 마치 현실이 아닌 듯, 어딘가의 낙원을 보는 듯하다.

1986년 11월 10일

L.A.에 있는 카일 프리먼Kyle Freeman(지금은 일렉트로닉 아츠에서 일한다)에게 전화해서, 그가 만든 애플용 음악 서브루틴의 라이선스를 쓰려면 비용이 얼마나 들지를 물었다. 그는 통화의 절반 이상을 브로더번드 험담에 썼다. 전화를 끊고 생각해 보니, 여기와서 브로더번드와는 관계없이 내가 독자적으로 한 일은 이게 처음이라는 사실을 깨달았다. 재미있게도, 이 전화 통화 덕분에 오히려 브로더번드가 나에게 적합한 장소라는 확신이 더 강해졌다. 내가 충분히 독립적이라는 사실을 일깨워 주었기 때문이다.

더그가 이 대목을 읽다가 또 한 번 외치더라고요. "어째서?!?"

1986년 11월 18일

비디오 테이프에서도 정말 재밌는 장면이었던, 달리다가 미끄러지듯 반대 방향으로 돌아서는 장면을 디지타이즈했다. 꽤 괜찮은 결과물이 나왔다. 기본 달리기 애니메이션은 다시 작업해야 할 것 같지만, 나머지 부분은 그대로 쓸 수 있을 것 같다.

이제 전체 애니메이션 중 대략 절반을 넣었다. 다음 단계는 캐릭터를 환경과 상호 작용시키는 부분이다(로프를 타고 오른다든가, 레버를 당긴다든가 하는 것들).

이 시점에서, 슬슬 내 관심을 게임 디자인 쪽으로 다시 돌려야 할 것 같다.

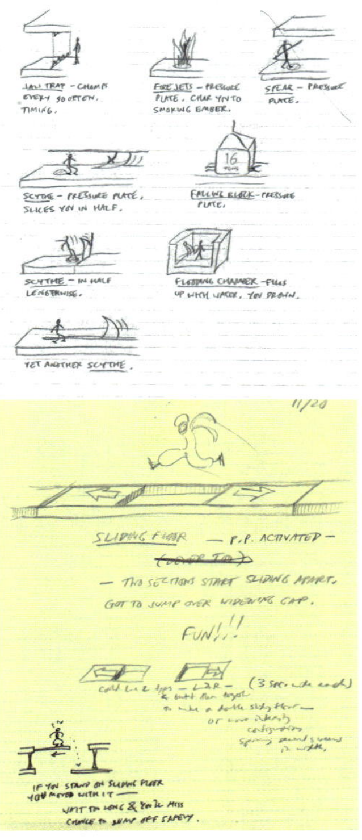

1986년 12월 2일

하루 대부분을, 떨어지는 사람의 속력을 시간에 관한 함수로 표현하는 방법을 고민했다. 브로더번드의 거의 모든 사람들에게 물어보고 다녔는데, 다들 자기가 하고 있는 작업보다 이게 더 흥미로운 문제라고 생각하는 듯했다.

▲ 다양한 함정들과 움직이는 바닥 등등, 캐릭터와 환경 간의 상호작용하게 하는 아이디어 스케치.

1986년 12월 24일

크리스마스 휴가로 집에 왔다. 집에 돌아오니 참 좋다. 데이비드가 내 방을 차지한 것 말고는 크게 변한 게 없다. 함께 바둑을 두었는데, 데이비드가 일곱 집 차이로 이겼다.

데이비드와, 데이비드의 친구인 앤디까지 셋이서 마리오스 Mario's에서 피자를 먹었다. 거기서 「건틀렛Gauntlet」이라는 3인용 게임에 대략 6달러를 썼는데, 무척 멋진 그래픽이어서 25센트 동전을 엄청 쏟아부어 댔다.

내가 테스트 버전 애니메이션을 보여 주면 다들 깊은 인상을 받는 듯하다. 존 메넬Jon Menell은 이렇게 말했다. "네가 보고 있는 이게 어느 정도인지 아직 모르겠어? **이건 전구에 버금가는 대발명이라고.**"

1987년 1월 11일

올해 맥월드 엑스포Macworld Expo는 꽤 그럴듯했다. 가장 멋졌던 것은 라디우스Radius 사의 8½×11인치 스크린이었다.

아버지는 완전히 흥분한 목소리로, 데이비드가 바둑 승단 토너먼트에서 좋은 성적을 거두었다고 전화해 주셨다. 지금까지는 깨닫지 못하고 있었지만, 데이비드의 발전 속도는 정말 대단하다. 생짜 초보자에서 초단까지 단 9개월 만에 도달한 거다. 만약 이 속도를 한두 해 정도 유지한다면, 데이비드는 세계에서 가장 뛰어난 비 아시아계 바둑 선수가 될 수도 있을 것이다.

범상하지 않은 녀석이다.

1987년 1월 22일

닌텐도의 게임기가 올 크리스마스 시즌 동안 미국 전역에서 백만 대 넘게 판매되었다. 현재까지 발매된 게임 카트리지는 몇 종류에 불과하다. 닌텐도는 새로운 타이틀의 발매를 엄격하게 관리하고 있는데, 아마도 몇 년 전 아타리를 침몰시킨 원인 중 하나였던, 수준 미달의 게임들이 홍수처럼 쏟아지는 사태를 예방하려는 듯하다. 브로더번드의 경우, 더그가 일본에 연줄이 있었던 덕분에 게임 타이틀 3종을 발매할 귀중한 권리를 얻었다.

「카라테카」가 당연히 선택 되어야겠지만, 더그는 오히려 더 오래된 타이틀 쪽으로 기울어 있다. 「닥터 크립의 성Castles of Dr. Creep」이나 「스펠렁커[20]」, 「벙글링 만(灣) 공습[21]」, 심지어는 「차플리프터Choplifter」같은 것들.

「닥터 크립의 성」은 에드 홉스Ed Hobbs의 코모도어 64용 1984년작 퍼즐 플랫포머 게임인데, 「페르시아의 왕자」 제작 초기에 큰 영향과 영감을 준 게임이기도 했어요.

에드와 앨런을 설득하기 위해, 그야말로 열과 성을 다해 대화했다. 간절히 원하는 것을 얻기 위해 이렇게 열심히 로비해본 것은 내 인생을 통틀어 처음이었고, 그 느낌은 더할 나위 없이 답답했다. 다른 누군가에게서 무언가를 원하고, 그들이 그걸 내게 주길 열망해야 하는 위치에 놓인다는 것은 매우 고통스러운 일이다. 정말 싫다.

언젠가 영화 시나리오 작가가 되겠다면, 아마 이런 상황에도 익숙해져야겠지.

1987년 1월 23일

「페르시아의 왕자」 개발 작업은 달팽이가 기어가는 것보다도 더디다. 11시나 12시가 되어서야 사무실에 잠깐 들렀다가, 버처

20 Spelunker: 팀 마틴Tim Martin이 아타리 8비트 컴퓨터 용으로 개발해 1983년 브로더번드를 통해 발매한 PC용 플랫포머 액션 게임. 처음엔 그리 주목받지 못했으나 85년 일본에서 발매된 패미컴판이 특유의 가혹한 난이도 때문에 오히려 '사상 최약(最弱)의 주인공'으로 컬트적인 인기를 얻어, 87년 미국에서도 NES판이 발매되었다. 미국보다 일본에서 더 유명한 게임. 일본의 아이렘 사가 리메이크 판을 내놓았을 정도.
21 Raid on Bungeling Bay: 훗날 「심시티」를 개발하게 되는 윌 라이트Will Wright의 처녀작. 1984년 코모도어로 발매되고, 85년 NES판이 발매되었다. 공습헬기로 벙글링 만을 닥치는 대로 파괴하는 단순한 아케이드 게임이지만, 이 배경 지형을 만드는 과정에서 「심시티」의 모티브를 얻었다는 비화도 있다.

리the Butchery와 스포츠 코트the Sport Court를 기웃대다 보면 정작 일하는 시간은 하루에 45분도 되지 않는다. 에드와 진, 로런은 뭔가 새롭고 흥미로운 게 있을까 싶어 내 자리에 들렀다가 실망하며 돌아가곤 한다.

대신, 대부분의 시간을 새로운 맥, 라디우스 스크린, 그리고 영화 각본 편집용 소프트웨어인 스크립터Scriptor를 가지고 노는 데 보내고 있다. 반짝이는 새 장난감들이지.

1987년 1월 26일

코리 코사크Corey Kosak는 16세 때부터 브로더번드에서 프로그램 이식을 맡아왔어요. 그 일로 받는 로열티 덕에, 그는 당시에도 10대였지만 집안 도움을 전혀 받지 않을 수 있었죠.

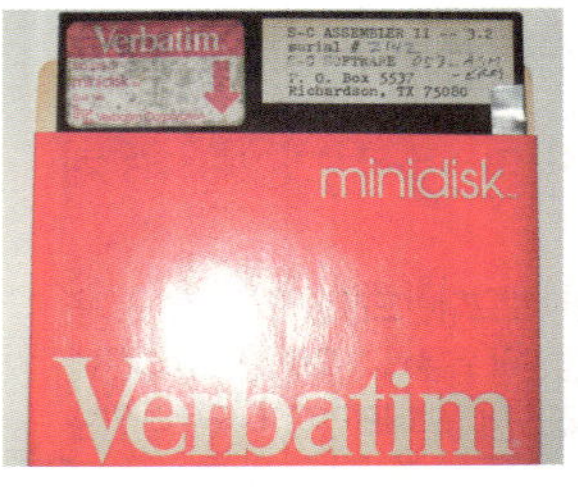

▲ S-C 어셈블러 플로피 디스크

기분전환을 위해 일찍 일어나, 하루 종일 게임 개발을 하면서 보냈다.

코리가 어셈블러와 OS, 그리고 디스크 미디어를 바꾸자고 권유했다(DOS 3.3, S-C 어셈블러, 5¼" 플로피에서 ProDOS, 멀린Merlin 어셈블러, 그리고 SCSI 하드 드라이브로). 시스템 변경에 대략 1주일 정도가 소요되겠지만, 나중엔 그 이상의 효과가 있으리라 생각한다.

1987년 1월 29일

롤런드가 오전 내내 멀린과 ProDOS로 개발 체제를 전환하는 일을 도와주었다.

옆에서 지켜보는 것만으로도 흥미로운 작업이었다. 롤런드는 고전적인 타입의 해커다. 옷차림은 수수하고 몸가짐은 예의 바르지만, 돈과 계약에 관해서는 신중하기 그지없다. SNABBIL이란 번호판을 단 사브Saab 자동차를 몰고 다닌다. 하지만 보수적으로 보이는 그 외면 속에는 코딩 괴물이 있다. 생업을 72시간 동안 중지하고는 자리에 앉아, 애플II 이식판 「테트리스」를 역설계reverse-engineer해보는 남자인 것이다. 그것도 단순히 재미로.

그가 오늘 내 자리에서 작업하는 것을 바라보면서, 예전에 만끽했던 즐거움이 다시 살아나는 것을 느끼기 시작했다. 거의 잊을 뻔했던 아주 기본적인 것—프로그래밍은 재미있다는 그 사실을 말이다. 최근 몇 년간 난 마치 중년에 접어든 사람 같았다. 롤런드는 스물 셋이지만, 가슴속은 여전히 젊었다.

롤런드 구스타프슨Roland Gustafsson은 브로더번드의 게임들 대부분에서 카피 프로텍트 작업을 맡았어요. 물론 「카라테카」도요.

1987년 1월 31일

8시 반 즈음 브로더번드에 출근해서 다시금 충실하게 여덟 시간을 보냈다. 멀린/프로 환경으로 빌더BUILDER를 변환해 보았는데, 아직 제대로 돌아가지 않는다. 하루이틀 더 작업하면 버그를 다 잡을 수 있을 것 같다.

에드에게 제대로 작동하는 최신(1월 27일자) 버전을 보여주었다. 스크롤되는 배경 가운데 놓인 3-D 박스를 보고는 무척 만족하며 좋아했다.

제작 과정에서, 저는 꽤 오랜 시간을 들여 'BUILDER'라는 이름의 쓰기 편한 레벨 편집기를 만들었어요. 원래는 유저들이 오리지널 레벨을 만들어 갖고 놀 수 있도록, 이 BUILDER를 게임 내에 넣어 줄 셈이었죠.

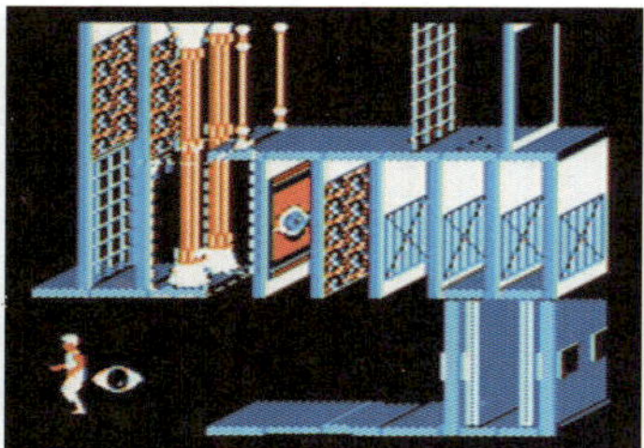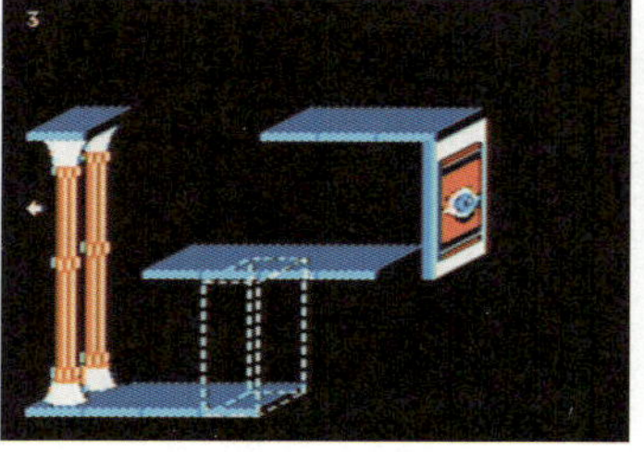

▲ 빌더BUILDER 구동 화면

1987년 2월 9일

"언제쯤 게임 개발을 마칠 수 있을 것 같은가?" 로런이 버처리에서 돌아오는 길에 물었다.

"8월을 목표로 하고 있어요." 내가 대답했다.

우리는 게임을 가능한 한 멋지게 만드는 것이 가장 중요하지, 몇 달 일찍 혹은 늦게 나온다 해서 큰 차이가 생기는 건 아니라는 데 동의했다.

▲ 플레이 테스트 버전

오늘 처음으로, 정말 큰 레벨을 만들어서 그 안에서 직접 플레이해 보았다. 처음으로 이 게임 안에서 공간이라는 감각을 느낄 수 있었다. 꽤 흥분되는 경험이었다. 이 게임은 성공할 거다. 이번에는 느리더라도 기반을 단단히 다지면서 개발하고 있고, 이 방식이 결과적으로 큰 성과로 돌아올 거라고 믿는다.

1987년 2월 14일

데이비드가 여기 오니 참 좋다. 날 지치게 했던 많은 일이 동생의 눈을 통해 보면 갑자기 모두 멋진 일이 되어 버리니까. 자동차가 있어서, 원하는 곳 어디든 갈 수 있다는 것. 나만의 집이 있고, 브로더번드 사무실 열쇠도 가지고 있다는 것. 사무실 식당에 공짜로 즐길 수 있는 비디오 게임이 있다는 것……. 뭐 그런 것들 말이다. 동생이 가고 나면 정말 그리워질 것 같다.

1987년 2월 16일

캠코더를 빌려, 오후에 브로더번드 주변에서 게임에 쓸 데이비드의 영상을 추가로 촬영했다. 휴일인데도 사람들이 꽤 많았다.

1987년 3월 5일

센세이[22] 쪽 사람들(토미, 스티브, 로링, 에릭, 마이크, 로버트 S.), 데이비드 스나이더, 코리, 그리고 나에게, 지금 있는 안락한 사무실에서 짐을 빼 폴 드라이브 47번지 2층에 있는 좁고 지저분한 방으로 이동하라는 브로더번드 높으신 분들의 지시가 떨어졌다. 어제는 토미, 코리와 함께 상황이 어떤지 보기 위해 옮길 사무실을 찾아가 보았는데, 집에서 일하는 재택 근무를 심각하게 고려해야 할 지경이었다.

최근엔 회사 분위기도 뒤숭숭하다. 더그는 회사를 상장하는

---

22 Sensei Software: 토미 피어스가 1984년 브로더번드 창립자인 더그 칼스턴의 도움을 받아 공동 설립한 소프트웨어 개발 회사로, 브로더번드에 교육용 소프트웨어를 다수 공급했다.

일에 완전히 빠져 있고, 그가 고용한 새로운 사람들은 게임에 대해, 아니 소프트웨어 전반에 대해 관심이 전혀 없다. 이제 나로서는 사무실로 출근해야 할 이유가 딱히 없다. 동료들을 만나기 위해서라면 몰라도. 외롭다는 느낌이 들 때만 들르면 되니까.

1987년 3월 8일

"브로더번드 사무실에 네가 없었던 게 불운인 하루였어. 정말로. 그럼 끊을게."

적어도 회사를 농땡이치고 타말파이어스 산Mt. Tam에 다녀오느라 오후 다섯 시에 집에 들어왔을 때 자동응답기에서 듣고 싶은 메시지는 아니었다.

메시지를 남긴 코리에게 전화를 걸었다. 우리가 사무실에서 쫓겨났고, 우리 짐들은 폴 드라이브 47번지의 어둡고 칠도 안 되어 있으며 창문도 없는 다락방으로 옮겨졌다는 소식을 전해 들었다. 코리는 내가 지금까지 본 적이 없을 만큼 깊은 절망감에 빠져 있었고, 집으로 돌아가 버릴 생각까지 하고 있었다.

토미에겐 계획이 있었다. "네가 가서 작은 방을 차지해 버려. 거기는 창문도 있고 환기도 되니까 지내기 훨씬 나을 거야."

"코리가 어다이어에게 이미 물어봤다는데요, 그녀 말로는……."

"세상엔 실질 점유자의 권리라는 것도 있지. 내가 너라면, 내일 아침 일찍 출근해서 책상과 짐들을 몽땅 그 방으로 옮겨 놓겠어."

코리에게 전화해서 계획을 설명했다. 그는 겁에 질렸지만, 우린 결국 한밤중에 계획을 수행했다. 마치 한 쌍의 도둑이 된 기분이었다.

1987년 3월 9일

출근해 보니 어다이어가 잔뜩 화가 나 있었다. 알고 보니 그 방에 페인트를 칠할 계획이었는데, 코리와 내가 짐을 옮겨 놓은 덕분에 페인트공들이 작업을 시작할 수 없었던 것이다. 결국 책상과 짐을 방 가운데로 옮겨 놓고 방수포를 위에 덮었다. 페인트공들에겐 방수포가 없었으므로, 우리가 직접 동네 철물점에서 사와야 했다.

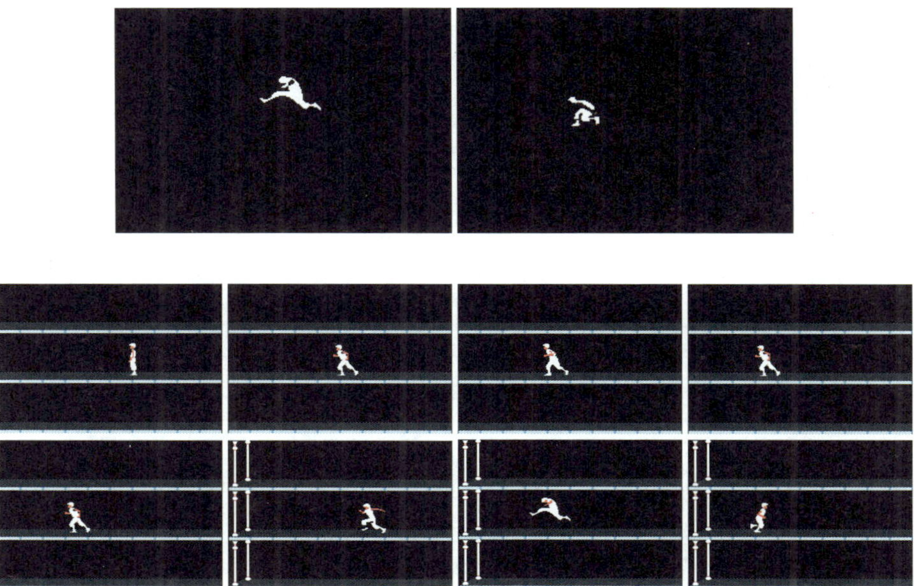

▲ 동작 테스트 단계의 도트 애니메이션 컷들

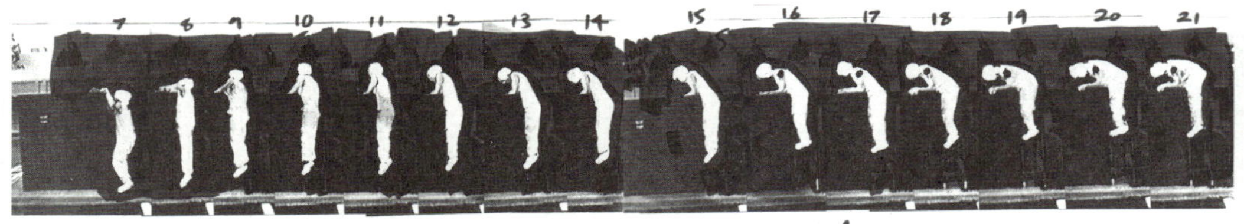

▲ 기어오르는 동작의 로토스코핑 작업 과정

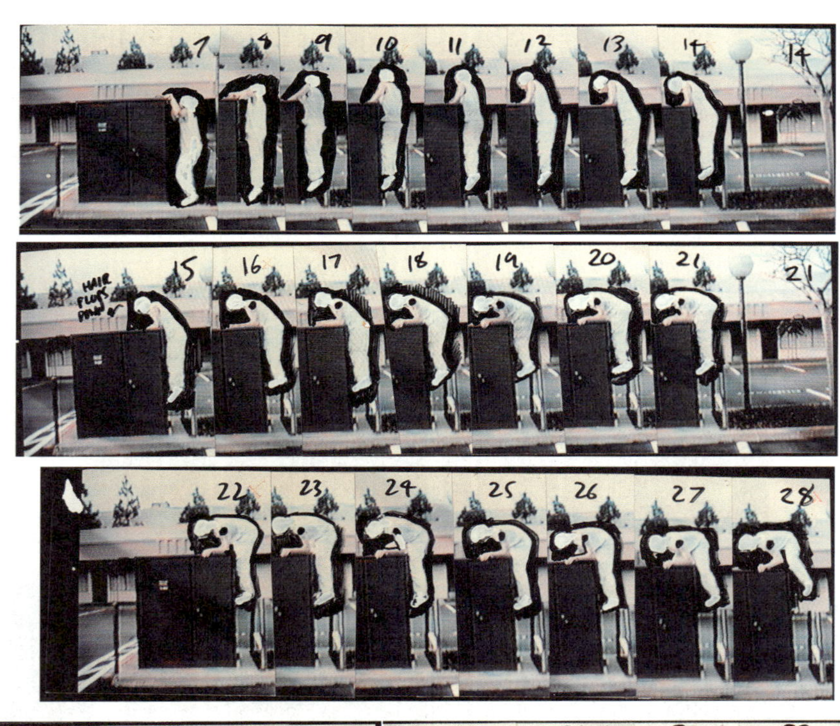

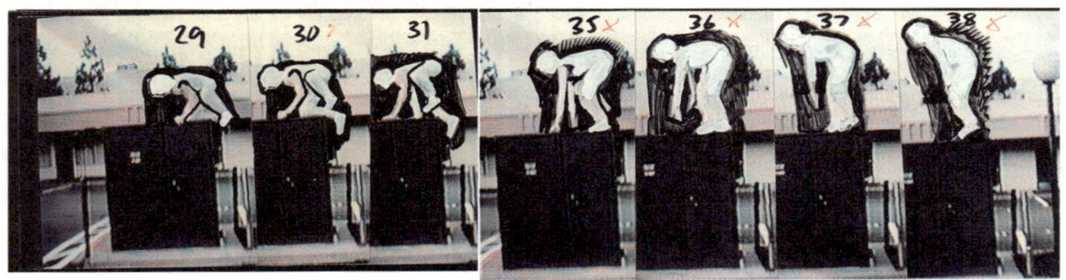

▲ 기어올라 일어서는 동작 과정의 작업용 촬영

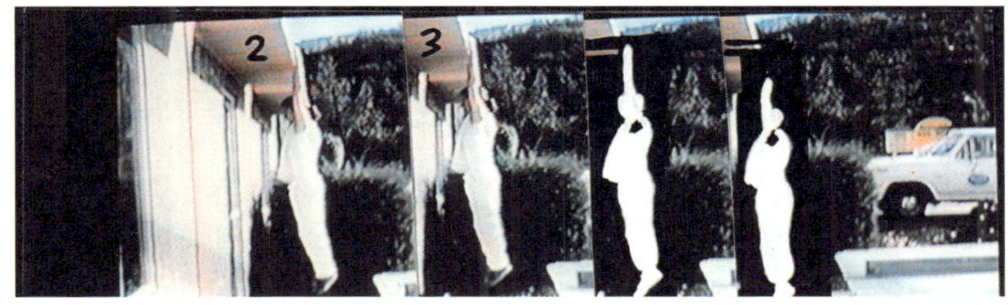

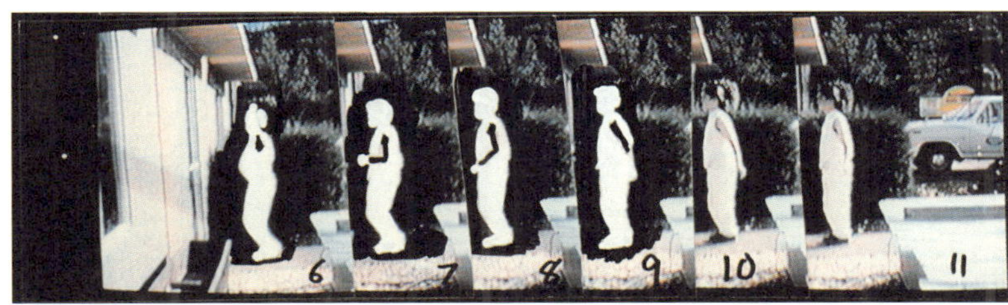

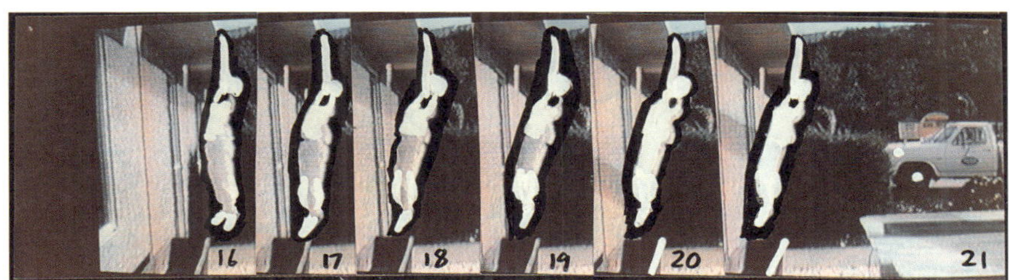

▲ 붙잡고 매달리는 동작의 작업 과정

MP   9/2   Get info on J.S.

get an agent.

Matthew → Wm. Morris agency →
I have a dea, Matthew said I should talk to you
about the possibility of signing on w/ agency.
Say Matthew hasn't read scripts.
(213) 274-7451
[Carol] Yumkas.
really busy   Literary department.

→ Dodie Gold   young agent   might work w/.

N.Y.   Dan Myzell. (212) 586-5100

ICM   550-4000
Darris Hatch   young : cold, agressive bitch.
Say M.P.   sent in & sent regards.

→ Leading Artists
good friend Virginia Gauthier
(213) 858-1999
tried a long time.   would work hard.
quite a kid.   tried MP + lt.

APA Agency (213) 273-0144
Jeff Bast.   nice guy.

다락방

1987년 4월 1일

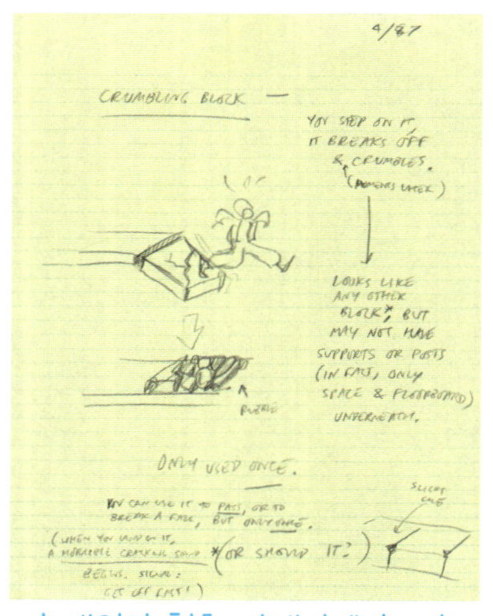

이 게임의 최초 가제가 "바그다드의 도둑Thief of Baghdad"이었거든요.

지난 3주 동안 바그다드 프로젝트에 들인 시간을 다 합쳐도 아마 여덟 시간짜리 하루치를 제대로 일한 정도 밖에는 안 될 것 같다. 슬슬 죄책감이 들기 시작한다.

새로운 사무실에 앉아 이 망할 게임을 작업하는 데 대한 저항감이 너무 강한 나머지, 1986년부터 미루어 두었던 다른 모든 일들을 몰아 처리하는 식으로 회피하고 있다. 심지어 세금 정산까지도.

1987년 4월 2일

세 시가 다 되도록 사무실에 나가지 않은 것이 오히려 잘한 일인 듯. 이른 아침에 브로더번드 옆 페어차일드Fairchild 사 공장에서 작은 사고가 일어나 염산이 쏟아졌다고 한다. 덕분에 산업단지 전체가 몇 시간 동안 위험지역이 되어 사람들이 대피했다. 프리웨이까지도 통제될 뻔했는데, 다행인지 바람이 반대 방향—즉 우리 집 쪽으로 불었다. 폐가 약간 따끔거리는 것 같기도 하다.

1987년 4월 23일

센세이 사람들이 어제 들어왔다. 에릭, 로링, 토미, 스티브, 마이크, 타이의 책상 여섯 개가 바깥쪽 큰 방을 차지했다. 간밤에 그 방은 다락방에서 사무실로 탈바꿈했다. 그걸 보고 있자니 코리, 캐서린 마타가Cathryn Mataga, 그리고 내가 함께 쓰고 있는 작은 방도 어서 정리해야겠다는 생각이 강하게 솟구쳤지만, 그냥 참았다. 대신 수 주 만에 처음으로, 그리고 코리와 내가 예전 사무실에서 쫓겨난 이래 아마도 두 번째로, 하루 종일 일에 전념했다.

센세이Sensei는 토미와 스티브가 세운 교육용 소프트 회사였어요. 로링의 부친인 아모스는 영화학자셨는데, 제 아버지처럼 1938년 부모와 함께 비엔나를 탈출했고 쿠바 난민을 거쳐 뉴욕으로 오셨죠. 로링과 저는 가족사가 비슷했고, 정든 뉴욕을 떠나왔다는 것도 같아서 사이가 끈끈했어요. 마린엔 뉴욕만큼 베이글을 잘 굽는 빵집이 없더라고요.

1987년 5월 3일

작업 모드로 다시 돌아왔다. 이유가 뭐였든, 코리와 내가 다락방으로 쫓겨나면서 시작된 길었던 침체기는 센세이 사람들이 들어오던 날 끝났다. 이번 주에는 꽤 많은 일을 해냈고, 이제는 매일 아침마다 사무실에 나와 애플 컴퓨터 앞에서 뭔가를 만들어 내는 것이 기대되기 시작한다.

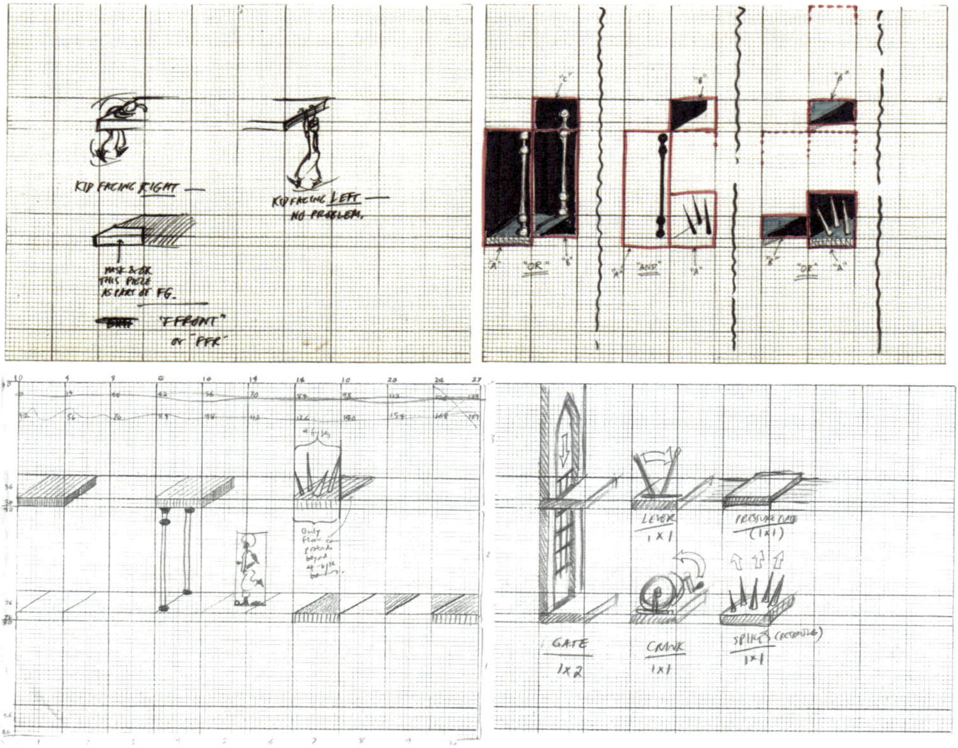

▲ 다양한 스테이지 기믹의 아이디어 스케치들

▲ 스테이지 기믹의 구현 과정 스크린 샷들

1987년 5월 4일

빅 뉴스. 리딩 아티스트Leading Artists 사의 버지니아 기리틀리안Virginia Giritlian이 전화로 내 각본이 맘에 든다고 말했다. 상사인 짐 버커스Jim Berkus에게도 내 각본을 읽어 보라고 전달했다며, 며칠 안에 다시 연락하겠다고 약속했다.

▲ 리딩 아티스트의 연락 편지

1987년 5월 5일

짐과 버지니아가 바로 다음 날 아침에 전화해 왔다. 그도 〈탄생석Birthstone〉을 읽고 맘에 들었다며 다른 영화 아이디어가 있는지, 각본 수정 작업도 가능한지를 물었다.

월요일에 L.A.로 날아가 리딩 아티스트 사에서 미팅을 갖기로 했다. 믿을 수 없게도, 꿈이 현실이 되는 순간이다. 만약 내가 영화에서 이런 장면을 봤다면 말도 안 된다고 생각했을 것이다.

▲ 당시 L.A. 헐리우드

1987년 5월 11일

가죽 소파들이 놓인 커다란 방에서 버지니아와 두 명의 파트너(짐 버커스와 게리 코세이Gary Cosay), 그리고 또 다른 에이전트인 앤 돌라드Anne Dollard와 마주앉았다.

(토미가 떠나기 전에 충고해 주었다. "저쪽도 그저 직장인일 뿐이야. 더그나진 포트우드랑 하는 미팅과 다를 바 없다고 생각하라고.")

내가 고등학생 마약 단속반이란 각본 아이디어를 이야기하는 동안 그들은 조용히 내 이야기에 귀를 기울였다. 짐 버커스가 마침내 부드럽게 끼어들어 말했다. "좋은 아이디어예요. 다만……."

사진: AF archive / Alamy Stock Photo

그리고는, 고등학교에 잠입한 경찰이 소재인 장편 영화가 이미 세 편 정도 계획 중이라고 내게 알려 주었다. 추가로, 만약 내가 TV를 보거나 [TV 가이드]를 한 번이라도 살펴보았다면 〈21 점프 스트리트[23]〉라는 TV 시리즈가 있다는 사실도 알았을 것이다. 바보가 된 기분이었다. 어색한 정적이 흘렀고, 미팅은 곧 끝났다.

그래도 그쪽은 날 의뢰인으로 확보해 두고자 했다.

"영화 아이디어를 몇 가지 더 생각해 보세요." 버지니아가 제안했다. 그녀는 집에 가져가 복사하고 반송해 달라며, 각본 아홉 부를 빌려주었다. 실제 제작에 들어간 영화의 각본들이었다. 게다가, 그녀가 UA에서 온 사람과 점심을 먹으러 다녀올 몇 시간 동안 자신의 '붉은 책'을 읽어 보도록 배려해 주었다. 굉장히 멋진 경험이었다.

그때 당시의 영화 각본은 3공 바인더용 종이에 인쇄해서 돌리곤 했어요. 그런 종이는 이제 5.25인치 플로피 디스크만큼이나 보기 드물지만요.

그녀의 '붉은 책'에는 현재 진행 중인 모든 장편 영화에 간단한 요약 설명은 물론, '

---

[23] 21 Jump Street: 폭스 네트워크에서 1987년부터 1991년까지 방영된, 조니 뎁 주연의 인기 드라마. 어려 보이는 경찰들이 고등학교나 대학 등 십대들이 생활하는 장소에 잠입하여 사건을 해결한다는 내용이 주를 이룬다.

상태: 감독 물색 중’ 혹은 ‘주연 배우 필요’, ‘각본 필요’ 등등의 표시가 되어 있었다.

설명 중엔 ‘심해 배경의 〈에일리언Alien〉’, ‘〈히트The Hit〉를 좀 더 코믹하게 리메이크’ 같은 것도 있었다. 신기했다.

1987년 5월 22일

버지니아가 사무실로 전화해, 커티스 핸슨Curtis Hanson (〈베드룸 윈도우The Bedroom Window〉의 각본/감독)이 내 각본을 읽었고 그와 관련하여 나와 이야기하고 싶어 한다고 전했다. 그의 집으로 전화했다.

“요새 스릴러 쪽 각본을 많이 받아 보고 있어요. 물론 〈베드룸 윈도우〉 때문이겠죠. 대부분은 지루하고 엉망이었어요. 당신이 쓴 각본은 재미있고 특이했죠. 좀 더 개선하기 위해 몇 가지 아이디어를 생각해 봤어요.” 우리는 한 시간 가량 이야기를 나누었다.

커티스는 후일 〈L.A. 컨피덴셜〉, 〈원더 보이즈〉, 〈8마일〉 등의 영화를 연출했죠.

* * *

일렉트로닉 아츠에서 얼마 전 넘어온 돈 다글로우Don Daglow는 브로더번드가 「카라테카Ⅱ」를 진행하길 원했다. 그의 사무실에 앉아 이야기를 나누는 동안, 동석한 에드 바다소브는 초조한 눈으로 우리를 번갈아 보았다. 돈은 로열티 3%를 제시했다. 두 사람 모두 내가 승낙하기를 원했지만, 난 거절했다.

1987년 6월 10일

버지니아에게 아나사지Anasazi 문화와 비밀 결사를 소재로 한 영화 아이디어를 이야기했다. 그녀는 내 아이디어가 너무 불완전해서 어리벙벙한 듯 했다. 그녀는 14살짜리 주인공은 관객들에게 어필하기 힘들고, 또 인디언이 나오는 이야기도 인기가 없다고 했다.

그녀는 덧붙여 이렇게 말했다. "난 당신이 이걸 가지고 분명 뭔가 멋진 이야기를 만들어 낼 수 있을 거라 믿어 의심치 않아요. 하지만 다음주나 그 다음 주 정도까지 완성시킬 수 없다면 의미가 없어요."

1987년 6월 22일

다시 쓴 각본을 오늘 아침 버지니아와 커티스 핸슨에게 보냈다.

버지니아는 첫 번째 초안을 여러 사람에게 보여 주었고 다들 무척 큰 관심을 보였다고 했다. "'천재'라는 말까지 나오더라고요."라고 했다. (어떤 맥락에서 나온 것일까? 아마 이랬을지도. "누구야? 이 #$@#! 같은 쓰레기를 읽느라 시간을 낭비하게 만든 천재 작가 양반은?!?")

하지만 좋은 소식은 (〈졸업The Graduate〉과, 최근에는 〈조니 5 파괴 작전 Short Circuit〉으로) 유명한 프로듀서 래리 터먼Larry Turman이 〈탄생석〉을 제작하고 싶어 한다는 것이다. 지난 토요일에는 한 시간에 걸쳐 그가 각본을 어떻게 고쳐 주기를 원하는지에 대해 이야기를 나누었다. 그는 3주 정도 유럽에 다녀올 예정이다. 난 그동안 한 번 더 수정 작업을 할 테니, 돌아오면 다시 이를 놓고 이야기해 보자고 말했다.

버지니아는 각본 수정에 대해 아무런 금전적 보상도 해줄 수 없다는 데 미안함을 표시했다.

난 그녀에게 걱정 말라고, 부당한 대접을 받고 있다고는 생각지 않는다고 말했다.

"제 입장에서는 오히려, 저 분들의 재능과 경험을 공짜로 얻어가는 셈인걸요. 그리고 만약 이게 다 없던 일이 된다손 쳐도, 제게는 좀 더 나은 각본이 남겠죠."

긴 침묵이 지난 후에, 그녀가 말했다. "당신이라면 이쪽 업계에서도 아주 잘 해낼 수 있을 것 같네요."

래리는 USC에서 영화 프로듀서를 육성하는 피터 스타크 프로듀싱 프로그램을 이끌던 중이었죠. 그의 동문 중엔 존 어거스트John August라고, 20년 뒤에 제가 첫 영화를 프로듀스하게끔 도움을 준 분이 있어요… 예, 「페르시아의 왕자」 영화 말이죠. 인생 참 알 수 없어요.

1987년 7월 1일

커티스 핸슨이 전화했다. 고쳐 쓴 각본이 맘에 들었다며, 이 프로젝트에 '본인을 포함'시켜 주었으면 한다고 말했다.

1987년 7월 8일

버지니아에게, 나는 '선전'에는 별 재능이 없기 때문에 차라리 비밀 결사 이야기를 완성된 각본으로 만들고 투자를 기대하는 것이 나을 것 같다고 말했다.[24] 그녀는 그렇다면 미팅에 들

24 원문에는 "spec" screenplay라는 표현이 쓰였는데, 이는 아이디어나 골격 수준에서 영화사와 계약을 맺고 완성시키는 일반적인 각본 작업이 아닌, 스스로의 자금으로 각본을 완성 단계까지 만들어 놓는 것을 의미한다. 좋은 각본을 쓰는 데 성공하면 더 높은 금액으로 계약할 수 있지만, 실패하면 노력과 시간을 날리기 때문에 speculation(투기)이라는 표현이 사용된다.

어갔을 때 자신이 좋아하는 영화들에 관해 이야기하는 것이 '말재주가 없는 것처럼 보이지 않기 위해' 더 나을 것 같다고 조언해 주었다.

올리버 노스Oliver North가 TV에서 증언하는 모습[25]이 거의 모든 곳에서 움직이는 배경처럼 흘러나오고 있다.

(게임? 무슨 게임?)

Consolidated News Pictures / Contributor via GettyImages.

1987년 7월 9일

집에서 일하는 게 생각처럼 잘 되지 **않고** 있다. 각본 작업과 게임 개발 양쪽에, 시간을 쪼개 적절하게 배분하는 방법을 찾아야 한다. 일단 게임 개발을 끝내고 매듭을 지은 다음, L.A.로 넘어가서 각본 작업에 100% 매진할 수 있다면 그게 가장 이상적이리라.

1987년 7월 29일

버지니아가 미팅을 여러 개 잡아 놓은 날이었다. 하나는 디즈니의 할 리버만Hal Lieberman과의 미팅

버지니아

▲ 버지니아의 미팅 관련 메모

25 Oliver North: 당시 미국 국가안전보장회의 참모로서, 레이건 대통령 재임 당시 레바논에 억류된 미국인 인질을 석방할 목적으로 비밀리에 이란에 무기를 판매하고 그 대금의 일부를 니카라과의 콘트라 반군에 지원한 이란-콘트라 사건의 중심에 선 인물이다. 당시 레이건 대통령의 연루까지 의심되던 대형 정치 스캔들로서, 그의 청문회 증언이 언론의 큰 주목을 받았다.

이었다. 디즈니 주차장에 차를 세운 것만으로도 무척 흥분되는 경험이었다.

1987년 8월 25일

게리 코세이가 전화로, 버지니아가 에이전시를 퇴사하게 되었다고 전해 주었다. 앉아서 생각을 좀 정리해 봐야겠다.

에드 바다소브와 화요일에 점심을 함께 했다. 그에게 한 달이면 각본 수정 작업이 끝나니, 그 다음에 다시 마주 앉아 「페르시아의 왕자」 개발을 위한 새로운 일정표를 짜 보자고 했다.

에드는 내게 비디오 게임 쪽에 남아 경력을 쌓아가기를 권했다. 내게는 극소수의 사람들만이 가진, 스스로 생각해 낸 게임 컨셉을 디자인부터 구현까지 해낼 수 있는 놀라운 재능과 능력이 있다면서 말이다. 그가 나 말고 다른 사람 얘기를 하는 것 같아서, 나는 그저 그를 바라보면서 예의 바르게 고개를 끄덕일 수밖에 없었다.

「페르시아의 왕자」가 앞으로 어떻게 전개될지, 지금 당장은 아무런 생각도 없다. 이걸 마무리하기 위해 누군가를 고용해 볼까? 아니면 지금의 미완성 상태로 브로더번드에 몽땅 넘겨 버릴까? 지금은 마땅한 묘안이 떠오르지 않는다. 한 달 정도 후에나 다시 생각해 보련다.

1987년 9월 4일

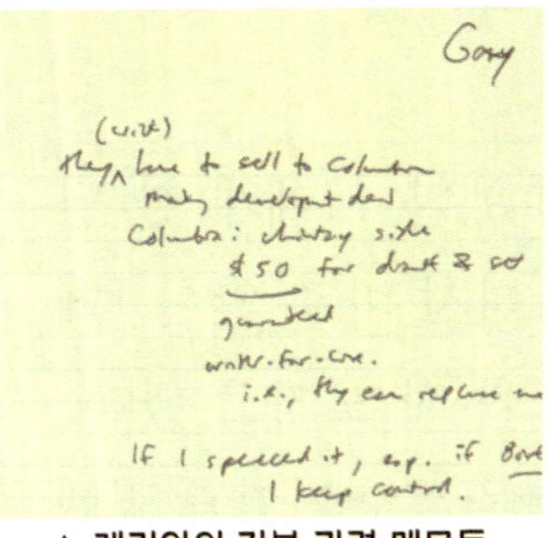

▲ 게리와의 각본 관련 메모들

게리 코세이는 내 비밀 결사 스크립트를 자체적으로 완성하는 쪽을 권장했다. 만약 내가 원하고, 그럴 수 있는 금전적 여유가 있다면 말이다.

그가 말했다. "지금 상황이 좋잖아요. 래리 터먼이 〈탄생석〉의 퇴고가 완성되기를 기다리고 있고, 그 각본이 영화화될 확률이 꽤 높죠. 만약 영화가 만들어지고 나면, 당신이 다음에 무엇을 쓰든 자동적으로 많은 사람들이 관심을 가지게 될 거고, 그때 미리 준비해 둔 게 있다면 잠재적으로 큰돈을 벌 가능성이 있어요."

그는 또 이렇게 말했다. "만약 당신이 자체적으로 각본을 몇 개 더 쓰고 그게 괜찮게 나온다면, 당신은 단순한 각본가 이상으로 더 많은 것을 할 수 있는 위치가 될 수도 있어요. 당신 스스로 자기 길을 개척하는 거죠. 언제든 원할 때 바로 내달릴 수 있는, 그런 길을 말이에요."

〈탄생석〉이 영화로 만들어지기를 너무 간절히 바라고 있기에… 오히려 이에 대해 냉정하게 생각하기가 쉽지 않다.

1987년 9월 21일

스카이워커 목장Skywalker Ranch[26]에서 메리 앤 브라우바흐

[26] Skywalker Ranch : 캘리포니아에 위치한 조지 루카스의 작업장. 실제 건물이 들어가거나 정비된 면적은 60,000㎡이지만, 전체적으로는 19km²에 달하는 넓은 면적의 대지에 위치하기 때문에 '목장'이라 불린다.

Mary Ann Braubach, 스티브 아놀드Steve Arnold와 점심 식사를 했다. 조지 루카스George Lucas 본인이 와서 앉았고, 스티브가 우릴 소개했다. 이 역사적인 순간을 기록하지 않을 수 없다. 열여덟 무렵의 나를 위해서라도.

스티브 아놀드[27]는 무슨 이유인지는 모르겠지만, 나를 무척이나 고용하고 싶어 했다. 왜일까, 나로서는 도무지 알 수가 없다. 그는 나에게 인터랙티브 비디오에 대해 알고 있느냐고 물었다. 나는 전혀 모른다고 대답했다. 그는 나에게 만약 정규 직원이 되는 게 싫다면 컨설턴트나 프리랜서로 일하는 건 어떻겠느냐고 물었다. 기본적으로, 내가 원하는 방식으로 무조건 수용하겠다는 식이었다.

아무튼, 즐거운 얘기는 여기까지. 다시 일로 돌아가자.

이보다 4년 전, 〈제다이의 귀환〉의 첫 개봉일에, 저는 마찬가지로 이 작품에 열광했던 대학교 룸메이트인 벤과 함께 몇 시간이나 영화관 앞에 줄을 섰죠.

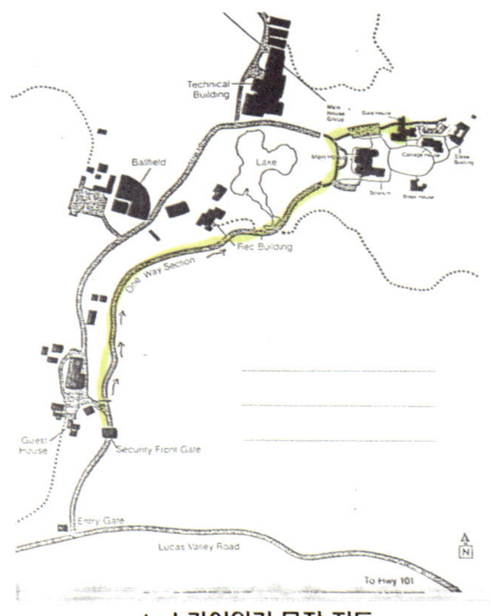

▲ 스카이워커 목장 지도

1987년 9월 24일

버지니아가 말하길, 게리는 "다정할" 뿐만 아니라 "할리우드에서 에이전시 사업을 하는 사람들 사이에선 가장 뛰어난 사람 중 하나"임에 분명하지만, 귀가 좀 얇은 데다가 남과 다투기를 꺼리기 때문에, 의사결정을 하는 건 언제나 짐이라고 했다. 그녀

[27] 당시 루카스필름 사의 게임 부문을 총괄하던 인물로서, 게임과 영화의 융합 및 디지털 미디어 분야에 관심이 깊었다. 루카스아츠 엔터테인먼트의 설립에도 깊이 관여했다.

는 짐이 래리를 불만스럽게 만들어서 프로젝트에서 손을 떼게 하고 그 자리에 자기 '패거리' 친구들 중 하나를 꽂으려 할 거라고 추측했다.

내 새로운 에이전트로는 토비 제프Toby Jaffe가 배정되었다.

1987년 10월 1일

게리는 수정된 각본을 맘에 들어 했다. 래리의 반응은 좀 더 복합적이었다. 커티스는 실망감을 직설적으로 표현했다.

1987년 10월 5일

돈 다글로우가 말했다. "언제쯤 F. 스코트 피츠제럴드[28] 흉내 모드에서 빠져나와 「페르시아의 왕자」를 완성해서 우리가 발매할 수 있게 해줄 텐가?" 반면, 게리(칼스턴)는 이렇게 말했다. "난 좀 더 여유를 두고 접근하고 싶네. F. 스코트 피츠제럴드 모드가 실제로 **잘 풀릴지도** 모른다는 가능성을 바탕으로 말일세."

브로더번드는 게임에 목마른 상태이다. 지난밤에는 게리, 더그 그리고 빌 맥도나휴가 3분기 매상에 대한 이야기를 나누고 있었는데, 더그가 나를 돌아보더니 물었다. "자네의 그 게임, 내일쯤이면 완성되겠나?"

다글로우는 1970년대부터 메인프레임 컴퓨터로 게임을 프로그래밍했고, 인텔리비전과 EA에서 베테랑으로 활약하다 브로더번드로 온 사람이었어요. 1년쯤 있다 퇴사해 스톰프론트Stormfront를 창업했죠.

1987년 10월 19일

래리 터먼이 전화했다. "정말 대단한 일을 해냈어. 이제까지

[28] **프란시스 스코트 케이 피츠제럴드**: 〈위대한 개츠비〉로 유명한 미국의 소설가.

의 자네 각본들 중 최고라고 생각하네." 그는 여전히 몇 가지 고칠 부분은 있지만, 현재 버전으로 진행하고 싶다고 했다. 그리고는 묘한 질문을 했다. "리딩 아티스트 사가 자네의 공식 에이전트인가? 그러니까, 그 쪽과 계약을 했는가 그 말일세." 난 그렇다고 대답했다.

그가 말했다. "축하하네. 이제 우린 진짜 세상으로 나서는 거야!"

주식 시장은 폭락했다. 하루 만에 500포인트가 빠졌다.

▲ '검은 월요일'의 주식 시장에서의 소란

1987년 10월 20일

래리가 전화해서 어떻게 되어 가고 있는지를 물었다. 그는 아직 내 에이전트나 다른 누구에게서도 연락을 받지 못해 불안해하고 있었다. 커티스가 들어가는지, 빠지는지? 그에게 뭐라고 해야 할지 나 역시 알 수 없었다.

1987년 10월 30일

커티스는 결국 빠지게 되었다. 언짢게 생각하지 않기를.

당시의 작업 관련 메모 ▶

1987년 11월 17일

오랫동안 미루어 두었던, 에드 바다소브와의 점심 식사를 했다. 그에게 솔직하게 털어 놓았다. 각본 작업과 관련되어 일어났던 모든 일들을 다 이야기하고 (토미의 충고대로) 그의 조언을 구했다.

에드는 심각하게 고민하더니, 내가 처한 딜레마를 이해할 것 같다고 말했다. 우리는 가능한 한 일주일 중 며칠만이라도 사무실에 나와, 내게 얼마만큼의 작업이 가능할지를 알아보자는 데 동의했다.

지난 6개월간 나는 「페르시아의 왕자」와 관련하여 아무런 일도 하지 않았다.

1987년 11월 18일

오늘 우편으로 예일 동문회지가 도착했다. 85년 졸업생들에 대한 기록에서는 영화업계에서 활약하는 예일 출신들에 대한 내용이 한 문단을 차지하고 있었다. 데이비드 키펜David Kipen은 L.A.에 살면서 '자살과 살인을 테마로 한' 예일에 관한 각본을 쓰고 있다. 맨디 실버Mandy Silver는 USC 영화학교에 입학할 예정이란다. 데이비드 리David Lee는 뉴욕에서 영화를 찍고 있다. 밥 시먼드Bob Simonds는 할리우드에서 여러 계약을 성사시키고 있다고 한다. 이들은 모두 내 동창인데, 어째서 나만 그들과 함께 있지 않은 것일까? 난 지금 여기 북 캘리포니아의 산업단지에서 삼십대 중년들과 어울려 도대체 뭘 하고 있는 걸까?

그래. 지금은 좀 진정됐다. 휴.

아만다(맨디)의 첫 각본인 〈요람을 흔드는 손The Hand That Rocks the Cradle〉은 몇년 뒤 영화화 되었죠. 놀랍게도… 커티스 핸슨 감독에 의해!

1987년 11월 20일

어제, 정말 오랜만에 사무실로 갔다. 게임을 띄워 놓고 바라보고 있자니 우울함이 몰려 왔다.

"그 게임을, 남는 시간마다 조금씩 손을 봐야 하는 낡은 자동차라고 생각해 봐." 내가 작업을 재개하기를 바라면서 토미는 이렇게 충고했다. 이 낡아빠진 자동차에는 완전히 녹슬어 버린 엔진이 달려 있다. 앞으로 얼마나 많은 작업이 기다리고 있을지 상상조차 되지 않을 지경이다.

1987년 11월 24일

존 아빌드슨John Avildsen이 내 각본을 읽고는 거절했다. 래리는 여전히 존 부어맨John Boorman, 마이클 앱티드Michael Apted, 마이클 리치Michael Ritchie 그리고 피터 예이츠Peter Yates로부터 답신을 기다리고 있다. 하지만 왠지 그는 떠오르는 다크호스이자 〈마이애미 바이스Miami Vice〉시즌 파일럿을 감독한 토마스 카터Thomas Carter에 기대를 걸고 있고, 다른 일류 감독들에게서는 긍정적인 답변을 기대하지 않는 듯하다. 이 모든 게 지금은 머나먼 얘기처럼 느껴진다.

▲ 래리가 연락했던 감독들의 명단 메모

1988년 1월 7일

다른 무엇보다 초조함에서 벗어나기 위해, 충동적으로 브로더번드로 가서 하루 온종일을 일에 쏟아 부으며 머릿속의 잔뜩

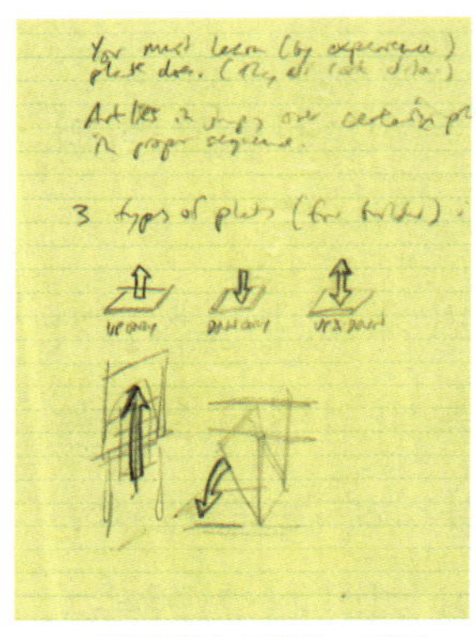

▲ 아이디어 스케치 + 메모

녹슨 톱니바퀴들에 기름칠을 했다. 내 폴더에 끼워져 있는 가장 최근에 출력한 코드가 1987년 3월 26일자라는 것을 발견하고는 놀랄 수밖에 없었다.

요약하자면, 버지니아 기리틀리안에게서 전화가 온 바로 그날부터 난 게임 작업에서 손을 놓았던 것이다……. **8개월 동안**이나.

도대체 8개월간 난 뭘 하고 있었던 것일까?

▲ 87년 작업 후 88년 1월까지
방치된 빌더 디스크와 게임 디스크

재시작

1988년 1월 12일

작업 모드로 다시 돌아왔다.

한 주 내내, 아침에 브로더번드로 출근해서 늦은 밤 행복한 피곤함과 함께 집으로 돌아오는 일상을 유지하고 있다. 이러한 변화가 삶, 우주, 그리고 모든 것[29]에 대한 나의 태도에 미친 영향은 계속 강조해야만 한다. 1주일 전만 하더라도, 난 게임 개발 쪽에서 완전히 손을 놓고 있었다. 이젠 마지막 단계, 즉 정식으로 에드에게 프로젝트를 접겠다고 통보하는 것만 남았다고 생각했다.

에드는 지금 무척 기뻐하고 있다. 어제 저녁 그의 입은 귀에 걸려 있었다. 로버트 쿡마저도 내가 환골탈태한 것에 깊은 인상을 받았다. 브로더번드 사람들이 나를 반갑게 맞으며 물었다. "도대체 어디 있었던 거야?" 내가 할리우드에서 겪은 일을 말해 주니 모두 흥미로워했다.

1주일 전만 해도, 나는 큰 뜻을 품은 각본가였다. 이제, 나는 비장의 능력을 지닌 현역 컴퓨터 게임 디자이너.

---

29 원문은 'life, the universe and everything'. 더글러스 애덤스의 코믹 SF 소설 〈은하수를 여행하는 히치하이커를 위한 안내서〉 제3권의 제목이기도 하다.

내 앞에 놓인 엄청난 양의 작업을 어떻게 다 해치울지를 생각하면 걱정되긴 한다. 게임 코드가 남에게 내보일 만한 수준이 되려면 6개월은 더 필요할 것 같다. 하지만 나는 다시 두근거리고 있다.

1988년 1월 13일

내 에이전트인 토비 제프가 회사로 전화해서 물었다. "그래서 각본 작업은 어떻게 되고 있나요? 열심히 쓰고 있나요?"

난 대답했다. "그럼요." (대답하는 동안 소스 파일을 다시 컴파일하면서 말이다.)

1988년 1월 21일

마이클 앱티드와 밥 스웨임Bob Swaim도 거절했다고 한다. 스웨임은 래리에게 각본은 괜찮았고, 그가 마지막으로 만들었던 영화 이전에 이걸 봤더라면 바로 착수했겠지만, 지금은 러브 스토리를 찾고 있다고 말했단다.

래리로부터 오는 전화가 영화업계, L.A., 그리고 내가 동경했던 꿈들과 나를 이어 주는 유일한 접점이다. 때로는

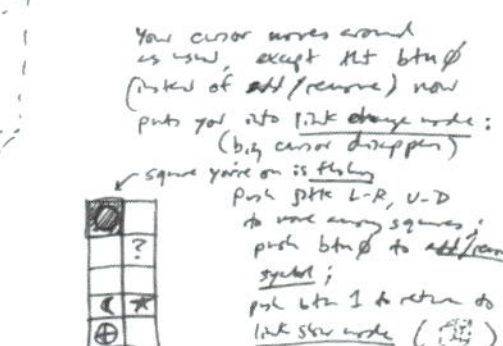

▲ 88년 1월 11, 12일 무렵의 기획 아이디어 스케치 모음

각본, 그것도 내가 쓴 각본이 세상에 존재하고, 그 각본의 복사본이 사람들 사이를 돌면서 읽히고 있다는 사실 자체가 잘 실감이 나지 않는다. 마치 현실이 아닌 듯하다.

1988년 2월 4일

「페르시아의 왕자」는 잘 진행되고 있다. 이 아이는 이제 마치 프로처럼 달리고, 뛰고, 휘두르고, 떨어진다. 그가 압력판 위에 서면, 내가 의도한 대로 문이 열렸다 닫힌다. 프로젝트는 원래 궤도로 다시 진입했다.

유일한 문제는, 너무 오랜 시간을 일에 쏟다 보니 마지막으로 일 말고 재밌는 시간을 보낸 게 언제였는지, 마지막으로 영화를 보러 간 게 언제인지도 모르겠다는 것이다. 나의 신예 각본가 경력은 이미 머나먼 기억 저편의 일이었다.

S박사가 내 선열 증상이 나아지고 있다고 했다. 하지만 100% 회복될 때까지 앞으로 6개월 이상 걸린다고 해도 실망하지 말아야 한다고 했다. 그 사이에는 과로하거나 춥게 지내지 않도록 주의해야 한다던가. 6개월이라니!

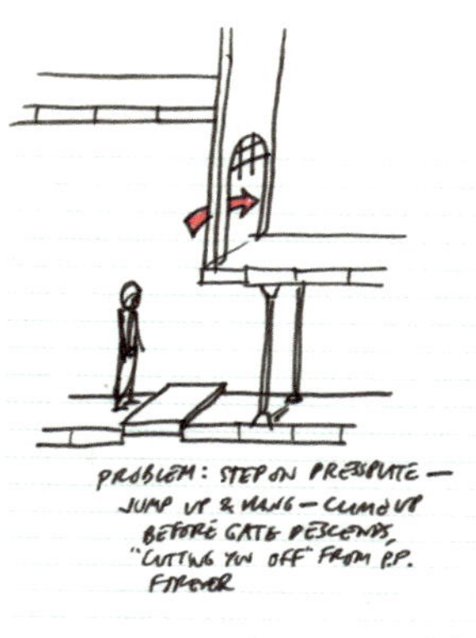

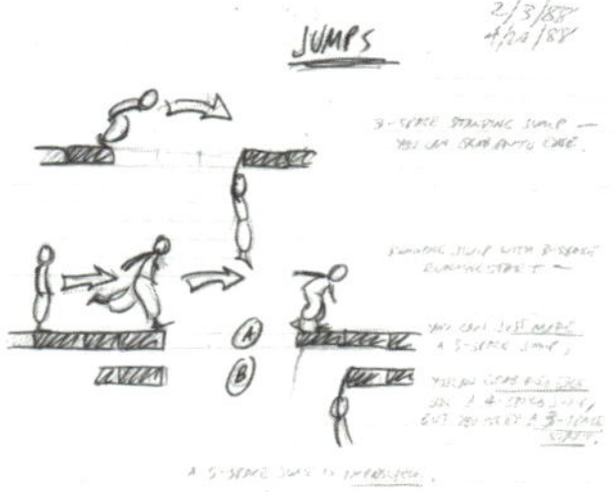

▲ 압력판을 밟으면 문이 열리는 기믹 및 점프와 매달리기 등의 여러가지 스케치 모음

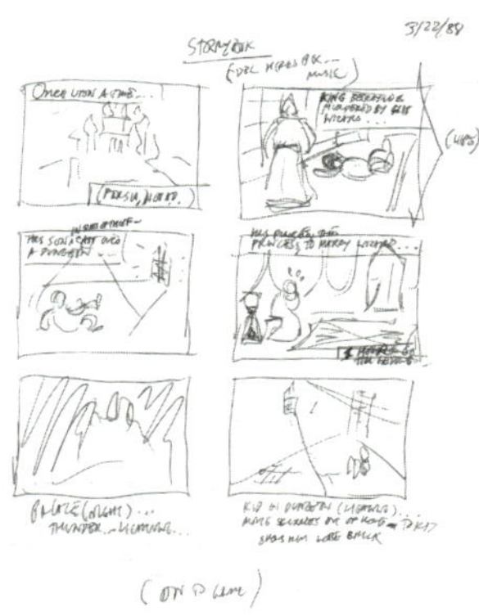

◀ 게임 속 스토리 연출 스케치

1988년 2월 28일

어머니에게 내 512K 맥을 보내드렸다. 어머니는 맥 플러스로 업그레이드하여 즐겁게 사용법을 배우고 계신다.

아버지는 내가 샌프란시스코에서 나오길 바라신다. 지진 때문에 걱정이 되시나 보다.

1988년 3월 1일

MGM이 거절했다. 마이클 크라이튼Michael Crichton도 거절했다. 남은 건 로저 스포티스우드Roger Spottiswoode, 헨리 윙클러Henry Winkler, 존 부어맨John Boormann이다.

1988년 3월 25일

래리가 전화로, 피터 예이츠도 거절했다고 전했다. 이제 일류 감독들이 모두 거절했으니, 눈높이를 한 단계 내릴 차례다. (《악령의 분신Bad Dreams》 감독인) 앤디 플레밍Andy Fleming의 에이전트인 에릭 로젠버그Eric Rosenberg가, 각본이 마음에 든다며 날 만나고 싶어 한다고 했다.

래리가 말했다. "일류 감독들도 다들 매우 긍정적이었어. 용기를 잃지 말게나."

1988년 4월 21일

내 애플II 하드 드라이브가 (에드에게 하나 구매해 달라고 설득한 지 1년 만인) 오늘 도착했다. 로버트의 도움으로, 내 모든 개발 시스템을 하드 드라이브로 옮길 수 있었다. 덕분에 도저히 끝날 것 같지 않았던 수고를 좀 덜 수 있을 것 같다. 수 년 사이에 가장 신나는 하드웨어 관련 사건이다.

1988년 5월 31일

재니스 킴Janice Kim이 내게 조언을 해주었다. "때론 그냥 내버려 둘 필요도 있어요. 여행을 떠나는 건 어때요? 돌아올 티켓 같은 건 생각하지 말고."

난 동의했지만, 그 전에 세계를 정복하는 게 먼저라고 설명했다.

그녀가 말했다. "60살 먹고 나서도 똑같이 말할걸요."

재니스는 내 주변의 일이 돌아가는 방식이 신기한 듯 했다. "그러니까, 만약 **제가** 컴퓨터 게임을 만들 생각을 했다고 해도 말이죠, 게임이 엉망으로 만들어져서 아무도 그걸 사려 하지 않을 거라고 결론을 내릴 것 같아요. 그래서 아마 시도조차 하지 않았겠죠."

난 그녀가 열여덟 살에 이미 미국 최초의 여성 프로 바둑기사가 되었다는 점을 지적했다. 하지만 그녀는 그걸 그리 대단치 않게 여기는 것 같다.

데이비드는 앞으로 2~3년간, 혹은 프로가 될 때까지 필요한 기간 동안 일본에서 지낼 예정이다.

1988년 6월 8일

섀도우 맨[30]. 이 아이디어의 공을 토미에게 돌리고자 한다.

그녀에게 왜 「페르시아의 왕자」에 적 캐릭터가 없는지를 설명하고 있던 참이었다. 메모리 상에 플레이어 캐릭터의 애니메이션이 차지하는 비중이 너무 컸던 나머지, 다른 캐릭터를 추가하는 데 필요한 메모리가 남지 않았기 때문이다.

▲ 적 캐릭터(경비병) 행동 기획

"그럼 적들도 똑같은 애니메이션으로 만들면 어떨까? 「카라테카」 때처럼 말이야."

"이번에는 그렇게 만들면 안 될 것 같아요. 이 캐릭터는 척 봐도 인상이 깊이 남게끔 디자인했거든요. 달리고 뛰는 모습에서도 매우 독특한 개성이 드러나도록 했어요. 그런데 적들까지 왕자와 똑같아지면 곤란하지 않겠어요?"

"그럼 얼굴이나 의상을 바꿔 보면?"

"그것도 안돼요. 만약 하나라도 바꾸면 그 자체로 새로운 캐릭터가 되거든요. 그걸 추가로 넣을 메모리가 없다니까요."

그녀는 포기하지 않았다. "그럼 색깔을 바꾸는 건⋯⋯ 이를테면 검은색으로?"

다시 설명하기 시작했다. "애플II에선 말이죠⋯⋯." 그러다가

[30] SHADOW MAN: 게임의 LEVEL 4 후반에서 길을 막는 거울을 부수고 통과하면 등장하는 정체불명의 적 캐릭터의 개발 당시 별명. 게임 개발 초기에는 원래 적이나 전투 요소가 없었으나, 이날의 아이디어에 의해 '주인공 왕자의 움직임을 복제한 적 캐릭터'로서 추가되었다. 주인공의 그래픽 데이터를 재활용했으므로 추가 작업이 필요하지 않았기 때문. 검을 이용한 전투 시스템 및 경비병(Guard) 캐릭터는 그 이후에 추가되었다.

갑자기 뭔가가 번뜩였다. 만약 주인공의 각 프레임에 배타적 논리연산xor을 걸어 픽셀 값을 1비트씩 밀어 보면 어떨까? 눈앞에 유령처럼 희미하게 빛나는 윤곽을 가진, 검은색 옷에 얼굴과 팔은 하얀, 주인공을 쫓아 주인공처럼 달리고 뛰는 새 캐릭터가 떠올랐다. 바로 그걸 토미에게 설명해 봤다.

"'섀도우 맨'이네!" 그녀가 외쳤다.

***

토미, 로버트, 에릭은 내가 소스 코드를 훑어보는 동안 내 모니터 뒤에 몰려들어 지켜보고 있었다.

나: "어, 굳이 제가 작업하는 걸 지켜볼 필요까진 없는데요. 시간이 좀 걸려요."

에릭: "아냐, 우린 이러고 있을래. 일종의 시험이라고 생각해."

에릭 디즈Eric Deeds는 토미가 물리, 대수, 미적분 소프트 개발을 위해 고용한 대학원생이었습니다. "페르시아의 왕자"를 개발할 때도 많은 도움을 주었어요.

2분쯤 뒤, 난 섀도우 맨을 만드는 데 성공해 움직여 보았다. 꽤 **멋진** 모습이었다. 그는 마치 예전부터 이 게임 안에 있었던 것 같았다. 모두가 경탄했다. 난 이제까지 어떻게 이 캐릭터 없이 게임을 만들 생각을 했을까?

로버트는 주인공이 거울 속에 뛰어들자 섀도우 맨이 생겨난다는 설정을 제안했다. 주인공이 거울 안으로 뛰어 들어가면, 그와 동시에 그의 사악한 그림자 자아가 주인공이 있었던 쪽

으로 튀어 나와 어둠 속으로 사라진다
는 것이다. 게임의 이후 전개에서, 그는
그림자 속에 숨어 주인공을 따라다닌다.
마지막에서, 주인공이 마법 부적을 얻어
그림자 자아를 자신 안으로 다시 받아
들일 수 있을 만큼 강해지기 전까지는
말이다. 두 자아가 다시 합쳐질 때, 주인
공은 사악한 수상Grand Vizier을 무찌를 힘
을 얻는다.

　　토미가 예언했다. "장담하는데, 이 게
임은 엄청 많이 팔릴 거야. 그럼 내게 혼
다 레전드Honda Legend나 하나 사줘. 은색
쿠페로."

1988년 7월 11일

　　더그가 토미에게 애플IIe 시장이 하
향세로 접어들었다고 말했다. 「페르시아
의 왕자」로 돈을 벌 생각이라면, 앞으로
서둘러야 한다.

　　「카라테카」의 로열티 지급액은 서서
히 줄어서 이제는 눈곱만큼으로 줄어들
었다. 이제부터는 저축한 돈으로 생활해
야 한다. 엑셀 스프레드시트로 앞으로
생활 가능한 달수를 계산해 보았다.

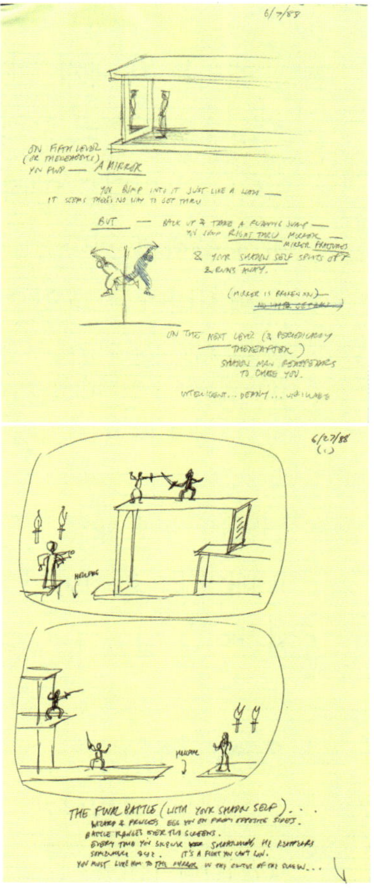

▲ 上: 거울로 섀도우 맨이 생기는 구상,
　 下: 섀도우 맨과 싸우는 최종전 구상

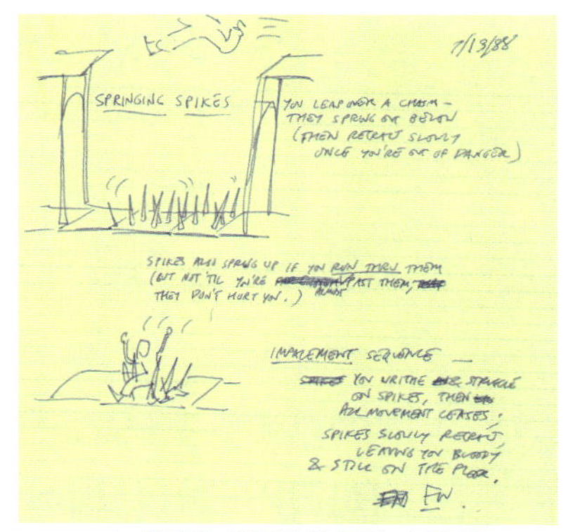

▲ 함정의 아이디어 구상 스케치

래리는 나에게, 자신의 의욕이 꺾이고 있다고 말했다. 작은 스튜디오들 여러 군데에서도 거절당했고, 이제는 예전에 MGM이나 유나이티드 아티스트에서 보였던 수준의 관심조차 이끌어내지 못하고 있다.

버지니아는 <u>파업으로 인해</u> 직장을 잃었다.

1988년에 있었던 영화 작가 파업은 지금까지도 미국 작가 조합(WGA) 역사상 최장 기간 파업으로 꼽힙니다. 20년 뒤에 벌어진 2007~8년 파업은, 제가 영화판 「페르시아의 왕자」의 각본작업을 막 끝내고 프리프로덕션에 들어가는 동안에 벌어졌죠.

1988년 7월 18일

매일 「페르시아의 왕자」에 온 힘을 쏟고 있다. 지난주에는 40시간이나 일했다. 드디어 가시적인 성과가 보이고 있다.

1988년 8월 5일

어제는 유별나게 생산적인 날이었다. 로버트는 <u>그의 게임</u>(「D/제너레이션D/Generation」)에 소화기를 집어넣었고, 나는 내 게임에 떨어지는 바닥을 넣었다.

로버트가 개발한 게임 「D/제너레이션」은 1991년에 마인드스케이프 사가 발매했습니다.

〈완다라는 이름의 물고기A Fish Called Wanda〉: **유쾌한 영화였다.**

1988년 8월 14일

[파리] 어머니, 데이빗, 제니스, 에밀리와 함께 래리 터먼의 집

(실제로는 그의 동료인 래리 고든Larry Gordon의 파리 임시 숙소)에서 열렸던 저녁 식사 파티에 참석했다. 에펠탑에서 세 블록 정도 떨어진 곳이었다. 어머니는 터먼을 무척 좋아했기 때문에 내내 정말 즐거워하셨다. 파티 후에는 래리의 아들들인 피터와 앤드류, 그리고 그들의 친구들과 생 퇴스타슈St. Eustache 성당에 가서 자정 넘어서까지 바둑을 두었다.

1988년 8월 24일

[샌 라파엘] 카메라를 빌려, 로버트와 내가 칼싸움을 하는 장면을 찍었다.

더그가 들렀을 때 그에게 게임을 보여 주자 이렇게 말했다. "애플II 시장이 아직 남아 있을 때 빨리 개발을 끝내는 게 좋겠네."

▲ 촬영한 칼싸움 장면 일부

1988년 8월 28일

「페르시아의 왕자」에, 토요일까지 포함해 한 주간 열심히 매달렸다. 단순 작업들, 이를테면 그래픽을 깨끗하게 다듬고 검토한다거나, 루틴을 마스킹하는 등 몇 달 전에 이미 끝났어야 하는 일들이었다. 언젠가는 해야 할 일들이었고, 덕분에 드디어 머릿속에 피가 잘 돌기 시작했다.

로버트와의 비디오 촬영은 빌린 카메라의 배터리 팩이 갑자기 맛이 가는 바람에 어처구니없이 중단되었다. 촬영 중에, 경찰이 오지 않나 주변을 살피면서 노스 샌 페드로 로드 North San Pedro Road의 프리웨이 출구에 있는 버스 정류장 담장에 한번 매달려 보았는데, 벼랑에 매달린 상태에서 몸을 위로 올리기가 생각보다 쉽지 않더라는 것을 깨달았다.

다음주에 다시 시도해 볼 작정이다.

▲ 타이틀 로고 초안 스케치들

```
LONG-TERM POP PLAN (9/22/88):

1) Additional animations (tape, digitize, integrate):
     a) Climb up
     b) Dive/roll
     c) Bump wall & recover
     d) Sword fighting
     e) Fire (pits)
     f) Fire (torches)
     g) Diagonal turn & run

2) Additional game elements:
     a) Moving walls
     b) Fire pits
     c) Burning torches
     d) White mouse
     e) Removable crossed swords on wall
     f) Flask w/potion
     g) Exits
     h) Windows (w/twinkling stars)

3) Death sequences:
     a) Splat (hard land)
     b) BBQ
     c) Impaled on spikes
     d) Pinned by gate (solid ground)
     e) Pinned by gate (climbing up)
     f) Crushed by moving walls

4) Collision detection (walls, bars, gates)

5) Swords (different kinds, for player & shadman)

6) Shadman logic:
     a) appearance & pursuit
     b) fighting

7) Between-level animations
     a) Dbl hires backgrounds
     b) Dbl hires running (or general sng-to-dbl animation)

8) Wizard & princess scenes

9) Opening sequence

10) Final battle sequence

11) Victory sequence
```

▲ 88년 시점 당시의 장기 개발 일정 기획 문서

시련

1988년 8월 29일

이 빌어먹을 컴퓨터 게임 개발을 어서 끝내야 한다.

아, 마음이 불안정하기 짝이 없다. 지금 당장 게임이 완성돼 버렸으면 좋겠다. 앞으로 다섯 달간 닥칠 고된 시간들을 빨리감기로 돌려서, 이 모든 게 끝날 무렵으로 가 버리고 싶다.

더 이상 게으름을 피울 핑계도 없다. 예전에 아담 더먼 Adam Derman이 (「카라테카」 때) 편지에서 내게 이렇게 말했다. "이 게으른 멍청아. 넌 금맥을 잘 찾아내서 깊이 깊이 파내려 가다가 고작 마지막 2피트 남겨 놓고 어물거리는 거나 마찬가지야. 너무 멍청해서 네가 지금까지 만들어낸 것의 가치도 모르던가, 너무 게을러서 일을 시작해 놓고는 마무리도 못 하고 있던가, 그런 말도 안 되는 이유로 말이야."

▲88년 8월 31일 판 게임 디스크

1988년 9월 7일

에드 바다소브는 이제 내 프로덕트 매니저가 아니다. 대신 브라이언 엘러 Brian Eheler로 교체되었다. 브라이언은 이전부터 「페르

시아의 왕자」를 맡기 위해 나와 에드 양쪽
에 로비를 펼쳤는데, 결국 성공한 것이다.
나로서는 나쁘지 않다. 아니, 오히려 좋을
지경이다.

1988년 9월 24일

어제 브라이언 엘러와 중요한 회의를
마쳤다. 그는 자기 노트를 펼쳐 보며 「페
르시아의 왕자」에 관해 엄청나게 많은 질
문을 던졌다. 디스크 수는? 메모리 용량
은? 패키지 안에 들어가야 할 문서는? 그

브라이언 엘러는 브로더번드의 첫 사원 중 한 명으로서, 초창기 오레곤 주 소재 시절부터 근무했었습니다. 회사가 커지고 경직되면서 결국 나오게 되지만요(브라이언은 브라이언 시(市)를 떠돌게 되었고요).

런 질문들에 하나씩 대답하다 보니, 나 역시 신이 나고 흥분되
기 시작했다.

이 프로젝트에 실체가 있다는 느낌, 4~5개월 뒤면 정말 발
매될 것 같다는 느낌을 주었기 때문이다. 그러려면 어서 서둘러
야겠다는 다짐도 하게 되었다. 브라이언에게는 QA용 초기 버전
을 앞으로 8주 내에 제출하겠다고 약속했다. 내가 다른 사람과
처음으로 맺은 구체적인 약속이었다. 보통 그냥 이렇게 말하곤
했으니까. "아마도 1월까지는 되겠죠… 1999년 1월까진. 하하."

어제의 회의를 통해, 브라이언이 프로젝트 매니저 일을 잘 해
줄까 싶었던 일말의 불안감도 지워졌다. 이제까지의 내게 필요
했던 게 바로 이런 사람이었다. 나를 재촉해 줄 사람 말이다. 그
가 에드보다 훨씬 낫다. 아무튼, 지금 난 「페르시아의 왕자」 작
업에 의욕이 충만해 있다.

1988년 10월 5일

브로더번드의 엔터테인먼트 그룹을 총괄하게 된 돈 다글로우와 점심 식사를 했다. 돈은 학사 학위를 극작과로 받았기 때문인지, 내 영화 각본 이야기에 관심을 보였다. 그는 「페르시아의 왕자」를 하루 빨리 발매할 수 있기를, 그리고 가능한 한 빨리 MS-DOS로의 이식 작업[31]이 시작되기를 바라고 있다.

1988년 10월 9일

토미와 더그는 스티브 잡스의 새 컴퓨터 '넥스트NeXT'의 베일이 벗겨질 역사적인 프레젠테이션을 보러, 샌프란시스코 심포니 홀에 가기로 했다.

1988년 10월 13일

래리 터먼이 내 에이전트를 통해, 결국 〈탄생석〉을 포기하겠다고 알려 왔다.

▲88년 10월 14일 버전 빌더 디스크

1988년 10월 20일

프로그래밍 모드에 깊이 빠져 있다. 새로 만든 게임 코드와 지난 6개월간 건드리지도 않았던 예전 빌더 코드를 결합하는 데 아홉 시간이나 씨름했다. 마치 철거용 철구로 건물을 완전히 때려 부순 후 이렇게 말하는 느낌이다. "어디, 이 목재는 좀 쓸 만할까? 오, 여기 갖고 갈 만한 괜찮은 의자가 있는데! 이건 저

---

31 현재 이 시점에서 개발 중인 것은 최초 버전에 해당하는 APPLE II e판이다. 일단 이 버전이 완성되어야, 그것을 기반으로 당시 막 시장이 성장하고 있던 16비트 IBM-PC(MS-DOS)판의 이식에 착수할 수 있기 때문이다. 한국 게이머들에게 제일 유명한 버전은 1990년의 MS-DOS판일 것이다.

기로 빼 놓자고!"

악몽이 따로 없다.

1988년 10월 23일

브로더번드에 아침 일찍 출근해서, 건물 안에 스스로를 가두고 열 시간 동안 쉬지 않고 일했다. 옛날처럼 말이다. 밤에 잠을 자려면 머릿속에서 코드 패턴이 떠오르는 게 보이기 시작한다……. 그리고 귀찮게도, 아침에 일어날 때도 그렇다.

드디어 게임과 에디터가 디스크 한 장으로 통합되었다. 아주 훌륭하다.

다섯 달만 이렇게 보내면 3월에는 **정말** 끝낼 수 있겠다.

1988년 11월 11일

"난 뭔가 쏠 수 있는 게임이 좋아. 네 게임에는 다음 레벨로 그저 넘어가는 것 외엔 이렇다 할 보상이 없어. 그냥 살아서 끝까지 가는 것뿐, 그렇다고 뭔가 성취감을 주는 것도 아니잖아." - 토미

그녀가 옳다. 지금의 「페르시아의 왕자」는 확실히 공허하고 활기가 없다. 섀도우 맨과 칼싸움 요소가 들어간다 해서 이런 분위기가 확 바뀔지는 아직 잘 모르겠다.

한편, 새로운 문을 넣어 봤는데 이건 꽤 멋지다.

오, 정말로 이 게임이 히트작이 되었으면 좋겠다. 「카라테카」처럼.

어쩌면 이런 모듈 넣기 식 디자인 자체가 잘못일지도 모르겠다. 마음대로 연결 가능하고 어디든 자유롭게 갈 수 있는 한 레벨 당 화면 24개분만큼의 던전이라는 아이디어는 그냥 잊어버리고, 외길 레벨에 고정된 적들을 쭉 배치하는 식으로 수정하는 게 더 나을 수도 있겠다.

24개분의 화면이라면, 외길로 쭉 연결해 두기만 해도 「카라테카」 때처럼 만족스러운 플레이 경험을 줄 수 있을 거다.[32] 하지만 이번에는 극복해야 할 장애물들이 연결되어 하나씩 나타나는 형태가 되어야 한다. 예를 들어 이런 것들.

- 점프로 넘어가야 하는 틈
- 열어야 통과할 수 있는 문
- 쓰러뜨려야 하는 경비병

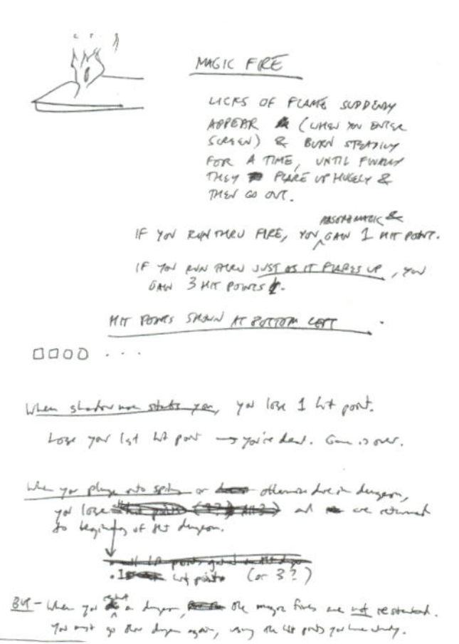

▲ '매직 파이어' 아이디어 노트

지금의 구성은 '밖으로 탈출'하는 것 외에 무엇을 달성해야 하는지에 대한 명확한 아이디어도 없이, 플레이어를 거대한 공간 속에 냅다 던져 놓는 식이다. 너무 불친절하다. 특히 처음 시작하는 사람에게.

그럼 처음의 10~15레벨 정도가 지난 시점부터, 「로드 러너」나 「닥터 크립」처럼 '퍼즐' 스타일의 본격적인 진

32 「카라테카」는 첫 시작 지점에서 적들을 물리치며 계속 오른쪽으로 전진해, 가장 오른쪽 끝 지점까지 도달하는 데 성공하면 공주가 있는 방으로 연결되는 구조의 게임이었다.

행이 시작되는 식으로 만들면 되겠다. 하지만 시작 부분에는, (「카라테카」처럼) 왼쪽에서 오른쪽으로 가는 진행을 기본으로 하여 약간의 위아래 이동을 섞는 형태의 레벨을 넣어 보자. 플레이어가 즐기면서 스스로 익숙해지도록 말이다.

이거야!

1988년 11월 12일

아직 뭔가가 부족하다.

출구를 찾아 달리고 또 달리는 게 무슨 의미가 있을까? 결국 플레이어는 똑같은 행위만을 반복하게 될 텐데 말이다.

게임의 끝에서 기다리는 공주는 **스토리**에서의 보상일 뿐이다. 지금 필요한 것은 **게임**에서의 보상이다 —「카라테카」에서의 문지기 격파와 같은 것 말이다. 무엇이 게임을 즐겁게 만드는가? 긴장-이완, 긴장-이완의 반복 연속이리라. 「페르시아의 왕자」에는 양쪽 다 없다. 마치 25마일 장거리 하이킹 같다. 가다 보면 때때로 통나무를 타넘거나 개울가를 건너기도 하겠지. 그래서 뭐?

달리고 뛰고 오르는 동작을 아무리 아름다운 애니메이션으로 보여 주더라도, 그 광경이 플레이어를 사로잡는 건 처음 세 화면을 지나는 정도일 것이다. 그 다음부턴 이렇게 생각하겠지. 언제쯤 뭔가 재미있는 사건이 **일어날까?** 문지기와의 싸움이든, 비행기 격추든, 하여튼 뭔가가.

▲ 참고: 「카라테카」 플레이 장면

하위 목표가 필요하다. 플레이어가 "휴! 해냈어! 이번 건 쉽지 않았는걸!…… 다음은 뭐지?"라고 말하게 될 지점 말이다.

이를테면, 이런 것들.

- 「아스테로이드」나 「팩맨」의 경우, 스테이지의 클리어
- 「카라테카」의 경우, 문지기의 격퇴
- 「로드 러너」의 경우, 레벨의 해법 발견

지금 상태에서 「페르시아의 왕자」의 레벨 통과는 위와 같은 게임들에서 맛볼 수 있었던 성취감 중 어느 것 하나도 주지 못한다. 어떤 느낌이냐면, "아……. 그래, 이게 끝이군. 음."

위의 예시들이 공유하고 있는 요소는 과연 무엇일까?

1. 게임 중 언제라도, 화면을 훑어보기만 하면 목표까지 얼마나 해냈고 얼마나 남았는지 알 수 있다.

2. 최종적인 성공까지 가는 과정에, 수많은 좌절과 성공이 흩어져 있다. 플레이어가 진행하는 도중 소소하게 "휴, 해냈어!"라는 생각이 들 법한 시점이 있는데, 이를테면 도트를 다 먹고 나가기 어려운 부분을 돌파하거나(「팩맨」), 연속 공격으로 문지기를 쓰러뜨리거나(「카라테카」), 얻기 어려운 곳에 놓인 돈자루를 먹었을(「로드 러너」) 때이다. 반대로 플레이어가 "앗, 젠장…"이라는 반응을 보일 법한 시점도 있는데, 실수로 커다란 운석에 탄을 맞추는 바람에 작고 빠른 돌조각들로 쪼개져 버린다거나, 스테이지를 클리어한 줄 알았는데 도트 하나가 남아있는 등

의 상황이 그것이다. 제법 치명적인 좌절이 있는 반면, 그저 거슬릴 뿐인 사소한 좌절도 있다. 하지만 어느 쪽이든, 플레이어는 이것을 자기의 실수로 여겨야 한다.

3. 다음 도전을 하기 전에 잠시 멈추고는, 적절한 때를 기다리다 "그래… 지금이야."라며 플레이를 재개할 수 있다. 스스로 이전보다 더욱 긴장되고, 더욱 강한 좌절이나 성공이 기다리는 다음 단계로 뛰어들게 되는 것이다.

「페르시아의 왕자」에는 현재 이러한 요소가 하나도 없다.

만약 하위 목표가 '레벨을 돌파하는 것'이라면, 목표까지 얼마나 남아 있는지를 **지속적으로 알려주는 시각적 장치가 필요하다.** 그저 탈출구에 어쩌다 도달한 뒤에, "오, 도착한 모양이군." 이라거나, 금괴 자루를 우연히 발견하곤 "오, 여기 하나 더 있네." 라는 말이 나오는 식이면 곤란하다. 그래서 「로드 러너」나 「팩맨」처럼, 뭔가를 먹는 스타일의 게임은 반드시 레벨 전체를 한 화면 안에서 보여 주는 것이다. 이게 핵심이다.

하지만 「페르시아의 왕자」는 레벨의 전체 지도가 한 화면 안에 보이지 않는다. 이게 문제다.

1988년 11월 13일

영화 각본의 스토리 구조에 대해서는 그렇게도 잘 알면서, 어째서 정작 내 게임의 구조에 대해서는 여태까지 무지했을까?

스토리는 그 안의 등장인물이 원하는 것이 있어야만 진전할 수 있다. 마찬가지로, 게임은 **플레이어**가 원하는 것이 있어야만 진전할 수 있다. 시작 버튼을 누른 뒤 5초 이내에, 플레이어가 이 질문의 답을 찾아내야만 한다. "이제 뭘 할까?"

행동의 결과는 **일정한 범위** 내에서 다양해야 한다. 그중엔 상대적으로 이로운 것도 있어서, 플레이어가 스스로 "이러면 좋고… 저러면 안 되고… 이건 최악이네."라고 판단할 수 있어야 한다.

게임 안의 모든 이벤트는 플레이어를 목표에 접근시키든지 혹은 떨어뜨리는 결과로 나와야 한다. 그렇지 못하다면, 그건 이벤트가 아니라 눈요기일 뿐이다.

「페르시아의 왕자」의 최종 목표는 공주를 구하는 것이다. 하지만 이건 게임 전체를 진행하는 내내 플레이어를 계속 붙잡아둘 만큼 강력하지 못하다. 반드시 하위 목표가 있어야 한다.

「카라테카」의 경우, 문지기를 무찌르면 공주가 있는 지점까지의 **거리를 줄일 시간을 벌 수 있었다.** 플레이어는 성 안의 가장 깊은 방까지 도달해야 하는데, 거기 공주가 있기 때문이다. 즉 문지기들을 쓰러뜨릴수록 공주와의 거리가 가까워지는 셈이다. 단순하지만, 효과적이다. 심리학적 관점으로도, 이것은 보상이 갈수록 줄어드는 고전적인 중독성 패턴을 따른다. 다음에 등장하는 문지기는 이전보다 더 쓰러뜨리기 어렵기 때문이다. 노력에 대한 보상은 점점 줄어든다. 중간 목표(해당 레벨의 끝)에 도달하기 전까지는 이 패턴이 반복되다가, 일단 도달하면 예상보다 큰 보상을 받는다. 그리고 진행이 다시 쉬워진다……. 잠시 동안은 말이지.

「페르시아의 왕자」의 경우, 던전을 헤쳐 나가는 것이 아직은 목표로 다가가고 있다는 만족감을 주지 못하고 있다. 얼핏 주변 풍경이 거기서 거기로 보이기 때문인 점도 있다. 그런 문제라면, 고칠 수 있다.

하지만 스토리 구조상 매우 중요한 또 하나의 핵심 요소이자, 게임 자체와도 연결되는 요소가 이 게임에는 결여되어 있다. 바로 주인공의 '적'이다. 주인공과 같은 목표를 놓고 경쟁하거나, 주인공이 목표를 이루지 못하게끔 방해하는 존재. 그게 인간에 가까울수록 더 좋고. (「아스테로이드」와 핀볼이 지배하던 시대는 끝났으니까.)

이번의 경우, (시간이 충분치 않으니 이미 만들어둔 적을 쓴다 치면) 이런 용도로는 새도우 맨이 제격이다. 어떤 게임에는 매우 다양한 적들이 등장하기도 한다. (트루비Truby에 따르면 신화가 딱 이러한 구조이지만, 이렇게 만들면 스토리성은 당연히 약해진다.) 우리는 새도우 맨을 게임 전체에 걸쳐 주인공의 강적으로 만들어야 한다. 주인공과 새도우 맨은 체력 포인트를 두고 서로 다툰다. 공격에 성공한 만큼 그는 약해진다. 파워 아이템을 먹는 데 성공하면 주인공이 강해지지만, 만약 새도우 맨이 먼저 도달해 그걸 먹으면 그쪽이 강해질 것이다. 결국 두 캐릭터가 서로 검을 겨누는 상황이 되면, 힘의 균형은 (「카라테카」에서처럼) 미리 결정되어 있지 않고 이제까지 게임을 진행하면서 플레이어가 행한 행동의 결과

존 트루비John Truby는 로버트 맥키Robert McKee 등의 시나리오 각본 대가들을 이끈 초기의 선구자였습니다. 그의 3일짜리 강의를 수강했던 적이 있는데, 정말 소름끼칠 만큼 대단한 사람이라고 생각했어요. 실제로, 그의 강의(와 교습서)를 거치면 글 쓰는 실력을 제대로 배운 듯한 착각이 들 정도였습니다.

로 정해지는 거다.

이렇게 하면 전투와 레벨 탐색이 멋지게 연결된다. 훌륭해. 아주 맘에 들어!

(따분한 <u>열쇠</u> 요소는 그냥 버리자.)

1988년 11월 14일

오전 내내 에릭과 게임에 관해 이야기를 나누었다.

결론: 다음 단계에서는 칼싸움을 구현해야 한다. 실제로 만들어 보지 않고서 그저 추상적으로 어떤 느낌의 플레이가 될지 상상하기란 너무 어렵다.

1988년 11월 17일

사내 평가위원회—게리, 진, 브라이언, (홍보부의) 소피 K.Sophie K., <u>앤 크로넨</u>Ann Kronen—앞에서 「페르시아의 왕자」를 시연했다.

게임을 사전에 본 적이 한 번도 없었던 앤과 소피는 애니메이션을 보면서 숨을 삼켰다. 진도 마지못해 꽤 멋진 결과물이라는 것을 인정했다. "이게 게임으로 완성만 된다면 말이지."

앤은 브로더번드에 새로 생긴 E²(Education and Entertainment)부서의 부서장이었죠.

게리는 퍼즐적 요소를 좋아했고, 디스크 2장이라는 점에도 개의치 않았으며, 레벨 에디터도 맘에 들어 했고, 전투 요소가 그렇게까지 필요하다고 여기지도 않았다. 추후 다양한 기종으로 이식되거나 아케이드에도 들어갈 수 있을 것 같으니, 애플Ⅱ의 한계에 너무 얽매이지 말라고도 덧붙였다.

나는 청중의 반응을 좀 더 고조시키는 법을 배워야 할 것 같다. 내가 너무 심드렁해 있던 탓에 방 안의 전반적인 분위기마저 처지는 눈치였으니까. 만약 데모 시연자가 내가 아니었더라면 사람들이 더 흥분해 주었으리란 생각이 들었다.

▲ 1988년 11월 17일 버전 에디터

1988년 11월 18일

눈부신 하루. 무척 추웠지만 그마저도 좋았다. 공기는 매우 깨끗하고, 하늘도 매우 맑았다. 아무 이유 없이 행복했다. 강렬한 〈토킹 헤즈Talking Heads〉의 곡을 들으며 집으로 오는 프리웨이를 내내 80마일로 내달렸다.

오늘로써 게임에 대한 번민에 시달렸던 일주일이 종지부를 찍었다. 이 게임은 대단한 작품이 될 거다. 이 게임에 가장 시급했던, 플레이어의 동작에 따라 실시간으로 닥치는 위험 요소를 추가하기 위해, 날카로운 톱니가 위아래로 맞물리는 타입의 새로운 함정을 붙였다. 어려운 작업은 아니었다. 진짜 큰일은 경비병과의 칼싸움 구현이 되겠지만, 노력할 만한 가치는 충분할 것이다.

애플Ⅱ가 다 죽어 가는 플랫폼만 아니었다면 좋을 텐데. 하루빨리 MS-DOS로의 이식에 착수해야 한다.

▲ 신규 함정(낫, 톱날 등등)의 아이디어 스케치

10월의 「카라테카」 로열티는 166달러였다.

1988년 11월 20일

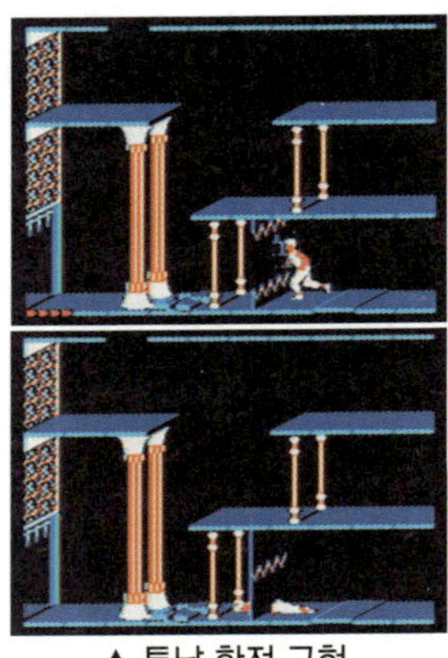

▲ 톱날 함정 구현.

오늘도 종일 일한 덕분에, 진도를 상당히 나갔다. 체력 게이지를 화면에 붙이고 제대로 작동하도록 만들었다. 발판도 넣었고, 톱날 함정도 개선했다.

하지만 이번 주의 진정한 진전은 눈에 보이지 않는 부분에 있었다. 메인 게임 코드에서 보조 언어 카드를 쓸 수 있도록 여러 가지 걸림돌을 정리했다. 쉽게 말해, 메모리에서 12K의 여유분을 드디어 확보했다. 이제 칼싸움 요소를 집어 넣기 위해 몹시 필요했던 숨통을 틔워 낸 것이다.

괜찮은 주말이었다.

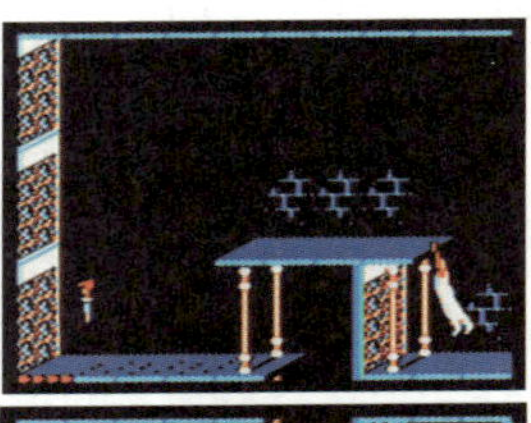

▲ 타오르는 횃불과 벽돌을 배경에 추가한 화면.

1988년 11월 21일

타오르는 횃불과 벽돌 그림을 배경에 추가했다. 덕분에 게임의 외형적인 인상이 완전히 달라졌다. 로버트도 감탄했다.

일이 진행되는 모습이 무척 만족스럽다. 이제 전투만 추가된다면, 「페르시아의 왕자」는 역대 최고 게임들의 반열에 오르게 될 것이다.

1988년 12월 1일

뭔가 중대한 삶의 변화가 필요한 게 아닌지를 점점 더 생각하게 된다. 휴식 없이 계속 달리고 있는 느낌이다. 「페르시아의 왕자」를 내놓고 나서, AFI나 USC의 감독 과정 수강을 고려해 봐야겠다.

1988년 12월 2일

더그가 오늘 내 사무실에 들렀을 때, 그에게 조이스틱을 건네주고 게임을 시켜 보았다. 무척 감탄했다. 사무실을 나서면서 그는 이렇게 말했다. "마치 모험 한 번 거하게 한 기분인걸." 그에게 몇 달 후면 정말 제대로 플레이 가능한 버전을 내놓을 수 있다고 말하자, 그가 대답했다. "내 보기에도 꽤 완성에 근접했더군."

로런 E.와도 몇 시간 동안 이야기를 나누었고, 괜찮은 아이디어를 몇 가지 건졌다.

50레벨 「로드 러너」 식의 접근[33]이 완전히 잘못되었다는 것을 깨달았다. 「카라테카」의 매력은, 이해하기 쉬운 게임이라는 데에 있었다. 일단 게임을 띄우고 조이스틱을 잡으면, 뭘 해야 할지가 분명했다. 주인공이 서 있고, 문지기도 있고, 그 녀석이 주인공 앞을 가로막고 있다. 목표, 그러니까 악당과 공주가 화면 너머 오른쪽 끝 어딘가에 있고, 한 발 내딜 때마다 목표가 가

---

[33] 80년대 초중순 당시의 컴퓨터 게임들 중엔, 마치 퍼즐 게임처럼 각각 독립된 다양한 난이도의 수십 개 단위 레벨을 잔뜩 넣어 두고 플레이어가 이를 차례대로 클리어하게 함으로써 플레이타임을 늘리고, 아예 레벨 편집기(Level Editor)까지 내장해 플레이어가 스스로 레벨을 만들어 즐길 수 있게 배려하는 게임이 많았다. 이런 게임의 대표작이 바로 「로드 러너」로, 그래픽과 메모리에 한계가 컸던 8비트 PC에서는 매우 효과적이었으며 80년대 히트작의 전형이기도 했다. 확고한 스토리를 가지고 컴퓨터의 자원을 애니메이션이나 그래픽에 집중하여 10개 남짓의 레벨을 최대한 공들여 만드는 식으로 개발된 「페르시아의 왕자」는, 80년대 후반의 시점에서 보면 무척 실험적이고 도전적인 디자인이라고 할 수 있다.

까워진다. 딱히 생각할 거리가 없고 반복적일 수도 있지만—분명 중독성도 있다.

「페르시아의 왕자」는 심혈을 기울여 복잡하게 만들려다 보니 이러한 특징들이 플레이어가 견딜 수 있는 한계점을 넘어가 버렸다. 게임 속의 세계가 너무 넓어지니 플레이어는 길을 잃고 당황하게 된다.

그래서 새로운 아이디어를 내 보았다. 레벨은 딱 10개. 그것도 쉽게.

각 레벨은 대략 「카라테카」만큼의 난이도와 길이로. 플레이어는 지하 감옥에서 게임을 시작해, 공주와 만나는 것으로 끝난다.

하지만 사실 이걸로 끝이 아니다. 공주는 다시 납치되고, 주인공은 좀 더 어려운 다음 성으로 넘어가야 한다. 총 4개의 성에 각각 10개의 레벨이 있고, 모두 통과해야 게임을 클리어하고 공주를 완전히 구출할 수 있다. 네 번째 성은 정말 어려운 레벨들—즉 초상급자만을 위한, 「로드 러너」의 마지막 50개 레벨 수준의 것들을 배치한다.

게임 시작 시에는, 스토리가 전부다. 막바지에 다다르면, 스토리는 실질적으로 아무 의미가 없다. 게임 경험이 순수한 게임 플레이로만 정제되는 것이다.

그러니 이렇게 하자. 게임에 스토리 틀을 만들어 붙인다. 전투를 추가한다. 쉬운 레벨 열 개를 디자인한다. 이게 「페르시아의 왕자」다. 나머지는 보너스다.

　게임 디스크 안에 굳이 레벨 에디터를 집어넣을 이유가 없다는 생각도 들기 시작했다. 어떻게 보면, 레벨 에디터의 존재가 게임을 싸구려로 보이게 만드는 감도 있다.

　정말 어려운 부분은 처음 레벨 10개의 디자인일 것이다. 액션과 전략과 모험의 절묘한 균형을 잡는 것. 이것이야말로 그럭저럭 급인 게임과 위대한 게임을 구분 짓는 차이가 되겠지. 단순한 레벨 10개라면 하루 날 잡아 뚝딱 만들 수도 있겠지만… 이 기준을 만족시키려면 최소한 몇 주는 잡아야 할 것이다. 그것도, 초보자들의 플레이를 관찰하고, 수정하고, 또 다시 새로운 초보자들을 찾아내 테스트를 반복하는 몇 주가 되겠지.

　하지만 일단은, 전투부터.

1988년 12월 3일

　검격이라는 주제를 연구하기 위해 칼부림 영화들을 잔뜩 빌려 로버트의 새 아파트로 가져갔다. 물론 결국에는 〈캡틴 블러드Captain Blood〉를 한달음에 감상하는 것으로 끝나 버렸지만. 우리 둘 다, 이 영화의 훌륭함에 감탄했다. 이렇게 잘 구성된 플롯을 갖춘 영화를 본 게 얼마 만인지 모르겠다. 왜 이만한 각본이 더 이상 나오지 못하는 걸까?

　그러고 나서는 브로더번드에서 몇 시간 동안, 「페르시아의 왕자」에 들어갈 칼싸움 로직과 조이스틱 인터페이스를 다듬었다.

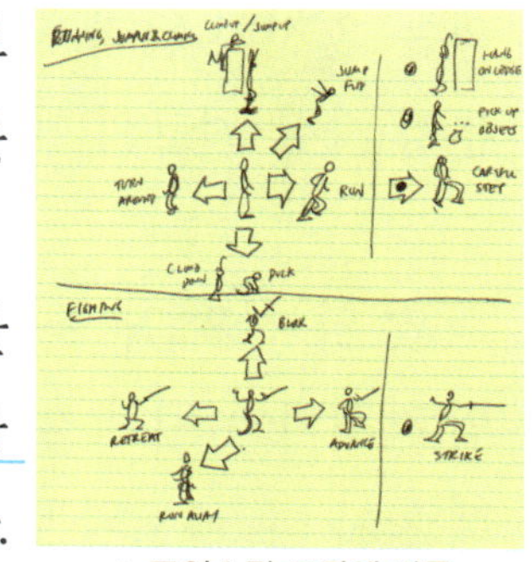

▲ 조이스틱 조작에 따른
칼싸움 동작 구상

전부 뜯어 내고 새로운 방식으로 다시 붙이는 게 벌써 열 번째 는 되는 것 같다. 이번이 마지막이었으면.

1988년 12월 5일

더그가 토미에게 내 게임이 엄청난 히트작이 될 것 같다고 말했단다.

▲ 영화 〈로빈 후드〉에서의 칼싸움 대결 씬

하루의 대부분을 거의 엎드리다시피 앉은 자세로, 에릭과 함께 마흔 장 남짓의 스냅 사진들을 사무실 바닥에 쫙 깔아놓고 연구했다. 영화 〈로빈 후드Robin Hood〉에서 바질 레스본Basil Rathbone과 에롤 플린Errol Flynn이 펼쳤던 클라이맥스의 칼싸움 대결 씬을 해체해 본 것이다. 우리는 정말 머리가 깨지도록 고민했다.

그 덕분에, 지금 내 머리 속에 있는 개념은 어제나 일요일 때와는 완전히 달라져 있다. 골몰한 보람이 있었다. 우리 게임은 분명 사상 최고의 게임이 될 것이다.

몇 달 전의 딱 좋지 않은 시기에 고장이 나 버린 디지타이저의 제작사인 런던 컴퓨-테크 시스템즈Compu-Tech Systems의 로렌스 페인Lawrence Payne과 방금 (새벽 1시) 통화를 마쳤다. 런던에선 지금

이 오전 9시니까. 그는 자기 집 전화번호를 알려주고, 러스Russ와 내가 내일 아침 그에게 직접 전화하면 우리가 디지타이저를 고치도록 도와주겠다고 했다.

하지만 사실, 내가 해야 할 일은 비디오 카메라를 빌리고 사람 둘을 시켜서 기스본의 가이Guy of Gisbourne와 록슬리의 로빈 Robin of Locksley[34]의 움직임을 디지털 세대의 방식으로 재현해 보는 것이다.

지금 당장 화면에 띄우고 싶다. 이렇게 의욕이 충만할 때면, 밤에 잠도 잘 이루지 못한다.

1988년 12월 8일

러스와 내가 디지타이저를 '고쳤고'(슬롯을 잘못 골라 꽂았다[35]), 덕분에 내 인생이 한결 수월해졌다. 지난주 내내 노력한 덕에, 칼싸움 요소가 게임 속에 언젠가는 들어갈 예정이었던 뭔가 모호한 개념에서 탈피해, 드디어 현실화 되었다. 이 작은 친구가 이제는 칼을 휘두르고 찌른다. 이를 본 사람들은 모두 환호했다. 여전히 내 앞에 놓여 있는 산더미 같은 과제들은 생각만 해도 막막하지만, 칼싸움 구현은 지난 몇 달 동안 이루어낸 그 어떤 작업보다도 더 극적인 결과물로 돌아왔다. 이건 점점 멋진 게임이 되어 가고 있다.

---

34 Guy of Gisbourne은 로빈 후드 이야기에서 악당으로 등장하는 기사. Robin of Locksley는 로빈 후드의 별명이다.

35 애플 II 의 확장 슬롯은 각 슬롯 별로 꽂을 수 있는 카드의 종류가 구분되는 방식이었다. 예를 들어 6번 슬롯은 플로피 디스크 드라이브의 컨트롤러 카드를 꽂아야 한다.

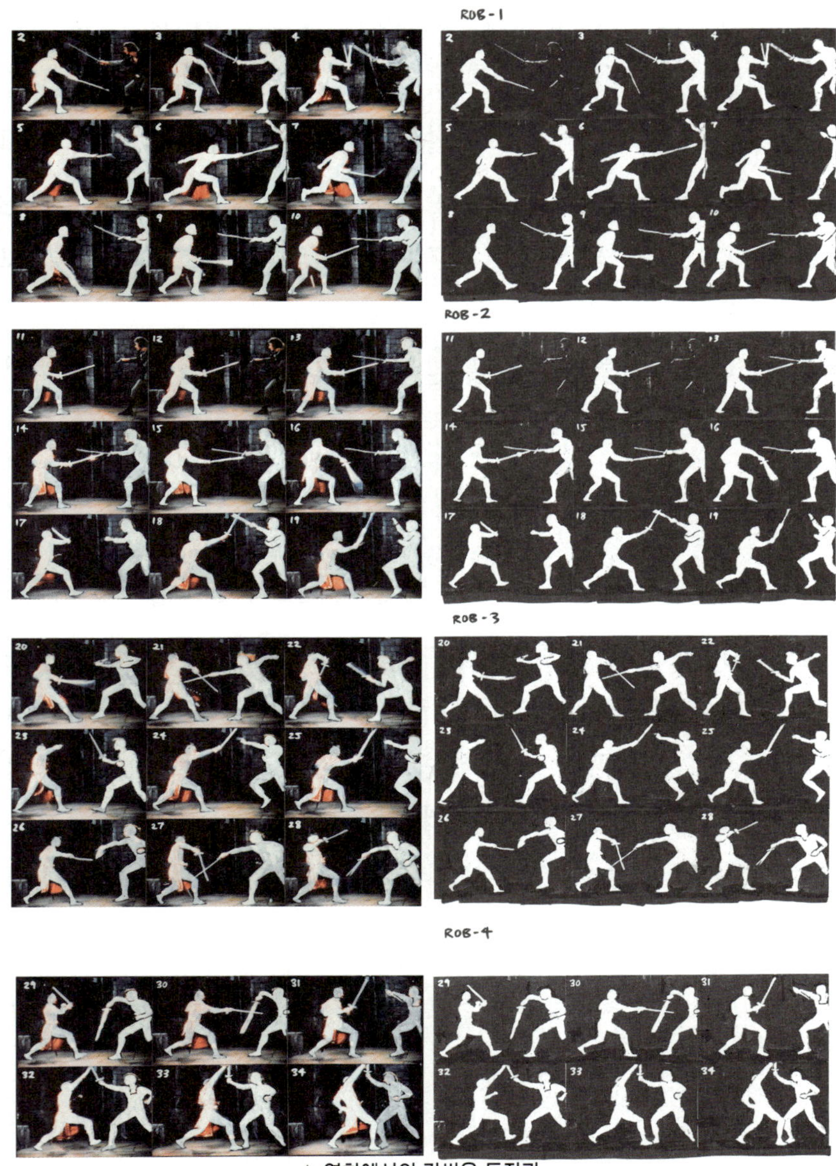

▲ 영화에서의 칼싸움 동작과
로토스코핑으로 그린 동작

1988년 12월 15일

로버트가 제작 중인 게임에 써 볼 만한 아이디어를 제안해 봤다. 게임의 목표는 건물에 갇힌 사람들의 구출이다. 플레이어는 각 방에 있는 위험 요소들을 제거하여 사람들이 안전하게 피신하도록 해야 한다.

로버트 역시 내 게임에 유용할 좋은 아이디어를 생각해 주었다. 화면 안의 빈 공간을 벽돌 벽의 그림으로 메워 보는 것이다. 적용해 봤더니 게임의 분위기가 완전히 달라졌다. 이제, 정말로 지하 감옥처럼 보인다.

▲ 큰 벽돌의 벽과 바닥을 추가

1989년 1월 3일

요즘 「슈퍼 마리오브라더스 2Super Mario Bros 2」[36]를 즐기는 중이다. 아케이드 게임에 이렇게 중독되다시피 빠져든 게 얼마만인지 모르겠다. 아래 몇 가지 요소들은 내게도 참고할 만하다.

- 첫 번째 지역을 통과하기까지는 여러 시간을 도전해야 했다. 하지만 일단 한 번 넘어가고 나니, 지금은 수 분만에 바로 통과할 수 있게 되었다.
- 게임에 익숙해지니 기술들을 연계시켜 구사하게 되었다.
- 첫 번째 지역에서 미리 해 놓으면 도움이 되는 것이 몇 가지 있다. 이를테면, 라이프 상한을 2개에서 3~4개로 올려 두고 끝까지 채워 둔다던

[36] 일본에서는 「슈퍼 마리오 USA」라는 이름으로 발매된 작품. 원래 완전히 다른 게임에 마리오 캐릭터를 붙여 다듬은 작품이므로, 1편과는 방식과 구조가 크게 다르다.

가 하는 식으로. 하지만 원한다면, 게임을 굳이 진전시키지 않고서 같은 지역만 계속 즐길 수도 있다.

새해 목표: 「페르시아의 왕자」 개발 완료. (1989년 6월 30일까지 출시할 것)

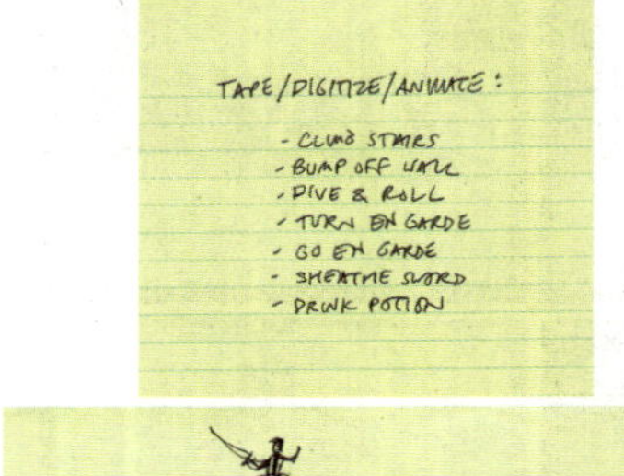

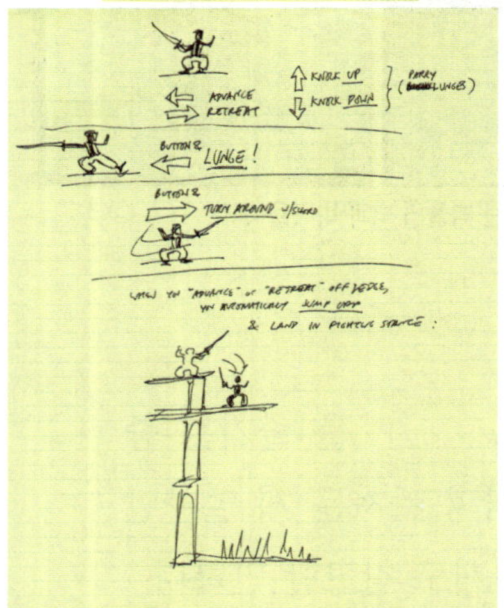

1989년 1월 17일

「페르시아의 왕자」 작업에 매진했다. (지난주에는 48시간 일했다.) 덕분에 게임이 썩 괜찮은 모습이 되었다. 칼싸움도 가닥이 잡히기 시작했는데, 보기에 멋질 뿐만 아니라 실제로 재미도 있다. 「카라테카」보다 훨씬 낫다. 칼싸움이 게임 전체의 핵심이 되고 있다. 토미가 결국 옳았던 것이다. ("전투! 전투! 전투를 넣어야지!")

1989년 1월 30일

[L.A.] 래리 터먼과 점심을 먹었다. 기분은 좋아 보였지만, 최근에는 영화 제작자로서 여러 가지 어려움을 겪고 있는 것 같았다. 그는 나에게 아직도 리딩 아티스트 사와 일하고 있느냐고 물었다. 혹시 그쪽은 날 차 버린 지 오래인데 나만 아직 모르고 있는 게 아닐까 싶어 걱정이다.

▲ 칼싸움 관련 아이디어 스케치들

버지니아와는 저녁을 먹었다. "많이 변했네요!" 날 보자마자 한 말이었다. "훌쩍 커 버린 거 같아요!"

난 리딩 아티스트 사가 대리인 계약 갱신에 관해 내게 아직도 연락하지 않고 있다고 말했다. 그녀는 아마도 내가 뭔가 새 각본을 쓰고 있는 건지를 알기 위한 그쪽의 전략일 거라고 말했다.

그녀는 여전히 〈탄생석〉을 좋아했다. "세상에, 농담이죠? 그게 언제였더라, 벌써 2년 전인가요? 그런데 전 아직도 줄거리를 세세한 부분까지 다 기억하거든요. 정말 멋진 각본이었죠. 아직도 영화화 되지 않았다니, 말도 안 돼요."

1989년 2월 6일

오늘은 집에서 일했다. 실로 꽤 많은 작업을 했다. 회사에서 요구해 온, CWP('창작 작업 계획서Creative Work Plan')를 비롯한 잡다한 문서 작성을 마무리했다. 그리고 드디어 프롤로그 문제도 해결한 것 같다. 내 아이디어를 토미에게 전화로 들려 주었더니 그녀도 무척 마음에 들어 했다.

또한 일정을 정리하여, 플레이 가능한 초기 버전을 QA 쪽에 제출할 시기를 4월 15일로 잡았다. 게임은 메모리얼 데이[37] 즈음에—즉 CES[38]에 맞춰—완성되고 곧이어 출시될 것이다.

37 미국의 전몰장병 추모일로, 5월 마지막 주 월요일.
38 Consumer Electronics Show: 매년 1월 미국 라스베가스에서 개최되는, 미국 가전협회 주최의 업계 박람회(현재는 International CES가 공식 명칭). 세계적인 첨단 가전제품이 처음 선보이는 세계 최대의 가전 엑스포다. 78~94년까지는 라스베가스에서 1월, 시카고에서 6월에 연 2회 개최되었고, 이 당시에는 PC업계나 소프트웨어·게임업계도 CES를 통해 신작을 발표하곤 했다. 이후 게임업계의 규모가 커지면서 1995년부터 게임업계의 독자적인 박람회인 E3 쇼가 분리되어 2021년까지 이어졌으나, 2023년 폐지되었다.

영화 각본 쪽은 잊어 버리자. **이것이야말로** 내 작품이니까. 앞으로 4개월 간, 「페르시아의 왕자」에 모든 시간을 집중해야만 한다.

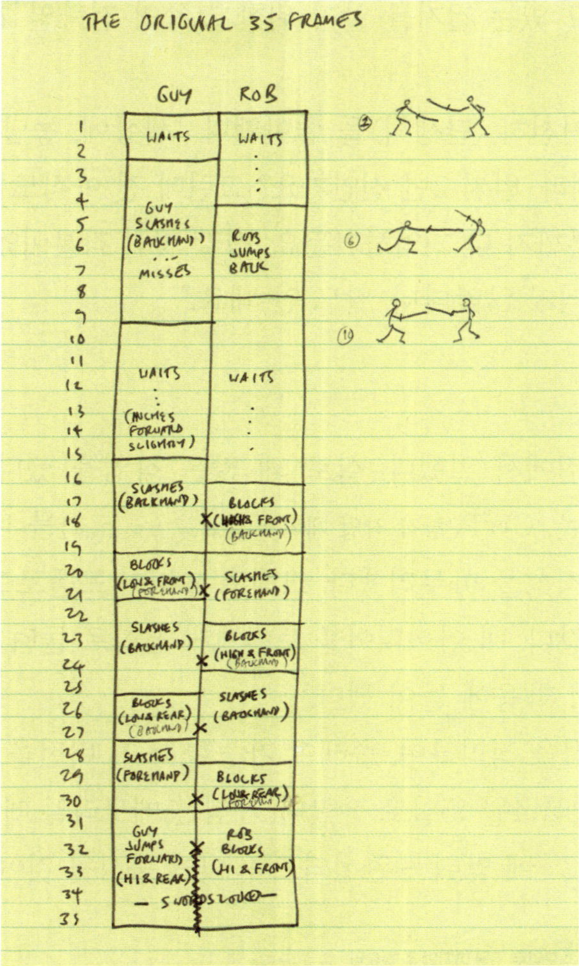

▲ 동작 프레임 관련 설정

2/2/89

Near the End of shadow level —

SHAD

BUT NOT ~~THE~~ ~~LAST~~ ONE BEFORE THIS ONE

You run on — sa potion speedy it Ledge

By now you know what it means — you've ~~see~~ had 1 near the end of every level, & you recognize the red sparkles — you're happy —

Only on 1st trip thru level.

So you climb up, plug to get it & you run & get it — but before you can get there, SHADMAN runs on & knocks it down — this shngl now gets stronger. the run off — you're left ~~funbund~~, still w/ only 3 units of strength (or low 4!).

SHAD

A screen or two later you reach the end — SHADMAN drops down suddenly ~~& turns you~~ in front of you & draws his sword. (4 to 3.) Duel!

When you score your 4th hit — he out there. the disappears ~~& wi~~ by injury — you're left alone.

END OF LEVEL.

▲ 섀도우 맨의 등장과 행동에 대한 아이디어 메모

February 6, 1989

To: Brian
From: Jordan
Re: Prince of Persia

Brian--I wrote these notes mainly to get my own thoughts in order, but I thought you might like to see them. Would welcome your comments.

Title sequence

The opening titles should convey as much as possible the look and feel of a thirties Hollywood swashbuckler.

A TEXT SCROLL tells the story: the aging Sultan has a daughter whom everyone is eager to marry... but instead she falls in love with an adventurer from a distant country (you)... The Sultan's Grand Vizier, seeing his own plan to marry the Princess about to be ruined, persuades the Sultan that you're an enemy and his daughter a traitor...

CUT TO THE PALACE GARDEN -- where our young lovers are standing side by side gazing out over the valley. DREAMY MUSIC... the kid puts his arm around the girl, she leans her head on his shoulder... it's a touching moment.

OMINOUS MUSIC breaks the spell. Someone's coming. A quick goodbye -- the kid climbs over the wall and makes his escape while the girl watches after him -- The girl spins around as the VIZIER enters, an imposing Conrad Veidt/Basil Rathbone-like figure in a turban and flowing cape.

CUT TO THE OTHER SIDE OF THE WALL -- the kid jumps down into frame and gets up running... Suddenly a PALACE GUARD (turban & sword) looms up in front of him... the kid hastily turns around and runs back the way he came... right into the arms of a SECOND GUARD. Trapped!

A LONG SHOT OF THE PALACE -- night -- thunder & lightning --

CUT TO A LOCKED ROOM. SAD MUSIC... the princess is sobbing into her pillow... suddenly the door opens & she jumps to her feet. The ominous music that we now recognize as the VIZIER'S THEME; and the VIZIER himself advances into the room... she backs up slowly, frightened, hits the wall... with a sudden gesture the Vizier makes an HOURGLASS materialize on the bedside table... He turns on his heel and strides out of the room... the door slams shut behind him... the girl sinks to the floor in despair. The sands are draining away...

결승선을 향하여

1989년 2월 7일

브라이언이 CWP를 보고는 무척 기뻐했다. 내가 완성해 준 덕분에 자기가 따로 작업해야 할 필요가 없어졌다는 게 믿어지지 않는 듯 했다. 그가 말했다. "꼭 알아줬으면 해. 이건 정말 전례가 없는 일이라고 말이야."

▲ 89년 2월 16, 18일 버전 빌더 디스크

계획은 이렇다. 베타 버전은 4월 15일까지. 6월 첫 주에 CES 출품. 6월 30일 출시.

가격은 35~40달러 정도로, 디스크 한 장짜리 제품이 될 것이다. 브라이언은 게임 안에 레벨 에디터를 넣지 않겠다는 내 말에 그리 반대하지 않았다. 그는 내 생각에 동의하면서, 더 나아가 게임에 넣을 시나리오를 네 개로 계획하던 내게 딱 시나리오 하나로 완결시키자고 권유했다. "사람들은 지불한 돈만큼의 가치를 기대하는 법이지. 굳이 그 이상을 줄 필요가 있나?”

성 하나로 게임의 범위를 줄이면, **적어도** 몇 주 분량의 일감이 줄어든다. 생각하면 할수록, 이 아이디어가 맘에 들었다. 사실 내가 계속 우려했던 것은, 게임 안에 너무 어려운 퍼즐을 넣으면 대부분의 플레이어가 클리어할 수 없게 되지 않을까 하는 점이었다. 하지만 브라이언이 지적한 대로, 만약 플레이어가 진행하다 막히면 언제든 힌트를 물으러 회사 기술지원 팀에 전화하면 되는 거다.

1989년 2월 13일

하루 종일 칼싸움 부분을 다듬느라 시간을 보냈다. 지금은 훨씬 나아졌다. 후퇴와 방어가 나뉘어 있던 조작을 단순화 해, 이제는 후퇴하면 자동으로 방어가 되도록 했다. 드디어 진짜 할리우드 영화의 칼싸움 장면처럼 전진-후퇴하는 공방 느낌이 나기 시작했다. 완성되면 정말 멋질 거 같다.

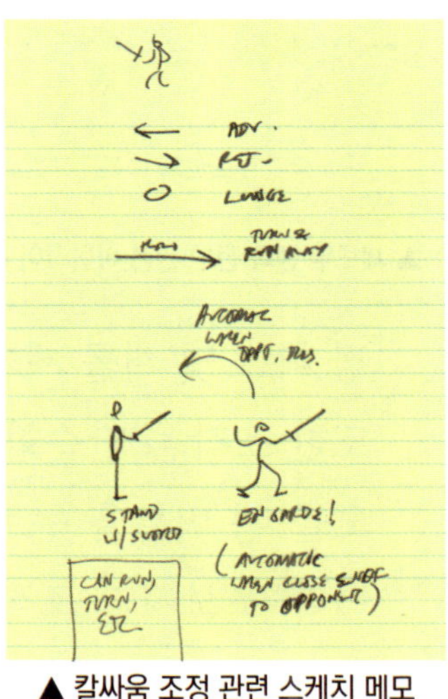

▲ 칼싸움 조정 관련 스케치 메모

1989년 2월 16일

어려운 작업을 많이 했다. 대부분 눈에 보이는 효과는 아니고, 내가 적 경비병들에게 실감 나는 망토와 터번을 붙이기 쉽게 해줄 밑 작업이다.

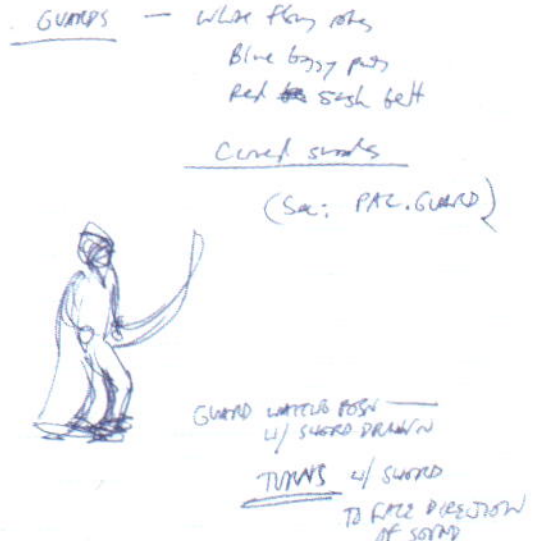

▲ 경비병 (망토+터번) 스케치

1989년 2월 21일

온종일 충돌 판정[39]과 관련된 버그를 찾아 고치는 작업을 했다. 마치 파리채로 파리를 잡는 듯한 느낌이었다.

새도우 맨 자체와, 그 녀석을 어떻게 활용할지에 대한 정말 멋진 아이디어들이 떠올랐다.

▲ 섀도우 맨과 전투 관련 아이디어 메모

1989년 2월 22일

오늘도 생산적인 하루였다. 캐릭터들이 바닥의 블록 틈새 아래로 종종 빠져 버리곤 하던 짜증나는 충돌 판정 버그 몇 개를 제거했다(아직도 같은 원인의 버그가 좀 많이 남았지만). 또한 조작을 단순화하여, 모서리에 매달린 상태에서 위로 기어오를 때 버튼을 누르고 있지 않아도 되도록 했다. 이건 큰 진전이다. 초보자가 조작하기 훨씬 수월해졌으니까.

1989년 2월 28일

토미가 브로더번드 프랑스 지사를 맡기 위해 파리로 전근할지도 모른다. 그녀의 장래 동료일지도 모를 도미니크Dominique와 베로니크Veronique(토미는 이 둘을 '우리 강아지'라고 불렀다)가 오늘 아침

---

39 Collision detection : 캐릭터나 오브젝트가 서로 부딪칠 때 그 부분에 '이곳이 겹치면 충돌'이라는 판정을 부여해 처리하는 게임 개발 관련 용어. 슈팅 게임에서 탄환이 적이나 아군 비행기에 맞는 것이나, 격투액션 게임에서 킥이나 펀치가 맞고 맞지 않고를 결정하는 것이 바로 충돌 판정에 해당한다. 「페르시아의 왕자」의 경우 왕자와 경비병의 칼과 몸에 충돌 판정이 집중될 것이다.

인사 차 들렀기에, 「페르시아의 왕자」의 데모를 보여 주었다. 그들은 말 그대로 깜짝 놀랐다. 게임을 무척 맘에 들어 하며, 프랑스에서도 출시되었으면 좋겠다고 했다. 토미의 아이디어가 이 게임의 디자인에 얼마나 값진 기여를 했는지를 이들에게 강조해 두었다(토미가 이들의 상관이 될 수도 있으니, 나쁠 것 없겠지).

오후에는 게리와 판권 및 라이선싱 총괄인 다이앤 드로스네스Dianne Drosnes에게 게임을 시연했다.

1989년 3월 3일

더그가 토미에게 「**페르시아의 왕자**」가 현재 개발 중인 브로더번드의 상품 중 유일하게 히트할 물건이라고 생각한다고 말했다. "우리가 마지막으로 히트작을 낸 지 4년이나 지났다고."

기술지원 팀의 조가 날 불러 세우더니 장장 10분에 걸쳐 내 게임이 '새로운 기준을 세우고 있는' 이유를 역설했다.

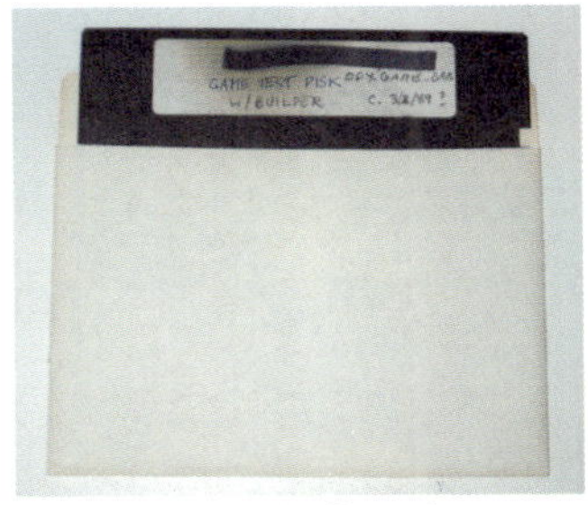

▲ 89년 3월 초의
테스트 버전 디스크

내가 할 일은 개발 완료뿐이다.

1989년 3월 20일

평판이 좋은 그래픽 아티스트인 에이브릴 해리슨Avril Harrison에게 전화를 걸어, 「페르시아의 왕자」의 타이틀 화면을 만들어 줄 수 있겠는지를 물었다. 그녀는 내일 아침 사무실에 방문하여 게임도 살펴 보고 자신의 샘플도 보여 주겠다고 했다. 작업 비용으로는 시간당 30달러를 제시했다.

그러고 보니, 어젯밤엔 타워 레코드에 들러 조지의 친구 에릭이 추천해 준 음반들을 잔뜩 구입했다. 로이드 콜Lloyd Cole, 그레이스 존스Grace Jones, 톰 웨이츠Tom Waits. 30분 만에 100달러가 날아갔지.

에이브릴 해리슨이 이 가격이라면 바겐세일이나 다름없다.

```
INT. PRINCESS'S CHAMBERS - DAY

A spacious sunlit room with a view

The Princess is pacing rapidly back
of the room.

A tall, imposing figure in flowing
the VIZIER.  The Princess whirls to

The Vizier advances on her.

The Princess backs up fearfully unt
bed.

The Vizier stops a few feet away fro

Suddenly the Vizier raises his arms
THUNDER--LIGHTNING--an HOURGLASS mat
by the bed.  The Princess turns to

The Vizier turns on his heel and st

O.S. we HEAR the door slam shut and
turning in the lock.

The Princess throws herself down on
sand begins to flow through the hou
```

▲ 공주가 등장하는
오프닝 기획서

일단 「페르시아의 왕자」 타이틀과 데모 장면들과… 2배 고해상도 표시 루틴들을… 스케줄에 따라 작업하기 시작했다. 이렇게 서두르는 게 약간은 걱정된다. 온갖 수많은 버그들이 여전히 뒤에 남아 있으니까(일단 지금은). 하지만 버그만 잡다 보면 완성의 그 날은 절대 오지 않겠지.

1989년 3월 21일

사랑스럽고 재능 넘치는 에이브릴 해리슨을 고용하여, IIGS[40]로 타이틀 스크린 작업을 맡겼다. 그녀는 스코틀랜드 출신이다. 그리고, 기혼이었다.

타이틀과 데모 장면들이 모양새를 갖추어 가고 있다. 디스크

[40] Apple II GS: 86년 9월 첫 출시된 애플 II 계열의 다섯 번째이자 최후·최상위 기종으로, 애플 II 호환이면서도 16비트로 동작하며 당시로서는 뛰어난 그래픽과 사운드 기능을 내장하고 있었다. 하지만 성능에 비해 고가였고 애플 II 시리즈가 인기를 잃어 갔으며 비슷한 시기에 이미 매킨토시 II 가 등장했기 때문에, 교육용이나 개발용 등의 제한된 용도로만 사용되다 92년에 단종되었다.

액세스와 메모리 관리로 골치 아프고 잡다한 일들이 많다. 로버트는 자작한 2배 고해상도 표시 루틴을 내게 넘겨 주었다. 며칠 더 작업하면 굵직한 요소들은 모두 자리를 잡게 될 것이다.

톰 웨이츠의 이번 앨범(⟨빅 타임Big Time⟩)에 완전히 중독되어 버렸다.

1989년 3월 23일

소피 K.가 내 마케팅 매니저가 될 예정이다. 맘에 들지 않는다. 라트리샤가 되길 바랐는데.

1989년 3월 24일

종일 사무실에서 혼자 작업했다. 게임 데이터는 이제 양면 디스크[41] 한 장을 꽉 채웠고, 꽤 잘 동작하는 것 같다. 지금은 집에서 내 맥으로 스토리 라인과 오프닝 장면을 작업하고 있다.

게임의 개발은 이제 분명히 새로운 단계로 진입했다. (2년 반 동안) 평온하게 홀로 작업했던 시기는 끝나 가고, 여러 분야의 타인들이 참여하고 있다. 이제 내 일은 그저 재미있는 게임을 만드는 것뿐만 아니라, 참여해 준 사람들이 이 게임에 관심을 갖게 하고, 어느 정도까지는, 그 사람들이 서로 스텝이 꼬이거나 상대의 영역을 침범하지 않도록 지휘하는 역할까지 포함하게 되었다. 세상은 나를 2년 반이나 혼자 내버려 두었지만, 이제는 물밀

41 애플 II 는 5.25" 단면 플로피 디스크 드라이브를 사용하는데, 단면(single-sided)인 이유는 데이터를 읽고 쓰는 헤드가 하나뿐이기 때문. IBM-PC 등 16비트 PC는 헤드가 위아래 두 개인 양면(double-sided) 드라이브를 사용하므로 디스크의 윗면과 아랫면을 한 덩이로 간주하지만, 애플 II 는 한 번에 한 면만 읽을 수 있었기 때문에 양면 디스크는 앞면과 뒷면을 따로따로 쓸 수 있다(당시 애플 유저였다면, 마치 카세트테이프처럼 '디스켓을 뒤집어 넣는' 추억을 갖고 있을 것이다). 참고로 이 당시의 2D 5.25" 디스크는 한 면에 180KB씩, 최대 360KB를 기록할 수 있었다 (이는 산술적 용량으로. 포맷 후에는 컴퓨터에 따라 약간 줄어든다).

듯이 치고 들어오고 있다.

난 아직 준비가 되지 않았다. 아직도 해야 할 일들이 너무 많다.

1989년 3월 25일

더그가 토미에게 말하길, 라트리샤에게 조만간 '어떤 제품이 중요하고 어디에 네 노력을 집중해야 하는지(!)'에 대해 진지하게 얘기해 주겠다고 했단다.

1989년 3월 27일

브로더번드의 매출이 많이 떨어졌다. 업계 전반에 슬럼프가 오고 있다. 왜 이런 상황이 왔는지, 언제까지 계속될지는 아무도 모른다.

▲ 애플 II 판 자동 플레이 데모 화면

더그는 「페르시아의 왕자」가 크게 히트할 거라 믿고 있다. 그는 나에게 MS-DOS로의 이식을 당장 시작하라고 재촉했다.

오늘은 자동으로 보여 주는 데모 부분을 게임에 넣었고, 경비병을 좀 덜 멍청하도록 조정해 플레이어가 도망칠 경우 다음 화면까지 쫓아가도록 했다.

만약 이 게임이 성공하지 못한다면 난 무척 우울해질 것 같다. 더그의 말이 맞다. 애플II판 출시 후 바로 이어서 MS-DOS판이 나오지 않는다면, 이 게임은 결국 또 하나의 「윙즈 오브 퓨리」[42]가 되고 말거다. 도매상은 이렇게 말하겠지. "거참, 이 게임은 진짜 잘 팔릴 줄 알았는데 말이야. 그런데 이것 보라고. 생각만큼 잘 나가진 않는군."

MS-DOS 프로그래머를 찾아야 한다. 빨리. 내일 더그 그린 Doug Greene에게 전화해야겠다. 다시.

1989년 3월 28일

사무실에 7시 반까지 남아 있다가, 저녁을 먹고 다시 돌아와서 레벨 1 작업을 자정까지 진행했다. 완전히 지쳐 버렸다.

오늘의 가장 분명한 성과는 게임의 소스 코드 전부를 프린터로 뽑아 본 것이다. 1,000페이지 전부를 말이다.

더그 그린은 MS-DOS 이식을 맡기를 주저하고 있다('대 히트작'이나 '로열티' 같은 단어를 내가 조심스럽게, 하지만 반복해 언급했는데도). 하지만 그는 친구인 짐 세인트루이스 Jim St. Louis를 추천해 주었다. 그의 말에 따르면 '경험 많은 해커'로, 아타리와 루카스필름에서 일한 경력이 있다고 한다.

---

[42] Wings of Fury: 브로더번드의 1987년작 횡스크롤 전투기 슈팅 게임. 스티브 왈도(Steve Waldo)의 작품으로, 87년의 애플 II 판은 잘 만든 게임으로서 높은 평가를 받았으나 IBM-PC 등으로의 이식판이 3년 뒤에야 나와 결국 널리 알려지지 못했다.

▲ 애플 II GS로 제작된 원본 타이틀 그래픽

에이브릴이 완성된 타이틀 그림을 보여 주었다. 정말 아름다웠다. 마법 같은 아라비안나이트 동화책의 느낌이 잘 표현되어 있었다. 에드 바다소브, 브라이언과 그렉 해먼드Greg Hammond 모두 무척 좋아했다. 애플 IIGS의 초고해상도super hi-res에서 애플 IIe의 2배 고해상도로 변환해야 하니 디테일이 많이 상실되겠지만, MS-DOS와 아미가 버전을 낼 때는 원본을 그대로 쓸 수 있을 것이다. 작업에는 29시간이 걸려서, 비용은 총 1,015달러였다.

다음 몇 주간은 지금 버전을 다듬고, 조율하고, 디버깅 작업을 하기로 하자. 새로운 요소(오프닝 장면 애니메이션, 계단 오르기 애니메이션, 하얀 쥐 등)를 넣는 것은 그 다음 일이다.

머릿속에선 이미 개발 완료 이후가 펼쳐지고 있다. 패키징… 이식… 속편…… 무척 마음이 산만하다.

명심해. **끝내야지.**

1989년 3월 30일

브라이언이 게임을 대법원(다른 말로는, 퍼블리싱 위원회)에 가져가 시연했다. 게리, 빌, 해리, 앤 크로넨, 에드 바다소브, 리차드 휘테커Richard Whittaker, 케이시, 다이앤 드로스네스, 에드 아우어Ed Auer가 참석했다(더그는 일본 여행 중이었는데, 이미 '찬성'에 투표했다).

브라이언이 내게 "승리의 깃발을 날리며 통과했다"고 전해 주었다. 이제 패키징과 발매 스케줄의 확정에 청신호가 켜졌다.

더그가 빌에게, 빌은 다시 라트리샤에게 마케팅 상황을 이야기했다. 라트리샤는 소피에게 신규 프로젝트를 맡을 기회를 주고 싶다고 말했다. 더그는 단호하게 잘라 말했다고 한다. "이건 그런 목적에 소비할 만큼 평범한 프로젝트가 아닐세. 우린 이 게임에 다음 대 히트작으로서 큰 기대를 걸고 있어. 현재 개발 중인 것들 중에서 성공할 가능성이 있는 유일한 상품일세. 가급적 우리 회사로서 가능한 최대한의 지원을 해주고 싶네." (물론, 난 이 모든 과정을 전해 들었다.)

그래서 이제 라트리샤가 총괄을 맡고, 소피는 당연히 잡일을 맡게 되었다. 휴.

회사에서는 MS-DOS버전을 간절하게 바라고 있다. 짐 세인트루이스는 그의 친구인 조쉬 스콜라Josh Scholar와 함께라면 이식 작업을 맡고 싶다고 했다. 단지, 이들이 이 작업이 가능할 만한 기술적 능력을 갖추고 있는 지는 잘 모르겠다.

▲ 애플Ⅱ판 플레이 장면(섀도우 맨 등장)

1989년 4월 2일

토미가, 이식 계약을 더그 그린 외에는 절대 하지 말라고 충고했다. 그가 나머지 사람들에게 외주를 맡기게 하라는 것이다. 만약 이렇게 제안했을 때 그가 망설이면, 그걸 그가 추천한 사람들에 대한 그의 진짜 속내를 비춰 주는 신호로 보면 된다고 덧붙였다.

내일 세 사람 전원을 더그의 집에서 보기로 했다. 브로더번드 건물의 북쪽에 위치하며, 차로는 두 시간 걸린다.

1989년 4월 3일

화창한 봄 날씨. 카자데로Cazadero로 가는 좁고 구불구불한 시골길을 차를 몰고 정신 나간 사람처럼 달리며 더그 그린, 짐 세인트루이스, 조쉬 스콜라, 그리고 마이크 라너Mike Larner와의 회합을 준비했다.

그들에게 「페르시아의 왕자」를 보여 주고 더그의 사유지 주변을 산책했다. 맥주 한 잔과 마리화나 한 모금을 하고(아마도 이웃 중 누군가가 재배하는 것 같다), 더그의 아내가 저녁 식사를 준비하는 동안 노란 노트패드를 꺼내 MS-DOS 이식에 따르는 기술적인 문제를 논의했다.

저녁 식사 후, 더그는 하루 종일 다른 이들에게 외주를 준다는 아이디어를 고민해 봤지만 결국 그건 어려울 것 같다고 말했다. "보라고. 만약 내가 이걸 맡으면 그건 내 이름을 걸고 하는 일인 거야. 난 그동안 꽤 많은 브로더번드 게임들을 이식하는 작업을 해 줬고, 아직 한 번도 문제가 발생한 적이 없었어. 내겐 무척 중요한 일이야. 사업 관리가 내 시간의 8~90%나 차지하고 있는 지금, 이 정도로 무거운 프로젝트를 맡는 데 따르는 부담을 내가 감당할 수 있을지 잘 모르겠네."

만약 그렇다면, 이 문제는 처음부터 다시 생각해 볼 수밖에 없다고 대답했다. 잠시의 침묵 후, 마침내 더그가 말했다. "휴! 이렇게까지 꼬일 줄은 몰랐는데."

더그는 다른 이들을 주차장(더그의 폭스바겐 버스만 건널 수 있는, 그의 집으로 가는 진입로를 가로지르는 개울 앞. 내 차도 거기 있었다)까지 태워다 주러 나가고, 나는 남아서 기다렸다. 더그가 돌아온 후, 더그 내외와 나는 다시 앉아 이야기를 더 나누었다. 그는 짐이라면 신뢰할 만하지만, 조쉬와 마이크 쪽은 자기가 보기에도 불안하다고 인정했다.

우리는 한 시간 정도 지엽적인 화제로 잡담을 나누었다. 브로더번드, 미국 경제, 쳇바퀴를 도는 것 같은 경쟁체제, 자본주의, 자유. 계속 그를 설득했다. 심리적으로 중요한 순간에 이르자, 난 이렇게 강조했다.

"있잖아요, 제가 모든 클리핑을 바이트 경계로 마무리했거든요."

잠시 침묵.

"그래, **그건** 듣던 중 꽤 좋은 얘기군!" 그가 외쳤다. 그는 수염을 만지작거리면서 더 많은 질문을 던지기 시작했다. "호오, 슬슬 나쁘지 않게 들리기 시작하는데." 결국 그는 아침까지 생각해 보겠다고 했다.

1989년 4월 4일

더그와 짐이 이식 작업을 맡기로 했다. 잘됐다! 함께 하루 종일 계약 사항을 정리했다. 일단 7.5% 로열티로 시작해 67,500카피 이후에는 5%로 인하, 선금은 35,000달러로 최종 결정됐다.

마케팅부와 「페르시아의 왕자」 패키징 관련으로 첫 회의를 했다. 이렇게 짧은 시간 동안 그렇게 많은 엉터리 아이디어들이 쏟아지는 건 처음 봤다. ("데모판에다 팝콘 한 봉지를 동봉해 주는 건 어떨까요!") 다들 열정적이라서 그나마 다행이었다. 브라이언은 회의가 잘 끝났다고 생각하더라.

1989년 4월 7일

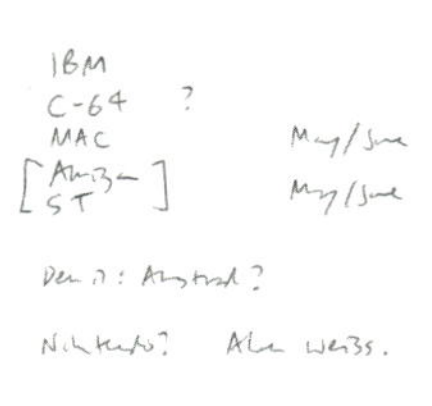

▲ 이식 작업 담당자 관련 메모

더그 그린이 전화해, 지난 밤에 식은 땀을 흘리면서 깨어나 새벽까지 잠을 못 이루고 고민한 결과, 아무래도 이 일은 못하겠다는 결론에 이르렀다고 말했다. 난 그를 진정시키고 일단 6주의 시범 기간을 갖자고 제안했다. 그 후에 전체 작업을 할지 말지의 결정권을 주겠다고 말이다. 그는 거기에는 동의했다.

젠장. 이 계약에 이번주를 다 쏟았는데, 결국 '맡을지도'라는 결과가 되어 버렸다. 차선책을 확보해 둘 필요가 있다.

1989년 4월 11일

소피, 브라이언과 두 번째 패키징 회의를 했다. 라트리샤는 참석하지 않았다. 소피는 나에게 무척 친절하게 대해 주었다. 어쨌든 바보인 건 마찬가지지만.

게임 속의 그래픽 장식들을 다듬었다. 토미는 강렬하고 단순한 느낌을 유지하라고 충고했다. 비잔틴 방식의 격자 세공이나 복잡한 패턴들은 문이나 창문의 장식 일부 정도로만 들어가야 혼란을 주지 않는다는 얘기다. 훌륭한 충고다.

1989년 4월 12일

게임이 완성되어 가고 있다. 오늘은 한 시간 동안 QA 팀에서 남들이 플레이하는 것을 관찰했다. 자신들의 시간을 쪼개, 레벨을 만들고 바로 플레이하며 테스트하고 있었다. 그저 재미있어서 말이다. 좋은 징조다.

모두가 「페르시아의 왕자」가 대박이 날 거라고 말한다. **모두가.** 빌딩 안에서 내가 가는 곳마다 꼭 누군가가 날 불러 세우고 이 게임이 얼마나 대단한지를 이야기한다. 이 제품은 말단부터 고위층까지 모두의 지원을 받고 있다.

이제 내게 남은 건 개발 완료뿐이다.

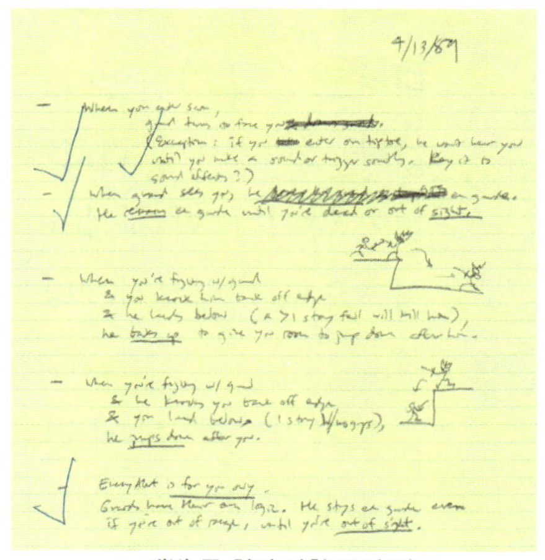

▲ 개발 중 처리 사항 등의 메모

맥 앞에 앉아서 새 각본을 쓰고 싶은 충동이 저항하기 어려울 정도로 치솟고 있다.

(참자. 딱 몇 달만 더……. 이 충동을 붙잡아 두자. 나중에 필요할 거야. 어디 안전한 곳에 잠시 놓아 두자. 남은 인생을 각본가와 감독의 꿈을 이루는 데 쓰면 돼……. 하지만 일단 지금은, 게임을 완성할 때다.)

1989년 4월 14일

로버트가 예일 대에 합격했다!

1989년 4월 22일

「페르시아의 왕자」가 출시될 무렵이면 여기 온 지도 3년째가 된다. 실제로 게임 개발에 쏟은 시간은 2년이지만, 6개월은 각본 작업 등등으로 보냈고 나머지 6개월은 양쪽을 놓고 방황하며 시간을 날렸지.

1989년 4월 24일

QA 팀에 들렀다. 윌과 랜디가 「페르시아의 왕자」의 레벨 에디터로 직접 만들었다는 레벨들을 보여 주었다. 기묘한 기분이었다. 조이스틱을 잡고 내가 창조하지 않은 세상을 돌아다니는 것이 말이다. 이 게임이 다른 사람들에게 어떻게 보일지에 관해 처음으로 어렴풋하게나마 실마리를 잡았다.

브라이언과 빌 맥도나휴를 만나 IBM판 이식 작업시 지불될 선금에 대해 물어보았다. 별 문제는 없을 것 같다.

POP LOG ①

Wed. 4/12/89
✓ 2 types of bricks & blocks for dungeon
✓ Slicers start out of sync
✗ Data disk creation bug in builder?
4/25 ✓ Builder start up bug — no special symbols in menu
5/2 ✓ CP bug — can run thru closed gate from R if it is in block 8
5/4 ✓ jstk freezes up (L-R) bug
✓ put in "hopping" to conclude gate & in place of dive&roll

Thu. 4/13/89
✓ Guards turn to face you when you enter
✓ Restructure guard "alert" behavior & control
✓ Mysterious ctrl/clr flags bug
5/4 ✓ when you chg ClrFree, clr F/B get mixed up
✓ Guard won't disappear when he follows you dsc. to scrn w/dead gd. (bug)
Bug when you get knocked back (by gd) it will — you fall thru
4/16 ✓ when gd knocks you off floor, you should fall backwards ~~& out in flying state~~
✓ Gd shouldn't turn around when you're dead
When you knock gd off edge, he backs up to give you room to jump down after him
5/2 ✓ when gd knocks you off edge, he jumps down after you
✓ Save & restore game features
✓ Restore game from title screen (ctrl-R?)
4/15 ✓ Bug: when you press (on Level 4, it crashes

Fri. 4/14/89
✓ Only load in stage 2 when cut to princess is necessary
✓ Can't load in nonexistent saved game (cheat key to zero save game time)
4/15 ✓ clr scrn (FLIP DISK disappear) immediately upon both press

Sat. 4/15/89
Bug: timer doesn't seem to survive save & load from title
5/2 ✓ Bug: you "fall thru floor" when you run into block from scrn 0 at left scrn.
✓ PUSH key seq to try dead in the
✓ Shadowman is black
✓ Shadowman jumps out of mirror (Level 5)

▲ 손으로 쓴 개발 작업 진행표

DRAZ Reference Sheet

May 6, 1989

To run DRAZ from ProDos: -Z

W/X/A/D	Move cursor up/down/left/right
Q/E/Z/C	Move cursor diagonally
S	Turn cursor on/off
1-9/0	Set vector length to 1-10
Left arrow	Blue
Right arrow	Red
Up arrow	White
Down arrow	Black
Ctrl-@	Clear screen
R	Set hibits
H	Switch bottom 4 lines of text on/off
Ctrl-Q	Quit DRAZ (803G to reenter)
[	Set upper left corner of image box
]	Set lower right corner of image box and read into image buffer
\	Turn image box on/off
RETURN	Lay down current image (cursor is lower left corner)
M	Lay down current image, mirrored (cursor is lower right corner)
P	Lay down current image in pseudo-perspective
{	Shift contents of image box 1 pixel left
=	Change opacity: AND/ORA/STA/EOR
F	Fill image box with current color
Ctrl-N	New image table
T	Table operations (Add/Insert/Delete/Replace/ESCape)
G	Get image from table (into image buffer)
Ctrl-E	Edit an image in table
Ctrl-F	Finished editing: put image back into table
Ctrl-X	Cancel edit mode
Ctrl-A	Animation (Sequence/X/Y adjust/Playback/ESCape)
	S Specify frame sequence
	X Specify delta-X for each frame
	Y Specify delta-Y for each frame
	P Play back specified sequence
	F Freeze frame and single frame advance (arrows adjust delta-X and delta-Y)
	G Go (up and down arrows adjust speed)
	X Clear screen between frames: on/off
Ctrl-C	Catalog disk
Ctrl-P	Pack screen to disk (PAC.filename)
U	Unpack packed screen from disk
O	("Out") Save image table to disk (IMG.filename)
I	("In") Load image table from disk
Ctrl-D	Enter a direct ProDOS disk command
Ctrl-B	Blast image table to 18-sector disk in drive 2 (specify dest address, starting track, sector offset, ID byte)
ESC	General escape key to return to top level of control

▲ 조던이 만든 드로잉 툴 DRAZ의 조작 설명서

현실 직시

1989년 4월 25일

폴 더쉬킨드Paul Dushkind가 패키지 디자인용으로 그린 스케치를 보여 주었다. 딱히 인상적이지 않았다. 그래서 집에 돌아와 내가 직접 몇 가지 대안을 만들었다. 다만 문제가 있다. 이걸 폴이 기분 나빠 하지 않게끔 보여주려면 어떻게 해야 하나?

모든 걸 내 방식대로 해야 한다고 고집하는 건 아니다. 난 언제나 다른 사람이 내가 직접 할 때보다 더 나은 결과를 내길 기대한다. 하지만 그렇지 못하다면……?

▲ 패키지 디자인의 몇 가지 대안 스케치

1989년 4월 26일

폴에게 내 스케치를 보여 줄 용기가 없어서, 대신 로버트에게 보여 주었더니 이렇게 말했다. "이게 폴이 그린 것보다 훨씬 낫군." 이런.

더그 그린은 어제 짐의 집에서 하루를 보내며 IBM판을 작업할 준비를 했다. 두 사람은 월요일에 브로더번드로 올 예정이다. 더그는 무척 고무되어 있다. 나는 그들에게 보여줄 정말 멋진 데모를 준비 중이다. 그들의 의욕이 지금처럼 높은 수준으로 유지되도록 말이다.

신기한 느낌이다. 이 모든 일들이 나 없이도 착착 돌아가고 있다.

여러 사람들이 자기 자리에서 각자 맡은 바를 해나가면서 말이다. 무척 흥미롭다.

1989년 4월 28일

와드 선생님이 나에게 가능한 한 휴식을 취하라고 했기 때문에, 집에서 쉬면서 장난 삼아 매우 간단한 레벨 하나를 만들었다. 레벨의 이름은 'BACH바흐'로 붙였는데, 그저 바흐 음악을 감상하던 도중 만들었기 때문이다.

1989년 4월 29일

오늘도 집에 있으면서 오페라를 들으

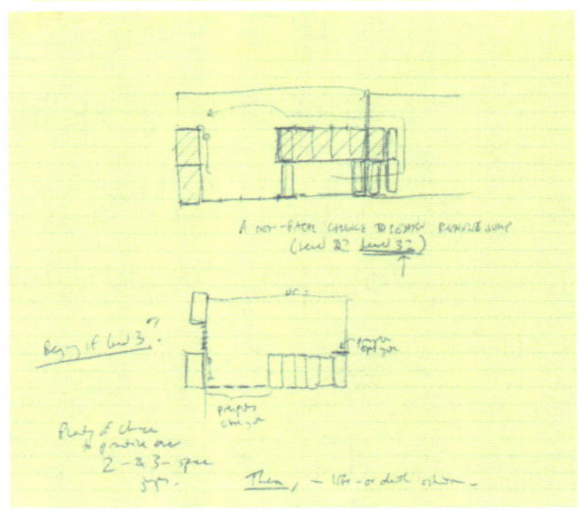

▲ 레벨 디자인용 아이디어 스케치들

며 게임 레벨을 만들었다. 집에서 쉬는 것도 질렸다.

1989년 5월 1일

더그와 짐이 사무실에 들렀다. 놀랍게도, IBM판 「페르시아의 왕자」가 정말 구체화 되어 가고 있다.

폴의 스케치를 검토하기 위해 미술부와 즉석 회의를 했다. 데이빗 K.가 내 주적이다. 브라이언과 내가 세상을 상대로 싸우고 있는 기분이다.

1989년 5월 2일

오늘 브라이언이 짐과 더그가 쓸 장비 비용(마우스와 조이스틱 몇 개로, 기껏해야 150달러어치였다)으로 날 괴롭히기 시작했을 때, 난 우리 사이에서 거의 전례가 없었던 행동을 했다. 그의 말을 되받아 쏘아붙인 것이다. 오히려 내게는 놀랍게도, 브라이언은 의견을 굽혔을 뿐만 아니라 사실상 사과까지 했다.

오늘 일로, 그동안 내가 얼마나 사람들과의 마찰을 피해 왔는지를 실감했다. 난 언제나 갈등으로 서로가 불편한 상황이 생기면, 내가 손해를 보는 한이 있더라도 원만한 분위기로 되돌리기 위해 말을 골라 하려고 노력해왔다. 오늘에야, 나는 강한 행동에 얼마나 큰 힘이 있는지를 알았다. 내 의지를 관철시켰을 뿐만 아니라, 오히려 날 화나게 한 브라이언이 미안함을 느끼게 함으로써 사실상 원만하게 마무리되었으니 말이다. 교훈이 될 만한 경험이었다. 내 입장을 견지하는 능력을 계속 계발해야겠다.

앞으로는 데이빗 K.와 큰 갈등이 있을 것으로 얼추 예상된다. 그는 박스 디자인에 멍청한 아이디어를 도입하려 하는 데다가, (「카라테카」의 박스 디자인에 박힌 공주처럼) 아랫입술이 도드라지고 천박해 보이는 공주 디자인을 선호한다. 나와 브라이언은 좀 더 천진하고도 순결한 느낌의, 예를 들어 로버트와 내 사무실에 붙어 있는 다이앤 레인Diane Lane의 포스터와도 같

▲ 패키지 디자인의 대안 스케치

은 여주인공이 더 좋은데 말이다. (낸시, 폴과의 회의 도중, 브라이언이 흥분해 손가락으로 포스터를 가리키며 외친 적이 있었다. "이 여자 같이 말이야!")

앨런 바이스Alan Weiss가 잠시 들러 닌텐도의 새 휴대용 게임기 '게임보이Game Boy'를 보여 주었다(내 생각에는 소니의 '워크맨'에 대한 말장난 같다). 이 게임기용의 「카라테카」 이식 라이선스를 진행하고 있다고 한다.

토미가 말하길 도미니크가 돌아가서 「페르시아의 왕자」를 여기저기 떠벌리고 다닌 덕분에, 프랑스의 프로그래머들이 내 애니메이션 기술을 적용해 보려고 시도하고는 있지만 아직 썩 잘되고 있지는 못하다고 한다.

1989년 5월 6일

로버트의 친구인 짐이 세 아들과 함께 사무실에 들렀다. 각각 3살, 5살, 7살인 금발머리 코흘쩍이들이 보여 준 컴퓨터 게임에 대한 호기심은 거의 탐욕 급이었다.

일단 아이들에게 조이스틱을 주고 레벨 1을 플레이하는 모습을 30분 정도 지켜보았다. 배울 점이 많았던 시간이었다. 가장 나이가 많은 크리스는 매우 다정하고 예의가 바른 아이여서, 동생인 스투에게 조이스틱을 너그럽게 양보해가며 진행했다. 스투는 매번 언제나 처음 세 화면까지만 진행했고, 이를 넘어가면 그 아이 말마따나 "까다로운 부분"에서 형에게 조이스틱을 넘기곤 했다.

"정말 **살아있는** 것 같아요." 크리스는 경탄했다. 그 아이에게 혹시 너무 어렵지는 않았는지 물었다. (이 질문을 던진 시점은, 이 아이들이 처음 30분 동안 대략 50번쯤 송곳 함정에 걸려 죽은 이후였다.) 그가 말했다. "아니요, 적당한 것 같아요. 계속 도전해 보고 싶지만요."

이 모든 경험은 매우 고무적이

▲ 애플 II판 레벨1 플레이 장면

다. 일단, 아이들이 이 게임을 좋아했다. 그 아이들이 말로 좋았다고 해주었다는 게 아니라, 게임을 실제로 **재밌게 즐겼다는** 의미다. 이 친구들이야말로 내 주 고객층이다. 아이들의 플레이를 보고 나니, 이 게임이 성공하리라는 확신이 그 어느 때보다 커졌다.

또 한가지 말하자면, 나도 **이 아이들이** 좋았다. 최근의 나는 모든 사업적인 일에 대해 싫증을 느끼기 시작하던 참이었다. "아 그래, 이건 그저 컴퓨터 게임이니까." 하지만 크리스와 스투를 보고 있자니, 문득 깨닫는 바가 있었다. 이 친구들은 정말 게임을 좋아한다는 것을. 이들은 내가 대학생 시절에 영화를 사랑했던 것처럼 게임을 사랑해 마지않는다. 실은 아마도 더하겠지. 아직 여자에 관심이 없을 시기니까. 컴퓨터 게임은 그들에게는 숨 쉬는 공기와도 같은 것이다. 만약 내가 그들이 좋아할 게임을 만들 수 있다면, 그것이야말로 진정한 성취이리라. 나 스스로 자부심을 가질 만한.

덕분에 저녁 10시까지, 새로이 열의를 불태우며 일했다.

어쨌든, 게임은 정말 잘 만들어지고 있다. 경비병과 싸울 때 그 녀석을 낭떠러지까지 몰아붙이니 바닥에서 송곳 함정이 올라오고, 주인공의 체력이 하나밖에 남지 않은 상태에서 가까스로 경

▲ 적을 밀어 떨어뜨리는 데 성공하여…

비병을 절벽에서 밀어 떨어뜨리는 데 성공하여……. 이 모든 게 정말 스릴이 넘친다. 마치 인디아나 존스 영화처럼 말이다. 이제까지의 그 어떤 게임도 이 정도의 쾌감에 엇비슷하게라도 다가가지 못했다. 만약 이번 크리스마스 때까지도 게임 시장이란 게 존재한다면, 이 게임은 당당히 한 자리를 차지하게 될 것이다(라고 그가 **조심스럽게 말했다**).

1989년 5월 7일

서니베일Sunnyvale에서 열린 CGDC(컴퓨터 게임 개발자 컨퍼런스)[43]에 참석했다. 로버트와 더그와 나는 행사를 일찍 빠져나와 그레이트 아메리카[44]에 가서 데몬, 그리즐리, 달리는 벌목꾼 등등의 놀이기구를 탔다.

1989년 5월 9일

어제 만든 레벨에 섀도우 맨을 집어넣는 작업으로 하루를 보냈다. 좀 허탈한 기분도 들었다. 지난 한 해 내내, 섀도우 맨은 그 이름을 들은 이들 모두를 흥분시키는 멋진 아이디어였다. 그런데 이제는… 그저 캐릭터일 뿐이다. 이 녀석이 가지고 있던 무한한 가능성이 오늘의 프로그래밍을 거쳐 확고한 현실로 굳어져 버렸다.

이제부터는 내 구상을 더 완벽하게 구현한답시고 이제까지

43 1988년 캘리포니아 새너제이에서 열린 컴퓨터 게임 개발자들의 거실 회합에서 처음 시작된 행사로, 미국 내 여기저기에 흩어져 있던 컴퓨터 게임 개발자들이 한 곳에 모여 서로의 경험과 시행착오를 공유하는 연례행사가 되었다. 94년부터는 법인 결성과 스폰서 모집이 시작되었고, 99년부터는 GDC(Game Developers Conference)로 개칭하여 인디 게임 개발자부터 AAA급 대작 게임 개발자까지 모든 개발 종사자가 폭넓게 모이는, 세계 최대의 게임 개발자 컨퍼런스로서 현재까지 이어지고 있다.
44 Great America: 1976년 메리어트 사가 개장한 어뮤즈먼트 테마파크로, 캘리포니아 주 산타클라라와 일리노이 주 거니의 총 2곳에 있다. 본문의 전개를 감안하면 산타클라라 쪽일 것이다.

만든 걸 싹 들어 내고 다섯 번씩이나 다시 프로그래밍하던 시절의 시간적 여유는 더 이상 없을 것이다. 훗날 이 게임을 플레이해 줄 전국의 수많은 아이들은 오늘 내가 프로그래밍한 이 모습으로만 섀도우 맨을 만나게 되리라. 이게 그 아이들에게 신선한 충격이 되기를 기대해 본다. 나 스스로는 이 게임에 너무 가까이 있어서 잘 판단할 수 없다. 만약 별 충격이 없다면… 뭐, 내가 충격을 받겠지.

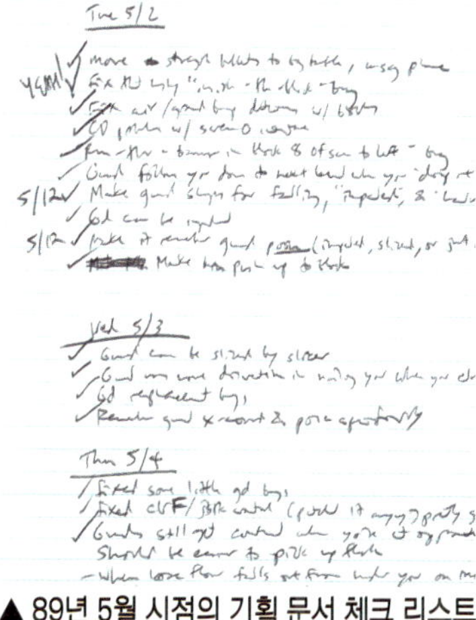

▲ 89년 5월 시점의 기획 문서 체크 리스트

1989년 5월 10일

폴이 「페르시아의 왕자」의 박스 아트용 컬러 시안 9가지를 우리에게 보여 주었다. 여기서 '우리'란 데이비드, 낸시, 소피, (마케팅 총괄인) 다이앤 라플리Diane Rapley, 브라이언, 그리고 나다. 최종적으로는 모두가 5번 안에 동의했다. 그런데 만약 내가 없었더라면, 나머지 사람들은 칼을 든 사내 몇 명이 영화 포스터 종이에서 뛰쳐나오는 디자인의 6번 안을 골랐을 것 같다는 느낌은 지울 수 없다.

▲ 「페르시아의 왕자」 패키지 박스 아트 시안

1989년 5월 11일

다들 나에게 잘 대해 준다. 내 게임이 히트작이 될 거라고 여기기 때문이겠지.

1989년 5월 15일

▲ 뚱뚱한 경비병과의 칼싸움

모, 래리, 서배스천이 내 게임에 무척 깊은 인상을 받았다고 한다. 모는 특히 새로 추가된 요소들—오늘 집어넣은 뚱뚱한 경비병과, 톱날 함정에 핏자국이 묻는 연출을 좋아했다.

모두 고등학교 시절의 친구들입니다.

▲ 게임보이 일본판 「카라테카」 패키지

닌텐도 게임보이판 「카라테카」 건으로, 반다이Bandai로부터 9,000달러짜리 수표를 받았다. 파산 일보 직전에서 다시 한 번 극적으로 빠져나왔다. 한때 예금이 바닥나 비쩍 말라 있던 내 은행 계좌는 이제 돈이 넘쳐흐르고 있다.

브라이언과 함께 맥 앞에 앉아 게임 관련 문서를 작업했다(낸시에게 내일 주기로 약속했다).

1989년 5월 17일

더그에게 내일 건네줄 디스크를 만들었다(브라이언의 충고다—사실 한참 전에 이미 했어야 할 일이지만). 게리에게 줄 것도 하나 만들었다.

아무도 우리가 8월 29일로 발매일을 맞추리라 생각하지는 않는다. 브라이언에게는 계속 "가능해요! 가능하다니까요!"라고 말해 왔지만, 나 스스로도 내가 정말 그렇게 믿고 있는 건지 잘 모르겠다. 하지만 노력은 해 봐야지.

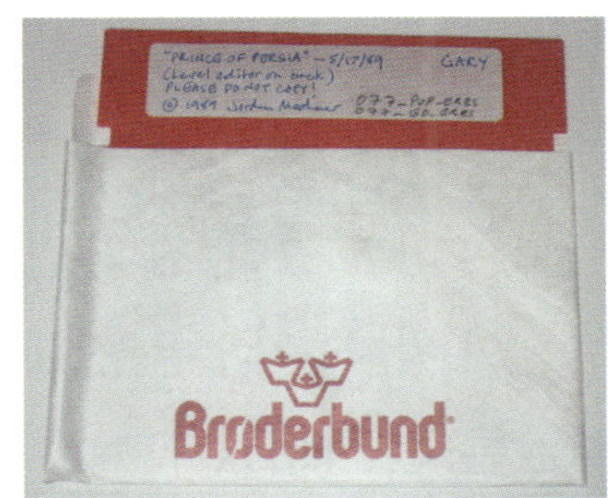

▲ 「페르시아의 왕자」 일정표
(5월 16일)

마이크로소프트 워드 4_{Microsoft Word 4}가 페덱스 택배로 도착했다. 부팅해 봤지만 즉시 다운되어 버렸다.

별빛 가득한 밤하늘이 보이는 발코니 창문을 추가했다. 궁전 파트를 다른 지역과 차별화하는 데 큰 도움이 되었다. 나중에 별이 반짝이도록 만들어야지.

게임은 나날이 급속도로 모양새를 갖추어 가고 있지만, 고쳐지지 않은 버그들도 내 뒤로 계속 쌓여 가고 있다.

1989년 5월 18일

더그에게 디스크를 건넸다.

하루 종일 레벨 디자인과 배경 그래픽 작업에 매달렸다.

다들 가고 없다.

사무실엔 나와 도미노 피자 상자들

▲ 89년 5월 17일 버전의 디스크

만 남았다.

나가서 조깅이라도 해야겠는데… 너무 배가 고파 쓰러질 지경이다.

1989년 5월 19일

해피 아워[45] 후에 더그, 메리, 게리, 낸시가 스카이워커 목장에서 열리는 초대자 한정 '인디아나 존스' 신작 영화 시사회에 갔다. 부러운 인간들 같으니.

난 집에 가서 벤 킹슬리Ben Kingsley가 쇼스타코비치Shostakovich 역으로 나오는 황당할 정도로 우울한 TV 영화를 감상했다.

신기하게도, 저는 대학생 시절 〈간디〉 상영회에서도 킹슬리를 본 적이 있어요. 그 이후에도 제 삶과 벤 킹슬리는 예상치 못한 형태로 가끔씩 교차되곤 했습니다.

누군가 장군을 죽였어.
양들이여, 목자는 갔다.
우리 러시아 사람들에게 목이 하나뿐이었다면!

1989년 5월 20일

클레어가 말했다. "그 쇼스타코비치 프로그램을 봤다니, 세상에나. 엄청 우울한 내용이었을 텐데! 미국 전역에서 그 시간에 그걸 시청하던 사람은 아마 너뿐일걸."

1989년 5월 22일

더그 그린, 짐 세인트루이스와 이야기했다. IBM판 「페르시아의 왕자」 작업은 진행 중이지만, 더그가 바라는 만큼 진전이 빠른 건 아니었다.

---

45 Happy hour. 본문에서는 일이 끝난 후 저녁 식사 전까지의 휴식 시간을 의미한다.

브라이언이 결국 3.5" 디스크 버전도 나올 거라고 말했다. 에이브릴의 타이틀 화면처럼 애플IIGS 환경에 특화된 데이터를 집어넣을 수 있게 되었다는 의미다.

1989년 5월 23일

<u>베타 버전 완료까지 14일 남았다.</u>

상황은 점점 격해지고 있다. 오늘은 12시간 동안 작업하여 그에 상당하는 일감을 해치웠다(새로 만든 2가지 물약과 완전히 새로운 레벨을 추가했다). 하지만 베타 완성까지 남아 있는 작업의 1/14만큼에는 분명 미치지 못했다. 두 배로 빨리 일하던지, 아무튼 뭔가 조치를 취해야 한다.

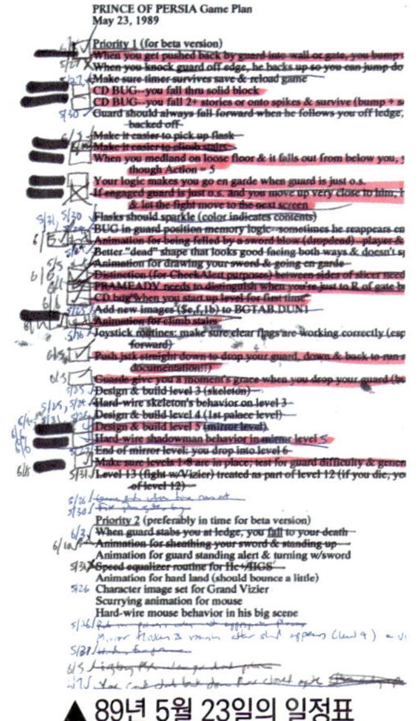

▲ 89년 5월 23일의 일정표

브라이언이 래리 맥더모트Larry McDermott가 쓴, 박스에 인쇄될 선전 문구 초안을 보여 주었다. 그리 좋지 않았다. 그는 내가 '재작업'(즉, 그냥 내가 쓰라는 얘기다)하는 건 어떻겠느냐고 물었다. 틈틈이 해야 할 소소한 작업이 하나 더 늘어난 셈이다.

베타 버전 완성 이후로 미뤄둔 일들을 어떻게 할지는 아예 **생각조차** 할 수가 없다. 공주와 자파 애니메이션, 타이틀 화면용 음악 등등. 그리고 그것에 착수할 시간은 불과 6주 밖에 없다.

(「카라테카」 때는 QA 통과 두 달 전 상태가 어땠었지? 기억이 안 난다.)

이것 하나는 분명하다. 이제 새롭고 놀라운 아이디어를 떠올릴 시간은 없다. 하얀 생쥐는 내가 넣겠다고 장담했으니 넣을 것이다. 그리고 만약 안 넣기라도 하면 토미가 해댈 끝없는 잔소리를 듣고 싶지 않기도 하고(「카라테카」에서의 표범을 떠올려 보자). 하지만 나머지 그럴싸한 추가 사항들은 몽땅 작업 목록의 맨 밑으로 내려야 한다.

「카라테카」 개발 당시, 원래는 게임 내에 매와 함께 표범도 등장시킬 예정이었어요. 로런 엘리엇이 애니메이션까지 만들어 주었는데, 결국은 시간이 부족해 넣지 못했답니다.

6월 6일까지는, 모든 상황이 통제 가능한 범위 내에 있어야 한다. 레벨 1~8까지는 완벽하게 플레이 가능해야 하고, 모든 요소가 구현되어야 하며, 내가 조치 가능한 범위 내에서는 버그도 없어야 한다. 빠져 있는 것들은 처음부터 끝까지 다른 부분에 미치는 숨은 악영향이 없도록 명확히 정의되어야 한다. 궁전과 지하 감옥의 배경 그래픽은 최종 형태여야 한다(물론 이미지 자체의 최종 수정은 당연히 가능하다). 마이클 C.는 내가 맡겨 둔 작업을 마쳐야 하고, 내가 그 작업 결과가 담긴 비디오 테이프를 받아내야 한다(목요일에 촬영하면 좋겠다).

으으으으으……

1989년 5월 24일

해골이 부활하는 애니메이션을 넣었다(에릭의 감독 하에서).

패키징 회의. 일이 괴로울 정도로 느릿느릿하게 진행되는 중이다.

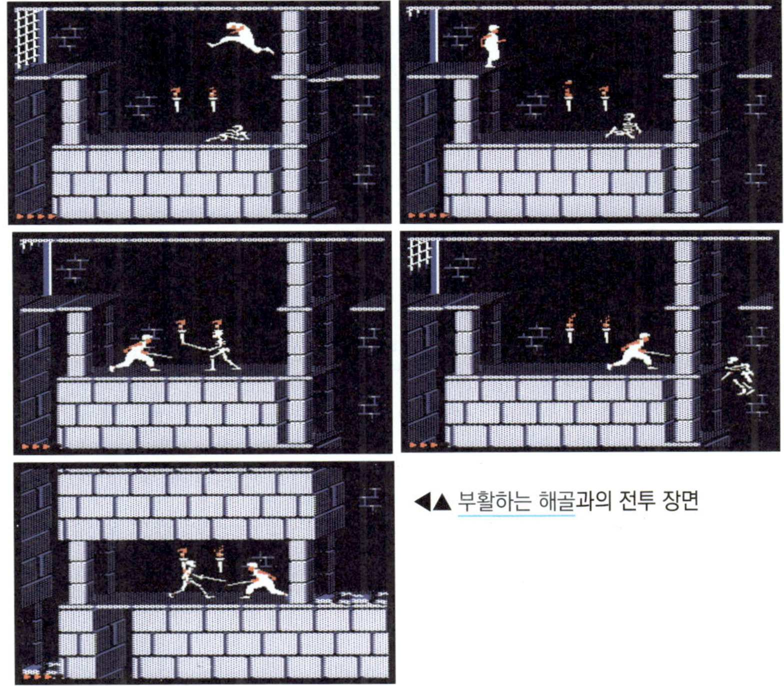

◀▲ 부활하는 해골과의 전투 장면

1989년 5월 25일

로버트의 게임이 '대법원'을 통과했다. 오늘 아침 9시 반에 주차장에서 만났는데, 나는 회사에 막 도착한 참이었고 그는 프레젠테이션용 디스크를 준비하느라 밤을 꼬박 새우고 떠나는 참이었다. 정말로 멋진 소식이다, 정말로.

캐시 칼스턴Cathy Carlston을 환송하기 위한 피크닉이 마린 시빅 센터Marin Civic Center 오리 호수에서 열렸다. 브라이언, 로브와 원반 던지기 놀이를 했다. 캐시에게는 작별 인사를 했다.

로브 마틴Rob Martyn입니다. 대단한 친구예요. 몇 년 뒤, 스모킹 카 프로덕션에 와서 함께 「라스트 익스프레스」를 만들자고 그를 설득했지만, 그는 대신 현명하게도 EA로 갔죠.

원반 던지기는 프리스비Frisbee를 굳이 이렇게 표현한 겁니다.

1989년 5월 26일

어제 폴에게 해골을 보여 줬다. 그는 무척 좋아하면서(그의 아이디어였으니까) 만나는 사람마다 해골 이야기를 하고 다녔다. 프로젝트 전반에 대한 그의 열정에 불을 지폈다는 데에서, 이 작업은 내 예상 이상으로 효과가 있었다. 그것 보라니까.

PD, 미술 및 마케팅 부서 사람들이 나를 달리 대하기 시작했다. 브라이언은 내가 가져가 처리하는 작업량에 무척 기뻐하고 흐뭇해하고 있다. (내가 오늘 소피에게 박스 광고 문구를 집에 가져가서 주말 동안 "손을 좀 보겠다"고 했을 때, 브라이언은 크게 웃으면서 말했다. "좋아, 그런데 내가 쓴 것도 좀 '손봐' 줬으면 좋겠는데.")

브라이언은 다음주 내내 CES 때문에 부재 예정이라 나에게 많은 일을 넘기고 있다. 박스의 광고 문구를 최종적으로 정하고, 베타 버전을 QA에 전달하고, 아마 박스 작업을 할 디자이너도 선정해야 할 것 같다. 별로 의미 없을 수도 있지만, 낸시가 만들어 올린 최신 일정표를 보다가 '프로덕트 매니저' 란에 아예 "브라이언 엘러 / 조던 메크너"라고 적힌 것도 발견했다.

그러니까, 나는 이제 더 이상 일개 프로그래머가 아닌 것이다.

반면 이런 상황의 문제점이라면, 이 빌어먹을 게임을 실제로 작업할 시간이 하루에 불과 세 시간 남짓뿐이라는 점이다.

1989년 5월 31일

아침을 박스 광고 문구를 다시 쓰는 작업으로 보냈다. 짐 하나를 마음속에서 내려놓은 기분. 일단 지금은.

IBM판 이식 쪽은 문제의 연속이다. 짐이 이식 작업에 충분히 시간을 쏟지 않고 있다. 아타리는 짐이 이미 완수했던 프로젝트의 막판 수정 작업에 그를 억지로 끌어들이고 있고, 더그 그린은 이 때문에 짐에게 무척 화가 나 있는 상태이다.

짐에게 직접 전화해, 전념할 쪽이 아타리 프로젝트인지 내 프로젝트인지를 선택해야 한다고 말했다. 난감

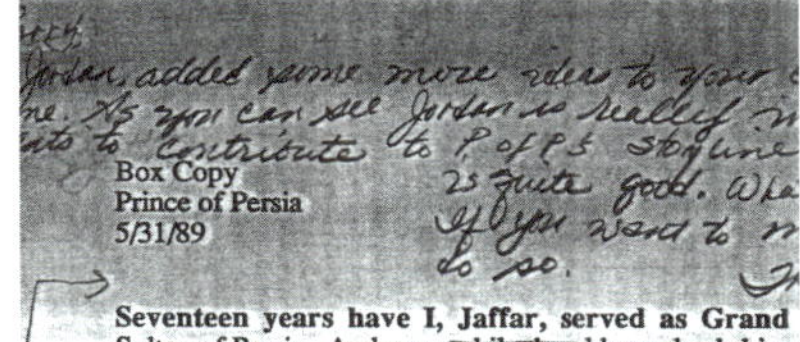

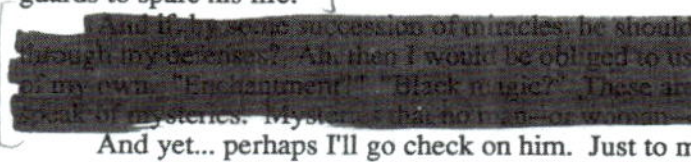

▲ 패키지 박스 광고 문구 수정 작업 문서

한 대화가 이어졌다. 난 규정을 따지며 남을 질책해야 하는 역할에는 익숙지 않다. 일단 그에게 며칠 생각할 시간을 주었다.

토미가 돌아왔다! 바로 그녀에게 게임을 보여 줬고, 예상대로 놀라워했다. 특히 궁전의 배경 그래픽, 싸우는 해골, 그리고 위아래가 뒤집히거나 공중부양을 시켜 주는 물약에 주목했다.

로버트와 밤 11시까지 남아서 레벨을 디자인했다.

1989년 6월 3일

중국에서는 지옥과도 같은 광경이 벌어지고 있다.[46]

한편, 나는 캠코더를 빌려 오늘 아침 마이클 J. 코피_{Michael J. Coffey}를 그의 아파트에서 촬영했다. 필요한 건 다 얻어낸 듯하다. 하루 빨리 디지타이즈를 해보고 싶다.

1989년 6월 4일

생일이다. 이제 25살이 되었다.

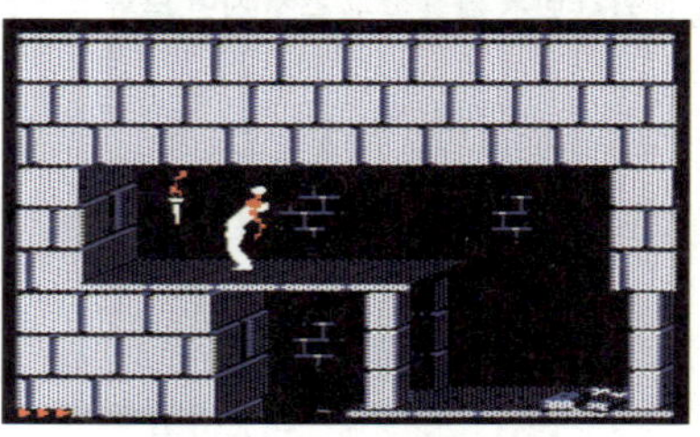

▲ 물약을 마시는 애니메이션

물약을 마시는 애니메이션을 넣었다. 정말 보기 좋긴 한데, 내 예상보다 메모리를 많이 잡아먹는 문제가 있다.

때때로 내가 아무래도 재미없는 사람일 거라는 기분이 든다. 남에게도 나 자신에게도 지루한 사람. 열정이 소진되어 안이 텅 빈 사람. 우울하진 않지만… 그저 피곤할 뿐이다.

아마 지나치게 열심히 일한 탓일지도 모르겠다.

---

46 중국에서 천안문 사태가 일어난 날이다.

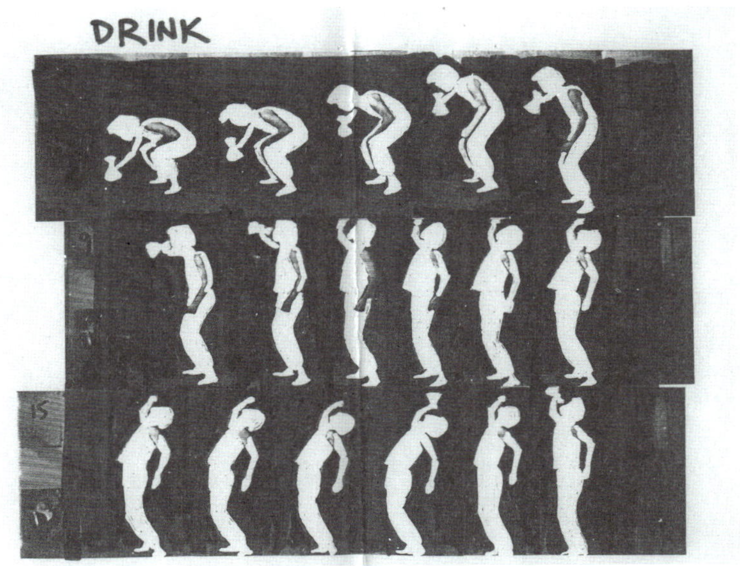

▲ 물약을 마시는 동작 로토스코핑 과정

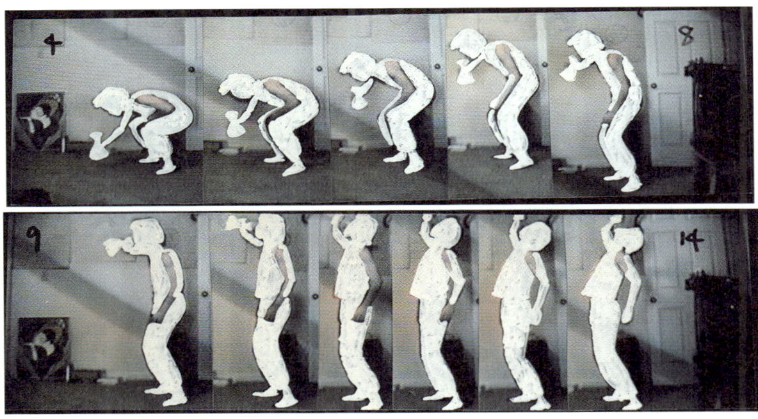

▲ 물약을 마시는 동작 촬영분

burning & the stars twinkling while the music plays, but
that's all--the characters have to freeze wherever they
happen to be. The musical fragments for the game itself
must therefore be brief.

Other machines, including the Mac, Amiga, and Atari ST,
have much more advanced sound technology and can play music
simultaneously with the action, with sound comparable to
that of a synthesizer. Many months from now, when these
conversions are under way, we can (if we feel like it)
expand upon the music we've already written to take
advantage of this. For now, though, the priority is to get
the Apple version out the door ASAP.

What follows is a list of some likely places for music
cues:

- At the very beginning of the game, when the hero is
  thrown into his cell. (Since we first encounter the
  hero at a decidedly low point in his career, it's
  probably not appropriate to have a full-fledged heroic
  statement of the "hero's theme" at this point. A
  better place for such a statement might be in the
  opening titles, at the moment the words "PRINCE OF
  PERSIA" appear on the screen. The music that begins
  the game should suggest that our character is, for the
  moment at least, in dire straits.)

- when the hero kills a guard in battle (short "victory"
  tune)

- when the hero is killed (We might want two different
  death themes: a "heroic" one for when he's killed in
  battle, and an "ignominious" one for when he dies
  accidentally by, for example, losing his footing and
  plunging 5 stories to his death. Most of his deaths
  will be of the ignominious variety, so we would want
  this theme to be shorter and better able to withstand
  repetition.)

- when the hero finds & picks up the sword (We could
  steal the sword motif directly from Wagner--musically
  it would work fine, plus a few people would catch the
  joke and think we're really cultured, and nobody would
  sue.)

- when the hero climbs the staircase to the next level
  (This will happen 11 times in a complete game, so we
  could have up to 11 different versions for the
  different levels--or we could have music only for
  certain levels.)

「페르시아의 왕자」에 넣을 음악을 작곡해 달라는 부탁을 담아 아버지께
보낸 편지.

베타

1989년 6월 5일

마이크와 함께 촬영한 새로운 애니메이션이 빠른 속도로 구현되고 있다. 이미 '물약 마시는 동작', '칼을 빼는 동작', 그리고 '쓰러지는 동작'은 구현에 성공했고 잘 돌아간다.

이제 남은 것들은 다음과 같다.

- 계단 오르는 동작
- 칼을 집어 위로 치켜드는 동작
- 칼을 칼집에 집어넣는 동작
- 경비병이 '기척을 느끼고 몸을 돌리는' 동작
- 경비병이 '쓰러지는' 동작

아마도 남은 메모리에 이 동작들을 대부분 구겨 넣을 수 있을 것 같지만, '계단 오르기'만은 무리다. 이 동작을 쓸 때만은 디스크를 읽어 들여야 할 것 같다. 어쩔 수 없지.

오늘 내가 이룩한 가장 큰 성과는, 최초의 두 레벨을 완전히 다시 디자인해 좀 더 재밌게 만든 것이었다. 지금은 더 자유롭고, 탐험하는 느낌은 물론 보상도 커졌다. 이전 버전의 레벨은 즐기기 좀 딱딱했던 감이 있었다. A에서 B를 거쳐 C로 가야 하고, 그 과정에서 실수하면 즉사였으니까.

레벨 3은 여전히 어렵기만 하고 썰렁하다. 정확히 어떻게 손을 보아야 할지 아직 감이 서지 않는다. 일단 이 상태로 QA에 넘기고 의견을 들어 봐야 할 것 같다.

레벨 4는 꽤 잘 되었다.

레벨 5는 아직 없다.

레벨 6, 7, 8은 꽤 좋지만, 아직 좀 더 다듬어야 한다.

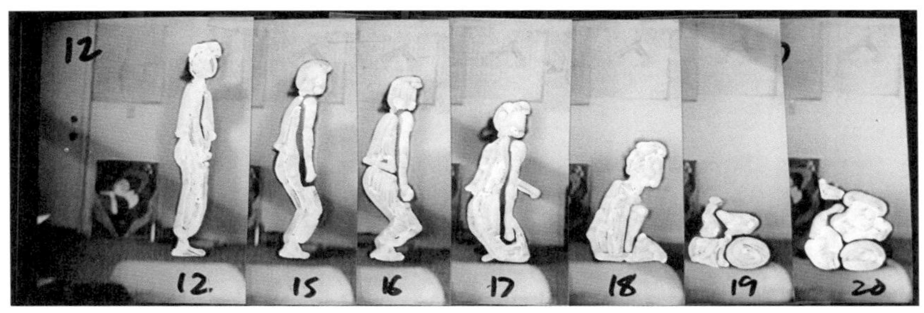

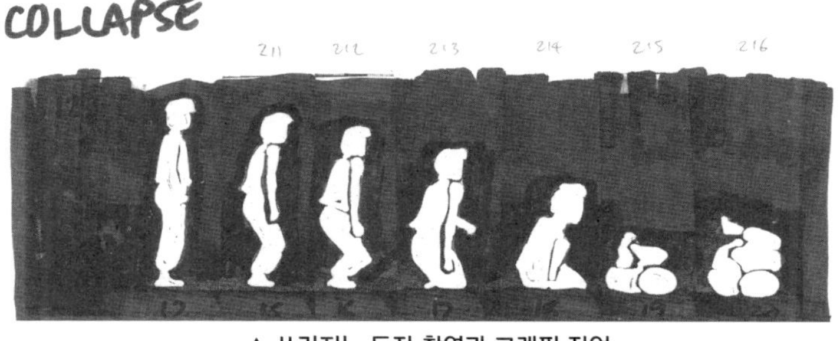

▲ 쓰러지는 동작 촬영과 그래픽 작업

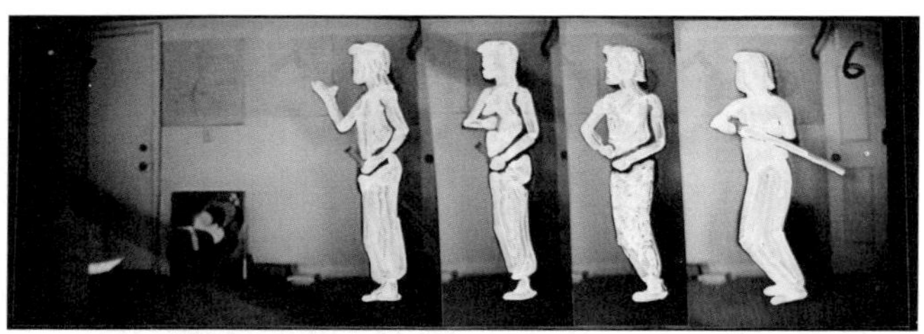

▲ 칼을 빼는 동작 촬영

▲ 칼을 빼는 동작 그래픽 작업

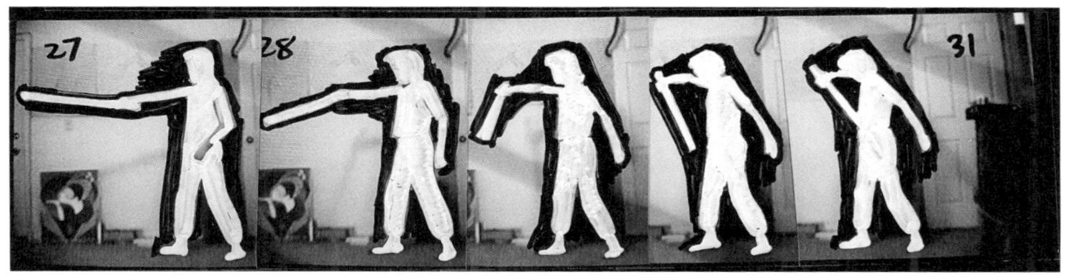

▲ 칼을 칼집에 집어넣는 동작 촬영과 그래픽 작업

　　내일은 레벨 5를 만들어 놓는 게 좋을 것 같다. 그렇게만 되면 '베타 버전'이 최소한 완성판 기준으로 처음부터 2/3 분량까지는 될 것이다.

　　요령 피울 새가 없다. 원래 내일 QA에 전달할 예정이었던, 충분히 완성되고 버그도 억제한 베타 버전에 도달하기 위해서는 앞으로 일주일 더 강도 높은 작업이 이루어져야 한다.

　　QA에 며칠만 더 기다려 달라는 요청(부끄럽지만!)을 해야 할까, 아니면 일단 현재까지 완료된 것부터 제출하고 일주일 뒤에 업데이트된 버전을 다시 주는 게 좋을까?

1989년 6월 6일

'B-데이'.

　　놀라우리만큼 생산적으로 12시간이나 일한 날. 상당히 많은 버그를 잡았고, 새로운 레벨(레벨 5)을 디자인했고, 섀도우 맨이 주인공의 물약을 훔치도록 프로그래밍했다. 이 모든 것들이 좀 더 부드럽게 맞아 들어가도록 내일 몇 시간 더 손을 보면, 아마 베타 버전도 완성될 것 같다.

　　하루 늦었군.

　　그래도 이 정도면 브라이언이 꽤나 감동할 것이다.

▲ 애플 II판에서 섀도우 맨이 물약을 훔치는 장면

이 와중에 더그 그린이 전화로, 전에 약속했던 6주의 시범 기간이 끝나면 아마도 이식 프로젝트를 포기해야 할 것 같다고 말했다.

더그·짐과의 줄다리기는 이제 신물이 난다. 이들은 분명 좋은 프로그래머지만, 이제 할 만큼 했다. 더그가 처음에 못 하겠다고 했을 때 그의 말을 들었어야 했다. 맘을 돌리겠다고 헛되이 노력하는 대신.

글렌을 찾아가서 한 시간 동안 앨릭 D.에 대해 이야기를 나누었다. 글렌은 그가 좋은 프로그래머이긴 하지만, 브로더번드와 불화가 있어서 문제가 될 수도 있다고 말해 주었다.

게임 속 작은 친구에게, 널 죽이려는 다른 캐릭터가 톱니 함정 너머에 있을 때에는 칼을 뽑지 않는 게 좋다고 잘 가르쳐 줄 필요가 있겠다.

1989년 6월 7일

믿을 수 없겠지만, 오늘 QA에 드디어 게임을 제출했다. 지금부터가 진짜 재미있는 부분의 시작이다. 앞으로 6주 안에 게임 전체를 완성시켜야 하니까.

애플 시장은 죽어가고 있다. 회사 내에서의 「페르시아의 왕자」에 대한 관심도도 눈에 띄게 떨어졌다. 사람들에게 IBM판 이식도 잘 진행되고 있다고 아무

▲ 6월 7일 QA버전 디스크

185

리 입이 닳도록 설득해도, 이 사람들은 그럴 리 없다는 듯이 움직인다. 오늘은 낸시와 데이비드가, 라트리샤와 소피가 박스 아트 비용인 5,500달러의 지출을 주저하고 있다고 알려주었다. 직·간접적으로 로비를 펼치면 결국 이들도 OK를 때리겠지만, 결국 이 모든 일이 「페르시아의 왕자」에 대한 확신이 없다는 증거인 셈이라 마음이 매우 불편하다.

QA의 케빈도 이 점은 마찬가지였다. 8월 29일 출시 일정을 맞췄으면 한다는 내 말에, 그는 심각한 표정으로 고개를 저었다. 팀원 중 두 명을 풀타임으로 「카멘 샌디에고 4Carmen Sandiego 4」[47] 에 배정하라고 지시받았고 나머지 둘도 다른 제품을 작업 중이라, 오늘 내가 제출한 「페르시아의 왕자」의 베타 버전을 테스트할 인원이 없다고 말이다.

머리끝까지 화가 났다.

뭐, 새삼 놀랄 일도 아니지. 언제 브로더번드가 자기 게임 뒤를 단단히 받쳐 준 적이 있었던가? 「차플리프터」도 「로드 러너」도 「카라테카」도, 모두 좋은 리뷰와 입소문의 뒷받침 하에 스스로 실적을 올린 게임인데.

날 챙겨 줄 사람도, 「페르시아의 왕자」를 적극적으로 지원해 줄 사람도 없다. 브라이언은 출장 중이고, 소피는 멍청이고, 라트리샤는 (더그의 지시와는 정반대로) 모든 일을 소피에게 맡기고 있다.

물론 이들이 내 프로젝트에 좀 더 열정을 가지고 몰두하도록 내가 좀 더 에너지를 쏟아야겠지. 하지만 실제로 게임도 디자인하고 프로그래밍도 하다 보니(문서화, 박스 광고 문구, IBM판 이식 등은 아예 논외로 치더라도), 나 역시 이런 일들에 시간을 할애할 여유 자체가 없다.

반면, 내게 너무도 절실한 IBM판 이식은 더그 그린의 고뇌의 희생양이 되어 표류하고 있다.

아… 모르겠다! 바깥세상은 원래 냉정하고 잔인한 법이라지. 언젠가 영화 감독이 되겠다면, 이런 현실을 감내하는 법도 익혀야 하리라.

1989년 6월 8일

영화 각본을 쓰고 감독까지 뛸 능력이 나에게는 없는 것 같다. 그 모든 싸움을 인내하고 치러낼 수 있는 지구력이 도대체 어디서 오는 걸까? (거의 이상적이라고 할 수 있는) 브로더번드의 지금 상황조차도 날 이렇게 갉아먹고 있는데 말이다. 그런 재능이 내게 애초에 있기는 했을까? 아니면, 있었지만 잃어 가고 있는 걸까? 누가 나에게 계시라도, 아니면 신호라도 보여줘. 이 모든 것에 뭔가 의미라도 있냐고? 아무도 이 망할 게임을 신경 써 주지 않는걸. 나 자신마저도. 난 도대체 왜 이 짓을 하고 있는 거지?

만약 「페르시아의 왕자」가 성공해서 로열티가 다시 들어오고 내 은행 계좌가 든든해지고 우편함에 팬들이 보낸 편지가 넘치게 되면, 내 기분도 다시 나아질까? 만약 실패하면—가령 애플 시장이 정말 끝장나 버리고 IBM판은 질질 끌리고 닌텐도판은 진행조차 되지 않는다면, 내 마음은 실망으로 조각날까? 그렇게 이 모든 노력이 쓸모없어져 버리면, 그 다음에 난 뭘 해야 하나? 과연 난 성공에 적응했던 것처럼 실패에도 적응할 수 있을까?

로버트는 예일로 떠나고,
코리는 하버드로 떠났고,
더그는 돈만 챙겨 떠나려 하고.
지금의 이 이야기가 끝났을 때, 내 인생의 다음은 어떻게 될까?

믿음을 가져야 한다. 내 게임에 대한 믿음을. 나 자신에 대한 믿음을. 기운을 내자. 스트레스에 찌들어 맥이 풀린 사람 곁에 머물고 싶은 이는 어디에도 없다. 이 어려움을 헤쳐 나가야 한다. 내 주변의 모든 사람들을 휘어잡아야 한다. 젊은 열정으로든, 흔들리지 않는 낙관으로든, 뭐가 됐든 간에.

여기까지가 새벽 2시 반의 머릿속 생각들. 잠들 수만 있다면 내일 아침은 쾌활하고 차분한 마음으로 맞이할 수 있으리란 건 알지만. 일단 머릿 속 생각을 닫고 밤을 보내자.

잠들지 못하면 꿈속에서 말하지도 못한다.[48]

[48] 원문은 'You can't talk in your sleep if you can't sleep'. 여성 록밴드 고고스(The Go-Go's)의 81년 곡 중 'You Can't Walk in Your Sleep (If You Can't Sleep)'이라는 곡이 있었다.

맙소사, 왜 사람들이 수면제를 먹는지 이제 알겠다.

1989년 6월 9일

아침에는 계단 오르기 동작을, 저녁에는 칼을 칼집에 넣는 동작을 구현했다.

▲ 계단 오르기 동작 **촬영분**

▲ 계단 오르기 동작 그래픽 작업 중

그 사이에는 브로더번드 사의 복도를 돌아다니며 인간관계

교류의 시간을 가졌고, 더그의 책상에 디스크를 놓아둔 후, 초반의 레벨 여섯 개를 한달음에 사람들 앞에서 시연했는데, 처음엔 에드 바다소브와 소피 K 두 명뿐이었지만 나중에는 로브, 그렉 해먼드, 헨리, 톰 마커스Tom Marcus까지 합쳐 대략 십여 명의 사람들이 몰려들었다. 다들 **경탄했다.** 이 작은 친구가 위기에 처할 때마다 방 안의 사람들 전체가 하나가 되어 숨을 죽였다. 바닥에 쓰러지자 신음을 내질렀다. 해골 병사와 물약과 칼싸움과 섀도우 맨에 흥분했다. 다시 말해, 모든 반응이 내 의도대로였다. 내가 담아낸 모든 요소들이 하나하나 남김없이 빛을 발했다. 이제까지의 모든 노력이 진정으로 보답받는 느낌이었다.

게임에 완전히 문외한인 소피조차도 흥분했다. "저도 빠져들 수 있을 것 같은 게임은 처음 봤어요!"라고 연거푸 말했을 정도였다. 그녀는 한 번도 아니고 두 번씩이나, '비싼' 5,500달러짜리 박스 아티스트 고용 건을 낸시가 당장 진행하도록 만들겠다고 강조했다. "정말 멋진 패키지가 나올 거예요."

박스 아트 건으로 전화상에서 언성을 높였던 탓에 소피와의 사이가 소원해질까 걱정했던 게 어제였는데, 오늘 그녀는 내 기분을 살피면서 사실상 내 비위를 맞추기까지 하고 있다. 사람들은 주관이 뚜렷한 모습을 더 좋아한다는 게 사실이었다. 소심하게 굴어 봐야 얻는 것도 없고 외려 만만하게 보일 뿐이다.

짐 세인트루이스가 좋은(그러니까, 나아진) 소식을 전했다. 작업을 **하고는** 있고, 더그도 어쩐 일인지 의욕이 생겼단다. 정말이지 일이 이대로 잘 풀렸으면 좋겠다.

190

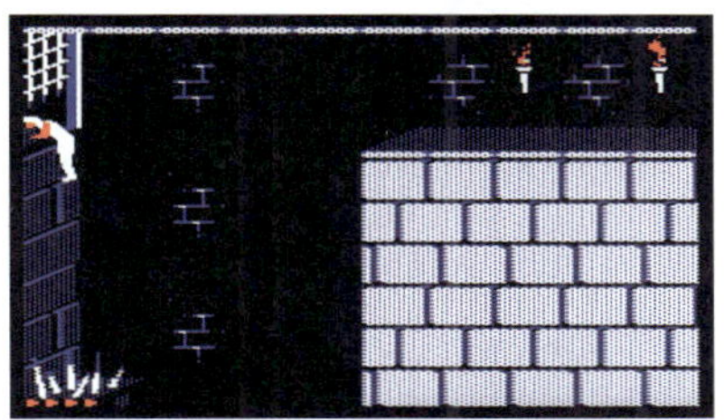

롤런드와도 대화한 결과, 그도 맥으로의 이식 작업에 대한 의욕에 제대로 불이 붙게 되었다. 유일한 문제는, 그가 8월까지는 「페인트 샵 컴패니언」의 이식 작업에 잡혀 있다는 점이다.

절망감은 이제 사라졌다.

1989년 6월 10일

오늘은 상대적으로 성과가 적은 하루였다. 몇몇 애니메이션을 다듬고 다른 이것저것을 깨작거린 정도였으니까. 새로운 버전을 더그와 짐, 그리고 얼마 전 고용한 아티스트인 로버트 F.에게 보냈다. 게임을 로런 엘리엇에게 보여 줬다. 주말에도 작업을 좀 해야겠다.

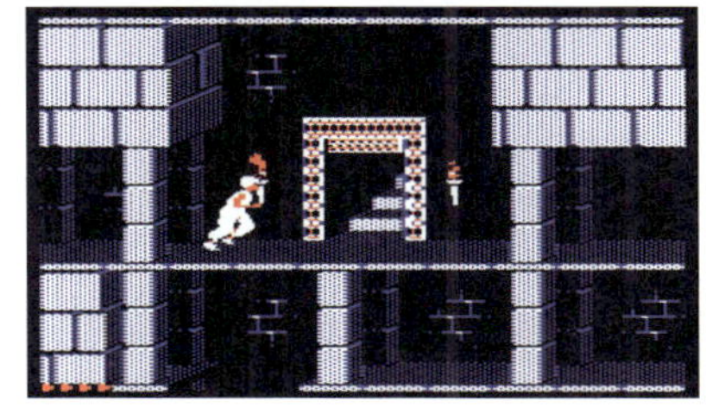

랜스에게 점심을 사면서, 독립 프로그래머의 세계로 나서보는 건 어떻겠느냐고 슬쩍 떠 보았다. 약간은 마음이 있는 듯 했지만(「페르시아의 왕자」에 보여 준 관심은 열광 그 자체였다. 자기가 이식한다면, 남는 시간까지 쏟아 부어 4개월이면 될 거라고 했다), 월급쟁이 신분이 주는 안정감을 그가 쉽사리 포기할 것 같지는 않다.

랜스 그루디Lance Groody는 당시 브로더번드의 정규직 프로그래머 중에선 가장 노장으로 꼽히던 분이었죠.

브라이언과는 다음 주 화요일까지 게임 화면 사진 촬영[49] 준비를 마치기로 약속했다. 촬영은 수요일 오후 2시로 잡혔다.

1989년 6월 11일

이 햇살 화사한 토요일에 사무실에 혼자 앉아 〈신들의 황혼〉[50]을 들으며 공주가 게임 안에서 살게 될 멋진 방을 그려내기 위해 노력했다. 회사에서 나서는 길에, 77 마크 빌딩[51]에 잠시 들러 누가 있는지 살펴보았다. 더그가 자기 맥Ⅱ로 「카드놀이 Solitare」 게임을 즐기고 있는 걸 발견했다. 그는 7월 말에 아이다호 주의 새먼 강Salmon River으로 떠나는 래프팅 여행에 날 초대했고, 나 역시 가겠다고 했다. 그때 즈음이면 개발은 마무리 단계여야겠지. 만약 그렇지 못하다고 해도, 기분 전환 삼아 닷새쯤 쉬는 게 내게 그리 나쁘지는 않을 것이다.

나에게 혹시 가벼운 조울증 증세가 있는 건 아닐까? 지난주에는 걷잡을 수 없이 우울했다. 지금은 의욕을 주체할 수 없다. 광적이라고 할 만한 에너지가 막무가내로 넘치는데, 딱히 **행복하다고**는 못 하겠지만 여러 감각이 훨씬 선명하게 느껴진다고는 말할 수 있을 것 같다.

색깔은 더 밝아 보인다.

---

[49] 이 당시는 컴퓨터를 사용한 조판 인쇄 시스템이 아니었으므로, 게임 패키지에 넣을 게임 화면 사진을 삽입하기 위해서는 게임 화면을 연출한 다음 모니터를 직접 필름 카메라로 '찍어서' 인화해 넣어야 했다. 지금처럼 스크린샷 파일을 바로 캡처하여 컴퓨터로 편집하던 시대가 아니었음을 염두에 두자.

[50] Gotterdammerung. : 리하르트 바그너의 악극인 〈니벨룽의 반지(Der Ring des Nibelungen)〉에 포함된 네 번째 오페라 작품.

[51] 77 Mark. 조던 메크너가 폴 드라이브 47번지로 쫓겨나기 전까지 있었던, 브로더번드 본사 사무실 건물의 위치.

공기는 더 깨끗하게 느껴진다.

햇살은 더 따뜻하고, 비는 더 축축하고, 안개는 더 자욱하다.

헬스 머신의 쇠붙이들을 들었다 내리기도 더 쉬워졌고, 심장이 뛸 때마다 피가 온 몸을 힘차게 도는 것이 느껴진다.

이유도 모르겠고, 얼마나 이 상태가 지속될지도 모르겠지만, 하루를 반쯤 잠들어 있는 것 같은 상태로 보내던 때보다는 지금이 훨씬 좋다.

1989년 6월 12일

경비병의 칼싸움 프로그램 및 이와 연관된 사항들을 다듬었다. 아버지께 「페르시아의 왕자」에 들어갈 음악 제작을 부탁드리는 편지를 썼다.

1989년 6월 13일

사무실에서 11시간을 보냈다. 「카라테카」 때처럼, 만화책 스타일의 별 모양 타격 효과를 삽입했다. 훨씬 낫다. 넣는 덴 세 시간밖에 걸리지 않았는데, 넣고 나니 정말 잘했다는 생각이 들었다.

짐이 걱정이다. 내가 지금 큰 실수를 저지르고 있는 건 아닐까 우려되기 시작한다. 그가 훌륭한 정통파 프로그래머 **흉내**를 내고는 있지만, 계속 일을 진행하면 할수록, 아무래도 이 모

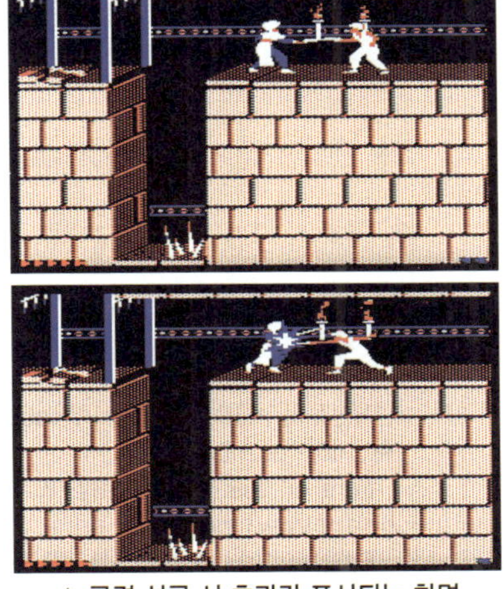

▲ 공격 성공 시 효과가 표시되는 화면

193

든 작업을 처음 해보는 것 같다는 의혹을 거둘 수가 없다.

　브라이언은 앨릭을 고용하지 말라고 강하게 충고했지만, 그 문제는 내가 결정할 일이라고 잘라 말했다.

　아이다호 래프팅 여행에 등록했다. 비용이 꽤 고가였다. 더그와 함께 가는 나머지 세 명은 로버트 개리엇Robert Garriott(오리진 시스템즈Origin Systems 사장), 켄 와시Ken Wasch(SPA[52] 회장), 로렌트 웨일Laurent Weill(로리시엘[53] 사장)이다. 내 처지를 생각해 보면 겁나는 일이 아닐 수 없다. 이건 에드 번스타인[54]이나 스티브 패트릭[55] 같은 회사의 중역들이나 함께 갈 만한 여행이니까. 내 나이는 이 사람들보다 10~20살이나 아래이고, 내가 이룩한 것은 이들에 비하면 티끌에 불과하다. 하지만 나도 언젠가는 똑똑하고 착한 어린애로만 세상에 날 보여줄 수밖에 없던 시절에서 탈피할 때가 올 것이다.

로버트의 동생이, 바로 그 「울티마」와 「아칼라베스」를 만들었고 달 탐사선의 소유주이기도 한, 그 유명한 리처드 개리엇Richard Garriott(즉 '로드 브리티시')이죠.

　누구나 자신만의 독특한 방식으로 스스로를 괴롭히곤 한다. 내 경우에는 이런 게 아닐까. 나 자신의 바깥쪽으로 떨어져 나와 스스로가 살아가는 꼴을 관찰하다가, 카메라 각도를 좀 더 잘 잡겠답시고 얼굴을 돌린 사이에, 결국 중요한 장면들마저 놓쳐 버리고 마는 것.

52 Software Publisher Association: 1984년 컴퓨터 소프트웨어 업체 25개 사가 결성한 업계 단체로, 1999년에는 Information Industry Association과 통합되어 SIIA(Software & Information Industry Association)로 현재에 이르고 있다.
53 Loriciel: 1983년 설립된 프랑스의 게임 개발사. 95년 도산했지만, 팬들이 구축한 아카이브 사이트는 남아 있다. http://www.loriciel.net
54 Ed Bernstein: 브로더번드의 제품 개발부(PD: Product Development) 부서장.
55 Steve Patrick: (토미 피어스와) 센세이 소프트웨어 공동 설립자.

1989년 6월 14일

그렉 해먼드가 「페르시아의 왕자」를 플레이하고는 무척 열광해 주었다. 정말 영광이다. QA에 들러서는 랜디와 윌이 게임을 즐기는 모습을 보았다. 그래. 이 게임은 분명 먹히고 있어. 난 미친 게 아니라고.

이제 남은 문제들은 이 정도다. **(1)** 일정에 맞게 완성시킬 수 있을까? **(2)** 그때까지 애플 시장이 남아 있을까? **(3)** 이식작들은 늦지 않게 바로 내놓을 수 있을까?

1989년 6월 15일

롤런드가 매주 목·금요일마다 사무실에 나오기로 했다. 로버트가 없는 상황에서 그의 존재는 정말 큰 도움이 된다.

1989년 6월 16일

브로더번드의 모두가 나에게 잘해준다. 내가 만든 게임이 주목받을 만하다고 생각해서겠지. 빌 맥도나휴는 「페르시아의 왕자」가 테스트 우선순위에서 2위가 될 것이라고 말했다(그는 "걱정 말게, 2위 아래로 내려가는 게임도 많으니까."라고 덤덤하게 덧붙였다). 우선순위를 1위로 올리려면 어떻게 해야 하느냐고 묻자 그가 대답했다. "IBM판 이식을 끝내면 되지!" 하하, 이거 원.

하지만 브라이언은 QA쪽 사람들 이야기도 전해 주었다. "우선순위 따위 알 게 뭐야. **우리 순위**로는 이게 1위인데." 이 친구들은 일과 후는 물론, 점심시간에까지 내 게임을 플레이하고 있다는 거다.

1989년 6월 19일

더그와 짐이 끝내 포기했다. 새로운 IBM 프로그래머를 빨리 구해야 한다. 지금까지의 작업 비용으로만 3,000달러나 나갔다.

앨릭과는 물론, (브로더번드의 급여를 받는 정규직원인) 랜스에게도 반쯤 진지하게 의사를 타진했다. 돈 다글로우의 회사처럼, 이식만 전문으로 하는 업체도 몇 군데 알아보았다. 하지만 더 코넬리 그룹The Connelley Group이 IBM판 「카라테카」로 보여 준 것처럼, 큰 회사에게 맡긴 후의 안도감은 거대한 환영에 불과하다. 결과물의 질은 결국 실제 작업하는 프로그래머 한 명에 달려있으니까.

이 시점의 돈은 이미 브로더번드를 퇴사하고 스톰프론트 스튜디오를 세운 상태였거든요.

집에 오는 길에 밀 밸리Mill Valley에 들러, 필리스Phyllis's에서 보데나브 버거Bordenave Burger를 먹었다. 공기 중에 떠다니는 인동덩굴, 혹은 다른 무언가의 내음이 너무 매혹적이어서 마음이 아려 왔다.

오늘은 톰 마커스와 점심을 먹었다. 어른이 되려고 노력 중이다.

PRINCE OF PERSIA Game Plan
June 11, 1989

When you push guard back into wall or gate, he bumps off
CD BUG--you fall thru solid block
CD BUG--you fall 2+ stories or onto spikes & survive (bump + softland)
When you medland on loose floor & it falls out from below you, you should fall too even though Action = 5
Your logic makes you go en garde when guard is just o.s.
Animation for sheathing your sword & standing up
Animation for guard standing alert & turning w/sword
Animation for hard land (should bounce a little)
Character image set for Grand Vizier
Scurrying animation for mouse
Hard-wire mouse behavior in his big scene
Transport potion (drink it & disappear; cut to new scrn & reappear)
Hard-wire shadowman behavior in level 12
Level 12: you merge with shadowman
After you merge with shadowman, building starts to collapse around you (hard-wired)
Animate: Vizier stands & waits for you, then pulls sword (with a flourish) & goes en garde
Level 9
Level 10
Level 11
Level 12
Level 13
Frame frontpiece for mirror
GRAPHICS BUG--flashing segments left on screen in certain situations
You & guard should have sword in hand when you get stabbed or fall
Dead prisoner hanging on wall
Clean up climbup & all other player animations
Animation for blipping on & off screen (from transport potion)
Twinkling stars on palace balcony
Additional sound effects (& greater variety in existing ones)
Clean up (& slow down) "climb stairs" animation
Write up list of music cues
When you fall 2+ stories & bump/splat, you should land in final position instead of sliding
        over
Screen shots

Low priority
Why can't you run & jump & grab onto ledge at L.R. corner of screen to left?
Why can't you "climbfail" onto screen above?
Text screen instead of RW18 "whoop"
Mirror vanishes after you've jumped through (MOVER: SMASHMIRR)
Put in another frame or two for "draw sword" animation
Crazy potion?

Major tasks
- Compose music (trip to NY)
- Integrate music into game play
- Clean up double hi-res splash screen
- Letter title (dhires)
- Letter byline, Bbund presents, copyright (dhires)
- Design font for prologue; write routine to print to dhires screen

▲ 「페르시아의 왕자」 게임 개발 진척사항 문서

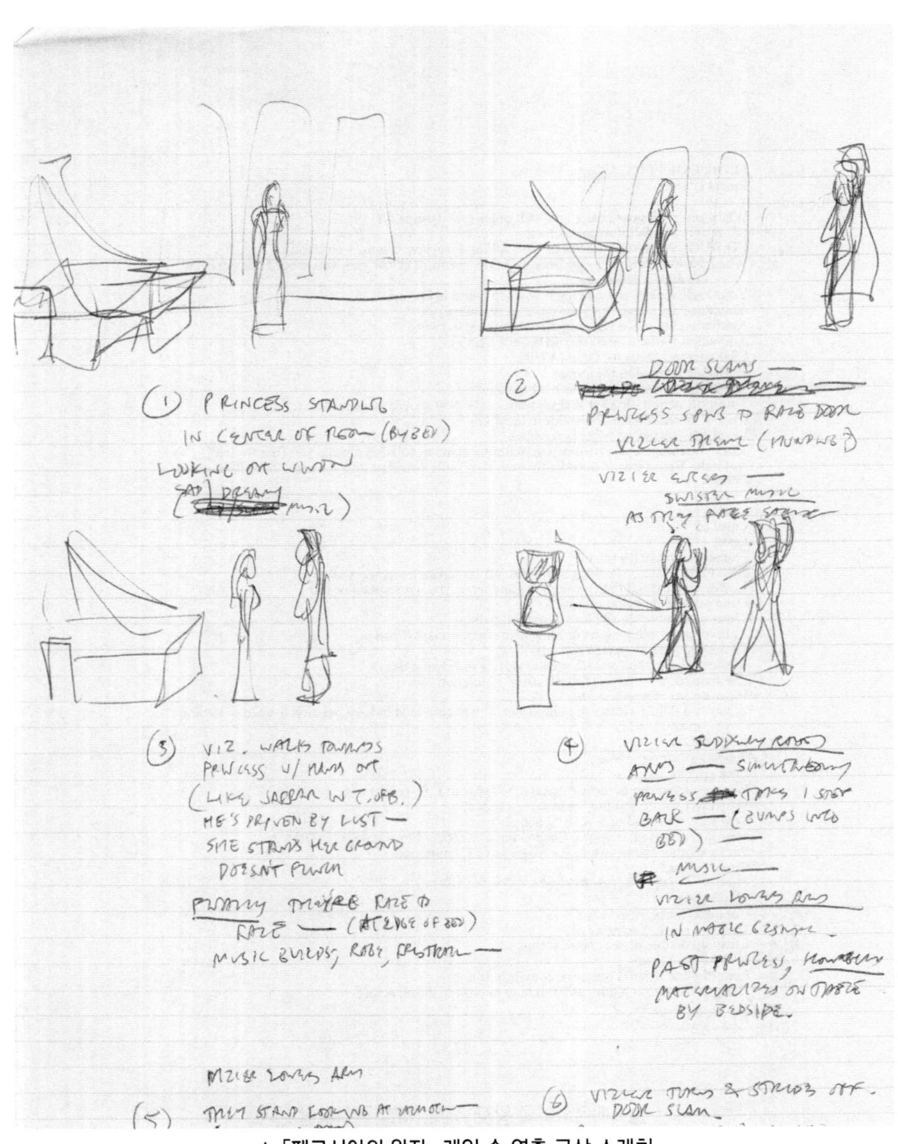

▲「페르시아의 왕자」 게임 속 연출 구상 스케치

PoP Tasks--7/22/89

Princess scenes
Clean up PTURN & PBACK animations
Digitize, enter & clean up remaining Princess animations (send, lie, embrace)
Shoot Vizier footage
Digitize, enter & clean up Vizier animations (startwalk, stopwalk, raise arms, turn)
Animate hourglass appearance
Animate flowing sand in hourglass (& make it part of PBURN)
Final cleanup on opening scene
Finalize text, digitize, & make delta-mods for prolog & epilog
Final cleanup on prologs, credits, & title delta-mods
Design demo level & choreograph 30-second demo
Choreograph intermediate Princess scenes (except SEND)
Vary music during intermediate Princess scenes
Choreograph victory scene--make hero run into Princess's arms
Finish entering & debugging epilog music
Final cleanup on epilog delta-mod
Make music play during epilog (new code to load different music sets)
Create mouse running animation
Choreograph SEND scenes
Masking for Princess's hair

Game bugs
CS sound/music interface
Survive falling onto spikes
Slide over on ground after splat or impale near wall
Falling through solid blocks
CD bugs where you end up on different screen (Levels 3 & 10)
Background graphics glitches (flashing segments)
Palace wall stripe problems (e.g. behind posts)
Hand shows through floor sometimes when player jumps up

Game tasks
Make later guards tougher (esp. Vizier)
Make it so you can't slip past shadow on Level 12
Clean up player animations
Clean up climbup - make it slower & mask it
Put in a 2nd skeleton (Level 10 or 11) that arises from dead guard
Frontpiece for mirror frame
New wall patterns for palace b.g. set #2
Better Vizier fighting image set (should match Vizier in opening sequence)
Shadowman should draw sword with opposite hand
Vizier
Guards should have full sword when standing alert
Sword should show when character is stabbed or knocked back
Intermediate frame for guards turning alert?
Improve sound effects
When you resheathe sword, guard shouldn't let you run towards him

▲ 89년 7월 22일 게임 개발 진행 일정표

마을 모두가 힘을 모아[56]

1989년 6월 22일

샌 라파엘의 라스 빠리야스Las Parrillas에서 열린 다이애나 슬레이드Diana Slade의 송별 저녁 식사에 브로더번드의 전·현직 비서들 십여 명 정도와 함께 갔는데, 다들 스물한 살 정도로 보였다. 브라이언, 피터 라듀Peter LaDeau, 맷 시겔Matt Siegel, 그리고 내가 이 여자들만 넘실대는 파티장 안의 유일한 남자였다.

▲ 89년 6월 22일 버전의 게임 디스크

파티 후 우리는 근처에 있는 조지의 집에 갔는데, 거기서 브라이언과 IBM판 이식과 관해 진지한 이야기를 나누었다. 그에 따르면, 빌 맥도나휴가 일단 게리·더그와 상의를 거치고 나서, IBM판 「페르시아의 왕자」 이식 작업을 사내에서 진행하는(이상적으로는, 랜스가 맡는) 안을 나에게 제안할 예정이라고 한다. "모두의 이익을 고려한 합리적인 로열티" 수준에서 말이다. 그 말인즉, 현 계약서의 6%보다 더 올리겠다는 뜻이다. 이건 좋은 소식이다. 나만큼이나 그들도 IBM판 이식에 혈안이 되어 있다는 뜻이니까. 브라이언 말마따나, "뭔가 싸든가, 안 나오면 변기에서 일어나야지.”

벌써 몇 개월이나 나는 변기에 앉아 끙끙대며 아랫배에 힘을 주어 봤지만, 결과적으로는 뭐 하나 보여 준 게 없었다. 3,250달러나 지출한 주제에.

1989년 6월 23일

더그가 해피 아워에 내게 와서 쾌활하게 말했다. “자기 꾀에 넘어갔구먼!” 4년 전, 나는 내 작품의 이식 요청 우선권을 주장하여 계약서에서 쟁취한 바 있었다. 브로더번드는 더 이상 그러한 권한을 프로그래머에게 주지 않고 있는데, 내가 더그 그린, 짐 세인트루이스에게 뒤통수를 맞은 것이 그 이유를 여실히 보여 준다.

난 더그가 하는 말의 의도를 이해했다. 곧 그들은 제안을 건넬 것이고, 나는 받아들여야겠지.

1989년 6월 24일

피터 라듀가 날 사무실에서 구출하여(“이보게 친구, 여기서 도대체 뭐 하는 건가?”) 브라이언의 집에 잠시 들렀다가 코르테 마데라 Corte Madera에서 열리는 제미나이 파티[57]에 갔다. 벌써 사흘 연속으로 밤마다 프로덕트 매니저와 파티를 나가고 있군.

모두들 「페르시아의 왕자」가 대히트 작품이 되리라 확신하고

---

[57] Gemini Party: 12궁 중 쌍둥이자리(Gemini: 5월 21일~6월 20일) 시기를 기념하여 개최하는 테마 파티. 보통 동행자와 함께 2인 단위로 참석해야 한다는 룰이 있으며, 간단한 놀이를 하거나 선물을 교환하며 친목을 다진다.

있다. "새로운 「차플리프터」가 나온 거야!" 크리스 조첨슨은 이렇게 말했다. 물론, 누구도 미래는 모른다. 그래도 이런 말을 들으면 여전히 힘이 난다.

1989년 6월 25일

수요일까지 세 장의 스크린 촬영용 장면을 준비해야 한다. 2년 반에 걸친 노력 끝에 이렇게 말하기 위해서 말이다. "자, 바로 이겁니다. 제 게임은 지금 보시는 바와 같아요. 이보다 더 좋아지진 않을 겁니다. 자, 이제 사진을 찍어서 패키지 박스에 넣으시죠." 뭔가 좀 겁이 난다.

더그, 빌 혹은 게리가 갑자기 불러 내가 거절할 수 없는 제안을 해오길 기다리는 중이다. 7%일까? 8%? 아니면 10%? 내가 깜짝 놀라게끔 10%를 제안했으면 좋겠다. 하지만 브로더번드가 얼마나 돈에 인색한지는 나도 잘 아니, 6~7% 정도를 기대할 만하다.

로열티가 1% 포인트씩 올라갈 때마다 금액이 거의 10,000 ~15,000달러나 오를 수 있다. 그러니까 판돈은 꽤 높은 편이다. 가능한 한 강공으로 승부해야겠지.

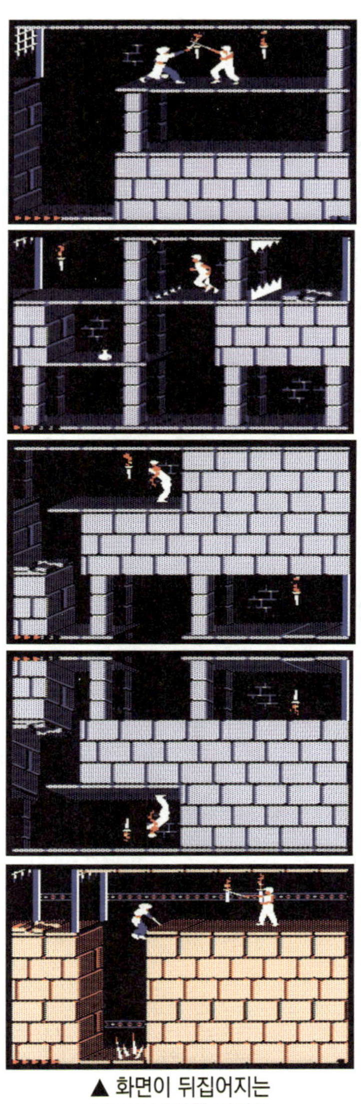

▲ 화면이 뒤집어지는 등등의 다양한 기믹들

하지만 또 한편으로는, 난 이 일을 좋아서 하는 것일 뿐, 그저 돈 때문은 아니다.

1989년 6월 26일

브라이언에게서 내일 오후에 자신과 빌이 참석하는 회의에 동석하자는 권유 연락을 받았다. 아마도 이게 그거겠지.

아침에 프로그래머들 자리를 지나면서 사방에서 쏟아지는 칭찬에 정신이 없었지만, 그중 몇몇은 질투가 섞여 있었다. 글렌이 그랬다. "「페르시아의 왕자」가 대히트할 거라고 들었어. 세상에 번개를 두 번 맞는 경우도 있나 보네."

더그는 목요일에 있었던 게리의 생일축하 파티에서 내게 강조해 말했다. "개인 훈련은 시작했나? 웨이트 트레이닝이라던가… 지구력 훈련이라던가……. 물속에서 2분 정도는 숨을 참을 수 있어야 한다네. 기억하게나. 래프팅 여행까지는 6주일도 채안 남았어."

1989년 6월 27일

빌이 날 놀라게 했다. 8%를 제안했고, 3만 장 판매 이후에는 10%로 올리는 옵션도 달려 있었다. 너무 흡족한 제안이어서, 이것 하나만으로 브로더번드에 대한 내 신뢰가 한 방에 회복되는 느낌이었다. 이식 작업을 맡을 팀에 랜스가 포함될지의 여부는 아직 확정되지 않았지만, 거의 그렇게 될 것 같다.

난 행복하다.

박스 앞면 그림의 스케치가 오늘 나왔다. 완전히 악몽 급이다. 스케치 자체의 문제가 아니라, 아티스트에게 건넬 지시사항에 대한 의견을 폴을 비롯한 다른 사람들과 조율하는 과정이 말이다. 폴은 대인관계 기술이 빵점이다.

또 다른 악몽은 박스의 광고 문구다. 미술부의 새로운 초안이 엉망이었다. 브라이언에게, 돌아가서 한 번 뒤집어 놓고 내 초안을 대신 쓰게 만들 수는 없겠냐고 물었다. 아마도 그러려는 것 같지만.

오늘 하루 내내 이어지던 이런저런 협상 사이에 15분쯤 짬을 내어, 내일 촬영에 쓸 세 장의 게임 화면을 겨우 준비할 수 있었다.

▲ 수정된 박스 앞면 그림 스케치

1989년 6월 29일

어제는 정신없이 바빴다. 로버트 플로젝Robert Florczak이 수정된 박스 앞면 그림 스케치를 가져왔다. 랍 마틴Rob Martyn과 나는 30분간 맥 앞에 앉아 박스 뒷면 광고 문구들을 새로 작성했고, 브라이언은 우리 뒤에 앉아 딱딱한 말투로 끼어들었다. "5분… 10분……. 이제 출력해도 되나? 아직 다 안 됐나?"

레이저라이터[58]에서 출력물이 나오자마자, 브라이언은 날짜와 시간을 그 위에 적고는 자기 폴더 안에 감춰버렸다. 그가 카피를 낸시에게 넘겨줬을 때, 그녀는 이미 너무 지쳐 말싸움할 기력도 없었다. "결국 우릴 이기셨네요." 그녀가 말했다.

라트리샤는 이번엔 그림 속 소녀의 옷차림에서 가슴이 보이고 남자가 소녀의 손목을 잡고 있는 것에 트집을 잡고 있다. 이 시점에서 난 마케팅, 아트, 세일즈 그리고 다른 모든 망할 녀석들로부터의 이의를 브라이언이 모두 깔아뭉개길 바라고 있다.

롤런드와 나는 아침 내내 「페르시아의 왕자」를 3.5" 디스크 한 장에 넣어 보려고 했지만, 무슨 영문인지 잘 되지 않았다. 다음 주에 다시 시도해 봐야겠다.

밤에는 버그를 고치고, 백업하고, 디스크를 만드는 등 내일 이른 아침의 여행 출발 준비를 했다. 마지막으로 새벽 6시 반에 일어났던 게 언제였는지 기억나지도 않는다. 지금은 뉴욕 행 비행기를

Prince of Persia
Box Copy
June 28, 1989

Final 1:25 pm

*Game players and critics hailed **Karateka** for the graceful, realis*
animation of Jordan Mechner's karate fighting sequences. Now,
meticulously from hundreds of movie clips, he breaks new ground
animation so uncannily human it must be seen to be believed.

Captions:

Explore over 250 rooms.

Battle ever-more skillful swordsmen.

Evade increasingly diabolical deathtraps.

Seventeen years have I, Jaffar, served as Grand Vizier to t
Sultan of Persia. Now the hour of my triumph is at hand. Alre
his throne, and soon I shall have his daughter as well -- the Pr
whose beauty is like the stars and the moon.
Of course, I would never force myself upon this lovely cre
shall give her a full hour to reach her own decision. She shal
of her own free will -- or forfeit her life.
And yet she clings to her fantasy of rescue. The object o
infatuation? A young adventurer -- a nobody -- who is now, or
a prisoner in my dungeons.
There will be no rescue. He shall never leave his prison ;
should he escape his cell, he could never survive the cunning
palace guards barring him from the Princess.
Yet suppose -- by some succession of miracles -- he prev
these? Ah, then I would be obliged to use certain forces of my
Enchantment? Black Magic? These are but words. I speak o
Mysteries that no man -- or woman -- can withstand.

▲ 박스 뒷면 광고 문구 카피

▲ 6월 29일의 일정표

▲ 89년 6월 29일 버전 디스크

타고 있다. 애플 IIc와, 출발 직전에 책장에서 가져온 8파운드 무게의 CD들(⟨셰헤라자드Scheherezade⟩, ⟨발퀴레Walkure⟩, ⟨신들의 황혼⟩, ⟨아이다Aida⟩, ⟨아라비아의 로렌스Lawrence of Arabia⟩, 엘라 피츠제럴드Ella Fitzgerald가 부른 ⟨튀니지의 밤Night in Tunisia⟩, 그 밖에 유용할 것 같은 여러 가지)을 욱여넣은 여행 가방과 함께.

브라이언에게는 최종 버전을 7월 26일, 즉 지금부터 한 달 후에 내놓겠다고 약속했다. 그에게 내가 만든 일정표를 보여 주었다. 그는 꼼꼼하게 살펴보더니, 나를 보며 특유의, 무슨 의미인지 알 수는 없지만 즐거워 보이는 미소를 지었다. 브라이언과 나 사이에는 일종의 교감이 있다. 다만, 그게 뭔지 정작 나는 잘 모를 뿐이다.

랍은 대단한 사람이다. 이런 능력자 아래에서 박스 광고 문구를 작업한다는 건 즐거운 일이다. 이 프로젝트의 90%는 여전히 나 혼자만의 작업이지만, 나머지(계속 늘어나고 있다) 부분을 만들어 주는 사람들과의 유대감은 정말 소중한 경험이다.

그 이면에는 라트리샤 같은 사람들과 상대하는 일 등등의 놀라울 만치 짜증나는 작업도 있긴 하다. 그녀는 마치 내 삶을 망가뜨리기 위해서만 세상에 태어난 사람 같다. ("마치 우리가 모래밭에서 놀고 있는데 그녀가 나타나서 우리 모래성을 부숴 버리는 느낌이라고요. 왜냐고요? 그냥 거기 있으니까!" 브라이언이 그녀가 요즘 인간 해방 캠페인을 역설중이라고 알려주었을 때의 내 대답이었다.)

그러나 그 이면의 이면에는 '세상과 맞서는 우리'라는, 이 모든 압박에서 버티게 해주는 강한 연대감도 분명 존재한다.

영화 감독이 되고 싶었던 나의 모든 본능적 선택은 옳았다. **이것이야말로** 내가 살아가야 할 내 삶의 방식이다. 방 안에 혼자 틀어박혀 상상을 쏟아내는 것은 아무리 잘해 봐야 내 최고의 삶 중 절반에 불과하다. 물론 그런 삶에 적합한 사람도 있긴 하겠지만, 적어도 내가 그럴 수 있는 사람은 아님을 이젠 깨달았다. 나는 지금과 같은 생활이 너무나 즐겁다. 내 대인관계 기술이 아직 내 단독작업 습관과 동일한 수준까지는 올라오지 못했지만(수년간 틀어박혀 살며 갈고닦아온 습관이니까 말이다), 그래도 난 지금 내가 걷고 있는 이 길이 마음에 든다.

1989년 6월 30일

[채퍼콰] 에밀리와 1:08 열차를 타고 시내로 들어와 45번가의 하비스 Harvey's에 서 CD 플레이어를 샀다(중국계 판매원은 아버지를 위해 사는 거라는 내 말에 감동했다). 저녁 시간동안 아버지에게 게임을 보여드리고 영감을 드리기 위해 '페르시아 풍' 음악을 틀었다. 아버지는 게임에 상당히 감명을 받으셨고, CD 플레이어에는 더욱 크게 감격하셨다.

Photos by Mitch O'Connell.

아버지는 사업에 걱정이 많으신 데다 어머니와의 사이가 틀어진 스트레스 때문에 마음이 심란하시다. 아버지가 힘내시게 할 최선의 방법은 이 게임의 음악을 만드는 데 집중하시도록 하는 것이라 생각한다.

아버지께서 말씀하셨다. "큰일이로구나. 만약 사흘 안에 완수하지 못하면 어떻게 되니?"

내가 말했다. "그럼 우리가 사흘 안에 **가능한** 수준으로 규모를 줄여야겠죠."

로버트는 전화로, 랜스가 침울한 표정으로 사무실에 와서 날 찾았다고 전해 주었다. 마운틴 뷰Mountain View에 위치한 어떤 회사로부터 굉장히 높은 연봉으로 제안을 받았는데, 아마도 브로더번드가 맞춰 주지 못할 수준이란다. 만약 랜스가 회사를 그만두고 새 직장으로 옮기면 「페르시아의 왕자」 이식 작업에 참여할 수도 없을 거고, 그렇게 되면 브로더번드에 내가 믿고 이식을 맡길 만한 사람은 아무도 없게 된다.

월요일에 브라이언이나 빌에게 전화해서, 누구에게 이식을 맡길지 확실해지지 않으면 어떤 서류에도 사인하지 않겠다고 선언하는 방법도 있겠지만… 나 자신을 랜스가 연봉 협상에서 내밀기 좋은 카드로 만들고 싶진 않다. 쉽지 않은 문제다.

1989년 7월 1일

세상에, 음악 만드는 작업에 녹초가 되고 있다.

애플II는 쓰레기다. 카일의 사운드 루틴도 쓰레기다. 그 루틴의 사용자 인터페이스도 쓰레기다. 영감을 얻으려고 CD 플레이어로 틀어 놓은 음악은 정말 욕 나올 만큼 멋지다. 모리스 자르

Maurice Jarre의 〈아라비아의 로렌스〉 서곡은 환상적이다. 그런데 우리가 이 음악의 힘과 강렬함을 애플Ⅱ로 옮기려고만 하면, 개구리들 울음소리 위에 셀로판 포장지 구기는 소리를 덧씌운 것 같은 소음이 되어버린다. 아, 우울하다.

그럼에도 불구하고, 오늘 아버지와 나는 썩 나쁘지 않은 공주 테마 곡과 자파 테마 곡을 만들어냈다. 심장소리 비슷한 '모래시계' 테마는 공주 테마와 자연스럽게 섞여 들어가며, '계단' 테마에는 멋진 동양적 요소를 가미했다. 한발 물러서서 다시금 새로 들어보면, 여전히 쓰레기 소리로 들리긴 하지만.

제일 걱정되는 부분은 오프닝 타이틀 곡이다. 30초를 꽉 채워야 하는데, 아직 아무것도 없다. 그리고 하루 종일 작업할 수 있는 날은 이제 내일 뿐이다. 월요일에는 오후 5시 비행기로 떠나야 한다.

이렇게 아름다운 여름 날씨의 뉴욕에 있다는 것은 멋지긴 한데, 정작 우리는 아파트 밖을 한 발짝도 나서지 못하고 있다. 진짜, **우울하다.**

▲ 음악용 기획 문서와 설정

▲ 「페르시아의 왕자」 음악 제작 과정에서의
스케치 및 악보 수기 초안

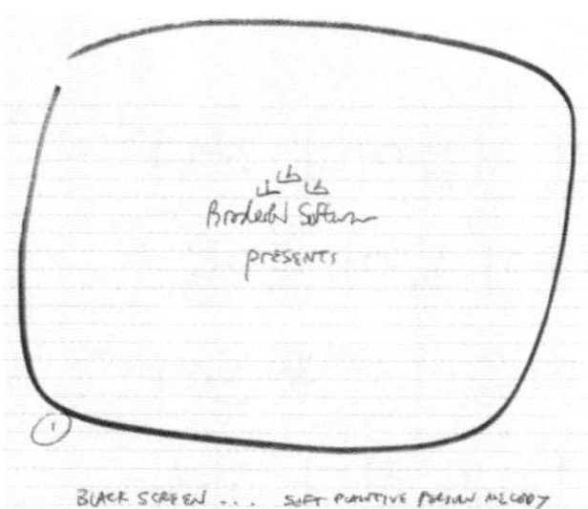
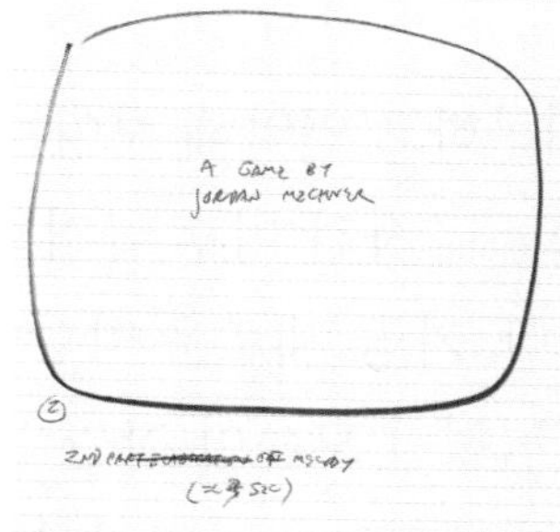

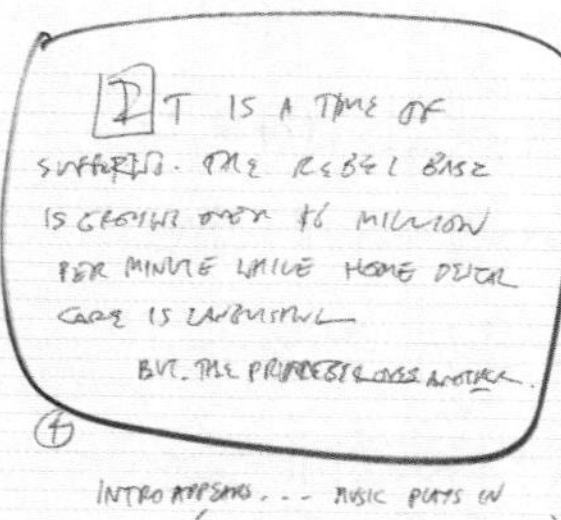
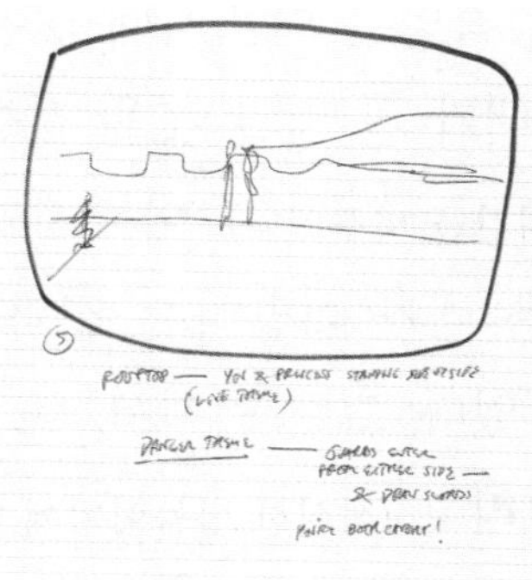
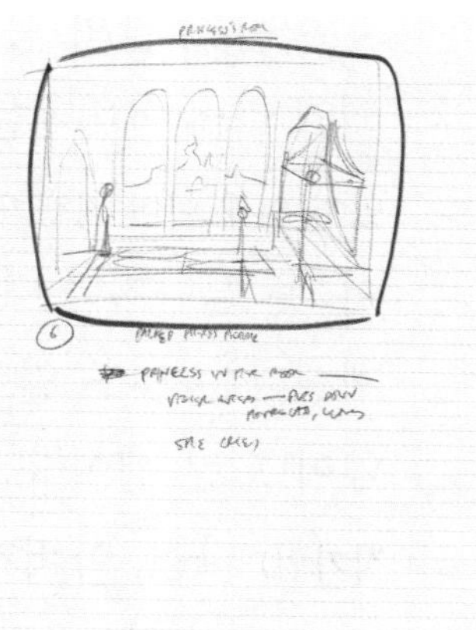

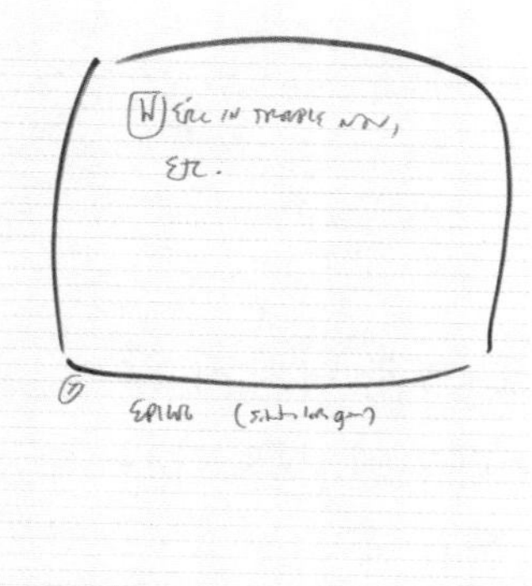
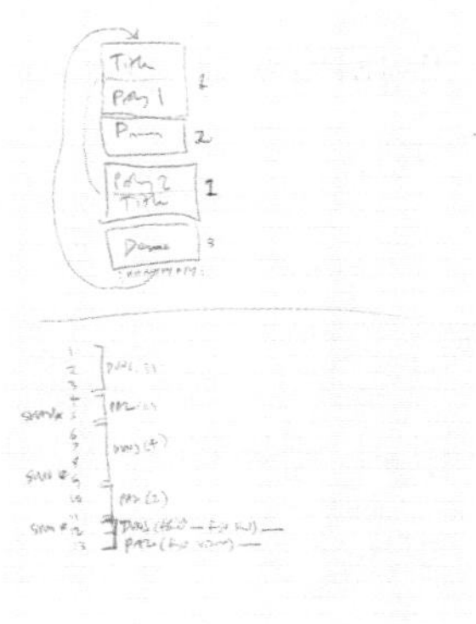

▲ 「페르시아의 왕자」의 오프닝 영상
구성 순서 스케치

1989년 7월 2일

아버지가 이렇게 피곤하고 연약해 보이는 건 처음이다. 작년의 KVC/애틀랜틱KVC/Atlantic 사건 이후 급격히 나이 들어 보이는 모습이 되셔서 안쓰럽다. 가끔 새로운 악상이 떠올라서 흥분하실 때는, 예전의 활기 넘쳤던 모습이 잠깐씩 비치곤 한다. 하지만 가만히 계실 때는, 지친 표정이 아버지의 얼굴뿐만 아니라 앉아 있는 모습에서도 느껴진다.

이번 주말의 음악 작업은 아버지께 좋은 기분 전환 기회가 되었지만, 아버지는 내가 곧 떠날 것을 걱정하고 계신다(하루 더 있기 위해 이미 비행기 시간을 바꾸었다). 아버지께서 시간 내에 작업이 못 끝나거나, 혹은 내가 실망하는 결과가 나올까 걱정하고 계신다는 것도 알고 있다. 그런 면에서, 나 역시 아버지께 짐을 얹어 드린 셈이다. 그리고 (성실한 아들이기에 앞서 완성품을 내야 하는 **작가**인) 나는, 아버지를 버틸 수 있는 한계까지 밀어붙이고 있다. 내 지치지 않는 쾌활함이 어떤 식으로든 아버지를 기운 나게 해 드리길 바라면서.

(아버지는 **집**에 2순위 저당까지 잡혀 계셨다!)

1989년 7월 3일

고비는 넘긴 것 같다. 거의 모든 곡을 완성했는데, 나쁘지 않다—기대보다 좋았다. 이 컴퓨터가 얼마나 쓰레기인지를 되새기게끔 하는 초반의 실망감을 극복하며 들을 필요가 있지만 말이다. 오프닝 타이틀 곡에서 점점 음악 소리가 커지는 크레센도

부분은 실로 짜릿하기까지 하다(최소한, 아버지와 나는 그렇게 믿자고 스스로를 설득했다. "잊지 말아야지, 이건 애플Ⅱ니까"라며).

로버트는 아마 깜짝 놀랄 것이다. 슬프게도, 브로더번드에서는 아마 극소수의 사람만이 이 작업의 진가를 알아 주겠지. 대부분은 맥이나 아미가, 아타리 ST의 음악에 익숙할 테니까. 아무렴 어때. 어디의 **누군가**는 분명 이 음악의 가치를 알아줄 것이다.

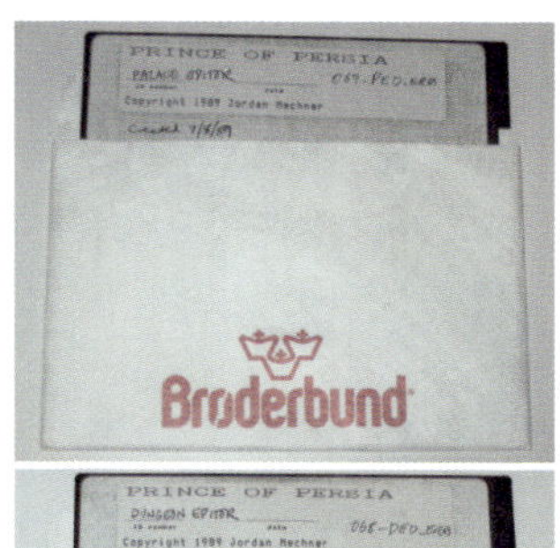

▲ 89년 7월 8일 버전의 팰리스 에디터와 던전 에디터 디스크

샌프란시스코에서 열릴 7월 4일의 불꽃놀이 행사는 놓치겠지만, 그만한 가치는 있었다.

1989년 7월 5일

[샌프란시스코] 음악 루틴의 괴상한 버그를 잡았다. 해답을 찾아낸 건 롤런드였다. 내가 카일의 사운드 루틴을 옮겨 붙인 탓에 페이지 경계가 다른 쪽으로 나뉘어 버려 타이밍이 미묘하게 어그러진 것이다. 나라면 끝내 찾아내지 못했을 것이다. 아무튼 음악은 거의 다 자리잡았고, 지금까지의 반응은 무척 좋다(브라이언, 그렉, 로버트의 경우).

빌은 5만 장부터 9%, 10만 장부터는 10%를 제안해 왔다. 나는 3만 장부터 10%로 역제안해 볼 계획이다. 이 차이는 협상이 깨질 만큼의 가치까지는 아니지만, 그렇다고 푼돈도 아니다.

랜스가 브로더번드에 남아 이식 작업을 할지 여부는 아직 확실해지지 않았다.

1989년 7월 6일

음악은 **훌륭하다.** 아주 멋지다. 내가 기대했던 바로 그 자체다. 덕분에 게임이 완전히 새로운 차원으로 돌입했다. 난 너무 감격했다. 정말로.

브라이언은 공주를 촬영하기 위한 배역 후보로 피터 라듀의 18살짜리 딸 티나를 추천해 주었고, 나도 동의했다. 앨리슨의 경우, 누구를 포옹하게 시켜야 할지가 난감하다는 문제가 있었다. 완전히 모르는 사람 품에 안기라고 주문하면 매우 어색해할 게 분명하니까. 이렇게 되면, (이를테면) 완전히 가족적인 분위기가 될 수밖에 없다.

브라이언과 피터는 내가 카네기 델리Carnegie Deli에서 가져온 파스트라미pastrami를 맛있게 먹었다.

아버지는 지금 무척 힘든 상황이시다. 「페르시아의 왕자」의 음악이 현재 아버지의 삶에서 사실상 유일한 빛이다. 난 아버지가 이렇게 멋지게 해내신 것이 자랑스럽다. **우리가** 해냈다.

1989년 7월 7일

종일 일했다. 해피 아워가 될 때쯤에는 너무 지쳐서, 거의 주저앉을 지경이라 대화를 잇기도 힘들었다. 이후 체육관에 들러 땀을 흘리며 열심히 운동했다. 그러고는 재팬타운Japantown에 가서 혼자 테이블에 앉아 우동 한 사발을 들이켰다.

지금은 다시 힘이 나서 작업을 재개하고 싶어 몸이 근질거린다. 다만… 사무실에는 아무도 없다.

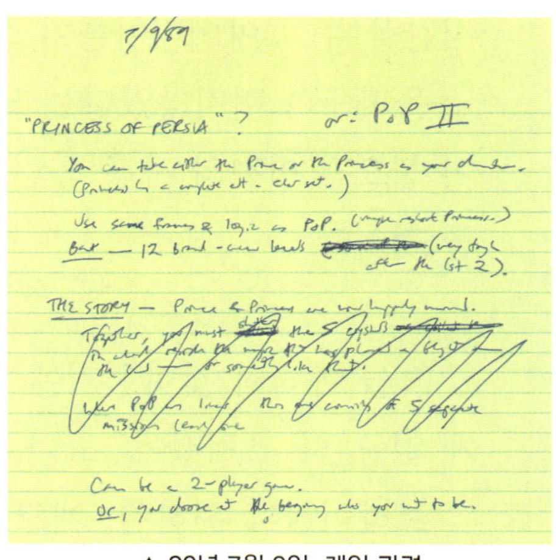

▲ 89년 7월 9일, 게임 관련 아이디어를 기록한 메모

그럼 됐다. 돌아가 아파트나 좀 치워야겠다. 인간(뇌, 손가락, 그리고 이 둘을 컴퓨터를 조작할 목적으로 바닥에서 적절한 높이까지 올려 주기 위해 필요한 나머지 부분의 결합체를 말하는 게 아님)으로서 자아를 되찾기 위해 뭔가 좀 해야 할 필요가 있다고 느꼈다.

로버트는 주말에 LA로 간다. 그에 따르면, 코리가 말하길 토미가 파리에서 사람들을 많이 사귀지 못해 외로워 보이더라고 한다.

1989년 7월 10일

슬럼프에 빠진 것 같다……. 작업에 시간을 쏟고는 있지만, 마무리가 되는 게 없다. 그런데 하필, 지금 내가 하는 작업은 곰곰이 머릿속에서 굴려 보아야 하는 종류의 일이다. 레벨 디자인은 창조의 과정이다. 각본 쓰는 것과 다를 바 없다. 멍하니 자리에 앉아 10시간 꼬박 쓴다고 결과가 나오는 게 아니라, 사이사이에 시간을 두고 아이디어들이 스스로 자리잡기를 기다려야 한다.

돌파구가 머지않았다는 느낌이 든다. 이러다 어느 날엔가 불이 붙으면 이전의 사흘 동안 만든 것보다 더 많은 결과물이 나올 것이다.

오늘 에릭이 찾아왔기에 게임을 보여 주었다. "내가 더 해줄 게 없군. 다 고쳐졌어." 그가 선언했다.

브라이언이 전하길, 에그헤드[59] 사람들이 지금까지 본 최고의 애니메이션이었다더라고 한다.

뉴욕에서 돌아온 이후 거의 매일 아버지와 전화로 이야기하고 있다. 아버지는 대략 45초 길이의 '에필로그' 음악을 만들고 있다고 하셨다. 아마도 게임에 쓸 수 있을 것 같다.

느릿하지만 분명히, 게임의 마지막 부분도 윤곽이 잡히고 있다. 탑, 섀도우맨, 자파, 공주. 잘될 것 같다. 모두 잘 진행되고 있다.

1989년 7월 11일

섀도우맨과 주인공이 하나로 결합하는 장면을 넣었다. 꽤 멋지게 나왔다. 이틀간 (사실은, **석 달간**) 영 맘에 들지 않아 지지고 볶은 끝에 드디어 이 레벨의 디자인을 완성한 것 같다. 내일 세부를 더 손볼 것이다.

랜스가 말했다. "알았어, **할게!** 걱정 좀 그만해!"

---

59 Egghead: 컴퓨터 소프트웨어 판매 체인점.

레벨 12의 대부분을 완성했다. 이 속도라면 완성까지 꼬박 하루는 더 걸릴 것 같다.

「페르시아의 왕자」의 로고를 디지타이즈해 게임에 집어넣었다. 작업은 10분 걸렸지만, 그 이전의 세팅에 4시간이 잡아먹혔다.

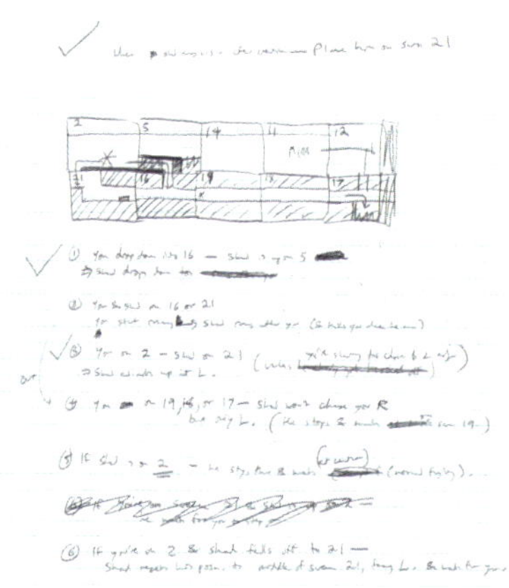

▲ 레벨 12의 기획 아이디어 초안

▲ 페르시아의 왕자
타이틀 로고 디자인

미셸이 에이브릴의 타이틀 화면을 2배 고해상도로 변환하는 작업을 시작하려 한다. 고마운 일이다. 덕분에 하루 이틀 정도 시간이 절약될 것이고, 아마 그녀가 나보다는 그 작업을 더 잘 해낼 테니.

프롤로그 화면의 작업 시간을 절약할 방법을 생각해 냈다. 레이저라이터로 문장을 출력한 다음, 그냥 전체를 디지타이즈해 버리면 되지. 훌륭한 발상이잖아, 응?

미셸이 잘 해낸다고 가정하면, 이 모든 작업(크레디트, 타이틀, 프롤로그, 에필로그)에 드는 시간은 하루를 넘기지 않을 것이다. 더 빨리 끝날 수도 있고.

그렇다면 남은 건……. 어디 보자… QA에 최종 베타 버전을 제출하기까지 나흘 남았다. 내일 반나절과 금요일 반나절은 공주를 촬영하고 IBM판과 패키징, 문서화 관련 일거리를 처리해야 한다.

남은 3일간은 아래 작업을 해야 한다.

▲ 레벨 12에서
새도우 맨과의 싸움 장면

● 레벨 12를 완성—새도우 맨 공격 루틴, 던전 붕괴 장면 등등의 삽입(1일)

● 레벨 11에 추가—가능할 경우, 경비병을 쓰러뜨리면 그 자리에서 해골이 일어난다는 그렉의 아이디어 넣기(1일)

● 버그 리포트를 완전히 무시하지는 않았다는 증명 삼아서 버그 몇 개 고치기

그럼 월요일이 되겠지. (안도의 한숨 한 번 크게 쉬고 나서) 그래도 작업은 바로 신속하게 재개해야 한다. 아이다호 여행까지 9일밖에 안 남은 시점이니까!

내가 영리하다면 이 남은 9일 동안 버그를 고치고, QA에 들르고, 어렵고 복잡한 부분들에 전반적으로 매달려서 7일간의 휴가 이전에 골치 아픈 문제를 해결해 둘 것이다. 아니면 (새로 디지타이즈된 티나를 추가한) 오프닝 장면을 넣어서 돌아가게 하고 타이틀 카드까

220

지 완성한 후, 브라이언에게 모두가 "와" 하고 감탄할 정도로 **그 럴싸하게** 대강 마무리한 버전을 넘겨 준 다음 휴가를 떠나는 방법도 있다. 하지만, 내가 보기에 그건 그릇된 선택이다.

1989년 7월 13일

생산적인 아침이었다. 오랫동안 남겨 두었던 버그 몇 가지를 잡았다.

랜스가 이식을 맡기로 했다. 정말 다행이다. 랜스와 로버트와 나는 프랭크 컨트리 가든Frank's Country Garden에서 햄버거를 먹으면서 약속을 확정했다. 월요일에 빌을 만나 나머지 협상을 마무리할 예정이다.

내일 아침에는 촬영이 있다. 면식도 없는 어여쁜 18살 소녀에게 연출 지시를 해야 한다니 실은 긴장이 된다. 난 **확실히** 아직 장편 영화 감독이 될 준비가 모자라다. 이번 일이 다 끝나면, **(각본 쓰기 외에)** 저예산 학생 단편 영화 촬영을 내 인생의 최우선 순위로 놓겠다.

1989년 7월 14일

오늘 아침 티나 라듀를 촬영했다. 와, 정말 예쁘더라. 브라이언은 **(6~7번의 촬영 내내)** 내가 티나에게 그를 안으라고 시킬 때마다 얼굴이 빨개졌다. 끝나고 두 사람에게 점심을 샀다.

에드와 로브, 그리고 그들에게 소속된 프로그래머인 뉴올리언스 출신 브라이언 "플레이메이커 풋볼" 브링크만Brian "Playmaker Football"

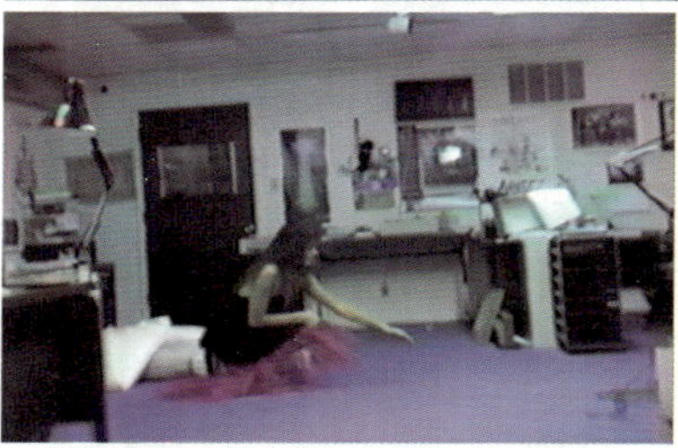

▲ 공주 역 티나 라듀의 촬영

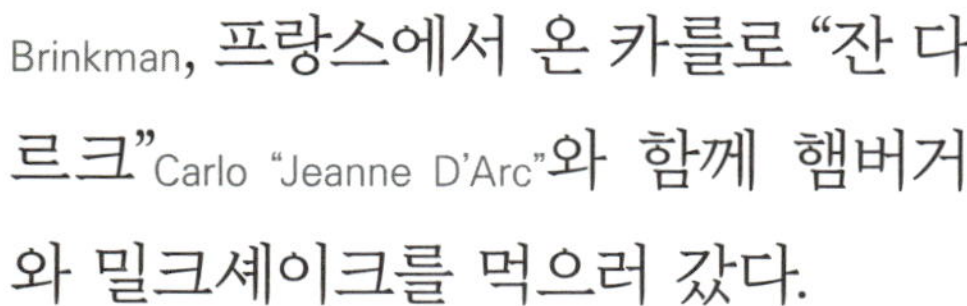

Brinkman, 프랑스에서 온 카를로 "잔 다르크"Carlo "Jeanne D'Arc"와 함께 햄버거와 밀크셰이크를 먹으러 갔다.

1989년 7월 16일

일요일에 11시간을 사무실에서 보내면서, 생애 처음으로 일주일에 72시간 근무 기록을 세웠다.

에드, 로버트, 브라이언 브링크만과 저녁을 먹었다.

1989년 7월 17일

디스크를 QA에 넘겼다.

더그가 일본 및 프랑스 출장에서 돌아왔다. 그 두 나라 직원들 모두 내 게임을 엄청나게 기대하고 있다고 했다.

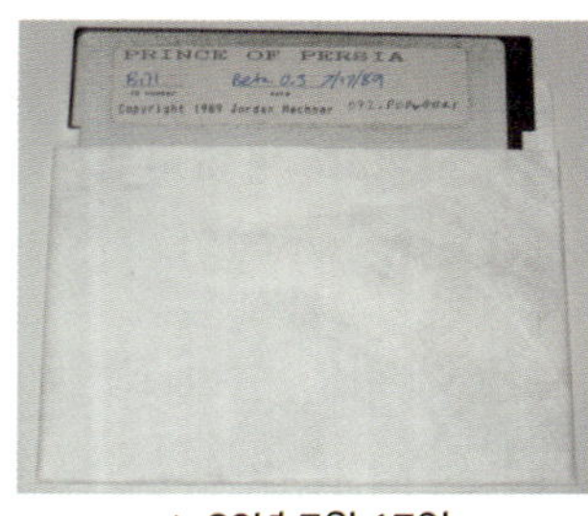

▲ 89년 7월 17일
베타 버전 디스크

박스 일러스트가 완성되었다. 좋은 소식은, 무척 아름답다는 것이다. 브라이언과 나는 너무 기뻤다. 나쁜 소식은, '몇 가지 수정할 게 있어서' 일러스트레이터에게 돌려보냈다는 것이다. 소피가 그림에 나온 여성의 가슴에 불쾌감을 느꼈다는 것 같다.

나는 브라이언이 그렇게 화내는 건 처음 봤다. 로버트는 **내가** 그렇게 화내는 건 처음 봤다더라.

이미 벌어진 일이다. 다시 떠올려서 내 혈압을 높이는 꼴이 되고 싶지는 않다. 플로젝이 일러스트에 너무 많이 손대지 않기만 바랄 뿐이다. 지금 그 자체로 완벽하니까.

빌을 만나 계약의 마지막 세부사항을 조율했다. IBM판「페르시아의 왕자」프로젝트는 승인되었다.

1989년 7월 19일

하루에 12~13시간씩 일하는 나날들. 버그를 고치고, 랜스의 작업에 필요한 소재를 준비하고, 자파와의 극적인 최종 전투를 더 극적으로 재구성하는 등등. 특히 오늘은, 드디어 티나의 사진을 디지타이징했다. 공주는 이제 검은 머릿결을 흩날리며 돌아선다. 내일은 그녀가 한 걸음 물러서는 모습과 약간 서성이는 모습을 만들어야 한다. 조금은 지겹다. 몇 시간 동안 이 소녀가 움직이는 비디오 장면을 슬로우 모션과 컷 단위를 왔다 갔다 하며 작업해야 하니 말이다. 하지만 이 게임을 완성하기 위해 내가 희생해야 하는 시간이니 어쩔 수 없다.

데니스 프리드만Denis Friedman이 브라이언의 사무실에 와서 (브로더번드 프랑스를 대표하여)「페르시아의 왕자」를 아타리ATARI나 암스트라드Amstrad[60], 혹은 아미가 컴퓨터로 이식해 발매하고 싶다는 의사를 밝혔다.

브라이언 브링크만이 내일 아침 뉴올리언스로 떠난다. 늦게까지 일하던 지난 한 주 동안 그와는 어떤 유대감 같은 것을 느꼈다(내가 밤 11시에 자리에서 일어서면 언제나 그와 로브, 카를로가 자리에 남아 있었다).

7일 남았다.

브라이언에게 결국 수요일까지는 게임을 완성하지 못할 것 같다고 통보했다. "상관없어. 아직은 전반적으로 일정이 맞고는 있잖아. 그렇지?" 그가 말했다. 빌은 그렇게까지 긍정적으로 받아들이지 못했지만.

떠나기 전까지는 공주 애니메이션을 넣고, 최소한 몇 가지 큰 버그는 꼭 잡겠다고 약속했다. 몇몇 레벨에는 약물, 지름길, 막다른 골목, 비밀 장소 등등을 추가해 더 멋지게 만들고 싶고, 적어도 러프한 버전이나마 오프닝 프롤로그와 에필로그를 디지타이징해 집어넣어서, 어느 정도는 완성된 형태의 게임으로 보이도록 다듬고 싶다. 그러면 여행을 다녀온 후라도 큼직한 주요 요소를 더 넣을 일은 없을 테니까(작고 하얀 생쥐만 빼고).

요즘 계속 아침 7시에 눈이 떠진다. 아무리 늦게 자도.

60 영국의 전자기기 회사로, 84년부터 영국을 중심으로 한 유럽권에서 코모도어나 싱클레어(Sinclair) 사와 경합하며 홈 컴퓨터 시장에서 경쟁해왔다. Amstrad CPC(1984년)와, 싱클레어의 브랜드 및 IP를 매수해 출시한 ZX Spectrum(1986년) 시리즈가 유명. 80년대 중반에는 워드프로세서 및 IBM-PC 호환기종도 생산하는 등, 유럽 컴퓨터 시장의 25%를 점유했다고 한다. 90년대 들어 PC 시장에서 철수, 현재는 영상가전기기를 주력으로 생산하고 있다.

아버지가 뉴욕에서 팩스로 보내 주신, 에필로그 음악의 악보입니다.

PTURN

▲ 공주의 여러 동작들 제작 과정 ▶

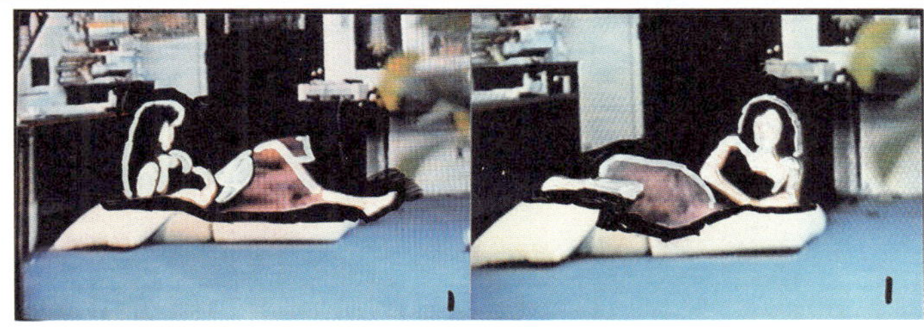

PBACK . . .

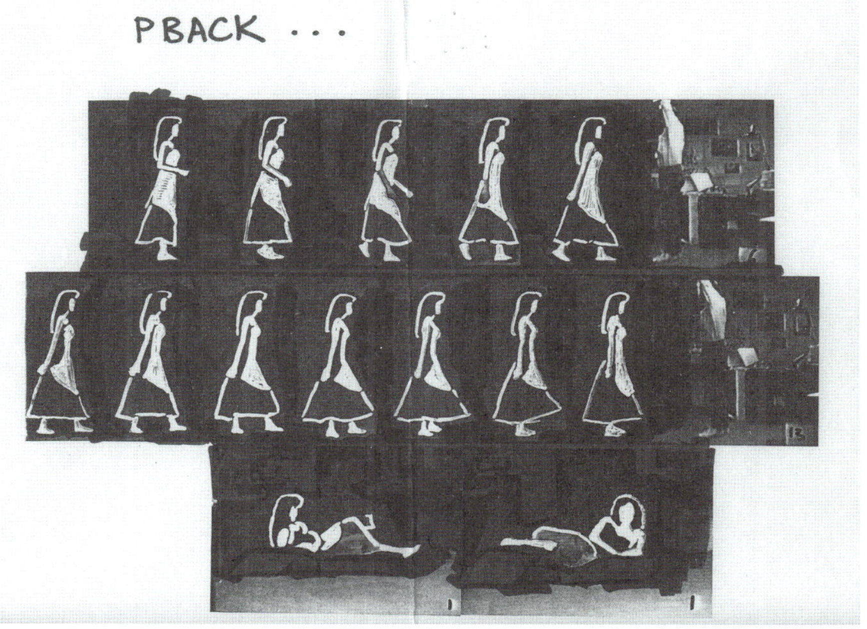

마무리

1989년 7월 20일

▲ 애플 Ⅱe판 2배 고해상도 타이틀 화면

미셸이 깨끗하게 정리된 2배 고해상도 타이틀 화면을 브라이언에게 오늘 제출했다. 게임에 이 화면을 넣고 오프닝 크레디트를 이에 맞도록 수정했다. 정말 멋지게 보인다. 배경의 별들이 반짝이게 만들고 싶지만, 그건 일단 나중에 하자.

랜스와 아침 일찍 만나 배경 그래픽부터 작업을 시작하도록 했다. 5시쯤에는 이미 상당히 진도가 나가 있었다. 그도 신났고, 나도 신났다. 정말 멋진 이식판이 나올 것 같다.

앨런 바이스가 들러서 닌텐도 게임보이판 「카라테카」에 대해 이야기를 나누었다.

리 맥두걸Lee McDugall과 관련해 이상한 일이 있었다. 그가 비서와 5시쯤 나타나더니 로링과 에릭의 책상을 비우기 시작했다.

뭐 하는 거지?!? 로버트와 나는 안쪽 방에 있던 데다 뭘 어떻게 대응해야 할지도 몰랐다. 결국 내가 톰 마커스에게 전화를 걸었다. 그가 리의 상관이니까. 물론 톰도 영문을 전혀 몰랐다. 전화를 리에게 바꿔 주었다. 그리하여 우리의 비밀기지를 저 높으신 분들에게서 지켜낼 수 있었다……. 당분간은.

난 지금 상당히 낙관적이다. 내 할 일은 오로지 남은 엿새 동안 아프지 말고 미친 듯이 일하는 것뿐이다. 그러면 내가 아이다호로 떠날 즈음엔, 게임은 완성에 거의 가까워져 있을 터이다.

자자. 좀 자 두자.

1989년 7월 21일

브로더번드의 피크닉 날. 다들 다음주에 내가 그 래프팅 여행을 간다는 걸 알고 있기에, 래프팅에 관한 온갖 무시무시한 사건과 사고 이야기로 겁을 주는 데 안달이 나 있었다.

더그는 내게 게임을 수요일까지 완성 못 하면 그 자신이 빌에게 난처한 입장이 될 거라고 했다. 그는 이렇게 다그쳤다. "서두르게. 내 평판이 달린 문제야."

하루 종일 걸렸지만, 드디어 애플의 고해상도 그래픽을 감안하면 참아 줄 만한 수준의 공주 모델을 만들어 낸 것 같다. 티나만큼 귀엽지는 않지만, 그래도 충분히 귀엽다.

1989년 7월 22일

드디어 게임에 오프닝 시퀀스 전체가 완전히 들어갔다. 모래는 바람에 날리고, 별은 반짝거리며, 공주는 제대로 연기하고 있다. 딱 하나, 자파만 빠져 있다. 이 속도를 수요일까지 유지만 한다면, 잘 끝낼 수 있을 것이다.

1989년 7월 23일

점심 식사 후에 몸 상태가 나빠진 것이 느껴지기 시작해, 혹시 뭔가에 감염된 게 아닐까 걱정했다. 하지만 스니커즈 바 하나를 먹고 나서 아스피린 두 알과 함께 물을 4리터 정도 들이키고 나니, 몸이 정상으로 돌아왔다. 다행이다. 지금은 아플 겨를이 없다.

몇 가지 일은 마무리했지만, 계획한 만큼 해내진 못했다. 상관없다. 잘되고 있으니까.

공주와 타이틀 장면 작업을 완전히 끝낸 게 무척 뿌듯하다. 그러고 보니 아직 이걸 아무에게도 보여 주지 않았다는 걸 여태 잊고 있었다. 다들 놀라겠지. 이게 게임의 분위기를 완전히 바꿔 놨으니까. 이제까지 많은 시간을 쏟은 가치가 있었다.

1989년 7월 24일

사무실에서만 14시간. 마지막 2시간이 가장 생산적이었다.

최대한 많은 버그를 잡기까지 이제 이틀 남았다.

랜스의 IBM판 이식 작업은 진도가 잘 안 나가고 있다.

1989년 7월 25일

사무실에서 좀 일찍, 8시 정각에 나왔다. 작업은 꽤 많이 해냈다. 6개의 버그를 리스트에서 지웠고, 랜스와 잠시 시간을 보냈다. 내일 QA에 제출할 버전은 완벽하진 않겠지만 가장 잘 정리되어 있는, 사실상 완성된 버전이다. 돌아온 후 2주일 정도만 더 작업하면 될 것이다.

이번 래프팅 여행이 진심으로 두근거린다. 내 안에서 기대감이 서서히 자라났던 모양이다. 몇 주간은 여행이 전혀 머릿속에 없었다가도, 애초에 가겠다고 하지 말았어야 했는데 싶었다가도, 나중에는 뭐 어떻게든 되겠지 하고 마음먹었다. 내게 얼마나 휴가가 필요했는지 방금 전까지도 깨닫지 못하고 있었던 것이다. 이제서야 처음으로 브로슈어에 실린 사진들을 찬찬히 살펴봤다……. 지금은 너무 기대된다. 기다릴 수 없을 만큼.

최종적으로 수정된 박스 일러스트를 보았다. 소피 K.의 승리였다. 최종판에서는 알 수 없는 밝은 초록색 옷이 노출된 피부를 가리고 있었다. 마치 누가 서둘러 칠해 덮은 것 같아 보이는데, 아마 실제로도 그게 맞을 것이다. 뭐, 이기는 싸움이 있

```
PRINCE OF PERSIA Special Keys
July 23, 1989

ESC                 Freeze frame/frame advance
Control-R           End game and return to title sequence
Control-A           Restart current level
Control-S           Turn sound on & off
Control-N           Turn music on & off
Control-K           Keyboard control
Control-J           Joystick control (also recalibrates joystick)
Control-G           Save game
Control-L           Resume saved game (from title sequence)
Control-V           Show program version number
Control-X           Flip joystick X-axis
Control-Y           Flip joystick Y-axis
Space bar           Show time remaining

Secret key sequences
SKIP                Skip to next level (up to Level 4)
GO##                Go to level ## (4-12)
DEVEL               Enable development keys

Cheat keys (Note: Caps lock on)
R                   Bring character back to life
F                   Boost strength meter
Z                   Zap guard
)                   Go to next level

Other development keys (May cause bugs)
RETURN              Disable development keys
0-9                 Change guard program
Control-Z           Reboot
Control-X           Reload image tables
Control-C           Reload code
Control-F           Force full screen redraw
B                   Blackout mode
[ ]                 Slow down/speed up
A                   Switch between auto/manual opponent control
S                   Recover 1 unit of strength
D                   Lose 1 unit of strength
Control-Q           Temporarily disable collision detection
Control-E           Up one floor
+                   Skip forward 5 levels
< >                 Set time back/forward
N                   Set time remaining to 0
*                   Erase saved game
P                   Play back prerecorded movement sequence
@                   Dump hi-res screen to side 2 of game disk
=                   Enter debugger (page 0)
/                   Enter debugger (page 3)
-                   Enter debugger (same page as you left it)
Control-P           Skip to princess scene (in title sequence)
Control-D           Skip to demo (in title sequence)

In debugger
0-9                 View page 0-9
Left arrow          $1000 bytes back
Right arrow         $1000 bytes forward
Up arrow            One page back
Down arrow          One page forward
H                   View hi-res screen
Any other key       Exit debugger
```

▲ 「페르시아의 왕자」 디버그 판의
조작과 특수 키 목록

▲ 수정된 박스 일러스트

으면 지는 싸움도 있는 법이고, 넓게 보면 이번 건은 이기나 지나 별 의미도 없다. 그래도 열 받는 건 사실이다. 예전이 훨씬 나았으니까.

이제 패키지도 무사히 완성(내지는 거의 완성)되었으니, 한 번 더 마케팅 매니저를 교체하기 위한 정치적 노력을 기울여 줘야겠다. 나쁘기는 마찬가지지만, 그나마 좀 더 유능한 라트리샤 T.로 말이다.

사실 알게 뭔가. 마케팅 부서가 무능한 방해를 얼마나 펼치건, 어쨌든 이 게임이 백만 장은 팔릴 텐데. 내가 걱정할 것은 게임을 완성하고 더 좋게 다듬는 일 뿐이다.

버지니아 기리틀리안의 전화를 받았다. 짐 알렉스Jim Alex가 새로운 상관으로 들어왔는데, 그를 프로듀서로 하여 〈어둠 속에서In the Dark〉를 추진해 보고 싶다고 했다. 나도 좋다고 대답했다.

버지니아는 정말 고마운 사람이다. 새 일자리로 옮길 때마다 그녀는 내 각본을 팔기 위해 매번 원점에서부터 노력해 주고 있다. 이제는 더 이상 내 에이전트도 아닌데 말이다. "절대 묻혀서는 안 될 각본이라고요. 적어도 제게는." 그녀의 말이다. 하지만 난 당면한 일에 집중하기 위해, 이미 각본 일은 마음속에서 치워둔 지 오래다.

브라이언은 맥 이식판 작업을 진행하고 싶어 한다. 롤런드가 맡아 준다면 좋겠다. 사실, 맥판이야말로 내가 가장 보고 싶은 이식판이다. 내가 집에서 직접 즐겨 볼 수 있는 유일한 버전이니까. 어머니에게도, 벤에게도 그렇다. 또한 내가 컴퓨터 게임 업계 밖에서 사귄 사람들 거의 대부분에게도 그렇다. 하지만 공식적으로는, 맥의 게임 시장 점유율은 5% 언저리에 불과하다.

이 당시, 매킨토시판 이식의 기준 모델은 SE(흑백)와 ⅡCX(컬러)였어요.

1989년 7월 26일

브라이언에게 넘겨줄 디스크들을 내 책상 위에 3인치 높이로 탑처럼 쌓아 두었다. 세일즈 팀용으로 11장, QA 팀용으로 3장, 그리고 추가로 7장. 이 정도면 되겠지.

처음으로 게임 전체를 일직선으로 쭉 플레이해 보았다. 처음부터 끝까지, 치트 키는 끄고서. 제한시간[61]을 딱 몇 초 남겨

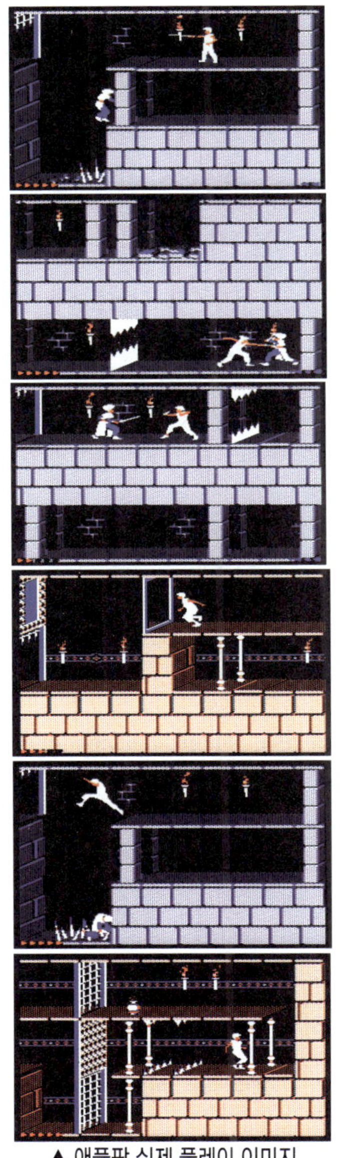

▲ 애플판 실제 플레이 이미지

---

[61] 「페르시아의 왕자」는 전 12레벨을 60분 시간 제한 안에서 끝까지 돌파하는 구조의 게임이다. 제한 시간 내에서는 죽어도 몇 번이고 해당 레벨 처음부터 도전 가능하지만, 제한 시간 내에 마지막 레벨의 자파 앞까지 도달하지 못하면 공주는 죽고 게임 오버가 된다.

놓고 성공했다(자파와 싸우는 동안 제한시간이 끝났다).

기분이 어땠냐고? **재밌었지!**

치트 키를 막아 놨다는 걸 알고 있었기에 어느 정도 긴장감이 생겨 났는데, 이건 내가 평소에 테스트로 플레이하던 동안에는 전혀 느껴 본 적 없던 감각이었다. 최후의 전투가 시작될 즈음에는 이미 게임에 통으로 한 시간을 바친 후였기에, 여기서 지면 치욕이라는 오기가 생겼다!

여전히 버그가 여럿 있었지만(전에 썼듯이, 2주일은 더 작업해야 한다) **충분히 완성된 게임**, 그것도 욕 나올 만큼 훌륭한 게임이 되어 있었다. 만족한다. 이제 래프팅을 떠나도 될 것 같다.

패키지 인쇄용 대지(臺紙)도 잘 나온 것 같다. 브라이언에게는 패키지 앞면에 인쇄된 내 이름을 더 크게 키워 달라고 부탁했다.

이 일기장을 래프팅 여행 때 가져가야 할까? 있으면 좋긴 하지. 카메라를 가져가는 사람도 있는데, 일기장이 안 될 이유는 없잖나?

하지만 생각해 보니, 이건 **휴가**다. 이 일기는 이를테면, 나를 나 스스로에게 단단히 묶어두기 위한 밧줄 같은 물건이다. 또한 다른 사람들이 내가 이걸 적는 걸 보기라도 하면, 내가 요즘 느끼는 바로는, 좀 무례해 보일 수도 있다. 그들과의 소통을 닫아 버리는 행위니까. 내가 애초에 이런 식의 여행을 가겠다고 한 이유 중 하나였던, 일행간의 유대감 형성 과정에 해가 되는 짓이다.

일기는 집에 두고 가야겠다. 그 대신, 여행하는 동안의 하루 하루에 더 집중하자.

1989년 8월 2일

엿새 하고도 반나절 간의 시간 여행에서 돌아왔다.

더그가 우리 집 앞에서 내려 주었다. 집에 들어오자마자 내가 견딜 수 있는 제일 뜨거운 온도의 물로 20분간 샤워를 했다. 온몸에 잔뜩 수집해 온 멍과 상처들도 체크했다. 적어도 내가 보기엔, 잘 아물고 있는 듯하다. 얼굴도 팔도 다리도 햇볕에 잔뜩 그을려 있다. 수염은 딱 6일분만큼 잔뜩 자라 있다. 아직도 메슥거림이 가시지 않는 이유는, 덜덜거리는 5인용 경비행기로 새먼Salmon에서 보이시Boise까지 번지고 있던 산불을 내려다보면서 날아온 여파이리라. 머리카락 속에 잔뜩 박힌 모래를 씻어 내고, 이를 닦고, 손톱을 손질하고, 일상으로 돌아왔다.

샌프란시스코에서 계속 작업만 했더라면 이번 주도 여느 일주일이나 다를 바 없이 번개처럼 지나갔을 것이다. 하지만 그 대신, 나는 그야말로 다른 별에 다녀오는 멋진 경험을 했다. 달력에서 7일분이 사라지고 내 은행 계좌에서 돈이 좀 나간 것 외에는 아무 품도 들이지 않고서 말이다.

스스로에게 참고삼아: 만약 이런 경험의 반만큼이라도 얻을 것 같은 기회가 앞으로 또 생기거든, 반드시 해라. 앞뒤 가리지 말고 해라.

1989년 8월 4일

브라이언은 휴가 중이다.

내가 없던 사이에 패키지 디자인을 사이에 둔 논란이 더 커져 있었다. 요약하면, 다이앤 드로스네스가 패키지를 보더니 불만을 터뜨렸다. 결국 빌 맥도나휴는 더그가 돌아올 때까지 작업을 중지시켰다는 거다.

더그는 어제 아침에 디자인을 대강 훑어보더니 이렇게 말했다. "보기에 괜찮은데." 오늘은 화가 난 몇몇 여직원들이 더그, 빌, 그리고 에드 아우어에게 패키지 디자인이 성차별적이고 불쾌감을 준다는 불평을 담은 메시지를 LAN으로 올렸다.

더그는 그들을 진정시키기 위해 두 페이지짜리 답변서를 썼다. 일주일을 손해 보긴 했지만, 사태는 대략 수습된 것 같다. 그야말로 터무니없는 일이다. 패키지 디자인은 전혀 문제될 것이 없다.

기술지원 팀이 내 게임에 무척 열광하고 있다. 모두들 대히트할 거라고 생각한다. 속편을 만들 거냐는 질문을 잔뜩 받느라 정신이 없다. 첫 작품도 아직 완성이 안 됐는데 말이다.

```
DATE: 8-4-89 8:14am
FROM: BILL MCDONAGH:PD:BRODER
  TO: Brian Eheler
SUBJ: Prince of Persia package
--------------------------------------------------------------
This is getting to be a joke...


------------------------ Forwarded Message -----------------------
Date: 8-3-89 6:07pm
From: DOUG CARLSTON:PD:BRODER
  To: JOANNE BEALY, Joanna Witzel, Ruth Friedman, Kathleen Jones
  cc: Ed Auer: HQ, Bill McDonagh
Subj: Prince of Persia package
In-Reply-To: Message from JOANNE BEALY:PD:BRODER of 8-3-89
--------------------------------------------------------------
Dear All,

I understand and appreciate your concern about having Brøderbund put out
a message that may support male aggression toward women.  We don't want
Brøderbund ever to be seen in such a light.  I don't think it
inappropriate that we portray villains occasionally, however, and there
will always be a question of seemliness when we do.  This issue is most
often raised in the context of violence in our games, from Choplifter's
hostages (who get squished under helicopters) to the Japanese soldiers
who are gunned down in Wings of Fury.  I think that we would probably
not like to see the image of any human striking another on one of our
boxes, regardless of the sex of either party.  The implied threat of
violence, on the other hand, whether implied by gestures or general
demeanor, is probably appropriate in a visual description on a villain.

In this game, the Sultan is going to kill the princess if you don't
rescue her in sixty minutes.  Further, if you play the game you will see
the hero impaled, sliced in two, squashed and otherwise discomforted for
relatively minor lapses in behavior.  I don't think that these are in
particularly good taste, which is probably why teenagers will love it.
But it doesn't seem outlandishly inappropriate in a world that makes
Batman its best-loved movie.

Viewed in the context of the game, the cover is pretty tame.  However, I
have suggested that a sample of the cover art be messengered up to Gary
and Cathy in Bend for their review as well.

Nobody wants to be a sexist (or a racist).  I don't want to be a moral
censor either, except in those cases where common standards of decency
are being violated.  That was why I supported publication of EWEC
without editorial abridgement.  The issues here are different, but I
honestly don't feel that the package encourages people to behave like
the villain.  I'm not saying that E Squared can't change the package if
they decide that it's worth the expenditure -- but I'm not going to
require that it be changed.

Doug


---------------------- Replied Message Body ----------------------
Date: 8-3-89 10:04am
From: JOANNE BEALY:PD:BRODER
  To: Doug Carlston:PD
  cc: Ed Auer:HQ, Bill McDonagh:PD
Subj: Prince of Persia package
--------------------------------------------------------------
This memo is written to express our concern over the Prince of Persia
```

▲ 더그의 답변서

데이비드는 일본에서 돌아왔다.

1989년 8월 5일

「페르시아의 왕자」 2편의 아이디어가 떠올랐다. 영화 〈레이디호크 Ladyhawke〉에서 빌린 착상이다.

완성이 눈앞에 왔음을 이렇게 알게 된다. 속편을 생각하기 시작하면서.

1989년 8월 7일

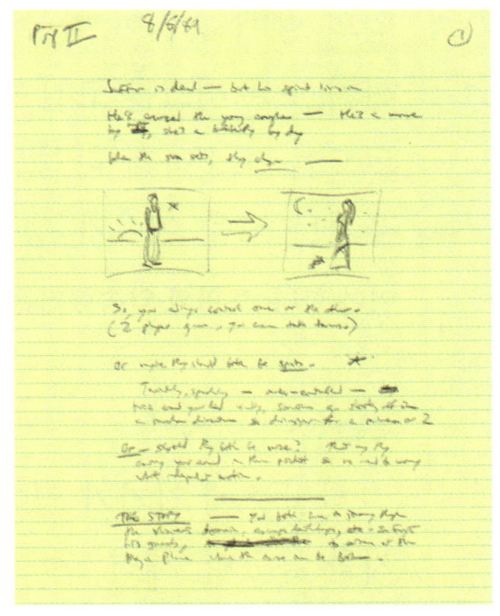

▲ 「페르시아의 왕자」 속편의 아이디어 메모

드디어 자리에 차분히 앉아, 오랫동안 내버려 두었던 버그를 몇 개 잡았다. 지금의 나는 이런 마음가짐을 며칠만이라도 더 유지해야 할 필요가 있다.

집에 오는 길에 속도위반 딱지를 끊었다. 내 잘못이 너무 명백해서, 경찰관에게 한 번 봐 달라는 말도 제대로 꺼내지 못했다. 이렇게 딱지가 계속 쌓이는 날엔 내 자동차 보험이 연간 3,000달러로 올라가 버리겠지.

로버트의 MG 차가 고장 났다. 자신의 게임을 마무리할 시간이 이제 3주밖에 안 남았기에, 로버트는 "이걸 고칠 시간이 없어."라며 차를 L.A.에 있는 어머니 집에 남겨 두었다. 이제 그는 자전거로 출퇴근하고 있다.

내 스스로 잡아 둔 마감일에 따르면, 카피 프로텍션[62] 설치 작업에 들 일주일을 제외하고는, QA에서 앞으로 열흘 이내에 게임의 발매 승인이 나야만 한다. 만약 이번 주말까지 <u>모든 버그</u>를 고칠 수만 있다면, 며칠 정도는 코드를 소소하게 다듬으면서 생쥐 같은 요소를 추가로 넣을 여유가 생길 것이다(생쥐는 반드시 넣어야 한다. 토미와 약속했거든).

▲ 버그 리스트

1989년 8월 8일

한밤중에 갑자기 일어났는데 왜 잠에서 깼는지를 몰랐다. 새벽 1시 25분이었는데, 잠든 지 딱 한 시간쯤 된 시점이었다. 30초 후, 침대가 흔들리기 시작했다. 방도 흔들리고 있었다. 난 반쯤 덜 깬 상태로 흔들림이 계속되는 가운데 침대에 누워 있었는데, 갑자기 아드레날린이 팍 솟으면서 엄청난 공포감이 밀려들었다. 빌딩 전체가 무너져서 죽을 수도 있겠다는 생각이 들었다.

나중에 알아 보니 지진이 지속된 시간은 불과 30초였다. 그때는 더 길게 느껴졌는데.

진도는 5.2. 진원지는 새너제이 San Jose. 며칠 내에 더 큰 지진이 올 전조일 확률은 5%란다.

고무적인 하루였다. 캐시 (브라운) 양이 몇 달 만에 게임을 처음 보더니 내가 바라던 바대로 좋아해 주었다. 올리버가 가져다 준 버그 리포트 일람은 다행스럽게도 얄팍했다.

이제 터널 끝에서 빛이 보인다. 이 게임은 히트작이 될 것이

62 Copy Protection: 불법 복제는 이미 이 당시부터 컴퓨터 게임 산업의 문제거리여서, 개발사는 갖은 방법으로 복제 방지 장치(copy protection)를 걸고 해커들은 그 프로텍션를 풀어 불법 BBS에 업로드하는 등의 꼬리물기가 계속되었다. 이 당시의 프로텍션은 주로 디스크의 데이터를 임의로 조작하거나 특수 코드를 삽입하여, 정상적인 카피 프로그램으로는 복사가 되지 않도록 만드는 것이 주류였다. 불법 복제로 인한 초기 피해를 조금이라도 낮추기 위해, 개발사들은 다양한 방법으로 자사의 게임에 프로텍션을 걸곤 했다.

다. 남은 건 오로지 마무리뿐이다.

날씨가 이상하다. 천둥 번개, 돌발 홍수, 서부 전반에 만연한 산불, 이제는 지진까지. 마치 신의 계시 같다. 하지만 무슨 의미인 걸까?

오늘밤 나는 왜 이렇게 슬프지?

1989년 8월 9일

느리지만 꾸준히, 버그를 고치고 있다. 새로 만들어야 할 남은 부분은 이제 자파가 걷는 장면, 공주가 포옹하는 장면, 그리고… 생쥐뿐이다.

▲ 89년 8월 10일 버전 레벨 에디터 디스크

1989년 8월 10일

매우 생산적인 하루. 몇 달 동안 보기조차 꺼려 왔던 아주 지독한 버그를 여럿 잡았다. 이제, 문득, 끝이 매우 가까이 느껴진다.

광고 전단의 대지를 확인했다. 정말 흥분된다.

앤드류 페더슨Andrew Pedersen이라는, 몇 주 전에 막 입사한 말쑥한 차림새의 젊은 마케팅 부서 친구를 만났다. 마음에 들었다.

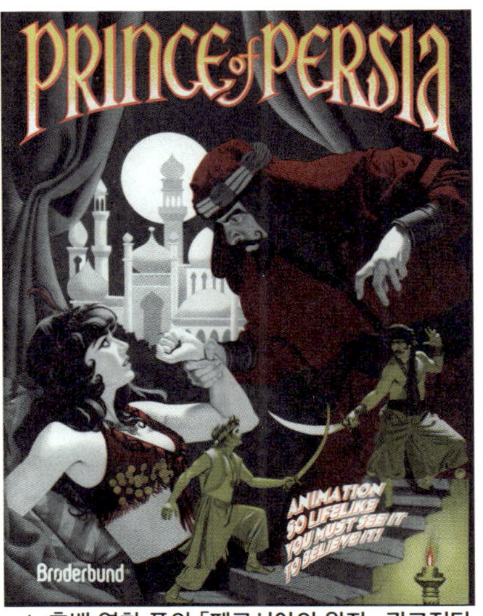

▲ 흑백 영화 풍의 「페르시아의 왕자」 광고전단

1989년 8월 13일

오늘 드디어 생쥐를 게임에 넣었다. 들어가게 되어 무척 기쁘다. 제대로 움직이게 만들려면 또 하루 온종일 작업해야겠지만, 그럴 가치는 있다. 사람들이 정말 좋아할 것이다. 토미도 무척 기뻐하겠지.

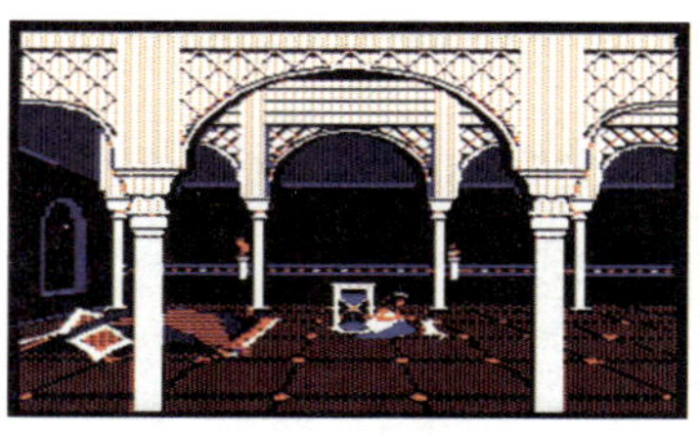

▲ 공주와 생쥐가 나오는 게임 속 장면

1989년 8월 14일

브라이언이 휴가에서 돌아왔다.

오늘은 공주의 마지막 애니메이션 두 개를 넣었다('포옹'와 '보내기'). 이제 수상 자파만 남았다.

아, 그리고 조지와도 이야기를 나눴다. 좋은 소식이 있었다. 그의 작품인 〈텍사스빌Texasville〉의 메이킹 다큐멘터리가 2주 후 촬영에 들어간다. 그는 촬영이 시작되면 텍사스에서 한번 보고 싶다고 했다.

버지니아가 전화로, 〈어둠 속에서〉를 자신의 새 상관인 제임스 알렉스와 3백만 달러 예산으로 제작을 시도해 볼 생각이

조지 히켄루퍼George Hicken-looper는 저와는 대학 동문 사이인 친구예요. 전 그가 영화감독의 뜻을 이루리라는 걸 한치도 의심치 않았죠. 중학생 때부터 끊임없이 영화를 찍어 왔던 친구거든요.

라고 전해 주었다.

그녀는 무척 흥분해 있었다.

1989년 8월 16일

개기월식 날.

생산적인 하루. 디스크를 QA에 제출했다. 주말에 현상해 둔 로버트의 자파 관련 컷들을 바탕으로, 자파가 걷는 장면을 게임에 넣었다. 괜찮아 보인다. 실은 안도감부터 들었다. 이것이 과연 결과물이 잘 나올까 걱정했던 마지막 작업이었으니까. 이제부터는 계속 내리막길이다. 내가 시작했던 작업들을 끝내고, 다듬고, 조정하는 일만 잘 하면 된다.

(행운은 계속 빌어야 한다. 제발 심각한 버그가 더 발견되지만 않기를. 디스크 충돌도 데이터 오류도 없기를. 딱 7일간만 모든 작업이 깔끔하게 진행되면, 마지막 날 QA의 승인과 함께 작업이 끝난다. 제발, 끔찍한 깜짝쇼가 더 없기를.)

로버트는 자기 게임을 마무리하다가 심각한 패닉에 빠졌다. 그런 상황에서도 오후에는 목이 날아가는 코믹한 장면을 넣었는데, C-제너레이션이 주인공 캐릭터의 머리를 날렸더니 머리가 없는 몸통이 경련을 일으키며 서 있고 머리는 방 안에서 마구 튀어 다니는 것이었다.

파리에 있는 토미에게 전화하여 섀도우맨과의 극적인 전투에 대해 들려 주었다. 무척 좋아했다.

이 게임을 만들어서 정말 다행이다. 내 인생에서 유일하게 내 노력이 나쁜 쪽이 아니라 좋은 쪽으로 작용했다고 확신하는 부분이다. 이 멋진 게임은 **내 작품**이고, 수많은 사람들이 이 게임의 존재를 기뻐하겠지. 더 무슨 말이 필요한가?

1989년 8월 19일

오늘은 잔혹한 날이었다. 토요일인데 아침 9시부터 저녁 8시까지, 텅 빈 건물에 나 혼자 있었으니까. 피터 라듀와 그의 친구를 보고 잠깐 인사한 것 외에는, 하루 종일 누구와도 이야기를 나누지 못했다.

자파가 팔을 번쩍 들어올리는 모습을 구현하기 위해 아마도 6시간은 쓴 것 같다. 망토 없이 촬영해 놓고 나중에 그려 넣으면 되겠지 하고 생각했던 게 큰 실수였다. 수작업 애니메이션이라는 게 얼마나 느리고 지루한 작업인지, 그리고 괜찮은 결과를 내기가 얼마나 힘든지를 깜박 잊고 있었던 것이다. 하지만 결과는 나쁘지 않다. 이런 난점을 감안한다면.

요는, **끝냈다**는 얘기다. 자파와 공주가 등장하는 오프닝 장면은 끝났다. **완료.** 이제 남은 건 세부 작업뿐이다. 텍스트와 자잘한 수정.

며칠 더 붙잡고 있을 수도 있다. 하지만 뭘 어떻게 바꾸건 간에, 월요일 오전 8시까지는 마쳐야 한다.

▲ 자파와 공주의 오프닝 장면

수개월 간 자제하고 있었지만, 이제 나 스스로도 이 게임에 흥분이 된다. 이 게임은 대단하다. 정말로 대단한 호평을 받을 것이다. 만약 내가 틀린다면, 내가 이 바닥에 대해 아는 게 아무 것도 없다는 얘기이니 어서 다른 직업을 찾아봐야겠지. 이제 내 마음 속에 남아있는 질문은 아래 두 개뿐이다.

1. 애플II 시장은 얼마나 남아 있을까? 그리고,
2. 이 흐름을 타고 IBM-PC판을 최대한 빨리 낼 수 있을까?

이건 훌륭한 게임이다. 내가 할 수 있는 최선의 작품이다. 3년 의 작업 끝에, 난 드디어 한계 생산성 체감의 시점에 이른 것이다. 만약 여기서 더 개선해야 한다면, 어디서부터 시작해야 할지 모르겠다. 내가 가진 모든 것을 쏟아 부었다. 이제 내가 할 수 있는 건 이 게임을 세상에 내보내고, 잘 되길 기원하는 일뿐이다.

하나 더, 랜스가 IBM-PC판을 완성하게 도와줘야겠군.

하나 더, 맥과 아타리와 아미가판 이식이 시작되게도 해 줘야겠고.

또 하나 더, 닌텐도 이식 쪽도 도움이 된다면 노력을 아끼지 말아야겠다.

여전히 고쳐야 할 목록이 한 페이지를 꽉 채우

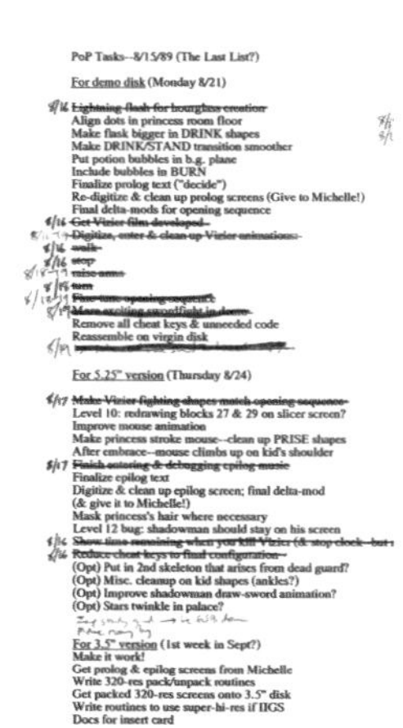

▲ 버그 수정 작업 일정표

고 있다. QA 테스트도 한 번 더 남았고. 카피 프로텍션도 걸어야지. 아직 다 끝난 건 아니다.

하지만 끝이 무척 가까워져 있다는 건 분명하다.

1989년 8월 20일

하루 내내 일로 보낸 일요일이지만, 아직 모든 걸 완전히 마무리하진 못했다. 창조적인 부분은 다 끝났다. 지금 남아 있는 작업은 기술적인 부분과 정리정돈이다. 2배 고해상도로 디지타이즈된 텍스트 화면 2장을 깔끔하게 다듬는 지루한 작업이 그 좋은 예다(오늘 첫 작업을 끝냈다). 내일 오후 4시 전까지는 QA에 디스크를 제출하도록 노력할 생각이다.

내일은 애플Ⅱc[63]에서 게임을 끝까지 몇 바퀴 플레이하면서, 버그를 찾고 전반적인 느낌을 파악해 볼 예정이다.

1989년 8월 21일

휴우. 오늘은 피곤에 찌들어 녹초가 된 채로, 들고 나온 디스크가 부디 최종본이 되길 바라며 사무실에서 나왔다. 그러곤 집에 와서, 디스크를 부팅시켜 봤더니…….

그 이상한 버그들이 다시 돌아왔다. 디스크를 처음으로 부팅할 때만, 그것도 특정 기계에서, 가끔씩만 출현하는 그런 버그다. 분명히 몇몇 제로-페이지 로케이션이 제대로 초기화되지 않는 거다. 아마도 $06(투명도)가 그 중 하나인 것 같다. 이 괴상한 버그들이 불길한 공명을 일으켜, 3.5″ 버전이 영 제대로 돌

---

63 Apple Ⅱ c : 애플 Ⅱ 계열 PC의 4번째 모델로, 애플 Ⅱ 시리즈의 특징인 확장 카드들을 내장시키는 식으로 본체 크기를 줄여서 들고 다닐 수 있도록 휴대성에 중점을 두었다.

아가지 않고 있다. 롤런드와 나는 마침내 동일한 위치인 $06까지 찾아 들어갔는데, (내가 기억하기로는) 42라는 값이 담겨 있었다. 내일 출근하면 돋보기를 들고 그 코드를 잘 살펴봐야겠다.

젠장.

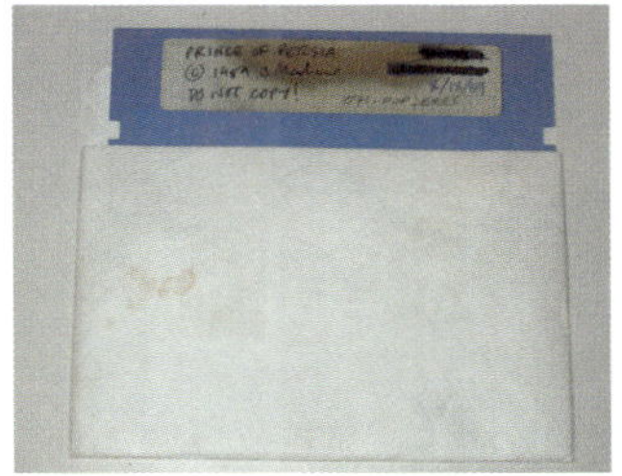

▲ 버그가 난 89년 8월 21일자 버전 디스크들

1989년 8월 22일

디스크가 QA로 넘어갔다. 전부 다.

브라이언이 기뻐했다. 그는 곧바로 내게 속편 작업 의향을 떠보기 시작했다.

브라이언에게야 다 끝났겠지. 하지만 난, 실은 여전히 구렁이 담 넘어가듯 아무도 발견 못할 소소한 버그를 계속 잡고 있다. 이렇게 수정한 코드는 카피 프로텍션을 작업할 때 살짝 끼워 넣을 셈이다. 롤런드와 내가 테스트만 철저히 하면, 아무도 뭐가 달라졌는지 모를 것이다.

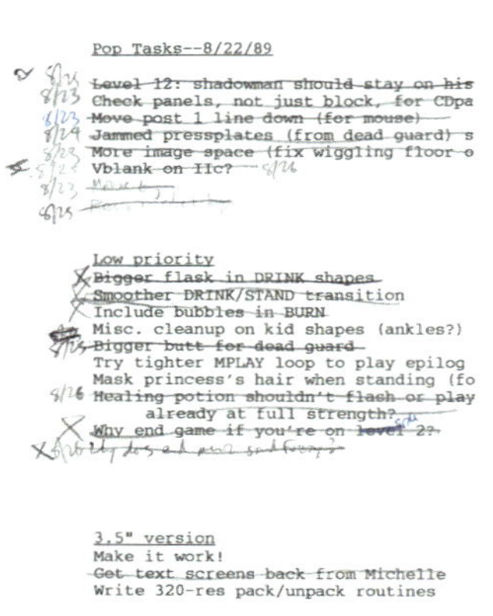

▲ QA단계 진행 일정표

티나가 오늘 사무실에 왔기에 스크린 속에 데뷔한 그녀의 모습을 보여 주었다. 그녀는 화면 속에 보이는 캐릭터가 **자신**이라는 사실 자체에 반해 버린 것 **같았다.**

로버트가 티나를 직접 대면한 건 이

번이 처음이다(내가 화면 속에서 두 게임 캐릭터를 가상으로 대면시킨 것은
빼고). 그녀가 떠난 후, 우리는 그냥 자리에 앉아 서로를 멀거니
쳐다보기만 했다. 로버트가 한숨을 쉬며 침묵을 깼다.

"열여덟 살짜리의 아름다움이라 봐
야 덧없을 뿐이지."

내가 대답했다. "그건 그래. 그런데
쟤는 지금 열여덟이잖아."

우리는 더 이상 말이 없었다.

속편을 **과연** 시작해야 할까? 이번에
는 5~6개월 정도면 뽑아낼 수 있을 것
도 같고, 랜스도 IBM판 프로그래밍을
동시에 진행해 줄 것이다. 짬짬이 각본
도 쓸 수 있겠지……. 내 시간을 50 : 50
으로 쪼개면. (음… 어디서 많이 듣던 얘기인
데?)

이런 생각할 시간이 없다. 난 아직
(공식적으로는 존재하지 않는) 버그를 고쳐
야 한다. 내일은 롤런드와 카피 프로텍
션 작업을 시작할 테니까.

▲애플Ⅱ판 「페르시아의 왕자」
엔딩 부분

▲ 공주의 다양한 동작들 제작 과정

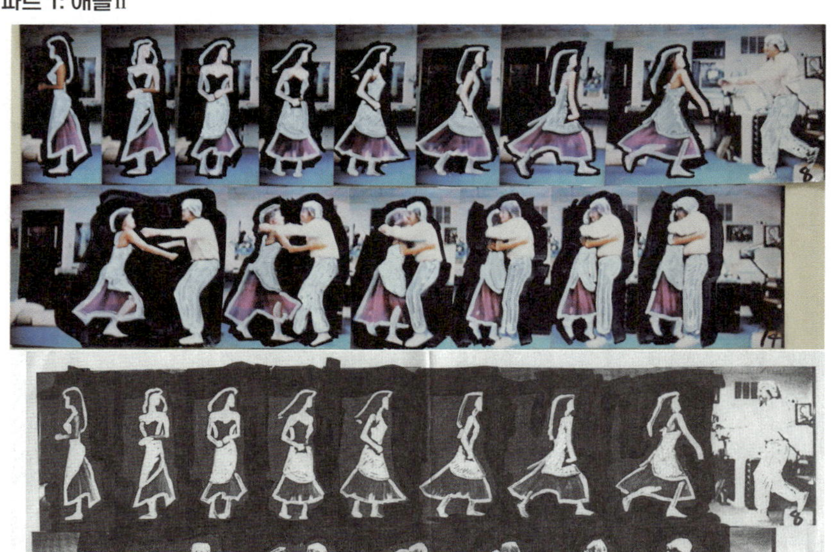

▲ 공주와 만나는 모션 제작 과정

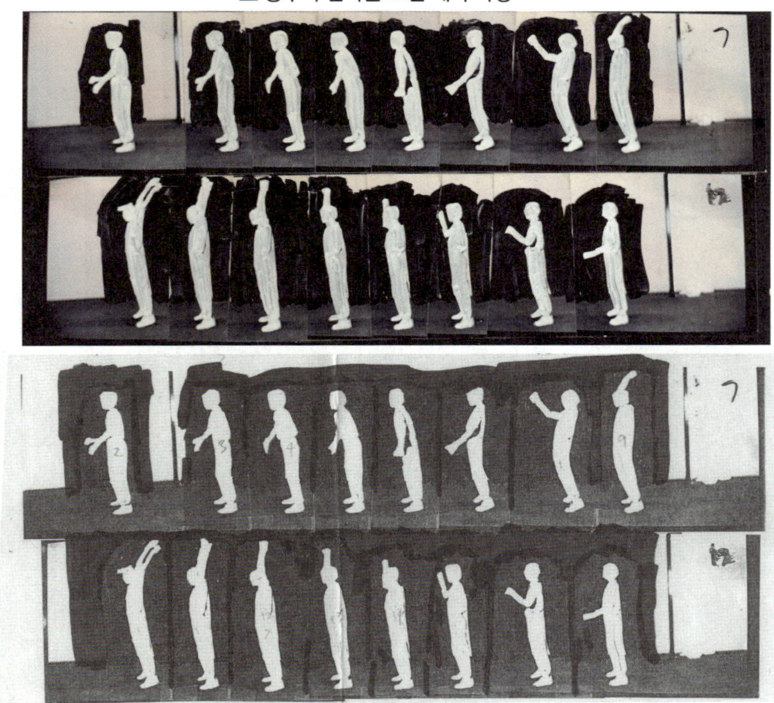

▲ 자파의 모션 제작 과정

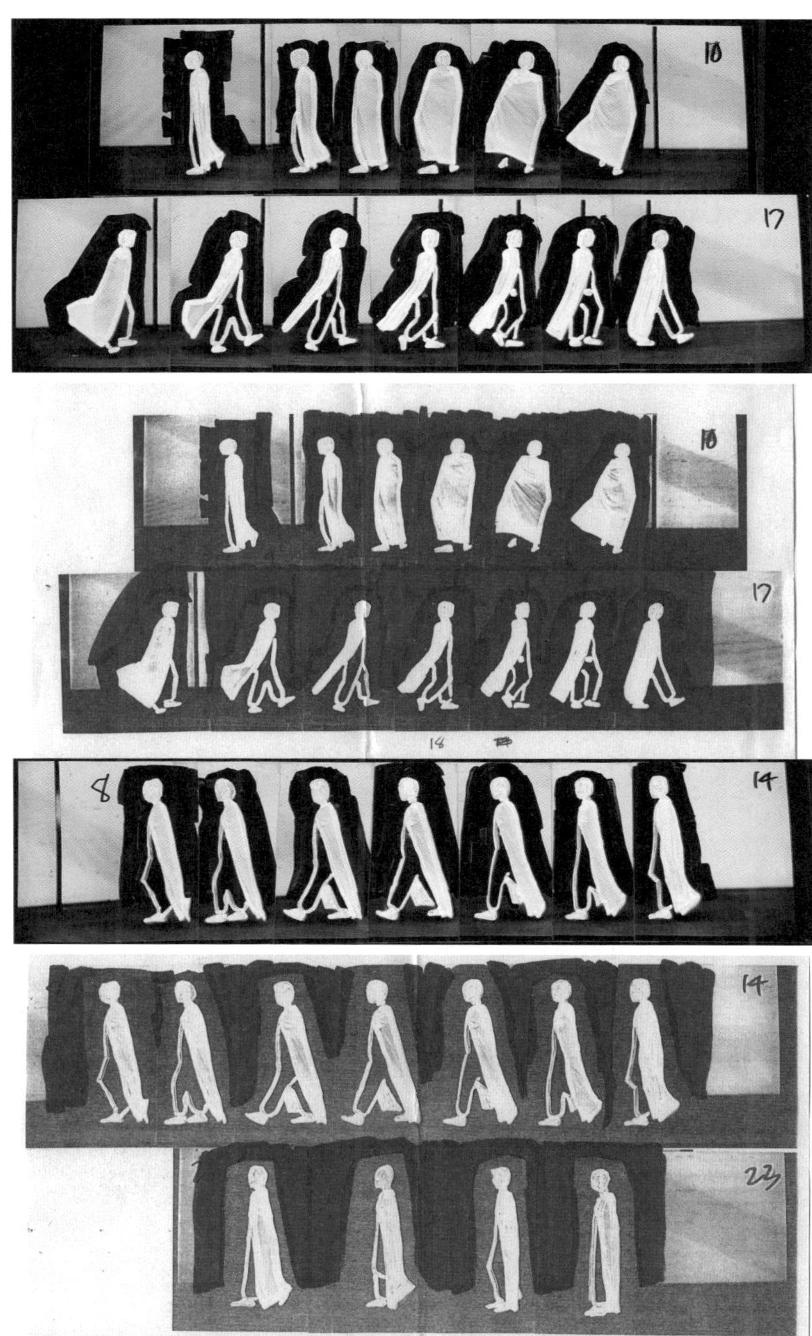

▲ 자파의 다양한 동작들 제작 과정

▲ 「페르시아의 왕자」 개발 중의 조던 메크너

출시!

1989년 8월 27일

롤런드와 나는 금요일과 토요일 모두 자정까지 사무실에 남아서 작업했다. 카피 프로텍션용으로 온갖 기이한 장치를 마구 집어넣느라 시간 가는 줄도 몰랐다. 우리가 철부지 해커 시절로 되돌아 간 느낌이었다. 오늘은 집에서 내 애플Ⅱc로 철저한 테스트를 통해 우리가 작업한 장치가 다른 부분과 충돌하지는 않는지를 확인할 것이다.

사실 롤런드와 저는 애플Ⅱ판 게임 디스크 내에 괴상한 이스터 에그를 하나 숨겨 넣었었는데, 아직도 발견한 사람이 없더군요.

QA는 지난 금요일에 데모 디스크를 승인했지만, 우리가 그걸 내달 12일 전까지 빼돌리려면 좀 머리를 굴려야 할 것 같다.

1989년 8월 28일

피터 블랙스버그Peter Blacksberg와 제대로 대화를 나누어 보았다. 그동안은 사무실에 함께 있더라도 이야기해 본 적은 없었다. 그는 미술 부서 바깥에서 조만간 있을 자기 결혼식을 어떻게 진행할지 체크하고 있었는데, 뜬금없이 나에게 같이 저녁을 먹자고 제의했다.

그는 똑똑하고 괜찮은 사람이었고, 같이 이야기가 통하는 똑똑한 사람과 친해져 기쁜 듯 했다. 그는 브로더번드 내부에 관해 유용한 조언을 몇 가지 해 주었다. 일전의 일정 회의에서 브라이언이 레슬리에게 언성을 높였다는 얘기를 들은 적이 있다며, 브라이언과 지나치게 친하다는 인상에서 벗어나도록 하라고 충고했다. "레슬리를 잘 대해 주라고. 그래야 이렇게 생각해 주지 않겠어. '음, 조던은 괜찮은 친구야. 걔의 프로덕트 매니저가 개자식이긴 하지만, 조던 얼굴을 봐서라도 그 사람 프로젝트는 통과시켜 줘야겠지'라고."

그의 말을 듣고서 브라이언의 불같은 성격이 내게 득보다는 실이 클 수도 있다는 점을 깨닫게 되었다. 브로더번드의 다른 사람들과 좋은 관계를 쌓는 데에도 신경을 기울여야 한다는 점도 말이다. 예를 들어 라트리샤나 소피, 내지는 빌, 내지는 케빈과 레슬리 같은 사람들.

개인적으로는, 「페르시아의 왕자」가 HLS에 올라가 최종 평가를 받을 단계가 되었다고 생각한다. 며칠 안에 QA에서도 같은 결론에 도달하면, (브라이언의 평소 말버릇대로) 모든 것이 아름답겠지.

하지만 내일 빌과 대화하여 그의 말을 들어 보기 전까지는, 크게 기대하지 않는다.

피터 블랙스버그와 저녁 시간을 보낸 건 잘한 일 같다. 「페르시아의 왕자」에 빠져 있던 정신을 다른 일들에도 돌리는 계기가 되었다. 내가 세상 돌아가는 일에 대한 호기심을, 지난 몇 달간 효율성을 위해 얼마나 억누르고 있었는지도 깨달았다. 이제 다시 호기심에 불을 붙일 때가 되었다……. 새로운 사람, 장소, 친구들을 찾을 시간인 것이다. 시야가 좁아져 있는 상태에서 바로 다음 프로젝트로 달려가서는 안 된다. 마음을 느긋하게 먹고, 주변을 둘러보자.

1989년 8월 29일

오, 맙소사.

오늘 저녁 10시까지는, 난 정말 행복했었다. QA는 오늘 「페르시아의 왕자」를 승인했다. 브라이언이 빌에게, 빌은 레슬리에게 요청해 준 탓에, 원래 일정보다 하루 일찍 완료된 것이다. 모두가 기쁨으로 가득했다. 갖은 부서에서 축하의 말이 쏟아졌다. 체육관에도 들렸고, 친구 몇 명에게 전화 메시지를 남겼고, 스파게티도 볶아 먹었다. 모든 것이 아름다웠다. 내일은 하루짜리 휴가라도 낼까 생각했다.

그러던 중 마지막 삼아 게임을 내 애플IIc에서 부팅시켜 플레이해 보았다. 혹시 모르니까.

롤런드와 내가 막판에 집어넣었던 이 망할 애플IIc VBLANK 루틴이 문제였다. 돌아는 가지만, 조이스틱과 충돌을 일으켰다. 아래층 IIc에서 체크해 본 적은 있었지만, 바보 같이 그땐 키보드 모드로만 확인했었던 것이다.

잔머리를 굴려봤자 소용없다. 케빈과 브라이언에게 이실직고

하고, 새 디스크를 HLS로 보내 오늘 보냈던 것과 바꿔 달라고 할 수밖에 없다. 극적인 시점에 찬물을 끼얹는 창피한 일이고, 브라이언과 빌, 그리고 나에게는 망신거리다. 그나마 다행인 것은 (1) 이걸 발견한 사람이 나였고, (2) 쉽게 고칠 수 있는 버그라는 점이다.

젠장. 할 수 없지. 더 큰 문제가 생긴 것보다야 낫지 않겠어.

오늘 「페르시아의 왕자」 관련 급료를 받았다. 에드 번스타인이 4년 전에 선금 대신 주기로 합의했던 '개발 비용' 4,000달러였다. 이것도 잘된 일이다. 내 은행 계좌가 거의 바닥나 있었으니까.

앨런 바이스는 「페르시아의 왕자」를 닌텐도 타이틀로 발매하고 싶어 매우 들떠 있다. 헨리 야마모토Henry Yamamoto도 관심을 보여 주었다. 실제로 진행될 것 같기도 하다.

제기랄. VBLANK 건만 아니었어도 이렇게 기분이 망가지진 않았을 텐데.

1989년 8월 30일

아침 일찍 사무실에 도착해 게임을 수정하였다. 브라이언은 약간 상심했고, 케빈은 짜증나게 굴었지만, 어쨌든 문제는 해결되었다. 하루 이상 잡아먹을 문제도 아니다. 몇 시간으로 끝날 수도 있고.

정말 오랜만에 휴가를 지냈다. 코리가 시내로 와서 함께 〈섹스, 거짓말 그리고 비디오테이프_Sex, lies and videotape〉를 보았다. 매우 독특한 영화였다. 실은 상당히 감명을 받았다. 이 영화가 주는 감동이 이제껏 내가 영화를 통해 받았던 가장 크고 따뜻한 감동까지는 아니었지만, 그래도 감동이 **있었다**. 그것만으로도 대부분의 영화보다 낫다. 그것도 스물여섯 살짜리 감독의 첫 영화라면 더더욱.

스티븐 소더버그_Steven Soderbergh 감독이 내놓은 전설적인 독립 영화죠. 1988년 7월 그의 에이전트였던 앤 돌라드가 승마 사고로 사망하기 전, 소더버그와 저는 리딩 아티스트 사의 고객으로서 잠시 인연을 맺은 적이 있었습니다. 〈"섹스, 거짓말…"〉 제작 과정을 기록한 소더버그의 일기를 읽은 게, 실은 이 책을 출간하기로 결심한 큰 이유 중 하나이기도 했어요.

1989년 8월 31일

로버트가 엘림 가_Elim St.에서 유료 전화로 나와 통화했다. 그는 지금 예일 대에 있다. 뉴헤이븐에 말이다. 와……. 이런저런 이유로 그 전화는 내가 지금 집에 있는 듯한 느낌을 전해 주었다. 나도 이제 막 예일 대에 입학하는 신입생이었다면. 더 나아가, 우리 둘이 예일에서 신입생 생활을 함께 시작했다면.

로버트가 지금 겪는 일이 내겐 벌써 **8년 전 일**이라니. 갑자기 팍삭 늙은 기분이다.

1989년 9월 5일

롤런드와 충실히 일했던 하루. 3.5″ 버전도 완성했다. 다행이다. 이제 정말 끝났다.

「페르시아의 왕자」 매뉴얼의 샘플이 도착했는데, 잘 나왔다. 데이비드 K.가 조립되기 전의 패키지 박스 시안을 내게 가지라고 하나 주었다. 평가판 디스크가 HLS에서 돌아왔다. 모든 조각이 차차 모이고 있다.

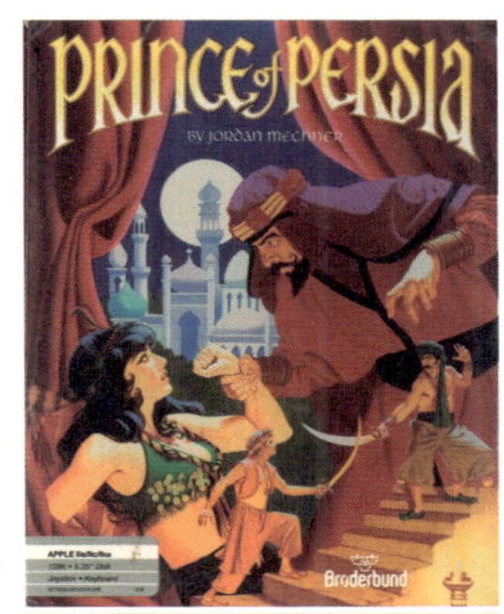

▲ 「페르시아의 왕자」 애플 판 패키지

토니 트로노Tony Trono가 이발을 해 주면서 이렇게 말했다. "이봐, 자네에게 가장 중요한 건 인생을 즐기는 거라고. 청춘은 한 번뿐이야! 5년 뒤면 자네도 서른 아닌가. 서른부터는 삶의 의문들을 슬슬 접고 닥쳐 오는 일들에 순응하면서 흘러가는 대로 살게 된다고. 지금은, 좀 즐기면서 살아! 지금 같은 시기는 자네 인생에 두 번 다시 오지 않으니까 말야."

이런 말을 하는 그도 서른세 살이긴 하다. 하지만 토니의 말이 맞다. 어쩌다 보니 내겐 만사에 걱정부터 하는 버릇이 생겼다. 어떻게 하면 되지? 뭐가 **최선일까?** 어디가 잘못된 걸까, 어떻게 하면 제대로 될까? …이렇게 말이다. 다 집어치워! 나는 1년 내내 정말 뼈 빠지게 일해 왔다고. 그 결실을 지금 누리지 않으면, 언제 누리겠어?

베짱이 모드로 들어갈 마음의 준비는 이미 됐다. 어떻게 하면 들어갈 수 있는지 이제 누가 좀 가르쳐 주지그래?

1989년 9월 6일

올리버가 「페르시아의 왕자」에서 버그를 하나 발견했다. 낙담했다. 전에 한 번 고쳤던 버그였지만, 어째선지 완전히 사라지지 않았던 것이다. 하지만 넘어갈 수 있는 수준이니, 회사에선 아마도 그냥 그 버그를 담은 채 출시를 강행하겠지. 젠장.

기운을 차리기 위해, 〈어둠 속에서〉의 최종 버전을 다시 읽어 봤다. 뭐랄까, 나쁘지 않았다. 1년 반 동안이나 쓴 각본인데, 읽는 데는 45분밖에 안 걸렸다. 다시 쓰고픈 마음은 더 이상 일지 않았다(그런다고 명작이 되진 않는다). 하지만 내 첫 영화 각본 습작으로써는 나쁘지 않은 물건이다. 다음 것은 더 나아지겠지.

```
HARPER - STEEP SLOPE

He gets to the place where Scott wiped out.  He makes h
down the hill carefully.  At the bottom he picks up Sco
tracks again; moves on.

BLACKNESS

The carbide lamp ignites with a pop.  In its warm glow
Scott sitting against the cave wall, winded.  He holds
numbed hands over the flame for a few moments, rubs the
together.

Soon his breathing starts to return to normal.

Scott puts on the helmet and tightens the chinstrap.  H
his feet and moves deeper into the cave.

After a while he stops and crouches still, listening.
sound is his own breathing.

A new SOUND in the distance.

Scott holds his breath.

More sounds.  Harper's down there with him.  Despair; h
been hoping Harper wouldn't follow him.

He starts to move again.

HARPER

Moving cautiously through the cave, watching his footir
leading with the flashlight.  He's in enemy territory a
knows it.  He's not chasing Scott now.  He's hunting hi

SCOTT

Gets down on hands and knees as the passage tightens.
gloves, and heavy clothing are helpful in a situation l
He's wearing blue jeans.  It hurts.

HARPER

Following him as the ceiling gets lower.
```

▲ 조던이 쓴 〈어둠 속에서〉 각본

1989년 9월 7일

로버트에게서 편지가 왔다. 이런, 편지를 보니 부러움이 몰려왔다. 나도 예일 대 신입생이었으면. 지금의 나도 이제 곧 다가올 변화로 마음이 부풀어, 젊은이로서 살아 가며 새로운 모험이 주는 흥분을 기대하고는 있지만…… 아직 내게는 아무 계획도 없다.

오늘 브로더번드가 「페르시아의 왕자」의 출시를 승인했다. 브라이언은 QA쪽 친구들을 사무실 뒷마당으로 초대해 루트 비어와 샴페인을 돌렸다. 빌도 거기에 있었다. 정말로 끝난 것이다.

브라이언은 나에게 속편을 시작하자고 다시 꼬드겼다. 나도 속편이 몇 달 작업으로 빨리 돈을 벌 수 있는 절호의 기회라는 건 잘 안다. 하지만, 음……. 그런 건 이제 상관없다. 난 뭔가 새롭고 흥미진진하고 중대한 일이 일어나길 더 바란다.

아마도 내게 정말 필요한 건 여행과 휴가겠지.

이런 기분은 어느 정도는 날씨 때문일지도 모르겠다. 가을빛이 만연하다. 가을 냄새가 난다. 학교에선 강의가 슬슬 시작될 것 같은 느낌이다.

그냥 모든 게 싹 변했으면 좋겠다. 지금 바로. 내가 너무 많은 것을 바라는 걸까?

1989년 9월 8일

브라이언이 나를 물류 창고에 데려가 박스 째로 쌓여 있는 「페르시아의 왕자」 패키지 박스와 매뉴얼들을 보여 주었다. 대여섯 개 가져가는 것도 눈감아 주었다.

1989년 9월 11일

버지니아가 전화로, 제임스 알렉스가 〈어둠 속에서〉를 18개월에 40,000달러로 사겠다는 옵션을 제안했다고 전해 주었다.

가격이 말도 안 되게 저렴했다(내가 알기론 각본가 협회 최하한가

미만이었다). 그보다 더 중요한 게 있는데, 이 친구는 도대체 누구지? 개인 주제에 그만한 돈이 어디서 나오는 거고?

"그냥 절 믿어요. 당신은 저에게 빚이 있잖아요." 버지니아가 이렇게 말할 땐 마음에 들지 않는다. 물론 내가 그녀에게 빚이 **있긴** 하지만, 그 사실을 그녀로부터 **듣는** 건 심히 기분 나쁘니까.

1989년 9월 12일

게리 코세이도 제임스 알렉스가 누군지 들어본 바가 없다고 한다. 그는 내게 기꺼이 자문을 해 주겠다고 했지만, 공식적으로 나를 대변해 주지는 못한다.

브라이언이 헨리 야마모토로부터 전화를 받았는데, 그는 「페르시아의 왕자」와 관련된 일본 내의 모든 권리를 원했다. 물론 닌텐도(!) 이식도 포함해서다. 브로더번드 USA가 직접 닌텐도판을 이식 작업하는 쪽이 내게 금전적으로는 유리하겠지만, 일이 이렇게 되면 앨런이 일을 서두르게끔 경각심이 생기게 되니 오히려 좋은 구도다. 일종의 입찰 전쟁이라고나 할까.

1989년 9월 13일

버지니아로부터, 제임스 알렉스를 후원하는 정체불명의 '형제들'은 잭과 밥 아브라모프Jack and Bob Abramoff로, 이들은 정통 유태인이며 레소토Lesotho(남아프리카공화국 영토 내에 있는 군주제 독립국)

잭 아브라모프는 후일 유력한 공화당 로비스트로 활동하다가, 부패 혐의로 기소되어 2006년 수감됐습니다. 제 친구인 조지 히켄루퍼는 그를 소재로 삼아, 케빈 스페이시 주연의 영화 〈카지노 잭〉을 만들었죠.

에서 〈레드 스콜피온Red Scorpion〉을 비롯한 세 편의 영화를 만든 바 있고, 지금 네 번째 작품용의 각본을 찾고 있다는 사실을 알았다. 그들은 〈어둠 속에서〉를 700만 달러 예산으로 만들기 위해 이야기 중이라고 한다.

브라이언은 무척 신이 났다. 앨런은 이번주에 닌텐도 판 「페르시아의 왕자」 이식을 정식 제안할 예정이다. 데니스는 브로더번드 프랑스에서 지금 바로 아타리 및 아미가판 이식을 시작해주길 바라고 있다. 헨리도 일을 진행하고 싶어서 안달이다. 애플페스트[64]는 다음주 주말이다.
모든 것이 아름답다…….

1989년 9월 28일
파리에서 돌아왔다.
「페르시아의 왕자」의 사전 공개는 예정대로 19일에 있었다. 모두들 애플페스트에서 이 게임이 제일 돋보였다고 했다. 여기서 가져갔던 84장의 사본은 그 자리에서 동이 났다. (좀 더 준비할 수는 없었나??) 출시는 10월 3일로 연기되었는데, 사전 공개 후 2주일의 기간을 두기 위해서였다. 한편, 이때쯤 애플은 매킨토시IIci를 출시했어요.

랜스도 IBM판 이식 작업에 큰 진척을 보이고 있다. 브로더번드 프랑스는 아미가, **아타리**, 그리고 암스트라드 버전을 모두 내고 싶어 한다. 헨리와 앨런은 몸이 달아오를 대로 달아올라 있

---

[64] 문자 그대로 '사과축제'라는 뜻도 있지만(실제로 미국 동부에서는 'Applefest'라는 이름의 전통 축제가 10월 경 각지에서 열린다), 여기서는 당시 연례 개최되던 애플 II 관련 박람회를 말한다. 「페르시아의 왕자」가 유럽에 처음 데뷔하는 자리였을 것이다.

다. 상황이 무척 좋아 보인다.

더그는 토미에게 이렇게 말했단다. "조던의 재정 문제는 이제 끝났어."

〈어둠 속에서〉의 옵션 계약서에 서명하고 우편으로 보냈다. 고작 1,500달러이지만, 나름 흥미진진하다. 내가 쓴 각본으로 처음 돈을 벌었으니까. 덕분에 나도 이제 전업 각본가가 된 느낌이다. 버지니아는 메리 램버트Mary Lambert(〈공포의 묘지Pet Cemetery〉의 감독)가 이 작품의 감독을 맡는 데 관심이 있고, 파라마운트Paramount가 ('네거티브 픽업'[65] 조건으로) 배급권 획득을 고려하고 있으며, 잭과 짐은 크리스마스 이전에 촬영을 시작하고 싶어 한다고 전해 주었다.

집에 돌아오니 브로더번드에서 보내준 사전 프리뷰[66]용 게임 패키지 3개가 도착해 있었다(난 여전히 브로더번드의 VIP 회원이라, 회사의 모든 신작 게임을 한 장씩 우편으로 받고 있다). 그 셋 중 하나가 「페르시아의 왕자」였다. 사실 이것이야말로 다른 어떤 일보다도 짜릿한 흥분이었다.

1989년 10월 2일

「페르시아의 왕자」를 플레이했다. 이상하고 낯선 느낌이었다. 그리고 훌륭했다. 손을 놓은 지 딱 3주가 흘렀을 뿐인데, 그 간

---

65 Negative pickup: 영화업계 용어로, 영화의 제작 비용을 배급사가 미리 지불하고 배급권을 받는 영화 배급방식을 말한다.

66 Sneak Preview: 보통 신작 게임이 발매가 임박할 경우, 패키지 자체는 사전에 이미 제작을 마치기 마련이다. 이들 중 일부를 각종 언론 및 평론가, 회사에 크게 기여한 VIP, 개발자 및 참여자, 회사의 회원으로 활동하는 코어 유저 등에게 시중의 발매일 이전에 사전 배포하여 홍보하는 관행이 있다(비단 게임뿐만 아니라, 대중문화계의 전반적 관행이다). 이런 것이 사전 프리뷰이다.

격이 이런 엄청난 차이를 만들었다.

1989년 10월 8일

아담 더만이 세상을 떠났다. 몇 주 전 두통이 계속되어 의사를 찾아갔는데, 그의 몸 전체에 암이 퍼져 있는 게 발견되었다고 한다. 조치하기엔 이미 늦은 상황이었다. 그는 이제 스물셋이었다.

1989년 10월 13일

브로더번드의 날. 소스 코드의 문서화를 드디어 완료해, 일본과 프랑스에 보냈다.

스콧과 데인, 니키와 만나 맥판 「페르시아의 왕자」에 대해 이야기했다. 저쪽은 7% 로열티를 제시했다. 그 정도면 타당한 조건 같다.

데인 비검(브로더번드에서 "카멘 샌디에고" 첫 작품을 만든 사람)과, 정규직 프로그래머 동료였던 스콧 셤웨이는 브로더번드를 퇴사하고 자신들의 회사인 프레시지Presage를 설립했어요. 이 회사가 「페르시아의 왕자」의 맥판 이식을 맡았죠.

PRINCE OF PERSIA
Technical Information

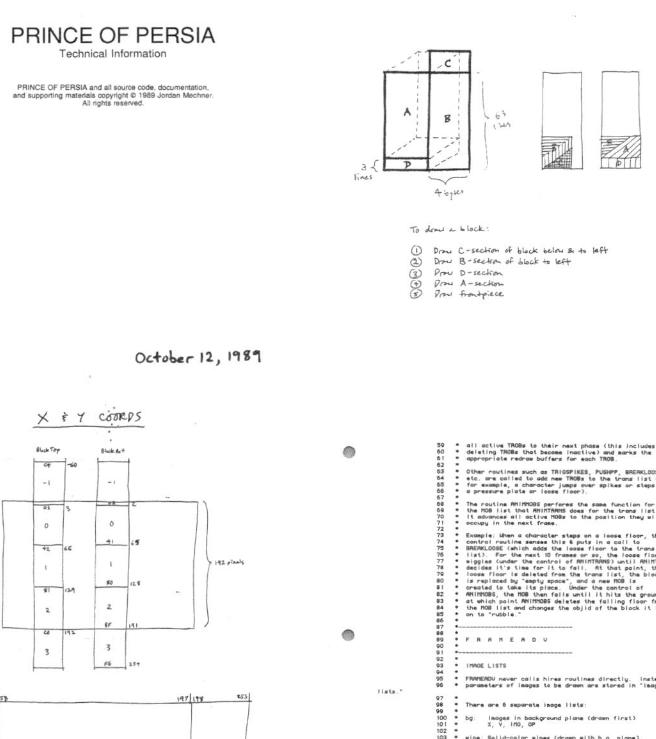


```
 59   *   all active TROBs to their next phase (this includes
 60   *   deleting TROBs that become inactive) and marks the
 61   *   appropriate redraw buffers for each TROB.
 62   *
 63   *   Other routines such as TRIGSPIKES, PUSHPP, BREAKLOOSE,
 64   *   etc. are called to add new TROBs to the trans list (when,
 65   *   for example, a character jumps over spikes or steps on
 66   *   a pressure plate or loose floor).
 67   *
 68   *   The routine ANIMMOBS performs the same function for
 69   *   the MOB list that ANIMTRANS does for the trans list.
 70   *   It advances all active MOBs to the position they will
 71   *   occupy in the next frame.
 72   *
 73   *   Example: When a character steps on a loose floor, the
 74   *   control routine senses this & puts in a call to
 75   *   BREAKLOOSE (which adds the loose floor to the trans
 76   *   list).  For the next 10 frames or so, the loose floor
 77   *   wiggles (under the control of ANIMTRANS) until ANIMTRANS
 78   *   decides it's time for it to fall.  At that point, the
 79   *   loose floor is deleted from the trans list, the block
 80   *   is replaced by "empty space", and a new MOB is
 81   *   created to take its place.  Under the control of
 82   *   ANIMMOBS, the MOB then falls until it hits the ground,
 83   *   at which point ANIMMOBS deletes the falling floor from
 84   *   the MOB list and changes the objid of the block it landed
 85   *   on to "rubble."
 86   *
 87   *---------------------------------
 88   *
 89   *   F R A M E A D V
 90   *
 91   *---------------------------------
 92   *
 93   *   IMAGE LISTS
 94   *
 95   *   FRAMEADV never calls hires routines directly.  Instead,
 96   *   parameters of images to be drawn are stored in "image
          lists."
 97   *
 98   *   There are 6 separate image lists:
 99   *
100   *   bg:   Images in background plane (drawn first)
101   *         X, Y, IMG, OP
102   *
103   *   wipe: Solid-color wipes (drawn with b.g. plane)
104   *         X, Y, H, W, COL
105   *
106   *   fg:   Images in foreground plane (drawn last)
107   *         X, Y, IMG, OP
108   *
109   *   mid:  Images between b.g. and f.g. planes
110   *         X, OFF, Y, IMG, OP, TYP, CU, CD, CL, CR
111   *
112   *   msg:  Images in message plane (drawn last of all)
113   *         X, OFF, Y, IMG, OP
114   *
115   *   gen:  General instructions (e.g. clear screen)
```

PRINCE OF PERSIA   8/27/89   comments/2

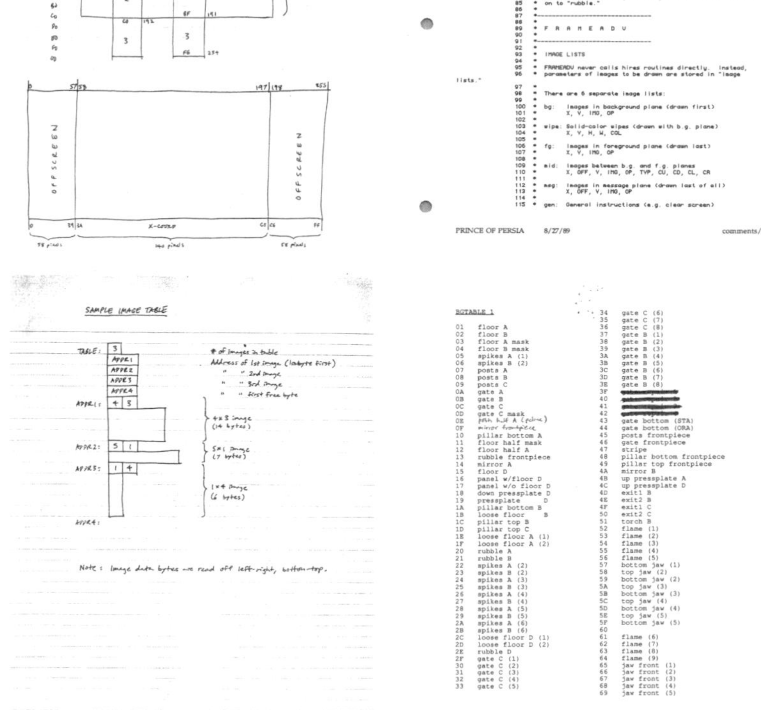

BGTABLE 1

01	floor A		34	gate C (6)
02	floor B		35	gate C (7)
03	floor A mask		36	gate C (8)
04	floor B mask		37	gate B (1)
05	spikes A (1)		38	gate B (2)
06	spikes B (2)		39	gate B (3)
07	posts A		3A	gate B (4)
08	posts B		3B	gate B (5)
09	posts C		3C	gate B (6)
0A	gate A		3D	gate B (7)
0B	gate B		3E	gate B (8)
0C	gate C		3F	gate (struck out)
0D	gate C mask		40	gate (struck out)
0E	pillar half A (redraw)		41	gate (struck out)
0F	mirror frontpiece		42	gate (struck out)
10	pillar bottom A		43	gate bottom (STA)
11	floor half mask		44	gate bottom (ORA)
12	floor half A		45	posts frontpiece
13	rubble frontpiece		46	gate frontpiece
14	mirror A		47	stripe
15	floor D		48	pillar bottom frontpiece
16	panel w/floor D		49	pillar top frontpiece
17	panel w/o floor D		4A	mirror B
18	down pressplate D		4B	up pressplate A
19	pressplate D		4C	up pressplate D
1A	pillar bottom B		4D	exit1 B
1B	loose floor B		4E	exit2 B
1C	pillar top B		4F	exit1 C
1D	pillar top C		50	exit2 C
1E	loose floor A (1)		51	torch B
1F	loose floor A (2)		52	flame (1)
20	rubble A		53	flame (2)
21	rubble B		54	flame (3)
22	spikes A (2)		55	flame (4)
23	spikes B (2)		56	flame (5)
24	spikes A (3)		57	bottom jaw (1)
25	spikes B (3)		58	top jaw (2)
26	spikes A (4)		59	bottom jaw (2)
27	spikes B (4)		5A	top jaw (3)
28	spikes A (5)		5B	bottom jaw (3)
29	spikes B (5)		5C	top jaw (4)
2A	spikes A (6)		5D	bottom jaw (4)
2B	spikes B (6)		5E	top jaw (5)
2C	loose floor D (1)		5F	bottom jaw (5)
2D	loose floor D (2)		60	
2E	rubble D		61	flame (6)
2F	gate C (1)		62	flame (7)
30	gate C (2)		63	flame (8)
31	gate C (3)		64	flame (9)
32	gate C (4)		65	jaw front (1)
33	gate C (5)		66	jaw front (2)
			67	jaw front (3)
			68	jaw front (4)
			69	jaw front (5)

파트 2: 실패작에서 대히트까지

Part 2: From Flop to Megahit

OCTOBER 19, 1989 —
JANUARY 25, 1990

30

National®
Brand
Narrow Ruled Eye-Ease® Paper
Single Subject
Dennison National Company, Holyoke, MA 01041

33-004
80 Sheets
8¼ x 6⅞

"You really have to see it to believe it."

Computer Entertainer

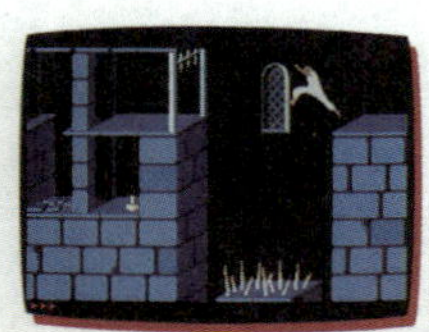

❋❋

I t's like an Arabian nights movie come to life . . . with you as the star! In Prince of Persia, you'll plunge into an exotic world of challenging puzzles, tumultuous action and animation so fantastic it has reviewers reaching for superlatives:

"(★★★★/★★★★) Incredibly realistic. . . . The adventurer character actually looks human as he runs, jumps, climbs and hangs from ledges."

Computer Entertainer

"An unmitigated delight . . . comes as close to (perfection) as any arcade game has come in a long, long, long time . . . what makes this game so wonderful (am I gushing?) is that the little onscreen character does not move like a little onscreen character—he moves like a person."

Nibble

"Superb double-high-resolution graphics images and responsive, smooth animation work beautifully together to create an almost cinematic experience."

inCider/A+

"A tremendous achievement . . . Mechner has crafted the smoothest animation ever seen in a game of this type.
"*Prince of Persia* is the *Star Wars* of its field."

Computer Gaming World

But don't take their word. You really *do* have to see it to believe it.

Brøderbund®

For more information about Brøderbund Software and our products, call us at (800) 521–6263.

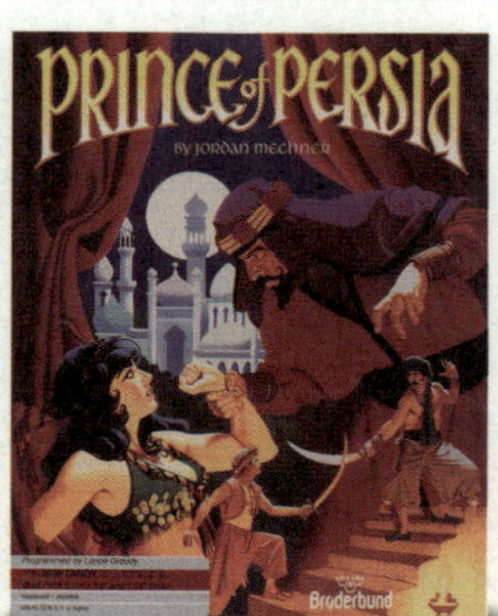

270

불편한 침묵

1989년 10월 18일

@Paint Inc. / Alamy Stock Photo.
Used by permission.

새벽 3시로부터 10분 전. 흐릿한 불안감을 느끼며 잠에서 깼다. 마치 진동이 시작되길 기다리기라도 한 듯이.

그리곤, 흔들렸다. 울렁이는 것 같기도, 우르르 울리는 것 같기도 했다. 난 꼼짝도 못 하고 누운 채 심장이 두근거리는 소리만 듣고 있었다. 꿈인지 현실인지도 분간할 수 없었다. 일어난 후엔 TV를 틀고 지진에 대한 방송이 나오길 기다렸지만, 아무 얘기도 없자 다시 침대에 누웠다.

다시 자려고 해도 잠을 이룰 수 없었다. 15분 후에 두 번째 지진이 왔다. 이번에는 건물 전체가 흔들렸다. 지금은 거실의 TV 앞에 앉아 KCBS 오디오 채널을 들으며[67], 방송을 통해 지진 발생 시각과 규모를 확인해 보는 중이다. 2:53에 진도 4.2, 3:14에 진도 5.0이었다.

정말 이상했던 건, 지진이 밀어닥치기 전에 받은 느낌이었다. 그건 마치 하루 종일 보트를 타고서, 그날 밤 침대에 누워 막 잠

[67] 미국 케이블 TV에서는 주요 라디오 방송을 검은색 화면에 소리로만 들려주는 오디오 채널이 있는 경우가 많다.

들 때쯤 아직 물 위에 있는 것처럼 흔들리고 요동치는 느낌에 휩싸이는 듯한, 그런 감각이었으니까.

* * *

큰 지진은 어제 덮쳐 왔다. 오후 다섯 시를 막 지날 무렵이었다. 난 집에서 맥을 사용하고 있었다. 흔들림이 시작되자 일어서서 방문 앞으로 나갔는데, 듣고 있던 CD(〈¡Oye Listen! Compacto Caliente〉)가 튀기 시작했다. 전원이 나갔다. SPA에서 받았던 「카라테카」 기념패가 떨어졌다. 책장들과 벽의 간격이 벌어졌다. CD들이 바닥에 우수수 쏟아졌다. 자동차 알람을 비롯한 각종 경보 소리가 거리로 울려 퍼지기 시작했다. 나중에 라디오에서 지진이 불과 15초 정도만 지속 되었다는 보도를 들었지만 난 믿을 수가 없었다.

지진이 멈췄고 나는 멍하니 서 있었다. 우리 집 건너편 건물의 창문이 열리더니 빌딩 관리인이 고개를 내밀었다. 그가 다시 창문을 닫고 들어갈 때까지, 우린 그저 서로를 멍하니 쳐다볼 뿐이었다. 연기와 사이렌 소리가 뒤덮인 거리로 사람들이 쏟아져 나왔다. 갑자기 밖으로 나가고 싶은 충동을 강하게 느꼈다. 토미의 거대한 거울이 떨어져 유리 파편들이 산산이 흩어져 있는 바닥을 돌아, 조심스럽게 복도 테이블을 지났다. 난 물건이 깨지는 소리조차 들은 적이 없었다.

계단을 내려갔다. 내 집 현관을 포함해 벽 전체에 상당한 금이 가 있었고, 카펫 위는 부서져 내린 회반죽 조각이 널려 있었다.

아래층에서 관리인과 함께 한 번도 본 적이 없는 젊은 여자 둘을 만났다. (201호에 사는) 키가 큰 금발 여자가 내 어깨에 손을 얹고 물었다. "괜찮아요? 안색이 안 좋네요!" 좀 지나자 빌딩 앞에 모인 사람들이 작은 무리를 이루게 되었다. 고작 10분 만에 여기서 살았던 지난 15개월 동안보다 더 많은 이웃들을 만났다.

금발 여자는 자기 워크맨을 통해 들려오는 소식을 사람들에게 전해 주었다. 지진이 얼마나 지독했는지도 언제 들이닥쳤는지도 우린 전혀 몰랐다. LA 쪽이 제일 강력했고 우리 지역은 거의 말단에 가까웠다는 게 우리가 아는 전부였다. 구체적인 숫자가 들어오기 시작했다. 5.5, 5.6, 5.9. 야구 경기는 취소되었다. 교통 흐름은 회복되었다—평소의 러시아워 수준으로 돌아왔다는 얘기다. 자동차 알람과 화재 경보가 꺼지자 모든 게 조용해졌다. 단지 이상한 검은 구름이 오클랜드 쪽 지평선에 걸려 있을 뿐이었다.

위층으로 올라가 피해 상황을 확인해 봤다. 전화와 전기는 여전히 나가 있었다. 다시 밖으로 나가 사람들 무리에 합류했다. (관리인) 밥과 (건물주) 래리가 빌딩 상태를 간단히 조사하고 있었다. 문득 토미가 어디 있는지 염려되었다. 그녀는 랍 핑클스타인 Rob Finkelstein과 멘로 파크 Menlo Park에서 만나 TV로 경기를 볼 예정이라고 했었다. 주변을 두리번거리니, 저 멀리 보도 위를 걸어 내려오는 그녀의 모습이 보였다. 누군가를 발견한 게 그렇게 기뻤던 적이 없었다.

토미의 차에 앉아 라디오를 들었다. 몇몇 빌딩이 시장 남쪽으로 붕괴되었고 베이 브리지의 50피트 구간이 무너졌다는 소식을 듣고서야, 우리가 대형 사고의 한가운데에 있었음을 실감할 수 있었다. 현재 지진 강도는 6.9 내지는 7.0으로 추정되고 있었다.

토미와 위층으로 올라가 집안 상황을 보여 주었다. 그녀는 충격을 받았다. 아무래도 도시를 빠져나가는 게 좋을 것 같았지만, 라디오는 다들 어디 가지 말고 가만히 있으라고 말하고 있었고, 도시를 빠져나가는 차들이 밀집해 주차장으로 변해버린 도로 한가운데에 갇힐, 바람직스럽지 못한 가능성도 있었다. 하지만 결국 우리는 위험을 감수하기로 했다. 정든 이웃들을 남겨 두고는 여행 가방을 들고 정문으로 나오자니, 비겁한 배신자가 된 기분이었다. "여길 떠나려는 거군, 응?" 건물주인 래리가 샌프란시스코 토박이의 멸시를 담아 덧붙였다. "똑똑하시네."

운전 역시 겁나는 일이었다. 신호등은 전부 나가 버렸고, 프레지디오Presidio에서 시작된 러시아워 정체는 평소보다 더 심했다. 토미가 나를 앞서 갔는지 뒤에서 기다리는지도 알 수 없어, 토미의 차를 놓쳐 버려 뿔뿔이 나뉘게 된 내 운전 솜씨를 질책했다. 이대로 정체가 더 심해지고 도로가 완전히 마비되어 (다리는 아직 통과 가능한 걸까?) 차를 버려야만 할 상황도 충분히 일어날 수 있을 것 같았다. 만약 그렇게 되면, 우린 서로를 절대 찾지 못하겠지. 언덕을 넘자 마리나Marina에서 화재로 불길이 일렁이는 모습이 보였다.

그 직후, 다행스럽게도 토미가 리온 가Lyon St.에서 차를 대고

기다리는 것을 발견해 안도의 한숨을 쉬었다. 일단 금문교에 다다르자 교통 정체도 해소되었다. 우리는 밀 밸리에 있는 토미의 집으로 가서 TV 앞에 앉아 뉴스 속보로 계속 들어오는 믿을 수 없는 장면들을 지켜보았다. 마음속에선 도시에서 도망쳐 나온 데 대한 상실감이 계속 커져, 현지에서 이 사건의 일부로 남는 게 더 좋지 않았을까 생각하기도 했다. 하지만 전기와 음식이 있다는 것은 좋은 일이다. 영화도 보러 갔다. 내진 설계된 세쿼이어 트윈Sequoia Twin 빌딩으로.

1989년 10월 19일

샌프란시스코로 돌아왔다. 불타버린 빌딩도 구경하고 래리 힝Larry Hing 동상이 여전히 서 있는지 보러갈 겸(여전히 있었다), 마리나까지 산책을 다녀왔다. 아직 여기저기 단전 중인 곳도 있고, 통행 금지 상태인 길들도 꽤 있지만, 전반적으로는 모두들 일상적인 삶으로 돌아가고 있는 것 같다.

우리 건물의 피해 상태: 온수 불능, 엘리베이터 고장, 로비와 계단은 소등 상태, 화재 비상구는 '출입 금지 구역' 간판으로 봉인.

1989년 10월 20일

NYU 필름 스쿨의 입학신청서가 도착했다. 빈 칸을 채우기 시작했다. 엄청 떨린다.

로버트가 우리 동네에 왔다. 버클리로 차를 몰고 나가 저녁을 먹었다(지진 이후 처음으로 베이 브리지를 건넜다). 그는 산업 단지를 벗어나 예일에서 새로운 삶을 시작했다는 사실에 행복해 하고 있다. 내가 NYU 입학을 간절히 원하는 이유도 아마 그와 비슷할 것이다.

1989년 11월 21일

버지니아가 〈어둠 속에서〉 프로젝트의 사후 보고 차 전화했다. 그녀는 이제 완전히 손을 떼었다. 말하자면 제임스 알렉스는 정신병자이며 자멸적인 인간이고, 이 영화가 잘될 수 있었는데 그가 아브라모프 형제를 끌어들이는 바람에 다 망쳐 버렸다는 등등의 이야기였다.

1989년 11월 28일

조지가 전화로, 이번 주말에 내가 비행기로 텍사스에 간 후 거기서 L.A.까지 그와 함께 차로 돌아오는 여행은 어떻겠느냐고 제안했다. 물론 좋다고 했다. 거절할 이유가 없지. 집에서 벗어날 수 있고, 다른 영화 학교들을 찾아가 볼 기회이기도 하니까.

당시 조지는 아처 시티Archer City에서 피터 보그다노비치 감독의 〈마지막 영화관The Last Picture Show〉 속편, 〈텍사스빌〉의 메이킹 다큐멘터리를 촬영 중이었어요.

1989년 11월 30일

[텍사스] 지금 댈러스Dallas 포트워스Fort Worth 공항 상층의 C-2 출구 바깥쪽 연석에 걸터앉아 있다. 비행기가 3시에 도착했고, 3:30 버스를 놓쳤는데, 다음 차는 5:30 전까진 없단다. 버스를 타고도 2시간은 가야 하니, 도대체 언제쯤이면 조지와 만날 수

있을지 가늠이 안 된다. 조지에게 연락할 방도도 없다. 조지의 전화는 불통 상태고, 내가 텍사스빌 여관에 남긴 메시지를 그가 받을지 어떨지 누가 알겠는가. 다른 말로 하면, 딱 전형적인 조지스러운 상황.

조지가 잡는 만남은 자주 이렇게 과정이 엉망이 되곤 했는데, 저는 알면서도 항상 받아들였어요. 그래도 만남이 후회되는 경우는 거의 없더군요.

1989년 12월 1일

조지, 신디Cindy와 함께 조지가 만들고 있는 다큐멘터리의 마지막 몇 장면을 찍느라 하루를 보냈다. 유명한 채굴광wildcatter이자 위치타 폴스Wichita Falls의 첫 번째 시민인 (그리고 영화에서 제프 브리지스Jeff Bridges가 연기한 캐릭터의 모델이 되었던) 러스티 린드만Rusty Lindeman과 그의 딸이 우리에게 점심을 대접해 주었다.

러스티는 이렇게 말했다. "난 집을 빌리거나 사는 데 돈을 쓴 적이 없다네. 평생 단 한 번도." 그러니까, 빈 땅이 주변에 널려 있고 거기에 스스로 집을 짓기만 하면 되는데, 왜 남의 집에 들어가 살려고 아까운 돈을 쓰느냐는 말이었다. 그는 나에게 칫솔을 하나 건네 주었다. "매번 치과에 갈 때마다 의사 선생이 하나씩 주는 물건인데, 내 픽업트럭 사물함이 어느새 이걸로 가득 차서 말이야."

1989년 12월 2일

[앨버커키Albuquerque] 맥도널드 주차장에서 재니스 킴이 나타나길 기다리느라 얼어 죽을 것 같다. 그녀는 한 블록 아래 있는 비디오 월드에서 저녁 근무를 한다. 우리는 커피 한 잔 하고 난

후에 다시 길을 달릴 예정이다.

조지는 밤새 쭉 달리고 싶단다. 정신 나간 게 분명하다. 우리는 아침 8시부터 계속 달리고 있고, 그는 눈을 감으면 30초 내에 코까지 골며 곯아떨어진다. 만약 그가 운전하다 졸기라도 한다면 우리 둘 다 죽고 말겠지.

1989년 12월 3일

[패서디나 Pasadena**]** 그래, 제대로 읽은 게 맞다. 내가 그렇게 반대했음에도 불구하고, 조지가 결국 날 설득하여 우리는 밤새도록 달렸다. 우리는 번갈아 가며 조수석에서 잠을 잤고, 딱 한 번 쉬었다(LA로부터 100마일 남은 지점의 갓길에 차를 세우고, 동 트기 직전에 한 시간쯤 잤다). 캐슬 그린 아파트 앞에 도착한 것은 오전 8시로, 아처 시티Archer City에서 출발하여 시간대가 다른 두 지역을 24시간 만에 주파한 것이다.

1989년 12월 4일

조지와 L.A.에 머무는 중. <u>AFI를 둘러보았다</u>. 아마도 지원은 해보겠지만, NYU가 내게는 더 나은 선택일 듯하다. 큰 대학교 특유의 공동체적 느낌이나 활기를 전혀 느끼지 못했다. 그저 할리우드 언덕 위 가톨릭 여학교 옆에 세워진 예쁜 빌딩들일 뿐이다. 내가 여기 다닌다면, 수업이 끝나면 주차장에서 차를 몰고 나와 햄버거 햄릿Hamburger Hamlet이든 집이든 혹은 어디로든 향하는 식의 따분한 일상이 되겠지.

그로부터 25년 뒤, 저는 AFI 코앞으로 이주하게 됩니다.

1989년 12월 12일

[샌프란시스코로 복귀] 월간 〈컴퓨터 게이밍 월드Computer Gaming World〉에 찰스 아데이Charles Ardai의 멋진 리뷰가 실렸다. 그는 「페르시아의 왕자」를 '이 분야의 〈스타 워즈〉'라고 이름 붙여 주었다. 내 이력서에도 강조해 인용해야지. 또한 밥 슈워백Bob Schwabach의 외부 칼럼에도 좋게 소개되어, 크리스마스 시즌 판매에 도움이 될 것 같다.

일본에서 돌아온 앨런 바이스가 전하길, 토세이Tosei[68] 게임보이로의 이식에 관심이 많지만 정작 닌텐도 쪽에서 태도가 미적지근하다고 한다. 우리는 대신 세가 및 NEC[69] 버전을 진행할 가능성에 대해 논의했다. 잘 팔릴지는 불투명하다. 어느 쪽이 됐든 게임보이 쪽은 해프닝으로 끝날 것 같으니, 성사만 된다면 좋은 소식이 될 거다. 토세이는 3월까지는 작업을 시작하지 못할 것 같지만, 6월까지는 끝내고 싶어 한다고 한다.

대니 골린이 아미가 이식판을 내자는 제안을 들고 왔다.

1990년 1월 10일

래리 터먼이 NYU에 보낼 내 추천서를 써 주기로 했다. 그는 NYU와 USC가 최고의 학교라고 생각한다. 아들인 앤드류가 얼마 전 USC에 입학했으니까.

---

68 토세(Tose Software, Inc.)를 말한다. 토세는 1979년 설립된 일본의 소프트 개발사로, 자체개발보다는 이미 개발된 타사 소프트의 이식 하청 개발에 특화된 독특한 회사다.
69 일본 NEC의 8비트 게임기 PC엔진의 북미지역 브랜드 네임인 터보 그래픽스 16(TurboGrafx-16)를 말한다.

「페르시아의 왕자」가 〈컴퓨터 엔터테이너Computer Entertainer〉 잡지에서 '올해의 게임' 상을 수상했다고, 브라이언이 전해 주었다.

1990년 1월 11일

영화학교 지원서에 첨부할 용도로, 브로더번드의 비디오 편집 기자재를 이용하여 「페르시아의 왕자」의 6분짜리 데모 테이프를 만들었다. 작업에 6시간이나 걸렸다.

롤런드와 마린 조스Marin Joe's에서 늦은 저녁을 먹었다. 자정이 지나도록 이 업계 안에서 우리의 과거와 미래가 어떻게 될지 깊은 이야기를 나누었다. 그가 「프린트 샵 컴패니언」 개발을 끝내고 나면, 독립하여 함께 소프트웨어 회사를 세우자고 제안했다. 내가 (「페르시아의 왕자2」를 시작으로) 게임을 디자인하면 그가 프로그램으로 구현할 수 있으니까 말이다.

솔직한 생각으론, 난 매주 사무실에 **출근하는** 쪽이 좋다. 집에 온종일 앉아 있어야 한다면 아마도 미쳐 버릴 것이다. 하지만 어쨌든, 소프트웨어 회사 설립도 인생이라는 이름의 추첨 기계에 들어있는 공들 중 하나인 것이다.

빌 맥도나휴에게 아미가판 「페르시아의 왕자」 이식 작업을 제의하고, 대니 골린에게 줄 2만 달러의 선불을 요청했다.

"자네가 받을 다른 로열티를 이 작업에 대한 담보로 잡아도 되겠나?" 그가 물었다. 나는 물론이라고, 거절할 이유가 없다고 했다. 그는 아이처럼 밝게 웃었다. "자네는 역시 훌륭해! 그렇다면야 내가 싫다고 할 이유가 하나도 없군."

1990년 1월 16일

스콧 섐웨이는 프레시지 사에서 "페르시아의 왕자" 맥판의 프로그래밍을 맡아 줬어요.

브로더번드에 들러 12월분 로열티 수표를 받았다. 4,000달러.

스콧과 닉키가 사무실에 왔다. 맥용 이식 작업이 원래 일정에서 이미 6주 정도 늦어진 상태였다. 닉키에게는 그녀가 작업한 그래픽이 만족스럽지 않으니 다른 사람을 써야 할 것 같다고 선언했다. 그녀는 낙담했다. **끔찍한** 경험이었다. 이렇게 지독한 기분은 처음이다.

1990년 1월 21일

▲ 「페르시아의 왕자 파트Ⅱ」
아이디어 초안

〈페르시아의 왕자2〉 아이디어: 섀도우 맨! 벌써 패키지 앞면 그림용 스케치까지 그려 봤다. 섀도우 맨이 바위투성이 절벽에 홀로 서 있고 등 뒤에 보름달이 조명처럼 떠 있다. 속편에 썩 잘 어울리는, 대담한 느낌이다. 하지만 과연 페르시아가 2편의 무대가 될까?

1990년 1월 25일

브로더번드 작업으로 보냈던 한 주. 월요일에는 대니 골린과 아미가 이식 계약서에 사인했고 에드 번스타인과 점심을 먹었다. 화요일, 수요일, 그리고 목요일에는 IBM-PC 모니터 앞에 앉아 예전에 짐 세인트루이스가 작업했던 내 오리지널 애플 캐릭터 애니메이션의 EGA 버전을 좀 더 그럴싸하게 수정하기 위해 픽셀들을 이리저리 수정하며 노력해 보았다.

짐이 작업한 데이터는 절망스러우리만치 엉망이다. 이 데이터가 우리 작업에 뭔가 도움이 되기는 할지조차 장담 못 하겠다. 다 버리고 다시 만드는 것 외에는 방법이 없다. 처음에는 한 이삼 일 정도 재미 삼아 하려 했던 일이 어느새 거대한 프로젝트가 되어 버렸다. 3일 내내 지칠 때까지 작업했지만, 아직 절반도 끝내지 못했다.

브라이언과 랜스는 내가 매일 출근하는 모습을 보며 무척 흡족해 하고 있다. 별로 좋지 않은 이유 때문인데도 말이다. 첫날에는 랜스의 방에서, 나머지 이틀은 브라이언의 방에서 작업했다. 브라이언은 특히 박수라도 칠 듯이 신나 있었다.「페르시아의 왕자」가 얼마 전 또 (《니블Nibble》 잡지에서) 호평의 리뷰를 받았고, 회사에 도착하는 고객 엽서에 적힌 의견은 모두 '훌륭하다' 일색에다가, IBM판도 서서히 모양새를 갖추고 있고……. 이제는 나까지 그의 휘하에 있으니, 모든 것이 잘 돌아갈 것이라고 확신하고 있는 거다.

아버지께서 새로운 곡을 만들어 보내 주셨는데, 아버지와 톰 레티그Tom Rettig 모두 만족할 만한 결과가 나왔다. (아버지: "내가 작곡하고도 정말 마음에 든 곡은 이게 처음이란다." 톰: "제가 작업했던 것들 중에서도 가장 멋진 프로젝트였어요.") 심지어 랜스도 이 곡을 **좋아한다.**

더그가 오늘 켄과 로버타 윌리엄스 부부를 모셔와, 내가 그분들께 IBM판 「페르시아의 왕자」를 시연해 주었다. (켄: "애니메이션이 **훌륭하군.**") 더그는 이어서 나를 영화 업계 쪽으로 빼앗길 상황이라고 설명하면서, NYU 추천서를 엉망으로 써주는 등 이를 막으려고 갖은 노력 중이라고 덧붙였다.

켄과 로버타는 시에라 온라인Sierra On-Line사의 공동 설립자입니다. 로버타가 시에라의 초기 그래픽 어드벤처 게임을 개발할 때 사용했던 양질의 개발 기자재인 버사라이터VersaWriter는, 저도 「카라테카」 개발시에 로토스코프 애니메이션 제작 용도로 썼던 적이 있어요.

앨런 바이스가 다른 일을 맡게 된 탓에, NES 및 게임보이판 「페르시아의 왕자」의 미래가 잠시 불확실해졌다. 현재는 다이앤 드로스네스가 라이선스 관련 업무를 인계받고 있다. 토미와 나는 이미 그녀와 이야기를 나누었다. 닌텐도와의 라이선스가 성사되면 선불로 15만 달러를 받을 수 있고, 그 정도 로열티면… 3년간 영화 학교를 다닐 만한 학비로는 충분하니까… 이 정도면 정치적 공작이라도 펼쳐 볼 가치가 있다.

「페르시아의 왕자」를 (내 미래 소득의 흐름을 최대한 확장하기 위해) 가능한 한 많은 기종으로 이식하는 것은 전적으로 좋은 일이다. 하지만 요즈음 내가 정말 관심을 가지고 있는 것은 좀 더 커다란 가능성이다. 「페르시아의 왕자」의 속편들로 하나의 프랜차이즈를 만들어 보라는 아버지의 의견과, 브로더번드의 새로운 그래픽 어드벤처 라인을 지휘해 보라는 더그의 제안, 그리고 토미나 롤런드 혹은 랜스와 함께 회사를 창업하겠다는 나 자신의 아이디어가 내 의식 뒤편에서 함께 뒤섞여 움직이고 있다. 난 지금 이런 생각들이 정말로 매혹적이기 이를 데 없는 모습으로 합치되는 그 순간을 기다리는 중이다.

1990년 1월 26일

IBM판 「페르시아의 왕자」용 캐릭터 애니메이션을 만든다는 것은 정말 엄청난 작업이다. 이번 주에만 30시간을 쏟았지만 이제 겨우 절반 정도에 도달했다. 내가 지금 하고 있는 일은, 사실상 짐 세인트루이스의 결과물을 '다듬는' 게 아니라 완전히 갈아엎는 작업이 되고 말았다. 몇몇 부분은 애플판 오리지널 데이터로 다시 돌아가서 시작하기도 했다.

▲ 1990년 1월 26일부터 7월 19일까지 일지를 기록한 노트

짐이 나중에 출시된 제품을 봤을 때 자신의 모든 작업물이 새 데이터로 대체되었다는 사실을 눈치 채지 못했으면 좋겠다. 실은 지금 이렇게 내가 다시 해야만 하는 일에 시간과 돈을 낭비했다는 점보다, 오히려 그가 혹시라도 마음에 상처를 받을 가능성 쪽이 내 입맛을 더욱 쓰게 한다.

이제 모든 것이 자리를 잡아 가고 있다. 음향 효과, 음악, 그래픽. 톰 레티그, 아버지, 그리고 레일라는 정말 자기 몫 이상을 훌륭히 해냈다. 그들이 이 프로젝트를 자신이 가능한 최고의 결과와, 브라이언과 내가 기대한 이상의 시간을 쏟아부어 완성해 낸 것이다.

이 버전이야말로 「페르시아의 왕자」의 완전판이 될 것이다. VGA와 사운드 카드가 있는 빠른 컴퓨터에서 돌리게 된다면, 애플Ⅱ판은 상대도 되지 못하리라(그 반면, 〈카라테카〉의 이식판 중 그 어느 버전도 오리지널 애플Ⅱ판보다 뛰어나지 못했다). 새로운 목표인 4월 출시일에 맞출 수만 있다면, 5월에는 컴퓨터페스트Computerfest에 출품할 수 있을 것이다. 그랬으면 좋겠다. 정말이지, 그 가치에 합당한 대 히트작이 되었으면 좋겠다.

모든 게 올바른 방향으로 가고 있는 **듯도** 하다. 애플Ⅱ판은 여전히 브로더번드의 어떤 마케팅 지원도 받지 못하고 있지만 (그리고 보통 「카멘 샌디에고」 시리즈 신작이 한 달에 1,500장이나 팔리는 반면, 고작 한 달에 500장의 판매량을 기록중이지만), 호평이 가득한 리뷰들은 모두의 시선을 붙잡아 놓기에 부족하지 않다. 이제 모든 것은 IBM판이 얼마나 팔리느냐에 달려 있다(IBM판 '카멘'은 한 달에 5,000장이나 팔리는 중이다).

3개월 후면 뭔가 판가름이 나겠지. 그날이 기다려져 미칠 것만 같다.

이 업계가 내가 있기에 그리 나쁜 바닥이라곤 생각지 않는다. 이제 떠날 준비를 하자니, 오히려 아쉬워지기도 한다. 내가 직접 프로그래밍을 하지 않는 지금은 **더욱** 재미있다. 소프트웨어 회사를 세우고 일반적인 게임이나 교육용 게임을 만들어보는 것도 재밌을 것 같다.

하지만 NYU에 전일제 대학원생으로 다니면서 그 일을 어떻게 같이 하지? 두 가지를 동시에 하는 건 어리석은 일일 뿐이다. 예일 대를 다닐 때 그렇게 후회해 놓고서, NYU에서까지 다시 후회하고 싶지는 않다.

또 픽셀들을 이리저리 찍으면서 3년을 허비하긴 싫다. 비록 그게 재밌더라도 말이다. 난 **영화**를 만들고 싶다.

머리가 정말 혼란스럽다.

1990년 1월 31일

또 브로더번드에서 일주일. 프레임 별로 색을 입히느라 너무 피곤해져서, 밤에 잠들 무렵이면 색깔이 눈앞에 아른거리기까지 한다. 하지만 고생한 가치는 있었다. 2주 동안 허리가 아프도록 새 각본 작업도 미룬 채 작업한 결과, IBM판은 몰라보게 멋진 모습으로 바뀌어 돌아왔다. 특히 똑같은 그래픽이 아미가, 아타리 ST, CPC 판에도 쓰일 거라는 점을 고려하면, 이 정도 노력은 아깝지 않다.

▲ IBM-PC판 「페르시아의 왕자」의
게임 플레이 도중 화면

그리고 정말 **볼만하기까지** 하다. 내가 VGA 버전에서 기대했던 그 모든 것이 이루어졌다. 3차원 그림자가 들어간 배경과 깔끔하게 그려져 움직이는 캐릭터들이 어우러져, 마치 디즈니 영화처럼 보인다. 사람들이 이 새로운 캐릭터들이 움직이는 게임을 보게 되면 분명 깜짝 놀라겠지. 존 베이커가 사무실을 나서는 도중 랜스의 책상에서 멈췄는데, 새로운 음악과 함께 나오는 오프닝 장면을 보더니 경탄을 금치 못했다. "이거 **끝내주는군!**" 전혀 평소의 베이커스럽지 않은 말투였다.

정치적으로도 상황은 더할 나위 없이 좋다. IBM판 「페르시아의 왕자」는 브로더번드의 사내 개발팀이 어느 정도의 역량을 가졌는지를 보여 주는 실험적 사례로 거론되고 있다. 만약 이 게임이 히트한다면, 수장인 PD로서 효율적인 시스템 하에서 개발하기 위해 브로더번드에서의 임기 내내 심혈을 기울였던 존 베이커의 모든 노력이 결실을 맺었다는 상징이 될 것이다.

솔직히 말하자면, 적어도 이번 프로젝트의 경우 그 '시스템'은 상당히 많은 비공식적 작업을 아끼지 않았던 원작 개발자의 덕이지만—만약 내가 지난 7개월간 유럽에 가 있었고 아버지께서 새 음악을 작업하시지 않았더라면, 아마 작업은 좀 더 빨리 완료되었을지 몰라도 이렇게 멋진 결과물이 나오진 않았을 것이다—, 그래도 개의치 않는다. 나보다는 사내 개발 팀의 승리로 보이는 쪽이 더 나으니까. 그래야 QA, 마케팅, 홍보와 세일즈 팀이 이 게임의 가치를 알아보고 적극적으로 도와줄 것이기 때문이다.

1990년 2월 2일

이달도 애플Ⅱ판 「페르시아의 왕자」의 판매량은 볼품없었다. 고작 600여 장. 같은 달 「카라테카」조차도 200장, 「윙즈 오브 퓨리」도 400장, 「앤시언트 아트 오브 워」[70]도 700장은 팔렸다. 요약하자면, 수 년 전에 나온 낡고 고루하고 잊혀진 애플Ⅱ 게임들만도 판매량이 나을 게 없다는 말이다.

▲ 애플Ⅱ판 「페르시아의 왕자」의 게임 디스크

같은 달, 애플Ⅱ판 「카멘 샌디에고는 어느 시대에 있나?Where in Time is Carmen Sandiego?」는 15,000장이나 팔렸다.

짜증난다. 리뷰에서는 다들 역사상 최고의 애플 게임이라고 하는데. 이달에 「카멘 샌디에고」를 구매하신 15,000명의 애플 유저님들은 도대체 뭐지? 이 사람들은 잡지 하나 읽어 보지도 않나? 이 게임이 나온 걸 알고는 있는 걸까?

참아라, 메크너. 「카라테카」도 발매 후에 (1985년 6월에 12,000장으로) 판매량이 처음으로 일거에 뛰어오르기까지 일곱 달이나 걸렸잖아. 「페르시아의 왕자」는 이제 발매 후 4개월 지났을 뿐이야. (하지만 「페르시아의 왕자」는 현재 소매점에 3,000장이 풀려 있다. 즉 매장에서 재주문이 오지 않고 있다는 의미다. 왜일까? 뭔가 끔찍한 일이 일어나고 있다는 두려움을 떨칠 수가 없다 — 이대로 그냥 묻혀 버릴지도 모른다는.)

---

[70] Ancient Art of War: 에브리웨어(Evryware) 사가 개발하여 1984년 브로더번드를 통해 발매된 애플용 전략 시뮬레이션 게임. 제목에서 짐작되듯 〈손자병법〉을 테마로 한 게임으로(손자병법의 영어권 제목이 바로 〈The Art of War〉), 가위바위보 식의 밸런스 개념을 도입한 유닛 디자인을 바탕으로 초기 실시간 전략(RTS) 게임 개념의 시초를 다진 작품 중 하나로 꼽는다.

진정해. IBM판은 차질 없이 진행되고 있어. 애플Ⅱ판에서 무슨 일이 일어나든 그건 별로 중요치 않아.

맙소사. 난 이 게임이 성공하기를 너무나 간절히 바라고 있다. 내가 만들 수 있는 최고의 게임이니까. 적어도 내가 보기에, 내가 할 수 있는 일은 모두 제대로 해냈다. 만약 이 게임이 히트하지 못한다면, 이 업계에는 더 이상 있고 싶지도 않다.

적어도 NYU에 원서는 냈지. 하지만 「페르시아의 왕자」가 성공하지 못하면, 난 어떻게 학비를 대나? 1년에 13,000달러나 드는데! 여기에 시내에 거주할 비용까지…….

IBM판은 **4월**이나 되어야 출시된다. 세 달. 그동안 어떻게든 이런 상황에서 내 관심을 돌려야겠다.

이를테면, 다음 영화 각본을 마무리한다던지.

「데스바운스Deathbounce」[71]가 거부되었을 때, 이미 그 게임은 잊어 버린 지 오래였다. 「카라테카」가 출시된 후의 4개월간, 게임은 망한 것 같았지만 실망감은 오히려 가벼웠다—학업에 집중하고 있었으니까.

만약 「페르시아의 왕자」가 실패한다면, 내 심장을 칼로 도려내는 기분일 거다.

낯선 나라로 여행을 떠나고 싶다. 어딘가 이국적이고 로맨틱

[71] 조던 메크너의 비공식적인 처녀 작품. 예일 대에 막 입학한 17세(1982년) 때 애플 Ⅱ 로 개발했던 게임으로, 아타리의 인기작 「아스테로이드(Asteroids)」와 유사한 슈팅 게임이었다. 메크너는 이 게임을 브로더번드에 보내 퍼블리싱을 요청했지만 단순하고 독창적이지 못해 결국 채택이 거부당한다. 하지만 기술적으로는 잘 만든 게임이라는 데 주목한 사장 더그 칼스턴이 메크너에게 연락을 보내고, 이것이 브로더번드와 메크너의 인연이 이어지는 계기가 되어 「카라테카」의 퍼블리싱에 이른다. 「데스바운스」에 얽힌 이야기 및 실기 구동 비디오는 메크너의 개인 블로그에서도 볼 수 있다. http://jordanmechner.com/blog/2012/04/deathbounce/

한, 미국과는 완전히 다른 느낌의 나라로. 예를 들어 인도. 중국. 또는 러시아. 지금 저지르지 않으면 다시는 할 기회가 없겠지—만물에서 해답을 찾고, 사랑에 빠지길 기대하는, 젊을 때이니까 할 수 있는 그런 여행을.

1990년 2월 5일

브로더번드에서의 또 하루. 오늘은 그래픽 작업에는 손도 대지 못했다. 하루 종일 사람들만 만나러 다녔다. 헨리 야마모토(NEC 9801[72] 버전. 3개월간의 작업 후 썩 괜찮아졌다. 다른 일본 PC판들도 아마 그럴 듯), 다이앤 드로스네스(아케이드 게임기 라이선싱), 롤런드(3.5" 애플II판. 고질적인 문제를 일으켰던 버그를 모두 고쳤다) 등등. 물론 톰, 랜스, 그리고 레일라도.

IBM판은 이를 본 사람 모두에게 깊은 감명을 주고 있다. 내 확신도 더욱 분명해지고 있다.

짐 알렉스와도 이야기를 나누었다. 그는 내가 조만간 인기 작가로 뜨게 될 것이라면서 내 다음 각본도 영화로 만들고 싶다고 했다. 그가 말하길 파라마운트와 최우선 협상 계약first-look deal을 가졌지만 조건이 별로 맞지 않아 관두었고, 지금은 MGM과 유니버설, 하나도 아닌 두 스튜디오와의 계약 성사가 목전이라고 했다. "이 영화가 꼭 만들어지게 하겠다고 내 약속하지." 이쯤에서야 내가 지금 정신적으로 완전히 망가지기 일보 직전인 사람

---

72 NEC PC-9801을 말한다. PC-9801은 NEC가 1982년부터 생산하기 시작한 16비트 PC 브랜드로, 8비트 PC 브랜드인 PC-8801과 함께 90년대 일본 PC 전성기엔 90% 이상의 점유율을 자랑해 국민 PC로 불렸다. 8~90년대 일본의 PC게임 산업을 견인한 기념비적인 기기이기도 하다.

과 대화 중이라는 사실을 어렴풋이 알 수 있었다. 그를 믿을 수 없었던 건 물론이고, 논리적으로도 그가 장담한 여러 말들이 전부 진실일 수가 없었으니까.

반면, 래리 터먼은 NYU에 보낸 내 추천장의 사본을 내게도 발송해 주었다. 따뜻하고 밝은 내용. **이 사람이야말로** 영화 제작자이자 신사다. 그가 현재 전성기라고는 할 수 없지만, 기회가 닿으면 주저 없이 그와 다시 일할 것이다. 인생 경험이 쌓일수록 자신이 좋아하고 존경하는 사람들과 함께 일하는 것이 무엇보다 중요하다는 점을 더욱 깨닫게 된다.

1990년 2월 8일

〈어둠 속에서〉 프로젝트에서 짐 알렉스의 후원자였던 잭 아브라모프로부터 전화가 왔다. 그는 스토리 개요를 정리해 보내 줄 수 있느냐고 물었다. 또한 주연인 십대 소녀 배역으로 추천할 만한 배우는 없는지도 물었다. 괜찮은 사람 같아 보였다. 비록 내가 다른 사람들에게 들은 바로는 모두 정반대였지만. 그는 〈레드 스콜피온Red Scorpion〉이 자기 작품이라고 말했다.

"빌려서 한번 보죠." 내가 말했다.

그가 웃으며 대답했다. "됐네. 람보의 광적인 팬이라면 또 몰라도."

VGA IBM판 「페르시아의 왕자」는 화요일에 QA로 들어갔다.

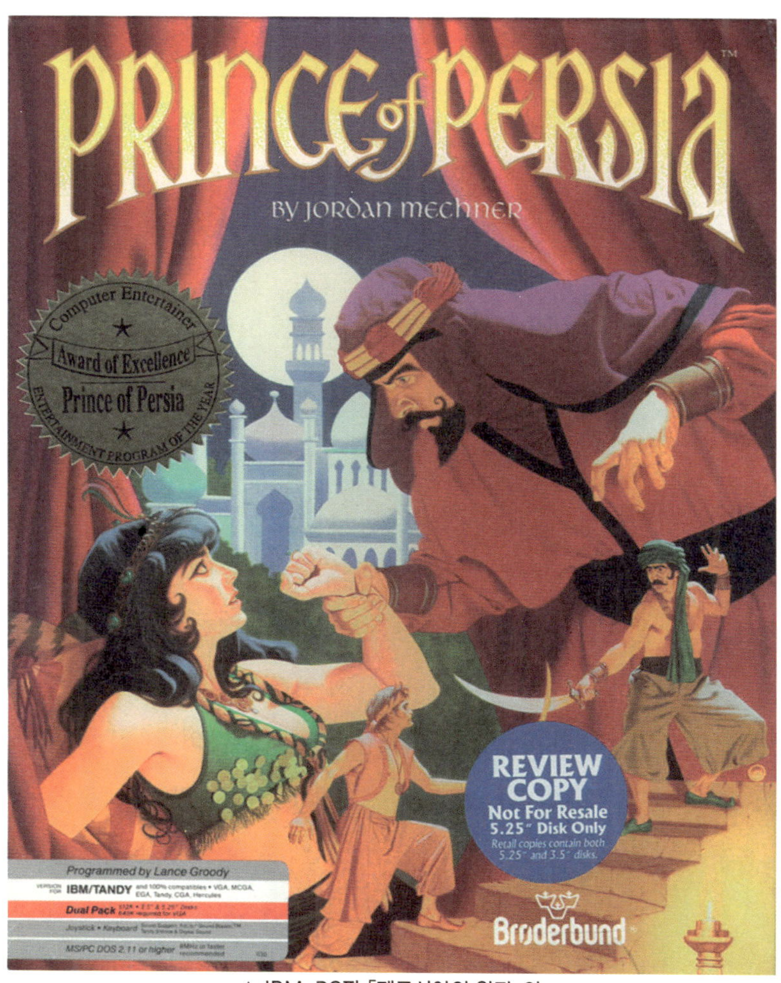

▲ IBM-PC판 「페르시아의 왕자」의
게임 패키지

“저기서 그렇게 죽어 가고 있다니”

1990년 2월 22일

다이앤 드로스네스가 주차장에서 나를 불러 지금 「페르시아의 왕자」 관련 후속 조치들을 진행하고 있으며, 닌텐도와 게임보이에 더해 아케이드 게임으로도 라이선스를 추진할 예정이라고 말했다.

1990년 2월 23일

브로더번드 창립 10주년 기념 파티.

1990년 3월 5일

여름 날씨가 눈부시게 좋았던 하루였다. 브라이언, 랍, 데인, 에드와 함께 베이 근처의 차이나 캠프China Camp로 가는 피크닉 출발 시간에 맞추어 브로더번드에 도착했다.

일본에서 온 새로운 NEC 9801용 「페르시아의 왕자」를 보았다. 아름다웠다. 깜짝 놀랄 정도로. 정말 멋진 기분이었

▲ 일본제 PC인 NEC PC-9801판의 「페르시아의 왕자」 게임 화면들

다. 랜스의 말에 동감했다. "마치 자기가 쓴 책을 바탕으로 만들어진 영화를 보는 느낌이군."

더그는 「페르시아의 왕자」에 롤랜드 MT-32[73] 호환 기능을 추가하자며 완전히 들떠 있었다. 좋은 생각이긴 한데, 그렇게 되면 발매일이 밀릴 수밖에 없다. 우리는 열심히 설득해 겨우 더그의 마음을 돌려 놓았다. 가까스로.

애플판 「페르시아의 왕자」는 지난달에 150장도 팔리지 않았다. 저기서 그렇게 죽어가고 있다니. 도저히 믿을 수 없다. 로리는 내게 마케팅 매니저이신 라트리샤 T.가 했다는 말을 전해 주었다. "그냥 아케이드 게임이잖아. 원래 아케이드 게임은 안 팔린다고."

아무래도 라트리샤에게 점심을 사 줄 때인 것 같다.

▲ 일본제 PC인 NEC PC-9801판의 「페르시아의 왕자」 게임 화면들

더그가 이 게임에 열광하고 있다는 사실을 어떻게 잘 연결해서 써먹을 방법이 있다면 좋겠는데.

[73] MT-32: 일본의 전자악기 및 MIDI계 대형 메이커인 롤랜드 사가 1987년에 내놓은 MIDI 신디사이저 모듈. 주로 전문 음악인들의 전자음악 작곡용으로 쓰였지만, PC에 연결할 경우 게임이나 소프트웨어가 이를 지원하면 MT-32의 음원을 이용하여 게임 BGM의 퀄리티를 상승시킬 수 있었다. 지금의 사운드 카드 개념이 있기 전, 빈약한 사운드의 IBM-PC를 보조하는 개념으로 사용되었다고 보면 된다. 다만 기기 자체가 비교적 고가로 구입이 어려웠기에 이를 활용하는 게임은 많지 않았다. 시에라 온라인 등 대형 PC게임 회사의 게임이 고가의 MIDI 모듈을 잘 지원하는 편이었다.

내가 원하는 건 단순하다. **(1)** IBM판에 대한 마케팅 지원. **(2)** 여러 게임기로의 라이선싱.

라트리샤와 다이앤 양쪽 모두, 내 운명을 손에 쥐고 있는 사람들이다. 그리고 둘 다 컴퓨터 게임에 대한 지식은 고사하고, 이 게임을 특별하게 만들어 줄 아이디어에 대해서도 아는 게 아무 것도 없다.

1990년 3월 6일

대니 골린이 살고 있는 포레스트 놀스Forest Knolls로 차를 몰았다. 그가 자신의 작업 환경을 보여 주었고, 우린 페어팩스Fairfax에서 함께 점심을 먹었다. 소프트웨어 산업이 과거의 내게 어떤 의미였나를 여러 가지로 다시 떠올리게 하는, 옛 추억이 피어오르는 하루였다. 이에 대해 더 적어두고 싶지만, 일단 쿠바 여행 준비부터 해야 한다.

제 다음 각본에 필요한 조사 차 쿠바에 갈 예정이었거든요.

1990년 3월 7일

롤런드가 아침을 먹으러 왔고, 함께 내 맥에 1MB 메모리를 추가로 설치했다. 롤런드는 8,000페이지짜리 MS 워드 파일을 만들어 보며 메모리를 테스트해 주었다.

1990년 3월 9일

라트리샤, 소피, 제시카Jessica와 점심을 먹었다. 라트리샤는 「페르시아의 왕자」 이야기를 별로 하고 싶어 하지 않는 듯해, 우리는 대신 내 할리우드 모험기를 화제로 삼았다. 로리의 말이 맞았다. 라트리샤는 이 게임을 좋아하지 **않는다.** 소피와 제시카마저 의욕적인데도, 라트리샤에게만은 이건 그저 아케이드 게임일 뿐이고, "아케이드 게임은 안 팔리는" 것일 뿐이다.

〈게임 워든즈Game Wardens〉에 아주 좋은 리뷰가 올라왔다.

애플II판 「페르시아의 왕자」 3.5" 버전이 드디어 오늘 QA 승인을 받았다.

IBM판은 이제 마지막 버그 몇 개만 남은 지점까지 왔다. 오 세상에, 정말 아름다운 물건이다. 플레이가 즐거움 그 자체다, 심지어 나에게조차도. 내가 본 가장 아름다운 게임이라 단언할 수 있다. 그리고 나만 이렇게 이야기하는 것도 아니다. 만약 이 걸로 10만 장을 팔지 못한다면, 세상에 정의란 없다고 생각하련다.

다이앤이 잠시 들러, 내게 게임을 코나미 쪽으로 찔러 보고 있다고 말했다. 그녀가 계속 노력하고 있어서 다행이다. 카트리지 게임 산업이 바닥을 치기 전에 좀 더 많이 팔 수 있기를 기대해 본다.

긴장감이 그야말로 견딜 수 없을 지경이다. 이 게임은 대히트해야 **마땅하다.** 25만 장 정도는 당연히 팔려야 한다. 최상의 조건, 예를 들어 게임기와 아케이드로 라이선싱까지 된다면, 최종적으로 백만 달러 이상을 버는 것도 가능은 하다. 정반대로, 모든 게 한낱… 꿈으로 끝날 수도 있다.

5월까지는 결코 알 수 없겠지. 두 달 남았다.

NYU에서 더그의 추천서가 도착하지 않았다고 알려 주었다. 그에게 전화해 추천서를 새로 써 달라고 부탁해야 했다. 더그는 짜증이 난 듯 했다. 어쩌면 롤랜드 MT-32 호환 제안이 실패로 끝난 데 아직도 화가 나 있던 걸지도 모르겠다. 그로서는 나에게 호의를 베풀려고 했는데, 내가 의욕이 없던 탓에 체면이 상하는 결과가 되었으니까.

1990년 3월 27일

제임스 알렉스에게서 2,000달러 수표가 도착했다. 〈어둠 속에서〉의 옵션 갱신 금액이었다.

IBM판 「페르시아의 왕자」의 최종 승인이 눈앞에 다가왔다. 이를 축하하기 위해 랜스, 레일라, 브라이언, 톰, 그리고 올리버를 금요일 저녁식사에 초대했다.

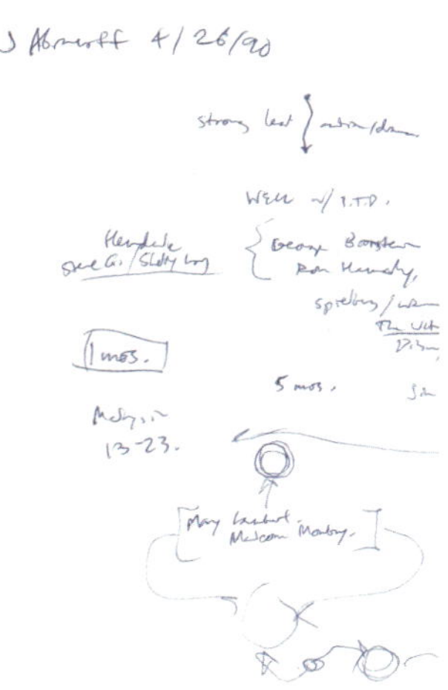

▲ 〈어둠 속에서〉 관련 메모

1990년 3월 29일

IBM판 「페르시아의 왕자」의 모든 버전이 최종 승인되었다. 만세! 이제 다음 차례는 아미가와 매킨토시판이다. 스콧이 걱정스럽다. 벌써 4월이 다가오는데 아직 알파 버전[74]도 보지 못

74 소프트웨어 개발 단계에서 내부 테스팅이 가능한 초기 버전을 말한다. 알파 버전이 완성되면, 외부에 내보일 수준은 아니지만 기본적인 동작과 이용이 가능해 테스트를 해 볼 수 있다. 알파 버전에서 발견된 문제와 버그를 잡고 다듬어 외부 사용자에게 테스트를 맡길 수 있는 수준에 다다른 것을 베타 버전(Beta Version)이라고 하며, 웹 서비스나 온라인 게임에 자주 붙는 '베타'도 이것에서 유래한다. 품질 관리(QA) 단계에 다다라 출시 직전의 최종 체크에 돌입한 베타 버전은 RC(Release Candidate)라고 한다.

했다.

1990년 3월 30일

버틀러스에서 IBM판 「페르시아의 왕자」 개발 완료 기념 저녁 식사를 했다. 랜스, 레일라, 브라이언, 올리, 톰, 그리고 나. 정말 즐거운 시간이었다. 내가 쐈고, 그들은 고마워했다. 식사하길 잘했다.

회사 미팅에서는 「울프 팩」[75]의 홍보 캠페인 계획이 발표되었다. 브라이언과 나는 질투로 속을 끓였다. 「페르시아의 왕자」가 이들이 이 상품에 쏟아 붓는 관심(혹은 돈) 중의 몇 쪼가리조차도 받지 못했다는 사실이 내겐 너무 속상하다.

라트리샤 T., 또 한 번 당신은 내 완전한 행복을 가로막았어!

브라이언, 존 베이커, 톰, 그리고 레일라는 「페르시아의 왕자2」를 사내 프로젝트로 진행하길 간절히 원하고 있다. 만약 내가 학교로 떠난다면, 속편 작업은 브로더번드에게 전적으로 맡겨 버리는 쪽이 마음이 편할 것 같다.

1990년 4월 3일

완벽한 봄날. 아미가 판 「페르시아의 왕자」를 살펴보기 위해 대니의 집에 다녀왔다. 대니는 일정을 잘 맞추고 있었다! 브라이언은 여전히 질려 버릴 만큼 회의적이다. 아무래도 대니가 분명

---

75 Wolf Pack: 노바로직(NovaLogic, Inc.) 사가 개발하여 1990년 브로더번드가 발매한 2차대전 잠수함 시뮬레이션 게임. 노바로직은 이후 「코만치」와 「델타포스」 등으로 밀리터리 게임의 명가가 된다.

「타이푼 톰슨」[76] 작업 때 상당한 불신을 야기시켜 모두에게 심각한 트라우마를 안겨 줬던 모양이다.

아주 멋진 소식: 탠디[77]가 「페르시아의 왕자」를 입고하기로 결정했다. 「울프 팩」을 제치고 우리 게임을 택한 것이다—하! 이거 보라고, 라트리샤! (스티브 던피Steve Dunphy가 브라이언에게 이런 메모를 남겼다. "라트리샤와 제가 같이 들어갔는데도 불구하고, 저쪽은 11,000장을 주문하기로 결정했어요. 제가 혼자 갔더라면 얼마나 더 주문을 딸 수 있었을지 상상해 보시라고요.")

브라이언이 지적했듯이, 이 한 번의 주문으로 IBM판 「페르시아의 왕자」는 이미 애플II판의 두 배가 넘는 매출을 기록했다.

1990년 5월 25일

오늘은 랜스와 점심을 먹고, 앤 크로넨과 「페르시아의 왕자 2」 관련 미팅을 했다. 그녀는 IBM 시장에서 「페르시아의 왕자」가 잠재력을 증명하기 전까지—그러니까 판매 곡선 상으로 적어도 10만 장 이상의 매출이 확실시되기 전까지는 속편을 확정하지 않겠다는 의향이었다.

그녀에게 내가 올가을에 NYU로 떠날 예정이고, 따라서 적어도 여름에 시작하지 않으면 아무리 빨라도 내년 6월 이후에나 나의 참여가 가능할 거라고 강조해 보았다. 그래도 그녀는 요

---

76 Typhoon Thompson (in search for the Sea Child): 1989년 댄 골린(대니)이 개발하고 브로더번드가 발매한 아미가용 액션 게임. 과거 그가 개발했던 애플 II 용 게임 「에어하트」의 리메이크작이다.

77 Tandy Corporation: 1919년 설립된 텍사스의 소매 유통 업체로, 처음엔 가죽제품 유통 업체였지만 1963년 라디오섁(RadioShack)을 인수한 이후부터 전자 제품 유통업을 개시, PC업계가 태동한 1977년 자사의 브랜드를 붙인 오리지널 PC인 TRS-80을 출시하면서 PC 및 소프트웨어업계의 대형 소매 유통 업체가 된다. 1990년 당시엔 IBM-PC 호환 기종인 Tandy 시리즈를 생산하는 대형 PC 메이커이기도 했다. 2000년 라디오섁으로 회사 이름을 변경, 현재까지 전자 제품 유통 체인으로서 명맥을 잇고 있다가 2017년 도산했다.

지부동이었다.

반면, 랜스는 반드시 참여하겠다고 약속했다……. 필요하다면 일과 외 시간을 빼서라도 하겠다고 말이다.

모두가 불행하다. 프로덕트 매니저들이 단체로 회사를 떠나고 있다. 브로더번드는 침몰하고 있는데, 더그는 여행 중이다.

「페르시아의 왕자」는 프랑스 최대의 엔터테인먼트 잡지 〈틸트Tilt〉의 리뷰에서 엄청난 호평을 받았지만("위대한 조던 메크너, 잊을 수 없는 명작 「카라테카」의 개발자"라니……. 프랑스 사람들이 사랑스럽다), 브로더번드의 그 누구도 이 잡지에 실린 글을 번역해 볼 생각조차 하지 않을 것이

▲ 프랑스 잡지 〈틸트〉의 기사

다. 결국 토미가 내게 기사 내용을 번역해 주었다.

또한 돈 파넥Don Panek과 앨런 바이스가 어제 오후 노스게이트Northgate 쇼핑몰에서 진행했던 '포커스 그룹' 테스트에서도 좋은 반응이 나왔다. 나도 잠깐 들러 아이들이 게임을 플레이하는 모습을 반투명 거울로 지켜보았다. 모든 아이들이, 이 게임이 닌텐도로도 나온다면 자기 구매 순위 상위 두세 개 안에 꼭 넣겠노라고 답했다.

하지만 이 게임을 접해 본 많은 사람들의 놀라울 만치 긍정적인 반응에도 불구하고, 이 게임이 물보라조차 없이 침몰하지나 않을지, 나는 그 어느 때보다도 더 걱정하고 있다. 브로더번드 사람들은 도대체 자기 손에 들린 게 뭔지도 모른다. 그리고

▲ CPC판 「페르시아의 왕자」 패키지

나 역시, 내가 지금껏 해 놓은 것 외에 뭘 더 해야 할지 도무지 모르겠다.

NYU가 날 받아 주기만을 바랄 뿐이다. 여기서는 이제 1분도 더 지내고 싶지 않다.

1990년 5월 31일

지난번에 날 인터뷰했던 〈틸트〉의 프랑스인 인터뷰어들—대니 불락Dany Boolauck(도미니크가 말하길 유럽에서 가장 유명한 컴퓨터 저널리스트라고 한다)과 장-미셸 블로티에Jean-Michel Blottier, 그리고 토미와 함께 로얄 타이Royal Thai에서 저녁 식사를 했다. 매우 즐거웠다. 저녁 늦게까지 맥주를 마시며 소프트웨어 산업, 유럽과 미국에 대한 이야기를 나누었다. 이렇게 열정적이고 흥미로운 사람들과 안면을 튼 게 얼마만인지 모르겠다. 정말 기뻤다.

장과 저는 지금도 절친이에요.

1990년 6월 2일

이 나쁜 놈들! 날 떨어뜨리다니! NYU에서 불합격 통보가 왔다!

앤 노튼Ann Norton은 내 신청서가 마감일로부터 몇 달이 지나서도 다 갖춰지지 않아(어다이어가 더그의 첫 번째 추천서를 우편으로 부치려다 분실했기 때문이다), 신입생 정원이 다 채워져 버린 탓이 아닐까 하고 추측했다. 아마도 그게 맞을 것이다.

젠장. 이제 난 어쩌지?

1990년 6월 7일

폴 드라이브 47번지 빌딩의 다락방에서 짐을 챙겨 나왔다. 밝고 푸른 하늘에 보름달이 떠 있고 구름이 그 옆을 스치고 있었다. 마치 내가 브로더번드에 작별을 고하는 듯한 느낌이었다.

야밤에 들어와 빈 책상을 보며 지나온 모든 기억들을 떠올리자니 감상적인 기분에 젖어들었다. 토미도 함께 와, 센세이의 잔해들을 꼼꼼히 살피며 추려 내고 있었다. L.A.에 있는 로버트에게 전화한 건 그의 짐들을 어떻게 해야 할지 묻기 위해서였지만, 결국 우린 추억 회상 모드로 빠져들었다. 그리 나쁘진 않았던 1년 반이었다. 사실, 무척 포근한 추억이었다. 하지만 끝맺을 수 있어 너무 다행이기도 하다.

차를 몰고 나오면서부터는, 이상하게도 마음이 가벼워졌다. 마치 모든 서류를 싹 처리해 버리고서 자유를 얻은 것처럼. 앞으로 닥칠 일들에도 다 준비가 된 듯한 느낌에, 기묘하리만치 행복했다. 토미에게 이런 이야기를 하니 그녀가 대답했다. "네가 더 젊으니까 더 긍정적일 수 있는 게 아닐까. 혹은 글쎄, 그게 네 천성일 수도 있고."

브로더번드에 다시 내 자리를 마련할 일은 앞으로 절대 없을 것이다. 그동안 즐거웠지만 이제 끝났다.

1990년 6월 11일

NYU의 찰스 밀른Charles Milne 교수에게 게임 리뷰들 한 묶음과「페르시아의 왕자」및「카라테카」게임 한 패키지씩, 그리고 부디 입학시켜 달라고 간청하는 내용의 편지를 페덱스 상자에 담아 발송했다.

금요일에는 브로더번드에 있었다. 이식은 착실히 진행되고 있었다(대니는 베타, 스콧은 알파 상태였다). 프란체스카와 제시카는 CES 쇼에서 온갖 매체의 리뷰어와 저널리스트들이 자발적으로 찾아와「페르시아의 왕자」를 극찬했다고 전해 주었다. 하지만 IBM판「페르시아의 왕자」는 여전히 팔리지 않고 있다. 주로 언급되는 이유는 다음과 같았다. **(1)** 이식작이다(애플Ⅱ판이 실질적으로 딱히 이룬 게 없는 탓에 IBM판이 혼자 남아 고생 중이다). **(2)** 박스 디자인이 구리다(뚜껑을 위로 여는 구식 디자인이라, 매장에서 별로 좋아하지 않는다).

어쩌면 입소문과 호의적인 리뷰가 쌓여 크리스마스 즈음이면 효력을 발휘할지도 모르겠다. 하지만 난 걱정을 놓을 수 없다.

「페르시아의 왕자」가 히트작이 될 확률과 내가 NYU에 입학할 확률은 한 달 전에 비해 현저히 낮아져 버렸다.

1990년 6월 18일

돈과 앨런을 만나 닌텐도 및 게임보이판「페르시아의 왕자」의 로열티를 재협상했다. 에드 번스타인이 당초 모임을 주관하기로 했지만 불참해서, 돈과 앨런은 나중에 에드에게 보고하고 다시 알려주겠다고 밖에는 할 수 있는 말이 없었다.

요지는 이렇다. (1986년 당시의 제품 개발 부장 에드 번스타인과 맺었던) 계약서에 따르면 내 로열티는 10%인데, 사측에서는 이제 여기서 상품 생산시의 원가를 제할 수 있도록 하는 조항을 넣자는 거고, 이럴 경우 실질적으로 내 로열티는 5%까지 내려간다. 만약 내가 동의하지 않으면, 브로더번드는 아마 닌텐도판의 이식을 진행하지 않을 것이다. 따라서 아마 끄덕끄덕하는 쪽으로 결론이 나겠지.

1990년 6월 20일

앨런 바이스로부터 흥미로운 이야기 하나를 들었다. 선 소프트SunSoft가 최대 네 기종(NES, 게임보이, 일본 NEC, 제네시스)으로「페르시아의 왕자」의 라이선스를 추진 중이라고 한다. 그런데 그쪽에서는 이를 브로더번드 뉴 벤처스Broderbund New Ventures가 자체적으로 추진할지의 여부를 결정할 때까지 기다리라는 말을 들었다더라는 것이다.

이렇게 되면 상황은 새로운 국면이 된다. (전략적으로 뉴 벤처스가 이익을 보는 방향이 아니라) 단순히 손익 계산 차원으로만 보면, 브로더번드도 나도 선 소프트의 제안을 받아들이는 쪽이 더 나은 선택이다.

내 인생에 대한 쓸데없는 통계치를 모으는 노력의 일환으로 계산해 본 바, 지난 4년간 내가「페르시아의 왕자」개발에 대략

3,800시간, 그러니까 풀타임 작업 일수로 쳐도 2년을 채울 만큼
의 시간을 쏟았다는 걸 알았다.

1990년 7월 3일

「페르시아의 왕자」의 지난달 판매량은 IBM판이 500장, 애
플판이 38장이었다. 이 정도면 대략 사망 직전이라고 봐도 되
겠지.

1990년 7월 6일

찰스 밀른 교수에게 전화가 왔는데 금년도 NYU 신입생이 이
미 정원을 넘어서 그가 뭔가 해 주고 싶어도 해 줄 수 있는 일이
없단다. 이쪽도 이렇게 끝났다.

1990년 7월 15일

브로더번드 피크닉이 금요일에 있었다. 코리도 모습을 드러냈
다. 내가 처음 참가했던 때로부터 6년이 지났다.

로버트가 「D-제너레이션」을 브로더번드와 EA 양쪽에 제출
했다. EA가 그에게 곧바로 연락해 "정말 끝내준다"고 했단다.
잘 했어, 버트!

「페르시아의 왕자」가 살기 위해 허덕이는 걸 보고 있자니 괴
로울 뿐이다.

브로더번드의 복도를 지날 때마다, QA 쪽은 물론 전에 본 적

도 없던 기술지원 쪽 사람들까지 정말 훌륭한 게임이었노라고 찬사하는 모습을 받아 주지 않고 넘어간 적이 없었다. 데니스 프리드먼은 프랑스에선 언론들로부터 큰 호평을 받고 있다고 말한다. 심지어는 오하이오 주 콜럼버스에 사는 어떤 아이들로부터 레벨 12에서 막혔으니 도와 달라는 전화까지 받기도 했다. 하지만 언제쯤이면 매장들이 이 재고를 가져가 줄까? 언제쯤이면 사람들이 게임을 **사기** 시작할까? 아아아아악!

「페르시아의 왕자」가 이대로 죽더라도 상관없다. 난 다시 일어서리라. 물론, 돈이 벌렸다면 더 좋았겠지. 지난 4년간 쏟았던 노력을 보상받는다는 건 기쁜 일이니까. 하지만 난 아직 젊다. 내 나이 또래의 사람들 대부분은 저축도 전혀 없다시피 하고 「카라테카」와 같은 성공, 아니 하다못해 〈어둠 속에서〉 정도의 성과조차 맛본 경험이 없다. 다만 **그들** 중에서도 일부는 극작가나 감독으로 성공하기도 하겠지. 그러니까 그런 녀석들만큼이나 나에게도 여전히 기회는 있다. 휴…….

실패는 정말 마음에 큰 짐이 되는구나. 심지어 실패의 **그림자**조차도, 약간이지만 제법 무게가 느껴진다.

「카라테카」의 성공이 나를 얼마나 오만하게 했는지 지금까지는 깨닫지 못했다. 나중에 영화 업계에 들어갔을 때 오랫동안 버티려면, 지금보다는 실패를 훨씬 더 잘 극복할 수 있는 방법을 배우는 게 좋겠다. 어쩌면 상업적 성공에 연연하지 않고서 스스로의 예술적인 목표를 만족시키는 데 더 집중할 필요가 있을지도 모르겠다. 뉴욕에 가서 가난한 지식인들과 1년쯤 같이 지내 보는 것도 괜찮겠지.

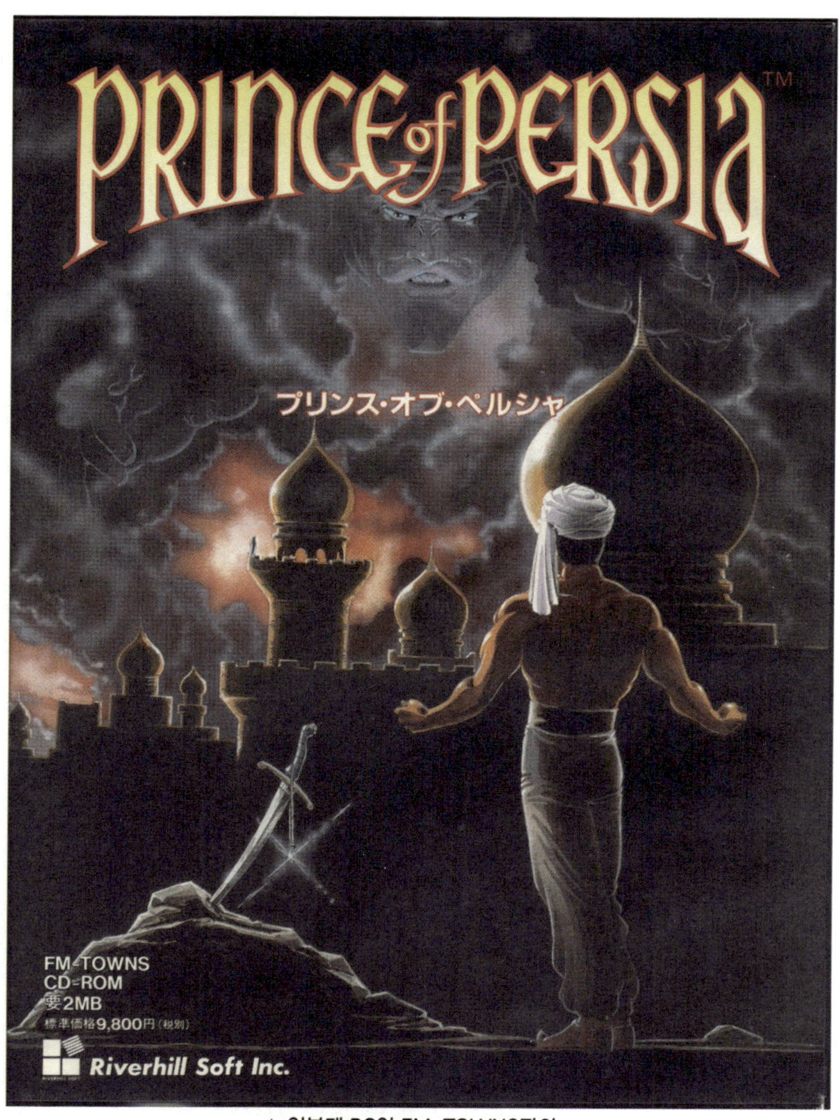

▲ 일본제 PC인 FM-TOWNS판의
「페르시아의 왕자」 패키지 일러스트

살아남기 위한 몸부림

1990년 7월 18일

밀 밸리에서 토미, 플로렌스Florence와 저녁 식사를 했다. 플로렌스는 「페르시아의 왕자」가 유럽에서 큰 히트를 칠 거라고 생각하고 있다. 그리고 (더그로부터) 놀라운 소식. NEC판 「페르시아의 왕자」가 일본에서 이미 1만 장이나 출하되었다고 한다. 이건 혹시? 미국에서 지금까지의 판매량은 애플과 IBM판 각각 7,000장에 불과했는데.

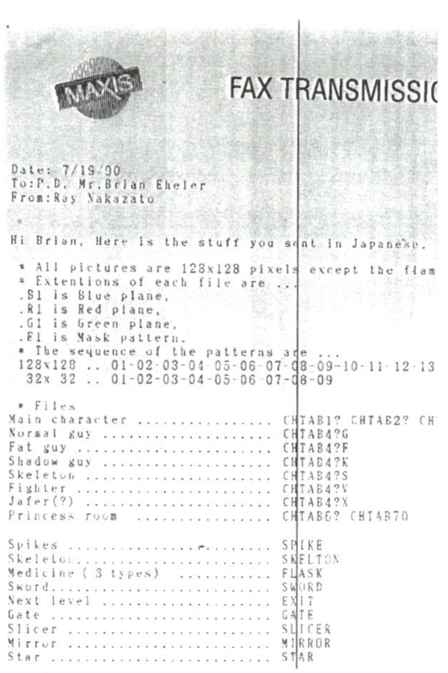

MAXIS   FAX TRANSMISSIO

```
Date: 7/19/90
To:P.D. Mr.Brian Eheler
From:Ray Nakazato


Hi Brian, Here is the stuff you sent in Japanese.

 * All pictures are 128x128 pixels except the flam
 * Extentions of each file are ...
 .B1 is Blue plane,
 .R1 is Red plane,
 .G1 is Green plane,
 .E1 is Mask pattern.
 * The sequence of the patterns are ...
128x128 .. 01-02-03-04-05-06-07-08-09-10-11-12-13
 32x 32 .. 01-02-03-04-05-06-07-08-09

 * Files
Main character .................. CHTAB1? CHTAB2? CH
Normal guy ...................... CHTAB4?G
Fat guy ......................... CHTAB4?F
Shadow guy ...................... CHTAB4?K
Skeleton ........................ CHTAB4?S
Fighter ......................... CHTAB4?V
Jafer(?) ........................ CHTAB4?X
Princess room ................... CHTAB6? CHTAB70

Spikes .......................... SPIKE
Skeleton......................... SKELTON
Medicine ( 3 types) ............. FLASK
Sword............................ SWORD
Next level ...................... EXIT
Gate ............................ GATE
Slicer .......................... SLICER
Mirror .......................... MIRROR
Star ............................ STAR
```

▲ 「페르시아의 왕자」 수출판 관련 문의 팩스

1990년 7월 20일

스페인어 수업을 마치고는 포레스트 놀스로 차를 몰아 대니를 만났다. 아미가판 이식 작업을 이제 막 끝낸 상태였다. 다음엔 브로더번드로 돌아와 브라이언의 사무실에 둘러앉아 샴페인과 맥주를 마시며 세 시간 동안 사교 모임 비슷한 술자리를 가졌는데, 마지막에는 브라이언, 랍, 랜스, 그리고 나만 남았다.

"브로더번드가 한창 좋았던 옛날 얘기는 이제 신물이 날 지경이야." 모두 멕시코 음식을 먹으러 나갔을 때 랍이 말했다. "여기서 '좋았던 옛날'이란 로버트가 여기 있었을 때지." **나도** 딱 그렇게 생각했다.

〈PC 리소스PC Resource〉 잡지에 「페르시아의 왕자」를 "사상 최고의 PC 게임을 꼽는다면 서너 손가락 안에 들 작품"이라고 평한 새 리뷰가 실렸다.

반면 새로 만든 브로더번드 사의 엔터테인먼트 카탈로그에서는 「페르시아의 왕자」가 저 뒤쪽 「센타우리 얼라이언스 Centauri Alliance」와 「잔 다르크Joan of Arc」 사이의 반 페이지 공간으로 밀려났다.

슬슬 심호흡 명상 같은 걸 배워 보는 게 좋겠다.

「카라테카」는 하늘이 준 선물이자, 뜻밖의 횡재였다. 그게 없었더라면, 이 모든 일은 시작조차 되지 않았을 거다. 다른 평범한 사람들처럼 구직이나 하고 있었겠지. 날 내내 괴롭히고 있는 질문은 이거다. 과연 나는 이 기회를 잘 활용했을까? 아니면 날려 버렸을까?

「페르시아의 왕자」가 실패한다면, **나도** 실패자가 되어 버릴 것 같은 느낌이다.

뒤를 돌아봐야 소용없다. **지금** 뭘 하면 될까? 일단 맥판 「페르시아의 왕자」 이식이 속도가 붙도록 도울 수 있는 일은 뭐든 도와줘야겠고, 그 다음엔 브로더번드가 아래와 같은 일을 하도록 부추겨야 할 것이다.

- 닌텐도와 게임보이판 라이선스 성사
- 사운드 블라스터[78]에 번들링
- 패키지 박스 변경
- 광고

그리고 전반적으로, 「페르시아의 왕자」의 퀄리티에 걸맞은 관심과 홍보에 영향력을 줄 만한 사람들이 더 활발히 움직여주 도록 노력해 보자.

1990년 7월 21일

핑크 플로이드Pink Floyd가 베를린 장벽을 허물고 있다. 나도 저 자리에 있고 싶다.

내가 젊은 유럽 사람이었으면 정 말 좋겠다. 아니면 젊은 남미 사람이 라도 좋겠고.

▲ 핑크 플로이드의 베를린 공연 사진

1990년 7월 27일

1989년 9월 발매 이래, 「페르시아의 왕자」는 총 9,741장이 팔 렸다. 같은 기간 동안 「카라테카」는 (무려 5년 전 게임인데도) 9,645

---

78 Sound Blaster: 싱가포르의 크리에이티브 랩스 사가 1989년 처음 발매한 PC용 사운드 카드. 당시 사운드 카 드 업계의 1인자였던 캐나다 애들립 사의 애들립(AdLib) 카드와의 경쟁에서 승리해, 이후 수많은 버전 업이 이루어지 며 PC용 사운드 카드의 사실상 표준이 되었다. 이 당시는 사운드 카드에 게임 소프트를 동봉(bundle)해 판촉하는 비 즈니스가 많았는데, 사운드 카드 업체는 자사 카드의 화제성을 높일 수 있고 소프트 유통사로서는 매출을 늘릴 수 있 어 효과적이었다.

장이 팔렸다. 무척 서글픈 일이다.

더 불편한 사실들 몇 가지.

- 일전에 웨어하우스 레코드Wherehouse Records에 들렀는데, 점원들이 「페르시아의 왕자」를 전혀 모르고 있었다. 「윙즈 오브 퓨리」도 있고, 「울프 팩」도 있었는데, 「페르시아의 왕자」는 없었다.

- 발매 후 10개월이 지난 지금까지, 닌텐도와 게임보이를 비롯한 그 어떤 게임기로도 라이선스가 이루어지지 않았다. 다시 말해, 1년을 날린 것이다. 지금 당장 라이선스를 딴다고 해도, 1991년 크리스마스 판매용 게임이 될 뿐이다. 이렇게까지 지연된 건 순전히 브로더번드의 미적지근한 태도 때문이다.

- 저번에 PD25 복사기에서 우연히 월간 시사지 'U.S. 뉴스 앤 월드 리포트U.S. News and World Report'에 보낼 홍보용 서신의 첫 페이지가 복사되어 나와 있는 걸 읽어 보았다. 아마도 마케팅이나 홍보 쪽 누군가가 썼을 텐데, "첨부된 문서는 브로더번드의 신작 게임들 관련 정보로써……"라면서 네다섯 개의 게임이 열거되어 있었지만, 「울프 팩」은 있었는데 「페르시아의 왕자」에 대한 언급은 없었다. 공식적으로 알게 된 건 아니니 드러내 놓고 항의할 수는 없지만, 이건 시사하는 바가 매우 크다.

- 「페르시아의 왕자」는 새로 나온 엔터테인먼트 카탈로그에서 겨우 반 페이지 분량만 실렸을 뿐이고, 그 위치조차도 이미 잘 알려진 오래된 게임들 사이이다.

힘이 나는 사실들도 몇 가지 있다.

- 리뷰들은 극찬 일색이다.
- 탠디가 12,500장을 주문했다.
- 사운드 블라스터 쪽에서 「페르시아의 왕자」의 자사 사운드 카드 패키지 번들링에 관심을 보이고 있다.
- 토미와 플로렌스에 따르면, 에그헤드 소프트웨어에서는 「페르시아의 왕자」가 완매되었고 그쪽 영업 사원이 "잘 팔리는 중"라고 말하더란다.
- 일본에서 NEC판의 8,000장 선주문이 들어왔다.

난 어쨌든 뉴욕으로 이사하기로 결심했다. 이제 NYU 따위 아무래도 좋다. 내 가진 돈을 다 쓰고 빚까지 감수하면, 학교의 도움이 없더라도 혼자서 허접한 단편 영화 몇 편이나마 찍어 볼 수 있을 테니.

매튜 패트릭Matthew Patrick의 〈그래피티Graffiti〉는 정말 대단했다. 이 작품은 내가 단편 영화에 대해 갖고 있던 '만들어 볼 만한 것'이란 인상을 더 확고히 해 주었다. 올 여름에 할리우드에서 쏟아져 나온 대부분의 영화들보다 뛰어났다.

1990년 7월 28일

로버트가 어제 전화했다. 이미 두 회사의 구애를 받고 있고, 세 번째 회사에도 「D-제네레이션」을 얼마 전에 보냈다고 한다. (브로더번드, 그러니까 앤 크로넨은 계약을 거절하면서 상냥하게 단언했단다. "우린 더 이상 액션 게임을 내지 않아요." 하하.) 로버트에겐 차라리 다행이다.

만약 브로더번드가 「페르시아의 왕자」를 거절하는 바람에 이 게임을 제대로 홍보해 줄 의지가 있는 다른 회사로 가져가는 행운을 잡았더라면 하는 상상을 멈출 수 없다……. 아니, 실은 그 정도까지 냉소적이진 않다. 아직은.

브로더번드는 IBM과 NEC 두 기기로의 이식 작업을, 내가 기대한 이상으로 잘해 주었다. 그리고 만약 EA였다면, 아마 IBM판 때 내게 8%나 로열티를 제시하진 않았을 것이다. 만약 「페르시아의 왕자」가 이제라도 떠 주기만 한다면, 난 별로 불평할 이유가 없다.

하지만 지난 4개월간의 행보는 날 씁쓸하게 만들고 있다.

1990년 7월 31일

NEC판 「페르시아의 왕자」의 판매량이 9,000장까지 올라갔다.

라트리샤는 사운드 블라스터 번들링 기획을 본격적으로 추진하고 있다. 그녀는 개당 8달러를 목표로 하는 중이다.

소피는 광고 비용 요청을 상신했다.

IBM판 「페르시아의 왕자」는 7월에 1,350장이 팔렸다―드디어 네 자릿수다!

헨리는 일본에서 속편에 대한 관심이 매우 크다고 전해 주었다.

톰 마커스에 따르면, 일본에서의 판매량 덕분에 라이선스 추진에 활기가 돌고 있다고 한다. (지금은 세가에서 근무 중인) 다이앤 드로스네스에게서 벌써 문의를 받았다고도 했다.

아직은 희망이 있을지도.

1990년 8월 3일

브라이언이 영업 대리인에게서 온 LAN 메시지를 보여 주었다. "「페르시아의 왕자」가 피닉스Phoenix 지역에서 제일 뜨거운 화제입니다! 「페르시아의 왕자」 붐이 일고 있다고요! 조던 메크너가 준비하고 있는 다른 게임은 혹시 없나요?"

팬레터가 말레이시아에서 오기도 했다.

제발, 이게 성공의 전조이길.

지금은 인터넷 덕분에 팬 메일 보내기(와 답장하기)가 정말 쉬워졌습니다. 그래도 편지 봉투에 우표를 붙여 팬레터를 보내던 옛 시절이 그립기는 하네요.

1990년 8월 6일

스콧이 맥판 「페르시아의 왕자」의 새 버전을 가져왔다. 크리스마스 발매는 맞출 수 없겠지만, 적어도 확실히 나아지는 모습을 보여 주고 있다. 우리는 NEC판의 그래픽을 가져다 사용하기로 했다.

더그와 점심을 먹었다. 그는 일전의 추천서 문제와 함께, 「페르시아의 왕자」가 잘되고 있지 못한 것까지 미안하게 생각한다고 했다. 난 당신 잘못이 아니라고 했다. 더그는 영화를 찍으러 뉴욕으로 떠나겠다는 내 결심에도 귀 기울여 주었다.

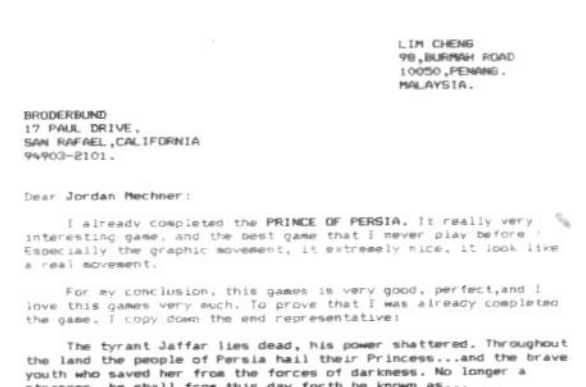

```
                                    LIM CHENG
                                    98,BURMAH ROAD
                                    10050,PENANG.
                                    MALAYSIA.

BRODERBUND
17 PAUL DRIVE,
SAN RAFAEL,CALIFORNIA
94903-2101.

Dear Jordan Mechner:

    I already completed the PRINCE OF PERSIA. It really very
interesting game, and the best game that I never play before
Especially the graphic movement, it extremely nice, it look like
a real movement.

    For my conclusion, this games is very good, perfect,and I
love this games very much. To prove that I was already completed
the game, I copy down the end representative:

    The tyrant Jaffar lies dead, his power shattered. Throughout
the land the people of Persia hail their Princess...and the brave
youth who saved her from the forces of darkness. No longer a
stranger, he shall from this day forth be known as...
PRINCE OF PERSIA.

    I would like to tell you that the LEVEL 3, and LEVEL 12 is
very confuse,especially LEVEL 12. I have to keep back my knife,
and join with my soul. Then I have to run to the right hand side,
and the bridge will suddenly appeared ' Only this part, I almost
spend a lot of time in. Not only the game best, the music also
very good, and nice.

    I hope you will create another PRINCE OF PERSIA II. I am
not a very good in letter writing if any wrong word or sentence,
please forgive me. I love this game very......much ' Bye ' Bye '

    Hope to hear from you soon !

                    Your truly,

                    LIM CHENG.
```

▲ 말레이시아에서 온 팬 레터

```
Dear Jordan
I Got Prince of Persia for Christmas, I Conquered
it in less than a month. I wond der if you could tell me
how much (there) Prince of Persia 2 cost, and where I can
buy it. Please write back to Alexannder Lipa 5\3 Garden Grove
South Yarra 3141 Australia

        Alex Lipa

                    Alexannder Lipa
                    5\3 Garden Grove
                    South Yarra 3141
                    Victoria , Australia
```

▲ 오스트레일리아에서 온 팬 레터

```
Dear Mr. Mechner,
    My name is Timothy Houck, I am 14 years old, and I have
been a very big fan of your for a very long time.  Ever since
'Karateka'. I have been looking out for your games.  I very
much enjoy "Prince of Persia", although I can't advance past
level 10.  How many levels are there anyway?  I mostly found
out about you from one of the many computer game magazines that
said all but bad things about you.  Computer Gaming World's
December issue is the one that brought "Prince of Persia" into
my Apple //c disk drive.  WOW! I adore the sound & I didn't
find a single imperfection in it.  I would like to inquire,
what other programs have you made or are making, and what
programs are you planning for in the future?  I have wanted
Computer Programming as a career since age 10.  I would enjoy
to know where you went to College.  Could I look for some of
your programs on my IBM soon?  Have you ever dealt with any
publisher other than Broderbund?  As I type this on my Apple. I
hold in my left hand my favorite program in my 6 years of
computer gaming.  "Prince of Persia" is quite a feat!  You
probably grow tired of my sorry letter, (I got a C- on
Composing), But I really like your imagination.  I have told
everyone in my school class about you, and some went out &
purchased computers!  Once in a while I play "Prince of
Persia", in studyhall. on my studyhall teacher's Apple //e. A
crowd usually forms in 5 minutes, and all I hear are OOOO's and
AAAA's and WOW's.  I bet you get hundreds of letters daily
asking for items, etc., but could I be so bold as to ask for an
autographed photo or poster of you, and maybe a little
memorabilia?  I would also be pleased to recieve a list of
oncoming programs made by yourself, so I can look out for them.
I would be overjoyed as to obtain these items and I must thank
you for receiving and listening to my letter. Thank you very,
very much.

                Sincerely,

                A big fan,
                Timothy Houck

P.S. Could I also bother you for your home address?
```

▲ 티모시 훅에게서 온 팬 레터

▲ 저연령 팬에게서 온 그림 팬 레터

1990년 8월 7일

라트리샤가 마케팅 디렉터 자리에서 물러났다. 오늘 점심에 라트리샤, 소피와 함께 식사하며 들은 소식이었다. 그녀가 이렇게 말하는 순간, 이제까지는 내게 증오의 결정체였던 그녀에 대한 마음이 갑자기 호의로 넘쳐흐르는 것을 느꼈고, 점심 시간 내내 쾌활하고 즐거웠다.

분명 그녀의 마케팅부 이탈로 인해 앞으로 6개월 정도는 마케팅 업무가 뭐 하나 제대로 돌아가지 않을 것 같지만, 차라리 무능이 적대보다는 낫다.

〈PC 컴퓨터 게이머즈 스트레티지PC Computer Gamer's Strategy〉 잡지에 두 페이지에 걸친 「페르시아의 왕자」 기사가 나왔다. 소피와 나는 함께 기사를 읽었다. 칭찬 일색이었다. 또한 여태까지 읽어 본 리뷰 중에서 가장 사려 깊은 글의 하나로 꼽힐 만했다. 글쓴이가 게임을 끝까지 제대로 플레이한 것이 분명했다. 그는 대부분의 리뷰어들이 멋진 그래픽에 가려 놓치고 지나가는 점들을 제대로 짚어 주었다. 이 기사가 어쩌면 소피에게 마케팅을 좀 더 추진토록 자극해 줄지도.

1990년 8월 8일

에드 번스타인과 유쾌한 점심 시간을 보냈다.

1990년 8월 10일

로버트 및 프레시지[79]의 멤버들(데인, 스콧, 스티브 오머트, 에드, 크리스)과 리치몬드Richmond에서 점심을 먹었다. 스콧에게는 맥판 「페르시아의 왕자」를 완성하게끔 의욕을 적극 북돋아 주었다.

1990년 8월 24일

[뉴욕에서 귀환] 돌아온 첫날인데 벌써부터 여기서 탈출하고 싶어진다.

브로더번드에서의 진행 경과 확인은, 언제나 그렇듯, 짜증스러웠다. 멋진 리뷰가 하나 더. 팬들의 편지도 한 다발. 그리고 찬물을 끼얹는 뉴스 하나. 대형 게임 체인 중 하나인 일렉트로닉스 부티크Electronics Boutique에서 판매 부진을 이유로 게임 재고를 전량 리콜한다고 한다("멋진 게임이지만, 박스 디자인이 끔찍하더라고요." 쇼핑몰 여자 영업사원의 설명이었다). 이런 일을 얼마나 더 참아야 할까. 그 전에 더그의 사무실에 쳐들어가 난동이라도 한바탕 칠 것만 같다.

1990년 8월 31일

에드 번스타인과 또 한 번 유쾌한 점심 시간. 승진 기회를 잡으라고 그를 응원했다.

버진 마스터트로닉스Virgin Mastertronics가 NES 및 게임보이판

---

[79] Presage Software, Inc.: 1986년 창립된 캘리포니아 샌 라파엘 소재의 게임 개발사로, 주로 멀티 플랫폼 외주 개발 및 이식, 개발 참여 등을 맡아 왔다. 매킨토시판 「페르시아의 왕자」의 이식 작업을 맡은 회사로, 본문에도 자주 언급된 스콧 섬웨이(Scott Shumway)도 이 회사 소속이었다.

「페르시아의 왕자」의 미국 라이센스를 원하고 있다. 버진이 닌텐도 시장에서 존재감이 큰 회사는 아니긴 하지만, 그래도 최근 한동안 들은 것 중 가장 괜찮은 소식이다. 앨런과 에드 번스타인 모두 그들을 지원해 주기로 약속했다. 이번에야말로 6개월 전 선 소프트 때처럼 (브로더번드의) 의욕 부족으로 협상이 흐지부지되는 꼴을 방관하진 않아야겠다. 난 돈이 필요하니까!

브로더번드는 일본에서도 제안 하나를 받았는데—실은 두 가지지만—무려 세가 본사가 넣었다. 상황이 드디어 긍정적으로 흘러가고 있다.

또한 탠디 쪽이 주문한 물량이 드디어 출하되었다. 12,000장. 한 방에 현재까지의 IBM판 판매량이 두 배가 되었다.

나쁜 소식은, 일전의 그 일이 현실화됐다는 것. EB가 모든 기종 판의 「페르시아의 왕자」를 리스트에서 지우고 리콜했다.

1990년 9월 20일

믿기 어렵겠지만, 난 지금 라이더Ryder에서 렌트한 트럭의 조수석에 앉아, 시속 65 마일로 I-80 도로를 운전하는 롤런드 구스타프슨 옆에서 이 일기를 쓰고 있다. 우리는 이제 막 네브라스카Nebraska를 통과했고, 밤까지는 오마하Omaha에 닿아 보기로 했다.

지난 며칠을 정리해 보면…….

떠나기 전 더그에게 들러 「페르시아의 왕자」의 마케팅에 관해 내가 품고 있던 불만을 털어놓았다. 그는 놀라울 만큼 귀를 열고 공감해 주었다. 내가 불평을 더 늘어놓기도 전에, 그는 전적으로 동의한다면서 곧바로 소피 K.에게 「페르시아의 왕자」 패키지를 캔디 박스 타입으로 다시 디자인할 것을 제안하는 이메일을 보냈다. 그는 사과하는 태도로 이렇게 말했다. "그녀에게 내 의지를 관철하는 건 여기까지가 한계일세. 미안하군. 이렇게까지 내가 무력할 줄은 몰랐어."

소피의 사무실에도 들러, 더그에게 말했던 의견 중 일부를 똑같이 말했다. 그녀는 분통이 터질 만큼 귀가 막혀 있었다. 그녀는 내 뉴욕 여행이나 그곳에서 겪었던 얘기 등등에 대한 잡담은 즐겁게 나누어 주었지만, 「페르시아의 왕자」로 화제가 넘어가자 그야말로 먹통이었다. 그녀의 사무실을 나설 때쯤 내 귀에선 뜨거운 증기가 솟았고 내 얼굴은 가식적인 미소로 굳어져 있었다.

그녀에게는 "세상에, 이 게임이 잘 팔리지 못해서 너무 아쉽네요." 같은 위로를 건네 줄 만큼의 예의조차 없었다. 오히려 이런 게임은 한 달에 1,000장 팔리는 게 **당연한** 거라고 말하기까지 했다. 이 게임의 무려 **마케팅 매니저**가 이딴 소리를 하고 있다.

그 다음에는 더 짜증나는 미팅을 했다. 다른 사람도 아닌 브라이언과. 그는 앤이 매킨토시판 「페르시아의 왕자」 그래픽 외주 비용(대략 15,000달러) 중에서 2,500달러만 지출하겠다고 했다면서, 예산이 부족하니 나머지는 내 주머니에서 나가야 한다는 것이었다. 난 그에게 브로더번드가 적어도 비용의 절반은 지출해야 할 이유를 모든 근거를 들어 설명했다. 한참 동안 다투다가, 결국 그는 말싸움으로 과열된 상태에서 이렇게 말하고 말았다. "우리 회사가 그런 거액을 지출해 줘야 할 합당한 이유가 어디 있느냐 이걸세. 시장에 먹히긴 하는지조차 불확실한 상품에다 말이야."

난 거의 폭발할 뻔 했지만, 그 순간 브라이언의 얼굴에 비친 표정이 너무 비참해 보여서 더 이상 말을 이을 수 없었다. 나도 안다, 그는 앤에게서 들은 말을 나에게 그저 전달하고 있을 뿐이라는 사실을. 「페르시아의 왕자」는 브라이언이 없었다면 나오지도 못했을 거다. 그는 지난 1년간 줄곧 싸워 왔다. 그도 이제 무력해졌다. 그런 거다.

그래서 우리는 이 문제를 추후 논의하기로 합의하고, 나는 랩과 점심을 먹으러 갔다. 브로더번드에서의 마지막 점심 식사였다.

오늘, 와이오밍 트럭 휴게소의 공중전화를 통해 앤이 그래픽 비용의 1/3을, 프레시지 쪽이 1/3을 부담하는 쪽으로 합의했다. 내가 지출할 비용은 내 로열티에서 공제(앤의 주장에 따르면 '교차 담보')하는 쪽으로 정리했다. 잘 마무리만 된다면야, 뭐 아무래도 좋다.

레일라가 내 도움 없이도, 그리고 예산이 초과되지 않고도 잘 해낼 수 있기를.

브라이언이 유럽에서는 「페르시아의 왕자」 확보에 필사적이더라고 했다. 도마크가 영국에서 열린 CES에서 비공식적으로 게임을 선보였는데 파장이 상당했단다. 브로더번드 쪽이 관련된 일들을 잘 진행해서 조만간 유럽에서도 발매되길 바랄 뿐이다. 아미가 판은 벌써 불법 복제가 돌고 있다.

1990년 9월 21일

브라이언이 이렇게 말했다. "그거 알아? 소피가 아침에 내 사무실로 와서 이러더라고. '「페르시아의 왕자」 패키지를 캔디 박스로 다시 만드는 건에 대해 어떻게 생각해요?' 물론 '아주 좋죠. 멋진 아이디어군요!'라고 했지. 난 지난 12개월 동안 제발 캔디 박스로 만들자고 **빌다시피** 했었는데 말이야. 뭔가 그녀가 마음을 돌린 결정적인 계기가 있었던 게 분명해. 어쩌면 라트리샤가 떠나고 나니, 드디어 그녀 스스로 결정을 내리기 시작한 게 아닐까."

"일리 있네요." 나도 동의했다.

더그에겐 아직 브로더번드를 움직일 수 있는 힘이 남아 있는 것도 같다.

▲ '속편' 아이디어 스케치

WAVERLY PL
ONE WAY
GOWNS
Shirts Laundered
SAME DAY CLEANING

뉴욕

1990년 9월 23일

우리가 해냈다. 로버트와 롤런드가 도와준 덕에, 난 지금 내 새 아파트에서 내 짐들에 잔뜩 둘러싸여 앉아있다. 마치 꿈만 같다—내가 뉴욕 시에 있고, 내 집을 마련했고, 그 두 가지가 한 번에 이루어졌다는 것이. 도시가 나의 정복을 기다리며 내 앞에 펼쳐져 있다. 여기 있다는 게 너무 행복하다.

좀 더 쓰고 싶지만, 내일은 새벽 4시 반에 일어나 케빈의 촬영장에서 첫날을 시작해야 한다. 19시간 동안 눈도 못 붙인 데다 이미 모든 근육이 쑤시고 있는 몸 상태만 아니었다면 좀 더 두근거렸을 텐데.

케빈 버겟Kevin Burget을 말합니다. 대학생 시절부터의 절친이었고, 이미 그 때부터 조지 히켄루퍼의 룸메이트로서 함께 영화를 만들어 왔었죠.

1990년 9월 25일

촬영 첫날. 이번 주만 어떻게 넘기면, 내 직함인 '프로덕션 코디네이터'라는 게 대략 박스와 장비들을 위아래로 옮기고, 밴과 트럭에서 짐을 넣고 빼고, 꽉꽉 막히는 도로에서 차를 몰며 도시를 누비는 일이라는 것에도 익숙해지겠지. 그게 운명이라면.

지금은 적응 기간이다. 한 주만 버티면, 문제없이 해낼 수 있을 거다. 또한 내 목적 중 하나가 NYU 영화 학교 학생들을 만나보는 것이었는데, 정말 많이도 만나고 있다.

내 직속상사는 케빈의 여자친구이자 프로덕션 매니저인 데보라다.

촬영장에는 릭(조감독), 닉(D.P.), 스티브(보조 카메라), 롭(조명), 폴(조명 및 케빈의 룸메이트), 마크(음향), 마시(붐 마이크), 그리고 배우들이 있다. 마크 네터Mark Netter입니다. 나중에 제가 「라스트 익스프레스」를 제작할 때 상하이로 파견을 보낸 인연이 있죠.

정말로, 완전히 다른 경험이었다. 윗사람이 있다는 것은. 데보라는 사소한 잘못까지도 후회하게끔 만들고야 마는 유형의 보스다.

다른 사람들과는 대체적으로 잘 지내고 있다. 마크와 마시(음향 팀)는 서로 언쟁하는 데 여념이 없어 보이긴 하지만. 집으로 돌아오는 밴 안에서, 랍은 내게 자신이 연출해 볼 만한 단편 각본이 혹시 없느냐고 물어왔다.

이틀쯤 푹 쉴 수 있다면 컨디션이 완전히 회복되겠지만, 애석하게도 그럴 겨를은 없다. 브룩클린으로 차를 몰고 돌아가기 위해, 알람은 항상 새벽 4시 20분에 맞춰져 있으니까.

큼직한 문제들 쪽은 생각할 엄두도 내지 못하고 있다. 이제 막 새로운 도시로 이사 왔고 아파트는 내 동생과 함께 쓰고 있다는 사실 같은 것 말이다. 지금은 그런 데 쏟을 정신적인 에너지가 전혀 없다.

버지니아가 편지로 곧 결혼한다고 알려주었다.

1990년 9월 26일

오늘 하루에만 16시간을 일했는데, 그중 대부분을 밴을 몰고 다니며 보냈다. 요약: 개들 및 사육사들을 세트장으로 데려오고, 앰뷸런스 렌터카 영업소에 가서 케빈에게 줄 앰뷸런스 사진들을 폴라로이드로 찍고, 맨해튼 도심으로 가서 보험 증서를 받아 오고, 다시 가필드 플레이스Garfield Place로 돌아가서 커피를 산 후 세트장으로 가져왔다. 적어도 두 시간은 브로드웨이Broadway와 플레부시Flatbush에서 교통 정체로 꼼짝도 못하고 묶여 있느라 소비한 것 같다.

불만스러운 하루였던 건 사실이지만, 내가 지금 여기 있는 이유를 되새겨야 한다. 바로 **(1)** 케빈의 촬영이 잘 진행될 수 있도록 뭐든 가리지 않고 돕기 위해, **(2)** NYU 영화 커뮤니티에 들어갈 기회를 얻기 위해, **(3)** 학생들의 영화 제작 과정에 대해 뭐라도 배우기 위해서다. 따라서 데보라에게 화를 내 봤자 의미 없는 짓이다. 심지어 전화 한 통만 해 봤어도 왕복이 불필요했을 게 뻔했던 일로 나를 러시아워 시간대의 맨해튼에 헛심부름을 시키거나, 온갖 심부름으로 날 들들 볶아 정작 세트장에서 보낼 시간이 거의 없었더라도 말이다. 이게 다 교육의 일환이겠지. 신병훈련소와도 같은.

데이비드가 내 각본 〈낙원의 새Bird of Paradise〉를 읽어 보고는 많이 좋아졌다는 의견을 주었다. 촬영이 끝나면 케빈에게도 보

제 두 번째 각본(영화화되진 않았지만) 입니다. 쿠바가 배경이었죠.

여줘야겠다. 신디와 어브에게도. 친구나 가족에 그치지 않고 전문가의 의견도 좀 받아보는 것이 좋겠지.

1990년 9월 27일

정말 즐거운 하루였다. 오전 내내 프로스펙트 파크Prospect Park에 꾸려진 세트장에 있었다. 음향 담당인 랍에 딱 붙어있기로 마음먹었다. 그에게 여러 가지로 물어보니 기뻐하며 하나하나 다 설명해 주면서 헤드폰을 씌워 소리까지도 들어 보게 해 주었다. 적어도 음향 쪽은 꽤 빨리 배울 수 있을 것 같다. (랍이 내년 6월에 찍는다는 졸업 작품에서는 내가 음향을 맡을 수도 있지 않을까?)

드디어 브룩클린 주변 도로 사정에 익숙해지고 있다. 내가 맡은 일은 영화 제작 관련이라는 점 외에도, 새로운 도시에 빨리 익숙해지는 훌륭한 방법이기도 하다. 뉴욕 시에서 운전하는 게 이젠 두렵지 않다. 이렇게 정신없이 사흘을 보내고 나니, 어지간한 일에는 신경조차 쓰이지 않게 되었다.

아직도 이제 사흘 지났다는 것이 믿기지 않는다. 내 삶이 완전히 새로운 시대로 접어든 것만 같다.

일단 잠을 좀 자야겠다.

1990년 9월 29일

어제는 세트장을 일찍(오후 2시) 빠져 나와 몇 가지 개인적인 일을 처리했다. 은행 계좌를 열고, 세입자 보험을 들고, 브로더

▲ '낙원의 새' 각본

번드와 연락하는 등. 이걸 다 오후 시간 동안 해치웠다. 영화 촬영 일을 하게 된 덕분에, 내 개인 생활에서도 더 높은 수준의 효율성에 도달하게 된 것이다.

오늘은 가필드에서 실내 촬영을 했고, 9번가와 45번가 교차점에 위치한 프리시전Precision에서 첫 번째 러시[80]를 찾아왔다. 케빈의 거실에서 이걸 다 함께 감상했다. 멋지게 잘 나왔다.

어제는 데보라에게서 신랄한 설교를 들었다. "왜 너만 끼면 모든 일이 다 **혼란스러워지는** 것 같지?" 사실이다. 지난 며칠을 잔심부름꾼으로 지내 보니, 이 빌어먹을 직업에서 최고가 되려면 어떤 특기와 개성이 필요한지 이제 좀 더 명확히 알게 되었고, 결론적으로 나와는 안 맞는다는 것도 알았다. 데보라가 나에게 쏟아내는 말을 듣고 있자니, 그녀 역시 세상에서 제일가는 프로덕션 매니저는 아니며, 그렇기에 가능한 한 전적인 도움을 줄 필요가 있겠다는 생각이 들었다. 일단 이런 태도를 취해 보니, 곧바로 상황이 조금씩 나아지기 시작했다. 이로써 우리 둘도 원만한 동료 관계로 접어들기 시작한 것 같다.

랍 셔윈Rob Sherwin은 자신이 쓴 트리트먼트[81]를 내게 읽어 보라고 넘겨 주었다.

앞으로 세 시간 정도는 잘 수 있겠군. 신난다.

1990년 10월 1일

어제는 지하철에서 촬영을 했다.

오늘은 스테디캠Steadicam 촬영일이었다. 바트를 데리러 온 친구 역으로 영화 배우 데뷔도 했다. 정장에 넥타이까지 맨 모습으로 말이다.

내일이 공식적으로는 내가 참여하는 마지막 날이다. 데보라는 더 남아 달라고 간청하는 중이다.

1990년 10월 3일

하루 종일 집의 침실과 작업실을 정리하고 가정용품들을 구입하는 등등의 일을 하며 보냈다. 촬영장에 있지 않다는 게 영어색한 느낌이었다. 아무래도 촬영이 끝날 때까지는 계속 붙어 있어야겠다. 앞으로 고작 1주일이니까.

데보라는 NYU에 대해 이런 생각을 가지고 있다. "3년짜리 프로그램이라고는 하지만, 실질적으로는 5년짜리지. 1년차에 영화를 만드는 데엔 2,000달러가 들어. 2년차면 10,000달러. 그리고 3년차엔 20,000달러지. 거기에 3년간의 수업료를 더하면 10만 달러나 쓰게 된다는 얘기야. 만약 나라면, 그러니까 내게 그만한 여유가 있다면—3년의 시간과 100,000달러 말이지—그 3년간은 내가 뛰어들 수 있는 모든 촬영장에서 공짜로 일해 주면서 보내겠어. 3년이 다 지났을 무렵이면 영화가 어떻게 만들어지는지도 알았을 거고, 모두들 너에게 신세를 잔뜩 졌을 테니 촬영팀도 자연히 만들어질 게고, 장비 대여소와 현상소와도 친해졌을 테니 거래도 문제없이 틀 수 있겠지. 그럼 이제 100,000달러를 쥐고 장편 영화에 뛰어들어야지! 이렇게 너도 어엿한 영화 제작자가 **되는** 거다 이거야." 그녀는 한숨을 쉬고 말을 이어 갔다. "하지만 이렇게 말해 줘도 알아먹는 녀석이 없더라. 바로 지금 너처럼 어디선가 불쑥 나타나서는, 엄청나게 질문을 쏟아내고, 내가 지금 한 얘기와 똑같은 말을 해주면, 그 친구들은 나가서는 결국 도로 프로그램에 등록하더라고."

1990년 10월 4일

앰뷸런스 / 엑스트라로 보낸 하루. 비가 왔다. 컨디션이 그리 좋지 않은 건 분명 바이러스 때문일 거다.

내일(반나절)과 화요일, 수요일에도 일을 해 주겠다고 약속했다. 데보라가 무척 기뻐했다.

1990년 10월 6일

어제 집에 전화가 설치된 후로 내 인생이 달라졌다. 3주 동안이나 공중전화로만 통화하다 보니, 집에 전화가 있다는 게 어떤 느낌이었는지도 거의 잊을 뻔했다. 이제 누군가와 이야기하고 싶어질 때면, 언제든 전화기를 들어 번호만 누르면 된다. 오오. 놀라운 사치로다.

롤런드, 앤 노튼, 로버트, 브라이언, 그리고 오늘 아침에는 토미와 통화했다. 모뎀[82]도 사서 브로더번드의 퀵메일QuickMail 시스

---

[82] Modem: 전화선과 단말기(PC 등)를 연결하여 디지털 신호를 전화선에 실을 아날로그 신호로 변환하거나 그 반대 작업을 하는 장치다. 지금은 LAN 케이블을 통해 인터넷으로 연결하여 온라인 서비스를 이용하지만, 90년대 중반까지만 해도 전화선으로 모뎀에 연결해 초창기의 인터넷이나 전자게시판(BBS)에 연결하여 온라인 활동을 했다.

템에 연결했다.

이번 촬영이 끝나면 뭘 할까? 〈낙원의 새〉 최종 퇴고는 당연히 해야 하고, 끝나면 여기 저기 보내 봐야겠다. 단편 영화용 아이디어도 슬슬 생각해 볼 때가 되었다.「페르시아의 왕자2」의 디자인 작업도 시작해야 하고, 맥용「페르시아의 왕자」그래픽 건도 있고. 그리고 그냥 재미 삼아, 16mm 카메라를 빌려서 필름 한 통 정도 찍어 보는 것도…….

1990년 10월 8일

돈이 왕창 나간 하루. CD플레이어(270달러), 맥용 컬러 그래픽 카드와 모니터(1,000달러)를 샀다. 하지만 꼭 해야 할 지출이었다.

로버트가 〈낙원의 새〉를 읽어 보고는 무척 좋아해 주었다. 매우 고마웠다.

톰 마커스가 전화로 닌텐도판 라이선싱 건에 대한 근황을 전해 주었다. 일본의 대형 업체에서 제안이 들어올 것 같아 일단 버진과의 진행을 멈춰 둔 상태라고 한다. 그러다가 전부 놓쳐 버리지나 않았으면 좋겠다.

1990년 10월 10일

촬영이 끝났다. 마크 네터 Mark Netter 가 러시 작업 중에 즉흥적으로 우스꽝스러운 더빙을 넣는 바람에 모두가 바닥을 굴렀다.

마무리 시간은 실로 가슴이 뭉클해지기까지 했다. 마크, 닉 시그먼Nick Sigman, 그리고 제니퍼 굿맨Jenniphyr Goodman과 함께 집으로 향했다. 마크가 말했다. "당분간 정말 우울해질 것 같아. 말하자면 산후 우울증이지." 그와 닉은 로커빌리Rockabilly 고전 명곡들을 크게 틀어 놓고 서로 다독이며 기운을 차리겠단다.

나와 동향 출신이라는 말은 많이 들었지만 그동안은 이상하게도 만날 기회가 없었던 재키 게리Jackie Garry를 드디어 만났다. 다행히도, 그녀는 "하루빨리 그 채퍼콰를 벗어나고 싶었을" 정도로 고등학교 시절을 끔찍이 싫어했다. 덕분에 난 옛날에 그곳이 어땠다느니 하는 둥의 틀에 박힌 이야기를 건너뛸 수 있었다.

1990년 10월 11일

아침에 DHL 소포 두 개가 도착했다. 하나는 반짝이는 새 컬러 모니터였고, 다른 하나는 브라이언으로부터 온 스튜디오 8Studio 8과 매크로마인드 디렉터Macromind Director였다. 퀵메일로 레일라의 최신 그래픽 작업물을 다운로드받아 보았다(사진 6장을 받는 데 90분이 걸렸다). 기쁘게도, 모두 멋져 보였다.

1990년 11월 16일

늦가을에 어쩌다 며칠 정도는, 뉴욕이 갑자기 놀라울 정도로 맑고 포근한 하늘을 보여 주기도 한다는 사실을 미처 잊고 있었다. 이미 겨울로 계절이 바뀌었다고 포기하고 있을 즈음이었는데도.

애즈버리 필름 페스티벌Asbury Film Festival에 참석. 최고는 독일 작품인 〈밸런스〉와 컬럼비아 영화과 학생들의 〈런치 데이트〉였다.

(영국) 도마크Domark 사의 클레어 에젤리Claire Edgeley라는 여성이 전화를 걸어 와, 회사의 모두가 「페르시아의 왕자」에 흥분하고 있다며 보도용 자료들을 요청했다. 화요일에는 영국 기자 한 사람과 전화 인터뷰도 잡기로 했다. 신난다!

1990년 11월 19일

데이비드와 함께 새 비디오 카메라를 넋 나간 듯 이리저리 만져 보면서 하루를 보냈다. 놀라운 공학적 걸작이 아닐 수 없다. 기술이 이렇게까지 발전하다니 전혀 상상도 못 했다. 「페르시아의 왕자」 개발 때 썼던 VHS 캠코더와 비교하면 엄청나게 크기도 작아졌고, 특별한 조명장치 없이는 불가능할 거라 생각해 왔던 따뜻하고도 일관된 컬러 이미지를 뽑아 준다. 이걸로 분명 영화도 찍을 수 있겠지……. 편집 작업만 가능하다면!

1990년 11월 26일

래리 터먼이 전화로 〈낙원의 새〉에 대한 자신의 생각을 들려 주었다. "자네는 훌륭한 작가야. 예전에도 그렇게 생각했고 지금도 그렇다네. 정말이지 이렇게 독특한 이야기를 잘도 쓰는구먼! 도대체 이런 건 어떻게 생각해 내는 겐가?"

하지만 제작을 맡고 싶어 하진 않았다. "왜냐고 묻지 말게나.

뭐라고 딱 짚어서 비평할 수는 없으니. 각본이 그 자체로는 참 훌륭해. 시작과 끝이 잘 연결되지……. 왜 어떤 영화는 제작하고 싶어지고 어떤 건 아닌지, 실은 나도 잘 모르겠다네. 마치 넥타이를 고르는 느낌이랄까. 영화 한 편을 만든다는 건 정말 어려운 과정이야. 그건 자네도 〈어둠 속에서〉 때 경험해 봐서 알겠지. 아마도 내 머리가 내 가슴보다 이 각본을 좀 더 좋아해서인 건지도 모르겠네."

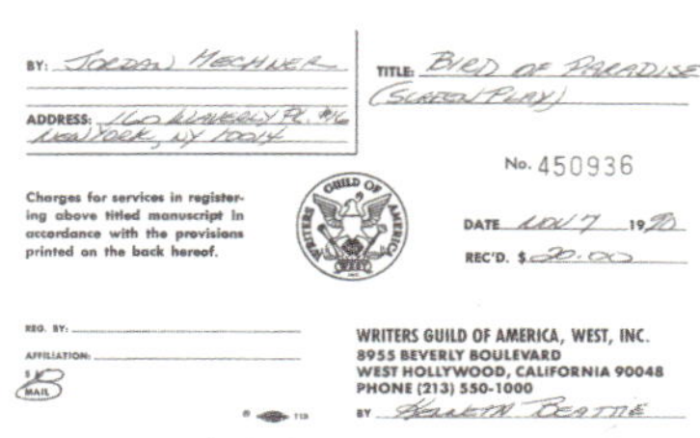

▲ 조던의 각본 〈낙원의 새〉 관련 미국 각본가 협회 인증서

　그는 내 각본을 자기 파트너들에게 권해 보겠다면서, 만약 그것도 잘 안 먹힐 경우에는 자기가 아는 다른 에이전트들과 연결시켜 주겠다고까지 했다. 정말 멋진 사람이다! 굳이 나에게 이렇게 잘해 줄 이유도 없는데.

1990년 11월 28일

　브로더번드로부터 온 좋은 소식 두 가지. 속편 프로젝트가 시동이 걸릴 것 같다. 그리고 버진 마스터트로닉스와 계약이 체결됐다! 닌텐도와 게임보이 카트리지 모두 1991년 크리스마스까지 출시할 예정이라고 한다. 결국은 그럭저럭 먹고 살 수 있을 것 같다.

1990년 12월 12일

　브라이언이 아미가 컴퓨터를 내게 보내 주어 경쟁사들이 어떤 게임을 만들고 있는지 살펴볼 수 있었다. 나가서 「섀도우 오브 더 비스트ⅡShadow of the BeastⅡ」를 사와 4시간을 즐겁게 플레이했지만, 사실 그 시간 중 대부분은 로딩을 기다리는 데 보냈다. 다중 스크롤[83]은 멋졌고, 배경음악도 좋았고, 「페르시아의 왕자」를 "영화적"이라고 평했던 여러 리뷰들이 부끄러워질(왜냐면, 실은 「페르시아의 왕자」는 **연극적**이었으니까) 정도로 뛰어난 연출의 오프닝 장면도 있었다. 「비스트Ⅱ」는 또한 엄청나게 어려웠는데, 죽고 재시작할 때마다 로딩이 45초나 걸리는 게 그야말로 미칠 노릇이었다. 그런데도 이게 지금 아미가 판매 순위 1위인 게임이다. 아마도 모험적인 요소에 사람들이 반응하는 것 같다. 이런 요소를 「페르시아의 왕자2」에 넣을 방법이 있다면······.

1990년 12월 13일

게임 디자인에 몰두하는 중. 토미가 몇 가지 좋은 아이디어를 내 주었고, 나는 〈천일야화〉 책을 사온 후 「비스트Ⅱ」를 좀 더 플레이하고 「페르시아의 왕자」를 처음부터 끝까지 돌파해 보았다 (제한 시간을 28분이나 남기고 클리어했다!). 하지만 기본적으로는 여전히 갈피도 못 잡고 있다.

빌어먹을 컴퓨터 게임 같으니. 이제 게임은 두 번 다시 만들지 말아야겠다는 마음과, 캘리포니아로 돌아가 직접 개발 팀을 꾸려 2년만 전념하면 「비스트Ⅱ」 같은 건 납작하게 눌러버릴 뭔가가 나올 것 같은 마음 사이에서 갈등하고 있다.

83 Parallax scrolling: 2D로 그려진 그림의 각 요소들을 원경과 근경에 따라 여러 장의 다중 레이어로 나눠, 가로나 세로 스크롤 이동 시 이동 속도에 차이를 주는 방식으로 독특한 입체감과 거리감을 주어, 2D 그래픽 표현을 입체적으로 보이게 하는 기술 중 하나.

아니지……. 난 지금 제대로 된 길을 가고 있는 거다. 2년 후면 컴퓨터에 CD-ROM이 보편화될 테니 실사 연기 장면의 수요가 늘어날 거다. 그때 즈음이면 난 영화를 몇 편 만들었을 테고, 영화를 만드는 내 나름의 방식도 터득하겠지. 그럼 나는 새로운 형태의 인터랙티브 CD-ROM 게임 장르를 열어젖힐 화제의 개발 팀을 만들어 내고 투자까지 유치할 수 있는 최적의 인물이 되는 거다. 만약 더그가 여전히 브로더번드를 이끌고 있다면, 아마 망설이지 않고 나를 후원해 주겠지. 다 잘 될 거다. 나야말로 이 분야의 신예이면서도 원로라는 거부하기 힘든 조합일 테니까.

그러니까 난 지금 잘 하고 있다 이거지. 휴…….

1990년 12월 20일

짐 알렉스가 LA에서 전화해 〈어둠 속에서〉를 TV용 주말 영화로 만들고 싶어 하는 사람을 알게 됐다고 말해주었다. 놀랄 일에는 끝이 없다.

브라이언의 말로는 앨라배마 주에 「페르시아의 왕자」를 45개나 쌓아 놓고 파는 상점이 있다고 한다. 거기서는 「킹즈 퀘스트V」 같은 쟁쟁한 게임들을 누르고, 「페르시아의 왕자」가 엔터테인먼트 타이틀 중 최고 매상을 기록 중이란다. 와우. 그런데 왜 하필 앨라배마지?

1991년 1월 19일

케빈 버겟에게 사무실에서 해보라고 「페르시아의 왕자」를 한 장 주었는데 완전히 빠져 들었다. 아주 깊은 인상을 받은 것 같다. 그의 사무실에 있는 사람들 중 몇몇은 이미 내 게임을 알고 있었다. 고마운 일이다.

1991년 1월 23일

〈천일야화〉를 거의 다 읽었고 몇 시간 동안 「페르시아의 왕자 2」의 게임 디자인을 끄적거렸지만, 아직 이렇다 할 결과물은 나오지 않고 있다.

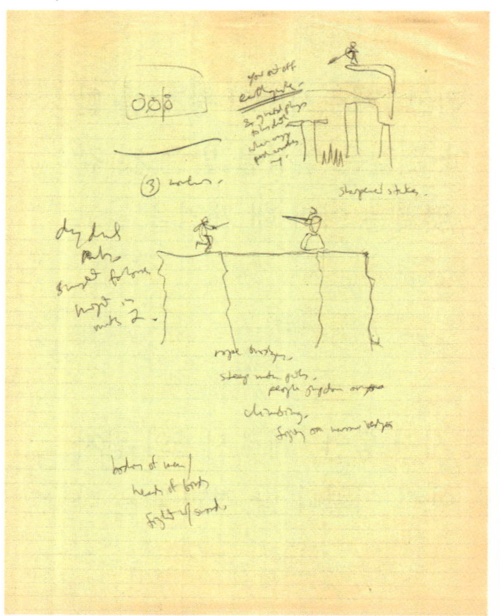

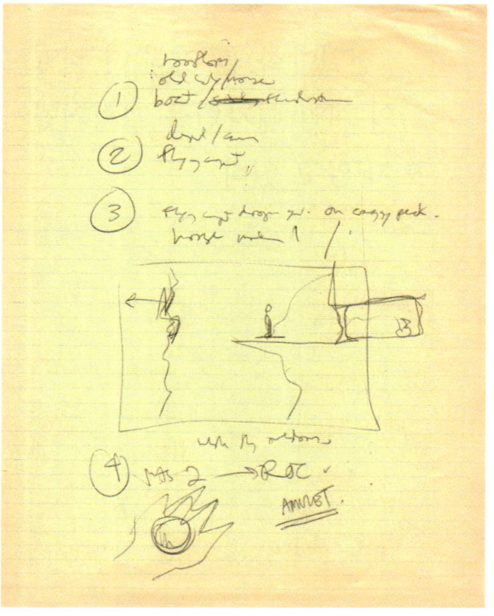

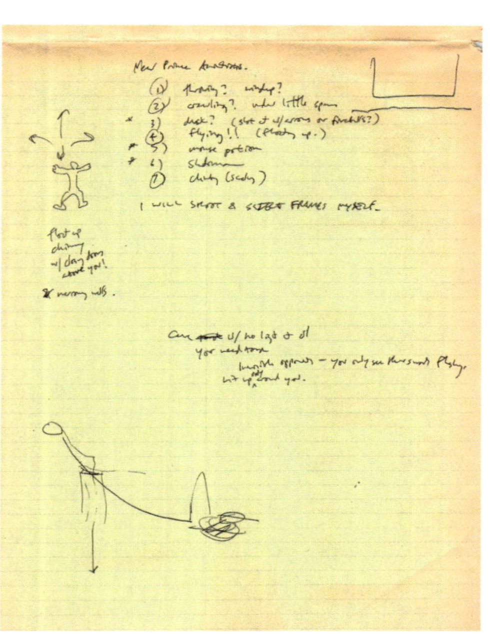

▲ 추가 액션 관련 아이디어 스케치

Prince BW.D   Mon, Jan 7, 1991

B.7

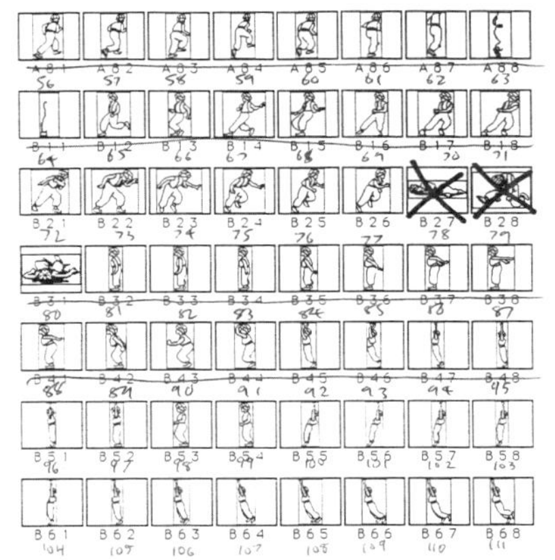

Prince BW.D   Mon, Jan 7, 1991

B.8

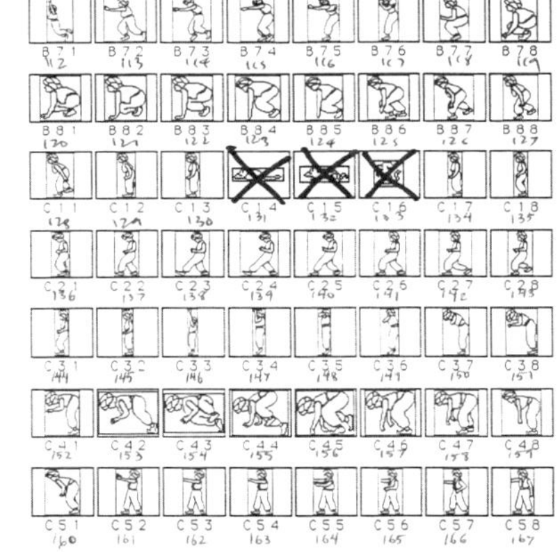

Prince BW.D   Mon, Jan 7, 1991

B.9

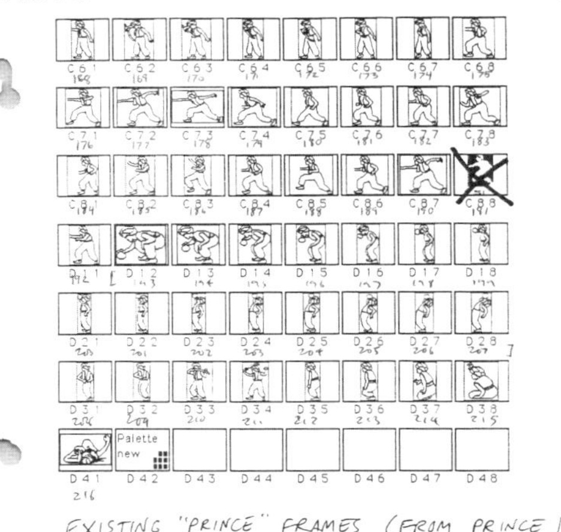

EXISTING "PRINCE" FRAMES (FROM PRINCE 1)

TOTAL EXISTING FRAMES: 210

▲ 91년 1월 7일 시점에 완성된 동작 프레임들

속편

1991년 1월 24일

[샌프란시스코] 아, 돌아오니 너무 좋다. 렌트한 자동차를 몰고 280번 고속도로에 들어섰을 때는 크게 웃었다, 너무 기뻐서. 나무들, 빛깔, 따사로운 햇볕……. 샌프란시스코는 세상에서 가장 아름다운 도시다. 놀라울 정도로 포근한 느낌이다. 내가 원할 때 다시 돌아오기만 하면, 내 예전 생활이 이곳에서 여전히 날 기다리고 있다는 것이.

좋은 소식은, 브로더번드가 「페르시아의 왕자2」에 상당히 몸이 달아 있다는 것이다. 걸프 오브 시암Gulf of Siam에서 브라이언 및 앨런 바이스와 점심 식사하는 동안, 앤 크로넨은 자기 앞에 놓인 종이 식탁보를 볼펜 메모로 가득 채웠다. 그녀는 더 이상 진지할 수 없는 태도로, 마치 TV 광고의 비즈니스우먼처럼, 몸을 앞으로 숙이면서 "브라이언, 이건 당신 소관이라

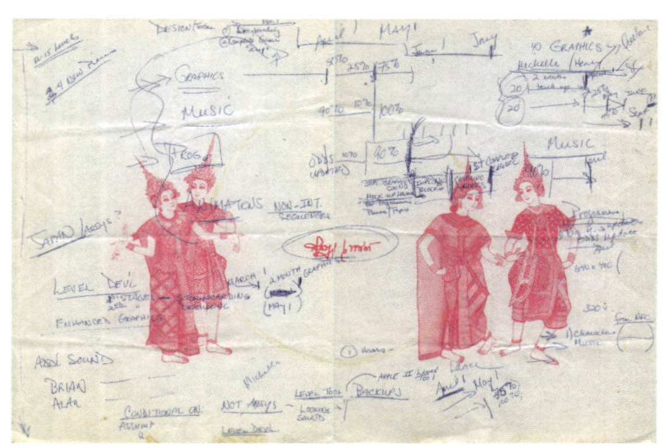

▲ 앤 크로넨이 쓴 식탁보 메모

고요." 같은 말을 건넸다. 더그가 오늘 아침의 우선 순위 회의에서 그녀 발등에 불을 붙인 게 분명하다. (1990년 5월의 첫 제안 이래) 그동안 내 모든 「페르시아의 왕자」 속편 제안에 꿈쩍 않고 눈썹을 내리깔며 '급할 것 없다'는 느낌의 미소만 지어 왔던 그녀였기에, 오늘의 모습은 실로 흐뭇하기 이를 데 없다. 제일 기쁜 소식은, 랜스가 돌아와 이 작업을 맡게 될 것 같다는 것이었다.

점심 식사가 끝날 무렵, 이보다 더 좋은 타이밍은 없을 것 같아, 작심하고 로열티 이야기를 꺼냈다. 브라이언이, 고맙게도 8%로 바로 치고 들어와 주었다. 앤은 눈만 깜박이며 듣고 있었다. 브라이언은 계속 이야기를 이어갔다. "더그도 처음에는 8% 보장을 망설이긴 했죠. 하지만 유럽과 일본에서 「페르시아의 왕자」 1편이 성공했고, 조던의 이름이 갖는 힘과 이 사람이 속편에 기울여 줄 노력을 감안해서, 결국 승인했습니다." 브라이언이 이야기를 잘 풀어 준 덕분에, 앤도 결국 동의 외에 선택의 여지가 없었다. 나는 8%를 원했고, 놀랍게도 그대로 얻어 냈다. 승리란 달콤하다.

떠나기 전, 더그의 사무실에 들렀다. 카즈에_{Kazue}와 제니 쿡_{Jeannie Cook}이 있었고 더그의 부모님도 계셨다. 더그의 아버지는 아는 사람의 손자들이 "POP 할 사람?"이라고 외치면서 계단을 뛰어 내려가더라는 이야기를 하시면서, 그땐 POP가 무슨 뜻인지 몰랐다고 하셨다.

"전 '매장 광고판_{point-of-purchase}'의 약어라고 생각했는데요." 내가 말했다.

더그가 웃으며 대답했다. "이젠 아니지."

엘 세리토El Cerrito에 있는 프레시지도 잠시 들러 보았다. 스콧의 작업이 드디어 마무리 단계에 가까워진 것 같다. 내 방문이 모두의 사기를 올려 준 듯하다. 그저 모습을 보이는 것만으로 누군가가 더 열심히 일하는 동기가 된다는 게 흥미롭다.

1991년 1월 28일

브로더번드에서 장장 8시간에 걸친 연속 회의로 「페르시아의 왕자2」 제작과 관련된 이슈를 모든 부서들과 조율해 나갔다. 하지만 이번엔 쉬웠다. 바람이 내 뒤에서 불어 주니까. 높으신 분들이 이 프로젝트에 그 귀한 '1급 우선순위'를 부여하자 곧바로 아무도 나에게 이의를 제기할 수 없게 되었다.

이들이 이 게임을 1991년 크리스마스에 출시할 수 있을 거라고 믿는 이유를 이해할 수 없다. 6개월짜리 개발 기간이란 존재하지 않는다. 만약 뭐 하나라도 잘못되면, 크리스마스에는 맞추지 못할 것이다. 그리고 **언제나** 꼭 뭔가는 잘못된다. 내가 여기 상주하며 프로젝트를 이끌 수도 없다. 지금 내 집은 여기서 3,000마일이나 떨어져 있으니까. 왜 (나를 포함해서) 모두가 이 일정이 현실적인 양 행동하는 걸까? 이런 류의 사고방식이 피그만(灣) 공습[84]과 같은 사태를 야기한 것이다.

어쨌든, 난 충실하게 팀원들을 하나하나 모으고 있다. 이 프로젝트가 미친 짓이 아닌 것처럼.

---

[84] Bay of Pigs invasion: 쿠바의 카스트로 정권 붕괴를 위해 미국 CIA가 기획, 쿠바 망명자들을 앞에 내세워 1961년 4월에 쿠바 침공을 목표로 실행되었지만 실패로 끝난 군사작전. 작전 계획과 실행 전반에 걸쳐 최고 지휘층의 잘못된 가정과 판단으로 인해 철저하게 실패한 군사작전의 대표적 사례로 자주 언급되곤 한다.

한동안 날짜가 훅훅 넘어갈 텐데, 왜냐면 제가 이때 NYU의 3개월 집중 동계 영화 제작 프로그램을 수강했기 때문입니다. (이 관련 내용은 여기선 대부분 생략했습니다. "페르시아의 왕자"와는 꽤 동떨어진 화제로 책이 두꺼워질 테니까요.)

1991년 2월 2일

브라이언이 사내 회의를 마치고 나서 전해 주길, 회사에서는 「페르시아의 왕자2」를 다중 스크롤에 CD-i[85] 상위 호환 등등의 신기술은 물론, 「윙 커맨더」와 「킹즈 퀘스트V」 같은 경쟁작에 맞설 수 있는 "영화적인" 오프닝 장면도 들어가 있는 첨단 쇼케이스 작품으로 만들자는 방향으로 의견이 모아지고 있다고 한다. 그 말인즉 발매일이 "크리스마스 직후"가 된다는 의미이기도 했다. 더그의 입김이 닿았음을 감지하면서, 난 당연히 동의했다.

지금은 페서디나에 있는 조지 히켄루퍼의 아파트에 머무는 중이다. 그는 지금 흑백 LCD가 달린 랩톱[86]으로 「페르시아의 왕자」를 플레이하고 있다.

Mon 2/4 - Thierry Pathe

25mm lens for 16, 50mm lens for 35 give normal perspec

DX = double exposure = superimposition

yellow = minus blue, cyan = minus red, magenta = minus

violet is low wavelength (380 nm), red is high wavelengt!

film stock ratings:
7248 is Kodak stock #
ASA/ANSI/EI (exposure index), e.g.: T-100, D-64
Most stocks are **tungsten** stocks -- daylight rating assun

Color temperature of tungsten light is 3200°K ("32K")
Daylight standard is 5500°K
More overcast day = more blue = higher temperature
85 filter converts daylight to tungsten (subtracts blue)

faster film has bigger halide crystals, more sensitive, la

| 22 | 16 | 11 | 8 | 5.6 | 4 | 2.8 | 2 | 1.4 |

closed / ope
Center of range for a given lens usually yields sharpest i
therefore DP will *usually* strive for a 5.6.

Keep film cold & dry (silicon packets)

raw stock: 100 ft on **daylight spool**, 400 ft on **core**

base is dark & shiny, emulsion lighter & dull
B-wind (usual): base out.
A-wind: emulsion out.
Make sure emulsion faces lens!

Dailies/rushes: Develop normal, make 1-lite workprint
Timed print is more expensive

OCN = camera negative = camera original
answer print is timed and includes soundtrack

Sound speed: 24 fps in US, 25 fps in Europe

▲ NYU의 영화 제작 수업 자료

1991년 2월 11일

[뉴욕으로 복귀] 켄 셔먼Ken Sherman에게 전화하여 각본가로서의 내 대리인이 되어 달라고

[85] CD-Interactive: CD 규격의 제창자 중 하나인 필립스 사가 내놓은 대화형 멀티미디어 CD 표준 규격으로, 1991년 필립스에 의해 세계 최초의 CD-i 플레이어가 출시되었다. CD에 간단한 영상출력 기능과 소프트웨어를 내장하여 음악 외에 교육, 자기계발, 게임 등의 소프트를 제작·구동할 수 있도록 하여 90년대 당시의 '멀티미디어' 붐의 상징 중 하나로 주목을 모았다. 발표 당시엔 가정용 게임기를 위협할 가전 회사의 비밀병기로 언론에 보도되기도 했지만, 결국 조악한 소프트와 기술적 후진성, 플레이어의 고가 등으로 시장에서 외면 받아 94년부터 뚜렷하게 쇠퇴하기 시작했고 98년 완전히 단종되었다.

[86] Laptop.: 한국에서는 주로 '노트북 컴퓨터'로 지칭되는 휴대용 PC(90년대 초반까지는 '랩톱'이란 단어도 혼용되었다). 영미권에서는 아직도 Laptop이라는 명칭이 널리 쓰이고 있다. '앉아서 무릎 위에 얹어 놓고 사용할 수 있는 휴대용 컴퓨터'라는 의미.

부탁했다. 그도 기뻐했다.

「페르시아의 왕자」가 에그헤드의 9~10월 베스트셀러 목록에 10위로 등장했다. **이거야말로** 놀라운 소식이다. 이 게임이 드디어 히트작이 될 징조가 될 것인가?

도마크가 유럽 지역 8비트 세가 판의 라이선스 계약에 사인했다.

브라이언이 새 68000[87] 판의 홍보용으로 〈로그인Login〉[88] 잡지에 게재할 2페이지짜리 펼침 광고의 사본을 보내 주었다. "드디어, 「페르시아의 왕자」가 68000 컴퓨터로 등장한다."라는 문구와 함께, 왕자가 한 컴퓨터에서 다른 컴퓨터로 점프하는 그림이 그려져 있다. 두 페이지라니! 정말 멋지다.

후미코 페인골드Fumiko Feingold에게서, 일본의 조카에게 보낼 문병 카드에 사인을 해 달라는 부탁이 담긴 편지를 받았다. 조카가 「카라테카」와 「페르시아의 왕자」의 팬인데, 〈로그인〉을 보다 내가 채퍼콰에 산다는 것을 알고 흥분하더라고 했다.

이렇게 다 적어 놓고 보니, 꽤 멋진 이야기처럼 들리지 않는가?

1991년 2월 19일

오늘은 수업 시간에 러시 필름들을 관람했다. 우리 것도 꽤

---

87 일본 샤프(Sharp) 사의 16비트 PC인 X68000을 말한다. 87년에 첫 생산되어, 일본의 8~90년대 홈 컴퓨터 시장에서 하이엔드로 분류되는 고성능 수요를 점유했다. 당시 일본의 가정용 컴퓨터로서는 드물게 모토롤라의 MC68000을 CPU로 채용해(북미 PC 중에선 매킨토시와 아미가, 아타리 ST 등이 사용), 아케이드 게임을 상당한 이식도로 이식할 수 있었기 때문에 하이엔드 게이머 층도 어느 정도 흡수했다. 90년대 중반 단종.

88 Login: 1982년 5월에 일본 아스키(현 아스키 미디어웍스)가 계간지로 창간했던 PC잡지. 2008년 7월호로 휴간했다. 참고로 본문에서 언급되는 2페이지 펼침 광고의 원문 선전문구는 '드디어, 왕자는 X68000의 세계로…'. PC-9801판의 재미가 곧 발매될 X68000판으로도 이어진다는 의미.

괜찮게 나왔다. 우리 필름은 상영이 끝나자 박수도 받았고 누군가는 "잘 찍었네!"라고 소리치기도 했다. 우리가 최고였다고는 못하겠지만, 가장 일관성이 있었다. 필름을 세 통만 써야 한다는 제한을 지켰고(다른 팀은 거의 지키지 않았다), 대부분의 세트에서 한 테이크씩만 찍었다는 점을 감안하면 말이다. 어떤 장면에서는, 약간이지만 미적인 즐거움을 주기도 했다. 스스로를 어엿한 촬영감독이라고 칭할 정도는 아니더라도, 적어도 작품을 망치진 않았다. 그것만으로도 더할 나위 없이 기쁘다.

학생들은 저마다 국적이 실로 다양했는데, 그중엔 영화 〈소피의 선택Sophie's Choice〉에서 스팅고 역을 연기한 피터 맥니콜Peter MacNicol도 있었습니다.

내가 촬영한 사람 혹은 사물이 관객들 앞에서 스크린에 영사되고 있는 광경을 본다는 것은 실로 마법 같은 일이다. 어째서인지, 스크린에서는 내가 촬영한 것 **이상**이 담기게 된다. 그 자체로 새로운 현실감이 생기기 때문이다. 내 마음은 새로 촬영할 피사체를 찾아 마구 소용돌이치고 있다. 바로 찍으러 나갈 수 있도록 아리 SArri S 카메라를 지금도 옆에 두고 싶을 정도다.

▲ 91년 NYU에서의 조던 매크너

1월분 로열티 수표가 도착했는데 56,000달러였다. 아직도 현기증이 난다.

다음 한 해 내내 쓸 수 있는 돈이 한꺼번에 들어온 셈이다. 아마도 이제 돈 걱정은 하지 않아도 될 것 같다.

이 돈이 어디서 나온 건지 궁금하다. 닌텐도? 세가? 일본? 로열티 계산서에는 나와 있지 않다.

1991년 2월 28일

지상전이 끝났다[89]. 미군 전사자는 26명 언저리다. 대단히 놀랍다. 난 이 전쟁이 피범벅으로 늘어져 우리의 영혼을 좀먹고 나라를 분열시킬 거라고 생각했다.

부시는 맞았고 난 틀렸다. 그럼에도 여전히 불편한 이유는 그의 진짜 속셈과 계획, 그리고 그가 자신의 행동을 정당화시키기 위해 대중에 구사하는 언어 사이에 존재하는 간극 때문이다. 그야말로 CIA적인 정신상태이다. 목적이 옳기만 하면, 그 일을 이루기 위해 공식적으로 할 수 있는 수단과 방법을 가리지 않겠다는 태도 말이다.

어젯밤에는 아버지와 이 문제에 대해 논쟁을 했다. 나는 비록 부시의 외교술, 그리고 전략과 전술은 인정하지만(난 부시가 의도적으로 사담 후세인이 쿠웨이트를 침공하도록 유도해 그를 없애 버릴 명분을 마련했다고 거의 확신한다), 전국에 방영되는 TV 방송으로 아이에게나 칠 법한 거짓말을 듣기는 싫다. 우리가 국가를 위해 싸우기에는 충분한 나이이지만, 싸우는 이유를 충분히 듣기에는 아직 어리다 이건가?

브라이언은 내가 「페르시아의 왕자2」에 착수하기를 고대하고 있다.

---

89 미국이 이라크와 벌인 걸프 전쟁을 의미한다. 1991년 1월 17일 전쟁이 시작되어, 2월 23일 지상 부대가 상륙한 후 100시간 만인 27일 쿠웨이트 탈환으로 지상전이 종결되어 미국을 중심으로 한 다국적군이 압도적인 승리를 거두었다.

1991년 3월 4일

앨런 바이스와 브라이언 두 사람이 번갈아 전화해「페르시아의 왕자2」에 필요한 환상적인 게임 디자인 사양서를 서둘러 보내 달라고 재촉했다. 더그는 여행에서 돌아왔는데 소니에서「페르시아의 왕자2」의 CD-ROM판을 진행하고 싶어 한다는 것 같다. 그것도 최대한 빨리! 서둘러 일을 시작해야겠다.

그런데도 내 머리 속은 16mm 영화 제작 장비들, 티에리 파테Thierry Pathe, 보카피치Vorkapich, 로버트 맥키Robert McKee로 가득하다.

뉴헤이븐으로 로버트를 만나러 가서 그의 컴퓨터로 이런저런 게임을 좀 살펴봐야겠다. 정신 상태를 바로잡는 데 조금은 도움이 되겠지.

1991년 3월 11일

뉴헤이븐에는 토요일 밤에 도착했다. 로버트, 오스카와 함께 에스트 에스트 에스트Est! Est! Est!에 칼초네를 먹으러 갔다. 올 여름에 다 같이 온두라스로 여행을 가자는 계획이 세워진 듯.

일요일에는 온종일 로버트와 브레인스토밍을 했다.「페르시아의 왕자2」와「D-제너레이션」에 쓸 괜찮은 아이디어를 몇 개 건졌다. 우리는「킹즈 퀘스트V」와「윙 커맨더」를 돌려보며 오프닝 장면이 사람들이 말하듯 그렇게 대단한지 확인해 보았다. 기술적으로는 확실히 그랬지만, 예술적으로는 아쉬운 점이 꽤 많았다.

「페르시아의 왕자2」에선 내가 이들보다 더 잘할 수 있겠다는 확신이 들었다—만약 내가 현장에 있을 수만 있다면. 지금으로써는 내가 할 수 있는 일이란 장면들을 스토리보드로 정리하여 캘리포니아에 부치고 잘 되기를 기원하는 것뿐이다. 브로더번드가 지금의 개발진들과 조직 구조를 갖고서 이런 종류의 작업을 모두가 기대하는 이상으로 완수해 내리라고는 그다지 믿기지 않는다. 이러한 일에는 독재자가 필요한데, 브로더번드에는 그럴 만한 인물이 없다.

시야를 넓게 가져야 한다. 로버트와 이틀을 보내고 나니, 마음 같아서는 다른 것은 다 잊고—한 번 더—사상 최고의 게임을 만드는 데 도전하고 싶어졌다. 하지만 현실적으로는, 이번 금요일 이후부턴 작업에 할애할 시간조차 별로 없을 것이다.

「페르시아의 왕자2」는 획기적일 필요가 없다. 납득할 만한 수준만 지켜서, 기한 내에만 나오면 된다. 만약 내가 목표를 너무 높이 잡으면, 이 프로젝트는 내 인생의 한 해를 또 냉큼 잡아먹어 버릴 것이고, 결국 내가 각본가/영화 제작자/인간으로서 성장할 수 있는 기회는 그 희생양이 되겠지. 이걸 항상 유념하고서, 프로젝트를 뭔가 웅장하고 기술적으로 야심 찬 바보짓으로 키우고픈 내 욕심을 자제해야 한다.

모두가 원하는 것은 「페르시아의 왕자」 1편에 새로운 옷을 갈아입혀, 멋진 외양에 몇 가지 새로운 변화만 적당히 가미하는 것이다. 그게 이 작업의 요구사항이다. 그게 내가 보내 주어야 할 결과물이다.

1991년 3월 12일

지난 이틀에 걸쳐, 토미와 함께 「페르시아의 왕자2」의 스토리라인을 짜내고 있다. 둘 다 투덜거리고 있지만, 작업은 **진척**을 보이고 있으며, 분명히 며칠 전보다는 훨씬 나아졌다.

이름하여 「페르시아의 왕자2: 자파의 복수Revenge of Jaffar」.

브로더번드와 시에라가 합병된다.

1991년 3월 14일

스토리보드 아티스트인 칼 셰펠만Karl Shefelman을 오늘 아침에 만났다. 알고 보니 케빈의 촬영장에서 만났던 사이였다. 만약 필요하게 된다면 그를 고용해야겠다.

마크 네터와 존스 피자John's Pizza에서 즐겁게 저녁을 먹었다. 그는 19세기 레인Lane 번역판 〈아라비안 나이트Arabian Nights〉을 25달러에 구해 주었다. 멋지다. 그는 우리 집에서 맥으로 한 시간 가량 「페르

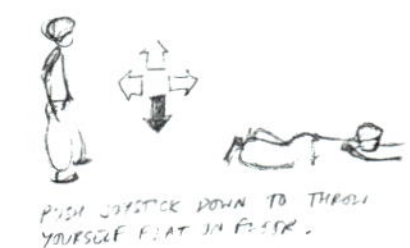
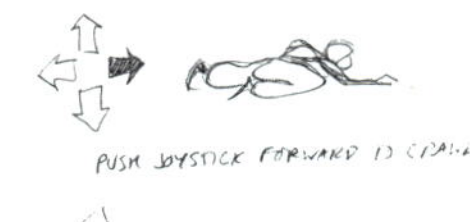

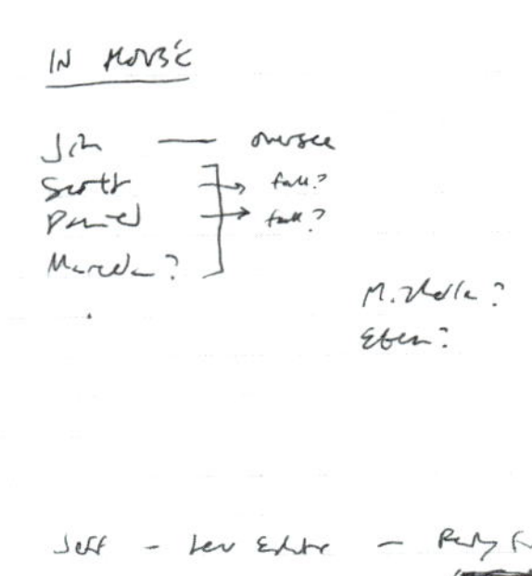

▲「페르시아의 왕자2」 아이디어 스케치

시아의 왕자」를 플레이했고 저녁 식사 후에 또 한 시간 정도 영화 이야기를 나누었다. 절실히 필요했던 휴식이었다.

내일, 맥키의 각본 수업이 시작된다.

1991년 3월 15일

맥키의 수업은 좋았다. 아주 좋았다. 게다가 교실이 멋진 여자들로 가득했다. 어떤 사람들일까 속으로 궁금해하는 대신 직접 다가가 말을 건넬 만큼의 용기가 내게 있었다면 좋았을 텐데.

맥키는 존 트루니보다 훨씬 영감과 카리스마가 넘쳐서, 저는 그의 모든 말에 빠져들었죠. 그런 류의 각본 강의는 실무엔 별 도움이 되지 않지만요.

1991년 4월 2일

월요일 저녁 6시에 촬영을 마쳤다. 필름을 TVC/프리시전에 맡기고 피비스Phebe's로 한잔 하러 갔다. 조지, 버나드, 케이시, 존은 내가 도착했을 무렵에는 한창 달리는 중이었다. 토비와 나머지는 나중에 왔다.

오늘 처음으로 내가 찍은 러시 필름을 교실에 모인 전원과 함께 보았다. 마음이 초조했다—다시 계산해 보니 야외 촬영 장면들이 거의 한 스톱 씩은 노출 부족이었으니까. 하지만 다행히도 모두 썩 괜찮게 나와 주었다.

기술적으로나 예술적으로나, 촬영 기사라고 자칭하기엔 내 갈 길이 여전히 멀고도 멀

7292: Older fast stock. 320 ASA rating is sadly optin dark-gray blacks. To make it look decent, rate it at 2!

7296: Brand new 500 ASA stock. A hair optimistic.

You don't ever have to give lab printing instructions normal.
Timers will try to make Caucasian faces look normal.
In fact, it's almost impossible to get them to do anythir

If you're going for an unusual effect, put color chart a color chart -- Do Not Notch! When shooting, put cha normally.

Night scenes & interiors --> Use high-speed stocks.

For gritty, grainy look, underexpose 1 stop and push Mark's advice: To get this look with a 500 ASA stock, 1 stop. Don't rate it at 1000.
You *can* push 2 stops (in this case, rate it at 1200 -- r into the marginal stage.
For 16mm, *don't* underexpose and process normal.

CODE 16
16 MM EDGE NUMBERING

HOW TO PREPARE FILM FOR CODING

1. Film should arrive HEADS OUT on cores. for rewinding film brought tails out.

2. Splicing - Double splicing is not nece: carefully. Sloppy splices can cause d:

3. Start marks - Each sync roll must have clear start mark as below. We need th: before the start mark for threading up

START TRK |X| CODE:

4. Codes - Choose a 4-letter code for eac letters after K in the alphabet, and d Otherwise, any combination of 4 letter

The code should be marked on the outsi as well as further in at the start mar

▲ NYU의 수업 자료들

다. 뛰어난 촬영 기사가 되려면 더 말할 것도 없지. 게다가 아마도 이쪽 진로를 이 이상 더 파게 되지도 않을 테고. 하지만 지난 5일 동안 16mm 컬러 싱크 사운드 필름을 찍으며, 나는 스톡을 고르고, 조명을 설치하고, 각 장면마다 카메라 위치를 정하고, 카메라를 조작하고, 필름 매거진과 기타 등등의 AC 장비들을 풀었다 쌌다 하는 작업을 반복하는 동안…… 뭐 하나 망치지 않고 끝냈다. 영화 촬영 현장에 대해 일반적이고 모호하기 짝이 없는 개념들만 알고 있었던 6개월 전과 비교하면, 이건 스스로 자랑스러워할 만한 성과다.

이제 편집에 들어간다.

1991년 4월 16일

하루 종일을 핫 스플라이싱 작업으로 보냈다. 이제 상당히 익숙해졌다. 기본적으로는, 우리가 해야 할 작업은 이제 다 끝났다. 내일 아침엔 모든 스플라이스를 확인하고, 동조기synchronizer에 한 바퀴 돌리고, 옵티컬 트랙을 정리한 후 랩으로 보내면 된다.

원본 네거필름을 가위로 실제로 자르고 풀로 붙여서 물리적으로 편집하는 작업을 말합니다. 지금은 잊혀진 고대 기술이죠. 마치 6502 어셈블리 언어 프로그래밍처럼요.

1991년 4월 20일

금요일에, 제작의 비즈니스 단계(라인 프로듀싱)에 대한 티에리의 훌륭한 강의를 들었다. 강의가 끝난 후엔 스프링 가에 있는 맥거번스 바MacGovern's Bar에서 패트릭과 그의 작품인 〈앨리스〉에 참여했던 배우인 조지, 그의 친구 캐서린, 존 브루노John Bruno, 그리고 버나드를 만났다. 우린 코네티컷에 서 온 예쁘장한 여대생들과 잠시 잡담을 나누기도 했지만, 결국 남자친구들이 나 타나 흥이 깨져 버렸다.

패트릭 라디슬라프Patrick Ladi-slav는 파리에서 온 프랑스인 영화학도로서, 저와 절 친이 됐습니다. 후일 「라스트 익스프레스」에서 함께 작업하기도 했어요(「페르시아의 왕 자2」에서 자파의 목소리도 연기해 주었죠). 25년이 지난 지금, 이 친구는 몽펠리에의 제 이웃 입니다.

근처에서는 영화 촬영이 있었다. 조합이 뉴욕에서 진행한 마 지막 촬영이었을 것이다. "어느 하버드 졸업생"이 "디스코를 즐 겨 추는 평범한 소녀"와 사랑에 빠진다는 내용의 저예산 영화란 다. 이게 여주인공 역 배우(아마도 이름이 할리Hallie였던 듯)의 설명이 었다. 나와 버나드에게 친절하게 대해 주던 그녀는 엉덩이가 꽁 꽁 얼어 버릴 정도로 짧은 치마를 입고 있었다.

예, 바로 그 유명한 할리 베리Halle Berry가 맞습니다.

이후에는 함께 업타운으로 몰려가 E 92번가에 있는 "네임 댓 조인트Name That Joint"에 들렀는데, 토비, 케이시, 존 P.가 우릴 무척 기뻐하며 반겼다. 다음에는 근처에 있는 아웃백Outback에 들렀다 가(너무 시끄럽고 사람도 많았다), 그다음에는 택시를 타고 공원을 가 로질러 가장 멋진 술집이면서 존 브루노의 은신처이기도 한 더 다이브 바The Dive Bar에 갔다. 바가 닫을 때쯤엔 57번가에 갔는데, 패트릭이 그 근처에 영업 시간 이후에도 여는 선술집이 있다고 알고 있어서였지만 찾을 수가 없어, 결국 식당에서 대신 아침을 먹었다. 새벽 6시에 집으로 돌아와 정오까지 잤다.

뉴욕에 돌아오길 정말 잘한 것 같다.

1991년 4월 23일

수업 마지막 날. 초벌 프린트를 상영해 주었다. 다른 것들 대부분과 비교해 봐도 우리 작품은 끝내주게 멋졌다. 안심이다. 촬영 감독으로서의 첫(그리고 아마도 마지막) 데뷔 결과는, 그리 나쁘지 않았다.

티에리는 멋진 격려 연설로 수업을 마무리했다. "다음에는 여러분을, 영화 현장에서 보았으면 합니다." 교실을 나서는 그를 우리는 박수갈채와 함께 보냈다. 만약 기회가 있다면(그러니까 〈프리미어Premiere〉 같은 잡지와 인터뷰하게 된다면), 이 프로그램을 수강한 경험을 주저 없이 써먹어야지.

마크 네터가 저녁 식사 때 딕 로스Dick Ross가 닉의 필름을 싫어해서, 쓰레기라고 부르며 페스티벌 오전 시간에 배정해 버렸더라고 얘기해 주었다. 듣다 보니 나도 화가 났다. 티에리 파테가 자기 학생의 영화를 딱 찍어 "쓰레기"라고 칭하는 게 상상이 되는가? 내가 티시Tisch[90]에 가지 않아서 다행이다.

1991년 5월 7일

뉴욕에 오기로 한 건 분명 올바른 판단이었다. 내가 캘리포니아에 그냥 머물렀더라면 지금 어땠을지, 생각만으로도 몸이 떨린다. 이것이야말로 **진정**, 진정 내가 놓치고 있었던 삶이다.

여기 온 지는 고작 7개월째이지만, 서로 다른 인간관계의 조합에 섞여 만나고 엮이고 헤어지는 가운데 나도 어느새 그 관

---

90 Tisch.: NYU 영화학교의 별칭.

계의 일부가 된 느낌이 든다. 나를 매개로 패트릭 라디슬라프 Patrick Ladislav가 케빈 버겟, 마크 네터와 연결되고, 패트릭과 내가 수업에 들어가면 마크가 거기 이미 앉아 있는 걸 보고는 모두 같이 저녁을 먹으러 갔더니 거리 건너편 바에 앉아있는 존 브루노를 발견하기도 하고, 칼 셰펠만은 나와는 「페르시아의 왕자 2」의 스토리보드를 작업하고 케빈과는 편집실을 공유하고, 밖으로 나설 때마다 거의 항상 내가 아는 누군가와 만나게 된다는 것—이런 하나하나가 내 마음 속 깊은 곳의 근본적인 욕구를 충족시켜 준다.

샌프란시스코에서의 나는 마치 세상의 끝에서 떨어질 것 같은 위기감 속에 살았다. 여기에서, 나는 스스로를 제자리에 잡아 둘 수 있을 만큼 강한 무언가의 일부가 된 느낌이다. 내가 만드는 새로운 연결 고리 하나하나가 내 세상을 더 강하고도 진실하게 만들어 주고, 이 그물망이 자라날수록 가능성 역시 계속 커져 간다.

1. While the Sultan of Persia was out of the country with his army, his daughter fell in love with a young traveller who climbed the palace wall to visit her.

2. The Sultan's Grand Vizier Jaffar -- determined to legitimize his seizure of power by marrying the Princess himself -- had them arrested and thrown into prison.

하루 종일 「페르시아의 왕자 2」의 "바이블"(과 매킨토시판 「페르시아의 왕자」)을 작업했다. 브라이

3. But the young man escaped from the Sultan's dungeons, and shattered Jaffar's plans with a single sword thrust.

▲ 「페르시아의 왕자2」 스토리보드

4. Offered riches by the grateful Sultan, the unlikely hero asked instead for the Princess's hand in marriage. The Sultan grew angry, and refused, for she was his only daughter, and famed for her beauty.

5. But the Princess's entreaties swayed the Sultan, and finally he consented to the marriage. And the entire kingdom rejoiced and sang the praises of the young couple.

6. As MUSIC ENDS, sepia-tone picture gradually turns to COLOR and comes to life. In the silence, stars twinkle, water shimmers, etc.

7. TITLE MUSIC HITS -- as we SUPERIMPOSE TITLE.

▲ 「페르시아의 왕자2」 스토리보드

언이 활용할 수 있을 만큼의 내용은 채워서, 적어도 목요일에 내가 칸Cannes[91]으로 떠나기 전까지 보내주려고는 하지만, 아무래도 힘들 것 같다. 유럽에서 돌아오고 나면 정신없이 일해서 그동안 놓친 시간을 보충해야겠다.

뉴욕에 온 이후로 브로더번드와 「페르시아의 왕자」에 소홀했던 것이 사실이다. 이쪽도 자칫 완전히 날려먹지 않도록 주의해야지. 내 벌이 뿐만 아니라, 내 명성, 포트폴리오, 창조적 성취 등 내 모든 것이 걸려 있는 문제다. 유일하게 아쉬운 건, 이게 영화가 아니라는 거지만.

91 프랑스 남부의 휴양도시로, 매년 5월 개최되는 칸 국제영화제(Cannes International Film Festival)의 개최지로서 세계적으로 유명. 이후의 본문에서 짐작할 수 있듯, 메크너는 1991년 칸 영화제에 참석한다.

H. Guntram & Tekura Boie   P.O. Box 74, Rarotonga, Cook Islands, South Pacific

FYI
RCV'D 512
REP Nancy P.
FWD Brian E.

APR 0 5 1991

Broderbund Software
P.O. Box 12947
San Rafael, CA 94913-2947
USA

March 27th, 1991

Gentlemen;

I am a sixty year old man and just had the thrill of my life! -
Forget about the first girl, that is nothing compared to saving
the beautiful 'Princess of Persia'.

This is the first computer game that I have used, and as luck
would have it, I stumbled on the best. The graphics are superb,
the story line delightful (love that helpful white animal!) and
the layout and production a wonderful, tightly woven artwork.

Please supply me withy your latest catalogue. Ok, so I am living
on this beautiful tropical South Pacific island paradise. Please
send the catalogue by AIRMAIL, otherwise it will get here in time
for my funeral.

Say 'hello' to Mr Jordan Mechner. If he can produce something
like this when he is 25 years, by the time he is 50 he will have
surpassed Walt Disney.

Thank you again for a most enjoyable time

Yours very truly,

H. Guntram Boie

CAT (AIRMAIL)

Maggie

▲ 브로더번드로 온 편지

Douglas L. Sigler
27235 Hoover Road
Warren, MI 48093
313 755-6445

MAR 1 5 1991

Broderbund
17 Paul Drive
San Rafael CA 94903-2101

March 11, 1991

Dear Sirs,

Not a game player, the use of my computer is probably 98 percent busi-
ness oriented. Games somehow are either too cerebral, or arcade oriented, and
I either do not wish to think that hard to play, or I do not wish to develop
fighter pilot reflexes to win. As a rule, I stay away from games.
I was at the computer store several weeks ago, looking at the new lap-
tops, and on display was Prince of Persia. It is rare for me, but I was
instantly hooked. I immediately purchased the game, and just this week,
finally worked my way to the princess. Literally dozens of hours were spent
finding my way. I cannot begin to tell you how difficult it was to watch my
little fellow expose himself to thrilling leap and grab situations, subtle
nuances of sword fighting, terrible falls, floor spikes, and those clamping
jaws. I loved every step of the way.
Thanks for the hours spent in your magical little world of well-thought
out suspense and challenge, and near perfect graphic animation. The first
time I saved myself by grabbing the edge instead of falling, I realized you
though of everything. The fall away floor theme on one of the levels effected
my own walking ability for two days. The sword fighting was fair and learn-
able. And that mirror image situation was a jewel of a puzzle. You could
have introduced more of those kinds of unexpected situations to make the game
truly brilliant. No complaints though. Maybe one level of water situations
where the would be prince would have to hold his breath and find successful
passage through underwater tunnels. I highly recommend the game to my
friends, envying them the beginning of their experience.
Let me know when you come out with another game governed by this nice
blend of challenge, action and animation. I will buy it.

FYI
RCV'D 4-19
REP Nancy Phelan c/s
FWD Brian Eheler PD26

FYI
RCV'D 4-19
REP Nancy Phelan c/s
FWD Ed Auer Corp

Sincerely,

Douglas L. Sigler

▲ 브로더번드로 온 편지

▲ 브로더번드로 온 조던에게의 팬레터 봉투

낯선 땅

1991년 5월 18일

[프랑스] 칸에서 차로 대략 10분 거리에 있는 성에서 파티가 있었다. 레이저 불빛과 연기가 가득한 방에서 한 시간 정도 춤을 추었다.

턱시도 차림으로 말쑥하고 날렵한 걸음걸이를 뽐내는 티에리 파테만큼 파티에 어울리는 사람이 또 있을까. 티에리는 세상에서 가장 멋진 남자다. 나와 패트릭을 보고는 반가워했지만 한편으로는 놀란 듯도 했는데(초대자 한정 파티였으니까), 자기 프로듀서를 데려와 우리에게 인사시켜 주기도 했다. 그녀는 우리가 처음으로 칸을 방문했음에도 이 성의 성벽을 넘어 들어올 수 있었다는 것에 흥미로워 했다. "자네들은 앞으로 크게 되겠어." 그녀는 이렇게 예언하며 내년에도 올 것인지를 물었다. 난 여기에 내걸 만한 영화를 내기 전에는 다시 올 수 있을 것 같지 않다고 말했다.

"성 안에서 또 만나세." 티에리는 자리를 뜨며 이런 말을 남겼다. 며칠 전 미국관the American Pavilion에서 만났을 때 그가 헤어지며 건넸던 "크루아제트Croisette[92]에서 또 만나세."라는 인사를 암시하는 댓구 같기도 하면서, 칸을 궁중에 빗대었던 패트릭의 비

---

[92] La Croisette: 칸의 유명한 해안가 산책로 이름.

유도 멋지게 강조해 주는 한마디였다.

1991년 5월 25일

우린 지금 레니 리펜슈탈[93]이 사는 작은 마을 푀킹 Pöcking의 게스트하우스에 눌러앉아, 미팅 시간을 기다리고 있다.[94]

그녀는 히틀러와의 친분관계에 대해선 다소 방어적인 자세를 취하더군요.

이 마을은 암울하다. 어쩌면 (말도 안 되게 춥고 흐린) 날씨 때문일지도, 아니면 우리가 곧 〈의지의 승리 Triumph of the Will〉의 감독을 만날 예정이기 때문일지도 모르겠지만, 나치의 집권이 바로 어제 일어난 것 같은 우울한 느낌이다.

리펜슈탈은 인터뷰 직전에 카메라 촬영을 거부했기에, 우리는 휴대용 테이프 레코더만 지참하고 들어가게 되었다. 아쉽다. 16mm 필름으로 인터뷰를 촬영하고 싶었는데.

1991년 5월 28일

파리에 도착한 이래로 날씨가 계속 환상적이다. 조지, 패트릭과 함께 그의 어머니가 계신 9번가 아파트 근처 레스토랑에서 점심을 먹고 나는 대니 불락을 만나러 갔다.

---

[93] Leni Riefenstahl: 1902년 출생한 독일의 여성 배우·감독·영화 제작자로, 나치 독일 치하에서 〈의지의 승리〉, 〈올림피아〉 등 기술·예술적으로 훌륭한 다큐멘터리 선전 영화를 만들어 널리 유명해졌다. 체제 선전 영화의 예술미와 정신적 고양을 극단까지 끌어올린 명감독으로 꼽히지만, 나치 부역 전력 때문에 2차대전 후 영화계에서 사실상 활동을 중지하고 사진에 전념한다. 2003년 사망.

[94] 원문에서 이 부분은 독일어로 쓰여 있다. "Wir sitzen in einem Gasthof in **Pöcking**, das kleine Dorf in dem Leni Riefenstahl wohnt, wartende auf dem gesprochene Stunde."

3시부터 11시까지, 오후 대부분을 대니와 보냈다. 그는 (프랑스 2위의 게임 잡지이자, 대니와 그의 파트너가 1위로 만들려고 열심인) 〈조이스틱Joystick〉의 동료들을 소개해 주었고, 내 인터뷰는 20번가에 있는 그의 아파트로 되돌아 가 진행되었다. 그의 여자친구인 나탈리와 8개월 된 딸인 킴도 만났다.

그 후에 대니는 일종의 초대형화된 샌프란시스코 과학관이라 할 수 있는 씨떼 데 씨엉스Cite des Sciences에 나를 데려가 옴니맥스 쇼Omnimax show를 보여 주었다. 그의 친구이자 런던에서 온 홍보실 담당자(내 기억으론, 아마 이름이 크리스틴이었다)를 만나 (삼지창을 든 큐피드가 있는) 어쩌고 분수의 근

처 쉐 피에르Chez Pierre라는 곳에서 저녁을 먹었다. 훌륭한 식사였다. 얼마일지 생각만 해도 떨릴 만치 비싸 보였지만.

대니는 「페르시아의 왕자」가 겪은 형편없는 마케팅에 몸서리를 쳤다. 그는 이 게임이 대 히트작이 될 만하다—그리고 그래야 마땅하다—고 생각해 주었다. 「페르시아의 왕자」가 틸트 도르[95]를 수상하도록 적극 밀어 준 사람이 바로 대니였다. 그는 「페르시아의 왕자2」의 '제작 과정'을 독점 기사로 따 내고 싶어 했다. 아예 〈조이스틱〉 다음호에서 이미 6페이지나 확보해 놓은 상태였다. 그가 이 기사의 성사를 저널리스트로서의 성취로 여기고 있다는 사실 자체가 나에겐 과찬이었다. 대니와 크리스틴은 나를 흥미롭고 독창적인 작품을 내놓고 있는 미국의 유일한 게임 디자이너라고 진심으로 여겼는데, 말도 안 되는 이야기긴

[95] Tilt d'Or.: 프랑스의 엔터테인먼트 잡지 〈틸트〉에서 수여하던 올해의 게임 상. 해당 잡지는 94년 1월 휴간했기 때문에 현재 기록은 남아있지 않지만, 프랑스 위키피디아의 기록에 따르면 1990년 최고 애니메이션 상(Meilleure animation)을 「페르시아의 왕자」가 수상한 것으로 되어 있다.

해도, 그들의 찬사를 듣는 기분이 썩 나쁘진 않았다.

저녁을 먹고 나서 나는 르 비올롱 딩그Le Violon Dingue라는 바에서 패트릭, 조지, 그리고 모로코에서 온 패트릭의 친구인 제롬과 합류했다. 술자리는 영국식 바에서 보드카를 마시는 것으로 끝났다. 패트릭은 한탄했다. "파리가 이젠 예전 같지 않아. 이런 곳들조차도 온통 프랑스인뿐이니."

로마는 위대한 도시다. 베를린은 동구권으로 가는 관문으로 요즈음 주목받고 있다. 베를린 장벽이 무너진 이후엔 비엔나까지도 각광받는 중이다. 파리는… 파리다.

세상 어느 곳이든 대개 그곳이 살기 좋은 이유가 있는 법이다. 파리에서 사는 데는 그런 것조차 굳이 필요치 않다.

1991년 5월 29일

이런 짓을 하기에는 이제 너무 늙었나 보다. 원래 난 담배를 안 피우고, 마리화나도 안 피우며, 커피도 안 마시는데, 어젯밤에는 그 세 가지를 다 하고는 거기에 더해 보드카 반병과 이제 다 기억나지도 않는 별별 것들을 들이부으며 떠오르는 아침 해를 보았다. 지금은 그 대가를 치르는 중인데, 이놈의 비행기 난기류까지 날 도와주지 않는다.

정말 멋지고도 환상적인 여행이었다. 내 기대 이상이었다. 페르 라셰즈Pere Lachaise 공동묘지의 담을 넘어 들어가 짐 모리슨의 묘에서 와인을 병째로 마시는[96] 짓거리까진 않았지만, 내 독일어 실력도 연습해 봤고 프랑스어와 이탈리아어까지도 약간이나마 배울 수 있었다. 조지, 패트릭과 시간을 많이 보냈고(놀라울 만치 빨리도 절친한 사이가 되었다), 그렉, 제롬, (아마도) 앤, (아마도) 토멕, 잔, 그리고 아르투르 등등 새로운 친구도 많이 생겼다. 영화계의 두 거장 비토리오 스토라로Vittorio Storaro와 레니 리펜슈탈을 만나, 그들의 (매우 다른) 생활을 엿보는 특권도 누렸다. 난생 처음으로 가본 나라도 셋(이탈리아, 독일, 그리고 스위스)이나 된다. 라우라도 있었다. 칸도 있었다. 지금은 지칠 대로 지쳐서, 뉴욕 시에서 몇 주간은 편안함을 즐길 준비가 충분히 되어 있다.

1991년 6월 15일

[뉴욕으로 복귀] 「페르시아의 왕자2」 작업으로 하루를 보냈다—몇 주 만에 처음으로 종일 일했다. 메인Maine으로 떠나기 전까지 뭔가 내놓을 게 생기려면 정말 서둘러야 한다.

1991년 6월 27일

[샌 라파엘] 브로더번드에서의 둘째 날이 끝났다. 잘 진행되고 있다.

돌아와 보니 난 어느새 유명인사가 되어 있었다. 마치 성경에 나오는 탕자의 귀향 같은 분위기다. 낯선 땅의 바람이 내 주위를 감싸고 있는 듯하다. 칸, 그리니치 빌리지, 모두 멋진 곳이었다.

「페르시아의 왕자」도 갑자기 유명해졌다. 「페르시아의 왕자」가 그동안 부당한 취급을 받았으며 새 패키지 출시와 완성이 임박한 매킨토시판의 성대한 사전 홍보가 필요하다고 믿는 새로운 마케팅 부서가, 예전 마케팅 부서가 사라진 자리를 채우고 있다. 놀랍다. 누군가 날 꼬집으면 꿈이 깨지 않을까 싶어질 정도다.

게임보이판은 거의 마무리 단계다. 슈퍼 패미컴판도 아주 멋지게 뽑히고 있다. 「페르시아의 왕자」는 유럽과 일본에서 수없이 많은 상을 받고 있었다. 도대체 좋은 소식들 외엔 찾아볼 수가 없다. 부정 타는 일 없이—쭉 계속되길!

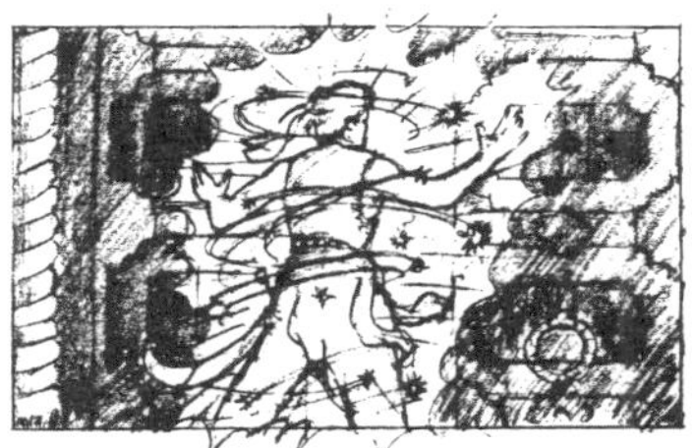

▲ 「페르시아의 왕자2」의 스토리 초안

「페르시아의 왕자2」 쪽은, 프로그래머도 정해졌고(제프 샤밧 Jeff Chavat), 음향과 음악 부서(톰)에서 작곡가(조넬)를 직접 뽑았으며, 그래픽 부서(미셸과 레일라)에서 아티스트들을 몇 명(다니엘과 마르셀) 지정했고, 세일즈와 마케팅 부서에서는 개발이 완료되는 즉시 발매와 홍보에 들어가도록 예의 대기 상태다. 그리고, 아 그래. 디자인 서비스 쪽도 패키지 디자인을 하고 싶어 안달이 났다.

완전히 다른 세상이다, 속편 작업이라는 건. 1편을 만들 땐 전혀 도움이 안 되던 그 많은 사람들이 이제는 의욕이 철철 넘치는데, 익숙하고 검증된 작품이기 때문이다. 브로더번드는 속편 개발을 하려고 탄생한 회사 같다. 심지어 잘 만들기도 하고.

내게 환상은 전혀 없다―한때 「페르시아의 왕자」를 거의 사장시킬 뻔했던 바로 그 회사이니까. 하지만 이제는, 내가 그들 머리 위에 있다. 이거 꽤 멋진 기분이다.

예산과 자원 관련으로 다소의 힘겨루기가 있을 게 뻔히 보이지만, 지금까지는, 브로더번드는 가능한 최상의 노력을 아끼지 않고 있다. 그리고 그 바탕에는, 단언코 회사의 밑바닥(기술 지원, QA, 현장 영업직)에서부터 PD에 이르기까지 풀뿌리처럼 단단히 심어져 있는 「페르시아의 왕자」에 대한 열정이 있다. 게임을 집에 가져가 플레이 해보고 자신들의 아이들이 즐기는 모습을 유심히 지켜보는 사람들이 있다. 그리고 내가 IBM판 「페르시아의 왕자」 개발 당시 굳건히 함께 쌓아 온 랜스, 레일라, 그리고 톰과의 좋은 팀웍과 유대 관계가 있다.

랜스, 레일라, 그리고 톰은 모두 더 이상 직접 프로그래밍이나 그래픽, 사운드를 맡지 않아도 될 만큼 승진했지만, 이제는 각각 자기 부서를 총괄하는 자리에 있다. 그들은 「페르시아의 왕자」를 자기 창작 경력의 최정점이자, 최선을 다해 작업하여 충분할 만큼의 인정과 만족감을 가져다 준 작품으로 기억하고 있기에, 그럴 기회가 다시 찾아왔다는 데 매우 기뻐하고 있다. 그래, 자화자찬이다. 하지만 그게 어때서? 난 「페르시아의 왕자」가 자랑스럽다. 하지만 그 이상으로, 이렇게 훌륭하고 열정적인 팀과 같이 일하고 있다는 것이 자랑스럽다. 만약 내가 이번에도 잘해 낸다면, 장편 영화 감독도 충분히 해내리라.

브라이언과 나는 레일라를 구식 벽돌 가마로 음식을 만드는 값비싼 프랑스 레스토랑에 데려가 저녁을 샀다. 백 하고도 오십 달러나 날아갔지만, 그럴 가치가 있었다. 레일라가 매킨토시판 「페르시아의 왕자」의 그래픽용으로 뽑아낸 모든 결과물은 충분하리만치 훌륭했으니까—다만 스콧이 아직 제대로 게임에 얹어 내지 못하고 있지만.

그게 유일한 문제다. 매킨토시판 「페르시아의 왕자」가 아직 완성까지 한참 남았다는 것. 일정이 심하게 뒤쳐져 있다. 이건 스콧을 더 강하게 재촉하지 못했거나, 혹은 그보다 더 빠르게 해낼 누군가를 찾아내지 못한 내 잘못이다.

좋은 소식은, 스콧이 시간을 끄는 동안 애플이 마침 새로운 컴퓨터(맥LC)를 냈고 그게 꽤 많이 팔렸다는 것이다. 결과적으로는 맥 게임 시장이 이제 크게 확대되어, 세일즈 부서에게 맥 판이 정말로 **필요한** 상황이 되었다. 그래서 브로더번드는 LC 판을 위한 (예를 들어, 화면은 작지만 컬러인) 새 그래픽 데이터 추가를 추진해 막 시작했고, 이번에는 스스로 비용을 충당하고 있다. 신뢰할 만한 멋진 증거다. 좀 늦긴 했지만, 좋다.

1991년 7월 3일

7/3/91

Rough & generous estimate of graphics time r
Prince 2

Modular background sets
3 @ 30 days = 90 days (Marcela?)

New animation
350 frames = 50 days
Cleanup existing animation
300 frames = 30 days
Total: 80 days (Daniel)

Full screens
25 screens @ 5 days = 125 days
Var screens
35 screens @ 3 days = 105 days
Total: 230 days

Total Game: 400 days

Non-Interactive Seq:
55 bg screens @ 4 days = 220 days
10 major animations @ 5 days = 50 days
20 minor animations @ 3 days = 60 days (Daniel -- 1
Total NIS: 330 days

Total Project: 720 days

4 artists: 180 days each

Aug 1 through Mar 31 (8 mos) = 175 days

8 MONTHS, 4 ARTISTS (3 IN-HOUSE, 1 CONTRACT)

$175/day = $126,000

Animations: 190 days (Daniel?)
Modular: 90 days (Marcela?)
Full screens: 450 days (?)

Daniel, Marcela, 3rd in-house artist, contract artist

▲「페르시아의 왕자2」의 그래픽 제작 분량과 예산 계획서

예산도 확보된 것 같다. 레일라가 없다 보니, 「페르시아의 왕자2」의 그래픽 예산이 얼마나 될지 아무도 감을 잡지 못했다 (에드 바다소브는 17,000달러로 추정했다). 그래서 내가 직접 추정치를 내밀었다. 126,000달러. 브라이언은 경악했다. 에드도 경악했다. 하지만 놀랍게도, 더그는 승인했다. 이로써 브로더번드 역사상 가장 그래픽에 거액을 투자하는 프로젝트가 탄생했다.

더그의 집에서 저녁 식사를 했다. 우리는 스테이크를 사와 테라스에서 구워 먹으며 모기에게 신나게 피를 뜯겼다. 그리고는 거실에 둘러앉아 영화 산업과 소프트웨어 산업이 과연 하나로 통합될지의 여부에 대해, 영화 제작자와 게임 디자이너에게 각각 필요한 기술 중에 겹칠 만한 게 과연 있을지에 대해 이야기를 나누었다. 지금으로써는, 내가 바로 그 양면에 걸쳐 인정받을 만큼의 숙련도를 지닌 몇 안 되는 사람 중 하나일 거라는 생각이 들었다.

1991년 7월 15일

[뉴욕으로 복귀] 내가 떠난 지 1주일 뒤에, 브로더번드에선 또 한 번 대규모 조직 개편이 이루어졌다. 이제 존 베이커가 엔터테인먼트 그룹의 수장이 되고, 톰 마커스가 라이선스 업무를 맡게 되었다. 그리고 끔찍한 소식 하나. 매장 체크 때 브라이언과 나를 데려간 인연이 있는, 「페르시아의 왕자」의 새 마케팅 매니저인 페리 밥_{Perry Babb}이 말기 식도암 판정을 받았다. 그는 곧 세상을 떠날 것이다. 브라이언은 무척 심란해하고 있다. 그의 아버지도 작년에 뇌암으로 타계하셨으니까.

1991년 7월 16일

마크 에이브람스_{Mark Abrams}가 찾아와 하루를 함께 보냈다. 그는 「페르시아의 왕자」를 몇 시간 플레이하고, 데이비드와 리즈의 TRPG 던전 마스터 노릇을 해 주었으며, 「페르시아의 왕자2」에 넣어 볼 만한 기발한 아이디어도 여럿 내 주었다. 10년 만에 다시 만나니 무척 생경한 느낌이었다. 특히 더 생경했던 것은, 그가 「페르시아의 왕자」를 플레이하는 것을 지켜보다, 우리가 고등학교 때 이래로 삶의 한 바퀴를 돌아 다시 만났음을 깨달았을 때였다. 마크는 고등학교 때 친구입니다.

1991년 7월 18일

마크 에이브람스가 「페르시아의 왕자2」에 무척 참여하고 싶어해, 그를 컨설턴트 겸 연구 보조역으로 고용했다. 아이디

「페르시아의 왕자2」의 아이디어 스케치 ▶

어를 같이 논의해 볼 상대가 있다는 건 내게도 좋은 일이지. 게다가 상대가 경험 많은 던전 마스터라면 더더욱(레벨 디자인도 맡길 수 있지 않을까, 나중에라도?).

이달에 로열티로 또 3만 달러를 받았다. 일본의 허드슨 소프트 덕분이다. 돈이 쌓이고 있다.

1991년 7월 23일

브라이언으로부터 재밌는 물건들이 가득 든 DHL 상자가 도착했다. NCS의 슈퍼 패미컴 판 「페르시아의 왕자」에 쓰일 새로운 스토리라인, 맥판 「페르시아의 왕자」에 들어갈 새로운 LC 전용 그래픽 파일(아름다웠다), 「페르시아의 왕자」를 대 놓고 카피한 (NCS와 헨리가 입에 거품을 물면서 소송 여부를 검토 중이라고 했다) 슈퍼 패미컴용 신작 게임 「노스페라투_Nosferatu_」가 실린 일본 게임 플레이어 잡지의 프리뷰 기사 등등. 또한 다른 무엇보다 기뻤던 물건으로, 사우디 아라비아에서 온 팬레터가 있었다. 액자에 넣어 걸어 두면 멋지겠다. 만약 리야드에서 길을 잃더라도, 노숙자 신세는 면할 수 있겠군.

```
Mr Jordan Mechner
   BRODERBUND SOFTWARE

Dear Genius

I thank you a lot for your valuable softw

               PRINCE OF PERSIA

which  is  full  of excitements from leve
princess to me , ROBERT GHANDOUR, reachin
Vizier  JAAFAR  in  level 12 and most of
The most three difficult levels 3, 8 and
the last time I kill the Grand Vizier Jaa

Excitement in Graphics,
Excitement in Animation,
Excitement in Music,
Excitement in Story,
Excitement in Engineering,
Excitement in Tricks, The Skeleton, The S
Excitement  in Results, and thanks to you
               of troubles in level 8 and
               with my princess.

At end you name me the Prince of Persia. I
long  trip  to the princess, but truly yo
the world too.

You frighten me a lot, You excite me a lo
thanks to you  Jordan,  to  the  programm

Sincerely,


ROBERT CEASAR GHANDOUR
P.O. BOX 89331
RIYADH 11682
KINGDOM OF SAUDI ARABIA
```

▲ 사우디 아라비아에서
온 팬레터

1991년 7월 25일

오늘은 편지를 썼다. 말 그대로다. 그게 오늘 내가 한 일의 전부다. 하나는 로브나에게, 그 다음엔 브라이언이 재촉했던, 세 페이지짜리 장문의 편지를 스콧에게 써서 페덱스로 보냈다.

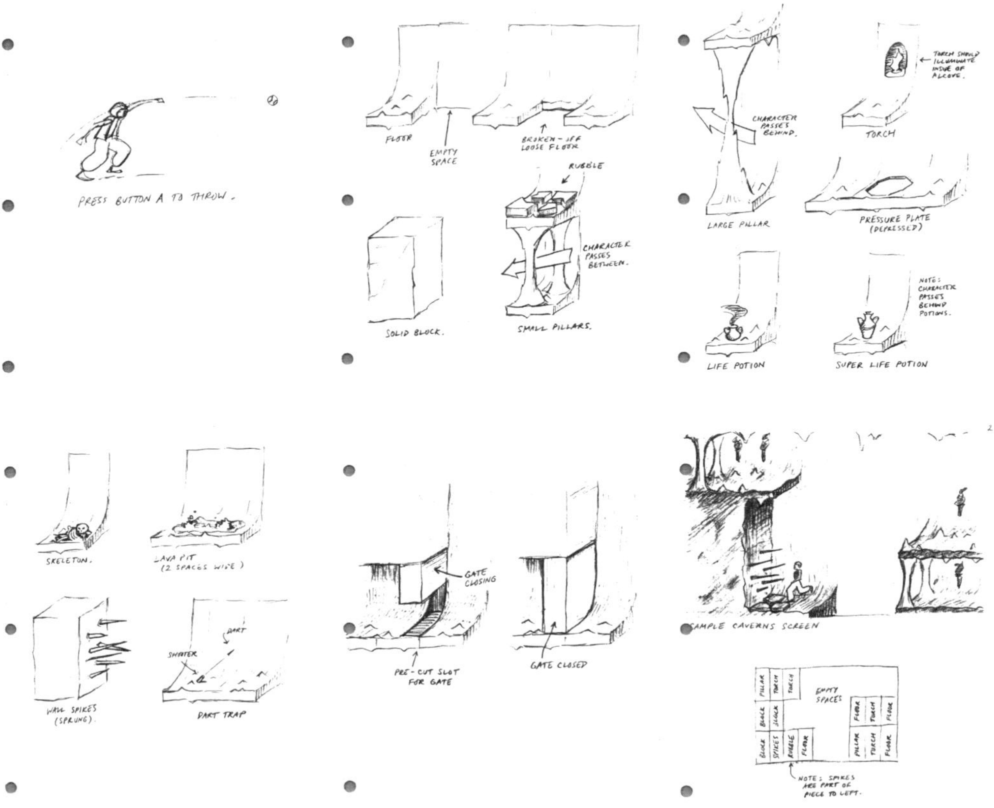

PRESS BUTTON A TO THROW.

FLOOR

EMPTY SPACE

BROKEN-OFF LOOSE FLOOR

RUBBLE

CHARACTER PASSES BETWEEN.

SOLID BLOCK.

SMALL PILLARS.

CHARACTER PASSES BEHIND.

LARGE PILLAR

TORCH SHOULD ILLUMINATE INSIDE OF ALCOVE.

TORCH

PRESSURE PLATE (DEPRESSED)

NOTE: CHARACTER PASSES BEHIND POTIONS.

LIFE POTION

SUPER LIFE POTION

SKELETON.

LAVA PIT (2 SPACES WIDE)

WALL SPIKES (SPRUNG).

SHATTER

DART

DART TRAP

GATE CLOSING

PRE-CUT SLOT FOR GATE

GATE CLOSED

SAMPLE CAVERNS SCREEN

EMPTY SPACES

NOTE: SPIKES ARE PART OF PIECE TO LEFT.

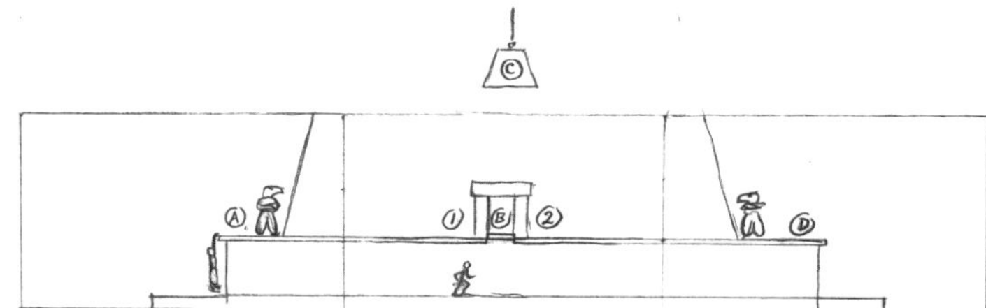

1) CLIMB UP AT Ⓐ. KILL GUARD. GO TO DOOR AT Ⓑ. PRESSURE PLATE TRIGGERS 16 TON WEIGHT Ⓒ WHICH KILLS YOU.

2) CLIMB UP AT Ⓓ AND TRY SAME THING FROM THIS SIDE. SAME RESULT.

3) SOLUTION: LURE ONE OF THE GUARDS TO ① OR ②, THEN GET ON HIS OTHER SIDE AND KNOCK HIM BACK ONTO Ⓑ. SPLAT!

▲「페르시아의 왕자2」에 추가하려던 신규
스테이지 기믹과 트랩 등의 아이디어 스케치들

1991년 7월 29일

열심히 일한 덕분에, 「페르시아의 왕자2」가 꽤 진전이 있었다.

마크 네터가 들렀다. 그의 2년차 영화가 좋았다고 말해 주었더니 무척 기뻐했다. NYU에선 다들 혹평했다고 하더라. 화상들.

1991년 7월 30일

「페르시아의 왕자2」 디자인 바이블의 전반부 1/3을 페덱스로 보낸 후, 업타운으로 달려가 할아버지, 어머니, 아버지, 데이브, 리즈와 저녁 식사를 했다. 그러곤 다시 여기로 돌아와 세 시간 넘게 칼에게 보낼 새 스토리보드 '공주의 발견' 작업에 몰두했다. 종이 위에서 편집하면서 한 다섯 번 정도는 재작업했다. 장면들이 좀 더 타이트해지고 짧아지고 단순해지고 나아졌다. 마음에 든다.

최초의 아이디어는 결코 최고가 아니다. 설령 최고라는 생각이 들더라도,

▲ 2편의 스토리보드 초안 스케치

나중에 다시 보면 더 개선할 점이 보이기 마련이다.

드디어, 이 게임의 작업에 흥이 나기 시작했다.

내가 그림 그리기를 얼마나 좋아했는지 그간 잊고 있었다. 특히, 만화책 스타일로 빠르게 그리는 쪽이 좋다. 좀 더 잘 그렸더라면 좋았겠지만.

1991년 8월 2일

스페인어 동사를 공부하고 「페르시아의 왕자3」의 스토리라인 작업을 하며 하루를 보냈다. 그래, 「페르시아의 왕자 3」—벌써부터 속편을 생각하고 있는 나 자신을 발견할 때면 내 작업이 마무리 단계에 접어들고 있음을 알게 된다. 「페르시아의 왕자3」에 쓸만한 **굉장한** 아이디어 몇 가지가 떠올랐다. 공주와 생쥐. 3편은 컴퓨터 게임계의 전환점이자, 명작이자, 대 히트작이 될 거다. 언젠가 만들게 된다면 말이지.

▲ 아이디어 스케치
'벽에 그려진 심볼'

비행기 표를 샀다.

1991년 8월 3일

로버트와 두 시간에 걸쳐 통화하며, 우리가 배운 짧은 스페인어를 서로 시험해 보았다. 그는 다가올 여행에 무척 긴장하고 있었다. 그런 일면도 있었다니.

1991년 8월 4일

마크 에이브람스가 찾아와 「페르시아의 왕자」 서사시(파트 1부터 4까지)에 대한 브레인스토밍으로 하루를 보냈다.

▲ 〈저개발의 기억〉 영화 포스터

아침에 맥두걸 가MacDougal St.로 향하는 길에, 산드라 레빈슨Sandra Levinson과 우연히 마주쳤다. 그녀는 아름다운 쿠바 여성과 함께 있었는데, 자신을 '알레아의 부인'이라고 소개했다. 그 알레아가 설마 〈저개발의 기억〉[97]의 감독인 토마스 구띠에레스 알레아Tomás Gutiérrez Aléa인가? 우와! 산드라는 나를 자신이 지금 절반 정도 읽었고 "매우 괜찮았던", 쿠바에 대한 영화 각본을 쓴 그 작가라고 소개해 주었다. 아, 멋진 날이다!

엊그제, 켄 셔먼이 전화로 허먼 러시Herman Rush가 〈어둠 속에서〉를 TV 영화로 제작하는 데 7만 달러를 제안했지만 25만 달러에 장편 영화로 만드는 것까지는 망설이더라고 전해 주었다. 켄은 계약을 진행할지 더 기다려야 할지를 물었다. 어째선지, 지금 〈어둠 속에서〉가 제작에 들어가는 것을 보면서도 별 감

---

[97] Memories of Underdevelopment. 쿠바에서 제작된 1968년작 흑백 영화. 59년 혁명 이후 미국과의 10월 위기가 밀어닥칠 당시의 쿠바를 세르히오라는 인텔리 부르주아 젊은이의 시선으로 묘사한다. 혁명으로 이룩한 사회주의 국가 쿠바의 혼란상과 '저개발'된 현실을 리얼리즘으로 묘사한 작품으로, 동명의 소설이 원작.

흥이 느껴지지 않는다. 하지만, 〈낙원의 새〉가 만들어진다면 나는…… 음, 내가 뭘 할지는 묻지 마시라!

이 시점에서, 켄은 아마도 내가 정말 각본 일을 진지하게 생각하는 사람인지, 아니면 결코 컴퓨터 게임 업계를 떠날 생각이 없는 아마추어 영화 애호가에 불과한지 궁금해하고 있을 것이 분명하다.

1991년 8월 5일

스페인어 판 〈어린 왕자El Principito〉를 지하철에서 다 읽었다. 훌륭한 책이다.

믿을 수 없겠지만, 책을 독파하는 것만으로 내 스페인어 실력이 하루가 다르게 향상되고 있다. 오늘 저녁에는 텔레문도Telemundo CNN 뉴스를 틀었는데 내가 문장 전체를 알아듣고 있음을 알았다. 마치 하루에 두세 시간 정도 했던 스페인어 공부가 내 안에서 뭔가 신비한 작용을 일으켜 내가 실제로 배운 것 이상으로 언어에 더 빨리 익숙해진 것 같다. 마치 〈크리스틴Christine〉처럼.

1991년 8월 7일

오늘은 **진짜** 종일 일한다는 게 어떤 것인지 내가 아직 잊지 않았음을 스스로 증명한 날이다. 점심과 저녁에 식사로 1시간씩 쉬었고(마몬스Manoun's에서 팔라펠falafel을, 루카스Lucca's에서 파스타를 먹었고, 날씨 좋은 빌리지 거리를 산보하며 늘씬한 다리의 멋진 소녀들을 구경했다), 나머지 시간에는 집 안에 박혀 컴퓨터 앞에 앉아 있었다.

게임 디자인의 대부분을 전반적으로 정리하면서, 수정하고 향상시켰다. 작업할 여유가 며칠만 더 있었더라면. 언제나 이런 식이다. 벼랑 끝에 몰리기 **직전까지** 내가 이 프로젝트에 손을 안 대게끔 만드는 뭔가가 내 안에 있는 것 같다.

브라이언 및 스콧과 이야기했다. 기적적으로, 「페르시아의 왕자」 매킨토시판의 상황이 많이 호전되었다. 내가 보낸 편지로 (이제야) 프레시지 사람들이 서두르기 시작해, 지금은 스콧에게 야근과 주말 작업까지도 시키고 있다고 한다. 어쩌면 크리스마스에 맞추는 게 **가능할지도** 모르겠다.

브라이언은 새로운 박스 디자인이 어떻게 나왔는지 설명해 주었다.

「페르시아의 왕자2」는 멋진 게임이 될 것이다. 내가 디자인한 대로만 나와 준다면 말이다. 내가 만약 지금 샌프란시스코에 살고 있다면, 분명 제대로 된 게임으로 만들 수 있겠지. 하지만 내 인생의 우선순위를 명확히 해야 한다. 뭐가 더 중요한가? 「페르시아의 왕자2」인가, 아니면 각본 작업과 해외여행인가?

뭐, 됐어. 내일 「페르시아의 왕자2」 바이블을 보내고 나면, 나는 자유이니까!

1991년 8월 9일

사흘이라는 날짜수는 내 짐을 완전히 싸기에는 사실상 무리인 기간이라는 걸 막 깨달은 참이다.

지금 이것이 일반적인 여행 채비보다 어려운 이유는 다음과 같은 점들을 고려해야 하기 때문이다. 중남미에선 내게 뭐가 필요할까? 캘리포니아에선? 내가 가진 모든 물건에 이런 질문을 던져야 한다. "내가 앞으로 1~2년간 이 물건(책, 비디오테이프, 기타 등등) 없이도 지낼 수 있을까?"

내 일기, 사진첩, TV, 전축, 음반, 컴퓨터 게임, 자동차 등등의 잡동사니 없이 한 해를 보내게 되리라 생각하니 실은 즐거운 기분도 든다. 아무 것에도 매이지 않은 그대로의 나 자신을 마주할 수 있을 테니 말이다.

1991년 8월 11일

산드라 레빈슨을 만나러 센터에 들렀다. 그녀는 〈낙원의 새〉를 다 읽었고 무척 마음에 들어 여기저기 이야기하고 다닌다고 했다. 그녀에게 복사본 두 권을 더 주었다. 알레아에게 줄 것 한 권과, 그녀의 친구이자 알레아가 감독할 새 작품을 찾고 있는 뉴욕의 프로듀서에게 보낼 것 또 한 권. 구걸만 제외하고는 그녀에게 내가 할 수 있는 일은 다 해 준 셈이다.

이번 미팅에서는 두 가지 흥미로운 전개가 더 있었다. 하나는, 그녀가 하바나에 있는 자신의 아파트에 그녀가 떠나는 29일 이후부터 내가 들어와도 된다고 제안한 것. 또 하나는, 재무부 규정에 따라 나는 쿠바를 방문할 자격이 확실히 있다고 조언해 준 것이다. 난 마라줄Marazúl로 갈 전세기 좌석을 예약하기만 하면 된다는 것이다.

바보가 된 기분으로 이렇게 말했다. "하지만 시드니 폴락과 프랜시스 코폴라는 입국이 거부됐잖아요……"

"그거야 시드니 폴락과 프랜시스 코폴라였으니까 그렇죠! 이 봐요, **당신은** 다큐멘터리 영화 제작자잖아요. 그걸 증명할 수도 있고."

1991년 8월 14일

[채퍼콰] 끝났다. 케빈 버겟, 데이비드와 리즈, 어머니와 어머니 댁의 새 세입자인 스탠리, 그리고 슐레퍼즈Shleppers 이삿짐센터에서 온 두 이스라엘인 인부들의 도움으로, 내 남은 살림은 지금 박스 더미가 되어 한때 내 침실이었던 방의 천장에 닿을 만큼 쌓여 있다.

이제 난 혼자 남아, 빨래를 돌리고 박스를 정리하면서, 간간히 떠오르는 십대 때의 회상과 마주하고 있다. 이 일기를 (이 집에서, 이런 날에) 쓰는 것조차도 회상의 자극제가 된다. 이 모든 것이 심정적으로 나를 85년과 86년의 여름으로 순식간에 쓸어 간다. 대학교를 막 졸업하고서 「페르시아의 왕자」가 단지 아이디어에 불과했던 그 시기로.

이제 내겐 집이 없다. 단지 비행기 표만 있을 뿐.

변화의 가운데에서

1991년 9월 16일

[온두라스와 쿠바에서 복귀] 기디언 브로워Gideon Brower의 아파트를 방문해 그의 새 각본 〈테베스Thebes〉의 리딩을 들었다. 케빈과 제인도 리더로 참가했다. 그를 다시 보니 조지의 영화 상영회 날 밤의 즐거운 기억이 떠올랐다. 로브나도 그땐 같이 있었고 모두 모여 7번가에 있는 바로 갔었지. 기디언은 괜찮은 친구였다. 그가 재능까지 갖춘 것을 보게 되어 기쁘다.

기디언의 리딩에 다녀오니 다시 뉴욕에 살고 싶어진다. 새 각본을 하나 더 완성해 두고도 싶다. 나도 복사기에 돌릴 준비가 끝났고 판권이 팔리기만 기다리는, 120페이지짜리 신작 각본 원고가 있었으면 좋겠다.

5개월 전의 나는 영화를 만들어—즉 각본을 쓰고, 촬영하고, 감독까지 하여—가능한 한 빨리 성공하고픈 생각밖에 없었다. 야심에 부푼 나머지 밤에 잠을 이룰 수도 없었다. 지금은 그때와는 조금 다른 길을 걷고 있는 것 같다. 여행하고, 언어를 배우고, 교제를 주관하며 산다. 마치 밥벌이로 일한 적도 없고, 자신의 **교양** 외에는 뭐 하나 신경 쓸 필요도 없었던 19세기의 신사 계급인 양. 계속 글쟁이로 있는 한은 뭐 이런 삶도 좋긴 하겠지만……. 그런데 내가 최근에 뭘 썼던가?

1991년 9월 20일

[샌 라파엘] 여기 도착한 이래로 여러 팀의 사람들과 매일같이 논스톱 미팅을 하고 있다. 점심 식사조차도 미팅의 연속이다. 지치는 일이지만, 신나기도 한다. 행동한다는 것, 그 행동에 뚜렷한 목적이 있다는 것, 한 달간의 여행이 지나고 나니 이것이 정말 멋진 느낌으로 다가온다.

「페르시아의 왕자2」는 점차 현실화되고 있다. 이제 좀 안심이 되기도……. 아직까진 낙관하기가 조심스럽지만, 어쨌든.

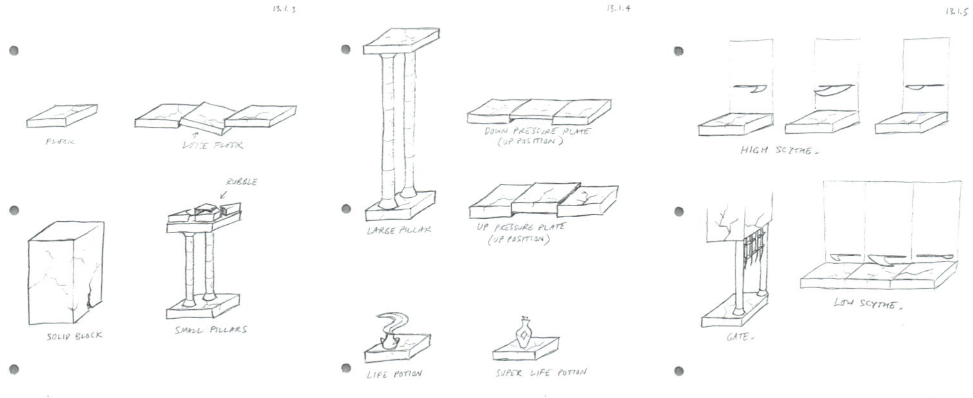

▲ 스테이지와 함정 아이디어 스케치

그 동안은 두려워하고 있었다. 돌아와 봤더니 프로젝트가 흐지부지되어 있는 게 아닐까, 혹은 적어도 계속 진행시키려면 필사적으로 싸워야만 할 상황에 놓이게 된 건 아닐까 하고. 비록 높으신 분들(존 베이커와 미셸)이 프로젝트 규모가 커진 것을 보고 충격과 당황에 빠졌더라는 소문을 듣긴 했지만, 다행인 것은 그들이 매우 합리적이게도 프로젝트가 통제 불능에 빠지지 않게끔 우려를 표명하는 데 그치고, 내가 여기 있는 2주 동안 어떠한 그래픽 작업이 필요할지를 최대한 구체적으로 지시해 달라고 내게 부탁했다는 것이다.

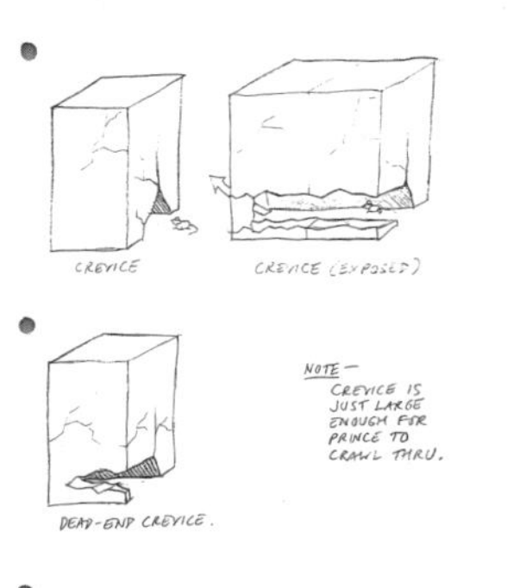

▲ 벽과 통로 관련 아이디어 스케치

일단 지금은, 모든 것이 (겉보기에는) 부드럽게 진행되고 있다……. 스토리보드 상의 이미지를 실제로 구현하는 데 얼마나 많은 그래픽 작업이 필요할지 세부적으로 정리할 일이 아직 많이 남아 있다. 이를 실제 컨텐츠—화면에 올라가는 것과 보이게 될 모습—로 만들기 위하여, 모두들 마치 영화 제작진들이 감독에게 그러하듯 나에게 쉴 새 없이 묻는다. 아무래도, 내게 위신이라는 마법과도 같은 자격이 부여된 것 같다.

이들이 나를 꾸준히 신뢰하고 믿어 주는 한, 이 일은 정말로 꿈의 직업이다. 만약 이들이 나를 의심하기 시작한다면, 바로 악몽으로 바뀌겠지만.

매킨토시판 「페르시아의 왕자」는 1월로 연기되었는데, 당초의 10월 출시보다 좋은 타이밍이라곤 못 하겠지만, 그래도 '거의 완료'라는 이름의 지옥 같은 2년을 보내고 나니, 나온다는 것자체가 다행스럽다.

어젯밤엔 토미와 새로 같이 일하게 된 퍼디 앤 영Purdy and Young 사의 빌 퍼디Bill Purdy와 샌프란시스코에서 저녁 식사를 했다. 토미가 오서웨어Authorware의 회계 프로그램 개발을 맡긴 외주 회사다. 그들은 정말로, 회사 이름처럼 예쁘고 젊었다.

1991년 9월 21일

[L.A.] 켄 셔먼을 만났다. 맥 빠지는 만남이었다. 그는 계속해서 〈낙원의 새〉를 여기저기 보내 보겠다고는 했지만, 11번이나 거절 당한 후인지라 딱 보기에도 확신을 잃었고 더 기대도 하지 않는 게 분명했다. 그에게 하와이 이야기나, 〈황금의 술잔Golden Bowl〉과 비슷하지만 무대가 프라하인 이야기 쪽은 어떻겠느냐고 말해 보았다.

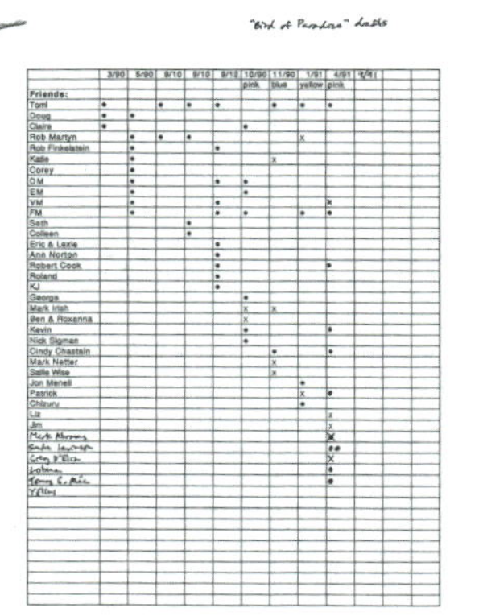

▲ 〈낙원의 새〉 대본을 보낸 사람들

양쪽 모두 그의 관심을 끌지는 못한 것처럼 보였다.

1991년 9월 23일

최근 비행기를 너무 자주 탄 탓인지, 하늘을 날고 있다는 의식이 없어지고 있다……. 방금 막 창문을 보고는, 지금 4만 피트 위 상공임을 알고 깜짝 놀랐다. 노트에 뭔가를 쓰느라 비행기가 이륙한지도 모르고 있었던 것이다.

L.A.에서 살고 싶다고는 생각지 않는다. 영화 업계가 돌아가는 중심지(에이전시나 스튜디오와 기타 등등)에 있다는 게 멋진 일이긴 하겠지만, 그저 자주 오는 방문자로 남는 게, 내 생각에는 가장 스릴 넘치는 경험인 것 같다. 컴퓨터 게임으로 들어오는 수입 덕분에 내가 원하는 곳에 살면서 각본을 쓸 수 있는 특권이 지속되는 한, 그걸 굳이 누리지 말아야 할 이유가 없지 않은가?

1991년 9월 24일

[샌 라파엘] 어젯밤 후난Hunan에서 저녁 식사를 했다. 코이트 타워Coit Tower 근처의 캘리와 앤이 사는 아파트에서 레스토랑까지 보름달 아래를 걸었다. 밤은 청명했고 달은 다리 아래 수면 위로 환하게 반짝거렸다. 숨이 멎을 만큼 아름다웠다. 이런 날의 샌프란시스코는, 특별하고도 아플 만큼 사무치는 아름다움으로 결코 충족되지 않는 갈망을 불러일으킨다. 이 아름다운 풍경을 매일 매일 보고, 아침에 함께 눈을 뜨고, 가능한 한 항상 가까이 두며 살고 싶지만, 가질 수 없고 거리를 둘 수밖에 없기에 결국 마음이 아릴 따름이다.

「페르시아의 왕자2」가 모양새를 갖추어 간다, 서서히.

오늘 브라이언이 닌텐도판 「페르시아의 왕자」의 알파 버전을 보여주었다. 「페르시아의 왕자」가 새로운 게임기에서 돌아가는 광경 만큼 나를 기운 나게 하는 일도 없다.

▲ NES(패미컴)판 「페르시아의 왕자」

1991년 9월 26일

로버트 쿡이 왔다. 소프트웨어 툴웍스Software Toolworks 사에서 「D-제네레이션」의 최종 플레이테스트와 디버그 작업을 위해 그에게 이틀간의 여행 비용과 컴퓨터 한 대를 대주었단다. 난 지금 로버트가 묵고 있는, 새로 지어진 엠버시 스위트 호텔Embassy Suites Hotel의 호화로운 스위트룸에서 이 글을 쓰고 있다(내 기억으로는, 여기가 전에 왔을 때는 습지였다).

오전에는 브로더번드에서, 오후에는 프레시지에서 스콧 옆에 바싹 붙어, 옛날처럼 픽셀 하나하나, 프레임 하나하나를 만져가며 캐릭터 애니메이션을 손보았다. 아직 끝내진 못했다. 내일 다시 와서 더 작업할 예정이다.

모두가 날 보면 반가워한다. 이젠 내가 더 이상 여기 살지 않으니 그럴지도.

1991년 9월 27일

Prince of Persia 2 - Graphics Time

Safety factor multiple	1.25

	HOURS
Frame based on existing frame	1.0
Completely new frame	2.0

GAME ANIMATIONS (CHARACTER	EXISTING FR.	NEW FRAMES	SAFE
Prince Frames	210	100	
Palace Guard Frames	23	46	
White Mouse	3	0	
Fighting Skeleton	25	6	
Goblin Heads	44	49	
Snakes	0	52	
Horse	0	45	
Bird-Headed Guards	63	5	
Jinnee	23	8	
Flaming Sword	25	6	
Assassin	63	15	
SUBTOTAL	269	232	

GAME ANIMATIONS (B.G.)	FRAMES	HOURS	SAFE
Rooftop Animations (Level 1)		25	
Quicksand Animations (Level 2)		32	
Water Animations (Level 3)		51	
Collapsing Bridge (Level 4)		15	
Flying Carpet (Level 4)		15	

▲ 「페르시아의 왕자2」의
그래픽 제작 시간 기획 일정표

스콧이 내일 애리조나에서 열리는 전국 스카이다이빙 선수권 대회에 참가하기 위해 떠나기 때문에, 오늘이 우리가 픽셀덩이를 밀어 내는 마지막 날이 되었다. 다행히, 이제는 꽤 괜찮아 보인다. 다른 큰 사고가 없다면, 매킨토시판 「페르시아의 왕자」는 계획대로 1월에 출시될 수 있겠다.

1991년 9월 29일

토미가 콜로라도에 계신 그녀의 어머니에게 전화했는데, 어머니가 스페인의 살라망카Salamanca에 사는 사촌 미도리에게 전화하더니, 그쪽에서 날 반기며 10월 14일부터 수업이 시작되니 어서 오라고 하더란다. 이야! 2주 밖에 안 남았는데!

1991년 10월 13일

[살라망카] 어젯밤 새벽 2시에 파리에서 패트릭에게 작별 인사를 했다. 세 시간 동안 자욱한 담배 연기와 활기찬 대화의 한가운데에서, 민트 차를 마시며 마치 다른 사람들이 무슨 말들을 하는지 다 알아듣는 양 시간을 보내던 다리 건너편 모로코식 레스토랑의 바깥에서. 오늘 아침에는 로브나Lobna에게 작별

인사를 했다. 17번가 그녀의 아파트 앞 보도에서, 마치 내가 프랑스 영화의 한 장면을 살고 있는 듯한 기분을 느끼면서. 짧은 비행기 여행과 세 시간 반에 걸친 버스 여행 끝에, 내가 있는 이 곳은 스페인 살라망카의 카예 페투니아스 Calle Petunias 에 있는 세뇨라 프란시스카 메소네로 Señora Francisca Mesonero 의 아파트에 임대한 내 방이다. 지적 호기심에 불타는 학생으로서의 새로운 삶을 시작하기 위해서다. 수업은 내일 아침 8:45에 시작된다.

2주 전까지만 해도, 살라망카는 지도 위의 이름에 불과했다. 뭔가 하기로 결심하고는 다음 순간 정신을 차려 보니 그 일이 일어나고 있는, 이런 전개는 언제나 날 매료시킨다.

살라망카 거리의 풍경 사진들 ▶

1992년 1월 24일

[샌 라파엘] 「페르시아의 왕자2」는 잘 진행되고 있다. 아티스트들은 3개월간 미친 듯이 작업하다 드디어 날 만나게 되자 무척 기뻐했다. 대니얼은 프로젝트에서 하차했다. 현재 팀은 스티

브, 스콧, 그리고 니콜로 구성되어 있다.

오늘은 팀을 모아 놓고 1940년작 영화 〈바그다드의 도둑Thief of Baghdad〉을 틀어 주었다. 무척 반응이 좋았다. 적어도 아트 부서 내에서의 「페르시아의 왕자」는 참여하는 것 자체가 '멋진' 프로젝트다. 레일라와 브라이언과의 미팅도 생산적이었다. 우리 모두는 즐겁게 의견을 잘 맞추어 가고 있다.

스콧이 말했다. "지난 3개월간 다들 하나같이 '조던이 어쩌고', '조던이 저쩌고', '조던이 돌아오면' 이러길래, 자네가 나이를 제법 먹은 줄 알았지. 그래서 처음 봤을 땐 이렇게 생각했다고. '맙소사, 이거 완전히 애기잖아!'"

내가 막 도착했을 때는, 브라이언과 레일라가 존(존 베이커. 엔터테인먼트 및 에듀케이션이라는 의미의 E² 부서 수장이다)이 프로젝트를 회의적으로 보고 있어 아마도 예산이 크게 삭감될 거라고 여겼던 탓에 분위기가 다소 어수선했다. 알고 보니 그는 지금까지 아티스트들이 해온 작업물을 전혀 접해 본 적이 없었다. 나는 우선 그를 위층으로 데려가 아티스트들이 직접 지금까지의 작업 결과물을 보여 주도록 시켰다. 여기에 더해 계속 그를 적극적으로 개발 과정에 참여시키도록 했고 경과를 계속 알려 주어, 결국 그도 자신이 이 프로젝트의 일부라고 느끼게 되었다. 사실 내가 해준 일이 그리 많지는 않았지만, 존의 태도는 180도로 변화된 것 같아 보인다. 오늘 그가 해준 말로는, 현재 진행 중이던 다른 엔터테인먼트 관련 상품을 모두 중단시키고 모든 자원을 「페르시아의 왕자2」에 밀어주고 있다고 한다. 그는 이 프로젝트가 "새로운 브로더번드"(그게 무슨 뜻인지는 모르겠지만)의 좋은 예가 되길 바라고 있다. 나로서는 좋은 일이다.

존은 프로젝트에 투입되는 비용에 여전히 불안해하는 중인데, 브로더번드 역사상 가장 대규모인 프로젝트라서라고 한다. 그는 대히트하지 못할 경우에 대비해 라이선스 로열티를 낮추고 싶어 한다. 이건 현재 논의하는 중이다.

브로더번드의 주식은 (분할 이후) 10달러에 나와 25달러까지 올라가는 바람에, 여러 사람을 하룻밤 사이에 백만장자로 만들어 주었다. 회사는 레드우드 가 Redwood Blvd.의 새 건물로 이사했다. 매우 세련된 건물이다. 유리에 엘리베이터에 크롬 도금까지, 모든 것이 공식 브로더번드 서체로 도배되어 있다. 프론트 데스크의 안내원은 귀엽기까지 하다. 우연히 잘 뽑힌 사람인지, 아니면 새로운 회사 이미지 구축의 일환인지는 나도 모르지만.

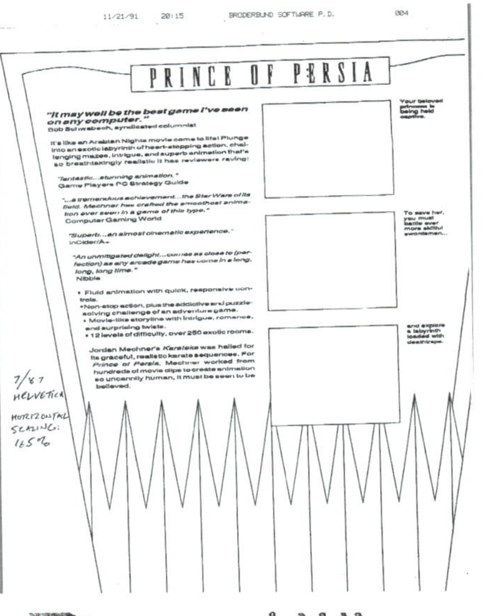

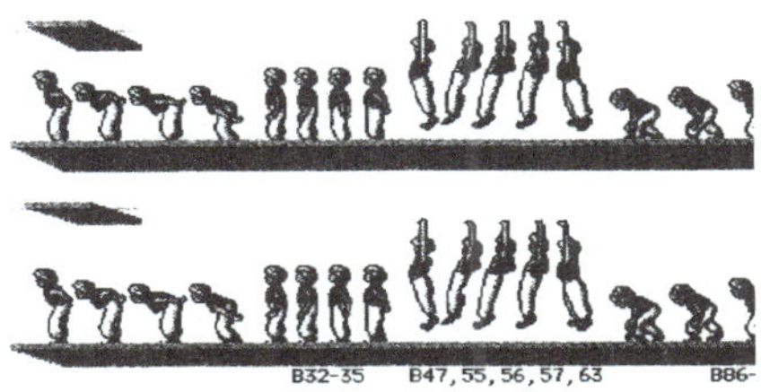

November 1991

▲ 패키지 디자인, 게임기 라이선스 등 여러 관련 문서

IBM 및 맥판 「페르시아의 왕자」가 새로 디자인된 박스에 담겨 2월에 출시될 예정이다. 시간을 쪼개 「페르시아의 왕자」 쪽에 배치된 신참 마케팅 부서 인원들과 가벼운 이야기들을 나누어 보았다. 이 친구들은 제품을 홍보할 의욕이 있어 보였다. 그저 묻어버리려고만 했던 예전 작자들에 비하면, 마케팅 전략에 상당한 개선이 이루어졌다고 볼 수 있지.

페이나가 게임보이판 「페르시아의 왕자」가 금주에 매장에 비치될 거라고 알려주었다.

▲ 게임보이 판 「페르시아의 왕자」 패키지와 롬팩

8비트 닌텐도판의 프로토타입을 보았다. 나쁘진 않았지만, 놀랍지도 않았다.

1992년 1월 30일

내 2주차 일정이 막바지에 이르고 있다. 괜찮은 여정이었다. 「페르시아의 왕자2」 팀(그래픽 팀에 레일라, 스콧, 스티브, 니콜, 모린. 사운드 팀에 톰, 마이클, 조넬. 프로그램에 제프, 프로듀싱에 브라이언)은 어느 때보다도 의욕적이다. 높으신 분들 (더그와 존)은 이 프로젝트에 호감이 가득해, 브로더번드 역사상 가장 예산이 많이 투입된 엔터테인먼트 제품임에도 우리가 방해받지 않고 원하는 방향으로 가도록 애써 주고 있다. 그뿐만 아니라, 존은 계약에 정식으로 사인했다!

그동안 「페르시아의 왕자」 1편도 꾸준히 진행되고 있다. IBM-PC판과 맥판의 발매는 마케팅 부서에서 상당한 비중의 관심을 받고 있다. 심지어 프로모션 비디오까지 만드는 중이다! (오늘 일과 후에 덱스터와 나는 밀 밸리로 내려가 칼싸움 장면을 재촬영했다. 촬영 팀이 카메라를 작동시키지 못해 헤매는 동안, 우리는 길 건너에서 맥주를 마셨다.)

라이선싱 활동도 계속 진행되고 있다. 먼저, 밀려드는 일에 파묻혀 가던 스티브와 페이나가 드디어 일의 가닥을 잡기 시작한 것 같다. 게임보이판이 어제 도착했고 모두를 흥분시켰다. 8비트 닌텐도 및 세가 마스터 판도 출시를 앞두고 있다. 세가 게임 기어를 포함한 여러 기종으로의 계약들도 꾸준히 성사되고 있다.

PRINCE OF PERSIA LEVEL EDITOR

Introduction

The Prince of Persia Level Editor is an in-house utility used to build levels for Prince of Persia. In its current state, the editor doesn't always redraw the screen correctly and may leave pieces of deleted objects on the screen. This version is merely a milestone where most of the features are working but a lot of them can use some more polishing. Please feel free to report any design comments or bug findings to me. If or when time allows, I will attempt to implement and fix any ideas.

Starting Prince

This version of Prince automatically starts up in the editor in cheat mode and loads the default level. You may specify a level file on the command line with the extension ".LV2" and that file will be loaded. Or you may rename a level file to "DEFAULT.LV2" and that level will become the default level. If you wish to go directly to play a level then simply type the name of the level on the command line followed by a space and the word "PLAY". You must have a mouse to use the editor.

Screens

There are three screens in the editor.
    1 - Map Screen
    2 - Room Screen
    3 - Pieces Screen

Menu Bar

The menu bar appears on the bottom of the screen. When it is hidden all you can see is one button, "MENU". Clicking on this button will make the other menu options appear.

PIECES 1   - ('p') This is first and only pieces screen. This is where you may select pieces to put on the level screens.
PIECES 2   - (Alt - 2) Don't click on this because I'm not a 100% sure what will happen. Hopefully it will act just like the PIECES 1 option, but no promises.
ROOM   - ('r') This button will take you into Room mode.
MAP   - ('m') This button will take you into the Map Mode
LOAD   - (Alt - L) This button will allow you to load the a saved level.
SAVE   - (Alt - A) This button will allow you to write out the current state of the level after being prompted for a file name.
PLAY   - (Alt - P) This button will take you into the game so you can play the current state of the level. When you are in the game type Alt-E at any time to return to the Editor.

Map Mode

The editor comes up in the Map screen. The map screen shows how all the individual rooms are connected to one another. The map screen allows you to create rooms, move rooms and delete rooms. You may have up to 32 rooms per level. A room must always have one room directly next to it or it will be lost (unless there's only one room on the level). Therefore, you cannot have spare rooms out in the middle of nowhere or they will lost once you save the level or you leave the Map screen.

1   2/7/92

▲ 「페르시아의 왕자」의 레벨 에디터 매뉴얼 문서

▲ 세가 마스터 시스템 판
「페르시아의 왕자」 롬팩

1992년 2월 1일

토미와 〈베로니카의 이중생활La double via de Veonique〉를 보았다. 그녀는 이렇게 평했다. "예쁜 프랑스 소녀라면 무슨 짓을 저질러도 빠져나갈 수 있다는 걸 증명하는 영화로군."

어제가 브로더번드에서의 내 마지막 날이었다. 모두에게 작별 인사를 했다. 몇 달 동안 잠시 떠나 있는 것도 솔직히 그리 나쁘지는 않다. 내가 없는 동안 다들 "조던만 여기 있었으면!" 같은 말로 날 우상화하기 시작할 테니까.

나를 기쁘게 하려고 노력하는 아티스트들을 보면… 마치 내가 아빠라도 된 기분이다. 어쩌다 이렇게 되었는지는 모르겠지만, 기분은 좋다. 그럼 브라이언은 엄마라고 해야 하나?

로브 마틴이 리빙 북스Living Books[98]를 보여 주었다. 굉장하다. 만약 디즈니가 이것의 잠재력을 조금이라도 알아봤다면 브로더번드와 당장 계약했을 것이다. 〈인어공주The Little Mermaid〉가 리빙 북스로 나오면 셀 수도 없을 만큼 팔릴 텐데. 하지만 디즈니는 못 알아볼 거다—시대에 한참이나 뒤떨어져 있는데도 전혀 눈

[98] 브로더번드가 대형 출판사인 랜덤하우스와 공동 출자하여 출시한 아동용 인터랙티브 그림책 브랜드. 1992년 〈Just Grandma and Me〉를 시작으로, 큰 호평을 얻어 98년까지 지속적으로 발매되었다. 그림책에 매킨토시와 IBM-PC에서 구동 가능한 소프트가 담긴 CD-ROM이 동봉되어, 책과 함께 사운드와 간단한 애니메이션이 어우러진 대화형 동화를 PC로 구동시켜 즐기고 퀴즈 등 간단한 미니게임을 즐기는 형태의 교육용 타이틀이다.

치도 못 채는 회사니까. 로브는 디즈니를 "교육용 소프트웨어 계의 중국"이라고 불렀다—잠자는 거인이라는 얘기다.

제니 로스Jennie Low's에서 랍, 토미와 저녁을 먹었다. 테이블에 둘러앉은 우리 세 사람이 멀티미디어 소프트웨어 회사를 창업하기에는 최적의 구성원이라는 생각이 문득 들었다. 「리빙 북스」의 개발자와 센세이 제품군의 총괄자, 그리고 「페르시아의 왕자」의 디자이너라는 우리 각자의 이름값 정도라면, 스타트업 자금으로 몇 백만 달러쯤은 문제없이 모을 수 있을 것이다.

이 상상을 혹시 제안했다면, 적어도 토미는 무척 해 보고 싶어 하겠지. 로브는 내가 보기에는 떠안게 될 리스크 때문에 주저할 것 같다. 나? 난 다른 계획이 있어서……. 그 계획이 뭔지는 나도 전혀 모르지만.

1992년 2월 4일

L.A.에서 조지를 만난 일은, 아예 그리로 이주해 몇 해 동안 각본을 쓰고 그걸 영화화하기 위해 노력하는 나날을 보내 볼까 하고 진지하게 생각하는 계기가 되었다.

또한 6개월이나 해외 생활하는 게 내게 과연 보탬이 될지 회의감도 든다. 말하자면 백수로 지내는 법을 배우는 게 재밌긴 해도, 그게 내 체질은 아니라는 거다. 내가 진정 행복할 때는 결국 뭔가를 하고 있을 때—즉 고민하고, 내 편을 만들고, 문제를 해결하고, 그리고 젠장, 뭔가를 **만들고** 있을 때인 거다. 이게 요즘 쿠바니 마드리드니 하는 데서 다큐멘터리를 찍겠다느니 하는 이런 별별 정신 나간 계획들을 세우고 있는 이유다.

조지를 만나고 나니 내가 정말 찍고 싶은 것은 주류에 미국식인, 극장 영화였다는 걸 깨닫게 되었다. 그런 꿈이야 오랫동안 꾸고 있었지만, 실제로는 그저 멀리서 꿈을 쫓아 가는 시늉만 할 뿐이었고, 그나마 내 나머지 삶은 그 꿈 주변을 맴돌며…… **준비**만 하고 있었던 것이지. 한심하게도, 내겐 아직 벽을 부수거나 뭐 그런 노력조차 할 자격도 없다고 여기면서.

그 와중에 내가 벌였던 여러 일들—「페르시아의 왕자」와 2편, 뉴욕, 살라망카—에 대한 후회는 전혀 없지만, 이제는 스스로에게 질문할 때가 되었다. 도대체 난 무엇을 기다리고 있는가? 내 인생을 어떻게 살아 가고 싶은지는 잘 **알고** 있다. 그런데 왜 아직도 망설이는가?

Feb. 6, 1992
Dear Jordan,

KEN SHERMAN
&
ASSOCIATES

9507 SANTA MONICA BLVD.
BEVERLY HILLS, CA 90210
(213) 273-8840

Bill Blum wants you to know that the book he was referring to in your meeting was a collection of short stories by Julio Cortazar entitled "Blow Up": and the specific story he was referring to is "The Night Face Up".
Best,

▲ 빌 블럼과의 미팅에 대한 켄 셔먼의 연락 메모.

켄이 레너드 니모이Leonard Nimoy의 회사와의 미팅을 주선해 주었다. 내가 만났던 빌 블럼Bill Blum이란 사람은 〈낙원의 새〉가 맘에 든다고 했지만, 하필 자기 프로덕션 회사를 차리려고 퇴직을 준비하는 차였다. 그는 나중을 위해 날 기억해 두겠다고 했다. 미팅은 전혀 의미가 없었지만, 이번 미팅이 1988년 〈어둠 속에서〉 때 이후로 처음이었다는 것을 감안하면, 불만은 없다.

1992년 2월 6일

[뉴욕] 너무 짧은 시간 동안 너무 많은 시간대를 넘나들었던

탓에 방향 감각을 잃은 듯 어지럽다. 마치 지난 5년간의 내 삶을 빨리감기로 본 느낌이다. 샌프란시스코, L.A., 채퍼콰, 업타운, 다운타운. 이 모든 장소와의 인연은 여전히 긴밀해, 나는 이들 사이를 자유로이 떠돌고 있다. 하지만 그 어디도 내가 진정으로 속한 곳은 아니다.

로버트와 어젯밤 한 시간 동안 이야기를 나누었다. 반 농담 삼아, 그가 졸업할 1993년에는 함께 소프트웨어 회사를 세워보자고 합의했다. L.A.로 이주할까 생각하고 있다고 그에게 말했다. 그때는 멋진 이야기라고 생각했지만… 오늘 빌리지를 걷고 있으려니, 여기로 다시 돌아오고픈 충동이 대신 나를 사로잡았다. 뉴욕은 나의 일부다. **이 도시는** 언제나 날 반겨 줄 것이다. 여기 있으면 난 존재하고, 살아 있고, 힘이 넘치는 기분이 된다. 여기 아닌 다른 곳에서 과연 내가 살 수 있을까?

1992년 2월 12일

내가 이렇게 허무감에 계속 젖어 있는 것도 당연하다. 글을 쓰지 않으니까. 유령 이야기 하나를 만지작거리고 있긴 하지만, 이걸로는 충분치 않다. 난 천성이 매일 일해야 직성이 풀린다. 가끔으론 부족하다.

티에리를 만나러 NYU에 들렀다. 내가 뭘 기대했는지는 모르겠지만, 그 기대가 현실이 되지도 않았다. 그가 환하게 웃으며 말하길 "여기서 도대체 뭘 하고 있나, 칸에서 만난 이후로 뭔 일이 있었나? 장편도 쓰고 에이전트도 생겼다니, 정말 잘됐군. 자네에게 재능이 있다는 걸 난 이미 알고 있었지!" 같은 건 없었다는 얘기다. 대신, 우린 몇 분간 그저 다정하게 잡담을 나누었고 나는 이 만남에서 뭘 기대한 건지 궁금해하면서 자리를 떴을 뿐이다.

모린이 상냥하게 말해 주었다. "마치 옛날에 다녔던 고등학교를 다시 찾아온 사람 같은 표정이네. 과거에 여기서 품었던 감정을 되잡고 싶어서 말야." 물론 그녀 말이 맞았다. 볼썽사납게시리. 시간은 되돌아오지 않는데도.

마크 네터가 알프스로 놀러오라고 날 초대했다. 그는 알베르빌Albertville에 살면서 CBS 쪽의 사운드를 작업하고 있다. 그는 L.A.로 이주할까 생각 중이라고 한다. 그렇게 되면 같이 살 집을 구해야겠군. 룸메이트가 있으면 좋으니까, 특히 영화에 푹 빠진 녀석이라면 더더욱 말이지.

1992년 2월 14일

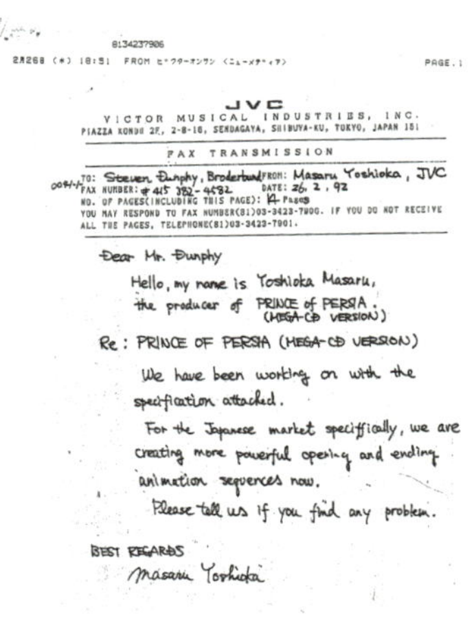

▲ 메가CD로의 이식 관련 문서

브라이언이 (언제나 반가운) 「페르시아의 왕자」의 해외 리뷰를 잔뜩 모은 두툼하고 멋진 꾸러미와 레일라가 작업한 「페르시아의 왕자2」 그래픽이 담긴 새 디스크를 보내 주었다. 내용을 확인하기 위해 어머니, 에밀리와 함께 차를 몰고 키스코 산Mt. Kisco에 있는 컴퓨터 그래픽 샵으로 갔는데, 15분 사용하는 데 요금이 20달러나 되었다(살라망카에서는 60센트인 데 비하면 천지차이다). 마치 운명의 장난과도 같이, 그 매장은 과거 일렉트릭 플레이하우스Electric Playhouse가 있던 자리에 있었다.

아무래도 회고록을 써야겠다……. 15살 때 내 첫 컴퓨터로 애플Ⅱ를 받았던 시기부터 시작해서, 애플Ⅱ 시대의 종지부를 찍은 게임인 「페르시아의 왕자」의 출시까지. 그 자체로 멋진 이야기이자, 내가 직접 겪었고 온전히 내 이야기인 역사의 한 조각이다. 읽고 싶어 할 사람이 있을지는 모르겠다. 게다가, 난 젊은 나이에 회고록 따위를 내는 사람들이 싫다. 세상이 자기 중심으로 돈다고 보는 거거든.

수십 년이 지나고 나서 이런 문장에 냅다 뺨을 맞는 게, 일기 쓰기의 재미죠.

이렇게 지나온 과거에 대한 애수가 밀려온다는 건, 보통 뭔가 큰 변화가 곧 일어난다는 징조다.

지금의 나는, 누구보다도 더 자유롭다—여행할 자유도, 일할 자유도, 사랑에 빠질 자유도 충분하다. 또한 망설이고 있다, 마치 내 삶의 새로운 시작을 기다리는 것처럼. 이게 **바로** 내 인생이다. 뭔가에 대한 준비가 아니라, 그저 내 인생인 것이다. 꼭 기억해 둘 일이다.

1992년 2월 16일

산드라 레빈슨이 전해 주길, 알레아가 〈천국의 새〉를 좋아하며 잘 된 각본이라고 말하기도 했지만, 장편 영화용이라기보다 아마도 TV 영화 쪽이 어울릴 거라 보고 있다고 한다. 그녀는 각본을 폴 마주르스키Paul Mazursky에게도 제안해 보았다고 했지만, 그녀나 나나 당장 뭐가 될 것 같지는 않다는 점에 동의했다.

쿠바에서 다큐멘터리를 찍겠다는 내 아이디어를 그녀에게 말해 주었다. 제안서도 써 주었으니 이제 그녀가 내 비자 발급을 위해 뛰어 줄 것이다.

1992년 2월 17일

케빈의 말이 맞다. 먼저 단편 영화부터 한두 편 만들어 봐야 대규모 장편 영화 일도 맡을 수 있을 것이다. 단편을 감독해 봄으로써 배울 수 있는 게 무척 많을 테고, L.A.는 나중에라도 갈 수 있으니까.

마크 네터가 프랑스 알베르빌에서 전화해, 26일과 27일에 스키를 타러 가자고 초대했다. 구미가 무척 당긴다.

1992년 2월 19일

[스페인어로] 난 구름 위에 있다. 워싱턴 공항에서 토미에게 전화했다. 앞으로 어찌해야 할지는 여전히 모르겠지만, 이제 아무래도 좋다. 내 경력이든 금전적인 문제든, 더 고민해 봤자 의미가 없다. 내가 원하는 것은 모험이다. 무엇이 앞에 놓여 있든, 난 준비가 되어 있다. 지금부터는 아무 것도 걱정하지 않겠다.

▲ 게임기 이식판의 오프닝 그림 콘티

Jordan Mechner
1, rue du Four
75006 Paris
France

2 junio 1992

Pepe Horta
ICAIC

Por fax: (53-7) 33-30-78

Hola Pepe:

Cuando nos vimos en Paris en abril, te propuse que venga a Cuba este verano para rodar un pequeño cortometraje de 16mm. Te agradezco por tus palabras alentadoras, y te escribo hoy para que podamos comenzar a hablar del proyecto más concrétamente.

Propongo hacer un documental de 15 minutos sobre la musica de salsa y como se la goza y la baila en Cuba. No será un documental educativo, sino un espectáculo sin palabras ni narración. La produzco con el propósito de presentarla en los festivales internacionales.

Aqui en Paris estoy cortando otro cortometraje que rodé en mayo con un equipo francés. Es un documental de 7 minutos, 16mm, que trata de la obra de un joven escultor en la Isle Saint-Louis. FEMIS, la escuela de cine francés, tenía la bondad de donar los materiales incluso un Arri 16SR.

En cuanto al nuevo proyecto, si te conviene, me gustaría llegar a Cuba 4-6 semanas antes de rodar. Así tendré tiempo para reunir un equipo cubano, elegir los lugares del rodaje, etc., todo con tranquilidad. Llevaré conmigo una amplia cantidad de pelicula virgen y cinta magnetica. Lo demás, incluso el equipo, lo buscaré en Cuba. Ya conozco algunos de los talentosos alumnos y ex-alumnos de la Escuela de San Antonio, me encantaría tener una oportunidad de trabajar con ellos.

Si esto te parece bien, ya te pido dos cosas específicas:

1) Me gustaría llegar a La Habana alrededor del 15 julio para comenzar las investigationes. ¿Es posible obtener una visa para esta fecha que me permitiría quedarme dos meses?

2) ¿Es posible alquilar un apartamento amueblado en La Habana a partir del 15 julio? ¿Qué te parece por dos meses? Esto me convendría mucho más que estar en un hotel. Podría pagar 600-800 dolares por mes.

He intentado arreglar mis asuntos para poder estar en Cuba del 15 julio al 15 septembre. Sin embargo, hay un proyecto que se desarolla en California del cual soy guionista, y si exigen mi presencia allí, estaré obligado a interrumpir mi visita a Cuba por algunas semanas. Si esto sucediera, ¿podría regresar a Cuba después con la visa original para cumplir el rodaje, o necesitaría una nueva?

▲ 파리에서 ICAIC에 보낸 서류

파리

1992년 2월 21일

[스페인어로] 대도시, 마드리드에 왔다.

내가 도착했을 때는 굵은 함박눈이 내리고 있었다. 푸에르타 델 솔Puerta del Sol 근처의 펜션에 체크인한 후, 샤워로 비행기와 버스와 불면의 밤이 뒤섞인 찌꺼기를 씻어 내고, 방금 일어난 것처럼 옷을 갈아입은 다음, 프라도Prado에서 하루를 보냈다. 날이 저물 무렵이던 이 때 마드리드에서 내가 유일하게 아는 사람, NYU의 지인 리카르도Ricardo에게 전화했다.

우리는 술집에서 만났다. 뉴욕에서는 그저 안면만 있던 사이였지만, 한 시간이 지나자 그는 자기 집에서 묵으라고 권유하고, 스페인 TV 방영용 다큐멘터리를 촬영 중인 자신의 팀에 합류하는 것도 제안해 주었다. 즉, 내 기대 이상의 호의였다.

하지만 어째서인지 리카르도 및 그의 친구들과 하룻밤 마시면서 떠들고 나니, 마드리드로 이주한다는 계획 자체가 더 이상 재미있을 것 같지 않았다. 마드리드가 나쁘다는 게 아니다. 그저 내가 여행에 지쳐 버렸기 때문일 테다. 아는 사람도 없고 머무를 이유도 없는 생경한 도시를 무의미하게 전전하는 것이,

이번엔 내게 제대로 된 모험으로 느껴지지 않았다. 피곤하기만 할 따름이다. 아니면, 그저 그 나이트클럽에서 너무 오래 놀아서 이런 걸지도.

알베르빌의 마크 네터에게 전화를 걸고는 말했다. "스키 타러 가자!" 파리로 가는 열차표를 샀다.

1992년 2월 24일

[파리] 스페인 사람 둘, 아르헨티나 사람 하나와 함께 야간열차에서 밤을 보냈다. 카페테리아 칸에서 돌아오니, 침대가 만들어져 있었고 어떤 연세 많으신 분께서 자신이 스페인 내전과 마우타우젠 강제수용소Mauthausen concentration camp에서 겪었던 경험담을 들려주고 계셨다. 한밤을 달리는 열차는 이야기를 듣기에는 정말 멋진 장소다. 마치 캠프파이어 같았다. 잠을 거의 자지 못했다.

패트릭과 하루를 보냈다. 지금은 로브나에게서 올 오후 5시 전화를 기다리고 있다.

기차가 오늘 아침 파리 오스텔리츠Austerlitz 역에 닿았을 때, 드디어 도착했고 내가 여기 있다는 게 너무나 기뻤다. 이 도시의 공기가 나를 사로잡았고, 불현듯 내가 있어야 할 곳이 바로 여기였다는 걸 알게 되었다. 어째서 그런지 설명은 못 하겠지만, 내게 파리는 이전의 살라망카나 마드리드보다 훨씬 더 많은 드라마가 느껴지는 곳이다. 잠시나마 머물러야겠다. 조금이나마 여기서 살아야겠다.

당면 과제는 아파트를 찾는 일이 될 것이다. 이쪽은 패트릭이 이미 도와주고 있다.

오후 5시 5분. 만세! 그녀에게서 방금 전화가 왔다. 밑져야 본 전이지만…….

1992년 2월 26일

발모렐Valmorel에서 스키를 타며 무척 스포르티프한 첫날을 만끽했다. 마크 네터 및 그의 어머니의 미용사인 장-클로드와 함께 했는데, 그는 70년대에 리프트가 설치되기 전부터 여기에서 스키를 타며 자랐다고 한다. 장-클로드와, 올버니Albany에서 왔다는 그의 친구 버드는 벌써 몇 주째 여기서 매일 스키를 타고 있다. "우리가 여기 오래 있긴 했나 보군. 여편네가 보고 싶어지다니 말야."

그 둘은 우리를 중상급 슬로프로 데려갔다. 장-클로드는 적어도 50세는 되어 보였지만 일행 중 누구보다도 스키를 잘 탔다. 나는 아프고 쑤실 지경이다. 스키만큼 자기 몸의 문제를 실감하게 만드는 운동도 없다.

1992년 3월 1일

[파리] 또 멋진 하루. 어제는 봄다운 날씨에 올해 처음으로 맑은 날이어서, 모두들 야외로 나왔다. 패트릭과 나도 그의 아파트 모퉁이를 돌아 세느강이 바라다보이는 벽 위로 걸터앉아, 커피

를 마시며 내가 지낼 만한 아파트 목록을 살펴보았다.

패트릭의 삶은 그야말로 멋들어진 파리지앵 그대로라 부럽기 그지없을 정도다. 매 5분마다 프랑스 영화의 한 장면 같은 일이, 완벽한 구도에 완벽한 조명으로 연출된다. 거리를 걷다 한 소녀를 멈춰 세우고 불을 빌린다. 혹은 운전하다 갑자기 브레이크를 밟고는 누군가 길가에 내다 버린 커다란 녹슨 철판을 찾아 살펴보더니 식탁 상판으로 쓸 만해 보인다고 여긴다. 이런 일들의 배경으로는 세느강이 흐르고 있거나, 지팡이를 든 노인이 걷고 있거나, 아니면 여학생 무리 등등이 지나고 있거나 해서, 여기가 의심할 필요 없는 파리임을 일깨워 준다. 이 도시가 너무 사랑스럽다.

공중전화 부스에서 토미와 통화했다. 그녀의 목소리를 들으니 좋았다. "아 그래, 파리란 말이지." 그녀는 한숨을 쉬었다. "결국, 거기도 무정하고 물질만능주의적인 사회일 뿐이지만, 네가 그걸 깨닫기까지는 좀 시간이 걸릴 거야. 너무 아름다운 도시이니까." 내가 여기로 이주한 게 엄청 부러운 듯 했다.

아파트를 빌리느니 그냥 사 버리는 게 어떠냐고 패트릭이 조언하더라고 말해 주었다. 그녀는 그저 웃기만 했다.

플로렌스가 저녁에 모로코 식 스프를 만들어 주었고 우리는 TV에서 프랑스어로 더빙된 〈웨스트 사이드 스토리 West Side Story〉를 보았다.

1992년 3월 3일

파리 6구 푸흐 가 1번지1 rue de Four, Paris VI에서의 첫날밤. 얼마나 즐거운 느낌인지, 6개월간 여행 가방 하나만 안고 외지를 떠돌던 끝에, 드디어 집이라고 부를 만한 장소를 마련했다는 것이. 패트릭은 여기 도달하기까지 모든 면에서 내게 큰 힘이 되어 주었다. 문제가 있을 때마다 날 구해 준 건 그의 전화, 그의 차, 그의 프랑스어였으니까. 그는 나를 더할 나위 없이 잘 돌봐주고 있다. 이번 일이 아름다운 우리 우정의 시작이 될 것 같다.

난 파리에 있다. 여기다. 여기 **사는** 거다. 우와.

1992년 3월 9일

배관공이 와서 변기를 고쳐 주었다. 처음 사용했을 때는, 내가 내려 보냈던 물이 샤워 배수구에서 도로 올라왔다.—그리 볼 만한 광경은 아니었다. 알고 보니, 처음 점검할 때 배관공이 변기는 **쓰지 말라고** 내게 이미 알려줬었다고 한다. 부속 하나가 빠졌는데 대체품을 깜박하고 가져오지 않았기 때문이다. 다만 내가 프랑스어를 모르는 탓에 그 사소한 설명을 미처 알아듣지 못한 것이다. 이렇게 창피할 데가. 아무튼, 이제는 제대로 될 거다. 아마도.

또한 오늘 전화도 개통되었다. 무척 기쁘다.

브로더번드로부터 DHL 소포가 도착했다. DHL과 AT&T는 내가 떠나 온 세상과 나를 연결해 주는 유일한 통로다.

여자친구가 있어야 한다.

프랑스어도 배워야 한다.

슬슬 뭔가 집필도 시작해야 한다.

이런 것들 외에는, 다 잘되고 있다. 전화도 된다. 변기도 고쳤다. 불만은 없다.

플로렌스가 내게 건넨 갱스부르Gainsbourg 음반을 되풀이해 듣고 있다. 〈블랙 트롬본Black trombone〉이라는 노래.

당장 컴퓨터를 켜고 일하고 싶지만 미국에서 보낸 아웃바운드Outbound 전원 장치가 도착하길 기다려야 한다(이게 내 핑계다).

1992년 3월 13일

13일의 금요일이다! 위험해!! 좋은 일이든 나쁜 일이든 뭔가 벌어질 확률이 높은 날이다. 조심해서 다녀야지.

뉴욕에서 우편물 꾸러미가 왔는데 그 안에는 벤 노마크Ben Normark에게서 온 편지도 있었다. 답장을 써서 보냈다. 아, 그리고 브로더번드로부터 79,000달러 수표도 도착했다.

1992년 3월 16일

액티비전을 방문해 슈퍼 닌텐도판 「페르시아의 왕자」를 보았다.

우와! 완전히 다른 게임 같았다. 처음으로, 내가 개발자가 아

▲ 슈퍼 패미컴(슈퍼 닌텐도)판
「페르시아의 왕자」 패키지 표지

▲ 슈퍼 패미컴(슈퍼 닌텐도)판
「페르시아의 왕자」 게임 화면

니고 게임의 구조가 어떻게 돼 있는지 아예 모르는 상태에서 「페르시아의 왕자」를 플레이하는 것과 거의 비슷한 상태를 직접적으로 체험해 볼 수 있었다.

도미니크와 점심을 먹었다. 그의 보스와 다른 직원 한 명이 나를 끈질기게 설득했다—이들은 슈퍼 NES판 「페르시아의 왕자」의 미국 및 유럽 판매권 획득을 간절히 원하고 있으며 브로더번드와 이 건을 협상할 때 내가 도와 주길 바란다는 것이다. 15만 장의 개런티를 보장하겠단다. 나쁘지 않은데!

자밀이 전화로 말했다. "토요일 밤에 어디 있었어? 정말 재밌었는데……. 집에 들어가니 일요일 저녁 6시더라고."

패트릭과 한잔하러 갔다.
그가 말했다. "너도 언젠가는 미국으로 돌아갈 때가 되면 기뻐질 거야. 아마도 시간이 좀 걸리려나. 한 6개월이면 되겠지. 프랑스어도 꽤 늘었을 거고, 거리 이름을 다 꿴 데다 루브르 박물관의 위치가 정확히 어딘지도 알겠지. 그때가 되면 파리를 기쁘게 떠날 수 있을걸."

1992년 3월 23일

데니스와 도미니크 프리드먼Denis and Dominique Friedman 부부 댁에서 저녁을 먹었다. 훌륭한 식사였다. 멋진 시간도 보냈다. 에린, 로렌 웨일Laurent Weill, 그리고 플로렌스도 함께 했다. 캘리포니아보다 여기 프랑스에 있는 게 더 좋다.[99]

▲ 슈퍼 패미컴(슈퍼 닌텐도)판 「페르시아의 왕자」 게임 화면

1992년 3월 26일

〈틸트〉의 데니 불락을 만나러 갔다. 그가 자기 집의 저녁 식사에 초대하여, 데니의 어머님께서 매콤한 인도 식 카레를 요리해 주셨고, 우리는 자정까지 둘러앉아 이야기를 나누었다. 데니의 삶은 마치 서머셋 모옴Somerset Maugham의 소설 같았다. 그는 나를 자신이 진행하는 TV 쇼에 오는 4월 리처드 개리엇과 함께 출연해 달라고 권유했다.

1992년 3월 27일

켄 셔먼에게서 편지가 왔다. 그는 요즘에는 치밀한 스토리가 잘 안 팔린다며, (난 아직 못 본) 〈원초적 본능Basic Instinct〉처럼 감성

---

99 원문에서 이 부분은 스페인어로 쓰여 있다. **"Denis me cayó mejor aquí en Francia que en California."**

적이면서 섹시하고 만화 같은 느낌의 스토리를 쓴다면 좋은 기회가 올 거란다. 거참, 만약 **그게** 사실이라면, 그냥 비디오 게임 개발에 계속 붙어 있는 게 더 낫겠는데? 아무튼, 좋은 충고였다.

일단 아파트에 사는 소녀에 대한 각본의 작업을 재개했다. 의욕이 그리 충만하진 않다. 꿀꿀한 기분이다. 우울하기도 하고. 하늘이 접시가 되어 나를 짓누르고 있는 것 같다.

종일 비가 내리고 있다.

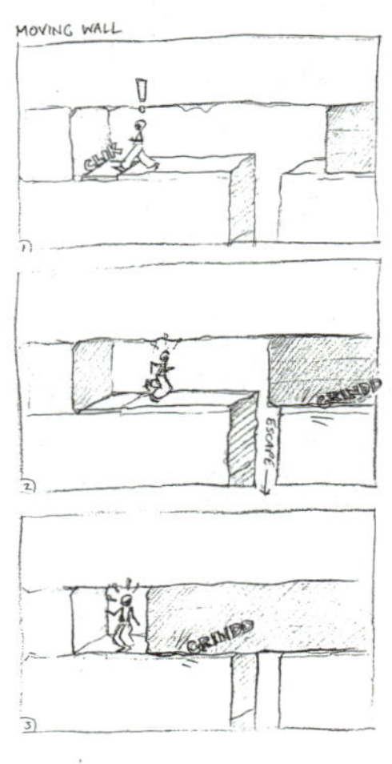

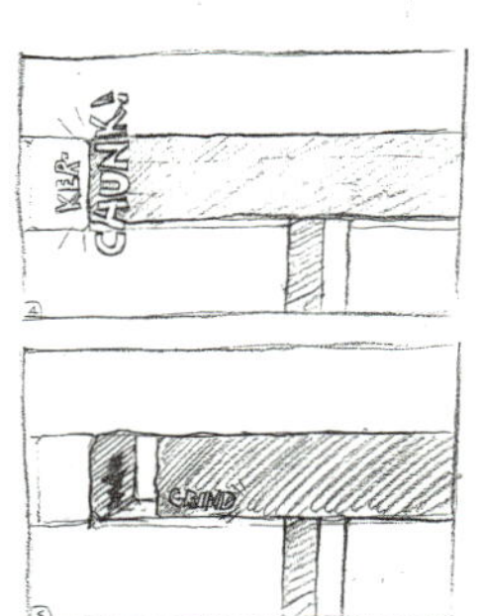

▲ 「페르시아의 왕자2」에서 '움직이는 벽' 함정의 아이디어 스케치

1992년 3월 29일

〈벅시Bugsy〉를 보았다. 기분이 좀 나아졌다. 내게 필요한 건 뭔가 계속 작업하는 것뿐이고, 그러면 내 존재론적인 문제들도 정리되겠지―나도 안다. **이미** 알고 있다…….

아무래도 IBM 컴퓨터를 대여해야 할 것 같다. 그래야 「페르시아의 왕자2」의 레벨 디자인을 여기서도 할 수 있을 테니까. 만천하가 알다시피 내겐 지금 남아도는 게 시간이다.

1992년 3월 30일

여기선 IBM 컴퓨터를 빌리는 데 한 달

에 800달러나 든다. 내 아파트 월세가 불과 650달러인데.

레일라, 브라이언과 오래 통화했다. 그들은 내가 돌아오길 바라고 있다. 1월 출시에 맞추기 위한 압박이 시작되었고, 상당량의 그래픽을 삭제해야 할 필요성도 대두되는 것 같다. 그래서 나도 어젯밤엔 새벽 3시까지 잘라낼 그래픽을 선별하는 작업을 했다. 결과적으로는 꽤 만족스럽다. 작업할 때야 걷어차고 소리 지르고 하긴 했지만, 사실 난 이런 요소가 효율적으로 쓰이는 게 **더 좋다**. 넣을 수 있는 요소는 몽땅 욱여 넣은 것 같은 게임은 아무래도 우아하지 못해 보인다.

「페르시아의 왕자2」 작업을 조금이나마 할 수 있게 되어 다행이다. 내가 쓸모 있는 사람이라는 느낌이 들었으니까.

브라이언에게는 6월에 캘리포니아에서 3주간 체류하겠다고 약속했다. 영화를 찍으러 쿠바로 가

▲ 「페르시아의 왕자2」 스토리 스케치

기 전에 말이다.

1992년 3월 31일

가끔은 이 모든 것들에게서 해방되고 싶다―컴퓨터 게임 개발자나 영화 제작자가 되고픈 욕구, 끝나지 않는 자기 과시에게서. 내가 이미 가진 것들에 너무 싫증이 난다.

잠시 동안이라도 패트릭처럼 되었으면……. 사람들이 그저 내가 멋져서, 나와 함께 있는 것만으로도 생기가 넘쳐서 나를 가까이한다면 얼마나 좋을까. 내가 이뤘거나, 앞으로 이룰 뭔가를 보고 오는 게 아니라.

잃을 게 아무 것도 없는 사람이 되고 싶다.

1992년 4월 5일

산드라 레빈슨이 전화해 주었다! 소개해 주고 싶은 ICAIC 쪽 사람이 여기 파리에 있다고 한다.

알레아는 폐암으로 죽어 가고 있다. 산드라는 그가 뉴욕의 슬론-케터링Sloane-Kettering 센터에서 방사선 치료를 받을 수 있게끔 모금 활동을 하고 있다. 35,000~40,000달러 정도가 필요하다고 한다.

1992년 4월 8일

오늘은 DHL 소포가 하나도 아니고 세 개씩이나 도착했다―어머니로부터의 편지 꾸러미, 브라이언으로부터의 재밌는 것들 꾸러미, 그리고 괴상한 모양의 신형 캔디 박스에 담긴 맥판「페르시아의 왕자」 5개. 이건 (뭐랄까) 멋지다. 전적으로 멋지다. 감동했다.

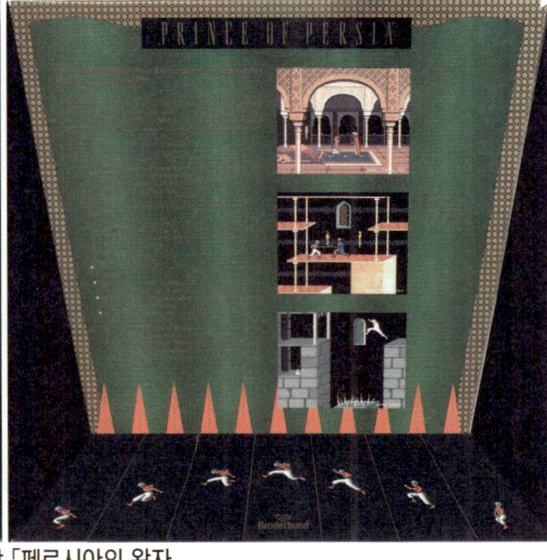

▲ 캔디 박스 패키지판 「페르시아의 왕자」

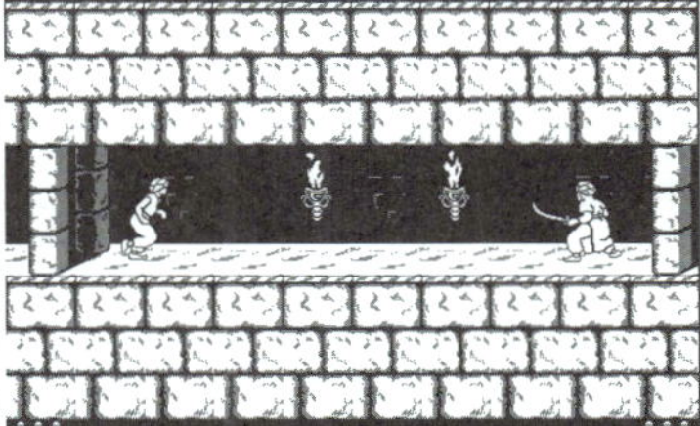
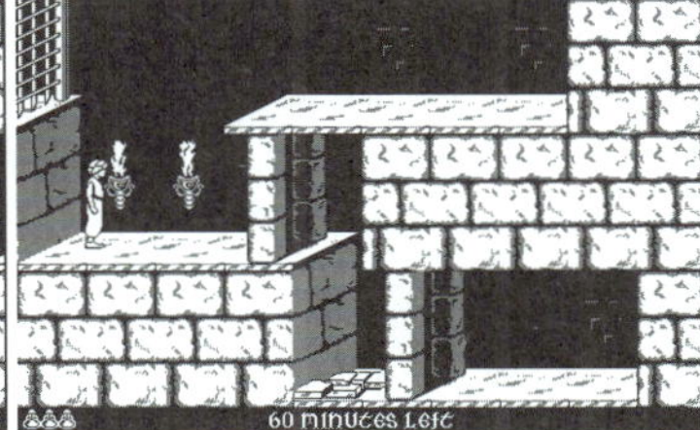

▲ 매킨토시(흑백) 판 「페르시아의 왕자」 게임 화면

화사한 컬러와 아름다운 자태를 지닌 날렵한 박스 위에 자기 이름과 함께 그가 얼마나 대단한 사람인지 한껏 과장하는 문구가 한가득 박혀 있는 물건이 우편으로 날아오니 뭔가 가슴이 뿌듯하다. 좀 더 자신을 가지고 세상과 마주할 수 있을 것 같은 느낌이다.

하지만 동시에 좀 외로운 기분도 든다. 이런 뿌듯함을 함께 나눌 사람이 딱히 없으니까.

▲ 매킨토시(컬러) 판 「페르시아의 왕자」 게임 화면

패트릭에게 전화했다. 그는 어머니와 형제 때문에 골치가 아
픈 와중이다. 내가 뭔가 해줄 게 없겠냐고 물었다.

그가 대답했다. "화성으로 갈 티켓 한 장만 구해 줄래?"

1992년 4월 16일

ICAIC의 페페 호르타Pepe Horta를 만났다. 무척 친절하고 도움
이 될 만한 사람이었다. 만약 지금부터 7월 사이에 정부가 전복
되거나 하는 사태만 없으면, 일은 잘 풀릴 것 같다.

패트릭은 아래층 이웃과 한창 사랑에 빠져 있다.

내 물건들이 살라망카에서 도착했다. 내 책, 음악, 옷이 모두
돌아왔다. 난 다시 완전해졌다.

장-미셸 블로띠에흐와 〈틸트〉 인터뷰를 오늘 녹화했다. 리처드 개리엇은 런던을 거쳐 텍사스 오스틴으로 돌아가는 길이었다. 그는 내가 파리에 머물고 있다는 걸 무척 부러워했다.

1992년 4월 20일

처음으로 제대로 맑은 날이다. 그럴 때도 됐지! 정말 긴 겨울이었다.

지금은 새벽 6시 30분이고 난 브로더번드에서 올 전화를 기다리고 있다. 「페르시아의 왕자2」에 관한 큰 미팅이 오늘이어서 나도 전화로나마 "참석"해야 한다.

패트릭이 메시지를 남겼다. "잘 지내고 있는지 궁금하군……. 나? 나야 지금 미치게 행복하지."

토미에게 전화했다. 날 사랑해 주는 누군가와 이야기하고 싶었다. 플로렌스가 그녀에게 내가 마치 내일 따위 없는 사람처럼 프랑스어를 배우고 있노라고 했고, 샐리Sallie는 내가 헨리 제임스Henry James의 소설에 나올 법한 삶을 살고 있더라고 했단다.

그녀가 말했다. "넌 모두가 꿈꾸는 삶을 살고 있잖아. 여행을 다니고, 친구도 사귀고. 도대체 뭐가 문제야?"

1992년 5월 1일

요즘의 나는 젊은 나이에 요절하리라고 확신하는 사람처럼 행동하고 있다. 파리에서의 3개월이 마치 내가 훔친 시간이고, 그래서 언제라도 멈춰 버릴 것처럼.

1992년 5월 3일

대략 열여섯 명 정도의 사람들에게서 내가 "소심"하다는 말을 들었다. 자밀마저도 지난밤에 이렇게 지적했다. "처음 왔을 때, 넌 무척 얌전했지. 이제는 좀 느긋해지기 시작한 것 같아. 예전과의 차이가 보여."

이거 도대체 뭔 소리야? 난 소심하지 **않아.** 왜 내가 그렇게 보이고 있는 거지?

파티에서 낯선 이들 사이에 낄 때나 사람을 처음 만날 때마다 마음속으로 되풀이할 주문이나 하나 만들어야겠다. "뭔가 보여 줄 필요는 없어. 누군가에게 인상을 남길 필요도 없고. 이들도 나만큼이나 평범한 일상이 지루한 사람일 뿐이야. 저들이 원하는 건 그저 스스로를 자극할 인간 관계일 뿐이라고. 웃고 즐거워하고 뭔가 **느끼는** 행위가 필요한 거지. 애석하게도, 지금의 나처럼 말야."

하나 더. 정말 맘에 드는 여자를 만나게 되거든(극히 드물고도 놀랄 만한 순간이겠지만), 제발 서두르지 말 것! 함께 동석하는 그 자체를 즐기는 것처럼 행동하고, 그녀와 우연히 만났을 뿐 다음에 또 만났으면 하는 절박한 기대 따윈 절대 갖지 말라고. **명심해.** 마음 편히 먹고, 친절하게 굴고, 특히 제발, **안달하지** 말라고……. 난 그저 세상을 떠도는 차에, 나와 비슷한 영혼과 마주칠 어렴풋한 기대감을 언제나 품고 있을 뿐, 뭘 특별히 기대하지는 않는다는 거지. 한마디로, 관대해 지라고!

1992년 5월 8일

왼쪽 강변에 있는, 65종의 보드카를 파는 작은 러시아 식당에서 패트릭과 저녁을 먹었다. 패트릭과 식당 주인이 나누었던 긴 대화를, 보드카가 가져다준 기적 덕분에 옆에서 제법 알아들을 수 있었다. 아서 H.에 대한 언급이 자주 나왔다.

패트릭이 말했다. "좋아. 내게서 네 인생을 솔직하게 듣고 싶다 이거지? 충분히 취했으니 어디 한번 해 보자고."

그의 말이 이어졌다. "넌 영화감독이든 프로듀서든 뭐든 원하는 대로 되겠지. 하지만 스타는 못 될 거야. 너는 코폴라처럼 스포트라이트를 받으며 칸의 계단을 올라가 자신을 올려다보는 관중에게 '이게 나야. 내가 해냈지. 난 천재야'라고 외칠 수 있는 사람이 못 된다고. 넌 그림자 속으로 숨는 타입이거든. 널 알고 너와 함께 일해 본 사람들은 널 존경하겠지. 하지만 그래도 넌 행복해지지 못해. 왜냐면 네가 정말 원하는 건 바로 네 안의 그 수줍음을 깨 버리는 거니까. 넌 자신이 멋진 남자, 인기 넘치는 친구가 되어서 스포트라이트를 받고 모두가 모여들게 되길 바라겠지. 하지만 너의 그 수줍음 때문에 그렇게 안 된다고. 화제의 중심이 될 기회를 잡는 족족, 넌 그걸 피하게 될 거거든. 대신 이렇게 말하겠지. '아, 이건 사실 내 성공이 아니야. 난 그저 좀 도와줬을 뿐인걸.'이라고 말야."

우리는 새벽 2시에 보타레 가 8번지8 rue Boutarel로 돌아왔다.

산드린이 기다리고 있었다. 그녀는 마치 고양이처럼 패트릭의 품
속으로 뛰어들었다.

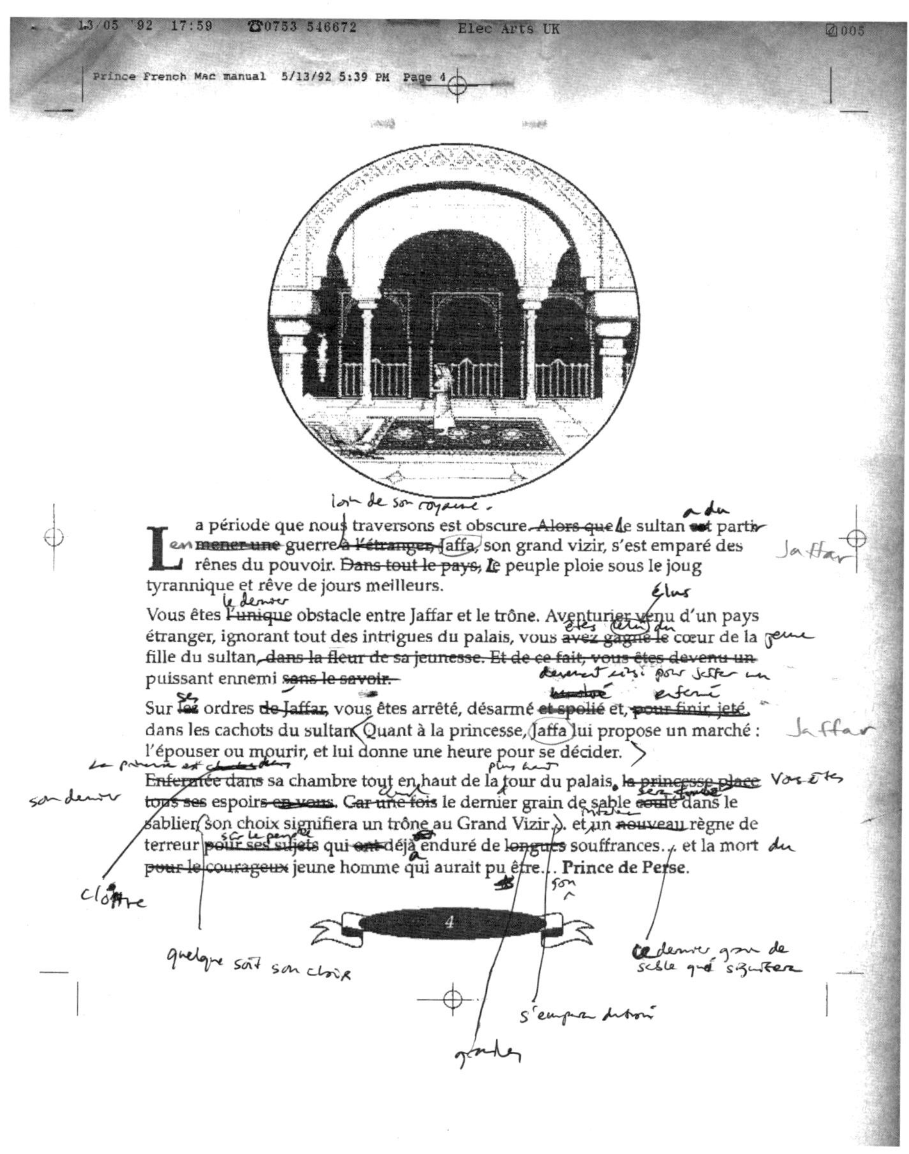

La période que nous traversons est obscure. Alors que le sultan est parti mener une guerre à l'étranger, Jaffa, son grand vizir, s'est emparé des rênes du pouvoir. Dans tout le pays, le peuple ploie sous le joug tyrannique et rêve de jours meilleurs.

Vous êtes l'unique obstacle entre Jaffar et le trône. Aventurier venu d'un pays étranger, ignorant tout des intrigues du palais, vous avez gagné le cœur de la jeune fille du sultan, dans la fleur de sa jeunesse. Et de ce fait, vous êtes devenu un puissant ennemi sans le savoir.

Sur les ordres de Jaffar, vous êtes arrêté, désarmé et spolié et, pour finir, jeté dans les cachots du sultan. Quant à la princesse, Jaffa lui propose un marché : l'épouser ou mourir, et lui donne une heure pour se décider.

Enfermée dans sa chambre tout en haut de la tour du palais, la princesse place tous ses espoirs en vous. Car une fois le dernier grain de sable coulé dans le sablier, son choix signifiera un trône au Grand Vizir, et un nouveau règne de terreur pour ses sujets qui ont déjà enduré de longues souffrances, et la mort pour le courageux jeune homme qui aurait pu être... Prince de Perse.

4

▲「페르시아의 왕자」 프랑스어판 매뉴얼의 수정사항 관련 메모

The Story

In Persia wars keep going on without cease. King of Persia, Sultan is going abroad to command the army by himself. The prime minister Japher will take advantage of Sultan's absence to rebel.
"Now the country can be mine."
Japher planned to get married to the beautiful princess to seize the country. But she is in love with a young traveling man. She is getting in deep love day by day. Japher got upset and ordered his men to throw the young man into jail to force her into marriage.
"Princess! Did you make your decision?"
"I don't like to do this kind of rough treat."
After saying this, Japher makes a big hourglass appear by using magic.
"I'm gonna wait until all of the sand falls. Think you get married to me or die. By the time the young man will be executed."
Japher is leaving Laughing aloud while Princess hang her head. She gazes at the falling sand and. murmurs.
"I'm sure ... He would come to rescue me..."
God might know her wish. The young man succeed in running away from jail. He counts on only a sword he found on the way, his physical strength, and overwhelming braveness. He starts to run to rescue Princess. Can he rescue her safely on way or another?

▲ PC엔진판「페르시아의 왕자」
스토리라인 문서

◀ PC엔진판「페르시아의
왕자」의 주인공 디자인

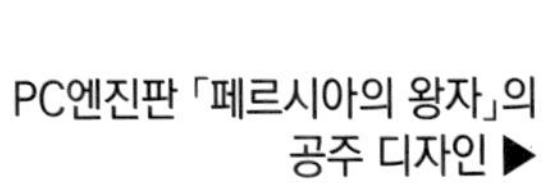

PC엔진판「페르시아의 왕자」의
공주 디자인 ▶

PC엔진판「페르시아의 왕자」
설정 문서 ▼

The Outline of the Game

In this game you act as the young man, who is a hero, to clear various traps in the castle, to defeat hateful prime minister Japher's men, and to rescue Princess imprisoned in the top floor.
The hero can act like a human with combinations of key and buttons. Please remember the instruction completely and run through 20 stages in 120 minutes.

The Introduction of the Characters

Hero:　　　　　The traveling young man. He and Princess of this country fell in love with each other, which caused imprisonment by Japher. But he succeeded in escaping from jail seizing an opportunity. He aims at the top floor to rescue Princess.
Princess: She loves the hero. Now she is imprisoned in the top floor. Unless you rescue her in 120 minutes, she will be forced to get married to Japher.
Japher:　　　　　Prime minister who tries to seize the country. He is also a sorcerer.
Japher's men: They help Japher's evil acts. There are various men from weak man to strong man. Japher has even a skeleton.

세상 어디에?

1992년 5월 15일

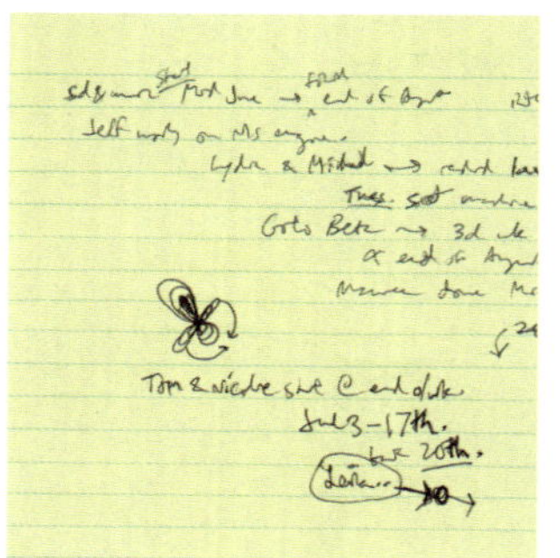

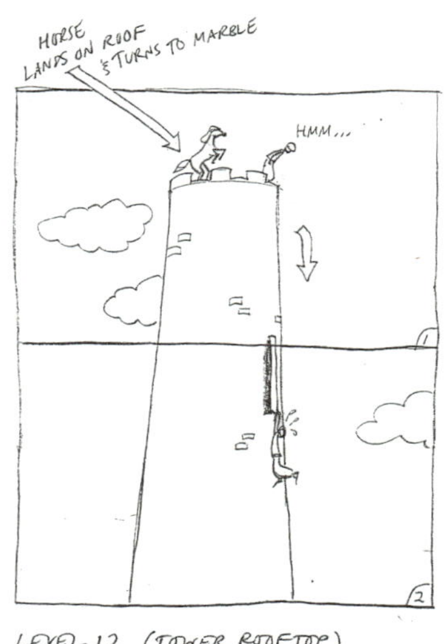

▲ 「페르시아의 왕자2」의 아이디어 메모와 스케치

[샌 라파엘] 「페르시아의 왕자」적으로는, 좋은 일주일이었다. 매킨토시판이 출시되었고, 아직 예단하긴 이르지만, 여러 모로 크게 히트할 조짐이 보이고 있다……. 16비트 닌텐도 판이 승인되었고 일본에서는 7월에 발매될 예정이다……. 코나미가 유럽과 북미 배급을 맡을 것이다.

(내가 여기 온 목적인) 「페르시아의 왕자2」 쪽도, 내가 딱 적절한 시점에 돌아온 것 같다. 아티스트들은 혼란에 빠져 쳇바퀴만 돌리고 있었던 차에 내가 오자 안심하는 눈치였다. 다시 한 번, 그래픽 데이터들을 잘라내 규모를 줄였다. 이번에는 그리 아까운 느낌도 없었다. 몇 달쯤 충분히 지난

탓에 프로젝트에 적당한 거리감을 두고서 불필요한 요소를 초연하게 들어낼 수 있었다. 어마어마한 양을 감축하긴 했지만, 그래도 게임이 발매되고 나면 사람들이 충분히 놀랄 정도는 되리라 생각한다.

분량을 줄이고 스케줄과 예산을 맞추라는 압력을 주고 있는 사람은 결국 초조해하는 존 베이커이고, 그에게 압력을 주는 사람은 물론 그 윗선, 즉 더그일 거다. 그런데 더그의 사무실에 인사하러 들렀을 때는, 이렇게 말하더라. "게임의 품질은 절대 타협하지 말게. 다른 이들의 압박은 무시해 버려. 1월에 나오면 또 어떤가? 만약 누군가 지나치게 재촉하는 사람이 있으면, 프랑스식으로 어깨나 으쓱해 버리게나."

다음 방문은 7월 초순에서 중순 사이로 잡았다. 쿠바로 가기 직전이다.

일주일 잡고 마을에 놀러오듯 방문해서, 쌓였던 문제를 해결하고, 아직 사람들이 날 반가워할 때 다시 떠나는 쪽이 더 즐겁다.

매우 효율적이기도 하고.

더그는 얼마 전 〈포브스〉 지의 스프레드 기사에 표제 인물로 실렸다. '더그 칼스턴이란 도대체 누구인가?'[100]라는 제목으로.

티나 라듀가 아버지를 만나러 사무실에 들렀다. 그녀는 이제

---

[100] 원문은 'Who in the World is Doug Carlston?'. 브로더번드의 간판 시리즈물인 카멘 샌디에고 시리즈 중 한 작품의 제목 「카멘 샌디에고는 세계 어디에 있나?(Where in the World Is Carmen Sandiego?)」을 패러디한 것이다.

21살이다. 와. 이젠 누구든 그녀가 보이면 하던 일을 잊게 될 정도다.

패트릭에게 전화해서 맥판 「페르시아의 왕자」 매뉴얼의 프랑스어 번역본을 읽어 주었다. 잘된 번역이 아닌 것 같다는 내 의심이 맞았음을 확인했다. 우리는 새 번역본을 썼다. 실제로는, 패트릭이 번역했고 내가 타이핑한 거지만. 회사가 이걸 써야 할 텐데.

1992년 5월 18일

더그와 점심을 먹었다. 그는 「페르시아의 왕자」를 장편 영화로 만들면 어떻겠냐고 제안했다. 영화사와 라이선스를 맺으면 꽤 많은 돈을 끌어올 수 있으리라고 생각하고 있었다. 1~2년 내에, 이게 실제로 가능성 있는 얘기가 될 수도 있다.

1992년 5월 20일

어제가 브로더번드에서의 내 마지막 날이었다. 프로젝트가 다시 궤도에 오른 듯하다. 여기에 잠시 들르길 잘 했다.

1992년 5월 28일

[파리] 오늘은 FEMIS[101]에서 내 이웃 편집 동료들을 만났다. 이 친구들은 나랑 안면을 트고 싶어 들떠 있었다. 아마도 미국인을 많이 접해 보지 못해서 그런 것 같다. 어쨌든, 이들에게 〈BNUPS〉를 보여 주었다. 너무 진지한 반응이 돌아와서, 오히려

파리에 있을 때 패트릭과 함께 만들었던 습작 단편영화입니다. 외부 공개는 하지 않았지만요.

우스울 정도였다. 남학생 쪽은 나의 파리에 대한 "독특한" 시선
이 인상적이었다고 했다. 여학생 쪽은 예술적 창조물로서의 내
"시선"이 좋았단다. "무척 단순하고… 무척 남성적인데, 동시에
섬세하네요." 그녀는 내게 이 작품에 담긴 의미를 물어 왔다. 아,
프랑스 학생들답군.

솔직히 말하면, 이제까지는, 이 작품에 대한 모든 기대를 접
고 아무에게도 보여 주지 않으려고 했다.

브라이언과 제프가 막 전화했다. 브로더번드가 그립다. 「페르
시아의 왕자2」가 그립다. 왜 난 파리까지 와서 바보 같은 습작
영화나 만들고 있는 걸까? 진짜 일이 벌어지는 곳은 노바토[102]
쪽인데. 사우디아라비아에서 내 팬이 〈BNUPS〉를 열렬히 사랑
한다고 편지를 적어 보내 오는 일 따위는 결코 없겠지.

도대체 난 무엇을 찾고 있는 걸까? 뉴욕에서도 캘리포니아에
서도 스페인에서도 파리에서도 찾지 못한 걸, 이제는 쿠바까지
가서 찾으려 하고 있지만……. 그런데도 난 아직 내가 찾는 게 뭔
지도, 내 행동이 어디로 향하고 있는지도 모르는 채다.

오는 금요일 밤 파티에 30명을 초대했다. 내 아파트에 다 들
어올 수 있어야 할 텐데.

1992년 6월 5일

프랑스어 시간에 요즘 배우는 문법 구조를 연습하려고 썼던

---

101 프랑스 파리에 소재한 국립영화학교. 정식 명칭은 '프랑스 국립 영상음향 예술학원'으로, La Femis로 약칭한다.
102. Novato. 샌 라파엘 북쪽 근교에 있는 도시다.

연재 소설을 패트릭에게 읽어 주었다. 그는 여러 번이나 크게 웃었다. "너, 유머 감각이 보통이 아닌데. 그런데 어째서 네 각본에는 그 유머 감각이 안 보이는 거지?"

1992년 6월 14일

뷔시 가rue de Buci에서 소피와 함께 커피를 마시고, 레 알스 Les Halles에서는 그녀가 프랑스 음악 CD들을 잔뜩 골라 주었다. 맥판 「페르시아의 왕자」가 15장이나 매대에서 판매중이었다.

1992년 6월 18일

이웃에 사는 마다가스카르에서 온 예쁜 흑인 소녀가 말했다. "이봐요, 당신이 TV에 나오는 걸 봤어요!"

그녀와 동거하는 남자가 게임 애호가였다. 집에 초대받아 소장 중인 PC 게임들도 구경하고, 「페르시아의 왕자」에 사인도 해 주었다. 멋진 삶이다.

1992년 6월 23일

유럽에 살며 마련한, 내 산더미 같은 짐을 새 스튜디오로 옮기는 작업이 새벽 4시쯤에나 끝났다. 파리를 다시 떠나게 되었다. 고작 세 시간 잤고 뱃속에는 커피 밖에 없는 채로.

푸흐 가 1번지에서 살았던 (거의) 4개월간, 난 파리의 이방인과도 같았다. 아파트는 여름이 끝날 때까지만 빌린 상태여서 그 동안은 충실히 보내야 했기에, 내게 주어진 시간은 처음부터 한정돼 있었음을 잘 알고 있었으니까. 이제, 내게도 집이 생긴 느낌이다.

보타레 가 8번지에 뿌리를 박기로 했다. 임대료가 워낙 싸서—1년에 4,000달러—재정적으로 파산할 지경이 되지만 않는다면 굳이 떠나야겠다는 생각이 들지도 않을 것 같다. 뉴욕과 달리, 샌프란시스코와 달리, 여기는 내 일이라거나 여자친구라거나 하는 내 삶에 변화를 줄 어떤 것과도 연결되어 있지 않다. 일종의 은신처, 즉 내가 언제라도 돌아갈 수 있는 지구상의 작은 네모 공간 하나인 거다. 이런 장소가 생겼다는 게 무척 행복하다. 그리고 가장 좋은 건, 패트릭과 산드린이 내 이웃이라는 점이다. 이들이 계속 나와 함께이길. 결코 떠나 버리지 않길.

1992년 6월 28일

[샌 라파엘] 「페르시아의 왕자2」의 진행은 순조로워 보인다. 멋진 느낌인 것이, 여기서의 나는 파리에 사는 젊은 게임 디자이너로서 일주일쯤 여기 놀러와 자신을 몇 년쯤 더 부유하게 해 줄 법한 프로젝트를 쓱 살펴보고 도로 떠나는 녀석이기 때문이다. 이 프로젝트를 작업하며 느끼는 너트와 볼트를 딱딱 조이는 듯한 감각도 좋다. 인정하긴 싫지만, 이게 16mm 학생 영화 제작보다 더 재미있다.

이런 글을 읽고 있노라니 실로 민망하기 이를 데가 없네요.

그럼, 이 길로 제대로 가는 게 더 낫지 않겠어? 이게 최근에 스스로에게 진지하게 던지기 시작한 질문이다. 그러니까 (이를테면) 12월에 돌아와서, 노스 비치 North Beach 나 마켓 남쪽에 원룸 하나를 빌려 살면서, 브로더번드에 새로운 프로젝트를 제안해보며, 1년의 절반은 여기 살고 나머지 절반은 파리에 사는 게 더 낫지 않을까?

1993년 5월이면 로버트가 학교를 졸업할 테고… 아마 나와 토미가 팀을 만들면 곧바로 합류해 주겠지. 생각해 볼 일이다.

켄 골드스타인Ken Goldstein(예일 84학번)이 브로더번드에서 일하고 있었다. 세상에, 회사에서 마주치곤 무척 놀랐다. 세상 참 좁다. 로얄 타이Royal Thai에서 그에게 저녁을 샀다.

1992년 6월 30일

더그와 점심을 먹었다. 그는 「페르시아의 왕자」 영화판을 정말 해 보고 싶어 했다. 그의 계산으로는 라이선스 회사들(코나미 등등)로부터 400만 달러는 모을 수 있으니, 나머지는 일반적인 방식으로 투자를 받으면 된다는 거다. 2,000만 달러의 예산에, 산뜻한 각본을 마련하고, 자신은 제작총지휘, 나는 감독으로. 영화 개봉(과 소설화)는 「페르시아의 왕자4」의 출시에 맞추고……. 게임 쪽은, 18개월의 개발 사이클을 고려하면 발매 시기는 1996년 여름이나 크리스마스가 되어야겠지.

4년 전, 난 애플Ⅱ로 「페르시아의 왕자」를 한창 만드는 가운데 〈어둠 속에서〉의 마지막 퇴고를 막 끝냈다. 그땐 24살이었지.

시간은 빠르게 흘러간다.

1992년 7월 9일

또 다시 공항에 있다. 요즘은 이때가 내가 뭔가 쓸 수 있는 유일한 시간이 된 것 같다.

브로더번드에서의 마지막 날은 예견한 대로 미쳐 돌아간 하루였다. 사무실에서 마지막으로 나온 시각이 저녁 8시쯤, 스콧이 나간 직후였다. 톰 레티그가 평소에 아끼던 내레이터인 마크라는 남자를 데려와, 내레이션 녹음을 2시간 만에 마쳤다. 니콜이 공주 역을 맡았다. 여왕이 여전히 문제다. 현역 여배우가 필요할지도 모르겠다.

게임은 멋지게 모양새를 잡아 가고 있다. 이 프로젝트에 쓴 내 시간이 하나도 아깝지 않을 정도다. 작업은 무척 즐겁고 내가 배운 것도 많다. 실은, 프로젝트를 감독한다는 게 어떤 것인지를 내가 참여했던 어떤 영화 때보다도 더 많이 배웠다.

이 컴퓨터 게임 개발 일이 영화 제작보다도 더 재밌을 뿐만 아니라, 어떤 의미로는 더 멋지다는 생각까지 들기 시작하는 요즘이다.

1992년 7월 13일

[뉴욕] 올리브 트리the Olive Tree에서 데이비드와 점심을 먹었다. 이 녀석은 내가 샌프란시스코로 가서 컴퓨터 게임을 만들어야 한다고 생각한다. "요즘 누가 영화 같은 걸 신경 쓰는데?"

브로더번드가 새 486 컴퓨터를 보내 주었다.

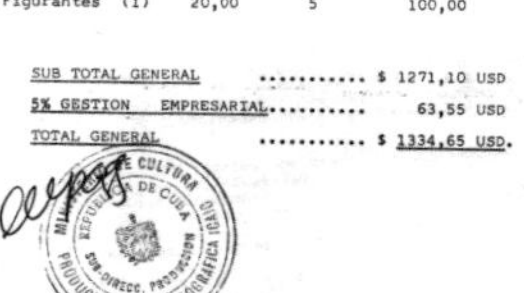

▲ 비자 문제로 ICAIC와 주고 받은 서류들

브라이언과 통화했다. P.D.가 전면적으로 조직 개편 중이란다. 해리 윌커Harry Wilker가 현재 총괄을 맡아 에드 아우어에게 직접 보고한다고 한다. 아이쿠. 앞으로 한동안 위험한 시기가 되겠군.

비자를 받는 과정이 장기전으로 바뀌고 있다. 페페 호르타는 준비가 끝났다고 했지만, 워싱턴에 있는 쿠바 이익 대표 부서Cuban Interest Section에 전화해 보니 비자가 아직 나오지 않았단다. ICAIC에 팩스를 보내려 계속 시도해 봤지만, 회선은 항상 통화 중이다. 아무튼 비행기는 22일 수요일, 오전 8시 30분에 마이애미에서 출발하는 전세기로 예약해 놓았다.

7~10분 분량에 대사가 거의 없는, 가슴 아픈 격변기를 겪고 있는 하바나의 풍경을 그린 영화를 만들고 싶다. 미국인 대부

분이 볼 수도 이해할 수도 없는 삶의 형태가 조만간 사라지거나, 적어도 일종의 격렬한 변화를 겪게 될 것이고, 나는 그 모습을 필름에 담고 싶다.

1992년 7월 16일

마크 네터가 나와 함께 「페르시아의 왕자」 영화판 각본을 쓰고 싶어 미칠 지경이다. 그 역시 L.A.로 이주하고 싶어 한다.

로버트는 내가 그를 「페르시아의 왕자2」 레벨 디자이너로 고용하길 원한다. 그것도 하나의 방법이긴 하다.

1992년 7월 20일

마크 에이브람스가 들러 그에게 「페르시아의 왕자2」를 보여주었다. 새벽까지 마크, 린다와 잡담을 나누었다. 진정한 사랑 대 로맨틱한 사랑 같은 화제로. 원래는 「페르시아의 왕자2」 레벨을 디자인하려 했던 시간이지만, 아무렴 어때.

내일 출국이지만 아직 짐도 꾸리지 않았다. 막판까지 미루는 게 내 천성이라지.

아마 다음 일기는 다른 노트로, 하바나에서 쓰게 될 것 같다.

HAVANA, CUBA
31 AUGUST '92 (MONDAY)

BRIAN EKELER
BRODERBUND SOFTWARE

BY FAX: (415)382-4582

DEAR BRIAN,

¡SHOOT'S OVER!!

¡I'M COMING HOME!!!

(LEAVE HAVANA THURSDAY MORNING...ARRIVE MIAMI THURSDAY
AFTERNOON... ARRIVE NY THURSDAY NIGHT, IF THERE ISN'T ANOTHER
HURRICANE. I'LL CALL YOU THURSDAY IF I CAN, FRIDAY
DEFINITELY.)

ALL IS WELL. GOT YOUR DHL, BOTH OF THEM. SHOOT WENT
SMOOTHLY. ONLY HITCH → I HAVE TO WAIT TILL I GET TO NY
& GET THE FILM DEVELOPED TO FIND OUT WHAT, EXACTLY, IT
IS WE SHOT.... HOPE THEY DON'T OPEN THE FILM CANS AT
CUSTOMS. HOPE THE LAB DOESN'T DESTROY THE FILM. HOPE WE
REMEMBERED TO TAKE THE LENS CAP OFF. KEEP YOUR FINGERS
CROSSED.

HOW DOES MONDAY, SEPT. 14 SOUND TO YOU AS MY FIRST DAY
AT BRODERBUND?

KEEP THE HOME FIRES BURNING. SEE YOU SOON,

JORDAN

P/S, SCOTT — SOME OF THOSE FINAL SCREEN SKETCHES ARE
PRET-TY COOL. I ESPECIALLY LIKE THE CHESS—CRYSTALS.
FIDEL LIKED IT TOO.

▲ 쿠바에서 브로더번드의 브라이언에게 보낸 편지

베를린으로 가는 야간열차

쿠바에서 보낸 여름과 영화 촬영에 관한, 노트 한 권만큼의 분량을 통으로 들어냈습니다. 그것까지 다 넣었다면 이 책이 엄청 두꺼워졌을 거예요.

1992년 9월 14일

[샌 라파엘] 브로더번드로 돌아온 첫날.

아티스트들이 나를 반겼다. 지난번에 왔을 때 이후로 많은 작업이 진행되었다—다행히도, 대부분 괜찮았다. 모두가 하나의 형태로 모이고 있다. 4월 발매가 목표다. 7개월 남았다. 시간은 많이 남은 것 같다, 하지만…….

「페르시아의 왕자」 1편은 이제 한 달에 7,500장씩 팔린다. 모두가 흥분하고 있다.

1992년 9월 16일

해리 윌커와 점심을 먹었다. 이제 막 제품 개발(P^2와 E^2)을 총괄하는 자리로 승진해서 현재는 존 베이커의 상관인 셈이 되었다. 그는 게임을 싫어하지만, 이제 와서 「페르시아의 왕자2」를 어떻게 하기에는 너무 늦은 탓에 그저 이를 악물고 잘되기만 바랄 수밖에 없었다. 그는 투입된 비용이 너무 크다 보니 예민해져 있다. 내가 그를 안심시켜 준 것 같지도 않다.

모두 내가 11월에 다시 오길 바라고 있다. 1월에 오면 너무 늦을 거다. 파리를 그렇게 빨리 또 떠나 오긴 싫은데…… 그리고 언제나처럼, 비행기 표도 내 돈으로 사야 할 테고……. 그렇지만 걸려 있는 게 워낙 많아서, 결국은 또 그렇게 되겠지.

이런 걸 신경 쓰거나 집계할 사람은 나뿐이겠지만, 이달로 「페르시아의 왕자」의 내 수입이 「카라테카」 쪽을 넘어섰다. 불법 복제까지 고려하면, 대략 백만 명 가까운 사람들이 「페르시아의 왕자」를 즐겨봤다는 얘기다. 어쩌면 2백만 명일지도. 생각할수록 뭉클해진다.

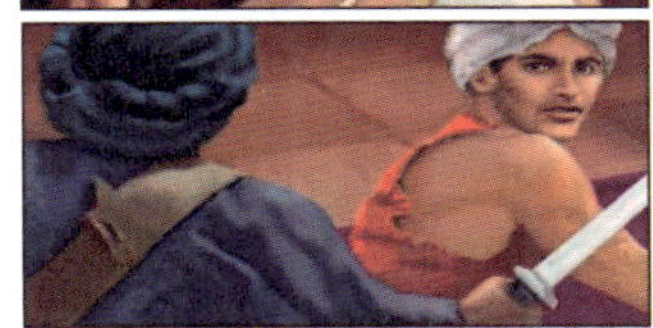

1992년 9월 17일

「페르시아의 왕자2」를 더그와 존 베이커 앞에서 시연했다. 켄 골드스타인과 점심 식사를 했다.

사라라는 이름의 여배우가 여왕 역의 목소리 연기로 합류했다. 나도 그 자리에서 그녀에게 연출 지시를 했다. 배우들이 지시하는 대로 성실히 따르는 모습은 정말 흥미롭다. 이 여배우도 처음에는 도도하기 짝이 없어 이런 일 자체를 우습게 보는 듯했지만, 막판에는 그

▲ 페르시아의 왕자2
오프닝 화면

야말로 빛이 났다.

드디어 자리에 차분히 앉아 레벨을 몇 개 만들어 보았다. 아티스트들을 (한 명씩) 만났고, 조넬을 만나 그녀가 작곡해 온 음악을 들었다. 나쁘진 않았지만, 마치 인도식 레스토랑의 배경음악 같았다. 마르셀라와 스페인어로 대화하니 재밌었다. 요즘은 브로드번드에서 보내는 시간이 즐겁다.

1992년 9월 18일

레일라가 11월 말고 10월 중순에 돌아와 달라고 **간청했다**. "11월이면 모든 그래픽이 다 **끝나버릴** 거라고요." 그녀의 눈망울이 마치 암사슴 같았다.

1992년 9월 23일

브로더번드에서의 마지막 이틀은 미친 듯이 정신없고 바빴지만, 가장 중요한 일들은 마무리 지었다. 마지막 날 오후 5시에는 니콜과 함께 앉아 8비트 PC급 그래픽으로는 처음 돌려 보는 오프닝 장면을 쭉 체크했다. 필름을 잘라 편집하는 것과도 비슷했다. 그녀가 키보드로 작업하고, 나는 지시를 내려서, 한 시간 만에 오프닝 장면을 완전히 재구성했다. 새 그래픽을 추가하거나 새 대사를 녹음하지 않고서도, 이전보다 훨씬 더 나은 결과물이 만들어졌다. 마치 처음부터 이런 의도로 만들어진 것처럼 자연스러웠다. 편집의 마술이랄까. 둘 다 결과에 만족했다.

켄 골드스타인이 어소시에이트 프로듀서로 승진했다. 존 베이커 다음가는 서열로서 모든 엔터테인먼트 상품의 개발을 관리하는 자리다.

1992년 9월 24일

[파리, 보타레 가] 종일 비가 부슬부슬 내리고 있다. 해가 며칠 전에 떴는지 기억하기조차 힘든 그런 날이다.

오후는 아론과 보냈다. 우리는 바로 본론으로 들어가, 영화에 대해 이야기하고 음악 테이프를 들었다. 그는 바로 시작하고 싶어 했다. 일단 최우선 순위는 내일 러시 상영회의 준비다.

내 컴퓨터에 쓸 모니터를 사서 여기로 갖고 왔는데, 연결하자마자 아파트 전원을 날려 먹었다. 다행히, 오늘밤은 버나드의 밴드가 텍사스 블루스Texas Blues 레스토랑에서 공연을 하고 있었기에, 그의 드러머가 컴퓨터를 이런 일이 생기지 않도록 제대로 연결하는 방법을 설명해 줄 수 있었다.

1992년 9월 27일

아론과 패트릭과 산드린에게 「페르시아의 왕자2」의 에디터를 보여 주었다. 제법 신기해했다.

산드린의 기분이 처져 있어서, 패트릭과 내가 와인 한 병과 유리잔 세 개를 들고 센 강변에 홀로 앉아 편지를 쓰고 있는 그녀에게로 가져갔다. 그녀는 약간 기분이 좋아졌고, 우리는 노트

르담 뒤로 지는 해를 바라보며 와인을 비웠다. 패트릭이 말했다. "우리가 마치 짐 자무시Jim Jarmusch 영화 속 사람들 같군."

1992년 10월 9일

내가 파리에 온 지 1주년이 되는 날이다. 이걸 알게 된 이유는 유나이티드 항공사에 전화해 미사용 상태인 왕복 티켓의 날짜를 바꾸려 했더니, 죄송하지만 티켓의 유효 기간은 1년이라고 들었기 때문이다. 내일 아침까지 떠나지 않으면 티켓은 무효가 된다.

1992년 10월 15일

다음 주 목요일에 샌프란시스코로 가는 티켓을 샀다.

패트릭이 말했다. "왜 아직 프랑스에 있는 거야? 샌프란시스코로 가라고! 게임을 완성해야지! 거긴 널 필요로 하잖아. 몇 달쯤 아예 거기 눌러앉아 있으라고. 여긴 아무 일도 없을 테니까. 우리가 널 잊기라도 하려고."

1992년 10월 18일

보타레 가에 있는 집에서 온종일 레벨 3, '첫 번째 동굴 레벨'을 만들었다. 결과물이 꽤 만족스럽다. 작고 익살맞은 퍼즐이 몇 가지 들어있고, 너무 어렵지 않으며, 그렇다고 지루하지도 않은 구성이다.

1992년 10월 19일

밤을 새고 새벽 5시까지 레벨 6, '첫 번째 폐허 레벨'을 만들었다. 꼬박 하루 걸린 작업이었다.

1992년 10월 22일

어젯밤에는 아트리아Atria에서 11시까지 편집 작업에 빠져 있던 차에, 패트릭이 찾아와 날 구원해 주었다. 자정 전까지 브라이언에게 보내야 할 팩스가 있었다. 한밤중에 파리에서 팩스를 보내려면 어디로 가야 할까? 정답: '섬' 뒷편, 보타레 가 모퉁이에 있는 호텔. 야간 종업원이 샌프란시스코로 다섯 장의 문서를 발송해 주고 프랑스 텔레콤 요금만 받았다. 생루이 섬Ile St-Louis은 실로 파리 안에 있는 정말 특별한 섬이다. 마치 그 자체로 하나의 세계 같다.

1992년 10월 25일

[샌 라파엘] "난 베를린으로 가는 야간열차를 타고 있었다……."

이렇게 시작하는 1차 세계대전 전날에 벌어지는 **느와르** 풍 어드벤처 게임의 상상을, 토미와 나는 간직하고 있다. 이제 드디어, 의욕이 발동하고 있다.[103]

켄은 내가 고용된 작가 형태, 즉 「페르시아의 왕자2」 식으로 브로더번드의 어드벤처 게임 체계를 구축하는 데 참여했으면

---

[103] 이 아이디어가, 메크너의 세 번째 작품인 1997년작 「라스트 익스프레스(The Last Express)」의 원천이 된다. 파리와 콘스탄티노플을 잇는 1914년의 오리엔트 특급 열차 안에서 벌어지는 군상극을 소재로 한 대체 역사 실시간 어드벤처 게임으로, 영화학도였던 메크너의 취향이 진하게 묻어난 수작이기도 하다. 「라스트 익스프레스」는 iOS, 안드로이드, 스팀 등으로도 이식되어 있으므로 지금도 즐길 수 있다.

하고 바라고 있다. 하지만 내겐 다른 생각이 있다.

독립적인 개발 팀. 토미와 나와 로버트, 어쩌면 코리까지, 어쩌면 글렌 액스워디Glenn Axworthy도, 그리고 아티스트 몇 명, 이렇게 팀을 꾸리고 샌프란시스코에 사무실을 둔다. 2년의 시간과 50만 달러면, 브로더번드가 발매할 아주 멋진 어드벤처 게임을 개발할 수 있을 것이다.

무엇보다, 우리 회사를 세운다는 게 가장 멋진 부분이다—개발한 후 몇 해 지나면 우리가 직접 돈을 받고 팔 수 있을 테니까. 로열티보다 낫다.

「페르시아의 왕자2」는 잘 진행되고 있다. 걱정 없다.

1992년 10월 30일

지금 난 또 다시 국제적 모호함이 충만한 공간, 공항에 있다. 내가 여기 왔다 갔다는 증거를 남기기 위해 486 컴퓨터와 새 가죽 재킷을 가져왔다.

즐거운 한 주였다. 「페르시아의 왕자2」의 완성을 지켜보자니 무척 만족스럽다. 마지막 며칠 동안은 제목 뒤에 붙을 부제를 둘러싼 논쟁으로 뭔가 약간 칙칙해졌지만. 브라이언과 브루스, 그리고 아트 부서 전원이 '그림자와 불꽃The Shadow and the Flame'으로 의견이 통일됐고, 이걸로 다 준비해 놓은 상태였는데, 켄 골드스타인이 결국 어깃장을 놓았다. 지금은 켄 덕분에, 모두가 동요하고 있다.

「페르시아의 왕자2: 그림자와 불꽃」

「페르시아의 왕자2: 망자의 도시City of the Dead」

「페르시아의 왕자2: 영혼들의 도시The City of Souls」

이제는 너무 지쳐서, 이중 뭐가 채택되든 상관하고 싶지 않다.

열차 이야기를 켄에게 제안했다. 그가 말했다. "꼭 파트너가 있어야 하나? 각본은 자네가 직접 쓰면 안 되겠나?" 어찌된 일인지 토미를 언급했더니 그가 매우 언짢아했다. (브라이언이 나중에 이렇게 말했듯 말이다. "버럭 화낼 것 같더니만.")

회사 설립 아이디어를 로버트와 코리에게도 이야기해 보았다.

진짜로 성사될 것 같기도 하다. (꿀꺽!)

1992년 11월 1일

[파리] 필름을 마지막으로 검토했다. 영화 전체에 구조적으로 변화를 줄 마지막 기회였고, 이제는 다 끝났다. 아론이 오늘 우리가 논의한 몇 가지 소소한 수정 사항을 작업할 것이고, 내일 오후면 영상이 고정될 것이다. 화요일에는 그가 음향을 작업하여 믹싱을 준비하고, 이르면 목요일에 믹싱이 이루어진다.

제목도 새로 붙였다. 〈어둠을 기다리며〉(혹은 아마도 '밤을 기다리며'): 〈Esperando la noche〉. 하바나 1992.

PROCESSING		DuArt	1 U$
		$/ft	$/m
develop normal		0.13	0.43
timed wkprint		0.25	0.80
		.205	
1st answer print		0.80	2.62

push 1 .155

RAW STOCK	Kodak	price/ft	Steadi
400-ft rolls			
7296	103.04	0.26	
7248	93.60	0.23	
Agfa XTS 400			88.00
Agfa XT 100			78.00

PRODUCTION BUDGET

final running time (min)		15	
footage @ 36 ft/min		540	
shooting ratio		15	
footage shot		8100	
# of 400-ft rolls needed		20	
	$/ft.		
raw stock	0.21	8100	1701.00
w/10% tax			1871.10
develop negative	0.13	8100	1053.00
timed wkprnt	0.25	8100	2025.00
processing			3078.00
# of 5" rolls	1.5	30	
recording time (hrs)		7.5	
1/4" tape @		5.00	150.00

▲ 영화 제작 예산의 계산 문서

▲ 쿠바에서 찍었던 영화 컷들

이 영화가 마음에 든다. 아론도 그렇다고 한다. 다른 사람들도 그럴지는 이제 알 바 아니다. 거짓말이지만.

클린턴에 표를 던졌다.

1992년 11월 5일

소피나 애나, 프레드릭 중 아무도 틸트 도르 시상식에 동행할 수 없게 되어, 결국 나 혼자 참석했다. 내 고난은 거기서 끝나지 않고, 또 (이번에는 맥판 「페르시아의 왕자」로) 틸트 도르를 수상한 덕분에 연단에 올라가 상을 받고 마이크 앞에서 몇 마디 해야 했다. 프랑스어로 말하는 것은 차라리 쉬웠다. 문제는 내 다리가 후들거리는 걸 참아야 했다는 것이다—내 인생 전체를 통틀어 가장 긴장한 순간이었다. 무대 공포증은 이제 극복했다고 생각했는데, 아닌가 보다. TV에도 나간다니, 내가 아예 바보 같이 나오지만 않길 바랄 뿐이다.

처음 만난 사람들도 많았다. 「어둠 속에 나 홀로」[104]를 만든 프레드릭 레이널Frederick Raynal, 「아웃 오브 디스 월드」[105](「어나더 월드Another World」라고도 한다)를 만든 에릭 샤이Eric Chahi, 델핀 소프트웨어[106]에서 에릭의 후임으로 신작 게임 「플래시백Flashback」 개발을 담당하고 있는 폴 퀴세Paul Cuisset 등등. 에릭은 델핀을 나왔고 「플래시백」에 몹시 화가 나 있다—델핀이 자기 작품의 '외관

에릭도 저처럼 현재 몽펠리에에 살고 있어요. 종종 서로 마주치기도 합니다.

---

104 Alone in the Dark. 프랑스 인포그램즈(Infograms; 현재는 아타리로 사명 변경) 사가 1992년 내놓은 호러 액션 어드벤처 게임. 고정된 CG 그래픽 배경에 3D 폴리곤으로 디자인된 캐릭터를 놓아, 폐쇄된 저택에서의 공포감을 극대화하는 선구적인 연출로 판매량과 비평 면에서 크게 성공한 작품이다. 후일 캡콤의 서바이벌 호러 게임 「바이오하자드」가 이 게임의 디자인을 크게 참고하여, 호러 액션 어드벤처 장르의 창시작으로서 다시금 유명해졌다.

105 Out of This World. 프랑스 델핀 소프트웨어의 1991년작 액션 어드벤처 게임. 원작은 아미가 판으로, 에릭 샤이가 사실상 혼자서 개발하다시피 했지만 세계적인 히트와 명성을 획득한 작품이다. 벡터 그래픽을 이용한 독특한 입체감과 부드러운 모션 그래픽, 단편 영화를 보는 듯한 드라마틱한 연출과 짧지만 밀도 있는 진행 등으로 세계적인 격찬을 받고 수많은 기종으로 이식되었다. 「Out of This World」는 북미에서의 제목, 「Another World」는 그 외 지역(주로 유럽)에서의 제목으로, 두 제목이 모두 널리 알려져 있다.

106 Delphine Software: 1988년에 창업된 프랑스의 게임 개발사로, 「모토레이서(MotoRacer)」 시리즈 등을 비롯하여 「미래전쟁(Future Wars)」, 「유람선 살인사건(Cruise for a corpse)」 등 그래픽 어드벤처 게임의 명가로도 유명했다. 2004년 개발팀 해산과 함께 파산했다.

과 느낌look and feel’을 훔쳤을 뿐 아니라 그걸 가지고 (그가 보기에) 「페르시아의 왕자」까지 베꼈기 때문이다[107]. 그의 직업 윤리에 반하는 짓이었다.

데니는 〈틸트〉를 그만두었다. 그는 지금 태국에 있고 태국인인 약혼녀 부모의 환심을 사기 위해 노력 중이다. 돌아오게 되면 (짐작한 대로) 델핀에서 일할 예정이라고 한다.

데니의 후임인 기욤이 시상식에 나를 초대해 주었다. 그가 햇병아리 직원으로 회사에 합류시킨 줄리앙은 기욤의 어릴 적부터의 친구라는데, 무척 괜찮은 사람이었고 나를 집에 데려다 주기도 했다.

줄리앙이 말했다. “오늘밤 상을 받은 모든 사람들 중에서 당신이 최고였지만, 제일 겸손하시더군요.” 오늘밤은 내내 그런 식이었다. 사람들이 다가와 말도 안 되게 좋은 덕담을 해 주곤 했다. 그들이 말하길, 내가 프랑스에서 제일 유명한 게임 개발자 세 명 중 하나로, 물론 나머지 둘은 에릭 샤이와 프레드릭 레이널이었다. 그런데 그 두 사람도 날 만나서는 마치 스타처럼 대우해 줘서, 실로 어안이 벙벙할 지경이었다. 그 자리에 있던 모두가 〈카라테카〉를 알고 있었다. 무척 놀라운 경험이었다.

아론과 함께 필름 편집을 마무리했다(정확히는, 내가 저녁 7시에 작업 중이던 아론을 아트리아에 두고 틸트 시상식에 갔다). 내일 오전 9시에는 믹싱에 들어간다.

[107] 에릭 샤이는 델핀과 계약을 맺고 자신이 제작한 「어나더 월드」의 판매권을 준 것이지만, 델핀은 이 「어나더 월드」의 성공으로 인해 「어나더 월드」의 그래픽과 분위기를 가져와 속편 같은 느낌으로 「플래시백」을 제작했다. 게다가 「플래시백」의 게임 디자인은 「페르시아의 왕자」를 조금 더 발전시킨, 말하자면 모방작이었다. 원작자인 샤이 입장에서는 무척 기분이 나빴을 것이 당연하다.

1992년 11월 6일

9시 30분부터 2시까지 믹싱 작업을 했지만 젊은 여성 믹서가 친절하게도 세 시간 요금만 계산해 주었다. 우리는 아트리아로 돌아가 짐을 챙겨 나왔다. 끝났다.

아트리아의 아나벨이 나를 어젯밤 TV에서 봤단다.

패트릭을 '베를린 행 기차' 어드벤처 게임 기획에 참여시켰다. 우린 멋진 모자가 필수라는 점에 동의했다.

1992년 11월 13일

어젯밤 새벽 4시까지 열차 어드벤처 게임에 쓰일 인터페이스 작업에 몰두하는 동안 산드린은 만화책을 읽었고 패트릭은 〈셜록 홈즈〉를 플레이했다.

아, 그리고 어제 델핀 소프트웨어에서 점심을 먹었다. 회사 직원 전원과 말이다. 마치 폴과 그의 아내 겸 조수를 아빠와 엄마로 둔 강아지들 같은 느낌이었다. 그들은 개발 중인 신작 게임 「플래시백」을 보여 주었고, 「페르시아의 왕자」 패키지에 사인을 받았으며, 점심 식사도 함께 했다. 「플래시백」은 「페르시아의 왕자」를 대놓고 베끼긴 했지만, 보기에 썩 나쁘진 않았다.

내 열차 게임에 그들의 벡터 그래픽 시스템을 모방해 넣어볼까 하는 마음도 슬쩍 들긴 했다. 안 될 것 없잖아, 그들도 에릭 샤이가 만든 걸 베껴 쓰는데. 하지만 나도 내 작품이 독창적이어야 한다는 집착이 있는지라, 아마도 그럴 일은 없겠지.

1992년 11월 17일

외국인으로 살아가는 데에 이젠 지쳤다. 사람들이 내게 어디서 왔고 여기서 하는 일이 뭐냐고 묻는 것도, 내가 미국인이라는 걸로 가벼운 농담을 건네는 것도, 그리고 뭔가 튀지 않는 모습을 보여줘도 "아하, 이 친구 이제 파리 사람이 다 됐군."이라는 말이 나오는 것도 지긋지긋하다. 물론 악의로 그러는 게 아니라는 건 알지만, 지겨운 건 지겨운 거다.

그래 젠장, 인정한다. 내가 미국에 가도 (양상은 다르지만) 결국 마찬가지다. 평범한 사람들과는 너무도 다른 삶을 선택한 탓에 생기는 괴리감은 어쩔 수 없다. 일반적으로 나를 아는 모든 사람들은 나를 초대받은 유명인사처럼 대하곤 한다. 물론 이건 내 잘못이다. 가끔은 지독하게 외로워서, 내가 성층권 위로 떠오르더라도 모두가 우두커니 날 올려다보기만 하지 아무도 땅으로 끌어 내리지 않을 것만도 같다. 밧줄도 없겠지.

1992년 11월 18일

패트릭과 함께 열차 게임에 쓸 자료를 조사하느라 하루를 보냈다. 지하철 파업이 있었고, 비가 오고 있었으며, 파리 전역에 교통 체증이 심각했다.

샤틀레Chatelet에서 커피를 마시며 패트릭에게 때마침 내 고난에 가득 찬 최신 연애담을 풀어놓았다. 패트릭의 말은 이랬다. "그게 난 이해가 안 돼. 지금 넌 말이지, 그야말로 굉장한 삶을 살고 있고, 자유롭기 그지없는데, 행동하는 건 또 굉장히 보수

적이야. 넌 마치 너와 소피가 같은 일을 하고 있고 한 직장 안에서 기분 나쁘지 않게 조심하는 것처럼 굴고 있다 이거야. 네가 잃을 게 뭐 있는데? 애들처럼 굴면 뭐 큰일 나나? 이봐, 나폴레옹이나 샤를 드 골Charles de Gaulle 같은 위인도 다들 애들처럼 행동했다고. 이거다 하는 걸 보면 그냥 원하는 거야. 너도 컴퓨터 게임에 관해 대화할 땐 딱 그래. 네겐 꿈이 있고 또 그걸 실현하려고 하지. 아이들은 폭군이야. 원하는 건 무슨 대가를 치러서라도 가져야지 직성이 풀린다고. 모처럼 사랑이 왔는데 왜 그렇게 어른처럼 구는 거야?"

1992년 11월 19일

중요한 날. 배관공이 와서 소형 부엌을 설치해 주었다. 패트릭과 요에게 첫 저녁 식사를 요리해 대접했다. 파스타 한 박스, 와인 한 병, 자욱한 연기를 빼기 위해 연 창문.

1992년 11월 23일

애나와 저녁 식사 도중에 스테이크를 썰다가 프렌치프라이를 레스토랑 반대편으로 냅다 날려 버렸다. "이런."

"네가 미숙한 모습을 보일 때가 너무 좋아. 난 너무 완벽한 사람은 별로거든."

난 명랑하게, 적어도 내게 그런 문제는 앞으로도 전혀 없을 거라고 장담했다.

그녀는 나에게 포크를 바르게 쥐는 법을 보여 주었다.

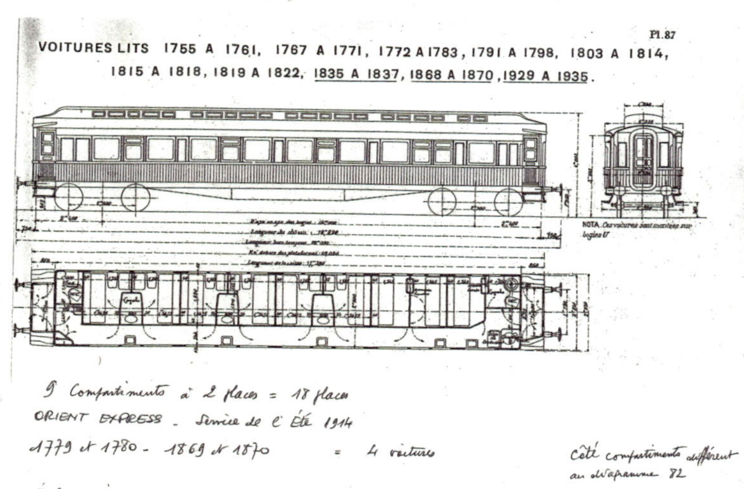

▲ 이후 「라스트 익스프레스」가 되는 '열차 게임' 관련 자료와 문서들

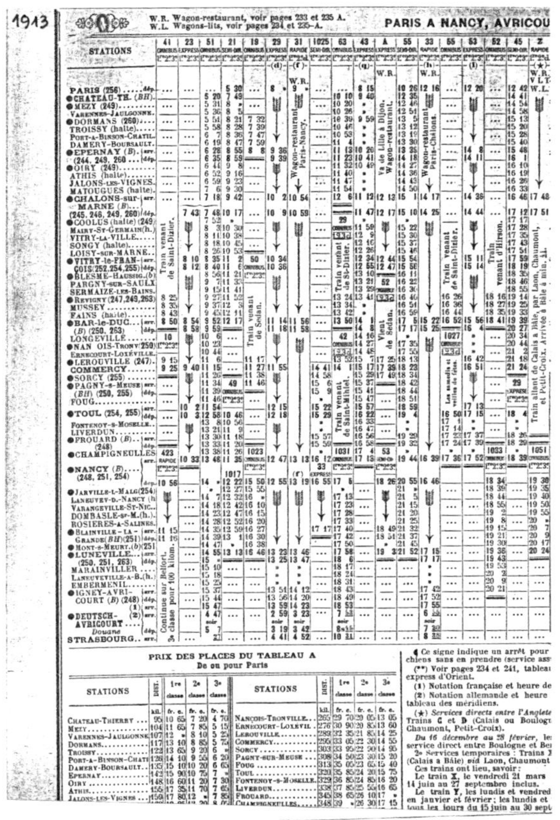

▲ 이후 「라스트 익스프레스」가 되는 '열차 게임' 관련 자료와 문서들

5/15/92   1.

NOTE -- All spoken narration and dialogue is temporary. Final text will be
written at a later date . . .

NON-INTERACTIVE SEQUENCES

Opening Part 1

0.   Fade in on "book cover" screen. Pre-title credits appear against this
        background. (BBS presents/a game by JM)

1.   Cityscape illustration appears in the NIS window. (Note: This illustration
        will be reused for the Flying Horse transition.)

        Narrator: "Once upon a time, the daughter of the Sultan of Persia fell in
        love with a ~~stranger from a far-away land.~~" *young traveller from a distant land.*"

2.   MLS of Prince and Princess together in the garden. They are sitting on
        the bench and we see the tree in the background.

        Narrator: "This did not please the Sultan's Grand Vizier Jaffar, ~~who~~ *who had*
        hoped to ~~gain power by~~ ~~marrying~~ the Princess himself~~.~~

3.   Jaffar gloating over the captured Prince. (Note: Jaffar's face should be
        clearly enough rendered so that we recognize him when he reappears
        later on.)

        Narrator: "Jaffar tried to force the Princess to marry him. But ~~his plans~~ *he was defeated*
        ~~were foiled~~ by the young man . . . "

4.   Illustration shows the Prince petitioning the Sultan while the Princess
        watches from behind a curtain.

        Narrator: ". . . ~~who defeated Jaffar, earning the~~ Sultan's gratitude, and
        his daughter's hand in marriage."

5.   MCS of Prince & Princess on balcony.

        Narrator: "~~And so it was that an unknown adventurer~~ became Prince of
        Persia. And they lived happily ~~well, for eleven days.~~"

6.   The NIS window is replaced by the title "PRINCE OF PERSIA II".

▲「페르시아의 왕자2」 오프닝 시퀀스 초안 문서

샌프란시스코

1992년 11월 30일

[뉴욕] 여기 온 지 일주일째. 로버트가 L.A.에서 날아와, 공항에 마중을 갔다(그리고 차를 운전해 브라이튼 비치Brighton Beach로 데려가서, 에밀리와 그녀의 친구인 마리나, 알렉스가 기다리고 있는 레스토랑으로 향했다……. 하지만 이건 별개의 이야기이고, 게다가 지금은 그 레스토랑에 대한 기억 자체가 허깨비였던 것 같기도 하다).

다음 날 아침엔 그에게 '열차 게임' 관련으로 지금까지 내가 만들어 놓은 모든 작업물을 보여 주었다. 로버트는 내용을 맘에 들어 했지만, 자신이 만약 컴퓨터 게임 개발로 복귀한다면, 내 작업에 끼기보다는 자기 프로젝트를 진행하는 쪽이 될 거라고 말했다. 이해한다. 코리나 롤런드를 끌어들이는 게 더 자연스러운 선택이겠지. 그들은 게임 디자이너로 우뚝 서겠다는 포부가 없으니까.

이제 드디어 나 스스로의 프로젝트를 세우고 밀어붙일 때라는 결심이 명확해졌다. 내 돈이 2만 내지는 5만 달러쯤 들어가면, 적정선일 것이다. 그러면 프로그래머를 데려와야 할 시점에는 5% 내지는 7% 로열티를 제시할 수 있을 것이고, 그러고도 자금이 충분하니 브로더번드를 통한 퍼블리싱 혹은 제휴를 통한 레이블 런칭 중 어느 쪽이든 밀어붙일 수 있을 것이다. 물론 게임의 소유권도 보전할 수 있지. 꿀꺽.

1992년 12월 1일

모리스 실버Morris Silver가 찾아와서 함께 회사 구조를 설계해 보았다. 그는 '열차 게임'의 개발비를 감안하여 S 법인[108] 형태로 시작하기를 권했다. 이게 마치 게임처럼 재미있었다.

그와 함께 골목 모퉁이에 있는, 회색 턱수염을 기른 튀니지 사람이 운영하는 작은 프렌치 카페에서 점심을 먹었다. 모리스는 세계 여러 나라를 전전하는 내 생활방식 때문에 내가 외로워한다는 걸 바로 간파하고는, 샌프란시스코에서 결국 행복을 찾게 되리라고 예언했다.

1992년 12월 3일

우리 S 법인에 이제 적당한 이름을 붙여야겠다. 왜건-리트 프로덕션Wagon-Lit Productions? 아니면 나이트 트레인 프로덕션Night Train Productions?

더그가 브로더번드 "스토리텔링/어드벤처 제작 위원회 준비 기구"의 미팅 일정을 잡아 놓고서, 내가 여기 나와 '열차 게임'을 제안해 보길 바라고 있다.

그런데, 브로더번드에게서 내가 얻어낼 게 뭐가 있지? 「페르

---

108 S corporation: 미국 세법 상의 회사 구분 중 하나. 미국의 주식회사는 C 법인(C Corporation), S 법인(S Corporation), 유한책임회사(LLC)로 나뉘는데, C 법인은 일반적인 형태의 주식회사로서 일정량의 자본금을 보유하며 로우 리스크를 중시하고, S 법인은 이보다 작은 규모의 주식회사 형태로써 개인 소득세율 적용, 영업이익의 감세 혜택 등이 주어지지만 주주 요건 등에서 제약이 크다. LLC는 개인사업자나 소규모 법인에 유리한 회사 형태.

시아의 왕자2」 때와 같은 개발 계약? 브로더번드의 프로그래머, 브로더번드의 아티스트, 브로더번드의 스케줄과 브로더번드의 관료주의에 더해, 나까지 매일 출근해서 프로젝트가 끝날 때까지 간청하고 애원하고 회유해야 하는 그런 일상? 내게 떨어지는 건 고작 로열티 8%이고, 개발이 끝나면 저들이 코드와 개발 장비와 그 외 모두를 가져갈 텐데?

만약 내가 추가로 20만 달러를 내고 롤런드 같은 사람을 프로그래머로 고용해 7% 로열티를 준다면, 내가 원하는 대로 만들 수도 있고, 엿 같은 결과물이 될지언정 그건 내 것이 되는데 말이지.

난 내 게임이 시에라[109]처럼 되는 건 싫다. 내게 있어 시에라란 크고, 비싸고, 꼴사나우며, 비효율적인 개발을 통해 나온 평범한 그래픽에 평범한 스토리, 온갖 불편과 불친절을 다 헤집고 나야 아주 약간의 재미가 나오는 그런 게임이다. 일렉트로닉 아츠도 회심의 역작이랍시고 「셜록 홈즈」[110]를 내놓긴 했지만, 이것조차도 시에라 게임과 판박이다. 내가 브로더번드까지 똑같은 짓을 벌이게끔 한다면, 그래도 약간은 더 나은 그래픽과 좀 더 나은 스토리 정도는 가능할 테니, 적어도 일렉트로닉 아츠의 「셜록 홈즈」만큼의 매상은 거둘 수 있겠지.

109 Sierra On-Line, Inc. 1979년 창립된 미국의 게임 개발사로서, 사업가인 켄 윌리엄즈와 전업주부이자 작가인 로버타 윌리엄즈 부부가 설립했다. 컴퓨터 게임업계 초창기에 시장을 개척하고 「킹즈 퀘스트」 등의 대히트작을 배출하여 업계 초기의 인기 장르였던 그래픽 어드벤처의 개척자이자 대표자가 된 회사로, 수많은 개발자를 고용하여 짧은 기간에 다양한 장르의 게임을 개발해 물량 공세로 내놓는 등의 전략으로 92년 당시엔 컴퓨터 게임업계의 최강자로 군림하고 있었다. 시에라가 쏟아내는 천편일률적인 어드벤처 게임의 홍수 때문에 당시의 게이머들이나 개발사들이 공공연히 반감을 드러내기도 했을 정도. 어드벤처가 시장의 주류가 아니게 된 90년대 중반 이후로 사세가 꺾여, 2000년 이후 비벤디 유니버설의 소유가 되어 브랜드가 흡수되었다.
110 EA가 내놓은 몇 안 되는 그래픽 어드벤처 게임인 「The Lost Files of Sherlock Holmes」 시리즈를 말한다. 실제 개발은 Mythos Software가 맡았고, 「The Case of the Serrated Scalpel」(1992), 「The Case of Rose Tattoo」(1996)의 두 작품이 나온 후 명맥이 끊겼다.

하지만 난 뭔가 다른 것을 만들고 싶다. 시에라 게임보다 볼륨은 작겠지만 그래픽과 스토리의 질을 완전히 다른 차원으로 끌어올리고, 여기에 스타일과 효율성 면에서 게임의 모든 요소가 일관성 있게 완성되어 있고 어드벤처 게임을 좋아하지 않는 사람들에게도 먹힐 수 있는 감각을 지닌 게임 말이다. 달리고 뛰는 게임의 대표작이 「페르시아의 왕자」인 것처럼 어드벤처 게임의 대표작도 이것이어야 한다. 그런 게임은 단지 위원회를 만들고 돈을 때려 붓는다고 나오는 게 아니다. 작품에 대한 명확한 비전을 가진 한 사람의 작가가 제작의 모든 과정, 즉 프로그래밍, 스토리, 그래픽, 사운드, 뮤직, 그 외의 모든 분야를 총지휘하여 완성해야만 나올 수 있다. 이건 예술적 활동이니, 그 결과물도 결국 그걸 만드는 예술가의 역량에 좌우될 것이다.

뭘 할까, 뭘 하면 될까?

1992년 12월 4일

롤런드에게 전화했다. 돌아가면 일요일 저녁에 제일 먼저 만날 사람이다. 내 어드벤처 게임에 흥미가 동하도록 안간힘을 썼다.

"네 말을 종합하자면 넌 어드벤처 게임을 좋아하지 않지만, 그래서 어드벤처 게임을 만들어 보고 싶다 이거로군." 그가 말했다. 관심은 생긴 것 같지만, 확실히 참여하게 하려면 뭔가 더 필요할 것 같다.

1992년 12월 8일

▲ 당시 샌프란시스코

[샌프란시스코] 나와 마고와 함께 어드벤처 게임 개발 계획을 가지고 대화할 저녁 식사 자리에 누가 참석하느냐를 가지고 더그와 토미가 뿔싸움을 벌이다 결국 결론이 안 나서, 결국 마고와 둘이서 쓸쓸히 저녁을 먹었다. 물론 시간 낭비였다.

나는 마고에게 내가 하고픈 일을 이야기했고 스토리텔링 위원회에 관해 내가 우려하는 바를 설명했다. 그녀는 더그가 나를 설득해 위원회에 참여하는 쪽을 더 바란다고는 했지만, 내 입장에 대해서도, 내가 보기엔 그녀의 입장이 허용하는 범위 이상으로 잘 이해해 주었다.

마고 컴스탁Margo Comstock은, 제가 고교생이던 시절 게임 업계를 보는 첫 창구가 되어 준 월간지인 소프톡Softalk의 공동발행인이었습니다. 잡지 귀퉁이가 접히고 닳도록 꾸준히 다 읽었죠. 그녀는 나중에 브로더번드에서도 잠깐 일했습니다.

(더그에게 할 말을 연습해 보자.)

"스토리텔링 위원회는 잘 되리라고 저도 생각합니다……. 하지만 이런 아이디어는 어떨까요. 저는 이 열차 게임에 거는 기대가 정말 큽니다. 시중에 나온 여러 어드벤처 게임을 죄다 플레이해 봤고 그 모두를 날려 버릴 거물을 만들 기회가 여기 있다고 생각해요—꼭 스토리뿐만이 아니라, 물론 스토리도 중요하긴 합니다만, 그래픽적 외양이나 사운드나 음악이나 인터페이스,

이 모든 것이 치밀하게 딱 맞물려서—하나의 완결품이 되는 것이죠. 진정한 예술 작품이 될 게임을 만들어 보자는 애깁니다. 기존 어드벤처 게임의 틀을 벗어나, 게임이 가진 고유의 매력으로 당당히 인정받을 수 있는 스토리와 그래픽으로 승부하는 **최초의** 어드벤처 게임 말입니다.

그리고 저는 이 게임 다음의 전개도 생각하고 있어요. 열차 게임은 개발에 아마도 2년쯤 걸릴 것이고, 만약 제 생각대로 성공을 거둔다면, 같은 인터페이스와 특유의 '외양과 느낌'을 이어 가는 다른 게임을 계속 출시할 수 있는 좋은 기회가 오겠죠. 저는 이 기회를 게임 **시리즈물**로 연결하고 싶어요. 몇 주 동안 이 계획을 고민해 왔고 해 볼 가치가 있다고 확신하게 되어서, 만약 필요하다면 여길 나와서 독립 프로젝트로써 제가 직접 진행할 준비도 하고 있어요.

보세요, 저는 지난 2년을 여행도 하고 영화도 만들며, 그 과정에서 배운 것도 많지만, 기본적으로는 빈둥거리면서 보냈죠. 이제는 나 자신을 뭔가 변화시키기 위해 아낌없이 내던질 셈이에요. **위험**이 있다면 기꺼이 감수하겠어요. 감정적으로도, 이미 의욕은 충만해 있습니다. 벌써 시내에 아파트를 알아보고 있는 중이죠. 이 게임을 정말로 만들고 싶어요.

제 원래 계획은 「페르시아의 왕자」를 프랜차이즈로 전환하고 그 로열티로 먹고살며 각본을 쓰고 영화도 만들자는 거였어요. 실제로 그렇게 **살아 봤죠**. 전 지금 당장 L.A.로 가도, 영화업계에서 한 자리 할 수 있을 겁니다. 하지만 생각을 바꿨어요. 왜냐면 영화산업을 저 나름대로 겪어 본 지금에야, 이쪽이 내게 진정 더 즐겁다고 생각하게 되었으니까요. 제가 없어도 영화 만드는 사람은 거기 넘쳐나요. 하지만 이 어드벤처 게임을 제가 만들지 않으면, **누가 만들겠습니까.** 예술적 형식의 흐름을 완전히 뒤바꿀 수 있는 절호의 기회인데요.

전 어드벤처 게임을 **좋아하지도** 않아요. 하지만 이 게임은 좋아하게 될 겁니다. 스콧 아담스[111] 이래로 제가 진정 **좋아하게** 될 최초의 어드벤처 게임이 될 테니까요.”

글이야 이렇게 쓸 수 있다. 하지만 내가 이렇게 **말할** 수 있을까? 더그에게, 그의 사무실 안에서, 마고가 저기 있고 둘 다 날 쳐다보는 상황에서도?

1992년 12월 10일

지난밤에 더그와 저녁을 먹었다. 기본적으로는 준비한 대로 이야기했다. 그래, 예상대로 되었다. 위원회는 나 없이 진행될 거다.

더그는 화내지 않았다. 오히려 이해해 주었고, 심지어 지금 이혼 상황만 아니었다면 투자도 생각해 봤을 거라고 했다. 그러니까… 이제 스스로 해야 한다. 꿀꺽.

오늘은 하루 종일 텔레그래프 힐Telegraph Hill에서 아파트를 구하러 다녔다. 850달러에 차고도 있고 오래된 샌프란시스코의

---

111 Scott Adams. 미국의 원로 컴퓨터 게임 개발자로, 「조크(Zork)」로 대표되는 텍스트 입력식 어드벤처(Interactive Fiction이라고도 한다) 장르를 창시한 사람 중 한 명으로 꼽힌다. 그의 첫 작품인 「어드벤처랜드(Adventureland)」(1978)는 최초의 PC용 텍스트 어드벤처 게임으로 유명하다. 아담스는 어드벤처 인터내셔널 사를 설립해, 84년까지 다수의 텍스트 어드벤처 게임을 내놓았다.

매력을 제대로 보여 주는 집을 하나 찾아냈다. 편리하게도(**너무 편리하게도?**), 725 그리니치Greenwich에 있는 토미와 피트의 사무실에서 고작 반 블록 떨어져 있다. 아마도 여기로 거의 확정될 것 같다.

이제 새로운 삶을 시작하려 한다. 아직 실감이 나지 않는다.

1992년 12월 12일

토미, 피트와 함께 회사 이름을 지었다. 스모킹 카 프로덕션 Smoking Car Productions. 두 사람은 내가 어서 그들의 사무실로 들어오길 바라고 있다. 토미와 나는 열차 게임 작업을 하며 오후를 보냈다.

지금은 어젯밤에 산 갱스부르 앨범을 들으며, 브로더번드 크리스마스 파티가 시작되기 전까지 시간을 죽이는 중이다.

1992년 12월 13일

브로더번드 크리스마스 파티에서 놀라울 만큼 즐거운 시간을 보냈다. 마이클 바이석Michael Baisuck과 나는 밖으로 쫓겨나자 주차장에서 술에 취해 남자 대 남자로 함께 떠들었다. 그가 이러더라. "내가 왜 널 싫어하는지 알아? 네가 젠장, 인생이 너무 잘났거든. 돈도 많이 벌었겠다, 창의력 넘치겠다, 잘 생겼겠다, 젠장 5개 국어나 할 줄 알겠다, 춤도 잘 춰요, 근데 거들먹거리지도 않네! 내가 너 같았으면, 인생 더 즐겁게 살았을 텐데 말이지……. 그런데 보니까 넌 별로 삶이 재미있는 것 같지도 않더라고!” 그는 계속해서 내가 아직 젊어서 삶을 즐길 수 있는 나이일 때 돈을 어떻게 쓰면 좋은지 여러 가지로 충고해 주었다. 이를테면 어디 이름도 모르는 최신형 일본 차 말고 빈티지 58년형 코르벳 컨버터블을 사라는 식이었다.

패트릭이 지금껏 내게 해 주던 얘기와 마찬가지다. 내 안의 무언가가 언제나 나를 가로막는다. 메마른 어른의 속삭임이 내게 이렇게 충고한다. 신중해라, 조심해라, 검소해라……. 왜? 커다란 사안일 경우엔 나도 이 목소리에 맞서 싸우지만, 소소한 일일 경우엔 여전히 이 속삭임이 나를 이긴다.

그래서 어머니께는 크리스마스 선물로 매우 좋은 스웨터를 사 드렸고, 이젠 조지와 만나고픈 마음에 충동적으로 L.A.행 비행기로 날아가고 있다.

그리고 아마도, 정말 아마도, 다음에 또 노스 비치_{North Beach}에서 내 이상형의 여자와 우연히 마주치게 된다면, 그녀가 길을 건너가 버리기 전에 말을 걸 용기를 내 볼 수도 있을 것 같다.

1992년 12월 15일

브로더번드에서의 마지막 이틀은 평소보다 훨씬 더 정신없었다. 브라이언이 휴가를 마치고 돌아와서 함께 「페르시아의 왕자 2」를 QA에 넘겼다(그날은 브라이언의 근속 12주년 기념일이었다). 이제 완성이 임박하니, 많은 고위 경영진들이 크리스마스 휴가 동안 집에서 플레이해 보겠다며 한 장씩 달라고 하고 있다.

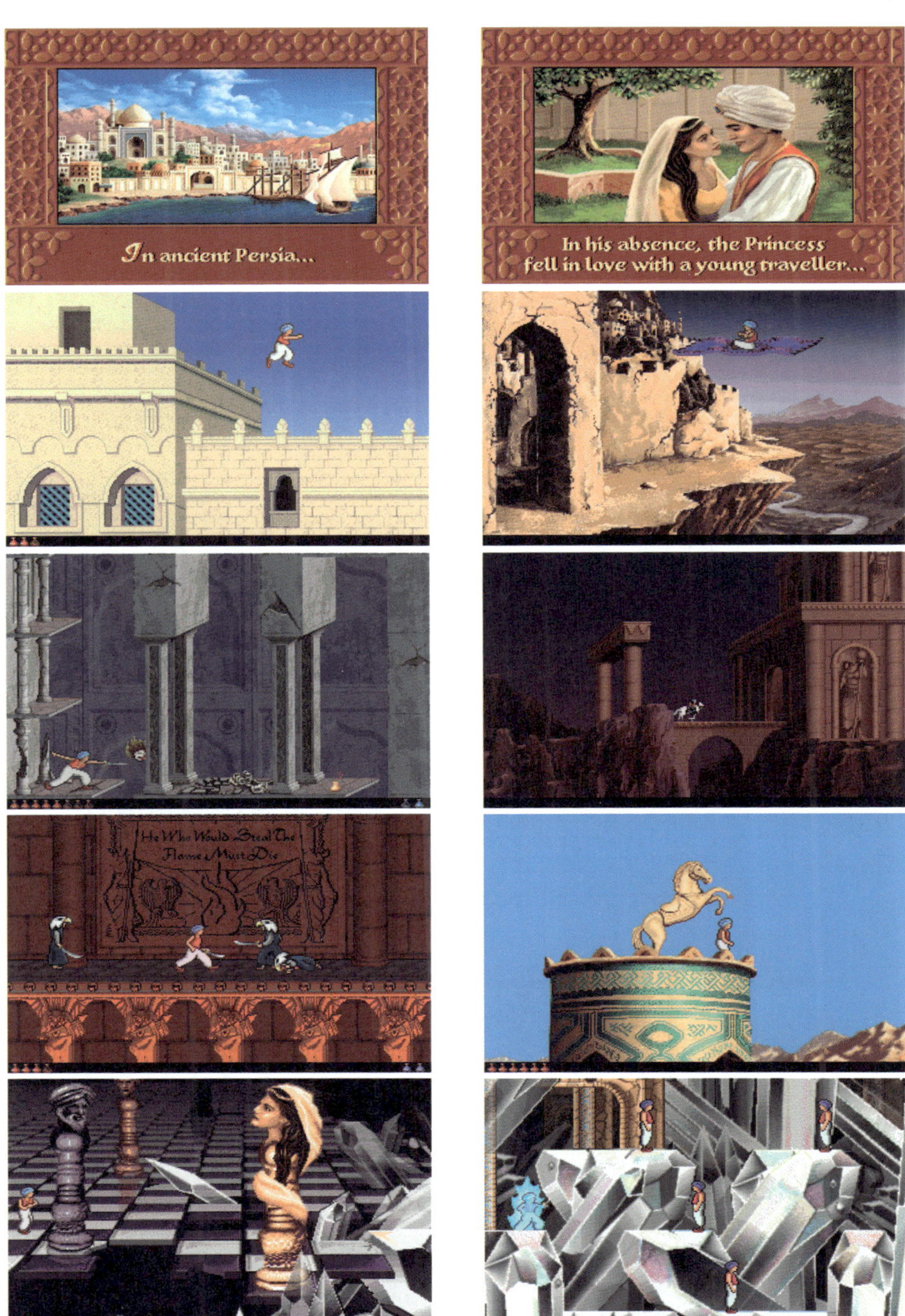

▲ 「페르시아의 왕자2」 게임 화면

Michael [5th] Hall of Fame animation
- New Title (clouds) problems with animation   *[handwritten: Tact as "post"...?]*
- Take black doorway piece out of Rooftops
- Check on potion colors (various colors needed--do we have all of them available?)
- Water splash for dropping from pier? Does this exist?
- [MAC] Add curtain swing for rooftop window a moment after the jump?
- Lava has no "b" pieces (room 6 cell 27-28), seen from room 13 below.
- ~~Enemy hit-point symbols should be replaced by green strength bottles. Do we need to do something for this?~~
- [MAC] Flying carpet mash against cieling should include a drop of blood that falls and plops on the floor. (It can disappear after is has plopped.)
- Improve broken sword lying on floor shape: more contrast, with shadow underneath to match nearby skeleton.

Nicole
- Cleanup on Aboard Ship
- Adjust lightning flash on P. Discovery and Aboard Ship
- Aboard Ship, Princess Discovery, and Happy Ending timing issues: see notes from Jordan.

Daniel ✓ - Font should have typographer's quotes (2 kinds, "open" and "close").

FOR BRIAN EHELER & JEFF CHARVAT -- PAGE 2 of 7

even if another opponent approaches from behind. If the player kills the first opponent, he automatically turns to engage the second opponent. So far, so good; now here's the new idea: --> If the player, while engaged with opponent #1, hits "retreat" (left or right arrow) in such a way that it would back him right into opponent #2, the "retreat" order is treated as a "turn around" command. In other words, the program assumes that you never want to back right into an armed opponent. Let's try this and see how it works; if it doesn't feel right, I've got some other ideas....

Other, minor keyboard control changes (but all keyboard control changes count as big stuff because they affect documentation, etc.):

- On the keypad, pushing 2 should definitely be equivalent to "joystick down." It's natural to think that 2 would mean down, especially as it's got the down arrow painted on it. "5" should mean the same as 2.

- The "draw sword" key should be CTRL on the keyboard and "0" on the keypad. Once your sword is drawn, the "draw sword" key functions as the "strike" key. The SHIFT key also continues to serve as the "strike" key. In joystick mode, button 1 is "shift", button 2 is "draw sword", and either button will serve as the "strike" key.

I hope this system will work to everyone's satisfaction (including mine), but in any case let's implement it as soon as possible so that we can start playtesting it & discover any flaws in it as soon as possible. It will be a relief when we can finally grave the controls in stone & say goodbye to this issue once and for all.

Little stuff

(that is, I *hope* everything that follows is little stuff -- if it isn't, tell me!!)

The "xx minutes left" message should never appear (unless you ask for it) until there are only 10 minutes left. However, it should still be available if the player presses the space bar.

The messages at the bottom of the screen should be in the pretty font.

Re the "three shakes to loosen a loose floor" logic: The "three shakes" counter for a given story should be zeroed out if the Prince leaves that story. Otherwise, the counter has such a long memory that it is unfair.

Enemies' hit point symbols should be replaced by green strength bottles.

Drinking healing potions should make the same "cymbals" sound even if you drink them when you are already at full strength.

Flying heads should display their hit points in bottles, like the other enemies (except snakes). The hit points should *not* be doubled -- that is, if a head has three hit points, it should show three bottles, not six. Re the broken sword: Half points should be displayed as empty bottles; that is, the first time you hit a head with the broken sword,

PRINT ISSUE

Product Nam/Ver/Plat	Prince of Persia II 1.0	Date of Report	12/23/92
Disk Number	D1093	Date Issue Found	12/23/92
Issue Number	5	CHOOSE SECTION	
QA Status	10 New	Section	Game Play
Technician Name	Warren Y.	Recreatability Status	Recreatable
Type of Issue	20 Important	Hardware Specific	Not determined
Title of Issue:		CHOOSE HARDWARE	
Jumping/Falling Through Floor Piece - Level 5		Hardware Desc	Madoka Ayukawa

Hardware Description

Computer	CPU	MHz	BUS	RAM
HIQ 386sx	80386sx	16	AT	8192

Operating System	Drives	Video	Sound
MS 5.0	1.2M,1.44M, + 80M	AST Ultra SVGA	SBlast Pro

Par	Ser	Mouse	Game Card	CIDI	FPU
1	2	MicroSoft Bus	Snd.Bls port.	18/4.6	N/A

Procedure and Result:

On Level 5, room 6, pick up the boost flask in cell 5. Next, turn around and try to execute a standing jump to cell 8. During the middle of the jump, hold down the Shift key so that you will grab onto the edge since it should be just a bit short to actually jump on top. You may notice that you jump/fall through the floor piece.

Product Manager Comments:	PM Review Status	(Not reviewed)

Screen 055, Issues File, Modify C Layout, Rev. 12/11/92.1

PRINT ISSUE

Product Nam/Ver/Plat	Prince of Persia II 1.0	Date of Report	12/23/92
Disk Number	D1093	Date Issue Found	12/23/92
Issue Number	6	CHOOSE SECTION	
QA Status	10 New	Section	Game Play
Technician Name	Warren Y.	Recreatability Status	Recreatable
Type of Issue	20 Important	Hardware Specific	Not determined
Title of Issue:		CHOOSE HARDWARE	
Careless Careful Stepping On Level 3		Hardware Desc	Madoka Ayukawa

Hardware Description

Computer	CPU	MHz	BUS	RAM
HIQ 386sx	80386sx	16	AT	8192

Operating System	Drives	Video	Sound
MS 5.0	1.2M,1.44M, + 80M	AST Ultra SVGA	SBlast Pro

Par	Ser	Mouse	Game Card	CIDI	FPU
1	2	MicroSoft Bus	Snd.Bls port.	18/4.6	N/A

Procedure and Result:

Starting in room 14 of level 3, go left and pick up the boost flask in room 10. Now, open the gate and start a series of careful steps. The kid does one careful step and then starts to run. When this happens, he falls off of the edge and gets impaled on the spikes.

Product Manager Comments:	PM Review Status	(Not reviewed)

Screen 055, Issues File, Modify C Layout, Rev. 12/11/92.1

Bnd. - PoP II cp1 12/17/92 1:12 PM

splash
stops still use up strength (not 2 sec)
fallen floor or platform gets dry spot
keypad recognize 1, 2, 3 keys
3 shakes loosen pressure plate
skeleton
rooftop
can't walk through wall
be able to add starting jump

Friday, January 8, 1993	Start	Finish	Priority	Done	Tags
○ BREAKFAST	<--	<--	Low	-	
9:00 Family Fun, Jake Winebaum					
○ 9:30 Computer Gaming World; Johnny, Russell, Allen	<--	<--	Low	-	
○ 11:00 COMPUTE; David English	<--	<--	Low	-	
○ 12:00 New Media; Becky Waring	<--	<--	Low	-	
(12:30--Susan's Panel)					
○ 1:30 freelancer; Russ Ceccola	<--	<--	Low	-	
○ 2:00 PC Games; Bill Kennedy	<--	<--	Low	-	
○ 2:30 GameBytes; Ross Erickson	<--	<--	Low	-	
△ 3:00 Kid's & Computers; Pete Scisco	<--	<--	High	-	
△ 4:00 Child; Mary Beth Jordan, Andy Wright, Dan Ambrose, (and Heidi?)--Susan and Valorie please join.	<--	<--	High	-	
○ EVENING	<--	<--	Low		
6-9 Binary Zoo Party, SHARK					
○ --Dinner maybe with Gregg Keizer	<--	<--	Low	-	
○ 6:00-8:00 TWICE cocktail party, Las Vegas Hilton Ballroom F	<--	<--	Low	-	
○	<--	<--	Medium	-	
○ 5:30 Joystick Magazine	<--	<--	Low	-	

「페르시아의 왕자2」는 지루할 정도로 부드럽게 진행되고 있다. 모두 이 게임이 성공하길 원하고, 작업은 잘 되고 있으며, 심지어 스케줄도 딱딱 맞는다. 극적인 요소는 거의 없다.

토미는 공동 개발자로서의 자신의 가치를 '열차 게임'에서 여실히 보여 주고 있다. 우리의 회의는 자주 논쟁으로 번지지만, 그런 논쟁 끝에 나온 결과물은 정말 훌륭하다. 이 게임의 스토리는 내가 지금까지 쓴 어떤 영화 각본보다도 훌륭할 것이다.

일전의 그리니치 가 아파트에 들어가기로 했다. 토미가 사무실 키도 한 벌 건네 주었다. 1월에 내가 돌아올 때쯤이면 모든 준비가 완료되어 있을 것이다.

롤런드를 만나 「페르시아의 왕자2」를 보여주었다. 그도 감탄했다. 하지만 열차 게임에 합류할 결심은 세우지 못했다. 내가 보기에는 이게 또 얼마나 거대한 프로젝트가 되어 자기 인생을 수 년씩 잡아먹으며 정신 나가게 만들지를 두려워하는 것 같았다. 또한, 이제 막 〈키드컷츠KidCuts〉 개발을 시작한 터라 다음 프로젝트를 미리 생각하기에 심리적으로 적절한 시점이 아니기도 하다. 아직 포기하진 않았지만, 만약 롤런드가 안 될 경우 이 역할을 대신할 사람이 누구일지를 슬슬 생각해 둘 필요가 있다.

열차 게임의 자료 조사는 무척 재미있다. 레베카 웨스트Rebecca West의 〈추락하는 새The Birds Fall Down〉까지는 읽었고 지금은 바바라 터크먼Barbara Tuchman의 〈자만의 탑The Proud Tower〉을 읽는 도중이다. 이런 매력적인 작품들을 독파할 구실이 생겼다는 게 멋지다. 나는 세상에서 제일 훌륭한 직업의 소유자다.

> "…정체를 모르는 창들이
> 꿈에서 깬 내 눈앞을 별안간 스쳐 날아가고,
> 기수(騎手)들이 넘어지고 무너지는 소리와
> 어디 썩어가는 병사들의 비명이 내 귓가를 치네."[112]

— 예이츠Yeats, 1895년

1992년 12월 20일

"위대한 전쟁이나 위대한 혁명이 일어나는 이유는 언제나 위대한 민중, 위대한 민족이 일어설 필요를 느꼈기 때문이고, 그들이, 특히 평화를, 충분할 만큼 겪어 왔기 때문이다. 이는 언제나 대중이 위대한 진보에 대한 폭력적인 욕구, 신비로운 필요성을 느끼고 또한 경험한다는 의미이기도 하다……. 폭발, 그리고 분출의 원인이 되는 영광, 전쟁, 역사에 대한 우발적 욕구 말이다……." — 샤를 페기Charles Peguy, 1910년

"나라가 없는 자는 망나니일 뿐이다." — 마찌니Mazzini

1992년 12월 21일

[채퍼콰] 내 물건들 사이에서 즐겁게 빈둥거린 하루. 12개월

---

[112] 예이츠의 시 '검은 돼지 골짜기(The Valley of the Black Pig)'의 일부.

치의 신용카드 명세서 같은 잡다한 종이들을 정산했다.

　돈이 너무 많아서 오히려 실감이 거의 나지 않는다. 내 필요 이상으로 너무 많다. 끔찍한 건, 이젠 이리도 돈이 많다 보니, 이걸 **지키고픈** 욕심이 생긴다는 것이다.

　열차 게임을 개발하기로 결심한 게 차라리 다행이다. 돈을 얼른 쓰고 신경을 끊어 버려야겠다. 이런 보수적인 과욕은, 적어도 지금은, 내겐 없어도 된다. 아직 젊고 세상이 다 내 것 같으며 돈도 굴러들어올 때, 한 번 제대로 주사위를 굴려 보지 않으면, 또 언제 이럴 때가 오겠나?

　나도 내 자신이 무슨 일이 일어났을 때 절제하지 못해서 후회하는 게 아니라, 해야 할 일을 못하고 망설였던 것을 후회하는 사람임을 너무도 잘 안다. 내 평생 아직 사치스러운 선물을 받아 본 적도, 이거 비싼 거라고 허세를 부려 본 적도, 나중에 후회할 만큼 분별없이 쾌락을 탐닉한 적도 없었다. 오히려 지금 돌이켜 보면 이런 생각만 잔뜩 든다. 그때가 정말 딱 좋았는데, 그 순간은 다시 돌아오지 않을 텐데, **왜 나는 망설였던가?**

　물론 내가 다른 쪽을 선택했더라도 어긋났을 가능성도 있다. 미래를 생각지 않은 결정으로 내 인생을 망쳤을지도 모르지. 하지만 난 아직 그럴 가능성에 가까이조차 가 보지 못한 것 같다…….

1993년 1월 7일

　[샌프란시스코] 브라이언이 4시쯤 들어와서 함께 지난 몇 주

동안의 일들을 이야기하던 중이었다. 존 베이커 대신으로 내가 〈맥유저MacUser〉 시상식 참석자에 최종 선정되었다는 걸 알게 되었다. 그래서 우린 사무실 안에서 양복과 넥타이로 갈아입었고, 내 장난감 같은 렌터카(푸른색 마쓰다 미아타)에 일행을 태우고서 마구 달려 7시 정각의 디너 행사에 간신히 맞춰 도착했다.

세상에, 돈깨나 든 듯한 행사였다. 예산을 보아하니, 틸트 도르 따위는 한주먹 감이었다. 아, 그리고 난 에디Eddy 상을 수상했다. 사실 수상한 쪽은 「페르시아의 왕자」고, 나는 나와서 상을 받은 후 소감을 말했을 뿐이다. 브라이언은 흥에 겨웠다. 수잔 리-메로우Susan Lee-Merrow는 백포도주에 취해서는 의자에 앉아 졸고 있었다. 참석하길 잘한 것 같다.

다음 날 아침에는 키를 받고 새 아파트에 입주했다. 샌프란시스코에서의 새로운 삶이 기분 좋게 시작되는 순간이었다.

1993년 1월 10일

라스베가스의 컨슈머 엔터테인먼트 쇼[113]는 신기루 같은 경험이었다. 엑스칼리버 호텔에서의 3박 4일. 왕족이 된 듯한 나날이었다.

내 룸메이트는 켄 골드스타인이었는데, 여자친구 문제로 기분이 안 좋은 상태였다. (「카멘 스페이스Carmen Space」[114]를 시연하던) 크리스타 비슨Christa Beeson, 제시카, 캐슬린과 브로더번드 부스를 나

뉘 쓰면서, 「페르시아의 왕자2」를 수많은 기자들 앞에서 시연했다. 30분마다 인터뷰 약속이 잡혔다. 대부분이 이 게임을 보고는 열광했다. 아마도 히트할 것 같다.

만나본 사람들만 해도 (지금은 델핀에 입사한) 데니 불락과 장-미셸 블로띠에흐, (아주 멋진, 그야말로 거물인) 리처드 개리엇, 가리 카스파로프[115](무려 악수도 했다! 그는 비디오 게임을 좋아하지 않았다. 폭력적이고 아이들에게 해롭다는 생각을 갖고 있었다), 무하마드 알리(사인을 받았다), 카일 프리먼, (인포그램즈의) 프레드릭 레이널, 론 마르티네즈Ron Martinez, 도마크의 존 카바나John Kavanagh와 도미닉(「페르시아의 왕자2」를 무척 좋아했다), 어니 카츠Arnie Katz 등등. 여러 컴퓨터 잡지의 기자들도 많이 만났는데, 몇몇은 아주 오래 전부터 팬이었다면서 날 만난 것을 무척 기뻐했다. 그중 한 사람은 자기 「페르시아의 왕자」 1편을 아예 가져와서 사인을 받아갔다.

〈듄Dune〉에서 파이터 드 브리즈Piter de Vries 역을, 〈뻐꾸기 둥지 위로 날아간 새〉에서 빌리 비빗Billy Bibbit 역을 맡았던 배우 브래드 도리프Brad Dourif도 만났다. 그에게 「페르시아의 왕자」를 한 장 보내 주겠다고 하자 무척 기뻐해 주었다. 그의 집 주소와 비공개 전화번호를 받았다. "언제 L.A.에 오시면 같이 술이나 합시다." 나중에 컴퓨터 게임에 연기로 참여할 의향이 있느냐고 물었더니, 흔쾌히 대답했다. "물론이죠!"

마이크 에스티고이Mike Estigoy와 함께 회장을 돌아다니며, 여자들에게 말도 걸어 보는 등 즐거운 시간을 보냈다. U.S. GOLD

115 Gary Kasparov. 러시아인으로서 전 체스 그랜드마스터이자 세계적인 체스 챔피언. 체스 역사상 가장 유명한 플레이어이기도 하다. 1985년 세계 최연소 그랜드마스터를 획득하고 2005년 은퇴할 때까지 세계 랭킹 1위에서 내려오지 않은 거물. 훗날인 2008년 러시아 대통령 선거에 출마하는 등의 정치활동 이력도 가지고 있다. IBM의 체스 대국용 슈퍼컴퓨터 딥 블루(Deep Blue)와의 96~97년 이벤트 대국에 참여, 인간 대 컴퓨터의 대결로 세계의 이목을 끈 것으로도 유명.

샌프란시스코의 로리를 꼬셔 보려고 최선을 다하고 있는데, 기적적이고도 완벽한 타이밍으로, 피에트로라는 이탈리아 친구가 우리 앞에 나타나더니 말을 걸었다. "당신이 **그** 조던 메크너예요? 그 **유명한** 조던 메크너 맞나? 아니면 이름만 조던 메크너인 거요?" 내가 맞다고 해 주자, 그는 무릎이라도 꿇을 듯 휘청거리더니 아예 흥분하며 나를 덥석 안았다. 다만, 이게 로리를 꼬시는 데 별 도움이 되진 않았다.

결론적으로, CES는 굉장했다. 뭐랄까, 마치, 인기인의 삶을 처음으로 맛본 것 같았다.

유산
Legacy

이 이야기의 끝을 어떤 특정 시점으로 잡는다는 것은 모호하기 그지없는 일입니다. 왜냐면 삶은 계속되니까요……. 하지만 책인 이상 어딘가 끝이 필요합니다. 1993년 1월은 제가 느끼기에 이 이야기를 끝내기 적절한 시점인 것 같습니다.

이 다음부터 제 관심사는 (그리고 제가 일기에 적은 것은) 스모킹 카 프로덕션 개발사와 「라스트 익스프레스」를 제작하는데 집중되었습니다. 「페르시아의 왕자」 타이틀의 제작에 다시 손을 대기 전까지 거의 10년이 흘렀습니다.

게임을 출시하는 것은 끝이 아니라 바통을 넘기는 것에 가깝습니다. 「페르시아의 왕자」 1편과 2편을 만든 저의 개인적인 모험은 30년 넘게 왕자의 유산을 이어오고 확장시켜나가는 열정적이고 창의적인 노력을 하는 플레이어, 기획자, 프로그래머, 예술가, 음악가와 팀들의 모험의 서장이었습니다.

'스트라이프 프레스Stripe Press'와 저는 왕자의 여정을 일종의 기념 앨범으로 이 기념 서적을 마무리하는 것이 적절하다고 생각했습니다.

저는 jordanmechner.com을 통해 팬들에게 페르시아 왕자가 그들의 삶이나 작업에 어떤 영향을 미쳤는지에 대한 추억을 공유해 달라고 요청했습니다.

다음에 이어지는 페이지에서 여러분은 팬들이 보내 주신 것들 중 일부와 함께 제 개인 소장품에서 가져온 추억들을 유비소프트Ubisoft, 월트 디즈니 픽쳐스Walt Disney Pictures, 맥밀런Macmillan의 친절한 허락을 받아 소개받으실 겁니다.

기여해 주신 모든 분들께 감사드리며, 특히 「페르시아의 왕자」의 불꽃을 지켜내기 위해 많은 노력을 해주신 놀라운 레트로 게임 팬들과 기록 보존 커뮤니티에 특별히 감사드립니다. 여러분들 덕분에 왕자는 여전히 달리고 뛰는 중입니다.

조던 메크너
프랑스, 몽펠리에에서
2019년 11월.

시간의 모래

2001년 유비소프트의 창립자 이브 기예모는 파리에서 저를 점심에 초대했습니다. 그는 당시에는 10년이 지닌 "고전"(즉, 죽은) 게임 프랜차이즈인 「페르시아의 왕자」를 현 세대의 가정용 게임기로 가져오자고 제안했습니다.

그것은 성공을 보장할 수 없었습니다. 브로더번드의 최신 3-D 「페르시아의 왕자」는 실패로 돌아갔고, 「페르시아의 왕자」에 영감을 받은 에이도스Eidos의 「톰레이더Tomb Raider」가 그 자리를 차지한 상태였습니다.

2-D 시절 「페르시아의 왕자」를 기억하기에는 플레이스테이션2와 엑스박스Xbox 게이머들은 너무 어렸기 때문에 향수를 자극하는 것만으로는 그들을 흥분시키기에 충분하지 못했습니다. 새로운 게임은 그 자신만의 장점으로 승부해야 했습니다.

저는 몬트리올로 날아가 야니스 말레_{Yannis Mallet} 프로듀서가 이끄는 재능 있고 젊은 프랑스계 캐나다 팀에 합류했습니다. 처음에는 크리에이티브 컨설턴트로, 그 다음은 광고 스크립트 작가로, 성우 녹음을 위한 캐스팅과 감독 일을 하다 마침내는 풀타임으로 팀에 합류하게 되었습니다.

팀에게는 제대로 된 프렌차이즈 리부트를 전세계에 보여줄 수 있는 기회였습니다. 이 프로젝트는 저에게 4년 간의 공백을 넘어 비디오 게임을 만드는 즐거움을 다시 일깨웠습니다.

「시간의 모래_{Sands of Time}」는 모든 것이 맞물린 창의적인 협업 중 하나였습니다. 이 게임은 2003년의 신데렐라 성공 스토리가 되었고, 그해 업계 상들을 휩쓸었으며 페르시아 왕자를 순위권 맨 위로 끌어올렸고 우표에도 등장했습니다.

저는 겨울에도 몬트리올을 영원히 사랑할 것입니다.

©Ubisodt Entertainment. All Right Reserved.
Based on Prince of Persia© created by Jordan Mechner.

후속작들

유비소프트는 「시간의 모래」에 이어 PS2 세대 게임기에서 후속작들로 「전사의 길Warrior Within」(2004)과 「두 개의 왕좌The Two Thrones」(2005) 두개의 게임을 출시했고, 「페르시아의 왕자」의 핵심 개발 팀은 이후 「어쌔신 크리드Assassin's Creed」가 되는 차세대 후속작을 개발하였습니다.

PS3 세대의 게임기에는 「페르시아의 왕자(2008)」와 「잊혀진 모래」, 「망각의 모래(2010)」 두 타이틀이 추가로 출시되었습니다.

현재까지 「페르시아의 왕자」 게임들은 2천만 장이 판매되었습니다. 생명이 다한 줄 알았던 8비트 게임 영웅이 모래가 가득

한 마법의 단검을 찾은 후 맞이한, 나쁘지 않은 두 번째 전성기입니다.

촬영 현장에서

「페르시아의 왕자」는 영화로부터 영감을 받아 시작된 게임입니다. 로빈후드(1938)의 칼싸움부터 레이더스(1981)에서 인디아나 존스가 가시를 피하며 뛰어넘는 장면까지 말이죠. 그래서 20년 후 픽셀로 된 애플Ⅱ의 왕자가 커다란 스크린으로 스스로 뛰어드는 것은 당연한 일이었습니다.

만약 여러분이 제 예전 일기를 읽어 보셨다면, 이 일이 성립된 것에 거의 완벽한 순환으로 짜맞춰진 시적 적합성이 있음을 알게 되실 것입니다. 브로더번드의 전 직원이었던 롭 마틴이 저를 아메리칸 맥기에게 소개해 주었고, 그가 저를 존 오거스트에게 소개해 주었습니다. 존 오거스트는 애플II 「카라테카」를 즐겼던 막 부상하던 작가/프로듀서였으며, 1987년에 저의 할리우드 멘토였던 래리 터먼이 운영하던 USC의 제작 프로그램을 졸업했습니다.

저는 시간의 모래의 PS2 게임 플레이 영상을 편집해 2분짜리 홈메이드 트레일러를 만들었습니다. 월트 디즈니 픽쳐스와 〈캐리비안의 해적〉의 촬영을 막 마친 제리 브룩하이머가 그 아이디어를 구매했습니다. 제가 첫 번째 각본을 작성한 후 존과 저는 이 프로젝트가 진화하고 성장해 수천 명의 배우와 제작진이 모로코 사막에 모인 대규모의 여름용 블록버스터 영화 촬영이 되는 과정을 지켜보았습니다.

쉐이크 아마르 역의 알프레드 몰리나의 캐스팅에서 저의 어린 시절은 특별한 시적 아름다움을 보았습니다. 알프레드 몰리나는 레이더스에서 10분 만에 가시 함정을 피하는 데 실패했죠.

저는 영화판 〈페르시아의 왕자〉의 촬영장에 몰스킨 스케치북을 가져가서, 세트를 오가는 틈틈이 스케치를 하며 보냈습니다. 진짜 낙타를 그릴 기회가 올지 누가 알았겠습니까?

EVERY NOW AND THEN THE WIND COMES UP...
THE CAMELS DON'T LIKE IT ONE BIT.
Lashing the tents more securely because of the wind
Sitting on a bale of hay
At the end of the tube dozens of guys with yellow water tanks on to give the extras water
Jake & George waiting for next take
Alexander Mackendrick "On Film-Making"
Mike Audsley sat down with Beverley Winston and me at lunch and told me about making "Dangerous Liaisons" with Stephen Frears. I tried not to let my hero-worship shine through too obviously. He edited "The Hit" too.
Shooting the "looking straight up at the sky" angle of Nizam being lowered into the sunglass chamber. The other angles were shot in Morocco months ago.
Sir Ben watching his double do the scene first
NEXT TIME WRITE ONE THAT'S BY THE SEASIDE.
Barbers didn't like Overexecute much.
Mike and Beverley
REMINDER!
0075 STAGE
MUD

PictureLux / The Hollywood Archive / Alamy Stock Photo.

Pictprial Press Ltd. / Alamy Stock Photo.

PictureLux / The Hollywood Archive / Alamy Stock Photo.

Entertainment Pictures / Alamy Stock Photo.

Photo 12 / Alamy Stock Photo.

PictureLux / The Hollywood Archive / Alamy Stock Photo.

▲ 영화 개봉 당시 배우들과 조던 메크너

개봉

2010년 5월 「페르시아의 왕자」 소재의 책, 장난감, 다양한 상품들이 포함되며 디즈니 영화가 개봉했습니다. 멋진 레고 페르시아의 왕자도 포함되어 있었죠.

저는 토미 리 에드워즈, 버나드 창, 캐머런 스튜어트, 니코 앙리숑과 함께 그래픽 노블 프리퀄인 앤솔로지인 〈페르시아의 왕자: 모래폭풍 이전Before the Sandstorm〉을 집필했습니다.

(아이러니하게도) 빠진 관련 상품은 비디오 게임뿐이었으며, 유비소프트의 게임 프랜차이즈는 영화와 독립적으로 유지되었습니다.

〈페르시아의 왕자: 시간의 모래〉는 제가 각본가이자 총괄 프

Disney PRINCE OF PERSIA
BEFORE THE SANDSTORM

로듀서로 참여한 첫 번째 영화였습니다. 전 세계 박스 오피스에서 3억 3천 5백만 달러의 수익을 올리며, 2016년 〈월드 오브 워크래프트〉가 그 기록을 깨기 전까지 비디오 게임을 각색한 영화 중 최고 흥행 기록을 세웠습니다.

퍼스트 세컨드

2004년 저는 '퍼스트 세컨드 북스'[116]라는 신생 출판사의 편집자 마크 시겔로부터 이메일을 받았습니다. 그는 저에게 「페르시아의 왕자」가 1990년대 초반 흑백 매킨토시 클래식에서 플레이한 이후로부터 계속 그의 가슴 속에 특별하게 자리잡고 있다고 말했습니다. 그는 이를 그래픽 노블로 개발하는 것에 관심이 있는지 물었습니다.

116 First Second Books. 「페르시아의 왕자: 시간의 모래」 영화판의 그래픽 노블을 출판한 회사다.

저는 원작 게임이나 '시간의 모래'를 직접적으로 각색하는 대신, 왕자의 기원이 되는 깊은 신화, 전설, 역사의 원천을 활용한 새로운 이야기를 쓰기 위해 페르시아인 작가를 찾을 것을 제안했습니다. 게임과의 연결 고리는 처음 보기에는 분명하지 않게 표면 아래에 있어야 했습니다.

우리는 작가를 찾는 과정에서 신비롭고 알려져 있지 않은 A. B. 시나를 만났습니다. A. B.는 천일야화에서 수피 이야기들까지의 동양의 이야기들에서 등장인물들의 갈등과 관계는 서양에서처럼 개인의 심리적 문제와 초점에 두기보다 현실 자체의 구조, 의식의 구조와 관련이 있다는 점을 지적했습니다.

그는 운명에 맞서는 투쟁이 가장 모든 투쟁 중 가장 보편적이며, 이는 동양뿐만 아니라 미국 신화와 아메리칸 드림의 원동력이라 지적했습니다.

우리는 본격적으로 작업을 시작했습니다. A. B. 시나의 이야기 속 왕자들 중 한 명은 자신이 미래를 예언하는 것인지, 아니면 미래가 자신을 기억하는 것인지 궁금해합니다.

이는 원작 애플II 왕자가 분명 공감할 수 있는 감정일 것입니다.

조던 메크너

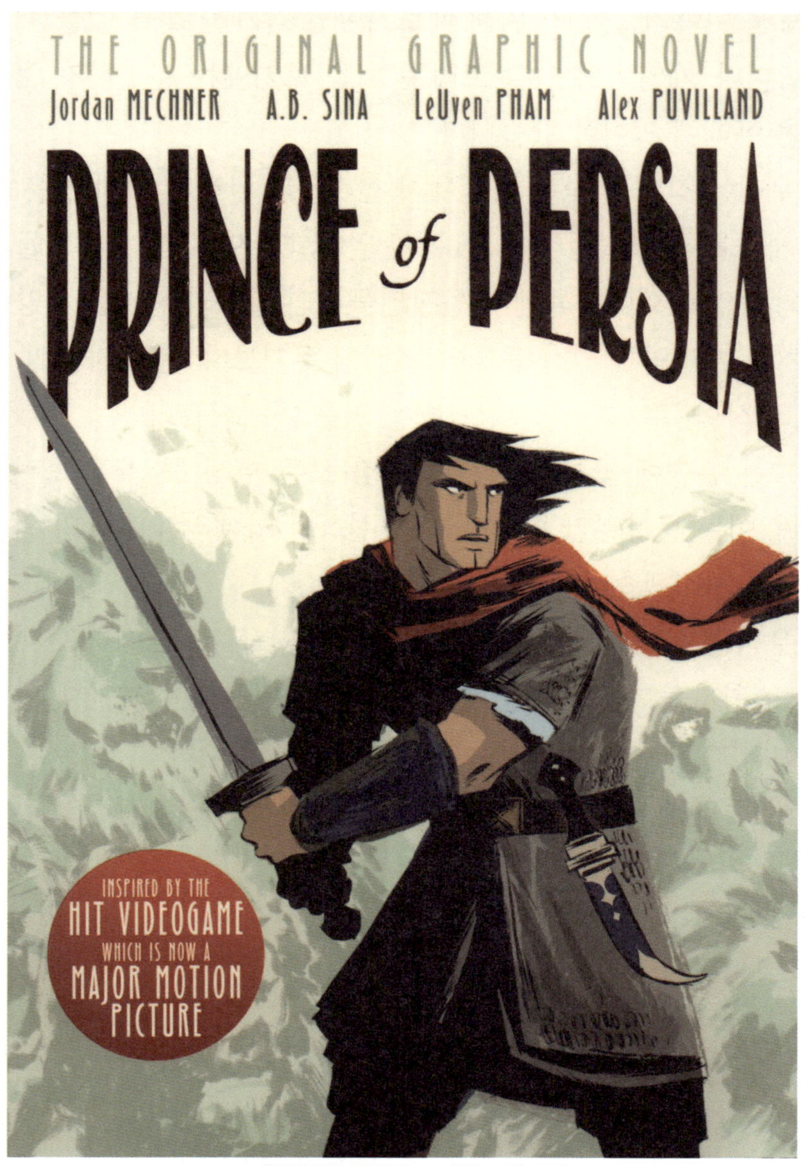

▲ 「페르시아의 왕자」 그래픽 노벨 표지

크리스티안 에스칼로나 파라

작곡가

칠레

저는 DOS 게임 「페르시아의 왕자」의 음악을 기반으로 오케스트라 커버를 제작했습니다. 이것은 악보의 여러 페이지 중 하나로, 잘 알려진 테마 중 하나를 알아볼 수 있습니다.

엘루앙 코스타 미란다

브라질

이 사진은 1991년 또는 1992년에 찍은 사진입니다. 「페르시아의 왕자」는 우리 동네에서 가장 많이 플레이된 게임이었습니다. 나이에 상관없이 모두가 이 게임을 했습니다.

저는 아직 글을 읽거나 쓸수 없었지만 MS-DOS에서 이 게임을 실행하기 위해 키보드로 쳐야하는 모든 글자를 외웠습니다. 저는 이 게임에 대해 어린 시절의 많은 행복한 순간들이 떠오릅니다. 심지어 꿈에서도 게임에서 도전을 했습니다.

이 게임이 제 인생에 얼마나 큰 영향을 미쳤는지 설명하기 어렵습니다. 의심할 여지 없이 제가 소프트웨어 엔지니어가 되는 성공적인 선택에 이 게임이 큰 역할을 했습니다.

사이드 아프가
캐나다

친구들 사이에서 게이머가 당신 하나 뿐이라면 다른 친구들을 게임으로 끌어들이기 위해 많은 노력을 할 것입니다.

저는 친구가 어린시절 가장 좋아하던 게임이 「페르시아의 왕자」라는 것을 알게 되었을 때, 그녀를 다시 게이머로 만들기 위해 이 게임을 현실로 가져와야겠다고 결심했습니다.

그래서 저는 사이드 스크롤 2D 게임을 3차원 단면으로 만들었습니다. 왕자, 적, 함정들을 포함해서요. 이 미술작품은 게임의 멋진 환경과 레벨 디자인이 가진 공간감을 살리도록 깊이감이 있는 스크린샷처럼 만들었습니다.

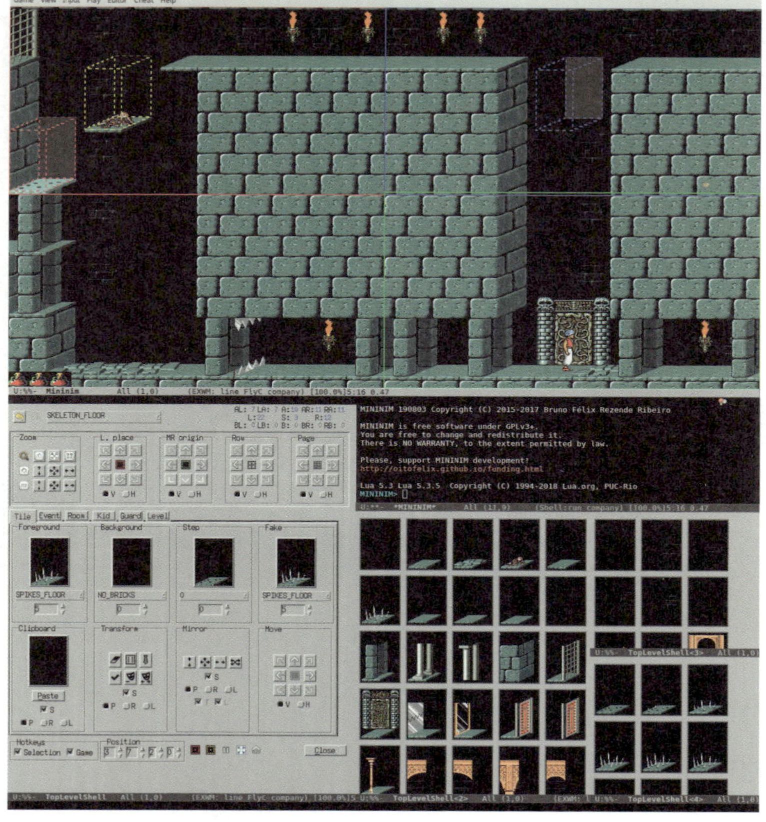

브루누 펠릭스 "oitofelix" 헤젠지 히베이루
브라질

사진의 스크린샷은 알레그로 로우레벨 게임 라이브러리와 IUP 위젯 툴킷을 사용해 C와 Lua로 바닥부터 만든 무료 소프트웨어인 「페르시아의 왕자」 게임엔진의 개조판인 미니님MININIM 입니다. 매킨토시 비디오 모드(DOS VGA/EGA/CGA도 가능), 멀티룸 디스플레이, 실시간 레벨 에디터 GUI, 즉석 스크립팅을 위한 Lua REPL을 기능으로 가지고 있습니다.

카렐 코플리크

프로그래머 / 아마추어 디지털 아티스트

체코

게임이 기술적으로 많이 발전한 오늘에도 저는 「페르시아의 왕자」의 매력에 빠진 이유를 완전히 설명할 수는 없습니다.

그 이유는 단순한 향수가 아닙니다. 배경 음악 없이 오직 한 캐릭터가 완전히 혼자서 조용한 던전을 달리며 싸우기로 결심하는 이 단순하면서도 분위기 있는 게임의 힘일 것입니다.

아마도 그런 이유 때문에 공주로 플레이할 수 있는 모드를 만들기로 결심한 것 같습니다. 적들은 당신이 약하다고 생각하고, 당신은 그들이 틀렸다는 것을 증명하기 위해 싸우기 때문에 (제 의견이지만) 이야기에는 다른 차원이 추가되었습니다.

이 모드MOD를 만드는데 거의 매일 작업하며 1년 정도 걸렸습니다. 픽셀아트나 애니메이션에 익숙하지 않았기 때문에 작은 디테일들을 계속 테스트하고 변경했습니다. 제 마음을 담았기에 이 모드는 저에게 많은 의미가 있습니다. 이후 저는 취미로 게임 프로그래밍을 시작했고, 곧 이를 직업으로 삼고자 합니다.

▲MOD 「페르시아의 공주」의 게임 화면들

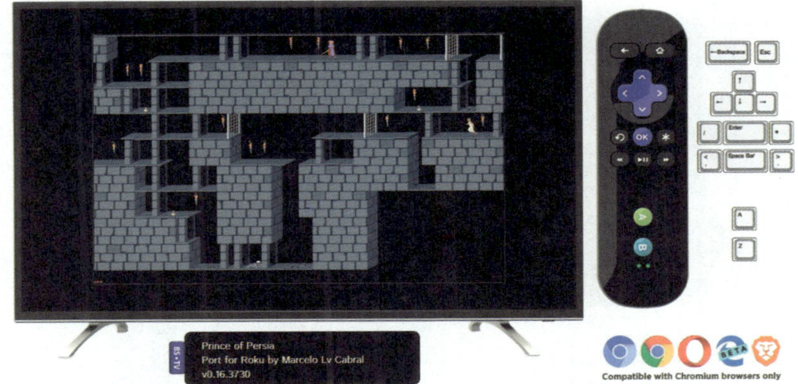

메르셀루 엘비 카브랄
미국

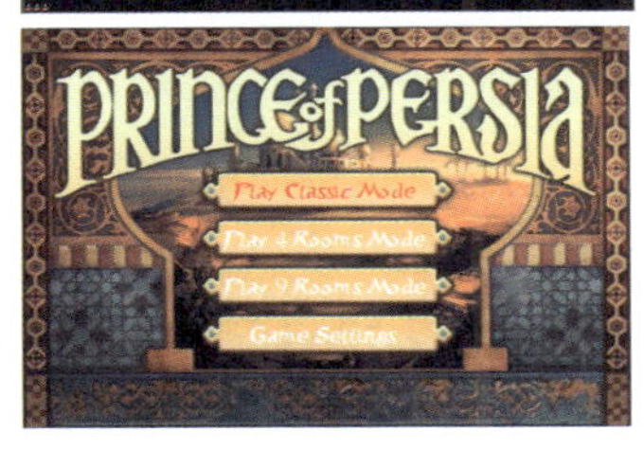

조던의 〈페르시아의 왕자 개발일지〉를 읽고 영감을 받아 소프트웨어 개발자로서 아무도 이식하지 않은 플랫폼으로 게임을 이식하기로 결심했습니다. 그래서 저는 이 게임을 Roku로 이식하기로 했습니다. 일부에게는 이상한 선택으로 보일 수 있을 것이, Roku는 TV 스트리밍 박스 플랫폼이었습니다. 그러나 저에게는 프로그래머로서 도전이었습니다. 2016년 2월부터 9월까지 여가 시간을 이용해 이를 오픈 소스로 무료 공개했습니다.

제가 만든 리메이크에서는 4개 혹은 9개의 방을 보여줄 수 있는 독특한 "멀티 룸" 모드가 포함되어 있어 게임에 새로운 시점을 제공했습니다. 첨부된 스크린샷은 Roku가 없는 사람들도 제 게임을 시도할 수 있도록 제가 만든 Roku 에뮬레이터로 촬영한 것입니다.

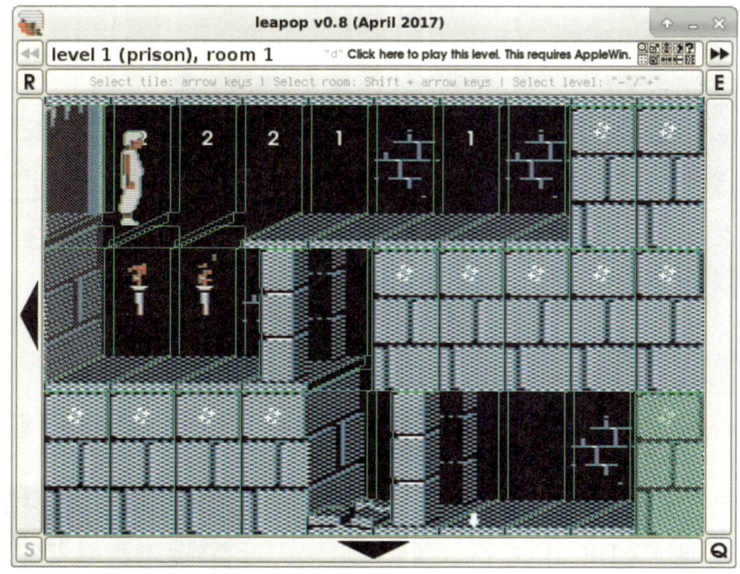

노르베르트 더 욘허

네덜란드

십여 년 전, 저는 Windows와 GNU/Linux용 오픈 소스 「페르시아의 왕자」 레벨 에디터를 만들기 시작했습니다. DOS, SNES, 게임보이 컬러, 메가드라이브, 세가 제네시스, 애플Ⅱ, BBC 마스터, 자바 ME, 매킨토시 등의 포팅도 지원했습니다. 레벨 에디터는 타일, 방 링크, 이벤트 외에 환경과 경비병의 세부사항도 수정할 수 있습니다.

80286 컴퓨터로 「페르시아의 왕자」를 플레이하던 제 유년기부터 이 게임은 제 인생에서 중요한 위치를 차지했습니다. 레벨 에디터 외에도 SAV와 HOF 에디터, 모드 런처와 모딩 커뮤니티 웹시티 popot. org를 만들었습니다. 이 커뮤니티에는 모딩 관련 문서와 영상이 게시되어 있고, 여러 대규모 수정된 DOS 모드도 있습니다. 마지막으로 역시 중요했던 지점은 모딩 커뮤니티 포럼을 통해 새로운 친구들을 만난 것입니다.

티모시 칼 세바스티안 마킨

스피드러너

미국

저는 매일 「페르시아의 왕자」를 플레이하고 twitch.tv에서 제 플레이를 스트리밍합니다.저는 현재 DOS 버전 「페르시아의 왕자」 스피드런 세계 기록을 보유하고 있습니다.

저보다 더 빠른 기록을 가진 부분 스피드러너들이 많이 있습니다. 모든 기록은 www.speedrun.com/pop1 에서 확인할 수 있습니다.

책이 나오기 전에 제 기록이 깨질 가능성도 있습니다. 「페르시아의 왕자」가 최근 제 인생에서 중요한 부분을 차지했기 때문에 제 노력을 공유하고자 합니다.

조세프 "Hennejoe" 어셔

스피드러너

영국

저는 자선 게임 마라톤을 위해 「시간의 모래」 플레이에 참여했습니다. 행사 총액은 $1,760,360로, 전액 국경 없는 의사회(MSF)에 기부되었습니다

「시간의 모래」는 스피드런 커뮤니티에서 사랑받는 게임이며, 곧 다른 행사에서도 보여지기를 바랍니다.

게임에 대한 많은 사랑과 감사를 드립니다.

빈스 토마스

미국

어렸을 때 「페르시아의 왕자」에 푹 빠져 있었습니다.. 게임을 너무 많이 깨서 흥미를 유지하기 위해 플레이에 제약을 두기 시작했습니다.

가장 어려운 도전은 생명력 증가 포션을 마시지 않고 게임을 깨는 것이었습니다. 이로 인해 초기 레벨을 순조롭게 통과하고 나서 경비병의 손에 몇 번의 잘못된 방어 후에 죽는 수많은 시도를 거치게 되었습니다.

그러나 저는 꾸준히 노력하여 결국 땀을 흘리며 네 개의 체력 게이지 만으로 자파를 물리쳤습니다. 마지막 계단을 뛰어오르기 직전에 일시 정지를 누르고 현실의 위층으로 뛰어 올라가서 어머니한테 카메라를 빌려 달라고 했습니다.

필름이 현상될 때까지 기다려서 제 게임 플레이와 결과 스크린샷을 함께 팬레터를 써서 조던 메크너에게 보냈습니다. 시간이 지나면서 팬 메일에 대한 기억이 희미해졌습니다.

몇 달 후, 스모킹 카 프로덕션에서 대형 봉투가 우리 우체통에 도착했습니다. 봉투를 열어 보니 놀랍게도 「페르시아의 왕자」를 만든 사람이 싸인한 인쇄물이 들어 있었습니다. 저는 그 인쇄물을 액자에 넣어 벽에 걸어 두고 있습니다.

토미슬라브 부카타레비치

코스튬 플레이어 (핸들네임 Badgerlock)

세르비아

제가 1990년대 초반 닌텐도 게임보이에서 「페르시아의 왕자」와 처음 만났습니다. 저는 그 컨셉과 레벨 디자인에 매료되어 많은 시간을 보냈습니다.

10년 정도 지나서, 「시간의 모래」가 등장했을 때 저는 매우 흥분했습니다. 새로운 게임이 어린 시절의 추억을 되살려 줄 뿐만 아니라 왕자의 새로운 도전, 개발된 이야기, 그리고 게임에 도입된 새로운 요소들 때문이었습니다.

다시 10년이 흘렀습니다. 저는 취미로 코스프레를 시작했습니다. 당연히 제 첫 게임 코스프레는 다른 버전이 아닌 「전사의 길」에 등장하는 왕자였습니다. 캐릭터, 게임, 그리고 창작자들에 대한 존경의 표시로 열정과 헌신을 다해 코스튬을 제작했습니다.

리눅스
핀란드

1991년 헬싱키에서, 핀란드계 미국인 컴퓨터 과학 학생인 22세의 리누스 토발즈Linus Tovalds가 오늘날 가장 강력한 슈퍼컴퓨터와 안드로이드 플랫폼에서 사용되는 오픈소스 무료 운영체제인 리눅스를 개발하기 시작했습니다.

일설에 따르면, 그는 프로젝트를 시작하기 위해 미닉스Minix 플로피 디스크가 도착하기를 기다리던 한 달 동안 MS-DOS 게임을 했다고 합니다.

토발즈는 이 플랫폼 성공의 주요 원인 중 하나인 리눅스와 DOS를 한 기기에서 실행할 수 있는 듀얼 부팅 기능을 추가했는데, 토발즈는 커널 작업을 하면서 동시에 「페르시아의 왕자」를 플레이할 수 있도록 하기 위해서 이 기능을 추가했다고 말했습니다.

루안 메네지스 비에이라 보르헤스
브라질

「페르시아의 왕자」는 제가 기억하는 한 처음 플레이했던 게임입니다. 저는 게임이 출시되던 해에 태어났습니다. 중산층 아래의 가정의 소년이었던 저는 비디오 게임을 갖기 어려웠기 때문에 친구들의 집에서 게임을 플레이했습니다.

어떤 어른들은 비디오 게임이 아이들의 상상력을 빼았는다고 말했습니다. 하지만 「페르시아의 왕자」는 저를 상상 속의 세계로 이끌었습니다. 저는 왕자고, 막대기는 칼이라고 상상하며 밖에서 놀고는 했습니다. 이 게임을 통해 중동의 문화와 음악과 설화에 관심을 가지게 되었습니다.

15살 때 친구가 「페르시아의 왕자: 시간의 모래」를 플레이 하는 것을 보았습니다. "앉아 봐. 내가 들어 본 적이 없을 이야기를 해줄 게." 이 말은 할아버지가 농장에서 하루를 보낸 후, 자신의 삶에 대한 이야기를 들려주던 어린 시절로 저를 돌려놓았습니다.

대학에서야 (저는 포르투갈어와 브라질 문학을 전공했습니다.) 저는 「페르시아의 왕자」와 「시간의 모래」 모두 같은 마법을 가지고 있다는 것을 깨달았습니다. 저를 매혹시켰던 어린 시절 들었던 이야기처럼 구술과 민속적인 이야기의 전통 같은 마법들 말이죠.

이것이 제 「페르시아의 왕자」 수집품들입니다. 아마 조던 메크너가 참여한 모든 「페르시아의 왕자」 관련 작품들일 것입니다. 제 손에는 브라질 전래동화에서 영감을 받아 쓴 두 권의 책이 있습니다. 1990년대에 「페르시아의 왕자」를 플레이할 때 느꼈던 마법을 다시 담아 보려고 노력했습니다.

다리오 드 마르띠노

인포메이션 엔지니어, 이탈리아

제가 「페르시아의 왕자」를 처음 발견한 1990년대 초 저는 어린 아이였습니다. 여러 게임기로 출시된 모든 버전을 여러번 클리어 했습니다. 「페르시아의 왕자」는 저에게 평생의 영감을 주었고 지금까지도 게임을 플레이하며 진심으로 즐기고 있습니다.

30주년 기념 포스팅을 보고 저의 「페르시아의 왕자」 수집품들 중 약 절반을 빠르게 늘어놓았습니다. 네. 올해 마지막 달을 에든버러에서 보내기 위해 이탈리아에서 떠나기 직전 한 시간 동안 급하게 촬영하느라 다른 수집품들 (모든 공략집, 그래픽노블, 언론 광고 킷, 예약 한정판) 들을 찍을 시간이 없었습니다.

샘 하디

오스트레일리아

「페르시아의 왕자」를 처음 플레이한 지 30년이 지났다니 놀랍네요.

여기 작은 헌사를 준비했습니다. 펼치면 두 개의 벽이 올라오는 레고 팝업북입니다.

이 디오라마에 제가 넣을 수 있는 모든 것을 넣으려고 노력했지만 제한된 공간에서는 꽤 어려운 도전이었습니다.

조립하는 것은 즐거웠습니다. 여러분들도 재미있게 보셨으면 좋겠습니다.

후기의 후기

안녕하세요. 다시 조던입니다. 〈페르시아의 왕자 개발일지 30주년 기념판〉을 재미있게 읽어 주셨기를 바랍니다.

「페르시아의 왕자」가 탄생하게 된 배경에 흥미가 있으신 분들이라면 더 앞 이야기로 1982년부터 1985년까지의 일지인 〈카라데카 개발일지〉도 출간한 적이 있습니다. 이 책에는 대학 1학년때부터 시작하여 출시하지 못한 게임(Asteroids와 Deathbounce)들로 소프트웨어 산업에 진출하려는 이전의 노력과, 출시에 성공한 「카라데카」를 다루고 있습니다.

이 책은 아마존과 제 웹사이트 jordanmechner.com 에서 전자책과 종이책으로 구입할수 있으며, 제 웹사이트에서는 〈페르시아의 왕자〉나 저의 다른 작업들에 대한 정보와 최신 정보를 찾아볼 수도 있습니다.: jordanmechner.com

언제나 그렇듯이 트위터, 인스타그램, 페이스북의 @jmechner 에 여러분들의 의견을 달아 주시는 것을 환영합니다.

여러분의 시간과 성원을 주신 것에 많은 감사드립니다.

조던 메크너

역자 후기

〈페르시아의 왕자 개발일지〉 한국어판을 처음 한국에 선보이면서 트위터에서 만난 지인들과 작은 프로젝트 팀을 꾸려 아이디어 회의를 하던 때가 엊그제 같은데, 처음 책이 나왔던 2013년으로부터 벌써 12년이라는 세월이 흘러 30주년 기념판의 역자 후기를 쓰게 되었습니다.

번역은 가장 적극적인 형태의 독서라는 말이 있습니다. 저자의 의도를 정확하게 이해하는 것도 중요하지만 그 의도를 자연스러운 한국어로 표현하기 위해서 더 많은 고민을 했던 것 같습니다. 원문이 가진 매력을 조금이라도 더 담아내려고 문장 하나마다 머리를 싸맸던 기억이 새삼스럽고, 감수를 맡아 주신 조기현 기자님의 윤문 덕분에 다행히 읽을만한 글이 되었다는 점이 참 다행스럽습니다.

「페르시아의 왕자」 1편을 즐겼던 게이머 중 한 사람으로서 개발일지를 처음 접했을 때에 가장 궁금했던 점은 '당시 기술적인 제약에도 불구하고 어떻게 그렇게 물 흐르듯 자연스러운 캐릭터 애니메이션을 구현해낼 수 있었을까?'라는 점이었습니다. 물론 이 내용은 책 본문에서 아주 충실하게 서술되어 있습니다. 비슷한 취지로, 게임 개발에 따르는 기획과 구현, 동료들과 협업 등에 대한 아주 실질적이고 구체적인 여러 이야기들이 이 책에는 날 것 그대로 담겨져 있습니다. 작가가 직접 언급한 것처럼, 어린 시절의 치기 어린 (때로는 낯뜨거운) 솔직함까지 필터 없이 거의 그대로 드러나 있다는 점이, 그래서 읽는 사람도 상황과 감정에 깊이 공감할 수 있다는 점이 이 책의 가장 큰 장점이라고 생각합니다.

처음 개발일지를 접하고 12년이 지난 지금 돌이켜보니 이러한 솔직한 이야기들이 비단 게임 개발 영역만이 아니라, (저는 게임업계가 아닌 IT 분야에 몸담고 있습니다만) 제가 직업인으로서 살아가는 일상에서 만나게 되는 여러 어려움을 극복하는데 많은 도움이 되었던 것 같습니다.

모두가 조던 메크너처럼 위대한 게임을 창조하는 삶을 사는 것은 아니지만, 하다못해 회사에서 쓸 발표 자료를 만들 때에도 저는 일단 아주 엉망인 자료를 빨리 만듭니다. 마지못해 뭐라도 완성을 하고 나면 그 때부터 좀 더 쓸만한 아이디어가 떠오른다는 것을 개발일지 어딘가에서 읽은 다음부터 자주 써먹는 방법이고, 실제로 매우 효과가 있습니다!

또한 업계 분위기가 흉흉할 때면 1985년에도 게임 산업이 이미 끝물이라고 생각하는 사람들이 있었다는 것을 떠올리면서 힘을 냅니다. 그런 분위기에 휩쓸려서 적당히 포기했다면 「페르시아의 왕자」 같은 역작이 세상에 나오지 못했겠죠. 내가 하는 일이 의미가 있다는 확신만 있다면, 일단은 달려보는 겁니다. 몇몇 정말 명백한 사양산업이 아닌 다음에야, 업계 분위기라는 것은 밀물과 썰물처럼 그 때 그 때 달라지는 것 같고, 성공하는 사람들은 보통 어려울 때 좋은 날을 준비하는 사람들이더라구요.

가끔 열심히 불붙어서 달려들던 일에 갑자기 의욕이 떨어지면 다른 일을 해봅니다. 그 대신에 그 다른 일을 진짜 열심히 해봅니다. 혹시 모르죠, 조던 메크너의 영화쪽 관심과 노력이 게임 개발에 큰 영향을 미쳤던 것처럼, 제가 지금 하는 딴 짓이 궁극적으로는 원래 하려고 했던 일에 좋은 보탬이 될 수도 있으니까요.

12년 전 번역 후기에서는 전설적인 조던 메크너도 평범한 오늘날의 우리와 같은 고민을 하면서도 노력하고 또 노력했다는 점에 주목했습니다만, 약간 더 살아보고 난 지금의 저는 조던 메크너의 솔직함에 더 초점을 맞추게 됩니다. 작가는 목표를 향해 때로는 신나게 달려가고, 때로는 멈춰 서거나 후퇴를 하기도 하지만, 그 어느 때에도 적당히 자신을 속이는 적이 없습니다. 힘들면 무엇이 힘든지, 어려우면 무엇이 어려운지를 자신과 때로는 동료들에게 솔직하게 터놓고 거기서부터 대안을 찾아 나가는 모습을 무척 인상적으로 기억합니다. 아마도 무엇인가를 계속해 나가는 힘은 거기에서 오는 것이 아닐까 라는 생각을 하면서, 우리 모두도 일상에 좀 더 솔직하기를 바라면서, 번역 후기를 가장한 독후감을 마치고자 합니다.

　모쪼록 제가 얻었던 것 이상의 위안과 격려와 조언을 책을 읽으시는 모든 분들께서 가져가시기를 바라봅니다. 더운 날씨에 모두 각자의 자리에서 힘내시길 바랍니다!

장희재

인명

- 본문 가운데 언급되었던 많은 인물들 가운데, 조던 메크너가 홈페이지를 통해 추가로 설명한 주요 인물들에 대한 내용을 담았습니다.

아담 더먼(Adam Derman)
　저자의 고교 동창.

앤 돌라드(Anne Dollard)
　리딩 아티스트의 에이전트. 〈섹스, 거짓말 그리고 비디오테이프〉 이전 스티븐 소더버그(Steven Soderbergh) 담당자이기도 했다. 1989년 낙마 사고로 사망.

앤 크로넨(Ann Kronen)
　브로더번드 임원.

빌 홀트(Bill Holt)
　브로더번드 직원. 정식 직함이 무엇이었는지 기억나진 않지만, 출장 및 복지를 담당했다.

빌 맥도나휴(Bill McDonagh)
　브로더번드의 자금 관리 이사(CFO: Chief Financial Officer)

브라이언 엘러(Brian Eheler)
　브로더번드의 초창기 직원 중 한 명. 「페르시아의 왕자」부터 「라스트 익스프레스」 이전까지 브로더번드에서 발매한 작가의 모든 게임에서 프로덕트 매니저였다. 「라스트 익스프레스」가 진행될 시점에 브로더번드를 퇴사.

캐서린 마타가(Cathryn Mataga)
　원래 이름은 윌리엄 마타가. 「마인드휠(Mindwheel)」과 「에섹스(Essex)」를 포함한 브로더번드 게임들의 프로그래밍을 담당했다.

크리스 조첨슨(Chris Jochumson)
　브로더번드 내부 게임 프로그래머. 「아케이드 머신(The Arcade Machine)」의 개발자

코리 코사크(Corey Kosak)

프린트 샵 GS를 비롯한 브로더번드 제품들의 프로그래머.

대니 골린(Danny Gorlin)

브로더번드의 1982년 히트작 「차플리프터」의 개발자. 다음 게임이었던 에어하트 (Airheart: 다른 이름으로 타이푼 톰슨Typhoone Thompson이라고도 불렸다) 는 평판이 좋았지만 판매량에서 성공적이진 않았다. 아미가용 「페르시아의 왕자」의 프로그래밍을 담당했다.

데이비드 메크너(David Mechner)

내 남동생. 프로 바둑 기사, 뇌 과학자, 사업가 그리고 「페르시아의 왕자」주인공 애니메이션의 모델.

데이비드 스나이더(David Snider)

브로더번드의 내부 게임 프로그래머. 「서펜타인(Serpentine)」과 「데이비드의 미드나잇 매직(David's Midnight Magic)」의 개발자.

더그 칼스턴(Doug Carlston)

브로더번드의 CEO이자 공동창업자.

더그 그린(Doug Greene)

IBM 「페르시아의 왕자」 이식작업을 위해 고용하려고 했던 프리랜서 프로그래머.

더그 스미스(Doug Smith)

브로더번드 초창기 히트 게임 「로드 러너(Lode Runner)」의 프로그래머.

에드 바다소브(Ed Badasov)

「페르시아의 왕자」초기에 배정되었던 브로더번드의 프로덕트 매니저.

에드 번스타인(Ed Bernstein)

브로더번드 제품 개발부(PD: Product Development) 부서장.

에릭 디즈(Eric Deeds)

센세이 소프트웨어의 디자이너.

게리 칼스턴(Gary Carlston)

남매인 더그, 케이시와 브로더번드 소프트웨어를 공동으로 창업했다.

게리 코세이(Gary Cosay)

리딩 아티스트 에이전시의 창업 파트너. 1991년 바우어-베네덱(Bauer-Benedek)과 합병하여 UTA를 설립.

진 포트우드(Gene Portwood)

브로더번드 내부 아티스트이자 (로렌 엘리엇(Lauren Elliot)과 함께) 크리에이티브 컨설턴트.
전 디즈니 애니매이터. 2000년 사망.

조지 히켄루퍼(George Hickenlooper)

대학 동기이자 영화 제작자. 세인트루이스에서 살던 어린 시절부터 나중에 〈미녀와 야수〉 감독이 되는 커크 와이즈(Kirk Wise)와 함께 슈퍼 8 단편 영화를 찍곤 했던 그는 이후 〈회상 – 지옥의 묵시록(Heart of Darkness)〉, 〈빅 브레스 링(The Big Brass Ring)〉, 〈팩토리 걸(Factory Girl)〉을 비롯한 수십 편의 장편 영화를 감독했다. 나는 그 중 몇몇 영화에 카메오로 출연했고, 그는 보답으로 「라스트 익스프레스」에 카메오로 요리사 역을 맡았다. 그는 자신이 감독한 영화 〈카지노 잭(Casino Jack)〉 개봉과 열심히 선거 활동을 도왔던 사촌 존의 콜로라도 주지사 당선을 며칠 앞둔 2010년 10월 세상을 떠났다.

재니스 킴(Janice Kim)

당시 내 동생의 여자친구. 1987년 18세의 나이로 최초의 비아시아계 여성 바둑 기사가 되었다.

제프 클리만(Jeff Kleeman)

대학 동기. 이후 영화 스튜디오의 임원이자 프로듀서가 되었다. MGM/UA에서 당시 휴면기에 접어들었던 제임스 본드 시리즈를 피어스 브로스난(Pierce Brosnan) 주연 〈골든아이(Goldeneye)〉로 부활시켰다.

짐 버커스(Jim Berkus)

리딩 아티스트의 창업 파트너. 1991년 바우어-베네덱(Bauer-Benedek)과 합병하여 UTA를 설립

카일 프리먼(Kyle Freeman)

브로더번드에서 EA로 이직한 프로그래머

랜스 그루디(Lance Groody)

브로더번드 내부 프로그래머. IBM판 「페르시아의 왕자」이식을 담당했으며 「페르시아의 왕자2」 개발을 총괄했다.

로렌 엘리엇(Lauren Elliot)

(진 포트우드와 함께) 브로더번드 내부 아티스트이자 크리에이티브 컨설턴트.

로링 보겔(Loring Vogel)

센세이 소프트웨어의 프로그래머.

마이크 코피(Mike Coffey)

센세이 소프트웨어의 프로그래머.

폴 더쉬킨드(Paul Dushkind)

브로더번드 마케팅 아트 부서장.

로버트 쿡(Robert Cook)

게임 프로그래머. 「검볼(Gumball)」과 「D-제너레이션」의 개발자. 「카라테카」의 코모도어 64와 아타리 이식을 담당했다. 로버트는 이후 나와 함께 스모킹 카 프로덕션(Smoking Car Productions)으로 옮겨 「라스트 익스프레스」의 테크니컬 디렉터를 맡았다. 그 이후에는 대니 힐리스(Danny Hillis)와 메타웹 테크놀로지(MetaWeb Technologies)를 창업하였고 회사는 구글에 인수되었다.

스티브 패트릭(Steve Patrick)

(토미 피어스와) 센세이 소프트웨어 공동설립자.

토비 제프(Toby Jaffe)

리딩 아티스트의 에이전트. 이후 프로듀서가 되었다.

토미 피어스(Tomi Pierce)

교육 소프트웨어 개발사 센세이 소프트웨어의 공동 창업자. 브로더번드의 프랑스 지사를 운영하기도 했다. 토미와 나는 「라스트 익스프레스」, 「차베스 라빈(Chaves Ravine)」을 비롯한 여러 프로젝트를 함께 진행했다. 그녀는 1994년 더그 칼스턴과 결혼했고, 2010년 루게릭 병으로 세상을 떠났다.

페르시아의 왕자 개발일지

조던 메크너의 기록 1985~1993년

2026년 2월 28일 초판 1쇄 발행

저자 조던 메크너
번역 장희재
협력 오영욱, 장동수, 이재근
편집 엄다인
교정 민경천, 권오범
감수 조기현
표지 디자인 김경희
발행인 홍승범

발행 스타비즈 (제385-251002019000002호)
주소 경기도 안양시 동안구 흥안대로 528 타워빌딩 7층 702호
팩스 050-8094-4116
e메일 biz@starbeez.kr
ISBN 979-11-92820-13-2
ISBN(세트) 979-11-92820-15-6
정가 34,000원